紐約 425 公路：遠行的開端

《紐約 425 公路：遠行的開端》
作者：萬依萍

（第二版）

中文電子書於 2017 年由電書朝代製作發行，推廣銷售
電書朝代 (eBook Dynasty) 為澳洲 Solid Software Pty Ltd 所經營擁有
網站：http://www.ebookdynasty.net/
電子郵件：contact@ebookdynasty.net

中文紙本書於 2018 年由 IngramSpark 隨需印刷
Ingram Content Group 推廣銷售

目錄

自序

　　1994 年，從一下華航的深夜班機到 JFK 機場，看到紐約市空橋可愛的 I ♥ NY 標誌，那時就希望未來有一天，一定要記錄下這一段美好單純的青春歲月。仍記得高中暑假時，花了好長的一段時間，細細品讀《未央歌》。那個世代的美好，來自於大量豐富的閱讀創作人口，也為自己學生時代留下許多追夢逐夢的幻想。

　　紐約 425 公路第一部初稿，遠行的開端，早在 2007 年在哈佛大學擔任訪問學人一職時，就已撰寫完成。當時在麻州劍橋 Cambridge Street 跟三位哈佛大學物理及資訊博士班的資優生分租一套四房公寓，看著三位室友，兩位日本人跟一位西班牙人，每天忙進忙出的學生生活，一到週末廚房常飄出迷人的海鮮料理香味；第一部，就是在這樣美好單純的環境，把自己 1994 年在水牛城的生活緩緩的搖筆桿搖出來。

　　不過，自己個性多年來是一路迷糊到底，2007 年一回國復職，所有單純美好的歲月隨著持續忙碌的教研工作遠去，靜靜的躺在隨身碟裡，不復記憶。一直到 2015 年五月，父親身體不預期的急轉直下，心裡慌亂的茫然無助，看著淡水醫院外一望無際的平原及捷運站的長長軌道，後來，又正巧在報上看到一則財經新聞，是一家自己當時收集語料時，常用的國外品牌跟台灣一家半導體公司合資成立新公司；寬廣平原、鐵軌跟熟悉的品牌突然讓我回憶起水牛城的日子，也同時讓我驚醒，2007 年的草稿還無聲無息的藏匿在隨身碟裡，文字仍舊帶著記憶情感存在著。

　　書中的人物幾乎都是虛構的，只是當時有幾位自己非常崇拜的學長姐，他們的機智聰慧被拿來作為模子，謝謝他們帶領不懂事的學弟妹，向上提升，朝著正向的道路前進。

　　在此要特別感謝當年在哈佛大學訪問，招待筆者一個多學期的語言學系教授黃院士及夫人、中研院歐美所紀教授、詩人秀菊老師、台大語言所江教授、在泰國任教中文的裕台學弟、北京的友人寶美姐及政大語言所多位師生同仁。紙本書由澳洲電書朝代出版透過 Ingram Content Group 旗下的隨需平台 IngramSpark 發行，在此也感謝電書朝代負責人 Dr. Christine Sun 對於本書的出版及校對修正，文中若有任何錯誤，皆由作者承擔應當的過失。

最後，僅以此書獻給天上的父親，遺憾的是自始至終未能帶他探尋一下耀眼明珠更勝香港的紐約摩天大樓。

第一章：初來乍到

　　1994 年八月一日，這是蘇徽杭第一次離開父母遠行，到一個陌生遙遠的國度，美國。來機場送機的親友熱烈的與她擁抱，祝她一路順風，能順利拿到學位歸國。她傻傻的接受，心裡其實很清楚，自己對於未來是一片迷惘又困惑。當然，一個在外文系混了四年，不是多麼喜歡唸書，勉強混著畢業的二十二歲女孩，對未來的夢想會有多大？

　　徽杭長相平庸，資質普普，剪了一頭過耳微短的學生頭，在人群中完全不醒目，傻裡傻氣的面孔看似像個受氣的小媳婦一樣，她喜歡瑟瑟縮縮的窩在角落裡，像隻怯生生的貓，圓亮的大眼，靜靜的觀察周遭一切。她眼前即將要面臨的，是一個茫然的未來，心裡非常的不踏實。可是，在這個年紀，她手上沒有比這份不踏實要來得踏實了！

　　1989 年飛榮航空首度經營空中航運後，考上的學姐們大肆宣揚自家的公司偏好應屆畢業生去報考空中小姐的工作；新成立的航空公司，對於空服員的要求遠比政府經營的台航航空低很多，不論是身高、視力、學歷或語文要求標準，都只在中上的水準。徽杭於 1990 年進入外文系就讀，一直想當老師，但是，公立教職是由師大、師院系統分發包辦，輪不到她們這種普通學校的畢業生。私立教職對於徽杭這種普通的家世，是不可能靠關係去任教的。徽杭身邊周遭的同學或者前面幾屆的學姐幾乎都將空中小姐視為最熱門的工作。尤其聽到那些外文系的學姐，不論是否面容姣好，高矮胖瘦，大家都迫不及待的準備參加空姐考試。她自己卻知道，如果去拿報名表，一窩蜂的追隨大家的步伐，只會笑掉人家大牙。所以，從一年前她就開始準備出國留學考試了。

　　其實，她對自己鮮少有遠大的抱負與理想，外文系的學分，是勉強修滿修好，戀愛學分呢？在大二時，談了一場清純美好卻無疾而終的戀愛。她想，既然戀愛學分沒有過關，乾脆把自己拋到一個無知的國界。父親從她十六歲的時候，默默的開始為她存一筆錢當嫁妝，當預知戀情發展不順利之後，她偷偷開始在大二下準備留美考試，TOEFL、GRE，先是一頭哭哭啼啼的跟她父親說想把嫁妝拿來當成出國基金，等獲得父親首肯之後，她另一頭卻嬉皮賴臉的笑著開始編織她遠離家園的夢想。終於，徽杭可以自由的去流浪了！

這次遠行，是她生命中的第一次，從小就體弱多病，暈車是出遊最大的難題，所以從小學到大學，一直都是住在家裡，任何學校旅行，她是很難參加的。如果參加，媽媽總是為她準備一堆塑膠袋，只要車程稍有顛簸，胃中食物上下搖擺，她馬上就能製造好幾袋湯湯水水的羹物！沒有任何藥物能夠舒緩她嘔吐的症狀。但是，此次遠行對她而言，有著說不出的意義——彷彿是畏懼與期待結合在一起的滋味。

1994 年四月，她最開心的生日禮物，是收到了美國紐約州立大學水牛城校區的錄取通知，那天她接到通知時，準備回家大肆慶祝，同學在校園奔走互相討論是否還要去參加空姐面試，原來，政府經營的台航航空發生了一件慘不忍睹的空難，電視螢幕不斷的照著在日本名古屋空難斷裂四散的飛機殘骸，兩百六十幾條寶貴的生命就此隕落，台航航空原本可以在暑假大賺一筆，由於空難，價錢硬是比營運不久的飛榮航空便宜；徽杭想說，出國一趟，已經要花父親很多錢了，為了省錢，她訂了台航！生死有命，富貴在天，她請旅行社給她訂一張沒有回程的單程機票時，內心其實還是有些忐忑不安，她擔心的倒不是飛機的安全與否，而是那年的暑假颱風似乎特別多，一個接著一個來，她很憂心一旦飛機停飛，會亂了她的行程。她腦海中開始產生許多夢魘，她擔心現在，擔心未來，此行一別，未來不知會如何？所有的低氣壓彷彿籠罩在她整個心裡，一直到那天她接近登機門，才確信自己的遠行即將展開。她邊走向登機門，邊哭哭啼啼的，一直回頭看著她的家人，旁邊還有一個男生跟他家人告別，家人一直瞅著徽杭這裡看，語帶輕蔑的說，這個人你覺得要去美國幹嘛？不要搞不好，也是要去美國讀書的。

她回想起大二那年，她的啟蒙老師上課時曾回憶當年自己出國前的往事。年輕時的老師，他有多麼意氣風發，期待一心一意以拿到博士學位為遠行的終極目標。然而在國外流浪多年，看盡人生百態風霜，最後不僅未能學成歸國、榮耀鄉里，反而連自己父親過世前，都未能見上一面。離別、遠行對於蘇徽杭而言，實在太沈重。未來一切是那麼遙遠而陌生，誰又能預知未來呢？當飛機緩緩升空時，前座的菲律賓老太太突然頭往後轉，看著她掩面大哭，老太太笑笑的說：「別擔心，小妹妹，飛機會很安全的，我會為我們一起祈禱。」

徽杭這時才發現，在煩惱未來一切的不確定時，必須先開始煩惱飛機可否把她安全的帶到紐約 JFK 機場。過了許久，她沈沈進入夢鄉。迷迷糊糊中，她似乎聞到了雞絲炒麵的香味，就在此時，突然警鈴大作，驚驚作響，似乎是哪邊失火的災難鈴聲，完全不見有停止的可能，機上乘客開始一陣騷動，尖叫、哭聲、怒吼，空中小姐個個神情緊張，急忙慌亂的到處找尋鈴聲的來源。徽杭仍舊迷迷糊糊，緊閉雙眼，希望這是個夢，永遠都不要醒來，飛機一定很快的會往前急速俯衝，可能撞山、可能落海，或許，在未碰到山頭或未掉落海平面前，飛機在空中就會解體爆炸。偏偏這時，空姐狠心的在她這排大叫：「不好意思，小姐、小姐，不好意思，你們這排的旅客，聲音是從你們頂頭上層的置物箱響起的。」徽杭不想醒來，不理會這群空姐。不要叫醒我，求求妳們，飛機要墜落了，要落海了，不要救我，就讓我一直沈睡，在睡夢中死亡，這是最美的死法，求求妳們，拜託……儘管有千萬個不願意，幾位空姐陸續緊急的集中在徽杭的這一走道處，打開他們頭上的置物箱，此時警鈴越響越大聲，確定聲音來自其中一個隨身包包之後，空姐再度氣急敗壞的問：「這是誰的背包？這是誰的行李？是什麼東西在裡面？」

徽杭立刻驚醒，原本無意識的她，突然想起，在她隨身帶的舊書包內，放了一個巨響 120 分貝的鬧鐘。那個鬧鐘陪伴了她多年的歲月了，賴床是她的長項之一，如果沒有那種巨響型的鬧鐘，她絕對無法準時起床的。那她幹嘛要在飛行途中設定鬧鐘呢？她明明記得鬧鐘設定是按下去的。她揉揉惺忪的雙眼，傻忽傻忽的站起來，一臉不耐煩，聲音真的越來越大聲，聽來越來越像是她的鬧鐘鈴聲了。她淡定的跟空姐說：

「是我的書包啦！」打開書包，可怕的巨響一瀉千里，震耳欲聾，嗚哇鬼叫的吼著彷彿有千萬個不滿，高分貝的抗議著。她面紅耳赤的把鬧鐘電池卸下，眾人接著以 140 分貝的高音量抗議著，少數人表情倒是鬆了一口氣，多半的人是惡狠狠的對她帶著巨響鬧鐘上機一副不解的模樣，設什麼鬧鐘？妳人在飛機上，妳還能幹嘛？

第二章：抵達紐約

　　從台灣飛往目的地美國水牛城並沒有直飛的路線。國內班機航空的路線已經是非常快速的了。它是下午六點多由中正國際機場起飛，飛行時間約莫十三個鐘頭，待在阿拉斯加的安哥拉治，休息約一個多鐘頭，再飛往紐約甘乃迪機場，這樣的飛行抵達時已經夜晚 10:00 了，當晚美國境內並沒有班機可以轉機到水牛城。要轉機的旅客，航空公司會給予一晚免費的住宿招待。

　　就這樣，台航的班機飛翔了漫長遙遠的近萬英里後，到了紐約甘乃迪機場，整個將近十六小時的旅程，聽來疲累、難以忍受，但是年輕的心，時間永遠不是時間；等待永遠不是等待；距離永遠不是距離。當飛機緩緩在機場跑道降落滑行時，徽杭難掩內心激動，她，落淚了。夜晚的紐約，透過小小的機窗，顯得繽紛奪目，而每個停機棚上的空橋都調皮淘氣的畫著 I ♥ NY，俏皮的模樣讓人不愛紐約也難。在海關面前，排著各國各樣的人種，另一邊則是美國公民通關區。不知為何，徽杭很羨慕那些可以直接往左轉通關的公民區，等了很久，徽杭把護照跟入學許可證明 (I-20) 拿給海關看，海關是個白人，坐在位置上，穿著制服，更顯得高頭大馬，面無表情的問徽杭來美國的目的。徽杭也只能用一口很破的英文回答海關的問題。

　　「妳來美國的目的？」

　　「來唸書。我是外國學生。」

　　「我們已經不說『外國學生』(foreign students) 了，現在都稱呼『國際學生』(international students)。」海關看看徽杭，繼續問：「唸哪所學校？」

　　「紐約州立大學水牛城校區。」

　　「我看一下妳的文件。」徽杭立刻把準備好的 I-20 給移民官看。移民官接著問，「唸什麼？」

「語言學。」

「準備唸多久？」

「五、六年。」徽杭心裡想，怎麼可能待到五、六年還自費？這是她大學美國籍的老師教她的，要根據入學許可證明上給她的年限來回答問題。

「唸書的經費哪裡來的？」

「父母。」

移民官在電腦上東敲西打的，看了徽杭一眼，接著說：「SUNY，紐約州立大學，在全美是最大的大學系統，我個人認為是最好的。」

徽杭似懂非懂，移民官想要套話嗎？在她眼裡，紐約州立大學只是一個普通的學校，其實，她比較想去加州州立大學的校區，但是，那裡的學費比這裡高出太多，所以，她這是沒選擇的選擇。不過，還是不要跟移民官亂講，搞不好，移民官一火，就將她原機遣返了。

移民官看看徽杭稚嫩的臉龐，好像若有所思，移民官接著說：「我覺得紐約州立大學是最好的大學系統，因為我是賓漢頓 (Binghamton) 校區畢業的。」

喔，徽杭印象中 SUNY 系統中的確有這家學校，連忙附和的說：「當然，賓漢頓比水牛城好太多了。」

移民官笑笑的說：「水牛城其實不差，就是，雪下太多了。」

徽杭立刻開心回說：「喔，太好了，那我選對了。」

移民官聽了瘋狂大笑：「是嗎？好好的過冬。妳這裡可以了。」(Well... Enjoy the winter. You are all set.)

徽杭不清楚為何移民官會笑成這樣，還有，最後那一句 You are all set 是什麼意思，徽杭完全不懂，她木怔怔的瞅著海關，看海關比的手勢也在護照上蓋了章，應該是可以出關了。她拎著兩袋又重又破的行李，開始找台航櫃檯，還好，夜晚 11:00 了，台航還沒撤櫃。聽說，在美國，亞洲航空沒有固定的專櫃，只有飛機起飛、降落時，才有櫃檯人員。由於飛往水牛城的班機是明天早晨 8:00，台航給她一晚免費的過境旅館。櫃檯小姐告訴她不用拎著兩大袋笨重的行李去旅館，可以直接寄放櫃檯，鎖上後，明天等她 check-in（報到），行李就會自動跟機。由於從來沒搭過飛機，徽杭突然想到晚上洗澡沒盥洗的衣物，她開始急忙的用鑰匙打開行李箱，很土的把晚上要盥洗換洗的內衣內褲拿出。她面紅耳赤的想說，人家一看，一定就知道是鄉下來的老土。

過境旅館的車子終於來接了，徽杭本來想說乾脆睡機場算了，這樣折騰，都已經快要 12:00 了。車子開始在機場外圍的旅館繞啊繞的，半夜的紐約夜色竟然是如此普通。終於到了過境旅館，徽杭連忙設定她的超級巨響鬧鐘。8:00 水牛城的班機，大概要早上 6:00 就要到機場櫃檯了。由於肚子完全是呈現空空的狀態，既然旅館還附有免費早餐，不吃白不吃，還要更早起床。一看早餐供應時間是 5:30，徽杭滿足的笑了。

鬧鐘設定在 5:00，可是凌晨不到 3:00，徽杭就醒了。看著鏡子的自己，滿頭亂髮，周遭一片死寂，以前聽過很多鬼故事，鬼魅出來活動的時間多半都是午夜一刻，凌晨 3:00 以前據說是它們活動最旺盛的時刻。徽杭突然想起，在中學時，一群女孩有次在校外露營，聊到據說在凌晨聽到教堂鐘聲一響，在鏡子面前擺上兩根蠟燭，就能看見未來丈夫的身影。徽杭陶氣的對著鏡子做了個鬼臉，四周仍是一片靜寂，沒有鬼魅、沒有愛人，如果真的能看見未來，她倒想要知道，這趟留學之旅，能帶給她什麼樣的未來？

透過窗外看著紐約，凌晨 3:30 大部份的窗戶是熄燈的，但是，總有幾扇窗，透著暈黃的燈光，可以看到屋子內部的擺設。徽杭只覺得美國人家裡的擺設真是溫馨，燈光倒影的牆壁上總有些雕刻或是圖畫，她不由而來的一陣溫暖湧上心頭，開始想家了！這時應該是台灣下午 3:30 了，不知媽媽在做什麼，要準備晚餐了嗎？今晚的晚餐，沒有寶貝女兒，想到這裡，她突然一陣心酸。

第三章：與台灣新生初次見面

　　快到 5:30，徽杭到一樓去吃旅館提供的免費早餐，看來都是甜的像是糖漿包好的東西：甜甜圈、鬆餅、muffin、蛋糕，而咖啡卻聞到一塌糊塗的苦焦味。這時突然見到一群亞洲面孔的人急匆匆衝下來。

　　林慧婷：「快點吃啦！不然趕不及了。」

　　黃至威：「應該不會，機場班機巴士聽說二十分鐘就有一班來接送。」

　　范文光：「哇，早餐很豐富耶！我以為只有白吐司配牛奶哩！」

　　沒多久，又一群人下來，這次，來的人數更多，也更加聒噪，整個餐廳全是來自台灣口音的國語在大廳中飄來飄去。

　　張莉娜：「喂，妳們小聲一點啦，不要一直佔著電梯，動作快點，趕快過來啦！」

　　陳秋萍：「喔，好，好，好。」

　　宋雪珊嬌滴滴的說：「昨天晚上完全沒睡好，你知道嗎？怎麼水龍頭的水可以這樣一直滴滴答答個不停，速度比羊跳得還快？」

　　「拜託，在等海關過境就已經等了兩個鐘頭，還花時間找櫃檯，等班車來接我們到過境旅館，累都累死了，妳還有力氣數羊？」秋萍不耐的挑起眉毛看看雪珊。

　　「當然沒有力氣，是很累，其實在排海關的時候，就已經陷入昏迷狀態。海關問我什麼，我都亂答。但是不知道為什麼一到旅館，突然整個人精神都來了，根本睡不著。」

　　莉娜：「沒錯啊！妳真的是在休眠狀態，移民官問妳為什麼要來美國，妳竟然回答 no，然後又說 yes。明明來唸 MBA（企業管理），妳卻說成 Accounting（會計），在妳旁邊還要幫妳搶答，真是丟臉，人家以為妳是來伴讀的！」

　　「喔，是嗎？我有說 Accounting？問題是我本來大學是唸 Accounting

啊！人在陷入昏迷狀態，誰會想那麼多？」

「更丟臉的是，海關跟妳說 You are all set（這裡可以了），妳竟然回答：『You, too（你也是）！』這是哪國的回話？」

這時候，這三位不相干的女生就大膽的互相抬起槓來，原來她們昨天是在同一班飛機上認識的。沒多久，慧婷他們一群人也加入了她們的餐桌，徽杭便壯著膽子，怯生生的走到大家的桌前。

「請問，你們也是台灣來的嗎？」

「是啊！妳也要去水牛城嗎？」慧婷留著過肩棕褐色的長鬈髮，額頭前如洋娃娃般的瀏海自然的往內彎捲，巴掌大的瓜子臉，帶著迷死人的笑容，伴隨著一顆小虎牙，想必一定會在留學生涯中的愛情故事篇添上一筆。

「所以你們大家全都是要去水牛城嗎？」

大夥異口同聲的說：「對啊！」

慧婷把椅子往內側移動一些，這個親切的舉動讓徽杭連忙在她身旁坐下：「妳來唸什麼？」

「喔，TESOL。」慧婷一面說著，一面低著頭優雅的把盤中甜甜圈的糖粒慢慢撥掉。

雪珊：「什麼叫『踢 so』？那幹嘛的？」

慧婷笑著說：「就是英語教學。」

雪珊：「喔，以後妳想當英文老師。」

慧婷：「不知道耶！省立學校的老師都是師大分發的，我不是師大畢業，應該能找到私立高中就很好了。不過，我爸爸希望我們家能出一個女博士。」

雪珊：「妳爸怎麼思想這麼先進？女博士學歷太高，以後一定嫁不出去的。」

至威馬上插嘴：「就是啊！女生唸博士幹嘛？尤其是妳長得這麼可愛。拿個碩士，找個會賺錢的工程師嫁就好了，人家一定會養妳的。」

文光也接著搭話：「對啊，我也覺得女生唸博士很奇怪。絕對不會想要跟女博士交往。」

莉娜：「你們兩個『唯二』的男生！你們很奇怪喔！我們在聊唸什麼的話題，你們怎麼滿腦子都在想阻止女人唸博士啊！你們又是唸什麼有用的？」

至威：「喔，我們都是電機的。」

莉娜：「喔，難怪！可是，聽說水牛城的電機不好耶！」兩個男生皺著眉頭，想說一遇到大女人就該識時務者為俊傑，閉嘴為最佳上策。

莉娜看看徽杭，接著問：「還有，妳呢？為什麼我們坐飛機沒看到妳？妳坐哪裡？來唸什麼？」

徽杭：「我因為晚到，所以 check in 的時候，只剩下機屁股了。」

至威：「哈哈哈！所以妳坐在最後面，餐點應該沒有選擇的餘地了吧！」

徽杭：「喔，我幾乎一口都沒吃！」

眾人眼睛一亮，驚呼：「為什麼？」

「喔，我會暈機，吃了第一餐，一直吐。飛機一直晃來晃去，我覺得食物一直跑到這裡來。」徽杭比手劃腳的，往自己頸部指了一指。

至威：「所以妳後來就都不吃，有好一些嗎？」

「喔，其實沒有，只要一到了分發食物的時間，聞到了味道，就一直拿嘔吐袋吐。」

「哪來那麼多的嘔吐袋？」

「喔，我坐中間，自己的吐掉了之後，就把左右兩邊人的嘔吐袋偷來我這邊預備放好。」

「所以妳總共吐了三次？」

「絕對是——超過三次，因為我去廁所把放在廁所的嘔吐袋通通偷到我位子上了。」

莉娜插嘴問：「哈哈哈！那妳旁邊的人都沒幫妳嗎？」

「沒有耶，他們兩位其實很倒楣。不過台航小姐真好，吐過的嘔吐袋有幾次還幫我拿去丟。」

「妳旁邊是坐男的，女的？」莉娜接著問。

「兩個都是男的。都嫌我噁心，每到吃飯時間，就故意拿雜誌遮掩著。我坐中間。」徽杭羞愧到了極點。想說如果她也有慧婷的臉蛋，也不至於如此下場。

「那怎麼可能沒幫幫妳？」莉娜還真是打破沙鍋問到底。

「喔，這不能怪他們。因為，每次發餐時間，我一聞到味道，就每次吐，所以他們兩位各拿個雜誌隔我，還不時發出嘖、嘖、嘖的抗議聲音。講實話，他們能吃下飯，我是很意外，嘖越大聲的，我就越往他那裡靠，真是沒同理心。」

莉娜大笑：「所以妳說他們各自一手拿著雜誌一手拿著筷子，隔著妳，吃飯？」

「對啊，剛開始兩餐是這樣，後來他們兩位都不見了，應該要求換位子了吧！」

「為什麼？」

「我睡醒突然飛機搖晃得很厲害......聽說是亂流？」

「沒錯，沒錯，那時亂流好厲害，我也嚇醒了。」慧婷的咖啡杯才剛靠近嘴邊，直點頭。

「對，就是那時候，我拿起嘔吐袋，本來不是開口很容易找到嗎？可是我也不知怎麼搞的，一時以為封口封住了，以為廠商製造時弄錯，黏起來了......」

至威看著徽杭一股傻相：「不會吧！別告訴我，妳把袋子拿上下顛倒了。」

「很不幸的，就是如此。」徽杭聲音越來越小，真希望這些人不要繼續再問了。

「什麼啊？小姐！！！」至威大叫。

「而且啊！我，本來以為廠商黏起開口，我就用力平撕開口。」

眾人驚呼：「啊！兩邊都是開口？」

「對啊，就是......啊......這樣。吐的東西全灑出來滿地。」

至威繼續帶著看熱鬧的眼神笑著：「所以兩個男的都要求換位子是因為這件事情？」

「喔，差不多是這樣，滴出來的穢物全掉到毯子上了。」

「那這樣，妳總要求換個毯子吧！」至威一面聽著這種話題，還一面不改神色，大口吃著甜甜圈。

徽杭突然頭更低了，聲音也更小聲：「喔，其實啊，我的毯子放在椅背靠著，迷糊之中，我把兩個人的毯子拿來墊著我的腿了。不過，因為沒什麼吃，後來吐的，也是胃酸而已。但是，真正的好處是，兩個男生逃走後，我就一個人躺滿整個座位啦！睡得真好！」

眾人笑得東倒西歪、拍桌跺腳，整個餐廳開始陸續來了不少洋人面孔，也無法保持大家對國際禮儀該有的安靜禮貌。

莉娜像個老大姐：「妳到底來幹什麼的啊？無聊呢！應該不是第一次搭飛機吧！就算是，難道不事先準備藥物嗎？要跟空姐拿藥啊！」

「第一次搭啊！藥吃了後來也沒用啊！吐出來時，都是藥的味道，我覺得更噁心。」徽杭抗議著。

「妳自己都嫌噁心，那，旁邊的人，不噁心才有鬼哩！喔，我們剛吃完早餐，聽到這個，突然覺得全部都要吐出來了。」至威狠狠的看著徽杭說。「我現在已經聞到嘔吐的味道了。等一下，妳要跟我們坐同一班飛機嗎？可不可以不要坐在一起。至少，不要跟我坐。」至威繼續取笑著。

還是慧婷出來打圓場：「你們好壞喔！大家都是有緣在一起，才一個半小時就到水牛城了，你說她能在飛機上吐幾次，不要這樣好不好？」慧婷親切的替徽杭撥撥耳後根的頭髮。「喔，妳還沒說，妳要唸什麼？」

「語言學。」

「難怪，小朋友是來唸語言學校……」至威一臉不屑。

「不是啦，語言學的英文是 Linguistics，語言學校是 language institute，聽說語言學是很難學很高深的學科呢！」慧婷替徽杭回答。徽杭感激的像他鄉遇知音一樣猛點頭。

「多高深？比電機難嗎？」至威繼續問。

「怎麼比，不清楚，你就把徽杭想成是美國人來台灣唸中文碩士，這樣，你覺得難不難？」

至威似乎已經是取笑成性了，「第一次聽過有語言學這種學科，語言學，嗯，那妳一定會很多語言了？妳會講幾種語言？」

「一種。」眾人又笑了。

第四章：抵達水牛城

　　八月一日的班機到達美國時還是八月一日，隔天一早是八月二日，等於有一天幾乎是在飛機上跟過境旅館度過的。隔天美國國內的班機是美陸航空，看起來非常的破舊瘦小，蘇徽杭又開始緊張了。不過上了飛機，看到空服員都是慈祥的美國老太太，她反而有說不出來的安心，再加上，早餐時認識的台灣學生，大家一起搭旅館的免費巴士到機場，機位都劃在一起，她開始有那種已經在美國的心情了。她坐在窗邊，有幾朵白雲，飛機緩緩的穿越雲層，可以看到離開紐約市高聳的建築，泛藍的海洋，飛機飛得很低，大約半個小時，底下的風景竟然完全改變了，取代高樓大廈的是大小成群的湖泊、寬廣的河流，慢慢延伸為細長的支流、廣闊的平地、濃密的樹叢中，可以看到矮矮的樓房。從高空俯瞰，每間樓房都像個不同形狀的樂高積木，高高低低的排列著。不知道為什麼，蘇徽杭覺得這樣低空的飛行比高空中遨翔的大飛機來得有趣多了。手中捏著嘔吐袋，她有種預感，這次可能不會需要了。

　　預定一個半小時的飛行航程延後了十五分鐘，很快的，當機長宣佈即將降落在水牛城機場時，徽杭跟其他同學都覺得一陣雀躍。她就讀的紐約州立大學水牛城校區有超過三百多名台灣研究生，以工科學生數量最多，傳播與商科次之、醫科及教育學科的人數也不算少，而冷門的人文科學及社會科學則是小貓幾隻。由於同行的同學中，有幾位是電機及商科的學生，因此同學會早就派人在機場候機待命了，徽杭託至威、文光的福，跟著坐在電機系派來的車中離開，同行還有跟她領域相近的慧婷。她有種預感，在美國求學的日子裡，慧婷應該會是一個可以聊天談心的朋友。

　　吳安平一面開車，一面從照後鏡看看徽杭跟慧婷不自在的小模樣，親切的笑著說：「我今天運氣真不錯，聽說昨天飛機延遲很久，還有人更離譜，想說水牛城離加拿大多倫多很近，也不知道哪個旅行社小姐給的鬼建議，說是加楓航空便宜，為了省機票錢，竟然從台灣搭加楓航空到多倫多，再坐飛狗巴士給我進來美國，沒想到邊界在海關被移民官問了將近一個小時，害得在 Buffalo Downtown（水牛城市中心）接機的學長等得灰頭土臉，還一直打公共電話問我，人是不是自行過來了？」

慧婷立刻回話：「喔，所以搭台航或是飛榮不是唯一的選擇？我們以為只有台航或是飛榮才能到水牛城？」

「這的確是大部份人的選擇，但不是唯一的選擇。同學會當時還在台北舉辦過，那時副會長特別希望大家選擇那兩班飛機，主要是，如果一起來的人數多，我們可以一次載滿一點，時間也比較好抓。可能那位同學看地圖想說多倫多離水牛城比較近，當然，這樣想也沒錯，開車單程三個鐘頭，比紐約開來水牛城的確近多了。」

「是喔，那飛狗巴士在學校沒有一站嗎？」

安平突然轉頭，面帶詭異的笑容看著慧婷：「同學，美國是很大的國家，不可能像台北一樣公車哪裡都可以到。到底有多大？從今開始，妳、慢、慢、體、會、吧！」

慧婷朝照後鏡對安平做個大鬼臉，接著繼續問。

「紐約市到水牛城開車要多久？」

「八個鐘頭，一趟單程。」

「是喔！」慧婷伸了個小舌頭。

「所以今天本來應該那位學長也要來接機的，可是想說他昨天等太久了，實驗室他老闆找不到人，快要把他 fire 掉了，所以今天讓他乖乖在實驗室裡替老闆做事吧！」

「暑假還要替老闆做事？」

「喔，對，老闆是我們的衣食父母，就是論文指導教授。老闆底下有很多研究計畫，有計畫才能養研究助理，沒有寒暑假之分。對我們而言，大家幾乎都不用付學費，你們學費現在一個學期要多少？要美金四千了嗎？喔，你看，我都不記得了，我們電機系很多都是老闆養的，除了學費不用付之外，還有獎學金，也就是每兩週發一次薪水，所以我們可以自給自足，很多學長用這個獎學金養活妻小。我們電機系好一點的第一年就可以拿到獎學金，就算第一年沒有，第二年一定有。」

「什麼？好好喔！在台灣完全沒聽人說過耶！所以大家都不用靠爸爸媽媽提供學費喔！」

「對，學費都不用繳，雜費差不多 $50 要自己繳，每兩週發一次薪水，英文叫做 paycheck，一個月下來大概有個 $1100。喔，從現在開始所講的任何數字，都是美金計價，以後不要再問笨問題，『喔，學長，這是台幣還是美金？』不過這些是研究助理 (RA)，是老闆計畫所提供的。如果是當教學助教 (TA)，也是學費全免，健康保險幾百元學校出，停車費也不用繳交，因為等於是教職員，不過，缺點是所做的工作是要替老師批閱作業甚至幫老師上課、監考，還要在 office hours 解答美國學生問題。美國同學問題層出不窮，非常難搞，等於你花了時間，都跟博士論文無關。所以我們系上台灣學生都爭著當老師的 RA，在實驗室工作的東西畢竟跟自己論文有關，這樣才能早點畢業。美國學生跟我們相反，他們比較喜歡當 TA，當然這是他們的國家，是他們的語言，至少不會被大學部學生抱怨英文差，有口音，聽不懂之類的。」

「哇！唸工科真是好啊。又有前途，又不用繳學費，真好。光學費就省很多了。現在 I-20 是寫著一學期費用是三千八百四十三美元。」

「欸，另外一個同學怎麼這麼安靜？是暈車了嗎？」

「哈哈哈！她說她在飛機上吐了七、八次，把鄰座的人都給嚇跑了。」

「沒關係，我的車是爛車，夠妳吐的，需要嘔吐袋嗎？不過紐約市到水牛城還飛不到兩個小時耶？妳吐得這麼頻繁，確定不是懷孕嗎？」

「不是啦，是在台航的班機上，我生平第一次搭飛機。」徽杭說完一陣臉紅。

「喔，妳過去沒搭過飛機是嗎？」

「沒有，第一次搭，所以很害怕那種高高低低的感覺，而且遇到亂流時，會覺得離開土地好遠，很可怕。」

「這樣喔！那妳應該多認識機械系的學長們，他們會告訴妳飛機的構造，如果沒有人為的問題，其實飛機還是很安全的。美國做過調查，事實上，坐飛機比開車還安全，統計數據顯示，坐飛機失事的機率為一千一百萬分之一，開車卻高達五千分之一，是飛機的兩千兩百倍。那妳現在覺得還好嗎？車速會不會太快，有沒有暈車？」

「學長，我現在覺得很好。沿途的房子好漂亮喔！」徽杭如果再不轉移話題，就怕慧婷把她早餐時有問必答的對話一一重覆出來，那才叫丟臉。

「對，所有一到水牛城的人都會很愛沿途的感覺，機場剛才那段是 I-90，這可說是美國最長的高速公路，橫越東西兩岸。馬上我們要接到 I-290 往北的公路，它是通往水牛城北邊的地方。學校有兩個校區，醫學院在南校區，其他全部在北校區。我們大家都是住在北校區。水牛城，你最不會去的，叫做 Downtown 市中心。那裡除了去辦加拿大簽證，其他時間，沒人會去。」

「對了，聽說在水牛城一定要買車？」慧婷輕聲細語的問著。

「沒錯，有車真的比較方便。最主要是反而省錢，學校宿舍不好，就像台灣的大學生宿舍一樣，這裡研究生宿舍很少，只有一棟，叫做 Clinton Hall，沒有一個人獨立一間的，都是兩人共用一個房間，廁所又在房間外面，費用一個學期收一次，平均一個月就要 $400 多，而且沒有辦法煮飯，等於你硬性的被要求買餐券，那些加起來，一個月的開銷都超過 $800 多了。最糟糕的是聖誕節期間要搬出去，寒假另外住還要收錢。」

「真的？可是，我就是要住在宿舍，而且我不打算買車，我爸爸給我的錢不夠我買車。」徽杭並不知道車子在這裡會是一個必需品，聽了真有點洩氣。

「我第一學期住宿舍，真的受不了，同房室友常常帶女朋友過夜，跟舍監反應也沒用，所以一學期就搬出去了。」

「可是，學校宿舍規則上不是很清楚寫說一定要住滿一年嗎？」徽杭立刻問。

「當然，我那時跟舍監說，我不能忍受室友一天到晚帶女朋友進房間，舍監說，很抱歉，很同情你的遭遇，但依據規定，你一定要住滿一年。」

徽杭跟慧婷大笑起來：「真的，怎麼有這麼奇怪的舍監？」

安平調調照後鏡，表情變得非常嚴肅：「老美是非常一板一眼的，一切都是要照規定來。」

「後來你怎麼能夠搬出來，剛說只住一學期嗎？」

「所以說嘛！我們台灣人聰明的頭腦，怎麼可能敗在老美的死規矩裡。我就去多倫多中國城裡買一大堆拜拜用的煙、罄跟木魚，水牛城很荒涼，連個中國超市都沒有，只好往加拿大跑。我開始在房間裡每天點香，然後每天半夜鬧鐘設定好，凌晨 1:00、3:00、5:00 用罄敲個十分鐘木魚。然後口中隨便講幾個咒語，開始朝天花板，仰天大拜叩首三次。」

慧婷不解問道：「幹嘛？室友沒被吵死，自己睡眠不夠就先把自己給虐死了。」

「沒辦法，為了能逃出宿舍，這是必要的犧牲。」

慧婷掩嘴笑道：「哈哈哈，那麼室友一定很快的跟你抗議。」

「沒錯，首先，他女朋友不敢過來，他自己也不常回來睡覺。過了一個禮拜，他受不了，就跑去跟舍監要求換室友。舍監起初也是重覆同樣的句子：很抱歉，很能理解你的難處，但根據規定，必須在新學期開始才能重新要求換新室友。但是，誰叫美國房子隔音差，沒多久一到半夜，左鄰右舍全嚇醒了，紛紛出來找聲音來源。舍監後來察看之後，也發現問題有些嚴重，不可能有人受得了煙香燻染整個房間，半夜還要聽木魚可怕的切剁聲。」

「學長真差勁啊！後來呢？」

「舍監是白人，一開始就不客氣的警告我，我立刻回他說美國是一個尊重個人宗教信仰的國家。我信的宗教非常特別，我的神規定我一定要在固定時間拜佛誦經，只能凌晨，凌晨能吸取日月光華，陰陽氣息，絕對不能早上。我不能違背我信仰的神，而且，我翻過宿舍規章，裡面完全沒有規定不能點香、誦經、敲木魚跟拜拜。」

「那這樣他也可以讓你一個人住啊！把室友轉到其他房間就好了，你怎麼有辦法離開宿舍呢？」

「學校怎麼會做賠本生意？大學教育，可不是免費義務教育。請記住，你們來的這個國家，叫做美國，這個美麗的國家，呼吸都要錢，做任何的思考，都是以錢為主。本來一個房間可以賺兩個人的錢，他怎麼可能為了你特別宗教信仰，讓你一人獨住。後來當然是退費，讓我搬離宿舍啦。」

徽杭吐吐舌頭：「所以，學長你其實是被趕走的。」

「我就是要離開宿舍，所以，是被趕走還是我自己走人，有什麼差別，只要能離開就好。」

「哇！看來你已經用了這一招，我大概就沒輒了，我還能編什麼理由離開呢？想想看！」徽杭若有所思的說。

「妳可以說妳要結婚，因為這個學校沒有夫妻公寓宿舍，聽說美國其他大學有，所以宿舍的規定是有提到結婚可以申請搬離宿舍。唉啊！為了能逃離那個鬼地方，宿舍退宿規章，我從頭到尾，背得滾瓜爛熟哩！」

「結婚？那我不是要拿出證明嗎？」

「對啊！」安平從照後鏡對徽杭眨了個眼。

「那徽杭等於是要找一個『終身室友』來取代一個『暫時室友』，這樣有比較好嗎？」慧婷看著徽杭，兩個女生在後座開始竊竊私語笑起來。

第五章：Section 8 Apartments（社會住宅）

車子從 I-90 公路切換到了 I-290 公路，沒多久又接上 990 公路，不知為什麼，那些個綠色的交通標誌標出不同的地名，以前唸外文系從來未曾發現，原來英文字母打在交通招牌上，顯得如此特別別緻整齊。往北沒多久，看到水牛城大學（University at Buffalo；在地人都稱 UB）的牌子，突然有陣莫名的衝動，原先在徽杭心中對未來恐懼的感覺，漸漸散了，不知為何，心裡開始充滿期待，對於未來，對於自己，對於人生，似乎沒有那麼可怕，也許一切都會越來越好，漸入佳境的。

沒能看到學校，車子繞了一大圈的下了交流道，進入一條名字很爆笑的道路，叫做甜蜜之家街 (Sweet Home Street)。

慧婷立刻說：「學長，住在這條街道的人一定很幸福，因為他們的住址是 Sweet Home。」

「沒錯，這裡治安非常好。已經連續幾年，這區都被選為全美治安排名前三的區域，Amherst。很多人以為是麻州的 Amherst，其實報導上排名寫得很清楚，是在紐約州的 Amherst。等妳待個幾年就會知道，這裡很少有重大社會案件。有一位學長，嗯，妳們之後也許會認識，他領老闆計畫，然後一人養全家大小，非常優秀的學長。他有部爛車，NISSEN Central，冬天來臨時，街道一直有鏟雪車，一直灑鹽，目的為了讓地上的雪可以不要結凍，也可以盡快融化，但是因為這些粗鹽讓一堆車子都會生鏽。日本車是好車，但是也敵不過這裡惡劣的氣候。妳們這位好學長，別人生鏽都是在車子底盤、門邊、窗邊、後車廂等等，他的是在門邊沒錯，可是偏偏生鏽的地方在駕駛的車門，沒多久車子就鎖不起來，開到一半，車門還會自動彈開，所以他都用右手開車，左手拉著車門。到最後他停車乾脆就不鎖車門，反正也鎖不上，鑰匙就插在方向盤的車孔內。結果有次一出門，發現車不見了，他很緊張，緊張不是他的車不見，而是那天他急著要接小孩，他馬上打電話叫我載他先去接他小孩下課，他也沒報警，想說連那麼爛的車子都有人要偷，右手開車還要一面用左手提著門，就送給偷車賊吧！沒過幾天，車子還回來了，油幫他加滿，門還幫他暫時用個繩子綁起來，寫個紙條說，『抱歉，急事，借開了幾天，車子是好車，謝謝。(Sorry, emergency, borrow a few days, nice car, thanks!)」

慧婷跟徽杭聽得神奇，眼睛直發亮：「這在台灣絕對不可能，真妙啊！」

「妳是指車子還是人？」大家又是一陣笑聲。

Sweet Home 街上沒走多久，很快就在一個叫 North French 的街上左轉，除了轉角看似一家銀行，加油站幾個小商店之外，沿途全是樹林，與「繁華」成對比的「荒蕪」兩字都沒辦法真正形容這種同樣屬於紐約州，卻完全聞不到大紐約任何繁忙氣息的樣子。不到幾分鐘，右轉到了 Sundridge，直行進入一個社區，兩側整齊的公寓，筆直的樹木，遠處還有幾處像是人工小湖的噴泉，真像進入高級住宅區裡。慧婷跟徽杭讚嘆的哇嘩聲此起彼落。

安平點點頭：「喔，這邊是有些高級，很好，不過，這不是我們要去的地方。我現在帶妳們到會長家，在下一區，走進 Travers Blvd，嗯，聽好，是貧民區，喔，不，是平價的平。我們幾乎所有電機系的同學都是住在這區，這區都是窮人住的。它是由美國州政府補助給美國居民的社會住宅，每個月的房租很便宜。兩房一廳的房子才兩百多塊，兩人平分一人只要一百出頭，非常便宜。」

「學長，你有綠卡嗎？為什麼可以接受他們的補助？」慧婷想探探口風。

「沒有，當時逃離宿舍的主要原因就是這種社會住宅排到了，我在宿舍時跟一位電機系的同學一起申請，等一下你們會遇到他，就在另一部車內。這裡非常搶手，也不知道是從哪個古早年代的台灣學長開始，大概是他的孩子出生後，自然就是美國公民，他就排隊申請。申請到之後，再住一陣子，就又申請房租津貼補助，後來其他台灣同學也紛紛找人一起申請，竟然很快就排到了，本來以為給美國人的社會住宅，我們外籍人士不能申請，沒想到表格填了，也給我們一樣低廉的價錢，大家口耳相傳，這邊就越來越搶手了。不過聽管理室說，再過一陣子，就要取消非美籍人士居住的補助。住還是可以住，但是要付的價錢必須比美國人貴一倍以上。不過，這也已經說了好幾年，也許實施時，我們都畢業了。總不可能因為便宜房租一直待在這裡當學生吧！」

「學長，那這種給窮人補助的社會住宅，放在那些看起來像高級住宅的地方，都沒什麼問題嗎？」慧婷好奇問。

「什麼意思？妳是指治安嗎？」

「不是，是指其他那些住家會願意喔？」

「應該還好吧！如果是那種頂級的高級豪宅，不在這裡，這邊有些是出租公寓，租金還是很貴啊，有些則是自己買的獨棟房子，都彼此有一段距離，這裡很空曠，還好啦！」

雖說是補助給窮人家低收入戶的房子，建築外表看起來非常親切，跟剛才經過的高級出租公寓外觀上幾乎沒有太大差異。每棟都只有兩層樓，每層樓只有兩戶，樓上及樓下總共四戶。外觀有的貼紅磚，有的則是貼木條，社區住戶從美國人角度應該算是普通、平價，但是從台灣去的留學生眼裡，已經是很高級可愛的社區了。整體看來，是一個非常舒適乾淨的環境。這時另一部車也停了下來，出來的是至威與文光及載他們的學長，蘇品哲。

至威一下車連忙掏出錢包，塞個 $10 給接機學長。「學長，謝謝、謝謝！請收下。」

「幹什麼啦？沒人在收錢的啦？這樣車程不過十幾分鐘，我給你收 $10？我告訴你，美國石油比台灣礦泉水還便宜。你敢給，我才不敢拿。」品哲連忙搖手拒收。

「學弟，這就是你不對的地方，我們品哲是什麼人，對不對？你敢眾目睽睽給，他哪敢大方拿？下次給他錢，偷偷給，客家人，保證必收。」大約 180 公分左右的安平用力勾了一下只有 165 公分的品哲肩膀。

品哲用力甩開：「你少噁心了，嫌我客家人小氣貪錢嗎？」

「喔，他不貪錢，也不小氣，是節儉，他那台車，是前年買的，買的時候車齡都十五年了，你們來猜看看，多少錢一部？」

「$2000？」至威笑笑說。

「真的，好學弟，你認為有 $2000，太好了，就賣給你吧！」品哲哈哈大笑，彈了一下至威的額頭。

「$500！今年新生真會拍馬屁！」安平沒好臉色的看看至威。

「這麼便宜，難怪學長會考慮買。」連慧婷也覺得不可思議。

「別糗我了，買了之後，不到一週，大修特修，修理費用就花了 $600，還不知道能熬過幾個冬天呢？沒關係，只要我能盡快畢業，求老天保佑，我有車子開就好了。」

「水牛城真的很漂亮，沿途的感覺超好，可是從來沒有一個旅遊書會介紹這個城市。」至威興奮的說。

「沒錯，美國真是一個很美的國家，有很多漂亮的城市，除非自己親身體驗過，不然是不太可能一一由旅遊書裡面介紹出來的。那麼多人想移民美國，不是沒有原因的，美國環境真的很美。」慧婷跟著答腔。

「像這裡，一般人都只知道水牛城有知名的尼加拉瀑布，而且大半旅客都是在加拿大區，在加拿大可以一觀尼加拉瀑布的全貌，而美國區的視野就沒有加拿大那麼遼闊，所以旅行團都是帶旅客去加拿大境內看瀑布。但是也有人喜歡美國區這邊的瀑布，那種靜謐的感覺是與加拿大邊境的奔放，兩種是不一樣的觀賞方式。」品哲說完後，幫大家開門，他一手扶門，一面笑著說：「會長家平常進出人口眾多，要處理留學生大小疑難雜症，所以大門從來不鎖。」一夥人就這樣的浩浩蕩蕩進了會長家。

會長夫人阿花非常親切的招呼大家，「應該都還沒吃飯吧！我做了午飯，一起吃吧！喔，吃之前，先打電話回台灣給家裡報平安，這邊現在將近中午，等於台灣快要半夜 12:00 了，不要讓家人著急得睡不著覺。」

徽杭跟其他三位同學就排隊打電話，徽杭讓他們先打，等輪到徽杭時，不知為什麼，電話一接通，喉嚨像是扎了刺，淚水大顆大顆毫不留情的掉下來，徽杭心裡想，我沒有什麼好傷心的，我這是幹嘛呀！

「媽，是我，徽杭。」

「是徽杭？到了嗎？一切都平安嗎？」電話那頭傳來媽媽急切的呼喚聲。

「非常平安，學長早就在機場接機等我們了。現在在同學會的會長家，準備吃飯。」

「這麼好喔！不要給人家添麻煩，電話費要付給人家，知道嗎？妳從小到大學都是住家裡，沒離開過家，媽不在身邊，妳要自己獨立些，懂事些，知道嗎？」

「好，我知道，媽，妳也要好好照顧自己。那我掛了喔。」掛了電話，徽杭眼淚卻仍是止不住，心裡想，大家看這一幕，一定知道自己是個愛哭鬼了。至威突然一直瞅著徽杭，過了許久，哄堂大笑起來：「天啊，真的是妳！妳就是那個在中正機場，一路進到登機門，還一路哭哭啼啼的女生。哈！我還想說千萬不要跟這種人當同學，好不巧喔！」至威講完，大家也跟著笑開了，原來這個女生又會吐又愛哭，真的看來一無是處。

會長夫人連忙替徽杭解圍：「學妹，妳不用叫我會長夫人，大家都叫我阿花，啊，我先生回來吃飯了。他等一下也要去機場接另一批新生。」

「你們真好，這麼用心去接新生，真的感謝你們。」慧婷說完，大家異口同聲向會長說謝謝。

「不用客氣，以前我們來時，學長也是這樣照顧我的，應該的，我今年才剛從學長手中接下會長的職務，我叫郝仁義。」

「大家都叫他『好人』。」安平在一旁調皮的說著。

也許是肚子餓了，中餐在空氣中飄散著辣炒高麗菜及黃豆芽的家鄉風味，會長夫人還炒了蕃茄炒蛋、煎了鮪魚、還有黃瓜魚丸湯，全部都是非常可口清爽的菜餚，大家吃得狼吞虎嚥。至威跟文光直呼羨慕，會長每天都可以吃到這樣的飯菜。

「吃完之後，就要來分配誰住誰家，剛剛那群 MBA 的學生已經各自被接到他們的學姐家了。你們剛來，有很多事情不懂，都可以跟學長請教，盡量讓自己很快上手獨立行事。我們會帶你們去找房子、找車子，人多比較好，一起選，價錢也好殺，甚至可以一起當室友。」會長一面說著，筷子一面在空中飛舞著，頗具威嚴。

「喔，搞不好你們三人可以去找一間三人房的公寓，兩男一女，可以互相照顧也不錯。」安平很快的提議。

「為什麼？那剩下一位學妹怎麼辦？」品哲指著徽杭。

「她要住宿舍，不買車，離開學還有一段時間。好處是我們不用帶她找房子、買車子，但是，壞處是她恐怕要比別人借住得久。如果慧婷他們三人找房子，應該一週內就能搬了，但是徽杭可能要住上三週。宿舍什麼時候可以開放住？」

「八月二十二日。」徽杭頭低低說著，她沒想到自己會給大家帶來不便。

「妳知道八月二十二日才開放，這麼早來，妳本來打算住哪裡？」阿花眼睛睜得大大的。一時之間，徽杭也不知如何回答。

「沒關係啦！人都來了，我們再想辦法，如果慧婷他們三人找到了房子的話，徽杭可以暫時擠個幾天。」品哲跟徽杭眨眨眼。

「對，沒關係。徽杭可以待我房間。」慧婷甜甜的說。

「所以，看來我們三個人就這樣被送做堆，非得住在一起了喔！」文光看看慧婷跟至威。

「在找房子前，還是要先把他們全部分散開來在其他人家中，不然不可能你們兩個大男生有辦法一家多添他們四個人，而且別忘了，你們兩位還有一堆新生要去接，接下來不是就沒事……你要帶他們辦理銀行開戶存款，去學校辦證件，辦社會安全碼，如果要買車的，還要考筆試，先拿 learner's permit，你們才能陪他們在路上練車，不然到時被警察抓到就慘了。就算有國際駕照，也只能撐一陣子。之後開車練熟，就要安排考路考。這些都是事情耶！」會長對著安平跟品哲說。

「沒問題，剛才吃飯時我就已經想好這個問題了。這兩個男生就住我們客廳，品哲，可以吧！慧婷跟徽杭可以丟給賴秋雪，她也是唸 TESOL 的。你們領域近，可以跟她多學學。」

「可是，你確定秋雪那邊可以放兩個人？她跟室友是住一房一廳的公寓，客廳很小，你最好先問問秋雪，她最近心情不太佳。」阿花一旁插嘴。

「出了什麼事？反正都是女生，兩個在客廳擠一擠，等慧婷一找到房子，就會搬出去，也不是什麼大問題。」安平皺著眉頭說著。

「好吧，反正你跟秋雪熟。」阿花手一攤。

「那麼，現在你們就先到安平跟品哲的公寓。開學之後，等到新生人數確定，就會送個 email 邀請大家參加同學會，會有通訊錄，也會有會長及其他工作人員的名字跟聯絡方式，有活動歡迎大家參加。」

「謝謝會長。謝謝會長夫人招待。」四人恭恭敬敬的鞠躬九十度。

這個社區規劃得非常完善對稱，所有建物僅有兩層樓高，北邊及南邊的房舍個別以兩個區塊的大ㄇ字排列著，北邊及南邊還夾著一個中間的區塊，這個區塊則規劃了一字型的房舍，共有七列，每個區塊都空出一大片劃好格子的停車格，每個格子都大得可怕。還有一大角落，有個正方形很大的密封式垃圾桶在那裡安置著，垃圾桶開了一個小孔方便大家丟垃圾。徽杭離開時，看到幾隻肥胖的貓翻箱倒櫃，跳上跳下的在一堆紙袋找尋食物。會長家就在這南邊ㄇ字區塊內，安平跟品哲的公寓則座落在比會長家還要更好的位置，就是這社區視野最佳的的第二排，呈現一線型的區塊中，位於正中央，面對更大一片綠地，通過綠地之後就是這區域中第一排，第一個一字型的建築物，是一樓的平房，內部規劃為管理室、洗衣室跟烘乾室及維修室。再不遠處，有小孩玩耍的盪鞦韆跟溜滑梯。此時，徽杭有些後悔自己要花比別人高出一倍以上的價錢，住在學校宿舍裡，更差的是，還要跟人合用一個房間，這是最令人擔憂的。如果室友也像安平學長遇到的一樣，一天到晚帶異性友人進房間，她真不知該如何是好，她一直想，是否在還未搬入時，考慮跟學校要求退租呢？可是，交通又是問題，在北校區的就學是一定要開車的。剛才吃飯時，會長已經概略介紹，如果是唸醫科的同學，多半住在南校區，南校區往南到水牛城市中心有短程單軌地鐵；往北可以到北校區，有校車聯繫，班次頗多。所以，除非是住在南校區，搭公車到北校區上課。可是室友呢？現在感覺慧婷他們三人決定要一起找公寓了，這裡最多是兩房一廳的公寓，要找三房一廳的已經沒那麼容易了，更不可能有四房的。

安平打開房子大門，裡面擺設得非常男性化，一看就知道是兩個大男生住的。倒是徽杭一眼瞄到品哲房間掛著一個小提琴，幾幅山水畫，而客廳放了一架鋼琴，看不出來學理工的人，也有那麼詩「琴」畫意的一面。安平做事毫不拖泥帶水，他讓至威與文光在他公寓裡整理行李，就直接帶著慧婷跟徽杭去找秋雪了。徽杭等於是插花硬被插進來的，想想自己也真是大膽厚顏。會長夫人講得對，明明八月二十二日才能開放宿舍，不能提早入住，為何她這麼早來，而且事前完全沒有仔細思考提早來住的問題。大概她以為提早來，大家接機，是一定會讓她入住的，看到那些學長這麼忙，這樣抽空幫著新生，真的應該要感謝了。

第六章：免費短宿

安平口中的秋雪，是位了不起的人物。她是台大外文系的高材生，在外商公司擔任秘書工作，精通數國語言。她跟安平很聊得來，去年來美國求學。她當時一來就與其他新生不一樣，年齡比同屆同學大一些，工作多年的經驗養成了她的獨立幹練，凡事都靠自己。書唸得好，又會玩，聖誕節大家都是集體行動，一起租車到紐約、波士頓、華盛頓或是南方玩，她卻一人自助旅行到義大利。結果在義大利，一個閃失，護照跟錢包竟然就被扒手扒走了。換做一般女生，早就急得淚眼汪汪，等親友寄錢，重新辦妥護照後，打消旅行念頭就馬上回美國。但是她冷靜的打了電話，跟一位電機系的大帥哥借錢，等補辦了證件後，她依舊照既定行程，繼續一人玩下去。這件事情很快的就在台灣同學圈內傳開了，大家都視她為水牛城的傳奇女子。傳奇人物當然不只她一個，徽杭知道自己不起眼的外表、膽怯的個性，永遠不會是以後學弟妹口中的傳奇人物，因此很好奇的想看看，這位學姐到底有什麼三頭六臂，能夠讓安平學長嘖嘖稱奇的講了她一堆新鮮事。

「哈囉，學妹帶到了，她是今年入學的新生，算是妳直屬學妹了，以後請多多照顧。」

眼前見到的，是一位身材修長高挑，大約 166 公分，留著一頭過腰的微鬈髮、雙眼炯炯有神、面露自信的新女性，是一位中等美女，講話語調的抑揚頓挫非常吸引人：「兩位都是啊？我以為只有一位呢。」

「喔，只有一位是妳系上的，還有一位是唸語言學的。」

「語言學帶來我這裡幹嘛？你是嫌我家太小還是太大？」

「妳怎麼這樣說，我人都帶來了。」

「是妳唸語言學嗎？叫什麼名字？我跟妳直說，這裡是一房一廳，我跟我室友，也是唸 TESOL 的，一起合租。本來我們是兩人睡覺一起合用一間臥房，客廳當成書房，後來想說反正我們男朋友都在台灣，平常不會有男生進來我們公寓，所以現在變成臥房是我室友睡覺看書用，客廳就歸我了，所以等於客廳是我的房間，這裡沒辦法再塞第三個人。」

「她叫徽杭，不過妳怎麼這樣，妳室友人不是在台灣嗎？她開學前一天才回來，妳可以先睡她房間，把客廳給兩位女生睡呀？這只是暫時的過渡期。」安平不耐煩的說著。

「沒關係，學姐，不給妳添麻煩。」徽杭怯聲的說著。

「不給她添麻煩，就是要給我找麻煩，我現在要把妳擺哪裡？」安平一直搔頭跺腳。

「等等，妳說妳唸語言學。安平，你記不記得，上次辦春節活動，有一位研究員是唸語言學？後來她跟你們不是偶爾還有聯絡過？你不是還去她實驗室錄音？」

「對啊！妳不說，我怎麼忘了。不過，人家身份不是研究生，她已經從加州大學拿到了博士學位，現在做研究員，我借用妳電話問一下好了，看她是不是能通融個幾天？」安平一面撥著電話，一面看著徽杭，「不過，徽杭，人家如果願意，妳要守規矩。畢竟身份不一樣，人家不是學生，是要去上班的，人家也沒有車，是住在南校區，你不能依賴她去採買東西。」

「喔！我懂。」徽杭用力的點頭。

電話很快就撥通了，「學姐，我是安平，上回到過妳實驗室當過發音人，記得嗎？妳現在在忙嗎？喔，是這樣，那正巧，有件麻煩事要請學姐幫忙。有沒有任何可能在學姐那邊塞一位學妹幾天，她也是唸語言學的？對，剛下飛機，其他系都有台灣同學，你們語言學聽說沒有台灣人，我完全不熟這個系，沒聽過有誰是台灣來......真的，可以嗎？現在就可以帶過去，這麼好，謝謝學姐，妳太好了。妳把地址給我一下，我很少到南校區去。一會見，bye bye。」安平回頭看徽杭：「愛哭鬼，有沒有嚇到要哭？妳運氣真好，學姐叫我現在帶妳過去，她說她地方夠大，可以讓妳住一陣子。」

「哇！那太好了，這樣徽杭有地方可以暫時待下來了。」慧婷牽著徽杭的手歡呼著。

「真是圓滿的結局。剛聽慧婷說妳要住宿舍？」秋雪倒了杯果汁給徽杭。

「對，因為我不會開車，又是第一年，想說人生地不熟，住宿舍會比較方便。」

「沒錯，而且宿舍的好處是可以認識到很多來自世界各地的朋友，也可以趁機多練習英文。如果妳一天到晚跟這些台灣來的留學生鬼混，就會少了很多練習說英文的機會。」秋雪也給安平倒了一杯，「妳不要看安平，他們電機系跟我們語文科不一樣。在電機系，教授不是亞洲人就是印度人，白人很少，有些討論課 (seminar)，講台語也能通。」

「喔，我忘了說，妳們學姐也是在宿舍乖乖住滿一年。後來，覺得實在太貴了，今年五月約滿，就跟同班同學劉若芬一起找公寓住。妳學姐跟劉若芬個性完全不一樣，妳學姐用功好學，若芬混到極點，很多教科書都不買，都是用妳學姐的。」

「幹嘛這樣講若芬？等她回來，一定以為是我在背後講了什麼。沒有啦，若芬是小學老師，她是留職停薪來唸的，對她而言，回去反正有穩定工作，她就比較不會要求成績、學業之類的表現。我不一樣，在商界混了幾年，有點累了，回去想找教書工作，所以比較在意成績課業。兩個人比較的基準點不一樣，所以不要聽學長亂講話。來，我坐安平的車，慧婷我們一起跟徽杭去看看，等徽杭安頓了，再讓安平把我們載回來。我也想見見這位研究員學姐。」

「妳真懶，為什麼不妳開一部，我開一部？」

「安平，不要小氣嘛！我不喜歡開車。」

「哪裡是？是不會開車吧！妳們學姐什麼都好，獨立自主、聰明能幹，可就是開車笨，笨、笨、一路笨到底。駕照路考考了兩次，第一次把路考官嚇到心臟病都快發出來了……」

「那是誰教得好啊？要不是你把台北開車的壞習慣教給我，我哪會開成這樣？反正我就是愛坐你的德國 WV 車。」

「所以，學長開的不是爛車？是德國車？」徽杭訝異的問。

「爛車？誰告訴妳的？」秋雪連忙回頭問。

「喔，沒事！我亂講的。」徽杭羞愧到極點，剛才不是說自己在車上吐沒關係，反正是爛車。

「所以，學姐，妳也是才剛學會開車？」慧婷馬上轉話題。

「妳沒聽到，她路考考了兩次，駕照七月三十日才拿到，今天才幾號？八月二號，也好，坐我的車吧！救妳一命。」安平一面說著一面跟慧婷眨眨眼。

從安平家的路上往秋雪住處，沿途跟剛才進到安平家的社區很不一樣。秋雪住的地方交通非常繁忙，是在學校附近一條東西向主要道路，名叫 Sheridan Drive（喜來登大道），它跟南北向的 Niagara Falls Boulevard（尼加拉瀑布大道）交叉，尼加拉瀑布大道是一條筆直南北向的大道，它從南校區可以直通到很北邊的尼加拉瀑布。徽杭想著，難怪秋雪學姐會想坐安平學長的車，而不願意自己跟車去拜會那位研究員。整個大馬路非常繁忙，才拿到駕照四天的人，怎麼可能敢在這樣的交通要道開呢？

從 Sheridan 經過了繁忙的要道，往右轉到尼加拉瀑布大道，往南走在接近南校區的路段，這時又呈現出不一樣的景觀。這邊沿途的住宅，全都不是制式化的公寓，在安平及會長那裡，那些公寓房子都是一個模樣刻出來的。這邊不一樣，這裡雖然房舍之間的距離很近，但是都有足夠的車道可以停車，有些家庭甚至有車庫，後院還有塑膠充氣游泳池。反正，沿途全部都是獨棟的兩層樓房，每間房子都各有特色，全部都是台灣看不到的斜屋頂，二樓都有個大露台。有些家裡一樓陽台外擺著小孩的鞦韆，窗戶還鑲著風鈴。雖說是八月，太陽完全沒像台灣那麼烈豔高照，車內不需要開冷氣，大家幾乎都是開著車窗，呼嘯而過時，都可以聽到風鈴飄在風中發出清脆悅耳的聲音。

不知為什麼，如果不買車，其實南校區似乎很不錯。徽杭正這麼想時，慧婷竟脫口而出了。

「學長，你們都把南校區講得很可怕，什麼離北校區遠、黑人多、治安差，台灣同學少，可是進來這裡的感覺，真的很不錯呢！」

「那可以啊！妳跟那兩位電機同學就來這附近找房子吧！一堆出租呢！」安平不屑的搖著頭。

車子很快就找到 Springville 街，徽杭跟慧婷靜靜的看著兩排頗具特色的房子，寬大的馬路，人行道上整齊的樹木在空中搖曳，偶爾，還能聽到更遠處風鈴的聲音。

「這麼快就到啦！」一位和顏悅色，氣質高雅的小姐開門招呼大家。

「學姐好，這是剛來的小學妹，叫做蘇徽杭。劉秀雅博士從加州大學畢業一、兩年了，現在在心理系擔任研究工作，妳要獨立一點，不要給劉博士帶來困擾。」

「叫我秀雅學姐就好，不用稱呼博士。我看，大學畢業的女孩子都很獨立的，看她樣子很乖，應該不會需要什麼照顧的，不過，我這裡沒有車，妳有什麼打算嗎？」秀雅非常體貼的，替大家開車門。

大家陸陸續續走上二樓，徽杭偷偷的往半掩的一樓瞄了幾眼。房間佈置得與先前看到的學長、學姐們那種克難的方式完全不同。一樓的客廳擺設非常雅緻，而且感覺上似乎有好幾間客房。

「一樓客廳佈置得很溫馨，不是嗎？我很嫉妒他有客廳。住的人是老美，叫做 Mike，妳今晚可能會遇到他。他也是位學語言學的學者，是我加州同屆同班同學，比我早一年畢業。畢業後這邊的心理系提供了他研究工作的機會，他就北遷過來了。很多傢俱都有南方墨西哥風味的氣息，因為是從西岸搬過來的。」秀雅客氣的領大家進入二樓，安平像個小孩子一樣開心的東張西望。

「自從上次替妳做語音實驗的發音人之後，我都沒跟妳聯繫。要不是帶學妹過來，我還沒機會進妳家參觀呢！」

秀雅學姐的房間佈置的又與一樓的房間很不一樣。一樓整體擺設的感覺，很像是在電影上看到的那種美國家庭的擺設。客廳大大的，沙發是那種軟綿綿還鋪著毯子的樣式，好像晚上可以在暈黃的房間裡，蓋著毯子邊看電視邊吃爆玉米花，隨手拿著遙控器翻啊翻的翻電視，任何東西都可以隨手可得的那種自由。秀雅學姐沒有客廳，一進二樓就是廚房及餐桌，似乎她剛用過午餐，餐桌整理得很乾淨，中央擺了一盆花，但是餐廳隱約散發出炒菜及煎魚的味道，才剛在會長家用過餐，可是徽杭又覺得有些餓了。她朝一個半掩門的房間望去。有張很大的雙人床擺置在房間正中央，床上放了好幾個別緻的睡枕，十足女生的房間，這是徽杭在其他前面幾間留學生的住家裡都看不到的傢俱。床旁的左邊擺了一個核桃木的書桌，書桌上有個電腦還放了幾本書，雙人床的右邊擺了跟書桌一樣的核桃木，只是，是個小桌几，小桌几上擺了一盞歐式布燈，一杯茶還微微的冒著煙。這裡說不出來的令人喜歡，有種神秘寧靜的感覺，窗簾都是同色系的白色薄紗，隨著風吹而輕微的搖擺，透過搖擺的空隙可以微微的看到屋外鄰居的窗戶，那窗內盤踞著一隻黑貓，牠也懶洋洋的在打探著這扇窗內的人群。

徽杭一眼就愛上這樣的屋子，她真恨不得這就是她自己可以住很久很久的窩，當然，她知道一旦慧婷找到房子，她就應該搬離了。這是她二十二年有生以來，第一間有感覺的房子，跟台灣父母為她佈置像中學生幼稚的房間完全不一樣，這也會是她在美國要住的，第一間房子。她不知道美國這個國家跟她的緣分會有多深多遠，她不知道未來要在這個國家待上多久，但是她說不出的瘋狂的愛上這間房子，所以她決定從今晚開始，她要好好的、仔細的記住這間房子所有的樣子，它的擺設、它的地毯、它的窗戶、它窗外的風景、它的窗簾，連窗簾因風而擺動的樣子，她都要記住，一切的一切，新鮮的記憶，永遠永遠記著。

「我這裡比樓下小一點，是 Mike 先找到的，住了一陣子，沒多久，我也找到心理系的研究工作。我那時就很喜歡這裡。這裡交通算方便，Mike 跟我都習慣加州的交通，反而對於這裡居民依賴車子行走，到現在還是不習慣。當時 Mike 找到這裡後，發現第一、它就在南校區附近，走路到車站才十幾分鐘，交通方便。第二、這附近有個很大的超市，走路才五分鐘，每次做菜發現少根蔥、少個蛋，走幾步路就可以買回來了。

那時本來二樓有別人住，Mike 就先打聽對方的租約，沒多久等對方離開了，Mike 立刻跟房東講，房東挑人非常嚴格，還要面試，反正後來很幸運，就搬進來了。」秀雅一面說著一面替大家倒茶，順便介紹房子。

「我這邊只有兩間房，Mike 樓下有三間。」秀雅說完替徽杭挪挪椅子。

「三間？Mike 一個人住需要三個房間？一間睡覺，其他兩間養蚊子嗎？」安平驚訝的大叫。

「畢竟我們都不是研究生呀，都已經拿到學位了，不太習慣跟別人合租一個公寓。就算有自己房間，但是要下廚，要用廁所，要在客廳看電視，這些都是要合用，這樣一定會起衝突。我們這種年紀已經過了那種一起分享使用的年紀，懂嗎？水牛城這邊套房很少，就算有，我們也不想住那種小套房。」

「別說妳已經過了那種一起使用的年紀，如果我有妳這種研究員的薪水，我也不會跟人合住，作息不一樣，有時真的很麻煩。」秋雪帶著羨慕的眼光往房子四周環繞著。

「我這裡有兩間房間，這邊暫時讓妳住。」秀雅對徽杭一說完，大家高聲驚呼，一陣羨慕讚嘆聲。

徽杭環繞著房間四周，這個房間起碼有八坪大，擺設非常簡單。有兩個直立的大窗戶，還有一個落地窗直通外面側邊五坪大的露台。落地窗旁擺上一個搖椅，搖椅旁放了一個小茶几，茶几附近有一盞立燈，靠牆的地方放了兩個九宮格的書架，書架上擺滿了小說。房間室內鋪了大片剪裁無縫的地毯，地毯質料是屬於高級長毛絨料，走在地上都覺得有跳躍的感覺，她有種想要立刻躺下睡覺的心情。更別說地毯的顏色，是淡系列的粉紅色，那是徽杭最愛的顏色。

「好好喔，沒想到徽杭可以住在這麼高級的豪宅，我可以搬過來嗎？」慧婷撒嬌的看看秀雅及安平。

「當然不行，妳讓妳直屬學姐照顧，人家秀雅學姐是要每天上班工作的，妳不要這麼現實，看到人家房子大就想來住。」安平立刻訓了慧婷一頓。

「不過，妳們還沒說妳們的計畫，要在這裡待多久呢？」秀雅有點不安的看著安平。

「是這樣，我們是安排慧婷住在秋雪那邊。之後慧婷會跟其他電機系兩位新生一起找房子，不過徽杭是要住宿舍，宿舍二十二日才會開放。」

「什麼？二十二日？那，那她要在我這邊住到二十二日？」

「沒有，慧婷跟那兩位新生會盡快找到房子，現在才八月初，還好他們算是早來水牛城，空屋很多，順利的話一週就可以找到了，到時徽杭會搬過去跟他們住，幾個新生有個伴也好。」

「是嗎？如果是這樣，就讓慧婷跟徽杭待在一起好了，兩個小女生有伴，我上班時，她們可以一起活動，比較不會孤單。而且慧婷如果沒有一定要住在北校區的話，我們這一帶有很多像這樣的房子出租。」

「真的嗎？太好了，我喜歡這裡。學長，你可不可以等一下回去時幫我帶話給至威跟文光，我想在這邊找房子。因為如果他們男生想買車子，我可以偶爾搭他們的便車到學校，有時也會走路去南校區的車站，坐車到北校區。」

「喔、喔、喔，好的都被妳撿去，妳不跟你秋雪學姐住，看徽杭一人住這麼大一間，妳就要過來一起住，現在連車都不想買，想要搭男生的便車喔！」

「沒關係，我看她們兩個小女生都很乖，就住在這裡，順便可以在附近找房子好了。秋雪，這樣可以嗎？」

「當然可以，我才懶得照顧新生。安平最會做這種事，硬要把人丟在我那裡，我又不愛開車，現在最好，安平你負責帶她們去開戶，反正辦社會安全卡也在南校區附近。」

「Navy Bank 海軍銀行也在附近，她們應該都還沒存錢吧？錢不用放太多在身上。」秀雅看著兩位小女生點點頭的說著。

「謝謝學姐了！」慧婷跟徽杭高興的互看著，覺得人在異鄉，能夠有個這樣舒適的地方窩著，真的像在作夢一樣。

「那麼現在就帶妳們出去辦，還是妳們要先休息整理一下呢？」安平晃著車鑰匙。

「現在！讓我們看看美國吧！」兩位女生頭也不回的想要往樓梯方向走。

「好吧，也讓妳們看看秋雪的英文有多溜！」安平朝著秋雪眨眼。

「怎麼，我也要跟去銀行？我現在不用帶學妹，燙手山芋給你啦！我要拍拍屁股回家了！」秋雪一路走還真的在自己的屁股拍了兩下。

「喔，這樣，妳不想幫忙也沒關係，那自己走路回家吧！大概要走個......一個鐘頭吧！」

「喔，shit，忘了我沒開車！」大家沒預期到秋雪這種高挑又有氣質女生會迸出一句這樣的髒話，都哈哈大笑起來。

「喔，學妹，讓妳們見識到來美國的第一課，沒車就是沒腿，有車才是大爺。去哪裡由大爺說了算。」安平神氣的撥弄了一下頭髮。

「學妹們，讓妳們見識一下美國的第二課......」大家還沒回過神，秋雪說時遲那時快，冷不防的朝安平的小腿拐了一下，安平一瞬間差點跌坐在地上，大家都嚇住了。此時只見秋雪以拍洗髮精廣告的姿勢，撩弄一頭長髮，回眸一笑的說：「美國的第二課就是：Lady first（女士優先）。我先走！別擋路！」大家又笑了，笑到蹲在地上。徽杭心裡想，從一下飛機後到現在短短才幾個小時，看到台灣來的留學生互動是這樣的有趣，整個留學生組織是這樣的團結有力，學到的又何止這兩課？

大家跟秀雅學姐揮手說等會回來，徽杭下樓梯，不時回頭再度望著被風掀起微動的白色窗簾，不知為什麼，她已經開始戀眷這裡了。

第七章：社會安全卡

　　「學長，我想問你，為什麼秀雅學姐有一張那麼大的床，你們其他人都是兩個單人床墊疊在一起？」徽杭一坐上車不等大夥坐穩，馬上問問題。

　　「妳這什麼問題，只要有錢，妳就可以像妳學姐一樣，買這麼大的雙人床(queen size)，懂嗎？妳以為買床是件簡單的事喔？首先，妳要買床架，要自己會 DIY，當然啦，妳們這些嬌嬌女，一定是嬌滴滴的說，『喔，no，學長，我不會組裝。』然後我們男生倒楣，就要幫妳們慢慢裝，之後妳們能回謝我們的，就是煮一桌讓我們難以下嚥的菜。好啦，組裝完畢了，接著，妳們又要叫我們去幫妳搬床墊，因為店家不負責外送，外送還要另外加錢，我一個人去一定搬不動，還要找另外一個男生搬，搬到妳家之後，回謝我們的就是倒杯果汁，就隨意把我們打發走。我告訴妳，在這裡，有錢，可以解決一切問題；沒錢，就要看人臉色做事。要買大型傢俱前，請先想看看，有誰能幫妳搬，記住喔，要先找好人，才能買大東西喔！不要不用大腦先買好了，然後打到實驗室來煩我叫我搬，我有氣喘，不能抬重東西。我買德國五門車就真他媽的後悔，一天到晚出車，還要我出人來載東西，可不要還想找我出力搬喔，先說好！另外，既然我們是窮留學生，請用最節約的方式生活，想想看嘛！房間如果都佈置得像秀雅學姐家溫馨感人，誰還願意在冬天下雪時窩在實驗室等統計結果？我告訴妳，房間越簡陋越好，傢俱盡量撿別人不要的，美國遍地是黃金，很有錢，沒事就會丟傢俱在外面。妳呀，以後有車就在夏天時，開車沿著湖邊慢慢看，一定可以撿到一堆寶。真搞不懂妳們這些女生，一進到學姐房子，兩個人眼珠子都像快要掉出來一樣，怎麼這麼現實，拜託，房子佈置那麼舒服，妳會想要早畢業嗎？還有，我們的床墊，不是買的，都是前前前前前一代的學長姐畢業後慢慢流傳下來的，年代久遠已不可考。最後，為什麼要兩個床墊呢？因為一個床墊到冬天就會很冷，妳會覺得地上的冷空氣全都吸到床墊裡面一樣，妳好像還是躺在一個冰櫃上，所以，時代流傳久遠的床墊多半已經很難睡了，要放在底下，比較好睡的疊在上面。」

「唉呦，安平，你話真多，跟她們兩個小女生解釋這麼多幹嘛，反正她們一副就是嫌棄我們窮人的樣子，就讓她們先快樂的過著這個蜜月期，等到開學兩週後，她們就開始眼巴巴望著床墊，還不知道何年何月才能舒服的躺著！到時候她們就知道，能撈上個覺睡就要偷笑了，還想睡大床！」秋雪也沒好氣的說著，徽杭知道她問的問題有多愚蠢。

「學長、學姐，對不起。我們剛從台灣來，以為這邊生活跟那邊一樣，我們會慢慢學習。」慧婷連忙打圓場，她也不敢相信徽杭會蠢到問這種問題，刺傷學長姐的心。

照理說，台灣八月是很炎熱的，可是這裡完全不是，沿途沁涼的空氣一直往車內倒灌進來，徽杭記得人常說，美國的月亮比較圓，她還沒等到晚上，不知道月亮是否真的又亮又圓，卻已經覺得美國的空氣比台灣香甜，她坐在後座，即便知道自己問了個蠢問題，可是她不在乎學長姐對她的冷嘲熱諷，她知道，她來美國了、她到美國了、她在美國了、她正大力的吸著美國的空氣......等拿到了銀行提款卡、領了社會安全卡，她的美國留學夢就一天天近了。

車程僅有五分鐘，當安平在倒車進停車格時，徽杭以為要開很久，她希望能多坐久一點，她想貪婪的多吸一點倒灌進來的空氣。「在發什麼呆？剛剛被罵了，想要偷哭喔？」安平笑笑的看著她。

「哪敢啊？這裡是哪裡？」

「喔，辦理社會安全卡的地方，最好先辦這個，再去銀行存款。這個社會安全碼就有點像是台灣人的身份證，不過一般美國人很少帶在身上，多半是帶駕照，妳知道嗎？美國人拿駕照就能出關到加拿大了，不像我們還要拿護照，護照上還必須有加拿大的簽證，辦那張可不便宜，有辦才能去加拿大。因為駕照比較像是身份證，我勸妳們這陣子趁還沒開學，可以先讀一些駕照筆試的考古題，最好在開學前先把筆試考過。

筆試考過了，會給一張學習駕照 (learner's permit)，等於像是身份證。一年之內，一定要考完路考，所以徽杭妳自己斟酌看看，因為不管慧婷要不要買車，就算她要借至威的車，只要她自己開上路，她一定要有正式駕照。妳情形不同，如果妳考過筆試，一年之內沒有把路考考過，筆試是要重新考一次的。妳自己到時盤算一下。過幾天我會帶至威他們一起來考筆試。」

「學長，我不懂，如果駕照就像是身份證，那麼美國人為什麼不能把社會安全卡當成身份證呢？」徽杭不解的問。

「我發現妳問題很多。因為社會安全卡只是個卡號，它是一張很薄很薄的紙，沒有相片，所以不能當成身份證。它真正的用途是......」秋雪搶著回答，一時之間，頓住了。

大家還全神貫注的聽。「是什麼？」

「安平，你來回答，是什麼？」

「叫我回答？我哪知道它真正的用途啊！一張薄紙片，除了銀行開戶，我根本不記得我上回什麼時候有拿出來用過。叫我回答什麼啊！」

要進銀行大門前，有個老外笑嘻嘻的對著他們一群人打招呼，還替他們開門。大家道謝，連忙快速的進入銀行。

「服務好好喔，還有人替我們開門耶！」

「蘇徽杭，妳是不是在台灣只唸書的？那個人不是銀行的人，他也是來領錢的，好嗎？在門外幫別人開門讓別人先進去，或是在室內先停在門邊替人開門，這都是美國基本禮儀，妳少土好不好。」秋雪睜大眼看著徽杭。

大家隨後被銀行專員帶入一個房間，講實話，徽杭開始覺得有些吃力了，因為一坐下之後，除了基本的問候語她聽得懂之外，銀行專員問她要開哪種戶頭、存款戶頭 (savings account)、支票戶頭 (checking account)、存款 (deposit)、提款 (withdraw)、要不要辦理定存 (CD)，連最基本的出生年月日都很難聽懂，而身邊的傳奇女子賴秋雪果然如安平所說，流利美式口音的對答，正確的用字遣詞，讓徽杭與慧婷驚豔不已。

徽杭完全是呆坐在那個小房間，要存多少錢、能有多少利息、有多少錢要定存、定存利息又是多少、如何申請支票、支票的種類等等，她完全是任由擺佈，一切由學姐說了算，這時她才察覺到，來美國最重要的一課，英文一定要像秋雪一樣，能跟美國人侃侃而談而不時流露出自信的儀態。走出銀行後，徽杭嘆了口氣，這樣的功力，不知要花幾年？有沒有可能兩年碩士畢業，還是跟現在一樣，鴨子聽雷，一頭霧水？

　　這是徽杭在水牛城的第一晚，太陽下山的時間非常晚，一直到九點以後，夜幕才漸漸低垂，慧婷早已在打好的地舖上睡得安穩，徽杭不知為何，輾轉反側，難以入眠。她醒來看看落地窗外的月亮，像眉毛一樣勾著彎彎的下弦月，與其說是大，不如說是離地面更近，其實何止月亮呢？旁邊數不盡的繁星，離落地窗非常近，近到似乎隨時都會墜落，繁星的閃爍，更加襯托出月亮柔美的眉形。透過另外一扇窗，可以比下午還要更清楚的看到鄰家室內的擺設：暈黃的燈光，透射出無比的溫暖；牆壁上掛了許多油彩畫，顏色在燈光下更顯得豐富；冰箱好幾門。徽杭從來沒見過這麼大的冰箱，要那麼多門幹什麼？一定是裝很多好吃的東西吧？門上貼著許多磁鐵。美國人似乎很喜歡看電視，廚房一個大約十三吋小電視，一直開著，卻沒人看，遠遠的客廳還有一個二十七吋的電視，偌大的映像管上，斜躺了下午見到的那隻黑貓，把自己肥滋滋的油肚子大大攤開，主人及其他家人繼續盯著電視螢幕，完全無視於黑貓的搗蛋。美國，真是一個很富裕幸福的國家，連貓的命都比人的命還好！

第八章：水牛城的第一個清晨

　　隔天清晨不到 8:00，徽杭立刻聞到一陣香味而醒來，她一定是在作夢吧，她想先在夢裡再多待幾下，那個是她最熟悉的吐司夾蛋的味道。吐司還烤過了，聽到了吐司麵包機跳起來的聲音，也聞到了厚厚奶油的香氣。她慢慢睜開了眼，慧婷也正巧起床了。

　　「好香喔！是不是學姐在做早餐？」慧婷輕輕的搖搖徽杭。徽杭直覺到不是夢，開心的跳起來。兩個小女生立刻把被子、枕頭鋪鋪好，擺在牆壁角落。

　　「醒了嗎？我要去實驗室，妳們可以繼續睡。冰箱有牛奶、果汁，想喝什麼自己拿。喔，我不喝茶、咖啡。如果想要咖啡清醒一下，可以到一樓拿，順便跟 Mike 打招呼，昨天他很晚才回來，妳們已經睡了，我就不想吵醒妳們了。」秀雅一邊說著一邊包著三明治。

　　「學姐，妳不在家裡吃了早餐再走嗎？」慧婷說著說著打了個小哈欠。

　　「我吃過了，那是我的午餐。美國人的午餐非常簡單，就麵包夾些生菜、放些火腿片，再加上一片起司就很豐盛了。」秀雅把三明治放進她的背包內，又拿了一些看似像聲波曲線的草稿紙，她笑嘻嘻的說，「我留一把鑰匙給妳們夠了吧！還有，大約 10:00 安平學長會來找你們，昨天晚上他打來，我想說要讓妳們調時差，妳們又很早睡，我就請他留言。好像跟妳們一起來的那兩位男生，今天就要開始買車、找房子，安平說他帶兩個男生都是綠葉，怪無聊的，想要找兩位紅花來陪襯一下。喔，還有，雖然說妳們應該都有專屬司機來接送，以防萬一，我把從我家裡到南校區等學校公車站牌的路線全部畫出來了，就放在早餐旁邊。妳們看誰要收收好吧！」

　　「好啊，我最喜歡到處亂跟了！地圖就乾脆給徽杭吧！我應該用不到了。謝謝學姐喔！」慧婷看看徽杭，興奮的說著。

　　兩位女生等秀雅離開後，大口的吃著豐富濃郁的早餐。這時徽杭可以更加仔細的看清楚整個房子的擺設。她怎麼看怎麼羨慕秀雅學姐的生活。

　　「在想什麼？是不是在想說為什麼秀雅學姐那麼優秀，懂得生活、會做家事、燒一手好菜，好像還沒結婚，對不對？」慧婷看著徽杭。

　　「才不是，我是羨慕她。以前我唸書的學校，非常保守，外文系照理說是女生多，但是教書的教授清一色都是男生，女生不是講師就是助教。我記得我畢業那年，來了創系以來的第一位女博士，系上大家都覺得她個性怪怪的。可是，這次來，看到學姐，還有昨天其他的學姐們，我突然覺得她們表現得很爽朗，女生原來可以這樣生活，追求高學歷，好像也是個很棒的選擇。」徽杭開心的說著。

　　「是嗎？不過，我覺得如果可以在美國這裡，談場小戀愛，搞不好之後如果找個工程師結婚，就可以留在美國生活了！」慧婷雙手合十，一副小女人的模樣。

　　「喔，那種事，我是不可能想的。」徽杭知道慧婷是家世富裕的女孩，她父親是中學校長，母親是英文老師，住在南部的獨棟別墅。慧婷考上北部的私立大學，她爸爸立刻在學校附近買個小套房給她唸書。徽杭沒有那種本錢可以揮耗爸媽的血汗錢。她知道，光是第一年的學費，爸爸都是很辛苦一點一滴的存下來，她還不知道第二年的學費在哪裡，下面還有幾個弟弟要唸大學、高中。本來，能來美國求學的孩子，家世背景都不會太差，她知道自己太幸福了，明明家裡沒有讓女孩留學的能力，但是就是讓她實現一個沒有目標的夢想。所以，她發誓，她絕對、絕對、絕對不能在美國談戀愛，更不能結婚定居在美國。她，絕對不能讓家人失望。

　　「唉，不開門嗎？在想什麼？門鈴按了好幾聲了。我在廁所聽到急死了，妳在幹嘛？」慧婷急忙從廁所跑出來。

　　「喔，抱歉，我吃東西太慢了。換我去刷牙漱洗，妳能不能請學長先等一下？」徽杭急忙的往廁所衝。

「學長早！啊，你們一起來參觀秀雅學姐的窩嗎？開兩部車喔？那個在車上等的人是誰？」至威、文光跟在安平後面，完全不理會慧婷的連珠問題。

「學長，這裡感覺也很不錯耶，為什麼你們都往北校區擠呢？剛剛沿途看到後面好幾棟貼著要出租的牌子，你覺得怎樣？」至威慎重的拿著筆記記錄。

「我沒意見，這是你們的選擇喔！你們要知道，你們可是在北校區上課。工科一旦有實驗，要跑程式，不分晝夜的，都是要待在實驗室，你們現在看到的是風光明媚的夏天，等到冬天一來時，地上堆積大片大塊的雪，所有交通時間都是平常的兩、三倍。你要把這些因素全部考慮進來。你們秀雅學姐因為不打算買車，在這裡可能也不打算待太久，如果要博士班，起碼抓個五年，還是住北校區好。」安平急急說著，看似非常希望他們能在北校區找房子的樣子。

「你們來了，要不要參觀秀雅學姐的洗手間。好香喔！而且浴簾在台灣從來沒看過，是雙層的耶！裡面的是好漂亮的鵝黃色，外面罩個白色的紗簾，學姐真的好有品味。」徽杭半個身體還在洗手間的大叫著。

「好啦！參觀過了之後，我就帶你們先去把這附近有空房出租的電話抄下來，中午回家打好了。另外，有幾位機械系的學長要賣車，你們可以去看看。差點忘了，外面還有一位學長在等呢！快點行動吧！」安平又是一陣躁急。

「來，跟你們介紹一下，這位學長是我同學，鄭敬成，看起來有點臭老（chao lao，台語借義字），看他的體型像是美國人打美式足球的架勢，又高又寬的肩膀。哈哈哈！他在台灣的電腦公司做了幾年工作，去年來美國唸書。也是個大好人，你們有問題，特別需要司機，都可以找他。」

「媽的，最好是來找我，我閒啊？」鄭敬成踢了安平一腳。

「來，兩位男生坐鄭敬成的車，兩位小姐坐我的車。」安平說著，立刻拉著女生到他車上，留下鄭敬成一陣錯愕的表情僵在那裡。

　　徽杭愛極了跟慧婷坐上安平的車，在她眼裡，她真是崇拜安平。安平的國語真是好聽，笑聲爽朗，個子又高，人又風趣幽默，而沿途的風景，真的是像是在人間仙境一般。他的車子又新又漂亮，在留學生中，他的車子等於是跟德國雙 B 車子一樣高貴了。安平帶著慧婷、徽杭，敬成帶著至威及文光，一群浩浩蕩蕩的去看看機械系博士班學長的車子。

第九章：美金兌換台幣 1:40 的年代

一進到學長家，學長瞄了她們兩位女生幾眼，「是誰要買車？」

「Hello，David，這兩位男生想要看看你的車，都是今年新來唸電機的。」安平笑笑說著。

「那這兩位女生也是啊？」David 疑惑的打量她們。

「不是，這兩位是跟屁蟲，一個學英語教學，一個學語言學，她們沒地方去，來參觀參觀的。」安平一面說著，一面把玩 David 餐桌的裝飾品。

「唉、唉、唉，妳們女孩子年紀輕輕，不去加州，天氣溫暖得很，來這種鬼地方幹什麼？」David 嘆氣搖頭。「妳們別看我長這種怪模樣，老實說，十年前，我來這鬼地方，比安平還年輕開朗。」兩位女生專心一愣一愣的聽著，不敢出聲。

「後來啊，先是指導教授心臟病過世，我實驗都全做完了，總要畢業吧？再找指導教授時，題目不合啊！喬不攏，最後連題目也換了，一切得重新開始啊，我的老天，厄運從那時開始紛紛降臨，好像我要忙得還不夠似的。大雪地的，我出車禍了，誰理我啊？積雪積的，要回醫院換藥，要復健，要上法院，通通得自己來，偶爾同學能幫個忙，感激極了。你看，時間就這麼快，過了十年，十年耶！想想十年前，我們多年輕，那時候，台幣兌換美金是 1:40 啊！你們真是生逢時，現在兌換才1:27，真是幸運的年代。唉，看看，我現在就要畢業了，一份教職也找不到，你說說看，唸這個書有什麼屁用啊？勸妳們，趁早趁早，年輕吧！看到電機這幾位男生前途光明，喜歡哪個就跟了吧，結了婚，電機多搶手啊，以後到矽谷工作，你們享不盡的榮華富貴。水牛城這種鬼地方，很孤寂的。」David 一面說一面搖搖頭。

「不會啊，學長，這裡好漂亮喔，人也很和善，我好喜歡喔！」慧婷一面睜大眼睛一面笑的甜美！

「隨便，妳才剛來，等妳以後也像我這樣，看看什麼叫做喜歡！」David 沒好氣的回應。「好啦，你們兩位電機系新生覺得怎樣，我大約下週五走人，你們最快週四拿車，不過，週五要送我去機場，怎麼樣，算你們便宜啦，四千就好。」

「學長，是美金嗎？」至威怯生生的問。

「廢話，在美國當然是美金計算，怎麼會算台幣，安平，你人怎麼帶的？」David 不滿的看著安平。

「哇，可是汽車年鑑，十二年舊的車子，估價只要兩千左右，四千太貴了吧！」文光終於出聲了。

「同學，來來來，讓我告訴你，市場是怎麼操作的，汽車年鑑是參考用，懂嗎？這時候是八月了，馬上開學是八月二十九號，我請問你，這時候台灣同學來一堆，大家都在搶車子，你們又還沒有美國駕照，除非你拿國際駕照，也是要自己花錢租車，一家一家中古車行挑車，不租車，也可以啊，啊你們安平學長就這麼有空，帶你一家一家去挑車看車喔？」David 講得口沫橫飛。

「哇，不要把我牽扯進來，搞不好他們以為你給了我什麼好處哩！不過，David，這價錢不能商量嗎？他們剛來，可憐嘛！人生地不熟的，價錢還有沒有空間？」安平搓搓頭的問。

「他們可憐？我被誤了十年，我就不可憐？好吧，殺價空間是有，不過還有好幾位機械系的新生要來看車，那我可要讓他們先看了，我再跟你們聯絡吧！」David 沒好氣的離開現場，安平看看氣氛不佳，就笑笑的說，「好啊，那就等你電話了！」

第十章：住宿舍還是住校外？

　　一群人浩浩蕩蕩離開，至威說話了：「學長講得沒錯，這時陸陸續續一堆新生來了，如果真的講價錢，恐怕我們不能以二手車年鑑來做參考！」大家一片靜寂，這時原先在遠處抽煙的敬成回來了，「怎麼樣，看不滿意嗎？」

　　「唉，學長態度很奇怪，既然要賣車，就不要那麼高高在上，講一堆有的沒有的，大家心情都變差了。」慧婷嘟著嘴抱怨。

　　「我不知道啦，我是覺得光他那麼倒楣，那種車可能也帶屎（tai sai，台語擬音字），如果是我，就算 \$1000 也不會買。」徽杭義憤填膺的為至威及文光抱不平。

　　「妳還講，\$1000 也沒人賣給妳，妳會開車嗎？自己要住學校宿舍，要自己解決交通了，不要來煩我哼！現在暑假，我們時間比較多一些，可以帶妳東逛西走，開學後，全部是跑光光，妳到時要去買什麼，自己在宿舍找美國人載你，哼！」安平帶著揶揄的口吻看看徽杭。

　　「學長，你聽了不要生氣。我想法跟你們不一樣，可是，如果我說了，你會生氣。」徽杭說。

　　「沒關係，今天我心情好，看妳能講到讓我氣到什麼點上，我都會打個折扣。」

　　「真的？那我不客氣的說囉！就如那位學長說的，如果這時候車子能挑的少，買車的學生多，我覺得更不該買車，應該住宿舍的。宿舍雖然貴，又要兩人住一起，可是等到明年五月份，學期一結束，會有大批學生畢業，到時候相對的，車子選擇的多，但是買車的人少，我覺得，到時候的時機點更能買到一部好車，前提是，如果你們兩位男生有考慮在這裡唸博士。」徽杭語氣平靜的說。

　　「哇、哇、哇，妳是唸語言學還是商學院，這麼會洞察先機喔？」安平不屑的看著徽杭。

「不過，等一下，學長，我覺得蘇徽杭說得有道理，也許住宿舍的確是個選項，不知道現在還能不能再申請，因為我不想唸博士班，電機碩士班我想衝看看可不可以一年就畢業。」至威看著安平。

「啊，這麼快你就想畢業，可是，唸博士班以後可以回台灣當教授耶！」慧婷心疼的說著。

「就算要唸博士班，也不會留在水牛城！水牛城的電機系排名很落後。」至威回應。

「同學，你們是不是忘了，我人在這裡，我耳朵沒聾耶！」安平沒好氣的看著至威。

大家一陣狂笑，「學長，抱歉抱歉，不然，我們大家請你吃飯，謝謝你帶我們看車。」至威知道說錯話，連忙安撫安平。

「所以這是為什麼，我只唸碩士，我就要掰掰了！」敬成笑笑的看著這群小學弟小學妹。

「還是那句，我人在這裡，我耳朵沒聾！」安平又狠狠的看了敬成一眼。敬成連忙將兩手摀住自己的嘴巴。

「那既然車子沒挑到，要不要回我們家去打電話？早上經過有看到幾間不錯的地方要出租。」安平一面進到車裡，一面調調照後鏡。

「喔，學長，我們是真心的想請學長們吃飯。」至威熱情的說著。

「是嗎？是同情我這個交大高材生，淪落到美國爛大學排名很爛的電機系博士班嗎？」安平沮喪的看著照後鏡。

「不是啦，學長，說真的，我們從下飛機，你真的對我們好好，好照顧，這麼有耐心的帶我們，我們沒有理由讓你花時間帶我看車的。真的！」至威感激的看著學長。

「很好，你終於講句人話了，所以嘛！同學，就算全美排名很爛的電機系也會有很好心的博士生嘛！」安平對著照後鏡眨眨眼。

「是啊，是啊，學長，真謝謝你。」至威一直傻笑著！

「無聊，兩位可愛的女生坐到鄭敬成的車了，都是你，說我系上排名爛，我竟然忘了該把兩位姐妹花抓來車上的。」安平一面開車，一面嘀咕著。

《紐約 425 公路：遠行的開端》

嘀咕著。

第十一章：第一部車子成交

　　此時鄭敬成開著車直抱怨：「奇怪，這個吳安平要去哪裡，這是要回他家的路耶！不是去餐廳吃飯嗎？」敬成看看後座的兩位女生，非常不解的說著。

　　「不知道耶，學長有叫你跟車嗎？」慧婷問，「他沒說，沒差啦，還能走到哪裡？」敬成無奈的笑笑。

　　「喔，鄭敬成，一起吃飯吧，昨天有剩菜、麵條還有雞湯，我們來煮。」安平把車門一關。

　　「好啊，我可以幫忙！」敬成也將車停好，跟著安平走。

　　「所以，學長，你們好厲害，都會自己下廚做飯喔？」慧婷吃驚的問。

　　「當然啦，留學的第一堂課，會開車，第二堂課，會做飯，不然誰那麼闊氣，天天吃外面啊？」徽杭心裡想，從下飛機到現在，留學已經遠不只上了兩堂課了。

　　安平一開家門。「學長，你家真的看起來很不錯，想想，還是想要有這種沙發的感覺，所以，還是不想住宿舍，有廚房，自己的房間，還有個小院子，好棒喔！」至威流露羨慕的眼神。

　　「本來就是啊！蘇徽杭在那裡講什麼明年五月買車子會便宜，那現在才八月，為了省那個買車錢，你要折磨自己在美國這麼大的地方，住跟台灣研究生一樣的小爛宿舍，爛室友，而且不能煮飯，要買餐券，蘇徽杭，妳要花多少錢買餐券？」安平看著徽杭。

　　「我不買餐券，我也不買車，我要坐公車到南校區買菜，人家秀雅學姐都是個研究員了，如果人家可以不買車，我也可以！」徽杭不服氣的說。

　　「喔，妳拿妳自己跟秀雅比，人家研究員，不用天天上班喔！就算天天上下班，時間可早可晚，妳是要上課的耶！妳是有固定行程，妳能等公車去南校區，走大遠路買菜，然後再從南校區坐車回來？就算可以好了，妳能馬上佔到廚房嗎？宿舍一整棟三層樓，廚房才一間耶，在一樓，連用廚房都要排隊，妳知不知道？我先講好喔，妳不要到時跟我說妳要搬出來，要我替妳找藉口。妳唯一能離開的藉口就是結婚，懂嗎？」安平沒好氣的指責徽杭。

「你是哪根筋不對？每個人想法不一樣，某些角度，人家學妹不會開車，馬上開學，你要人家立刻學會開車，拿到駕照，這對女生太難了！」敬成幫徽杭回話。

「那好啊！啊，我怎麼沒想到，你可以把你的車賣給徽杭啊！忘了告訴你們，這位學長論文還沒完全弄好，估計九月才會離開去矽谷找工作。蘇小姐，妳有救了，八月中搬進宿舍後，如果不適應沒車沒腿的日子，妳還有救星，敬成學長九月才會走，妳可以考慮他的車。」安平笑笑的回應。

「喔，學長，那你原來也要賣車，為什麼不跟我們說呢？我們可以看看你的車啊？」至威不解的看著敬成。

「我的車是要丟到廢棄場了，十五年了，我不打算賣，買的時候就只想找代步的，讓我混過這些日子，之後賣人太壞心了！」敬成一直搖頭。

「學長，這樣吧！我覺得你的車子其實性能不錯，我願意等你離開之後再接手，我不習慣麻煩安平學長一直載我，學長說個價錢好不好？」大家都愣住了，沒料到文光會衝出這一句。

「唉，何必呢？那根本不值錢了，就過戶給你好了。」敬成一直搖手。

「不用，學長，我看過年鑑，也要 $1000，在台灣，TOYODA 是非常保值的好車，我爸爸都是開這家的車子，我等一下開支票給你。」文光積極的找書包的支票本。

「$1000？我根本沒想過可以賣到這種價錢，不要啦，我還要開到九月，也不知什麼時候確定，唯一確定的是，我不會把車運到加州，我去加州先租車，找到工作，要買好一點的車子。那部車畢竟老舊了，你真不嫌棄，又能讓我開到九月，算你這樣就好！」敬成伸出五根手指頭。

「什麼啊，才 $500，這樣車子就成交了，你看看，你看看，爛學校的電機系，還是會有成功的 matchmaker（媒人）。那，至威，就剩下你啦，等你買好，再帶著慧婷去買，你們看看，線不就是這麼牽的嗎？」安平雙手鼓掌，開心得意盡寫在臉上。

「什麼，學長，你不帶我去買車喔？」慧婷嬌嗔的問。

「喔，我可以陪女人逛街、買衣服、吃好吃、玩好玩，我絕對不陪女人買車，更不陪女人練車。」

慧婷、徽杭驚呼：「為什麼，不公平！」

安平甩甩鍋鏟，「兩位女士，容我告訴妳們，陪女人買車是多麼痛苦的事：車子有刮痕，不行！車子顏色不對，不行！車子太大，不行！車頭太方，不行！車身太長，不行！車屁股不夠圓，不行！好麻煩，我不要帶女生買車，女生要買車，拜託，去買新車，男生多方便，只要車子性能好，管他車子方的圓的尖的扁的，能上路就是好車，我都不懂，你坐在車子裡，車子只要能動，到底車子顏色、刮痕、大小，有什麼差別啊？所以，兩位小老弟，慧婷的車，就交給你們啦！我是不奉陪的！更不用說，還要練車？女生，太可怕了，光陪你們學姐練車，就已經領教過了。一個水牛城的傳奇女子，一碰起方向盤，再怎麼傳奇，就馬上變回女人。笨、笨、笨！」安平猛搖頭，一路講話，氣憤的連口水都噴到了炒菜鍋裡。

敬成載著徽杭一人先回秀雅的家裡，她跟敬成道謝，就自己默默的拿鑰匙開門，下午 3:30 了，秀雅學姐應該還在上班。她看著慧婷跟其他兩位男生開始打電話問房子，她不想待在安平學長家太久，她怕越待越久，當初住宿舍的想法，會更加動搖。感覺上，水牛城開車非常容易，筆直的尼加拉瀑布大道已經算是車流量很大的道路了，但是她注意到這裡的人，開車非常守規矩，路上行人很少，連一部摩托車都沒有，而且感覺上，很禮讓別人。常常看到兩輛車主互相揮手，禮讓對方通過。所以學車及開車並不是個大問題，真正讓她還是堅持自己住宿舍的決定，正是這幾天她的觀察。從下飛機後，受到台灣同學熱情的款待，包吃、包住、包喝、包接送，她在台灣也可以過這種生活啊！父母對她也都是如此照顧，既然能到美國，就是要訓練自己獨立，再加上，她英文很糟糕，不論理解、口語都不行，更重要的，她覺得電機學長們，所有往來對象，全是台灣學生，那如果是這樣，在台灣讀書就好了，千里迢迢，帶著父母對她的夢想又要花那麼多錢，無論如何，她不能不住宿舍。住校外，幾個台灣同學住一起，互相有個照應是加分沒錯，但是，所有跟美國牽上線的，等於都是白搭了，她覺得，不論安平學長如何三寸不爛之舌說服她不要住宿舍，都希望自己能堅持下去。在這裡，徽杭不是怕外人的三寸不爛之舌，人家都是出自好心、熱情。她怕的，是自己，是自己浮動，沒有意志力的決心。

晚飯時間到了，她從窗外看看美國家庭，一家一家房子都是獨立蓋成的，棟距也不小，陸陸續續車子都開回車庫了，她看著那些可愛的小女孩，衝回家裡叫媽媽，她突然好想自己的媽媽。美國給人感覺果然是個很強大的國家，很有自我主見，房子每家建的外觀都不一樣，每間都有一定的棟距，不是像台灣的透天，自家的牆壁就是隔壁的牆壁。好大的前庭後院，二樓還有露台，擺著圓桌椅，小女生晚餐後在露台舔著甜筒，跟著爸爸媽媽撒嬌，難怪大家都想移民來美國，原來世界上，真有像是神話般的天堂國家啊！

她翻翻冰箱，看到有蛋，她想，學姐還沒回來，給學姐跟自己煎荷包蛋吧！早在出國前，她就稍微看看外婆、媽媽在廚房的樣子，煎蛋、煮麵是最簡單的功課了。美國的廚房真的是方便，四個爐子，底下又是烤箱，會煮東西的人，四個爐火如果全開，一個爐子煲湯、一個爐子煎魚、兩個爐子同時炒菜，底下烤箱烤一盤牛肉，天啊！這不是一頓豐盛的晚餐就一次解決了？但是，事情沒有她想得簡單，她怎麼才開一個爐火，也開了抽風機，突然天花板的警報器大響。「糟糕，怎麼辦？要打個911嗎？可是沒有失火？要跟警察說什麼？這不是我家，可是警報器怎麼關嗎？住址呢？不知道？我該怎麼辦？」

　　警報器響了起碼五分鐘，聲音還是沒散去，廚房的煙是越來越大，徽杭仔細看，美國的抽風機設計錯了吧？它吸了煙霧後，照理說要把煙霧排到屋外，所以照理說該有個管子通往屋外，可是，怎麼這個抽風機不但沒有通往屋外的管子，反而是風口對著上方的天花板？難怪警報器一直到現在還響著。徽杭這時把所有的窗戶風口全打開，拿把椅子正想研究看看煙霧器是否有開關時，聽到樓梯咚咚上樓的聲音，秀雅學姐回來了。門一開，「怎麼回事？」

　　「學姐，真的對不起，我真的不知道該怎麼關警報器。我不過只是想煎個荷包蛋而已。」徽杭一面說著，一雙圓圓透亮，眼如秋水透亮清澈的大眼冒出斗大的淚珠，止不住的往下滑動。

　　「沒關係，沒關係，爐子關了嗎？關了，好，然後開窗、開門、通通要通風，等煙味散去，警報就會自然解除。」

　　「學姐，真的對不起，千萬個對不起！」

　　「嚇死人了，我在外面走路街口那裡就聽到警報，想說是誰家？越接近越發現是自己家，我以為失火了。咦，慧婷跟其他人呢？」

　　「嗯，慧婷還在安平家裡，他們想要找房子。」

　　「所以妳沒吃？晚上只吃荷包蛋？兩個？那哪夠！我做給妳吃。冰箱有雞湯、白飯，我再炒幾個菜，妳等一下，我馬上煮好。」秀雅親切的說著。

　　「謝謝學姐！」徽杭不敢告訴她，其實一個荷包蛋是要煎給她的，突然覺得鼻子一陣酸楚，即便在這樣陌生的國家，一份親切的關懷，竟然是那麼的寶貴。

第十二章：第二部車子成交

　　這天一早，聽到門外鈴聲一直響，徽杭被吵醒了。昨天很早就睡，也不記得慧婷有沒有回家，印象中，地毯沒有看到她睡過的痕跡。她不用猜也知道，一開門果然是慧婷跟安平，興高采烈的在外面開心的說：「至威買到車子了，今天要開他的車兜風去看看附近房子！」

　　「所以這是為什麼昨天妳沒回來睡？買到車子，睡在車子裡面喔？」徽杭沒好氣的問著，邊問邊往浴室方向去。

　　「怎麼可能？昨天先是打電話聯繫幾位房東，約好去看房子，然後 MBA 的負責人過去郝會長那裡，說正巧今年來十個台灣學生，女生就佔了九名，如果要找室友，會有一位沒伴，他們想找慧婷。」安平也不顧徽杭蓬頭垢面，一頭亂髮，跟在她後面。徽杭轉身，跟他說：「我可不可以洗完臉，刷完牙再談？」

　　「妳昨天很晚睡？」慧婷探頭問。

　　「沒，很早。」徽杭一面擠牙膏，已經顧不得形象了。

　　「那現在都快九點，還沒起床？」慧婷、安平驚訝的大叫。

　　「我崇尚嬰兒睡眠，要睡很多很多。」徽杭一面說著，一面皺眉開始關浴室門趕人。

　　過了三十分鐘，徽杭跟著他們下樓，一看車子立刻眼前一亮。「媽啊！這麼好的車，好大，還是紅色的。」徽杭三步併做兩步飛奔到車子前。

　　「女生對於車子鑑賞力真是差，除了大小就是顏色，能不能講點別的？」安平諷刺的問徽杭。

　　「還有很新啊！這要多少錢，一定很貴吧？」徽杭轉頭問。心想，愛怎麼糗人隨便你，但是，這部車一定很貴。

　　「慧婷，別講，讓她猜！」安平連忙作勢要搗慧婷嘴巴，只見慧婷捲翹的眼睛眨啊眨的，搭配她一頭迷人像洋娃娃的鬈髮，在陽光照射下略顯偏黃的髮色，隨著清幽的氣流，微風徐徐的擺動，徽杭突然好奇，昨晚慧婷是在哪過夜的？

「應該要五十萬吧！看來這麼大這麼新。」徽杭隨口一說，因為她根本沒打算買車，根本不知道車子行情，反正把價錢猜高，大家皆大歡喜，買車的開心，帶人買車的一定也很是欣慰。

「啊哈，學妹，五十萬，我賣妳。忘記我說，到美國以後以美金計價嗎？不過，五十萬是美金多少？」

「不到 $17000。現在是 27.07 兌換 1 美元。」慧婷還記得美國學校要求開出的財力證明。

「$17000？小姐，有位學姐堅持買 TOYODA Tersel 的全新車子，也不過 $13000。我猜 $17000 可以買到 TOYODA 中高級的豪華車了！告訴妳吧！美國車子很便宜，好嗎？這是二手車，$5600 左右。」安平如徽杭所料，一副得意洋洋的模樣。徽杭心頭一震，心裡慢慢開始有個底了。大家都說美國沒車等於沒腿，但是卻沒料到車子的價格比在台灣所聽到的價格低出太多了。徽杭心裡想，今天晚上應該拿出紙筆，好好分析出到底住學校宿舍跟住外面的價格差別，理出一條頭緒來。

「不過，妳知道嗎？雖然這車算成台幣是十五萬元，聽起來便宜，但聽至威說，如果是美國車，價格會再便宜個六折，不過台灣人偏好買日本車，那也只好買了。」慧婷一面說一面幫徽杭繫安全帶，像個汽車女主人一樣。安平接著說：「總要有個小姐坐前面吧？妳們真把我當司機？」徽杭聽了眨眨眼睛暗示慧婷換到前座。

「拜託，美國車，等到要畢業的時候，妳就來看看誰還能保值？就算不擔心保值好了，光想到畢業時間緊湊，要忙搬家、job interview，面試那些、如果車子沒人要，怎麼辦？美國車是更沒人要的。光台灣同學就不會願意買！」

「我覺得我是沒睡醒，還是搞混了？你們剛才不是說美國車都很便宜？所以，這台車子是日本車？不是美國車？」徽杭一臉狐疑。

「喔，又來了，好笨喔！聽到這裡還不懂，美國車子都很便宜，是指所有的牌子都很便宜，這部車是 TOYODA 日本製的車子，進車之前，妳就只看車子大不大，顏色是不是妳喜歡的顏色，對不對？都不看車子的 logo 喔？」安平不耐煩，一面開車一面從照後鏡狠狠瞪著徽杭。

透過鏡子，徽杭俏皮的伸出舌頭，做個鬼臉！「誰會注意車子的 logo？」

「誰不會注意？真可笑！」安平沒好氣的說著，大概一早接人就遇到愚笨的對話，感覺很氣餒吧！

「慧婷，那車子是跟台灣人買的？」徽杭不理安平的冷言冷語，側身的往前傾，頭貼在兩個車座之間。

「喔，運氣超級好的。昨天晚上我們跟學長吃飯，後來正巧遇到會長，會長說有一位學長要去加州找工作，車子要賣掉。後來我們兩桌併一桌，吃得好熱鬧，好吵。吃完後，就在停車場成交啦！今天接妳是想妳在家裡無聊，帶妳去逛逛，陪我們找房子。」慧婷開心的難掩臉上的光芒。

「是喔，這麼快就成交，也不多比看看？」徽杭問。

「不要比了啦，安平學長有自己的工作要忙。有車後，至威有國際駕照，只能撐一陣子，之後還是要考筆試、路考，畢竟文光的車子要等到九月才有。找到房子後續買些小傢俱等，不要什麼都要安平學長帶。很累的！」慧婷小聲的看看安平學長。

「看到沒？聽到沒？人家慧婷有多體貼。就是因為體貼又可愛，昨天一起吃飯，MBA 的女生還邀她一起找房子分租？」安平一面開車一面得意的說著。

「什麼？轉變這麼大，不是說要找三房的公寓？妳不是要跟至威、文光一起住？現在又改變想法了？」徽杭眼睛瞪得好大。

「沒有改變，是覺得既然有人邀，不妨考慮一下。因為會長昨晚有說，水牛城很少有三房的公寓，都是兩房。時間緊迫，再兩個禮拜就要新生訓練，接著開學，不可能就指明要三房的。既然有人邀約，兩房的公寓又最多，應該都要考慮才對。」慧婷看似謹慎小心的回答。

「學長，那你怎麼看？你是不是也覺得兩人比較容易找到？」慧婷看看安平。

「沒錯，照理說是。其實最好的計畫，是徽杭不要住宿舍，趁現在還可以跟學校提出要求，訂金給他、再繳點罰款就好了。我看妳們兩位都很好相處，一起住，大家有個照應不是很好嗎？徽杭真是奇怪。明明有好的選擇不選，我不騙妳。等到宿舍開放，妳先是看到宿舍的狹隘，房間小，學校還給妳安排室友，妳絕對會開始懷念我們這種有客廳、廚房、院子還有自己獨立的空間，尤其妳們女生東西又多，客廳進來就有個隱藏 walk-in 大衣櫃，等於是個衣物儲藏室一樣，冬天一到，美國長版大衣又多又漂亮，鞋子款式種類也新穎，夠妳們女生放。妳住在宿舍，請問妳能買那些？買了放哪裡?我從來沒見過有人像妳那麼固執己見。昨天 MBA 也有一位女生原先申請宿舍，來這幾天就覺得被學校騙了，宿舍那麼貴，就寧願繳個罰金，決定在校外找公寓跟同學分租了。我們那時就想到妳。宿舍要等新生訓練前一天才開，妳又這麼早來，只能保佑慧婷他們趕快找到房子，不然一直窩在學姐家，總是不方便。大家都有大家的事情。」安平口沫橫飛的說著。

徽杭大概可以感覺為什麼今天一早安平學長口氣對她特別衝。她並非固執己見，看不到住在校外買車的自由，以及找人分租兩房公寓的自在；學長講得並沒錯，光這幾次看他們開車，雖說水牛城號稱紐約州的第二大城，但是跟台灣的第二大城高雄比起來，真是天差地遠，居民開車極為守法，感覺上大家都很開心，車窗都是透明可見車內人的動態，空氣非常香甜，大家都是開窗開車，遇到左轉的來車，常看見車窗露出一隻手，友善的揮揮，而另一方人士也是笑嘻嘻的從車窗揮手致意。在這裡開車是一種無比的享受，聽不到喇叭噪音、看不到爭先恐後，連汽車駕駛在車內的表情，透過透明的車窗，都可以看得一清二楚，完全沒有那種台灣開車的烏煙瘴氣跟怒氣。可是，開車那應該是以後的事情，也許等到升上碩二？眼前所看到的，完全是美國的美好，那是因為暑假還沒開學的假象，這畢竟是個蜜月期。等到開學後，徽杭自己很清楚，學長他們是畢業台灣很好的大學，又是正統的電機系班出身，基礎打得穩固，自然來到美國後，就學不至於跟不上。

　　徽杭自己知道自己幾兩重，她語言學的背景是完全沒有，除了修一門概論課，其他的根本也是囫圇吞棗，考試只求高分過關，她甚至疑惑自己選擇這個科系是否是正確決定，只知道外文系畢業的選擇非常少，公立學校的老師全是師大系統分發，除了當私立學校老師，不然就是去考空姐，當英文秘書，連唸碩士，她都不知畢業能做啥？而且，宿舍的訂金已經繳了，對於環境家世背景好的人，當然覺得訂金加點罰金沒什麼損失，但是對於徽杭這種根本沒有資格來美國求學的孩子，這絕對是可以支撐好久的菜錢了。可是徽杭決定選擇沈默以對，對於家世背景不一樣的孩子，沒什麼可以辯解的。低頭、靜默，是最好的回應。

　　一陣靜謐之後，慧婷主動打破這種沈寂：「今天至威跟品哲去學校了，想說熟悉一些老師的學術研究，看看老師在不在研究室，趁機拜拜碼頭啦！安平學長開他的車，看看有沒有什麼大問題。我們現在也要進去校園，來這幾天還沒參觀過哩！」徽杭其實今天並沒有打算坐他們的車，陪他們看房子，聽別人無聊的私事，既然秀雅姐的家靠近南校區，書包裡也早將當時她手繪的地圖擺好，其實，她反而希望今天能自己走去南校區看看，找找校車站牌，坐坐車去北校區，偷瞄一下她系上的老師，看來，這願望今天是達不成了。徽杭在台灣狹小的環境生活慣了，大學住在家裡，從來沒有住過宿舍，第一次的獨立生活就是在美國，這是一件多麼美好的事情？每天早上醒來聞到的空氣都是清香甜美，甚至靜坐的時候，看著窗外，竟然能聽到時間流動的聲音，悅耳而清脆。但是，她又能說什麼呢？人家是很熱心的招待，總是應該配合一下吧？

第十三章：北校區

　　安平車子從 Springville 往北開，往右轉到 Cambridge Boulevard，往左就是 Bailey Avenue，朝著北方開，接著在 Longmeadow Rd 右轉接到一個有 263 標誌的路，路名為 Millersport Highway......這麼複雜的道路，倒是讓徽杭有點心慌了一下。

　　「學長，這裡車流明顯偏多，而且繞來繞去好複雜喔！還要上一個高速公路？」

　　「還好啦！跟台北比，這裡好多了。不過，講到這裡，妳們兩位都要學一下，在美國開車，要注意認一下它路牌標的號碼，例如，剛才 Springville 轉出來，是 Bailey，那一條有標 62 號，妳們有注意嗎？其實，這 62 號之後就變成叫尼加拉瀑布大道，就是這裡主要幹道，當然，顧名思義，妳們如果剛開車，不敢走高速公路，直接朝 62 號往北，就會開到尼加拉瀑布了。」

　　「好複雜喔！所以，即便是 62 號，名字有可能是 Bailey 或是尼加拉瀑布大道。」

　　「沒錯，所以，記號碼比較快。然後 Millersport Highway 是 263 號。妳們現在只是在這裡開，可能從家裡開到學校或是超市買菜。如果到了寒暑假，要是出去玩，大家都會加入一個叫做 WWW 的會員，繳年費，可以去那裡拿全美的地圖，然後，那裡的人員會非常詳盡的替你畫出你要去的景點，等到你開車時，就把要連接的號碼記在一個小紙條上，美國路名那麼繁雜，有時剛好車流大，有叉路時，辨認號碼是最棒的選擇。」

　　「學長，那你們已經玩過了哪裡？」慧婷睜大眼睛，是個好奇寶寶。

　　「最近的是加拿大的 Niagara-on-the-Lake，那裡是一個發展觀光非常成功的小鎮，顧名思義就知道，是在水境的小鎮，然後，通常吃的話，我們會去 Mississauga 的中國城吃港式飲茶，加拿大多倫多，也很不錯，建議可以待兩、三天。遠的，當然首選是紐約市、波士頓、華盛頓一起安排。既然來到美國，我們又離東岸近，紐約是世界指標，去看看世貿大樓、帝國大廈，還有日本人買下的 Rockefeller Center（洛克斐勒中心）；波士頓有哈佛、麻省理工，總該去朝拜一下；華盛頓，白宮，那總不會錯過吧！也可以往北加拿大開，尤其東邊的法語區 Montreal（蒙特婁）、Quebec（魁北克），還有清秀佳人的知名景點愛德華王子島。」

徽杭沒心情聽安平的旅遊觀光介紹，她只想，哪天如果自己開車，她會想避開這裡，車流量遠比先前看到的大一些，有些怕怕的。想著想著，安平學長已經開進了校區。什麼，沒有圍牆，只看到左邊經過一片花圃，花圃刻著校方名字，已經是校區了？

安平學長也看出她們兩位的狐疑，笑著說：「不要懷疑，已經到學校了。學校沒有圍牆，大家都能進來停車。停車場是有區分的。教職員停在離教室、辦公室等最近的區域，如果你拿的助教級獎學金 (TA-ship)，你就等同於教職員，停車費免費，會發個停車證給你，你就掛在照後鏡上。如果只是學生，你就只好停在學生停的區域。學生的停車場有些遠得一塌糊塗，尤其在體育館那裡的停車場，春、夏、秋三個季節你可以覺得走路是一種舒適的享受，但是，冬天你再來走，你會突然覺得路徑遠超過春、夏、秋三個季節加起來的總合路徑了。所以，這裡的冬天不是人過的日子。冬天往往是最會賴床的，但是偏偏你最要早起。早起要先清理堆積在車子上的雪，如果是綿綿雪還好，那個用剷雪刷揮揮，不然用雨刷晃個幾下，雪就會掉了。但是如果先下綿綿雪，再下場細雨，你的車子就結冰了，必須先把凝固的冰用力剷除，才能開得了車門。有時候，連車門孔都結冰，你就要拿噴劑去噴，等它慢慢溶解，你才能將鑰匙插到車門內開起來，到時候就會花更多時間處理了，一旦你進到車子裡，全是整個夜晚累積起來的寒氣，跟你講，絕對比在台灣溼冷的冬天開著冰箱還難受，別忘了，冰箱是零度吧？這裡曾經冬天糟到零下三十度。不過，最近幾年還不錯，雪量大，但不會太冷，都在零下十度以內。好啦，好不容易，等到車子開上路，水牛城又不准加雪鍊，破壞道路結構，所以，每輛車在沒有雪鍊的輔助下，速度只能開 20 miles（哩）左右。啊，今天運氣很好，暑假期間沒停什麼車，能夠停在這裡，不用走太多路就到了。」

徽杭下車看一下停車場，最靠近的大樓叫做 Computing Center。美國真大，這裡停車場的的格線都很大，雖然徽杭不會開車，她爸媽沒車，也不會開，但她印象中，如果舅舅們替爸媽接她時，停車格都好小，每次都看到舅舅們要花時間一直倒車調整。這裡的停車格好大，真的，在美國開車，連停車，都是一種無比的享受。

從 Computing Center 慢慢經過越來越多的房子，Capen Hall，沒多久就跟著安平走到 Bell Hall，雖說是 Hall，但徽杭不禁會心一笑。剛從空曠的停車場往整個辦公室或是研究大樓環場一看，每棟建築物都好矮，甚至有些還像個貨櫃屋鐵皮屋組合起來一樣。其實從外表看來，這個學校很令人失望。建築物不是她心裡幻想中爬滿蔓藤、看似古老憂鬱、看盡人世滄桑如古堡般的大樓。建築物之間也不是很調和，都是臨時拼湊的搭建，沒有在色彩之間做出整體規劃，而且，每棟建築物之間的二樓，感覺上都連著一個空橋還是長廊之類的東西，是封閉的透明隧道，不知道做什麼用的？看今天安平對她口氣不太好，徽杭打算之後找到機會才問，免得惹人嫌。

這時安平突然大叫大笑一聲：「各位，請仔細看看，前面停車場，停了一輛銀色的日本車，仔細看，車子上貼了個單子，那是張罰單，要二十塊。哈哈哈，鄭敬成的車。等一下，我要鬧鬧他，他今天亂停車，那是教職員的位置，他不能停那裡。喔，聽好，以後妳們如果亂停車，要馬上開走，不要以為拿了罰單就一整天繼續停，想說警察看了罰單就不會繼續開單了。我們有學長，就是抱著這種心態，一天連續拿三張單子，心疼到不行。記住，美國是講法治的國家，不守法，就是等著繳罰單。」

第十四章：租屋記

「欸，你們來了啊！我們也剛看完了電機系的實驗室，看到了一些老師，也跟好幾位學長請教修課的東西。那是不是我們就先打個電話給房東，去看看房子如何？」至威及文光一邊收拾書包，手中拿了許多的舊書及手稿筆記。

「你車子確定九月拿得到嗎？」徽杭發現從下飛機後，感覺都是她們兩個女生跟至威閒聊，文光鮮少加入大夥談話，知道他是位個性沈默寡言的人，想說不好意思冷待他。

「不知道。」文光低聲回答，眼神卻是往慧婷那裡飄著。慧婷繼續跟著至威有說有笑，徽杭想說未來如果這三個人真的要住在一起，問題就大條了。她無論如何要遠離這種戰場。

安平像母雞帶小雞一樣的走到了停車場，徽杭再度環場一看，絕大部份的車子都是美國大型的房車，其次則是日本車，安平的德國 WV 五門車在眾多車中像是鶴立雞群，醒目得不得了。因為今天要帶大家走比較多的地方，看房子等，安平決定開自己的車，而把至威的車先停在停車場。走近 WV 車前，至威還跟慧婷繼續有說有笑的，他看看大家說：「那怎麼坐？」

「當然是美女坐前座。」徽杭立刻機靈點出。

「哈，打從今天一早見到徽杭，沒吐出個好聽的話，現在終於開始講人話了。」安平笑嘻嘻的看著大家。

「美女是指？」至威還繼續問。

「你旁邊一直跟你嘻嘻哈哈的那位！」徽杭沒好氣的看看他。

慧婷笑得超級甜美，進前座之前還轉頭跟大家比個 V 字，徽杭心裡想，回眸一笑百媚生，應該就是指這般青春年華的女孩吧！

「那後座怎麼坐？」至威還不死心。

「沒關係，我可以坐中間，你們兩位這樣坐比較舒服點。」

進到車裡，安平開車前，還體貼的將椅座往前移，後面的空間也變大了。「徽杭，妳中間會好坐嗎？」慧婷轉頭貼心的問著。

「非常好坐，我往前靠一點，既可以看到最好的風景，又可以跟妳聊天，這樣司機會不會覺得太干擾？」徽杭身體往前傾，小心翼翼的看著安平發動車子。

「不會，聽女生對話很有趣。」安平調調照後鏡，面無表情的說。「今天要看三處地方。第一個是靠近秀雅姐家的三房，我先說好，那裡靠近南校區。雖說可以不買車，但是一到冬天，如果是早上的課，又想要賴床的話，絕對是極度痛苦的大事。走路要走至少四十分鐘才能到南校區的巴士站。妳們秀雅姐的地點比較好，估計走路二十分鐘之內，但是，要記住，她是研究員，時間沒有硬性規定幾點上班。妳們不要把她的模式當成以後妳們上課的方式。後面兩個都是北校區，但是，都只有兩房。所以，你們兩男一女，應該是兩位男生先找到了。所以，關鍵還是在徽杭。如果慧婷妳能叫徽杭跟妳住，不要住宿舍，就退個訂金，繳個罰款而已，那搞不好今天北校區那兩個兩房公寓就能訂下來了。」

「對啊，徽杭，還是考慮看看啦！」慧婷轉頭看看徽杭。

徽杭玩著慧婷微捲微褐如洋娃娃的長髮，她心裡知道，原來今天不只是帶著她，陪著兜風看風景而已。對於徽杭而言，過去二十二歲前，她沒有什麼機會作決定。一路唸上來，連大學科系都是她強勢的爸爸替她選擇，就連跟家人出去吃飯，跟媽媽出去逛街買衣服，她也沒有辦法看菜單，或是告訴媽媽喜歡什麼樣的衣服。有時她表示自己的喜好，她爸爸媽媽也從來不聽，總是說大人選的絕對比小孩好。

好棒的美國，終於她可以自己決定了。可是，這下子，突然徽杭很想念自己的爸媽，如果這時他們在身邊的話，好想問問他們的意見。不過，台灣人很難想像美國的遼闊幅員廣大，就算徽杭打長途國際電話，恐怕也是被狂罵一陣。畢竟車子在台灣是有錢人的奢侈品，到了美國，光這幾天來看，是絕對的必需品。徽杭必須面對這些日子來照顧她這些人的熱情邀約，卻也必須冷靜的決定取捨，在取捨之間還必須要顧及這些友情，一旦處理得太粗糙，他們是很會傳話的，以後，會很難立足於這群台灣同學的圈圈內。原來，決定，是一件那麼複雜的事情。

　　車子駛離了北校區，經過了幾處交通要道，緩緩駛進了與秀雅姐很類似的社區內。每間房子的建築風格都不一樣，顏色也不一樣。有的在二樓有個好大的露台，有的，則在一樓放個鞦韆椅，有些房子則有大樹遮映，透過陽光反射在房舍的樹枝陰影飄搖晃動，很像徽杭小時候每次停電，她爸爸透過蠟燭在牆上，手指蜷曲成各種不同型態的動物......

　　「好了，到了！」安平將車子駛進一處住宅的停車道內。

　　「你們要看的是二樓，房東住一樓。有問題不敢用英文問，就告訴我，我會替你們翻譯。這裡都是只包水，電跟瓦斯通通不包。洗衣服，美國人通常一週洗一次，這棟因為沒有地下室，你們必須拿去街角外的洗衣店洗衣。或者來到我們平價公寓的社區也是可以啦！我們那裡是會關門，反正至威在電機系內會見到我，我會把鑰匙借給你。這是小事，先不用想太多。」

　　大家跟房東禮貌的點頭示意，房東將鑰匙給安平，問說需不需要帶看，安平回說不用，有問題會下來問。大家隨即上二樓。徽杭很喜歡這裡的設計，跟秀雅姐家一樣。房東住一樓，有自己獨立的門，旁邊另外也有一個獨立的門，這扇門開啟後就是筆直的樓梯，樓梯直通二樓，上了樓梯就看到木頭地板的廚房、鋪著米色地毯的客廳，面對前面馬路的是一個大房間，後面則是兩個比較小的房間，窗戶看出去則是別棟的屋簷。感覺這裡治安很不錯，很多房間都沒有上鎖，可以看到別家的窗戶都是開著，美國人似乎很喜歡白色的窗簾，微風將窗簾吹得微微飄動，好有家的感覺。果然，慧婷跟她看上同樣的感覺，她立即跟至威說，喜歡這一處，而且，她正是喜歡徽杭看上的那處景色。而文光也看上面對街道、車道的超大房間，他一聽到慧婷跟至威的對話，連忙說：「我喜歡那個大房間。我覺得如果可以，不要再繼續看了。就住這裡好了。請學長去跟房東殺價。」此時學長在一樓做公關，跟房東閒聊，徽杭微微聽到兩人談得很開心，學長跟房東講說，這幾位都是初來乍到的國際學生，都是碩士班，很聽話守法，不會開派對，搞得亂七八糟一塌糊塗。房東似乎也很滿意這群房客。

「徽杭，妳可能要去樓下打斷一下學長，叫他上樓來一下。」至威拍拍徽杭的肩膀。

徽杭站在樓梯口，笑嘻嘻的跟學長招呼。安平三步併做兩步上來。

「學長，我們決定要這間，你可以幫我們殺價嗎？」慧婷睜圓了大眼睛，兩手合十的跟學長膜拜著。

「真的假的？你們連第二、三家都不看？可是這裡非常不方便，當然，至威買車了，陸續文光、慧婷也會買車，但是…… 不過，某些角度，我也方便省事，接下來，我就不用照顧你們了是嗎？別說你們，連我都有些小興奮。」安平有些樂的看著大家。「美國人是很少殺價，不過，我去替你們問看看。」安平又是三步併做兩步下樓。

徽杭眼前所見的，是個英文講得極為流利，談吐極佳，受過高等教育的理工科高材生，笑嘻嘻的對房東讚美他將房子維持得多乾淨整齊，讓這群國際學生才一來就愛上了。徽杭接著聽到了安平告訴房東這群學生帶的錢不夠，沒想到美國生活費比他們預料都高出太多，是否在房價上能夠再講價。房東開心的月租立刻降了三十元，安平也立刻開心的接受，握手當場表示要立即簽約。上回在銀行都是秋雪學姐替他們處理，所以，徽杭並不知道原來安平的英文也這麼好。此時徽杭突然聽到樓上開始有些雜音。「那三個房間不同大小，當然大的房間要多分一些，小的當然少繳一些。到了冬天，暖氣費就會有差了，大房間一定暖氣比較耗煤氣，本來就該多出。」至威對著文光說。「哪有要計較那麼多的？為什麼不能平分？好啦，看在有女生的份上，我的房間多十元好不好？」文光看著慧婷跟至威，沒好氣的說著。

「欸，你們要不要先不要談這種細節，學長已經跟房東說要這個房子了。不可能房間同樣大小的，我們最近也看過幾處學長學姐的住處，如果整體環境可，細節的差價你們可以私下再談。我覺得在美國人面前爭論這點，真的很不好意思。」徽杭惱怒的看著他們幾人。

安平還一頭霧水，搞不清為何突然三人爭得面紅耳赤。「好吧，你們誰負責簽約？」

「喔，我不能簽，因為我打算一年唸完碩士就離開，明年五月就要走，住不到一年。應該要住兩年的人來簽約。」至威馬上搖手，不願意拿筆。

「你講什麼，你確定只唸一年而已？」慧婷驚訝的看著至威。

文光立刻說：「那我也可能只唸一年，我也不要簽約。」

安平完全不知大家這是在演哪一齣，不是一分鐘前，大家才說房子多好，風景多好，怎麼現在沒人願意拿筆簽約？房東看著安平，安平也看著房東聳聳肩，真的不解。

「好了，你們夠了沒？那慧婷，妳 TESOL 不可能一年畢業吧？厲害點，一年半，一年半還是比一年多了半年，妳就跟房東簽一年約，等這兩位『姑娘』畢業，妳就找新朋友去別的地方住，不然繼續在這裡住，找新室友也可以。」徽杭難忍怒火，對房東笑笑，接著馬上變臉轉頭對他們說。

房東立刻察覺怪異：「發生了什麼事情，是不是出了什麼問題？」

大家聽了尷尬，還不知如何回應時，安平笑嘻嘻的回說，「你的房子太搶手，他們搶著要大房間。」大家接著陪笑，房東聽了開心無比。慧婷決定由她出面簽約，大家現場也付了該付的訂金，但是總覺得滿肚子怨氣。

進到安平的車內，慧婷忍不住首先發難：「太誇張了吧，竟然是由我一個女生來簽約。你們只唸一年，就要把爛攤子給我。」

「抱歉，我沒告訴妳，我只打算一年就畢業。因為學長都說我是台大電機系畢業的，美國這裡的課程對我而言並不難，一年就可以畢業了。」至威冷冷的說著。

「不好意思，我都忘記問，文光，你哪裡畢業的？」徽杭往左問。

「不是台大。」文光把頭撇到窗外，沒好氣回答。

「好大學，原來台灣還有大學叫做『不是台大』。所以，我不懂，能否請在座的高材生們跟我講講現在是怎樣。我們從一開始下飛機，會長、安平、品哲，全是交大幫的學長帶我們東奔西跑，然後好不容易替你們找了該找的東西，在簽約前，突然起鬨，只因為你是台大電機系畢業的？」徽杭眉毛挑挑，臉往右問至威。

「虧妳唸語言學，妳的語言邏輯在哪？妳怎麼會把不相干的事情擺在一起談？因為台大電機學得比較多，來這裡後，我今天上午跟品哲學長深談，如果沒有要唸博士班，學長說我一年就可以畢業了。那時我就決定往這個目標走，這也不對嗎？講話這麼衝，妳應該道歉。」至威突然面紅耳赤的看著徽杭。

「好，我道歉，我道歉是因為我不是台大，所以我邏輯不通；我道歉，是因為我不是電機系，所以語言之間的連慣性一塌糊塗。這樣可以了吧！」徽杭很不客氣的眼睛往前方直視，可是越想越火大，接著一陣連珠砲：「學長是交大畢業的，在美國才待兩年，你們剛才在看房子，在討論房間大小租金如何分時，你沒有聽看看學長的英文？看看學長如何替你們殺價？省了每個月三十元的房租。你當然可以追你的一年畢業大夢。但是我也可以說，你一年畢業就一定要強調自己是台大嗎？還有，一年畢業跟願不願意簽約有什麼直接關係？為什麼要待得久的人來簽？可以同進同出啊！」徽杭不客氣的繼續砲火猛攻。

「啊哈，看不出學妹是這麼有正義感的人！」安平看著照後鏡，略表欣慰的說著。

「學長，不好意思，才來幾天，讓你看笑話。謝謝你替他們找到了房子、車子，雖然跟我無關，但是，我應該跟你道謝跟道歉。」徽杭仍不打算改變話題，繼續放冷話。

此時至威似乎感覺到自己的答話技巧的確有點傷人，也立刻接話：「對不起，學長，我沒有那個意思，真的謝謝你，要不是你，我不會那麼快就安定下來，真的感謝。今天晚上，可否由我做東，我來請大家吃頓飯表達歉意。」

第十五章：打賭

　　車子駛進了靠近 Bell Hall 的停車場，安平跟大家說，下午必須處理實驗室的工作，就不跟大家用餐，反正晚上還會見面，先跟大家在停車場道別。「學長，等一下，能不能告訴我學校巴士站在哪裡？」徽杭急切的想知道。

　　「喔，我實驗室內有校園地圖，不然妳跟我上去，我標給妳看，妳可以順便逛逛校園。妳該不是想搭巴士回去哭吧？」安平俏皮的問著。

　　「秀雅姐畫了她家往南校區的地圖給我，偏偏我現在比較需要知道的，是從北校區往南校區的路線，我連北校區搭車站牌在哪都不知道。我的確是想要搭巴士回去，但不是哭哭。至威有車子了，可能他們三人會想開始買傢俱。我就讓他們三人慢慢釐清房租如何分、傢俱錢如何分攤等，反正我不是台大的，頭腦不會太清楚，跟去搞不好惹人嫌。」徽杭冷冷不屑的回答。

　　「對喔，講到傢俱，那天會長好像有說誰要賣，不然這樣好了，我等一下去實驗室找看看會長在不在，你們可以先去逛逛。晚上回來我家時，我再把那些要賣傢俱的人的電話給你。」安平看看至威他們。

　　「可是，學長，我是真的有心想請你吃晚餐。晚上賞個光嘛！」至威懇求著。

　　「會啦，會啦，但是，如果要請，你不覺得品哲也要一起請嗎？畢竟學業上他能給的建議更多。他可是名校紐約理工大學 (Polytechnic University) 的碩士，後來才來這裡唸博士的，基礎打得超強。你能從他那裡得到更多東西。」安平絲毫無保留的說著。

　　「喔，好的。那看看兩位學長何時有空，我一定要好好的謝謝學長。」至威對安平欠欠身子鞠躬。

　　「那麼，徽杭，晚上見了？」慧婷轉身看著徽杭。

　　「晚上見！慢慢找傢俱喔！喔，如果吵起來、打起來，下手別太重啊！」徽杭對著慧婷猛揮手，冷冷不屑的打量其他兩位男生。

徽杭跟著安平緩緩進入電機系內。「徽杭，真是人不可貌相，妳還真是敢講。竟然這樣衝至威？」安平一路走一路笑，還順便回頭以免他們聽到。

「學長，你講大聲點也沒關係。最好讓他聽到。我不想當啞巴。」徽杭理直氣壯的大聲說著。

「是嗎？妳真有膽的。我以為妳是那種怕事的小女生。不過，妳會不會覺得奇怪，慧婷是不是簽了約，不開心。感覺她也是小女生，想要男生來承擔一切的感覺。」安平猜測著。

「不是，學長，我們來打賭，賭十元，這次，是美金計價了，哈，我賭她跟至威很快會墜入愛河。」徽杭俏皮的看著安平。

「是嗎？她跟妳聊到什麼？」安平像是看到獵物一般驚異。

「在聊什麼？」品哲不知什麼時候在徽杭背後偷聽。

「嚇死我了。學長，你什麼時候躲在後面的？沒有啦，她什麼都沒說。只是，當時她在簽約前聽到至威確定只待一年的表情，她很難過。你不覺得剛才在車上，我跟至威在狂辯，慧婷意外的沒有選擇哪一方？她應該還在消化至威只待一年的事實吧！」

「什麼簽約，他們已經房子租到了？難怪我說這麼快，安平才剛出去，怎麼現在就回來了。安平，正好，既然你回來，老師剛才提前到，看你要不要去跟老師談那天我們提的報告？」品哲拍拍安平的肩膀。

「喔，那我去準備一下。徽杭要知道如何搭校園巴士回到南校區。你要不要帶她走一次看看，也不知道我跟老闆要談多久。」安平一面整理書桌上的資料，順便從抽屜拿了梳子，梳梳頭髮。

「沒問題。吃過飯了嗎？還沒的話，我們去吃我來美國覺得最美味的漢堡店，漢堡女王，Burger Queen，那家的漢堡真是人間美味，已經吃了整整三年多，還是不厭倦啊！」品哲說著就聽到肚子咕嚕嚕叫。

「那學長，我請你吃，我有事情正想問問你。」

第十六章：智者

　　漢堡女王就在校內。電機系一出去，穿過幾個不高的樓層，還有幾個如貨櫃的建築物，就看到了學生會館 (Student Union)，那裡有許多不錯的店，全是販賣西方的美食，如漢堡、義大利麵、pizza。

　　「以後，妳可以慢慢挑選，每一樣都很美味。」徽杭看看品哲的圓肚子，內心笑了一下，覺得這位學長應該是一位知無不言，言無不盡的人。看來，等一下的話題應該會很令她振奮了！

　　看著品哲點好自己喜歡的套餐，徽杭先一小口咬下漢堡。

　　「怎麼樣，會不會覺得連皮帶肉，再搭配美乃滋及生菜的美味，真是人世間最豐富的漢堡啊！尤其是比臉還要大的漢堡包，配著漢堡肉，永遠都不厭倦啊！」品哲真可以做這家漢堡店的代言人了。徽杭，其實不太習慣美國食物，尤其漢堡等於是麵包包著肉，亂七八糟的，哪有米飯香？還有，薯條難吃到爆，再加個蕃茄醬，簡直是惡搞自己的胃！

　　「學長，如果是這樣，我巴不得以後有疑難雜症，我都用這家漢堡店的套餐來賄賂你，好不好？」徽杭看著學長津津有味的吃相，還真是羨慕。

　　「喔，抱歉，妳是要問什麼問題。實在太好吃，我忘記了！」品哲一面說還一面把手上滴的美乃滋舔進嘴巴。徽杭皺皺眉頭，心裡想說，美國的漢堡還沒台灣的饅頭夾蛋美味哩！

　　「學長，我想聽你的意見。你知道我要住宿，我覺得我可能做錯決定了。我沒想到住外面會便宜那麼多，看慧婷他們房子有著落，我有點心慌。雖然，我知道二十二日後，我就能搬進宿舍，也不用買傢俱，但是，我不太確定，自己是不是太固執了。安平學長一直叫我在外面找房子。我總會覺得自己也許應該聽聽過來人的意見。」

　　「妳來美國的目的，其實應該只有一個。拿到學位。所以，妳從這個目的著手，應該不難找出答案。」

徽杭沈默的看了品哲。

「拜託，妳的眼睛好大好圓，我知道我講廢話，別這樣看我啊！」

「媽啊，學長，聰明啊！我本來以為要花很多時間釐清這個決定，學長，你太厲害了。才四個字，竟然就讓我找出答案了。以後，如果你去大學教書，一定是個很棒的老師。」

「什麼，我這只是很普通的一句話，妳已經決定好了？」

「對，我確定了，我要住宿舍。再也不動搖，不改變了！」

「妳從我的話裡面到底怎麼做了決定？」

「學長，從下飛機以來，我不斷的受到周遭影響，美國的環境、房間的大小、生活的自由度、甚至最大的影響是金錢。宿舍一個月大約是四百多，不含餐費，兩人合租一個房間，聽起來很貴，而就算排不到你們那種超級便宜的社會住宅，水電瓦斯一切全包，其他一般公寓加上電瓦斯兩項費用，一整棟公寓還不到五百，兩人平分，一個人最多接近三百塊，聽起來都是住外面划算。但是，住在外面，除了完全與美國學生徹底隔離，也不瞭解美國的一切，這樣，即便拿到學位，英文沒練好，也不懂美國人做事的方式。其實，不是只有這些，住宿舍的人際風險關係較小，心裡比較清靜。光是剛才看到慧婷他們找房子，先是為了房間大小決定分租金額，後來又因為誰要早畢業，不想簽約，這些都讓我會擔心，如果是住宿舍，就算與室友不合，我是那種倒頭就睡的人；肥豬一隻，室友不論是開燈、音量多大聲，我都能入睡，大家井水不犯河水就好。而且，聽說除非有要求，不然，不會是同一國的人安排在同一個房間。那就算有什麼不滿的，也許忍過就好了。但是，如果是跟台灣同學住一起，會很難處理。因為總是在這一個圈子，不好生氣發火。到時會花更多時間去處理這些人際關係。你看，這是我昨天做的表格，把兩者優缺點列出。」徽杭小心翼翼從書包裡把她早就做好的表格攤開給品哲看。

《紐約 425 公路：遠行的開端》

	學校宿舍	校外公寓
優點：	水、電、瓦斯全包	便宜
	練習英文	空間大，有隱私自己房間
	認識美國	可以天天煮飯
	暫時遠離台灣圈	
	基本傢俱全包	
	地下室有洗衣、烘乾設備	
	宿舍離教室近，冬天步行便利	
	不用買車，擔心車子壞	
	大腦能常清空	
	離電腦中心近，不用買電腦	
	能認識國際學生，拓展國際視野	
缺點：	費用高昂	必須買車
	空間狹小	離不開台灣圈
	沒有獨立浴室、廚房	沒機會練英文
	聖誕節必須搬出	必須買傢俱
	寒假住另外付費	電、瓦斯另付，易起紛爭
	不能天天煮飯	
費用：	宿舍費 2695（不含 12/20-1/16 及 5/20-7/31）；抓 300 校外 sublease 租金 = 2995	房租 3600（最多 300 元 x12 月）+ 買車 5000 +油錢（25 元 x12 月）= 8900

「學長，你看，這是我大致做的單子，菜錢當然都沒算，如果宿舍能自己煮，其實，宿舍沒你們想得那麼貴。你看，宿舍費一年就是兩千六百九十五，但是，寒假及暑假全部不包，若要住，必須另外付費。聖誕節 12/20 到 12/27 是一定要搬出去，不准住，所以，寒假如果 sublease 別人的房子抓個三百，暑假，如果我回台灣的話，等於才全部才兩千九百九十五，如果不回台灣，等於也是 sublease 別人的空房間，三百算兩個月，就是三千五百九十五。如果住外面的話，房租是能省一些，但是買車抓個五千，加油現在一加侖是一塊八多，先抓一個月油錢二十五塊好了，只開到學校、超市跟家裡，全部加起來住外面也沒有便宜到哪裡，也是要八千九百。當然，如果住宿舍不會做菜，那餐券就很貴了，你覺得我有沒有哪裡算錯。平常你們暑假回台灣，應該房租也要照繳吧！至少，我不用繳房租，因為不住宿了！」

品哲看了看單子：「哈，學妹，妳的單子列得不錯！不過，看妳的表格，擺明了妳偏愛宿舍，校外公寓那麼多空白，應該優點不只這些，缺點也不只這五項就是了。不過，這不是一目了然啦！加油！水牛城是一個好地方，生活容易，而且，治安良好。妳知道我碩士是在更有名的紐約理工大學唸的。那裡被黑人拿刀搶劫是家常便飯，有次我同學才剛跟我在實驗室說掰掰，他一出去就在大馬路被搶了，隔天故作鎮定來，看到我還趴在實驗室的桌上，把我搖醒，說昨天他不該回家的，被搶了一百多塊，還好，他身上還有一百多塊能夠給那個黑人，如果只帶二十幾塊，可能是白刀子進，紅刀子出。還有更恐怖的事，有位學姐，叫她不要晚上行動，她不聽，被黑人尾隨到家裡，發生不好的事情，她不敢跟我們提也不敢報警，後來，那位黑人食髓知味，三不五時去騷擾她，學姐才跟我們求救。當然，她後來沒完成學業，瘋瘋癲癲的回台灣了！這些故事一直傳開，晚上都沒人敢走動。我當時如果研究報告做晚了，就寧可睡在實驗室，如果有女生需要晚上熬夜，都是我們保護著陪著。那時我常常隔天一早才溜回住家洗澡，換乾淨衣服。這些都是我第一眼認識的美國：治安差、歧視亞洲人、交通擁擠、環境混亂、老鼠超多。

後來水牛城這裡給了博士班獎學金，我來了之後才發現，原來世界上，真的有天堂。妳很幸運，妳第一眼所見到的美國，是一個非常友善的小城！人的第一印象，是很重要的。我對美國的第一印象是非常負面，但是，妳的，我猜，就全部都是正面了！這至少是好的開始！」

「不過，我猜漢堡女王的美味，應該是在紐約就發現到了。」

「沒錯，學妹，妳反應真快。所以，這裡有獎學金、不用繳學費、寫的論文跟老師做的相關、平常當研究助理的計畫，也跟自己論文有關係。校園裡走不到幾步，就有我最愛的漢堡女王。我是這裡最滿足、最幸福的人。」

「學長，恭喜你。跟你講話會發現有很多不同的想法。以後還希望跟你多學習。」

「哈，終於瞭解為什麼安平搶著帶新生，嘴巴都這麼甜，更像住在天堂的樓中樓了。我帶妳去看看學校搭公車的地方。妳不要等車啦！我送妳回秀雅學姐的家裡。不會麻煩的，先前就聽安平說秀雅家佈置得很高雅，去偷看看裡面佈置如何吧！」

第十七章：南校區

「學姐，妳今天比較早回家喔！才剛過五點。喔，品哲剛才離開沒多久，他說學姐家裡佈置得好漂亮。他們都在說喜歡學姐浴室的擺設。我最喜歡學姐的雙層浴簾。浴缸內的黃色簾子是防水的，浴缸外的是個白色碎花布簾。好夢幻喔！」徽杭剛送走品哲，沒多久就看到秀雅學姐上樓，像個小孩見到媽媽，迫不及待要告訴她今天發生的事情。

「喔，這樣啊！等一下我要去買菜。要不要跟？我順便帶妳走一趟南校區等公車的地方。」秀雅看似疲憊的放下手中的一堆數字文件跟包包。徽杭沒問半句，就像個跟屁蟲一樣跟著。

秀雅學姐的地點真的是很不錯，尤其水牛城的八月，整個天氣、空氣就伴隨著香甜的氣氛，連走路踏在路徑的水泥石子上，都能聽到鞋子開心雀躍的聲音。夏天腳程快一點的人，的確是走個五分鐘就能走到連鎖超市了，可是秀雅跟徽杭花了十五分鐘，慢慢走，不說話，靜靜的享受這美好的光景。

秀雅決定先帶徽杭走一次南校區的巴士站，南校區的建築物就是徽杭心裡夢幻中的美國大學，好幾棟是紅磚建築，窗戶攀爬著藤蔓樹枝。「學校的健康中心也在這裡，美國看醫生很貴，學生依照規定，一定要買醫療保險。如果之後身體不舒服，千萬不要忍著，一定要來這裡，妳看，就在那一帶。」徽杭看看秀雅學姐手比的地方，只有兩層樓的破爛房子，很難想像裡面的醫療設施會有多先進。徽杭看到了巴士站，零零星星的學生站在那裡等車。接著秀雅回頭帶徽杭往剛才經過的連鎖超市走回去。

美國連鎖超市的種類非常齊全。秀雅順便跟她說，未來住宿要買生活用品沒有車不是太便利，可以趁這時候挑選一些，以免到時還要另外搭車來這裡採購。徽杭趁機挑了一些，其實，她什麼都不缺，從牙膏、牙刷到內、外衣，連冬天的羽毛衣都還封裝在她的行李箱內。她只覺得美國東西都不便宜，畢竟她花的是自己的嫁妝，必須要節省一點。秀雅接著帶她去亞洲食品的那一區，她特別指了一個牌子的日本米，強烈推薦，這家的米口感非常好，有台灣東部米粒的風味，煮出來是顆粒分明的，很有嚼勁。徽杭沒放在心上，因為秀雅姐很重視生活品質，明明旁邊的泰國米大包又便宜，這一袋日本米包裝的小咪咪根本撐不了多久，一個字的牌子，徽杭懶得去記，窮留學生來美國吃什麼日本米，泰國米就可以了！

晚餐時間，秀雅學姐真的是好手藝。她煮了一鍋香菇雞湯麵。雞湯非常清爽不油膩，香菇也非常有嚼勁，麵是日式細麵，還加了幾片美國的生菜，這是第二次徽杭吃美國生菜。中午跟品哲學長在漢堡女王時，就已經品嚐過了。那時的生菜是生生冷冷，但是搭配在熱的起司、牛肉內，竟有幾番風味，現在則是配在熱湯內，生菜本身的香甜全部顯露出來。秀雅學姐也看出來了，連忙問：「要不要多加幾片生菜？我本來擔心第一次到美國的人會不習慣。」

「今天跟品哲學長吃過漢堡，當時覺得生菜有些小礙眼，現在放在湯裡，非常可口。」徽杭覺得秀雅學姐真是體貼。飯後，秀雅也不讓徽杭洗碗，徽杭只能幫忙擦桌子。

徽杭猜學姐帶了一堆滿滿手稿的數據，也應該讓她工作或休息，「學姐，今天妳辛苦了一天，還帶我去繞一趟南校區，還去超市採買，回來還做飯、洗碗、整理廚房。我還是不打擾，讓妳忙妳的事情吧！」

「那好，妳就自己找事做，我房間裡很多小說，都是英文的，妳如果不習慣，也慢慢開始培養用英文閱讀的習慣，這對妳未來思考會有很大的幫助。」徽杭跟學姐道謝，轉身回到自己房間。

秀雅學姐的房間通常不關門，兩扇對外窗戶都是開著，窗簾在夜晚吹來的微風輕輕晃動著，窗旁放著一盞立燈，中間擺著一個 queen size 的雙人床，左邊的書桌放著電子鬧鐘，可以同時聽廣播，木桌類似如工作桌一般，立起大小不等的九宮格。依照格子的大小，整齊的放了許多書籍、書信、明信片和文具。右邊放著一盞歐式有裙罩的鵝黃檯燈。平常學姐一回來，窗戶的立燈就會開啟，有時學姐趕報告，會調得很明亮，有時則會調得很暈暗，睡前則會將立燈關閉，輪到床几的檯燈亮起，燈光只有四十瓦特。窗戶的另一頭，擺了一個古老原木香味的衣櫃，只要學姐打開這衣櫃，可以聽到底下滾輪滑動的聲音，那是幸福的聲音，悅耳而不擾人。

徽杭在客房內，開著小燈，隨手翻一本書，應該是偵探小說。但是她的英文程度實在太差，從作者介紹那一欄，就一大堆單字看不懂，還要去翻她從台灣帶來的電子字典萊斯康 (Lexicon)，看完第一頁，幾乎全是生字，徽杭不知道未來在語言學系，她日子該怎麼過下去，眼皮越來越沈重，她隨手用摸的方式找到小燈的開關，這夜，就這樣沉沉入睡。

睡夢中，她聽到了跳躍式的腳步聲，是天使來了，躡手躡腳的嘻笑聲，美國真是天堂，連天使都那麼調皮搗蛋。沒多久，周遭再度回復沈寂，沒多久，這份沈寂卻被一串尖銳的警報聲驚醒，想必又作夢了，八成又是飛機上的鬧鐘事件，有夠丟臉的，不過，她早就把電池拆了，所以根本沒有必要醒來，繼續作夢的好處是，如果是惡夢，在半夢半醒之間，趕快換一下主題，她依然好眠著，地上的地毯如數百隻兔子乖乖窩在她身旁，伴她再度深深入睡。

第十八章：下逐客令

　　隔天一早清醒，已經超過八點，看到秀雅學姐竟然趴在餐桌上。「學姐，這麼晚，妳還沒去，是身體不舒服嗎？」徽杭急忙的拿個椅子坐在秀雅學姐旁邊。只見秀雅緩緩抬起埋在桌上的臉，臉上全是倦容。

　　「徽杭，我真的很抱歉，這樣對妳。可是，我真的忍不下去了。」聽秀雅姐無力的言語，徽杭心裡一震，她直覺學姐要下逐客令了。

　　「我當時答應讓妳們借住，也聽說慧婷他們找到了房子。我在想，妳們可不可以快一點打理好，儘速搬離這裡。我不是不歡迎，但我畢竟是要工作上班的人，其實我也不屬於同學會，剛開始，我覺得放兩個人不是什麼大問題。但是，前天慧婷沒回家，也沒打電話告知一聲，我樓上小燈一直開著，我不知道為什麼住別人家是這麼不尊重別人。然後，慧婷昨晚到十二點才回家，美國是木頭的房子，不是只有慧婷上樓梯，還有其他人，上樓梯的巨響把樓下的 Mike 也吵醒，嚇得開門察看是不是出了什麼事情。今天凌晨一點半，電話突然大響，一個 MBA 的女生說要找慧婷，我說慧婷早就睡覺了，不方便叫她起床。我問那個女生有什麼緊急的事情。她說找到了房子，問慧婷願不願意跟她合住？我跟她說這個哪算是急事，那麼晚了，半夜打來。她回答說，因為找到了房子很激動，覺得要馬上分享這個好消息。我知道這些都跟妳無關，但是，我一向平靜的生活，莫名的被打擾，而且，我沒有同意電話要給別人，為什麼妳們要擅自亂給。還有，我覺得很不舒服，我家裡如何佈置，是我的喜好，我不喜歡妳沒得到我的同意就帶人來看我的家居擺設，尤其是，我不喜歡妳跟別人說我浴室佈置得多浪漫，浴簾如何，我覺得我的隱私完全曝光，心裡很不自在。」

　　徽杭真的不知該如何辯解。秀雅學姐講得沒有任何錯。自己超大嘴巴，逢人便亂聊學姐的房間，本來，她其實是要強調自己多幸運能住這裡，卻沒想到只有一週的緣分，她就被趕出門了。秀雅姐是個很善良的人，她話講完後，還是告訴徽杭早餐做好了，她就出門了。

好怕跟這麼好的房子分開，徽杭在房子裡來回踱步，如果事前可以預知，當時慧婷沒有搬來這裡住，一定單純許多。不過，既然慧婷他們房子已經找到了，原先還會覺得丟臉，不好意思在宿舍開門前借住她那裡，現在事情等於是她造成的，不如馬上通知她，兩人一起搬過去。徽杭靜靜的吃著學姐準備的早餐，牛奶、炒蛋、烤吐司，還有一盤葡萄。徽杭不知道應該用什麼方式繼續跟學姐保持這份緣分。她，並不是貪圖學姐舒適的生活，不，應該說，這樣舒適的生活，她偶爾受邀進來沾沾光，就已經很好了，但是，除了物質的原因，她真的很喜歡秀雅姐穩重的人品。她覺得在美國生活久的台灣人，都很有品味，除了受到高學歷的薰陶之外，對於尊重他人的隱私，有著跟台灣人不一樣的判斷。徽杭雖然才二十二歲，可是，她很清楚，不會永遠都是二十二歲，她知道有太多女生，抱著永遠二十二歲的心態，等到了四十歲，還是自以為是的二十二歲，不體貼，不喜歡接受新事物，整天東家長西家短的閒聊跟自己不相關的瑣事，更可怕的是，用自己膚淺的角度去看別人。

徽杭打理好自己，也把客房的東西先收拾乾淨，她看看昨晚慧婷睡過的地方，也稍微的替她挪挪東西。她小心翼翼的踏著樓梯，雖然知道樓下的 Mike 應該不在，但是鑑於昨天的「夢」，原來那些夢中的天使就是慧婷他們，自己腳步更該輕盈些。昨天秀雅姐已經帶她走過一次南校區的社區巴士站，徽杭是個超級大路癡，她還是手中拿著秀雅姐畫給她的手稿地圖一一比對。沒多久，就看到公車站了。沒什麼人在等車，徽杭靜靜的看著紙上仔細描畫的地圖，除了街名，連會經過的路標，例如漢堡店、洗衣店，秀雅姐都仔細的在街道附近標出，沒多久，徽杭發現自己手中的地圖多了好幾處水滴，暈濕了好幾處重要的地標。還好，安平學長不在，他一定又會說自己是愛哭鬼。徽杭決定目標到電機系內，她要跟安平學長訴苦，透過安平學長，她無論如何就是要賴住在慧婷房間。

「學長，你們全都在喔？有件糟糕的事情，你們替我作主啦！」徽杭很快的進到安平跟品哲的實驗室，也完全顧不得還有其他人。

「小學妹，怎樣了，嘴巴翹得可以掛豬肉了！」品哲挪挪厚厚的眼鏡，眼睛瞇得成一條線。

「她還能怎樣，還不是晚上睡多了，做了惡夢，來這裡要我們給她秀秀撒嬌吧！」安平盯著電腦螢幕，頭也不回。徽杭卻從螢幕的反射看到他在微笑。

「小女生撒嬌有什麼不好，可愛的女生，只要撒嬌，我什麼都願意做。要我作主什麼？」品哲滑出一張椅子，拍拍椅墊，示意徽杭入座。

「品哲學長，你給我評評理。安平學長，事情大條了。我被秀雅姐趕出來了！我沒地方住了。」

「妳我說什麼！」安平猛一回頭，螢幕沾滿口水！「妳給我聽好，我才剛剛覺得輕鬆，把你們四個個性完全不一樣，奇奇怪怪的人給安頓好，等一下還要去機場接機，再把一堆可怕的新生丟到不同的地方。妳現在來告訴我，妳沒地方住。妳做了什麼好事？」

這時徽杭才發現，實驗室不是只有安平跟品哲，媽啊，一轉身還有很多東方面孔、印度面孔跟一位白人，然後，全都是男生。大家都被平常一慣溫文儒雅的安平給嚇到了，全都靜止不動，眼睛巴巴望著看發生的這一幕。不能哭，不能哭，千萬止住眼淚！

可是，徽杭真的很不爭氣，眼淚如南部午後突然的雷陣雨，滴滴答答，整個面容全是淚水了！

「喔，安平，你事情才大條了，欺負女生。讓人家哭成這樣。」品哲連忙拿面紙安撫徽杭。

安平站起來，跟周遭實驗室的男生揮揮手，示意沒事。接著以非常平靜的口吻說：「妳給我講仔細點，如果是妳的錯，我現在馬上帶妳去秀雅姐的實驗室，我們一起去道歉。」

徽杭就把今早秀雅姐跟她的對話告訴安平跟品哲。

「所以，這就是妳被趕出的經過，妳確定是這樣，一字不漏？」安平疑惑的看看徽杭。

「我不確定是不是百分之百一字不漏，但是很確定關鍵詞是：慧婷超大腳步聲、超晚回家、半夜 MBA 的死人電話，還有就是我的大嘴巴跟浴簾。」徽杭很洩氣，不過她繼續說：「學長，我要你們作主，不是給我找地方。既然事情是慧婷那裡造成的，當然我知道文光是無辜的，不過，既然他跟慧婷住，那麼，請學長作主，把我塞到慧婷那裡。」

「喔，聽起來很合理。妳怎麼不自己去說？我看你們兩位女生嘰嘰喳喳蠻有話聊的。」品哲再度扶扶眼鏡，很能理解的點著頭。

「學長，當然我去跟慧婷說，不是難事。但這畢竟是他們三人的房子，我還是會用到廚房、浴室，怎麼樣還是會造成人家的不便。我直覺從你們學長的立場來說，絕對會比我這種菜鳥來說得好。求求你幫我說嘛！」徽杭歪著頭，雙手合十的看看品哲。

「安平，你去說。他們今天正好在佈置房子。我也是聽說他們應該這幾天就會入住了。他們中午會回來找我們吃飯。你先當眾宣佈，我再來打邊鼓，反正，的確是他們害到徽杭被趕走的。」

「妳應該去演戲，剛才哭得唏哩嘩啦，現在可以在旁邊偷笑成這樣！」安平還是充滿恥笑的看著徽杭。

「那不然怎樣？拜託，如果是屁，你要我忍，我可以；眼淚，我絕對沒辦法。」此話一出，不只是安平、品哲，一群東方面孔學生突然笑到彎腰屈膝，整個桌上螢幕全在晃動。

安平再度站起身，跟大家鞠躬：「抱歉，丟臉了，台灣女生就是這樣。嬌寵慣了。學妹，這裡坐的全是中國大陸來的高材生。一堆申請到 Ivy League（長春藤）或 Johns Hopkins（約翰霍普金斯）那種超級名校，換成台灣人，父母早就賣房賣地讓孩子去唸了。人家，多有骨氣，名校接受，但是沒有獎學金，這裡給了全額獎學金，所以，就來這裡高材低就了。我們的功課，都多虧他們的幫忙。妳剛講那什麼話，讓人看笑話了，俗氣！」看得出安平跟這群大陸學生非常好。

「小姑娘，這樣稱呼，應該無妨吧！我們真是羨慕你們台灣啊！竟然美國移民局能讓那麼多才二十出頭的可愛女生來這裡唸。這一陣子，我看你們台灣同學的會長忙進忙出的，你們真是團結。以前沒接觸不知道，台灣人真的是善良。光我們來這裡，很多時候，你們安平啊幫好多忙。開車替我們搬進搬出。好人，他真是好人。」一位大陸男生這樣說著。徽杭心裡偷笑，真想吐槽安平，不是老說後悔買五門車，要出車、出人還要出力嗎？

「學妹，妳聽懂他們在講什麼嗎？」安平斜眼瞧著徽杭。

徽杭轉頭自以為低聲的問安平：「所以，他們是共匪？你竟然跟匪諜搭上線？小心，匪諜就在你身邊。」此話一出，那群中國大陸的同學更是笑到不能自己。

「喔，對不起，我以為你們沒聽到。那，你哪裡人？你的口音在台灣只有老榮民杯杯才會特有的鄉音，為什麼這種年輕的臉，會講出這麼老的鄉音？」徽杭說完，又是一陣爆笑。

「學妹，沒有禮貌。他是山東人，清華大學的高材生。不要糗人家口音。不過，不錯啊，妳至少還聽得懂。」

「唉啊，語言學，總要習慣各式各樣不同的語音嘛！」徽杭跟安平撒嬌的說著。

「唉，小姑娘，來美國求學這一趟，能有機會認識台灣來的朋友，還真是親切。不認識你們之前，我們還以為你們生活環境糟糕，大家都是吃香蕉皮的。」

「我們台灣才以為你們是吃香蕉皮的嘞！」安平不甘示弱的抗議。

「學長，你們不會覺得很奇怪，大陸人覺得台灣人苦到吃香蕉皮，台灣人覺得大陸人苦到吃香蕉皮，那香蕉都到哪去了？全賣到日本了嗎？」徽杭看看安平，再望望那群大陸高材生。

實驗室一陣喧鬧，沒多久，一位東方面孔的老師進來實驗室，大家立刻沈寂，老師看看徽杭，徽杭禮貌的跟老師鞠躬，安平跟品哲大概的介紹，老師點個頭就往那群大陸學生的電腦走過去，安平也順勢把徽杭帶出實驗室外了，跟品哲做個 ok 手勢，品哲也識相的點點頭。

「徽杭，妳等我們一下，進來的是我們電機系的教授，是大陸人。

妳先去 Lockwood Library，這是人文科學的圖書館。我知道你們過幾天才會有新生訓練，才要辦理學生證。但公立學校的圖書館大家都能用。完全不會有人擋。妳先去那裡隨意翻書看。中午妳再來找我們。到時我們午飯就把妳的問題解決好。」安平拉著徽杭手臂，壓低聲量在走廊說。

「學長，你能幫忙說，我就很感激了。謝謝，我們中午見。」

第十九章：愛上美國的圖書館

　　徽杭手裡拿著安平順手塞給她的校內地圖，很快就看到了 Lockwood 圖書館。一開門迎來的就是滿滿藏書，古老的霉味，伴隨著空氣富含水氣的潮味。徽杭對這種味道，有種說不出的迷戀，很像人在沙漠走著、渴著、望著，突然間，聞到了一處泉水的味道。美國，真的是一個做學問的地方。圖書館佈置得像極了古堡內超大的書房。架上的書，旁邊的沙發椅、坐著幾位學生低頭看書，沙發椅旁還有沙發几，擺著暈黃的檯燈，每一盞都是亮著的，即便沒人使用，美國真是個資源豐富的國家。徽杭決定不坐電梯，而是從最高樓層慢慢往地下室毫無目的的漫步著。地下室是整棟最安靜的地方，徽杭最愛的，是在某處角落，面對一大扇透明窗戶，放一個很大的方桌，方桌上擺了兩盞檯燈，這麼大的桌子卻只擺了一張椅子。徽杭立刻快步過去，好像別人也會搶這個王座一樣，迅速將椅子拉開，她坐在椅子上，徹底的被窗外的景致吸引了。

　　窗外是個天井，也許因為是地下室的關係，設計這棟大樓的人大概擔心地下室給人的陰濕昏暗，刻意在中間鑿了個天井，只有幾處窗戶可以看到這天井的存在，而透過天井的陽光，緩緩灑落在這些窗緣。天井裡沒有任何修飾，沒有花園、座椅，就是幾個排氣孔。徽杭要的不是窗外的天井，而是，她似乎能閉眼幻想著，冬天雪季來臨時，她看到飄在天空的雪，緩緩降落入天井的神貌，如罐子般的天井盛著的，是一杯雪棉冰還是刨冰，三分滿、五分滿，還是八分滿？那會是什麼樣的感覺？徽杭密切的期待著。她只希望到時候，不要有人來搶她的寶座。她知道這圖書館以後一定會是她的秘密基地，而這方桌，更是她基地內的軍機處。

　　很快的到了中午時間，徽杭回到了 Bell Hall。大家也都陸續到齊了。品哲當然是帶大家到他最愛的漢堡女王去享受他最愛的牛肉起司堡。只希望這不是宴無好宴的午餐。

等待大家坐定位後，安平開口了：「慧婷，你們那裡處理得怎樣？能夠搬了嗎？我這麼說，不是要趕你們，只是關心。」

「學長，超順利。昨天跟會長介紹的幾位學長買了傢俱後，昨晚就陸續送到新家了。也有電視喔！後來洗洗刷刷，忙到好晚，回去秀雅姐家裡，徽杭睡得像豬一樣。今天一早我們已經去 W-Mart 把鍋碗瓢盆都添齊了。房間都佈置得很溫馨喔！接下來就是想請問學長，電話要怎麼申請，還有第四台要怎麼辦理。」

「慧婷，台灣電話是國營，美國的電話是民營，有好幾家選擇，我來替你們問。第四台的話，不是月繳一筆錢看所有台數。是你要選擇看什麼頻道，幾個頻道，要不要電影，這些價錢都不一樣。有電影的台一定是比較貴的。沒關係，這些你們不可能馬上會急需。我今天晚上先替你們問一下，再告訴你們。」安平說。

「學長，你們已經照顧太多了。怎麼好意思。不過，我們英文真的好爛。光去個 W-Mart，我們真的發現店員講話我們都聽不懂，連剛才漢堡女王怎麼點餐，我們都有困難。所以，就看著圖片點一號餐，可是，還是問一大堆，完全聽不懂。」至威笑笑搔著頭。

「不過，有件事是比較緊急的。慧婷跟徽杭必須今天搬離秀雅姐家裡。」安平冷靜的看著慧婷三人表情。

「為什麼？我們本來想說雖然房間大致差不多，但還是可以繼續借住個一兩天的？」慧婷愣愣的望著安平。

「慧婷，妳們把秀雅學姐弄到抓狂，知不知道？我一直強調人家是來工作的，壓力比學生大太多。妳有一晚沒回家，在我們這裡過夜，我不知道妳連個告知都沒有。不然就是晚回去，事前也不講，樓梯大聲得把樓下的鄰居也嚇醒了。還有，學姐沒有說她的電話可以給別人，妳沒事給 MBA 的新生幹嘛？她半夜打來說她找到房子，想找妳分租。妳們全睡死，沒聽到電話，對不對？妳們知不知道，半夜接到電話通常不是好事，結果妳們這些人竟然只是因為找到房子太興奮，要分享，有夠沒禮貌的。」慧婷嚇得安靜的不敢出聲，安平繼續說：「妳們兩位女生看看還缺什麼，我等一下會帶妳們去買。兩位男生不需要跟。吃完飯後，我帶妳們去秀雅學姐的實驗室，跟她道歉，而且跟她說，今天下午就會搬走；不要借住人家家裡，離開連一個屁都不放。有事情，當面解決比較好。然後，我們才去買妳們還缺的東西。買好後，我們去秀雅學姐那裡搬行李。把門鎖好，鑰匙給我，我來還給秀雅姐。」

「學長，對不起，給你添麻煩了。」徽杭深深的鞠躬。

「那既然兩位女生今天就要住進來，我們男生也搬出學長家好了。學長，真是謝謝你們，沒有對我們下逐客令。」至威面帶歉容。

「我其實沒關係。每個人個性不一樣。不過，安平，你這樣做很漂亮。由你出面，帶兩個姐妹花去跟學姐道歉，以後，大家見面還是朋友。」品哲說。

午餐用畢後，安平帶著徽杭跟慧婷爬了樓梯到二樓，先經過 Clemens 的長廊，馬上就看到徽杭的秘密基地，Lockwood 圖書館，經過圖書館，再推開一個厚重的木門，就是 Baldy Hall。「喔，這就是以後你們兩位上課的地方。只是我不知道在哪一層。」走過了 Baldy Hall，再推開一層厚重木門，到達了 Park Hall，這裡便是心理系的大樓了。

「妳們知道，為什麼這裡的大樓跟大樓之間要有那種封閉的空橋長廊跟厚重的木門嗎？」安平轉身看看徽杭跟慧婷。兩位女生眼睛睜得圓圓大大，猛搖頭。

「因為水牛城雪季很長，這裡有名的，不是水牛，而是下雪雪量。每年冬季初臨時，美國電視預報天氣幾乎都會帶到水牛城。這裡有幾處可怕的風雪帶 (snow belt)，偏偏水牛城的西邊是伊利湖 (Lake Erie)，北面是安大略湖 (Lake Ontario)，美國五大湖，水牛城就跟了兩個，冬天透過大湖效應 (Lake Effect)，風雪交加，中小學會停課，但是大學、研究所幾乎不會。就算停課，如果要趕報告，還是得想辦法來學校處理。建築物的設計，都是為了保暖。冬天你走長廊，可以保暖，大樓都會開暖氣，長廊沒有暖氣，所以厚重的木門或多或少能稍微阻擋暖氣的擴散。無論外頭如何的風雪交加，室內暖氣開得很舒服，很多白人學生只穿一件長袖，手拎著外套而已。」

　　到了秀雅姐的實驗室，裡面的儀器設備又是與電機的呈現不一樣的風貌。除了秀雅姐，全部是白人學生。雖然實驗室門是大開，安平還是敲了門，示意秀雅學姐出來走廊談話。

　　「你們怎麼來了？還好嗎？」

　　「秀雅姐，我知道妳在忙。我帶著兩個不懂事的毛頭孩子跟妳鄭重道歉。另外是要告訴妳，慧婷房子全佈置好了，等一下我要帶她們回妳家裡搬行李。覺得應該通知妳一聲。」

　　「喔，你這麼講，我反而覺得很不好意思。我答應要幫忙的，結果變成這樣。」安平、徽杭、慧婷聽了連忙一直搖手，大家異口同聲，此起彼落說：「沒有，沒有，是我們不對。」

　　「秀雅姐，我等一下會確定鎖好門，鑰匙我再拿給妳。」安平說。

　　「不用，不用麻煩。鑰匙就留在餐廳桌上。徽杭知道的。」秀雅和氣的看看徽杭笑。「雖然妳們今天就離開，聽說還是在我那一區。如果有需要幫忙，還是打個電話。出門在外，總有不便的地方。」

　　安平帶著徽杭、慧婷直接走樓梯，這次就沒像來的時候，走一堆迷宮一樣在大樓間穿梭了。

　　「學長，其實慧婷剛才跟我說，我們都買齊了，只是，我們沒有預料到這麼快會搬，冰箱沒有任何東西，可不可以請你帶我們去買？」

　　「沒問題，我就帶妳們去我們最常去的國際頂點 (International Points)，這是我亂翻戲稱的，因為這家超市超級國際的，是買菜最棒的選擇。就在學校附近，非常方便。而且，是開二十四小時，不打烊。」

　　東西買好後，安平很快的就帶著徽杭、慧婷直奔秀雅姐家裡。上樓梯後，徽杭一陣鼻酸。她的東西其實早上就收得差不多了，就剩下浴室的盥洗用品還有幾罐乳液而已，她再度環顧四周，沒想到跟這個房間的緣分這麼短，昨天，竟然忘記看看窗外的那隻黑貓。現在再次看看，已經不見蹤影。沒機會說再見了，徽杭心底一陣心酸。徽杭將她剛才在超市採買的一些蔬果及果汁放在秀雅姐的冰箱，留了一張她剛才精心挑選的粉紅色謝卡，感謝學姐這幾天的幫忙。

第二十章：州立大學團結的同學會

　　車子開不到五分鐘就到了慧婷的新家。徽杭決定晚餐她來做，改變一下心情。「學長，如果你沒有急著要趕回實驗室，要不要今晚就在這裡吃飯吧！」

　　「真的？妳做的菜能不能吃啊？吃什麼？」

　　「放心，不會毒死你。煮個飯，弄個蕃茄炒蛋、煎個鮭魚、炒個瓜類，再炒個芹菜火腿、滷個雞腿、滷蛋」

　　「什麼，吃那麼豐富？」

　　「那要你留下來，我才做那麼多啊！到底要不要留呢？」

　　「那當然啦。我們來聊天好了。慧婷就去房間先慢慢收拾好了，還是，妳要她幫忙？」

　　「不用，慧婷先去拆行李吧！廚房我來好了。」

　　沒多久，徽杭就開口，「學長，問你，今天記不記得那群大陸人他們聊的內容？他們鄉音我懂，但是，其實，內容不是很懂。」

　　「鄉音懂，內容不懂，那這是哪門子的懂，妳不懂裝懂啊？哪裡不懂？」

　　「他們說羨慕台灣能有很多年輕女生出來？這句話是什麼意思？」

　　「喔，因為美國在大陸對簽證有管制，留學跟旅遊都不容易拿到簽證。年輕男生拿到的機會高，結婚的女生或者是超過三十歲以上的女生拿到簽證的機會高。所以，就造成一種不平衡的現象，男生大都才二十幾歲來唸碩士，女生大半都是已婚，不然就是年齡偏高。另外，就是重男輕女，男生一定比女生數量多，家裡傳統觀念，不願意投資在女生身上。」

　　「原來如此，很難理解大陸那裡的情形。」

　　「窮啊，大部份的學生環境都不好，美國的大學都有國際學生中心(International Student Center)，專門來處理國際學生的疑難雜症。不過，他們並不瞭解中國同學會跟中華同學會的差別，喔，也有台灣同學會，人數很少，不過，這有點政治化，以後慢慢談。有時突有偶發事件，像之前會長就遇到。接近下班時間，突然一位大陸學生衝進辦公室，抓著一個辦事員求助。他沒想到美國的物價這麼貴，他拿的是全額獎學金，不用學費，每個月給一千一百元的生活費，他竟然只帶二十五元就到美國了。到了美國，以為有公車，也沒人接機，就坐計程車，沒想到計程車費就要二十五。他嚇到不知如何是好。那老美趕著想要下班，哪裡管你中國還是中華同學會的差別，他先聯絡中國，沒人應，再聯絡中華，會長乖乖在實驗室裡，一接到電話，馬上衝過去。所以，妳聽懂沒有？聽到我的重點了嗎？第一、妳有多幸福，妳知不知道，從下了機，都該自己處理的事情，大家帶妳像帶個公主一樣。愛哭鬼！第二、我們台灣來的，有多幸福啊！當然，有些家庭環境好得不得了，有些不怎麼樣，但無論如何，父母至少還是有辦法能讓子女來美國接受更好的教育。而且，來了後，妳自己這幾天看看，生活日用品、食物那些，其實跟台灣差別不會太大，有些甚至比台灣還便宜，尤其是車子，比台灣便宜太多了。但是，大陸他們就不是了。每樣都是天價，都是跟大陸幾倍的物價差別，所以，妳笑人家帶二十五元還敢來，問題是，人家本來以為二十五元能負擔他家鄉的公車跟搞不好一整個禮拜的住宿，他哪會知道連計程車就要二十五元了。那個人正好也是電機的，我們會長接到通知後，二話不說，把他給帶回家裡，像照顧你們一樣的方式照顧他在南校區找到住處。他跟會長現在是好朋友，如果是唸南校區的醫藥護理科系，一定會在南校區找房子，偏偏台灣學生來唸醫藥那些的人數不多，但有時有一兩位新生來唸醫護的，會長一時找不到人帶，他那裡也很樂意接待台灣學生。」

「哇！聽你這麼一說，的確，我們好幸福。當然啦，我相信，如果選別的學校，恐怕未必能遇到這麼團結的同學會吧！」

「是啊！品哲就這樣講，至少，他在紐約時就沒有遇到像會長那麼好的人來幫忙。1992 年，前年了，我們來水牛城更是恐怖，電機一下來了十個學生，會長嚇到了，不是現在這位，那位會長早已經畢業去矽谷工作了，那時尤其還沒開學，很多人還在台灣度假，有些則是跟女朋友去歐洲還是加州遊玩，會長就自己硬撐的照顧那一窩小子，我、品哲還有現任的會長就全都窩在一起。哈哈哈！很難想像會長家不到三十坪的空間，睡了十個人。我們自己都笑說外面不知道的，以為我們是人蛇集團，窩一堆非法人士哩！」

「那時，會長家是不是也在社會住宅？那不就是跟你跟品哲家一樣大，哪裡擺得下十個人？」

「會長也是住在社會住宅裡，妳記不記得，不是一個比較大的主臥房，跟一個小的臥房。會長叫他太太自己一個人睡那個小臥房，家裡加上會長有十一個男生，就有人跟會長睡他的主臥。床上、地下，有人睡客廳地板。」

「當會長太太真了不起。家裡有十二個人，光是要用廁所，就會發飆。」

「那個會長太太，是我們都想找的太太。會長老在別人面前說她、嫌她，其實心裡很在乎她。她那時天天煮十二個人的大鍋菜，一樣笑嘻嘻的，那廁所的話，其實我們都在外面想趕快安頓，所以，我們晚上回來，好像沒有印象是人家太太死敲門叫我們快點。反而都是我們自己在內訌！我告訴妳，妳不要覺得十個人可怕。人多，有人多的好。大家一起這樣過來，吃大鍋菜，打地鋪窩著睡，互相聞對方的腳臭、體臭，有時候誰猛然放了個臭屁，把大家全薰死了！這樣的感情反而基礎濃厚，有時候為了小事，吵一下，感情更綿密。而且，功課上，互相幫助，團結得不得了。像那天，車上那位台大的，當然啦，台大是最棒的大學，這沒什麼好爭論，只是，妳不覺得嗎？他們因為是唸最好的大學，很多時候講話傷到別人而不自知。那妳更別說，如果妳今天是來唸哈佛、史丹佛那種超級名校，多半都是自私在忙自己的功課，自私沒什麼不對，本來自己來國外求學就是要自己獨立。要求別人幫忙，那都是不合理的事情。不過，妳要求的名校學歷，妳當然不可能得到像我們州立大學一般的熱情留學生活。妳啊，逢時、逢地、逢利，就那麼正好跟兩位電機的男生同班機，又跟慧婷學的領域相似，妳看巧不巧，我們大家的緣分就這麼搭上了。」

「學長，很開心認識你。真的。其實，你說的，我原先還沒有細想過。只能說很多事情，我們沒有比較，是不知道外面的世界怎麼在運作的。」

「那換個話題，很好奇，換我來跟妳打聽，問妳一下。」安平壓低聲音，轉頭先看看慧婷的房間。「問妳，妳那天不是說要打賭，後來被什麼打斷了。妳覺得他們兩人有什麼？」安平的手同時指向至威跟慧婷房間。

「我估計會啊。還以為你不愛聊這個呢！所以沒跟我繼續問。他們一來，感覺就常在一起。也對啊，男的，可是台大電機的，金飯碗。女生，家世背景又好，爸爸媽媽都是省立高中的什麼長、什麼主任級的，郎才女貌、門當戶對。不過……」

「不過什麼？」安平更側著身子想聽更清楚。

「他們現在這樣三個人，我覺得文光個性很內向，看在他眼裡，不知道以後兩個男生會不會有瑜亮情節。這只是我個人猜測啦！男生，通常會有這種問題，比自己唸的學校啦、專業領域啦，只有幼稚的才會去比受女生歡迎的程度等；女生也是會比，比自己的大概就是比外貌了，比受到男生歡迎的程度，比的內容跟男生不一樣。」

「比方說……」

「比方說，女生最常比容貌啊，比自己男友的家世，財產啊！以後結婚後比老公工作、比小孩成績，就是照了鏡子，也只看到了自己的容貌，卻忘記看自己的內涵。所以，我一直喜歡跟男生做朋友。需要建設性的建議，我從來不找女生。女生只會誤判、誤事。當然，如果我想把事情弄得一團亂，我就會把一堆女生牽扯進來，增加戲劇性的張力。」

「哈哈哈，學妹，我第一次聽這種批評。好好笑！」

「學長，你們交大是不是女生很少？這幾乎是共識，好嗎？來這裡之後，光是你們的處事細節，我就很欣賞了。欣賞光欣賞，但是，很多事，我覺得自己未必能做得像你們那麼好。未來有很多要學習的了！但眼前，我借住在這裡那麼久，還是會擔心兩位男生，畢竟，一間廁所，我會擔心他們會不開心。」

第二十一章：美國做的第一頓飯

「你們兩個在廚房嘻嘻唆唆什麼啊？有什麼秘密，我也想知道。」慧婷的拖鞋一路走一路拖著過來。

「喔，沒什麼，就是聊一些有的沒有的小事。不重要的。等電鍋煮好，就可以開飯了。你們家正好兩個電鍋，我就擅自用來煮飯跟滷東西了。我剛才沒先問妳，等一下會幫妳洗鍋子。」

「不用啦，只要有飯吃，就太棒了！」至威跟文光什麼時候竟然已經回來了，立刻回話。「好好喔，忙了一整天，停車的時候就聞到了香味。我們還想說是哪家的，竟然是我們家的。好幸福喔！」至威一面將背包，買的一堆東西往地上丟，就連忙到廚房來。文光也跟在後面看著廚房炒好擺好的飯菜。只可惜，餐盤有了，糖鹽油等調味料有了，竟然還沒有餐桌跟沙發。偌大的客廳只有地毯跟電視，打開電視也只有閃動模糊的畫面，畫質其差無比。大家決定地上鋪一堆餐巾紙，把炒好的飯菜堆在地上，克難的搶著拿叉子，狼吞虎嚥的吃著。

「天啊，蘇徽杭啊！真人不露相，妳竟然會做菜？」至威顧不得形象，一面吃一面講話。

「這哪叫做菜，都是家常菜，那種辦桌酒席的才叫會做菜。我這是很簡陋的亂做一通，把生的煮成熟的，可以吃就好了。主要是你們採買都在花錢，接下來我要打擾很久才能搬進宿舍去，做這種小菜，是最簡單的，如果你們吃得慣，我完全不介意來做。」徽杭說。

「學妹，那我跟妳說，我改變想法，妳趕快搬到宿舍去。跟妳講，如果大家知道妳一下子能生出這些菜，妳別小看家常菜，就是這些，我們水牛城吃不到，如果大家知道了，馬上會找妳，叫妳當他們的室友，妳相不相信？」安平說。

「徽杭，那如果妳住這裡，我們大家可不可以不跟妳算房租，就電費瓦斯菜錢分攤，請妳來做？」慧婷小心翼翼的看著徽杭。

「沒有這種事，該分擔的就要分啊，到時你們收到了帳單，電跟瓦斯，還有你房間的錢，我住幾天就該算多少，菜錢大家就除以四，我本來就該做的，因為我自己想吃啊！我不喜歡美國食物。畢竟給你們造成不便，那些不是用錢彌補的。」

「不然，這樣好了，徽杭，我看住就不用錢了，電、瓦斯跟菜錢平分，畢竟我覺得做菜沒有那麼容易，很花功夫，房間就算妳不住，慧婷也是要付。」全威說。

「講這樣。你怎麼能替慧婷做決定？如果住你房間，你能這麼講，住慧婷房間，就算不收錢，也是由慧婷說了算！」安平故意調侃至威。

「我同意，我同意，我同意至威說法。我喜歡徽杭住我房間，沒問題。」慧婷立刻呼應至威的意見。此時，徽杭看看安平，眉毛挑一下，安平似乎也察覺到了什麼，兩人不禁會心一笑。

「徽杭，妳在台灣就有做菜的習慣嗎？」至威沒察覺到安平跟徽杭在那裡「眉來眼去」的。

「沒有，在台灣是媽媽做，出國前稍微看了一下子而已。主要是還是自己下廚最便宜。我猜美國人工高，應該在外吃會很貴。」

「沒錯，不但貴，中式餐廳的口味跟我們還是不合，而且，都要給 15%-20% 的小費，那除了做飯，妳還學了哪些才藝來？」安平挖苦著徽杭。

「才藝？為什麼要才藝？」

「因為看妳現在是打定主意不買車了，妳也不買昂貴的餐券，請問你們宿舍三層樓才一個廚房，妳要怎麼排？如果妳沒有才藝娛樂別人，打算怎麼解決妳的吃？」

「我還是想搭公車去南校區買。當然，前陣子跟品哲聊天時，他說其實很多人都是週五買一次菜，就吃一整週。所以，我是有試探他，可不可以週五跟我去買菜，他似乎不介意耶！」徽杭笑瞇瞇的看著安平。

「原來，妳早有預備的了？」安平有點怒氣沖沖的看看徽杭。

「沒有，我沒有要預備誰，只是，我想有準備！」

「什麼意思？」

「我沒有才藝娛樂學長們，美國貴的是人工。我知道在外吃飯貴，我也知道在外面剪頭髮，更……貴……」徽杭慢慢的把語調放緩。

「這是什麼意思，妳該不會說，妳會剪頭髮吧？」安平一驚，其他人也愣住了。

徽杭把吃完的碗盤陸續疊上，甜甜的笑著：「我把專業剪頭髮的剪刀、剃刀、燙頭髮的捲子，全部都帶來了。你說呢？當然啦，等開學上了一定的軌道後，品哲已經跟我預約第一號，他要剪頭髮。」徽杭輕輕的拍拍安平的臉。

「學妹，那，我糾正我剛才說的。妳在這裡，絕對可以活得下去，而且，妳會活得很好！順便，我可以約第二號嗎？」

「你要不要先看看品哲的頭剪成什麼樣子，你才來當第二號。品哲很容易處理，你，有點麻煩！好啦，他們剛才採買了很多東西，等一下聽說也要去搬沒搬完的傢俱，我來洗碗吧！」徽杭逕自的把碗盤搬到廚房去，安平聽到品哲的頭，立刻大笑。

「啊，糟糕，徽杭，我忘記買洗碗精了！怎麼辦？」慧婷看到滿滿碗盤，大叫一聲。

「所以，妳記得買洗髮精、潤髮乳、洗面乳、卸妝乳、洗衣精、餐巾紙、衛生紙，卻忘了洗碗精？很好，可見吃飯對妳不重要。浴室是不是前房客留下一個肥皂？借我一下！」

「妳要幹嘛，切肥皂嗎？」慧婷連忙跑去浴室拿那個舊肥皂。

「不是，我拿一個鍋子，開熱水，妳介不介意把肥皂丟到熱水裡一下，不會太浪費，我一下就會拿起來。水就會有點泡沫，我再用這些水來洗碗，只能暫時了。不然這些油，沒辦法洗掉。」

「慧婷，妳該跟徽杭多學學，她不是小妳一歲？怎麼感覺這方面都很懂？真的，要多學。」至威對著慧婷碎唸，發號司令。徽杭再度轉身看看安平，安平點點頭，靠過來說：「妳贏，$10 欠著。」徽杭馬上轉頭說：「你根本沒跟我賭，是我欠你。」安平看著大家各有要事忙碌，就此告別。

今晚，對於徽杭而言，又是個新開始了。洗過碗，慧婷在洗手間，兩位男生開車去搬剩餘的傢俱，徽杭看看窗外的房子，又開始想念起秀雅姐的家了。風吹而輕微搖擺的白紗窗簾，屋外鄰居的電視節目，豐盛的晚餐，露台舔冰淇淋的小女孩，那隻黑貓是不是又盤踞在大電視的斜面映象管上，不知道有沒有發現常盯著牠瞧的客人已經離開了？此時此刻，不知道學姐回家了沒？有沒有看到了卡片？冰箱的蔬果、果汁看到了嗎？

終於忙到了 11:00，所有的傢俱都齊全了，徽杭恭喜慧婷「新居落成」，就剩下過幾天有人要來裝電視第四台跟電話線了。至威這時候突然出來，他說他在跟文光好奇，今天晚上這樣吃，大概要多少錢？

「這，很難估算吧！今天我們算買多了，因為調味料都沒有，米也沒有，第一次買，總是會花得多一點，大概四十多左右。那可能今天學長在，我們也多煮了一點，以後如果不要煮那麼多，會省一些。不過，整體來說，如果是一個人的話，這些菜足夠一個禮拜的份量了。光滷雞腿跟滷蛋，就可以撐好幾天了。如果要吃得好一些，扣掉米跟那些調味的，我抓一個禮拜二十塊；如果是克難吃法，其實十到十五塊就可以了。」

「一個禮拜才花十幾塊的菜錢？吃這麼多？媽啊，好省。這比在外面吃一餐便宜太多了。這陣子真的好費，先是買了車，最大開銷，等到新生訓練後繳學費，更會哭死。講實話，徽杭，我覺得妳對。妳記不記得，上次妳跟學長聊到想等到明年買車，妳說五月畢業的人多，自然賣車多，我那個時候就覺得整體而言，妳會吃香。而且，妳住宿一年，可能英文會進步很多。光這幾天跟幾個畢業的學長買東西，無意見聽他們接電話講英文，除了安平之外，我真的覺得都很不好。而且，我覺得我車子買貴了！」至威說。

「工科其實不需要英文多流利！能夠溝通，就行了。但是，如果以後要在美國找工作，就算找到，那還是個問題。畢竟在發展上，有口音的外國人跟沒口音的白人比，從升遷考量，那又是另一個層面。不過，你覺得車買貴？可是慧婷那天跟安平開來，我們聽起來，都覺得比台灣便宜。」

「那是跟台灣比，便宜。但是，在美國比，後來我發現貴，我直覺還貴個幾百塊。」

「但是，那又能怎麼辦呢？我就是看當時那些要賣車的人他們的嘴臉，一副就是『你不買，拉倒，一堆台灣新生搶著要』的死樣子。所以我想忍，不光是為了省錢。既然已經抱定了要住宿舍，那就不要再想買車的事情了。但是，從你的立場，你就算貴，你還是得現在買。因為你只唸一年，不是嗎？」

「這就是這陣子我突然念頭一轉，就想說，妳的想法可能沒錯。同樣的，我既然只打算待一年，為何要買車？為何要在校外租屋？住宿不是更好，之後畢業就更沒有顧慮要賣車，把車賣給誰，有沒有人要買的壓力了！」

「喔，那我就跟你想的相反了。如果我的科系也能一年畢業，我、絕對、會買車。道理很簡單，住宿沒有開車的需求，就不可能開車去外面看看。你有車，你至少能開車去外面的街道，看看美國人的家庭，體驗美國人的生活，那種，我不認為住宿能體會到太多。所以，你不要太心疼手邊的錢。就當成繳學費，以後一定會賺回來的。倒是，你在美國只待一年，對美國的瞭解就只有一年，以後回台灣了，恐怕再也沒機會回來體驗更多了。」

「是嗎？聽妳這麼說，我有點釋懷。本來一直想說，自己是不是做錯決定了。」

「怎麼可能，台大電機高材生，還會做錯決定？別講笑話了。」

「欸，我真的要跟妳道歉，我那天真的是無心亂講話。妳真的不要放在心上。」

「唉，別說了，你也不是唯一亂講話的人，我都被人趕出來了，還不是也是口無遮攔亂講話。其實，出來一趟，我倒覺得學到好多東西。

尤其是講話，很多時候我們可能忽略別人的感覺，說出很重的話，讓人難以置信。來這裡，我倒覺得學到了『言多必失』，可是，似乎天天發生這種事情，無法避免。」

「你們還不睡，在聊什麼？」慧婷穿著可愛的粉紅睡袍出來。

「要睡了，你們慢慢聊吧！慧婷，我先進妳房間了。晚安。」

沒一下子，慧婷進來房間換衣服。「妳不要開燈，我要換衣服。」

「怎麼回事？」

「喔，想去練練車，順便去超市買洗碗精。」

「練車選半夜？很晚了，不是嗎？」

「想說這個時候學校人少，想請至威帶我練車，然後教我開到超市去。」

「喔，好吧，注意安全，小心開車。」徽杭跟慧婷互道晚安。

第二十二章：尼加拉瀑布

「砰、砰、砰！」「徽杭，妳在浴室還要多久，外面在塞車哩！」慧婷在門外猛敲門催促。

「好啦，就快了。」徽杭馬上把浴缸的頭髮撿起來，洗臉槽的牙膏渣渣清掉。

「現在不是住在秀雅家，後面還有三個人。大家急死了。」慧婷顧不得那麼多，徽杭門才剛開，就把她拉出來，立刻衝進去。至威、文光早就在客廳，充滿怒氣的看著徽杭。

「妳，真的一定要早上洗澡嗎？妳在台灣也是早上洗澡？」至威哀怨的看著徽杭。慧婷這時很快的出來，至威不等答案，飛奔進浴室。

「是嗎？妳一直都早上洗澡？」慧婷也不死心，繼續問。

「早上洗澡很好啊！大水一往頭頂灑，再怎麼想睡，也馬上醒了！好啦、好啦、你們不要生氣，我明天會起來更早，避開你們的時段好不好？還有，沒有，我是來美國才開始喜歡早上洗澡的，跟秀雅姐學的。」徽杭講到最後，無力的說著。至威出來，文光接著進去，還真像小時候運動場的接力賽！

「既然現在四個人，浴室只有一個。我們要做安排。早上誰有洗澡習慣、誰浴室會要用多久、誰晚上洗澡，這些我們要劃分一下。」至威當真的從房間拿紙筆出來。

「所以，我們能預測到什麼時候要拉屎拉稀？」文光不客氣的說。

「當然不是，不過，這的確是好提議，如果可以，請大家盡量在學校解決拉屎問題。光今天早上就這樣了，到晚上還得了？」至威說。

「等一下，到晚上還得了？那你們昨天晚上，除了慧婷去洗澡，你們兩個男生，沒有洗澡？」徽杭睜大了圓眼。

「有什麼關係，男生沒在每天洗澡的啦！而且，又沒有流汗。天氣好得不得了。白天太陽又不毒，下午開始吹涼風。沒有臭味啦！」至威一面說，一面拿起餐桌擺好的吐司，滿足的咬一口。

「哈哈哈，慧婷，妳千挑萬選的，住在大毒窟裡。恭喜妳！」徽杭笑得把整個餐桌上的吐司屑屑飄滿地。至威任由女生繼續取笑，他認真的開始記錄大家的盥洗時間。「那今天我們要做什麼？其實，能夠這樣都是我們自己，感覺也很不錯。」至威一面劃格子記錄，一面笑嘻嘻的說著。

「這就叫做翅膀長硬，飛了！」徽杭替大家把餐桌上的餐盤拿走，略做整理。

「是很不錯啊，除了浴室分配時間太少以外。」慧婷還想繼續糗糗徽杭。

「等我搬走了，妳時間就加倍，所以，現在就別怨我了，哈哈！」徽杭也繼續賴皮的說著。記得昨天晚上睡前如何懷念秀雅姐家的一切，但是這裡大家年紀畢竟相仿，又是同班飛機一起來的新生，嬉鬧耍賴的程度更是飆高，徽杭覺得能夠放縱，也是件幸福。

「喂，我們今天開車去玩好不好？先去南校區逛逛，再去尼加拉瀑布，妳們想不想去？」至威說。

「有車就是大爺，大爺你說了算。」徽杭馬上奔到慧婷房間，慧婷也跟著衝過去。

「妳們兩個要幹嗎？」至威疑惑著。

「打扮啊！去尼加拉瀑布總要打扮，拍個美美的照片吧！」

已經是八月中下旬了，台灣這時候應該還是滿地發燙，可是，水牛城的天氣，上午極為舒適，涼風吹來不帶絲毫熱氣，大家在車內陸續的把車窗打開，學起美國人，偶爾手伸到外面去，抓抓外面的涼風，想多抓幾把放到包包內，留著回家品嚐。不到十分鐘，南校區就到了。停車場十分寬闊，至威隨意的將車子停在最靠近走道的地方。

「對了，我忘記問，至威，你最近這樣開到北校區，停車都不用錢喔？」徽杭問。

「妳是沒看到我車上照後鏡掛的一個硬紙版，那個就是我們學校的學生停車證。」

「學費還沒交，你已經先去繳停車費？」

「當然不是。賣車的學長留給我的。學校的新證都是等學費收了才發，車上只要有舊證，都沒關係。不過，如果你是訪客，只要去訪客中心 (Visiting Center) 填個資料，聽說一樣也不用錢。不過，妳問這幹嘛？妳又不買車。」

「好奇啊！想說在台灣養部車真貴，想估算平常你們加油都少錢、多久加一次、燃料稅多少、牌照稅多少、停車費多少？」

「好問題，我還真沒想到。學長都說加油跟喝開水一樣便宜，燃料稅跟牌照稅？我沒聽說要繳稅耶！改天來問問好了！目前還沒加過油，日本車真的超省油的，這幾天跑進跑出，油表根本沒怎麼動。」

「是嗎？搞不好油表壞了！」徽杭一說完，大家又是猛笑幾聲。

南校區對於徽杭而言，已經不算陌生了。上回秀雅姐帶著她走一趟校區巴士的路線，感覺沒有很大，但是對於第一次見到的至威、文光跟慧婷而言，簡直是讚不絕口。「好美的校區喔！為什麼北校區不像南校區這麼漂亮？這就像是我們在雜誌上、夢想中的美國大學。」大家你一言，我一語的誇讚著。

「誰叫我們不是學醫藥領域的。轉系好了！」徽杭早就領教過南校區的美景，這次來，感覺沒有上回那麼美了。可能是因為安平學長那天帶著她們兩個女生通過天橋，從 Student Union 穿越了好幾棟大樓，到 Park Hall 心理系找秀雅姐，她突然理解到冬季一旦來臨時，那種天橋長廊的必要性。所以，這時當她再次看到南校區，身體竟然不自主的有些發寒，下意識的想到冬季來臨時，走在校區內嚴峻的氣候，對於她不買車的人，如果要到超市採買，以後這些路線都是必經之處，她不忍去看目前的美景。

大家爭先恐後的在維多利亞式尖屋頂、拱門及凸出陽台拍照，古老的紅磚大樓爬著斑駁的藤蔓直聳的佇立在他們身後，此時，跟他們年輕爽朗的笑聲，伴隨著相機咔擦咔擦的快門聲，在陽光的斜射下，照映出白晰粉嫩的臉龐，古老與年輕竟也呈現鮮明的對比。

南校區一出來就是 Bailey Avenue，就是 62 號，就如安平說的，62 號一直往北走，看到了 324 號往左，之後又出現 62 號，繼續走，他們決定不上高速公路，留在尼加拉瀑布大道上，也就是 62 號公路。他們想看看尼加拉瀑布大道會經過多少戶人家，才能到達尼加拉瀑布。

開了二十分鐘左右，車子經過了 Robinson Rd，那裡如果右轉，就會到安平的家裡。此時他們路過卻不進去，內心有種孩子放學卻不回家而是跑去大玩特玩的快感，至威飛快的趁著黃燈迅速往前衝，全車一陣歡聲鼓舞。鬧聲之後的景象，卻是無比的荒蕪。左右兩邊全是樹林，樹林隱約的後面，才看到幾處破舊的房舍，這裡似乎是個人煙稀少的地方，不知為何，徽杭突然覺得有種凄涼的酸楚。荒涼之後的下一條路，有家火車模型小店，沒多久地上還有著廢棄荒置的火車鐵軌軌道，此時出現了一個交通公路的標誌，425。

「好奇怪喔！這麼小的路，還有號碼？」至威一路開車，此時已經錯過了 425 公路。徽杭回頭看看那條路，竟有一種說不出的神秘感，彷彿是一條秘密小徑，帶著 1944 年胡蘭成與張愛玲互訂終身的歲月靜好，現世安穩的靜謐感，地底似乎蘊藏著強力的磁鐵，吸引著徽杭的目光，她故意問：「至威，什麼地方奇怪？那條路有什麼特別的嗎？」

「就是因為沒有什麼特別的，才會奇怪，竟然有號碼，425。」至威說。

「反正不是速限。」慧婷在一旁搞笑捉弄。

「妳當我開飛機嗎？速限 425 miles？這一陣子常跟安平開車，他說美國有些路會有號碼，例如最大的尼加拉瀑布大道，是 62 公路。安平說只要開車，有號碼盡量記住號碼，會更佳方便。但是，剛才在那一片荒蕪中，竟然出現 425 這個數字，讓人覺得奇怪。彷彿這條路會通往哪個主要幹道一樣？」至威懶得理慧婷的惡作劇。

「那，為什麼不走看看？」徽杭說。

「不要啦，我不喜歡到時候迷路還要半路停下看地圖。妳沒看到車上，前車主留下一堆地圖，我今天想去看看瀑布，不想太冒險的。誰曉得 425 公路通往哪裡？改天吧！」

車子就一直留在 62 公路上，非常長的大道，沿途的景色，從剛才的荒原進入到更空曠的視野。周遭原先全是高聳的樹木遮蓋住，道路因此顯得格外陰涼。沿途風景，樹林，還是樹林；荒涼，還是荒涼；寂寞，還是寂寞。中間有幾處破工廠、廢墟殘骸，徽杭都不敢置信，這竟然是個富國的村莊。這裡簡直與大學附近差別太大了，整條路上也不見其他車子，沒有車潮、沒有車流、沒有車陣，很難相信這是美國紐約州的第二大城，換個角度想，如果紐約州的第二大城就是這樣，那其他城市又是怎樣的光景？美國的廣大，遍地的荒蕪，真的是在台灣從小人擠人，寸土寸金環境下長大的人，很難想像到的。

沒多久，看到右邊有個超迷你的小型機場，Niagara Airport，再沒多久，沿途開始有許多 Hotel 的標誌，都是家居型的民宿，之後又是一個 Outlet Mall 的標誌，在 Military Road 上，隨著越來越多的旅館標誌，徽杭一行人知道，距離尼加拉瀑布，越來越近了、越來越近了、越來越近了。此時已經見到偌大的水柱帶來豐沛的水氣，直接往天空猛竄，只有火焰炎燒是會往天空竄，怎麼在這裡，水氣也會往著天空猛竄猛頂呢？好、壯、觀！

最後走到了底是 Main Street，該往左還是該往右，這裡是最不可能迷路的地方，答案招然若揭。左邊的水氣已經讓所有路過的車輛必須開起雨刷掃除擋風玻璃的雨滴，像極了太陽雨，徽杭已經好幾年，沒看到太陽雨了，還記得小時候偶爾來了個太陽雨，徽杭總要在院子後的小天井，伸出舌頭，去接盛著迷人的太陽雨，而且，最重要的是，太陽雨過後，帶來的一道彩虹，那更是讓徽杭雀躍的在院子裡大叫大跳。

Main Street 繼續往前開，順著水氣，至威完全不理會路牌指標，自然的再次右轉，到了 First Street，迎來的，是一條筆直的長橋，底下洪流滾滾滔滔、來勢洶洶、勢不可擋，高滿的水位，彷彿他們坐的，不再是車，而是船，是一艘穩固的鐵船。水流急遽從左往右的的猛竄，卻沒有激起翻滾的驚濤駭浪，只是激濺起些浪花，此時，窗外的聲音，全是巨流的狂喜，大家全被這湍急的巨流，震懾住了，任何的聲音，怕只會干擾這巨流的天籟，大家屏氣凝神的看這一端好風景好風水，共同只有一個想法：找個停車位，讓腳底能夠在橋上踏個幾踏。

這是 Goat Island（山羊島），車子順著道路去，沒多久就看到一片廣大的停車位，停車場有管理員，沒什麼人停車。

「要交錢，那，要停嗎？」徽杭問。

「都已經來了，省這個錢？」至威說。

「太好了，我只是試探問一下而已，以為你們只想開車進來，路過而不停。」徽杭笑了。

「第一次嘛，該花的就要花。以後，這就是我們的後花園，愛怎麼來怎麼來。看到沒，牌子上有寫晚上六點以後不收費，夏天八、九點太陽才會落下，以後書唸到煩了，頭腦唸到壞了，熟門熟路，再來停免費的吧！」至威說。

第二十三章：雞同鴨講的英文

車子緩緩駛向停車場，管理員是個年輕白人小女生，曬得銅麥色肌膚，露出迷人整齊的白牙，笑嘻嘻的探頭，至威左手努力的手搖車窗搖桿，將窗戶拉下，管理員先對著他講話。

"How are you doing?"（你好嗎？）

"Fine, thank you, and you?"（很好，謝謝，妳呢？）至威一面回答，一面尷尬的看著車上的其他人，大家也伴著微笑，心裡想的卻是：這還真是國一 ABCD 之後的英文第一章了。

"I am doing fine. Are you guys UB students?"（我還不錯，你們是水牛城大學的學生嗎？）收費員甜美的看看了車上掛的大學停車證。

"Yes. How much?"（是的，多少錢？）至威再度回頭看看大家，想說答案越簡單越好，就快點付了錢，想去走剛才的橋。

"You are free."（不用錢。）收費員露出雪白的牙齒，等著看看大家會有什麼反應。

至威不安的看看大家。連忙回答："Oh… Yes, we are free."（是的，我們有空。）至威說完後，收費員帶笑的表情愣僵了，一頭霧水的看著至威，徽杭連忙使出吃奶的力氣搖下車窗，立刻回答："Thank you so much."（太感謝了。）然後她死命踢前座，壓低聲量：「至威，丟臉，快走，踩油門，不要錢、不要錢、不要錢。」此時大家才會過意來，笑眯眯的跟收費員揮手致謝。

「什麼意思啊，為什麼收費員不收錢？」至威搔著頭，丈二金剛摸不著頭腦，完全困惑。

「為什麼？因為我們是 UB 學生啊，牌子上沒寫 UB 學生免費，那肯定她也是，不然就是她家人是啊！」徽杭不耐煩的說著。

「喔，我聽到她說 'You are free'，我以為她是要聊天，以為我們是不是有空來玩哩？」

「你是不從前面的句子來判斷喔？你問多少錢，她回說 'you are free'，當然是不用錢啊。」

「照常理說，應該是這樣判斷。但是，在台灣，什麼時候會因為你掛著台大停車證，停車場讓你免費停車？」

「完全同意，應該全台灣看到車子掛台大停車證的要加倍收費，耗掉太多資源！」徽杭此話一出，慧婷、文光哄堂大笑。連至威自己都往方向盤笑倒，手握緊著方向盤，突然不小心的按到了喇叭。慧婷擔心引起其他路人的眼光，立刻說：「你們大家克制點啦！」

「徽杭，有妳在，真的好爆笑。」至威不顧慧婷的阻止，還繼續說著。

「謝謝你給我們的這一堂英文課。You are free，你竟然能拼湊你另一種答案，太有趣了！」徽杭也回頭報以一笑。

「不過，可怕的是，你們覺得對方是 UB 學生畢業了，找不到工作來當收費員，還是只是來打工？」至威帶著畏懼的眼神看看大家。

「長得那麼可愛，當然是來打工的。反正人家讓你免費了，如果你還想要再知道為什麼會免費，還有，關心她為什麼 UB 的人不收費，你再回頭去跟她聊聊，搭訕一下嘛！」徽杭糗著至威說。

下車之後，最海量高分貝的聲音，不是人，而是滾滾巨量的水力不斷的往前推動著更多巨量的水，壓倒性的前仆後繼，最後朝著一端筆直垂落，這裡便是有名的 Horseshoe Falls（馬蹄瀑布）。大家一群人興奮的往欄杆依靠，風捎來的水氣，將徽杭他們幾乎淋濕了，大家開心的張開大嘴，拚命的猛灌這免費的瀑布冷水！美國與加拿大就這麼巧，透過五大湖一路下來的豐沛水量，經過伊利湖，成為尼加拉河，劃分了美國與加拿大的自然邊界，最後落在美國邊境內，成為尼加拉瀑布。因此，從加拿大的方向來看，可以一探整個尼加拉的全貌，而從美國這端來看，是湍急衝擊的河流垂直落下的一面。加拿大，看到的是全貌的壯麗；美國，看到的是側面的婉約。

至威、慧婷跟文光驚聲尖叫的可惜，羨慕加拿大的好運氣，可以一探整個美國這端的所有瀑布，然而，徽杭完全無動於衷，她不想那麼遙遠的距離注視整個全貌，她迷戀的是在瀑布旁邊聽覺上的巨響震撼，站在瀑布邊緣，彷彿她能聽到瀑布娓娓道來多年來水牛城的傳奇故事。她希望這種聲音，能夠取代她的巨響鬧鐘，天天叫她起床也不厭倦。大家靜默了許久，安靜沈穩的美國瀑布與對岸熱熱鬧鬧密密麻麻的加拿大，觀光客帶來的人潮、車潮，更是呈現一個強烈的對比。

大家默默的往 Bridal Veil Falls（新娘面紗瀑布）緩緩前進，名字取得那麼優雅靜嫻，越接近瀑布時，瀑布的威猛衝力，又帶來一陣水氣。近距離的親近它，又不得不佩服新娘面紗瀑布的由來了。新娘面紗瀑布跟剛才的馬蹄瀑布，明顯寬度少了將近一半，馬蹄的遼闊弧形與新娘面紗的袖珍弧形是不一樣的風貌，兩者一相比，此時便能讚嘆她的名字，是有那麼幾分貼切了。就在此時，豐沛的水氣，在溫和的陽光下，一道彩虹就正盤旋掛在 Rainbow Bridge（彩虹橋）上，果真是橋如其名，原來，這裡取的每一道名字，都是那麼的傳神貼切。

相機此起彼落的咔擦聲，記錄著美好的青春、洋溢的笑聲、瀑布的風光、長橋的精緻，唯一無法記錄的是瀑布挾帶大量水氣及高分貝震撼的聽覺饗宴。此景只應天上有，人間不常幾回尋。徽杭有多幸運，一輩子的幸運，最黃金的時期，時來運轉，就在人生這時候出現了，她知道幸運，總有被用光的一天，但是，沒關係，眼前的她，二十二歲，能在這種水鄉富國，一輩子別人夢寐以求的環境求學，周遭遇到的全是善良開心的人群，她知道這不是自己出生的故鄉，但是，這遠比她出生的故鄉，好上幾百倍，未來，不論日子多麼煎熬，她希望自己不要忘記眼前這一幕，這裡，是她第二故鄉。

遊客開始越來越多，除了聽不到中文外，各式各樣的語言都有。瀑布下方有幾艘船，大家穿著雨衣，慧婷提議：「我們去搭船，好不好？既然來了，今天奢侈一點？」大夥一行人走到 Maid of the Mist Boat Tour（霧中少女觀光船）那裡，只不過花了十幾分鐘的腳程，一路上開心的瀏覽著瀑布水氣風光，也順道打量著來自世界各國的觀光客。

徽杭一看價目表，內心一震，果然是觀光區，不過就是到底下搭個船，往馬蹄瀑布前進，接近瀑布時淋場大雨，這樣的票價，太貴了，一個禮拜的菜錢，要淋雨，在台灣雨季來臨時，還淋得不夠多嗎？看到慧婷興高采烈的去買票。徽杭急忙跑去。「慧婷、慧婷，你們去就好，不要買我的票。」文光一聽到，立刻也回覆：「我也是，不用幫我買票。」

「你們都不去？」慧婷轉頭問。

「我會怕，我是膽小鬼、愛哭鬼。」徽杭說。

「喔，那就不勉強，妳跟文光可以在這裡等我們嗎？」慧婷說。

「當然啦，你們越久越好，我這裡什麼都沒有，就是時間多；等待時間，特別幸福。」徽杭笑笑說著，順手比個 V 字勝利手勢。

徽杭看著他們興高采烈的去買票，自己靜靜的找了個涼椅坐著，溫暖的陽光，天然的水氣，就這樣，無拘無束的灑下來，時間，在這裡是靜止不動的，也是奢侈的。沒多久，涼椅旁坐了一個人，開口說話了：「那麼貴的票價，他們也捨得花？」，徽杭轉頭，是文光。

「我是覺得貴，不是真的害怕，總是不好開口說錢，這樣太尷尬。」徽杭說。

「我覺得太奢侈。最近看他們兩個人的互動，很不開心。常常在一旁竊竊私語，只要我接近，兩人就鬼鬼祟祟的不說話，也不知道在談什麼？」

「談什麼？談戀愛啊！」徽杭意外的看著文光，難道他沒看出來？

「談戀愛？為什麼？」

「什麼意思？什麼為什麼？」徽杭不解。

「為什麼慧婷要選他，他有什麼好的？」

「我還是不懂，對不起，你的意思是不選他，選誰？」

文光頓了一下，嚥嚥口水：「我的意思是還有其他博士班的學長，她看上他哪一點好？」徽杭聽了發呆片刻。有人來美國追求學業，有人追求前途，有人追求更好的生活，有人追求愛情，這哪有為什麼呢，尤其，在愛情的世界，不本來就是彼此看對眼就這麼在一起的嗎？

「你，是不是也喜歡慧婷？」

「我沒有，我只是覺得她值得更好的人。我不喜歡至威。妳們女生覺得至威就這麼好嗎？」

「講實話，我覺得不錯。他是台大的、唸電機、金飯碗、人高馬大的，慧婷站在旁邊小鳥依人，有什麼不好？」

「那妳為什麼不挑他？」

徽杭放聲大笑，「挑他？我憑什麼挑人家？首先，人家沒有挑我，再來，我來美國的目的，是要拿到文憑。愛情，不是我追求的目的。」文光聽聽沒說什麼，默默的起身去另一旁往遠處的加拿大看過去了。

等了好一陣子，徽杭看了一群觀光客，穿著體面極了，日本人，整齊的排著隊伍，應該是搭完船脫下雨衣，排隊將雨衣丟到她旁邊的大垃圾桶；連丟個雨衣也要排隊，真有錢的日本人，有著 Maid of the Mist 字樣的雨衣都不留下來做紀念的？要不要從垃圾桶偷撿一個回去呢？徽杭彎著頭，想著要撿哪一個好，抬頭一看，發現一位年約三十出頭的男生笑嘻嘻的盯著她看，問："Where are you from？"（妳從哪裡來？）

"UB." 徽杭不太想讓人知道她從台灣來，就給了個模擬兩可的答案，推測觀光客應該不知道 UB 是哪裡，所以她接著說："The university…" 對方笑了一下，還要接著繼續問，這時候慧婷開心的在後面大叫：「徽杭，超、級、刺、激！」徽杭再回頭想看看那位日本遊客，對方卻笑嘻嘻的跟她說："Good luck with your study."（祝妳學業順利。）徽杭就這樣卡住了，連一句"Have a nice trip."（旅途愉快。）都講不出口。

「徽杭，超級好玩的，我們全都濕答答了！」慧婷一面說話一面拿面紙擦臉。至威在旁邊用自己的大衣替她擦去頭髮上的水漬。「徽杭，妳剛才跟那個日本人講什麼？」至威問。

「沒什麼啊，你怎麼知道他是日本人？」

「我們跟他們同一船啊。超級有錢的。好像是大公司的員工海外旅遊。」至威答。

「天啊，出來一趟，發現美國人有錢，我看，恐怕日本人比美國人還更有錢！」

「對啊，而且，感覺他們教育程度很不錯。我媽媽去日本玩的時候說日本人英文其實不太通，可是，在船上時，他們很友善，還會跟其他美國觀光客聊個幾句。」慧婷說。

「妳媽媽去過日本啊？聽說那裡的物價是天價。」徽杭說。

「去過幾次啊。對，東西超級貴，可是，品質超好的。我媽說很值得。我媽說等我寒假回國，要犒賞我在美國度過了辛苦的留學苦行僧的生活，要帶我去日本北海道，我們要泡溫泉，吃帝王蟹。」慧婷繼續開心說著。

真是羨慕，寒假就要回台灣，徽杭想著，自己暑假應該是留在美國了，機票是買單程的。美國留學生打工是非法的，拿的是 F-1 學生簽證，一旦被人檢舉，會有問題的，老闆也不可能違法雇用外籍人士。她還沒想到暑假該怎麼過哩！台灣四年大學的暑假她都是到處兼差打工，最高記錄一天接了四份工作。上午在工學院打工處理國科會的報帳工作、下午在華語中心教外籍學生中文、飯前先再接一個英文家教，晚上再去兒童美語補習班上課。她印象中，暑假中從來沒有好好休息過，也許是這樣，此時能這樣悠哉的等新生訓練，坐坐車子看美國的好風好水，實在是太棒了。

第二十四章：戀愛告解

　　時間差不多晚了，至威決定沿原路開回去。為何不走高速公路呢？因為至威畢竟才剛開車，走一般道路可以慢慢開，開個 45 miles（英哩）算正常，可一旦上了高速公路，速限是 65 miles，開個 45 miles 可就不好看了，而且一般道路簡單，一條尼加拉大道就能找到他們家，但是高速公路，那可不容易，看安平學長從幾號換到幾號，難度是有些高的。所以，大家也一致認同至威的決定。

　　可能車速緩慢，除了前座的慧婷跟至威竊竊私語，講些悄悄話，徽杭雙眼早已沈重得蓋起來，是時差嗎？戀愛中的人，體力也真要好，光今天繞了這麼半天，又沒午睡，竟然還有力氣繼續聊天，就讓他們開心聊吧，電燈泡要關燈了！

　　過了許久，徽杭突然清醒，眼睛一睜開，再度遇到了 425 公路的招牌，這次從北往南，視野不再被南往北的樹林給屏障了，景致竟越發的好，一望無際的視野，幾座小屋遠遠的散佈在各處，遙遠的距離，依稀可見屋內開著黃燈，看似平凡的景色，不知為何那麼吸引著徽杭，地底到底真是蘊藏著強大的磁鐵嗎？徽杭對於那條公路，久久難以忘懷。再度回首，徽杭一定要想辦法，去一窺究竟。

　　晚上還是徽杭下廚，大家真的賞臉，吃得盤翻底，徽杭也很開心。今晚慧婷搶著洗碗，她叫徽杭先去休息。廚房就剩下慧婷跟至威兩人。不解風情的文光，發現徽杭進房間了，卻偏偏要帶一本書在廚房餐桌上看。慧婷、至威也識相的回到各自的房間。大家就照著早上的作息表，按表操課。

　　正當徽杭在寫日記時，慧婷也洗過了澡，壓低聲量的跟徽杭說：「有件事情，我想跟妳講。」

　　「妳跟至威在談戀愛，對不對？」徽杭緩緩闔上自己的日記本，終於，慧婷準備說了，徽杭還以為慧婷要一直守口如瓶。但是，在這裡，難度太高了。空曠遼闊的美國，寂寞的時間多，能夠找人談心的時間少啊！

「妳怎麼知道？看得出來喔？」

「早就知道了，安平欠我 \$10。」

「連安平也知道？誰講的？」

徽杭只好指指自己的鼻頭，「不要把我趕出去，我知道我是大嘴巴。」

「我跟妳說啊，昨天晚上我們去練車，我握著方向盤在停車場練習倒車，至威突然猛一把的抓住我的手，他跟我說，我坐在他旁邊，真像他的女朋友。我一時間不知該怎麼回答。」

「不用回答啊！」

「那，都不用告訴他，我要不要當他的女朋友？」

「那不是廢話嗎？妳難道不知道喔！不用說的，光今天出去玩，妳都儼然變成一個女主人了，逕自坐在前面，連文光都看出來了。就自然而然的讓事情發生吧！他們電機系的那群人看到你們哪天坐在一起，一起吃飯，一起聊天，手牽手，出雙入對，像個連體嬰，人前不會問，人後，大家就會吱吱喳喳了。」

「那怎麼辦？要怎麼防？」

「防什麼？你們是談戀愛，又不是當小偷！」

徽杭又說：「本來大家來這裡，就是會誰跟誰看得順眼些就在一起了，多了這麼些茶餘飯後的話題，就當成報答那群電機學長的恩惠吧！看他們生活夠苦悶的，你們製造點羅曼史，不是也有別的風味嗎？」

「蘇徽杭，真有妳的，聽到這裡才知道，妳這是在糗我！」

「哈哈哈！唉喔，談論自己，太殘忍了；談論別人的，比較有趣啊！」

「妳呢？喜歡什麼型的男生？來這幾天，都沒看到妳跟誰特別好。品哲、安平，妳覺得怎麼樣？」

「他們耳朵現在一定好癢啊！禍從天降。」

「這有什麼好禍從天降的？談一談而已。」

「慧婷，妳沒搞懂，我天生就是那個禍星。妳沒看到那天秀雅姐把我趕出來，我一路哭哭啼啼的跑去安平的實驗室，安平好不容易安頓好了大家，突然聽到我又沒地方住時，他那張扭曲的臉，簡直快把我樂翻了！我以取鬧他人為樂趣，當然是禍星啊！」

「徽杭，講真的，其實至威很喜歡妳的個性，他一直要我要多跟妳學學。我知道妳跟他好像有些犯衝，但他其實是個好人，之後妳搬進宿舍，也要記得要常聯絡，不要就這樣不聊天了。」

「慧婷，只怕到時候是心有餘而力不足了。我們文科的課是很重的。」

第二十五章：新生訓練

　　時間滑動的速度，如巨輪翻滾著，說多快就有多快。這段時間安平拿駕照的考古題給徽杭他們四個人努力讀，然後，又接著安排筆試。雖然徽杭今年不買車，但她還是跟著去考了。筆試當天就知道通過了，台灣學生真是厲害，學長一批批的帶去，沒人不及格，大家都考九十六分以上，亞洲學生，實在是背書考試的高手啊！筆試過了，正式的 learner's permit（學習駕照）還沒寄來之前，大家都先拿到一張單子，暫時充當正式的學習駕照。這張單子收到後，陸續又來了更多單子，新生訓練通知單、學費繳費通知單、健康檢查單、正式上課等課程注意事項、加退選通知單等等，離開學的苦日子近了，也代表，蜜月生活要結束了！

　　新生訓練終於如火如荼的展開了。從上午九點開始，先有不同的講員做一番專業的介紹，不外乎是介紹健康保險、汽車保險、銀行開戶、辦社會安全號碼、如何使用圖書館的資源、如何利用電算中心列印自己的功課及使用 email 等等。其實前面幾項，真的超級感謝中華同學會，要不是有這麼龐大縝密的組織，會長將人員安排好，各自帶去照料著，自己單獨一人要完成這些手續，會非常困難。也因為這些都辦理好了，徽杭趁機瞇著眼睛打盹一下，死老美，中午都不午睡的！不過，後面的圖書館資源、電算中心的介紹及如何利用 UNIX、Linux 系統使用 email，這對徽杭而言非常重要。她在大學從來沒用過 email，畢業那年，只聽幾個電機博士班的學長，興高采烈的跟她談著半導體即將掌握世界的經濟動脈，以及他們引領期盼的期待 email 的普及，帶來革新的高端科技；保持領先第一的，仍是電機系的世代！

　　所以，她摒氣凝神的聽著接下來的介紹。圖書館的館員介紹得非常詳盡，因為這一場專門是針對人文科學的學生，她把所有的藏書代號大致的分類介紹了一番，其中，她還特別提到了語言學。她強調語言學的藏書非常豐富，全世界三百多種語言的專業用書，館藏都有，如果學校圖書館沒有的話，請大家盡量利用館際合作 (Inter-library loan)，手續很簡單。先用電腦查詢確認學校沒有這本書，然後填寫好館際合作的單子，寫上書的題目、作者、年代跟出版商、自己的姓名、學號及地址，交給館員後，不用付任何費用，之後就靜待佳音。最快一週，最慢一個月，如果是專書篇章 (book chapters) 或是期刊論文 (journal papers)，影印本就會寄到你的住址，如果是一本書，則是整本寄過去，書的內頁會清楚標明還書期限，過期會罰款。另外，館員還介紹了 MLA 及 LLBA 兩大資料庫，這兩大資料庫人文科學類別的學生使用率是最高。館員舉例，如果要寫一篇報告，題目訂了，卻不知道是不是同樣的主題已經有人做過，或者是，自己列出關鍵字，想要看看會出來多少篇可利用的文獻，透過這兩大資料庫，都可以輕而易舉的找到想研究的主題。至於目前別人同步在進行的研究，只要尚未發表，這些資料庫都是找不到的，因此館員鼓勵在座的新生，未來如果有學術會議，不妨多多發表，有時也是一種可以得到其他校外研究訊息的方法。徽杭聽了津津有味。

　　緊接著，電算中心的介紹更精彩。工程人員介紹了學校有幾處電算中心，除了主要的電算中心 (Computing Center) 外，一般而言，每棟大樓都會有兩、三個電腦教室。這些教室都是幫助那些沒有電腦的同學，每天早晨七點開放，晚間十一點關門，有些甚至是二十四小時，期末考前一週，都是二十四小時。電腦教室主要提供兩種類型的電腦。一種是麥新塔 (Makintosh)，一種是 IBC/Compak/Dale，這兩種電腦系統完全不一樣，也不相容，中心人員特別提醒同學要注意，不是每個教室同時都有這兩種類型的電腦，千萬要記住哪些教室有哪類的電腦，以免到時趕功課走錯了。

　　除此之外，教室旁邊一定會有一個小型工作室，工作室的牆壁上架著許多信箱格子，這個地方專門處理大家列印的文獻。同學首先要買一盒 floopy（磁片），學校電腦不能儲存個人的檔案，必須自己準備磁片，自己將文獻存好。中心人員特別提到了 Murphy's Law（莫非定律）："If anything can go wrong, it will."（只要有可能會出錯的事就一定會出錯。）

平時電腦、磁片一定不會壞掉，但是等到期末接近時，什麼不會壞掉的都會壞，所以，一定要有備份的觀念，可以在電腦教室打好報告存檔，多存幾份，然後將文獻直接列印出來，列印跟紙張全是免費的，這時候隔壁的工作室後方的信箱格子就非常有幫助。第一頁一定是大家的 email 帳號名稱，不會有重覆的，每個人都是不一樣的帳號，所以當同學用自己的帳號列印文獻時，封面就是自己的 email 帳號，所以，中心人員一再地交代大家千萬不要誤拿別人的東西。

最後，講到 email 的使用，電算中心人員非常驕傲的停頓一下，他說 email 的使用，是人類近代科技史上最大的一項突破，大家要好好的利用 UNIX、 Linux 的系統來學習使用 email 的收發跟讀取，也可以透過 email 建立自己的社群閱讀，接著他一項一項的介紹如何進入 UNIX，Linux 畫面裡，輸入帳號密碼，使用 email，如何利用鍵盤的指示去移動指標，以及如何利用指令，例如開啟信箱、儲存、刪除或者離開系統。徽杭越聽越糊塗，她完全聽不懂也不想懂到底 UNIX 跟 Linux 的不同。她決定，訓練結束後，她要找一天去請教那些電機系實驗室的高材生。

中午，徽杭在人群中找到了慧婷。水牛城真是可怕，竟然有這麼多的學生參加新生訓練。簡便冰冷的三明治沖下肚後，徽杭發現下午的校園巡禮名單，自己竟然跟慧婷分配在一組，兩人開心的擁抱在一起，周遭路過的美國白人學生，對著她們點了頭，也分享她們兩人的笑容。

校園分組巡禮，其實安平也差不多都帶過了，不外乎就是介紹建築物、建築物歷史、系所配置、停車場等等。組長是個金髮白妞女子，她以這學校為傲，長得人高馬大，超級自信，口沫橫飛，眉飛色舞，用抑揚頓挫的語調介紹所有她認為大家需要知道的事情。徽杭跟慧婷覺得無聊，決定不加理會，兩人在一邊竊竊私語。突然間，組長看看她們，像是對著年紀小的孩子，用和顏悅色的娃娃音說："That's fine. Sweet heart, don't worry, the undergrad is over there."（沒關係，甜心，別擔心，大學部的在那裡。）搞了半天，組長以為她們吱吱喳喳是因為參加錯組別了。

徽杭跟慧婷楞了一會。"No, we are graduate students."（不是，我們是

研究生。）徽杭挺起胸膛看著組長說著，她斜眼瞪著慧婷，「妳就是大學部的，妳去那裡。」慧婷被逗得嘻嘻笑：「妳才是啦！她是對著妳說的，是妳該去那裡。」兩個小女生互相推打著對方，這個時候，徽杭突然覺得有千萬隻眼睛如亂箭往她們兩個身上掃射，轉頭望去，一群大陸男生笑嘻嘻的在聊她們：「台灣來的耶！好年輕喔！都是白白的，好可愛喔！」組長帶著大家繼續往前走，這個時候突然路過的一位白人學生跟她問路，因此介紹暫時先中斷，大家各自在一旁先休息。

「台灣來的，都是小姑娘吧！」徽杭一回頭，是一位非常有氣質，年約三　十五歲的女性，對著她跟慧婷說話。

「妳是大陸來的吧！聽口音。」徽杭問候著。

「對，上海。我在那裡已經唸完醫學院了，也當了幾年醫生。現在有這個機會，再來繼續深造。」

「妳好優秀啊！這幾天我們都發現到，大陸學生很優秀，都是做學問的樣子啊！」

「其實，沒出來之前，還沒機會見到台灣人。妳們都好年輕啊！才二十出頭就能來美國，真是羨慕。大陸，就沒這麼幸運了。年輕男生簽證容易下來，女生，恐怕都是像我們這樣的才行。我看妳們剛才在那裡打打鬧鬧的對話，我想起我的女兒了。她才五歲。我想，過了幾年，看能不能也把她給帶過來。」

五歲，我已經二十二歲了，徽杭本來想繼續辯解，但是她看看眼前這位女性，講完話後，眼睛幽幽的往遠處看，彷彿是心事重重的樣子。是什麼原因讓她來美國的呢？她突然想到了那天在尼加拉瀑布跟文光的對話，有人，是為了更好的生活。為了更好的生活，她，暫時拋下了五歲的女兒，隻身來到了美國，期待未來母女有相聚的一天。

組長回答完問題，介紹也告了一段落，就地解散之前，再次提醒大家晚上有免費的餐點，是專門給國際學生準備的，請大家踴躍參加。

「妳去嗎？」慧婷問。

「誰會不去？國際生的學費這麼貴，免費的，不吃白不吃。」徽杭才剛答完，就看到一群女生浩浩蕩蕩的往慧婷這裡來。啊！不是就是那群 MBA 的女生嗎？

「妳們晚上會去嗎？那大家就坐一起好了。」秋萍提議。由於大家也好一陣子不見，急著互換著彼此發生的消息。其中，就屬雪珊的嗓門最嬌嫩。「妳知道嗎，我那天跟我爸通話，我跟他說：『爸爸，這裡的車子好貴喔，我看上 1992 年出產的日本車 NISSEN Central，也看上同一年出產的美國車，日本車硬是貴個一千多塊，好貴喔！爸爸覺得我該怎麼選比較好？』我爸爸怎麼捨得他小女兒吃苦呢，他說：『寶貝啊，兩年中古車算便宜了，而且差價一千多塊，台幣才多少，還不到三萬，爸爸加個幾天班，錢就進來了，買，就買日本車！』所以啦，我的日本車子就這樣到手啦！」雪珊講得手舞足蹈，旁邊的那群大陸學生還在一旁邊休息著邊羨慕的聽著，不時的往這群年輕青春可愛的女生一直瞄。

徽杭先跟慧婷道別，說等一下會到會場找她，請她先預留個位置。其實，徽杭是不忍聽下去。囂張富裕的台灣學生，尤其是那群 MBA 的，講話也不知道低調一點，令徽杭覺得噁心，尤其是這個雪珊，不抓好時間，三更半夜打電話給秀雅姐，這份怒氣徽杭還沒全嚥下，她現在又在那裡炫耀自己家的富裕，可惡加三倍！不想跟她們一夥。徽杭走著走著不自覺的走到了 Bell Hall，好久沒看到安平學長了，不知大家忙不忙，去那裡坐坐消消氣吧！

「啊啊啊，稀客啊！什麼時候搬進宿舍？需不需要我們幫忙？」品哲一看到徽杭進來電機實驗室，立刻開心的說。今天實驗室竟然比平常多一倍的人，全部的男生頭往她這裡看，讓徽杭覺得渾身不自在。

「我原先想今天就搬進去，但是大家都要參加新生訓練，都有要事在忙，我那些行李，不好意思麻煩人家。我等一下先去宿舍看看。我應該是明天早上請至威幫忙。」

「不用啦，學妹，我這裡差不多都處理好了。妳要的話，我去幫妳載。」是敬成，從上回他用五百元的價錢把車賣給文光後，就再也沒看到他了。

「喔，學妹，恭喜敬成學長，老師前天終於簽名，他畢業了！」品哲說。

「學長，恭喜你，那去矽谷的機票訂了嗎？」

「還沒那麼快。想再待一下，九月再走吧！應該等不到秋天的楓葉了！」敬成帶著哀怨的嘆息聲。

「學長，那你介不介意陪我走一趟宿舍。今天宿舍開了，我想先看看缺什麼，到時候一起買齊。」

「沒問題，我載妳去 Clinton Hall 嗎？如果你要的話，今晚搬也可以。」

「不用那麼趕，我還沒跟慧婷說，怕她覺得我走得太匆忙。如果明天，學長你方便嗎？」

「都可以，就選妳喜歡的黃道吉日搬家吧！」

第二十六章：研究生宿舍

　　敬成學長開車非常小心穩重，其實，走路從 Bell Hall 到 Clinton Hall 不過十五分鐘的路程，但敬成學長就是覺得老美都是開車從停車場 A 開去停車場 B 的，這是習慣養成的問題，所以他堅持開車去 Clinton Hall。

　　Clinton Hall 大門是開啟的，徽杭進去跟舍監報告名字，舍監在 S 的地方看到了 Su 這個姓，就把 307C 的鑰匙給她了。Clinton 只有三層樓，沒有電梯。敬成笑著說這是他第一次進來宿舍。「真的？」徽杭笑笑的跟他說，那今天可以讓他大開眼界。

　　徽杭上樓梯前，看到了角落的廚房，廚房是呈現一字型的流理台，跟台灣的廚房很類似，邊門旁擺了一個超大的冰箱。她打開了冰箱，看到冰箱目前是乾乾淨淨的，但是冰箱旁邊貼了密密麻麻的英文字，規定大家如何使用冰箱，徽杭料得到，一旦同學陸續搬進宿舍後，一定是一塌糊塗亂七八糟的。她仔細看看瓦斯爐，只有兩個爐圈，而且長得都像是蚊香的形狀。

　　她轉頭問敬成：「學長，這個開起來沒有火，也跟瓦斯爐用法一樣嗎？」

　　「喔，對，我住的地方就是這種，這是電爐。這個其實很費電，反正妳住宿不用再付電費，而且，相對來說非常安全。妳到時要用時，可以先開開關，放鍋子，妳在旁邊先切菜，等爐圈從黑變成有點紅色，妳才開始放沙拉油啊，再放大蒜爆香，不過，妳要記住，美國的除油煙機不是把煙排到外面的，是把煙打散到空氣裡，所以，非常有可能妳的天花板警報器會吱吱響，妳盡量不要炒出大量的煙，還有，旁邊的窗戶，不管多冷，還是開一下比較好。其實，可能的話，盡量還是水煮燙青菜那些，比較不會有太多煙。然後，底下是個小烤箱，妳自己去買烤盤，到時候把肉醃一下，一次就能把這些東西做好。那天聽安平說妳很會做菜，做好幾道清爽可口很下飯的菜餚哩！」

「啊，我還以為這裡只有壞事傳千里呢！」

「沒有，哪有壞事，都是好事，不是聽說妳那個姐妹花找到了金龜婿？」

「姐妹花？讓我猜看看，這一定是安平給我們取的代號，他都不記名字，給我們亂取一通。慧婷的事情八成也是安平告訴你的？他欠我十塊。」

「哈哈哈，你們這一屆很有趣。這都是運氣。每屆的人都不一樣。我們那屆都很安靜，電機的，又都是男生，而我又不是八月的秋季班來的，我是一月的春季班才入學，等我來的時候，大家其實都熟悉了，該分組的早已分好組，電機那群都很互相幫忙，雖說也幫了我不少忙，但是情感上，就比較沒能那麼打進去他們已經和稀泥那樣和好的團體。」

「喔，所以，就像在台灣一樣，通常專科插班那種資質超優秀的，或者是其他外系轉系、轉校的那種學生通常轉進來後，其實也不是太容易打進來大家已經自成一格的團體群裡。」

「沒錯，就是這樣。所以，妳要好好珍惜。你們今年很有趣，實驗室裡連大陸學生都一直在羨慕，說什麼署假電機館裡還真是春城無處不飛花！能這樣的近距離接觸到那麼多個性可愛的台灣女生，語言又通，他們覺得好好喔！一點也不會覺得開車載誰去買什麼是浪費時間，反而覺得心情可以暫時拋開可怕的程式、冰冷的報告，最近只要聽我們在一旁抱怨台灣女生有多難顧，他們都羨慕說，真想交換一下！」

「所以，你們表面來照顧我們，實際上在背後一直批評我們，對不對？那，你等一下回去要批評我什麼，我能不能先聽聽看？」徽杭兩手插腰，裝著生氣的樣子，死狠狠的盯著敬成看。

「挖靠，本來是雙超大圓亮的眼睛，一下子卻變成上吊的死牛眼了！」徽杭一聽這話，自己也笑出來。

原先聽起來三樓好像很累，會爬得很辛苦，但是，樓梯設計得很寬敞，而且每個階梯都足夠讓高頭大馬的洋人踩得踏實，因此徽杭覺得上這種樓梯完全沒有累的感覺。三樓到了，徽杭一眼就愛上它的設計。原來它的數字就是代表一個單位 (unit)，每個單位都是相通的，不像是外面的公寓。例如，徽杭是住在 307，307 就有一個公開使用的會客室，放了幾張舒服的沙發，一個小圓桌，圓桌有四張椅子，三五好友可以一起吃飯、聊天。307 往右端走，就是 306，往左端，就是 308，如此類推。

　　Clinton 只有研究生，但是與隔壁大學部的好幾棟也都是相通的，隔著木門穿越過去就是大學部的宿舍。徽杭打開木門可以聽到那裡吵雜尖叫及熱門搖滾樂的聲音。木門的隔音效果非常好。會客室裡沒有電視，這樣也好，不會有人來看電視，音量吵得無法入睡。走廊的右邊是 A、B、C 三間都在同一側，而 D 則是與浴室相連，在走廊左邊。這時 D 的人正準備開門搬東西，是個白人女生，跟徽杭點頭問好，徽杭偷瞄一下那個人的房間，房間是狹長型，暗暗的，同時間敬成學長幫她開了 C 的房門，徽杭一打開，有些失望。D 比較好。敬成看得出徽杭的沮喪。

　　「學妹，妳不要跟 D 比。D 是那種狹長型的，風景沒有比較好，還有，D 的旁邊就是浴室跟廁所，那如果有人晚睡、早起用廁所，妳是絕對沒有辦法好好睡覺的。房間大小，是一種感覺，只要妳佈置得溫馨、舒服、乾淨，很快就會適應了。我覺得 C 比較好，正正方方的。」

　　「是喔！」徽杭想說安慰的話，誰不會說。敬成不理會徽杭不耐的翻白眼的牛眼睛，繼續說：「妳看看屋外的風景，這棟大樓連停車場都沒有，我們剛才只能停最靠近它的停車場。所以，屋外視野更顯得寬廣遼闊，圍繞大樓全是綠地，工友都把草修得短短整齊，這是現在喔。」徽杭朝著窗外看去，她的確忘記看外面的風景了。

　　「妳閉著眼睛，慢慢想，想著想著，到了冬天，都會是一片白雪覆蓋，現在，快，把眼睛睜開，妳再環顧一下房間，搭配著窗外無人跡的雪地……」

　　「媽啊！學長，你是要去矽谷兼職變魔術嗎？突然覺得房間是暖和的，外面已經敷蓋住一層厚重的大雪了。」徽杭忍不住內心的激動，興奮的叫起來！

　　當徽杭在開始幻想著冬天時，敬成接著說：「還有，D 的室友已經來了，誰先來就誰先選比較好的床位。妳看，妳室友一定還沒來報到，妳可以選擇窗邊，窗旁是書桌、床，妳到時可以一面讀書一面看風景，最棒的是，窗戶底下就是一排暖爐，冬天到的時候，由妳來決定暖氣的強弱，這不是最棒的事情嗎？」

徽杭訝異的看看敬成。其實一開始徽杭並不喜歡他，他會抽煙，有著工作過的老成歷練，但是光這一瞬間，他似乎看透了徽杭一樣，也知道如何投其所好，講出非常令人振奮的話術，高見，真的是高見！徽杭先來先選，她決定先選窗邊的書桌、床，但是，要如何證明她已經先來過了呢？她今天只不過是來看看而已的。

「妳床單那些，應該都還沒有買吧？離等一下國際學生聚餐時間還有三十分鐘，我們趕快先載妳去學校附近外面的超市買。買好後，妳把鑰匙給我，妳去聚餐，我來替妳鋪床。」

「學長，你講真的？我可以這樣做嗎？交給你來處理？」

「當然可以啊！講實話，要買床鋪還有更好更便宜，選擇更多的 W-Mart 或是 G-Mart，但是，就看妳為了省個小錢回來，到時候室友如果來了，也拿這個位置，妳要氣一整年，划不划算？不過，還是以防萬一，在這三十分鐘的空窗期間，如果好死不死，妳室友也搬進來，我把我的帽子拿下來，放妳窗旁的桌上，還有，我夾克也掛在妳書桌的椅子上。這樣，總該很明顯了吧！」

「可是，學長，那個帽子是洋基隊的，應該很珍惜吧！現在外面又有點涼意，你穿短袖耶！」

「沒關係，這就是為什麼 Bell Hall 離 Clinton Hall 這麼近，我還是要開車，把車子停在離妳們宿舍更近的停車場。永遠的未雨綢繆！才走幾步路，我不會冷。我們快點行動吧！」徽杭跟敬成幾乎是衝著跑去停車場，路過的人，都是悠哉悠哉的搬些床單、電腦，大家不由的轉頭看看慌忙的他們。

光三十分鐘其實是很不夠時間的。從學校開到安平戲稱的國際頂點超市，就要五、六分鐘，停好車，還要找到床單／床鋪那一區，又花了十幾分鐘。徽杭顧不得床單顏色，選了一個粉嫩的，價錢只有 1.99 的床包。敬成又飛快的帶她回車上，把徽杭載到學生中心的大門前，徽杭看看手上的錶，6:28，聚餐 6:30 開始。徽杭將鑰匙跟床包給敬成，敬成叫徽杭不要擔心，剩下交給他。明天一早 7:30 會在至威家等她，把行李那些全部帶上，一次就搬好。雖然不知道室友的性情，但是，照常理說，通常晚到住宿的人不太可能一進房間看到喜歡的位置被佔走，而要求對方退讓的。

第二十七章：與 MBA 生棋逢敵手

　　徽杭氣喘如牛的開始在學生中心找尋慧婷，人海茫茫，各國的學生陸續魚貫的入座，座位沒有任何區分，是自由席入座的方式，至少二十幾張長桌，徽杭正在想該如何去找時，沒多久，勢力龐大的台灣隊，全都揮手起來，跟徽杭招呼，隔桌又是下午遇到的那位高雅的大陸女性，以及那群對她跟慧婷品頭論足、竊竊私語的大陸年輕男生。徽杭禮貌性的跟他們彎腰敬禮，他們也以和善的笑容回報。

　　「妳去哪裡了？怎麼有點慌忙的樣子？」慧婷連忙遞面紙給徽杭。

　　「我本來只想去宿舍看看，敬成學長跟我一起去，沒想到，一去之後就突發奇想，決定先去買好床包組佔位置。」

　　「宿舍不是沒什麼人要住，還要佔什麼位置？」

　　「當然要佔啊！房間是方型的，只有東邊有一扇窗戶，東邊放了床跟書桌椅，所以，妳就想像床是靠著東牆，書桌椅靠著唯一的窗戶。書桌椅有兩組，中間有些間隔，第二組書桌椅是靠南方的牆，西邊則是房間門跟兩個蠻深的衣櫥，所以，另一張床無法靠牆，北邊則是放了兩組很大的木製五斗櫃。」

　　「那麼小，還要先搶位置。就叫妳不要住宿舍啊。」

　　「不要，我要住宿，我明天一早 7:30 跟敬成約好了，我要開始習慣住宿生活了。對了，晚上如果方便的話，要不要先算錢，我這幾天住你們家的一切開銷算一下。」

　　「說的好像都不見面。」

　　「什麼不見面，是不想欠你們！」

　　兩位女生一見面就不斷的聊天，大概 6:40 晚宴也開始了，學生中心先大略介紹了這間學校有多少位國際學生，特別提到了台灣、韓國、中國跟印度，每年都是在角逐前三名，聽了大家哈哈大笑，徽杭轉頭看看那桌大陸學生，他們也報以鼓掌恭喜這桌台灣學生。晚宴吃得很簡單，就是一盤葷食搭配沙拉及麵包，飲料倒是給得很大方，在某一處擺著，大家想喝就自己去拿。

「徽杭，這哪能跟妳的菜相比啊？突然想吃徽杭做的滷蛋、滷雞腿還有滷白菜。」至威坐在長桌的後端，突然伸出一個大頭，大嗓門的叫她。這一滿桌的台灣人突然全部看看徽杭，一副不可置信的樣子：「妳會煮飯？」

「煮飯，誰不會呀，大寶電鍋就可以煮了！」徽杭一面低頭垂下眼睛，真想找一個沒人會講中文的地方，把這盤難以下嚥的魚排吞下去。

「沒機會了，徽杭明天一早要搬進宿舍了。」慧婷遙望著至威那一端，語帶幽怨的說著。

「真是不理解徽杭。從下飛機就不懂她。我們一群 MBA 的就都是喜歡過團體生活，一起買車，一起找房子，徽杭妳好奇怪喔，感覺上妳的想法都跟別人不一樣，好固執、堅持己見又不願意跟別人說話。」莉娜說。

「喔，是嗎？妳那麼會看人？」徽杭覺得嚥不下這口氣，一向討厭銅臭味的 MBA。

「對啊，大家都在講妳個性太固執。明明會暈車，妳自己不準備暈車藥；明明慧婷好相處，妳可以跟她一起住，妳偏不要；明明妳可以買車，妳不買，要去住貴貴的宿舍。不好意思，我知道我很直，我工作過好幾年，人生經驗比妳豐富。妳才二十二歲，真的，多聽別人勸，不要那麼固執己見。」莉娜不饒人的繼續說。

「妳不是唸 MBA 嗎？數學應該很會算啊。對我而言，住宿還是最省錢，喔，套用妳們 MBA 那種說法，投資報酬率是最高的喔！」

「怎麼可能？」MBA 那群此起彼落說著。

徽杭嘆了口氣，她其實真不想這樣，但是，很難忍啊！與其忍了自己傷身傷心，她決定一口氣爆出來：「好吧，那我魯班門前耍個大斧。妳們 MBA 現在買車都要多少錢？新車超過一萬，舊車也要個七、八千，對吧？租公寓，分攤兩人，合付電費、瓦斯費，那冬天來時，暖氣的價錢妳們有想到吧？有的人不要太暖，會傷皮膚，有的人不要太冷，會傷身體。那還有第四台、電話費呢？第四台有人要電影，有人不要，那一直看電影的人，要不要多出點錢？那麼呢，電話怎麼算錢？兩個房間，一人一支電話，還是合用一支電話？基本費多少，打回台灣多少？要跟哪一家簽約？分租都不會有情緒上的問題？大家都是爸爸捧在手掌心的寶貝女兒，這樣住一起都不會吵架，都不會搶廁所，鬧意見？那如果剛好要趕報告，還要花時間去處理這種奇怪的事情，要多少損失？還有，妳跟台灣人有什麼過節，出了大門，全部台灣人都知道，不明就裡的人一堆，打邊鼓看戲的也一堆，這些要花多少成本，妳有算嗎？不然就是半夜為了一件鳥事，亂打電話，妳覺得沒什麼，搞不好吵到別人，最後害別人被趕出來，沒地方住，像這種細節，妳們才住幾天，還沒開學，妳當然都不會放在心裡。可是等到開學了，利益糾紛開始變多了，要我繼續跟妳分析什麼叫做利益糾紛嗎？妳們來這麼大群人，老師喜歡誰的報告，討厭誰的作品，小心眼的女生，如果剛好住在同一個屋簷下，就算沒有剛剛提到的問題，功課上老師對學生的偏愛，不會影響感情，會合才有鬼？這些妳都不計算的喔？最後，妳們的車，全買貴了。相不相信，明年五月，我也來買一部車，絕對是日本車，然後，絕對便宜的讓妳們眼鏡碎片找滿地。到時候我們來看看，是妳們 MBA 買的車子便宜，還是我這個唸冷門科系的人會算數。」徽杭用力的開了一罐可樂，像是放個煙火團一樣，替她自己鼓掌叫好一下。

「我不認同妳講的。我覺得大家出來，目前彼此好得不得了，不會像妳說的那樣鬧意見。人文科才小心眼，我們沒有。而且，我更不認同妳說明年車價會降低。不可能的。台灣人就算五月畢業，以 MBA、電機這種龐大的勢力，他們就算五月走，可以把車子留給會長他們其他人在八月賣啊！等八月新生一來，車子一樣好賣，也不可能跌價太多。」另一個雪珊嬌滴滴的說。

「喔？那，為什麼，我一定要跟台灣人買呢？妳是不是忘記我們人在美國，妳也忘記我們現在在哪裡？在這個國際學生中心辦的晚宴裡，妳沒看到其他外國人啊？」

「有趣。妳們的對話有趣。那妳想跟誰買？」突然長桌另一端冒出一個瘦高清秀的白面書生。

「我要跟日本人買。」

「妳有認識的日本人？」這位男生繼續問。

「沒有。」

「沒有，那為什麼妳那麼斷定日本人會願意賣車給妳？」這位男生一面問著，一面把餐盤換到了徽杭旁邊的空位。旁邊的 MBA 女生不斷抗議，直說他現實。

「因為日本人跟台灣人不一樣。」徽杭語畢，大家哄堂大笑，連隔壁桌的大陸同學也在一旁偷聽到笑出來。

「妳能不能比較清楚的說明一點？」這男生越覺得話題有趣，越死拉著徽杭。

「我先糾正一下，你的問題問錯了。不是，日本人願意賣車給我，而是，他們巴不得我跟他們買車。」

「這是什麼意思？」這男生越看徽杭越覺得有趣！

「剛才國際中心的人員提到留學生中國跟印度在搶第一名，台灣、韓國在搶第三名，那你不會想看看後面的名次是哪些國家來的嗎？日本緊追在後吧！那麼根據我們來美國這幾天的觀察，能夠來美國唸書的日本人，家境財力遠比台灣人更富裕雄厚。那他們買不買車呢？一定買。買什麼車？一定是日本車。那日本人會不會也像台灣人一樣，五月畢業把車留給其他同學在八月代賣，我的推測是比例不高，因為我覺得先進國家的人很有禮貌，不會隨意亂麻煩別人，自己的事情自己會處理好。所以，明年五月，會有一大堆日本車要出清，那個時候哪來的新生要買車？新生要等到八月才上門。所以，我五月開始慢慢看，找一個價錢最低的，把你們給羨慕死！最後，既然來美國，如果住外面，就更不可能有機會跟美國人練習英文，也更不可能瞭解其他外國人了。所以，住宿舍，不但逼得自己非得講英文，也能趁這個機會更加瞭解其他外國人，這是無價，不是你拿計算機能算出來的！」

「有趣的見解，妳的見解比這桌工作過的 MBA 學生都有趣。忘了跟妳自我介紹，我叫張偉德。之前在銀行工作三年，是今年 MBA 唯一的男生。嗯，我也住宿舍。以後我們一定要常保持聯絡。」

徽杭看得出 MBA 的女生臉上僵硬的表情，活該，就讓她們慢慢的跟著難以下嚥的魚排消化去吧！膚淺的人生！還好意思海口誇自己工作多年，他媽的人生經驗豐富，用錢堆積出來的人生經驗，這是哪門子的豐富。她問慧婷是否應該要早點回去了，兩人跟大家說聲再見，她跟張偉德握個手，就往至威跟文光的方向去了。

回到家裡時間已經不早了，慧婷一面計算錢，徽杭一面收拾東西。突然文光出來，問徽杭為什麼米會吃那麼兇？

「什麼意思？米吃那麼兇？」

「真的啊，那天我看一大包，怎麼一下子就快見底了。」

「我們最近天天煮飯啊！」

「那妳是不是米放太多了？妳放多少？」

「煮四個人的份量嗎？用大寶電鍋，我放兩杯米，內鍋兩杯水，外鍋兩格水。」徽杭覺得很委屈。這時候至威也出來聽了。

「絕對沒有放那麼多米。妳太浪費了。我看我媽媽煮的時候都沒有放那麼多米。」文光繼續說。

「對啊，徽杭妳應該放太多了。」竟然連至威也這樣講。

「好，對不起。不過，不是都平均分擔嗎？而且，我盛飯的時候，你們兩個大男生的，我都用大碗盛，我們兩個女生，我都用小碗裝啊！我們女生也沒計較啊！好啦，明天我就走了，你們就照你們的意思放米好了。還是，你們覺得我該多出？我可以多負擔啊！」徽杭覺得超級委屈，這些男生真糟糕。從小被媽媽當寶貝養，不煮飯、不做菜，不嫌自己吃得多，竟然來質疑她煮飯放太多米，就是知道你們是媽媽的寶貝，已經給你們用大碗裝飯，還嫌人家米放太多太浪費。好啊，終於可以逃出去了。你們自己以後煮吧！

　　隔天一早不到 7:30 徽杭就梳理完畢，拎著兩箱行李在樓下等敬成。平常早上徽杭還會替大家煎蛋，準備早餐，有昨晚的米飯事件，徽杭超級火大的，她連再見都不想說，只想趕快到宿舍過新生活。敬成提早來幾分鐘，替徽杭把兩大箱行李放在後車廂。「一早心情就不好？」敬成一眼就看出來。

　　「學長，我覺得好差喔，你知道嗎？昨天晚上我們算錢，結果文光跟至威說我的電鍋米放太多，害他們沒多少米了。」

　　「妳放多少？」

　　「四個人的話，內鍋兩杯米，兩杯水，外鍋兩格水。」

　　「沒錯啊，如果妳想要米好吃一點，內鍋水可以多放一點。然後，電鍋跳上來後，要等個二十分鐘左右，翻一下，會更有口感。」

　　「可是他們都說他們媽媽煮飯，米沒放那麼多。」

　　「這樣啊，那妳為什麼不叫他們內鍋放兩格米，兩杯水，外鍋也放兩杯水得了？」

　　徽杭聽了哄堂大笑。「我沒那麼靈活，好嗎？」

第二十八章：住宿的開始

　　很快的到了宿舍，一打開門，看到敬成學長昨天替她鋪的床單，頓時覺得舒服極了，今天，敬成還送了一個大枕頭跟一個小抱枕給她，說是慶祝她「新居落成」。敬成替她將行李收到衣櫥裡，看來室友還是沒來的樣子。他跟徽杭說慢慢整理，他今天一整天都會跟安平、品哲在實驗室裡，等中午時，徽杭看要不要到實驗室，大家一起去午餐。

　　敬成離開後，徽杭開始打開第一件行李箱。來美國接近三週後，她才開始開啟自己的行李，真是誇張。一件一件的將衣服收到五斗櫃內。把該用的常用的，放在五斗櫃最高的櫃子裡擺好整齊。會用到的書籍，也都拿出來放在書架上。徽杭遠眺窗外，呆呆的坐在書桌前，享受眼前的寧靜安逸。真好，一個人真好，煮幾杯米，不會被嫌浪費；什麼時候要買車，不會被人說固執；什麼時候上廁所，也不用按表操課，天啊！那群台灣學生，難道他們不覺得住宿才是最棒的嗎？空間雖小，但按照房間的安排就跟在醫院的雙人房一樣，只差沒有簾子隔著。徽杭想到剛才上樓時，竟然看到有一間房間就是學醫院的病房一樣，有簾子隔起。她必須問問室友，看她同不同意。

　　正當徽杭換到床上發呆時，她聽到隔壁開門的聲音，是 307B，她連忙開門看看。一位黝黑嬌小的女生，露出潔白的牙齒。

”Hello, I am Piyada… from Thailand. For the first syllable, PI, you need to raise the pitch, and YA, DA, you use the high pitch. I am so happy to meet you. I feel lonely. I moved in yesterday morning. Nobody has moved in yet… till I am talking to you.”（妳好，我是 Piyada，是泰國來的。第一個 PI 音節，妳要提高聲調，YA 跟 DA 都是高調。好高興見到妳，好寂寞啊，我搬來一天了，都沒人搬進來。）

“Hi, nice to meet you. This is Hui-Hang. I am from Taiwan.”（妳好，我是徽杭，來自台灣。）

"Hui…Hang… How can I pronounce it right? Your language is also a tone language. I am so happy that we are neighbors; Taiwan and Thailand are very close."（灰……夯……我怎麼唸才會正確？妳的母語也是聲調語系。我好開心我們是鄰居；台灣跟泰國很近。）

"It's high tone in Hui and rising tone in Hang."（徽是高調，杭是上升調。）

"What's your major?"（妳學什麼的？）

"Linguistics."（語言學）

"Really? I am in Linguistics, too. So we are not just neighbors any more. We are classmates."（真的，我也是語言學的。原來我們不只是鄰居了，我們還是同學耶！）

"Yes, we are neighbors, classmates, and friends."（是的，我們是鄰居、同學跟朋友了！）難怪這位同學這麼重視發音，原來也是語言學的，徽杭跟這位甜美的鄰居點了頭，打聲招呼後，跟她說要去忙著整理行李，改天再聊。中午時間也該到了，她照約定要去找學長他們了。

學長的實驗室也開始逐漸忙碌起來，大家全部都在討論報告，跟之前的景象差異兩極化。之前她一進去，不同國籍的人，都會放下手邊的工作，就算聽不懂她跟學長講什麼，也會不斷的往她這裡偷瞄，這次，她一進去，大家抬頭看她一眼後，像是沒見著她，回頭繼續埋首苦幹。徽杭想到這裡偷笑了一下。

「徽杭，妳來了。我們這裡要忙一下，敬成一下子過來，原先我們約好的飯局，要取消，沒關係吧！妳住宿舍，沒跟我們說電話幾號，不好意思，沒事前通知妳。」品哲說。

「學長，宿舍有電話線，我沒有電話。沒關係，一進來就知道氣氛不對，我等敬成好了。你不介意我坐在你們那裡的位置吧，有個超大台的電腦？」

「我看看哪一台，喔，那邊的是 Workstation，好，可是妳不要亂動喔！先坐那裡吧！」

徽杭才剛坐下，會長郝仁義突然帶了一個纖細高挑、皮膚雪白、頭髮黑絲光滑得像瀑布、穿著碎花長裙的女生進來。原先埋首苦幹的學生突然一驚，但是過了數秒，還是繼續回頭工作，徽杭又不免一笑。她打量這個女生，像個電視上日本造型的偶像打扮，清秀佳人一名。

「品哲，問題來了。你那裡還要多久？我們還有一位新生剛到。」徽杭一愣，現在才來？真大膽啊！那位新生似乎也感覺到氣氛很僵硬，焦急畏懼的眼神，一直盯著徽杭看。

品哲挪挪眼鏡，他是剛才唯一沒回頭的人，現在才緩緩抬頭，看看會長。「好人，你講什麼，下週一要開學，今天才來？」

「人都來了，是土木系的。我剛才打聽今年土木系沒有其他新生，舊生很閒。只是這個時間點，我找不到他們的聯絡人。我會繼續聯絡看看。我實驗室那裡正巧有些棘手事情......」

徽杭不等會長講完。「會長，不好意思，我插個嘴。我在等敬成，在你還沒有聯絡到土木系的人之前，看她要不要先跟著我們。敬成畢業了，應該沒關係。」

「喔，對。我忘了。耶，妳從哪裡冒出來的？所以，妳是來等敬成的？那好，我先把她丟給妳。她叫做尹文京。我先去實驗室忙，會繼續的跟土木系聯絡。」

「妳怎麼這麼晚來啊？」徽杭一把拉著文京坐下聊天。

「喔，我其實早就來了。我哥哥在美國，威斯康辛 (Wisconsin)，他結婚了，剛有個小 baby，我先去看他。想說他替我辦好了社會安全碼，銀行戶頭也開了，而且，我有威州的駕照，車子也買了，來紐約州換一下駕照就可以。想說來這裡只剩下找房子而已。馬上開學，我知道有點趕。不過，唉，我好像來太晚了。」文京哀怨的說著，也知道自己給大家帶了個大麻煩。這時敬成趕過來了，大概已從好人會長那裡聽說了。

「學妹好，妳說世界小不小？妳現在萬事具備，只欠東風...... 嗯......房子嗎？」

「對！你有沒有認識的人要找室友？」文京恭敬的看看敬成。

「哈哈哈，萬歲！我家那個社區的二樓一位電機博士班的學姐，正缺一位女生室友。」

　　「怎麼可能？這太巧了。」徽杭驚叫！心裡想這些台灣學生真的是消息靈通廣大。

第二十九章：Ellicott Creek

「來，我們邊走邊聊，徽杭應該還沒吃中飯。我們先很快解決，之後就立刻帶妳去找學姐，她住 Holly Lane 一號，非常好記。她每天都在家寫論文。不過，她應該明年就會畢業，就看看妳到時要不要找新生來住了。她是預計明年五、六月離開，已經結婚了，先生在矽谷工作，她室友今年六月畢業後，她先生已經替她一個人付了整整快要兩個月的空房租，她先生不願意她找男室友，也不介意他太太就乾脆一個人住。但太太總是想為先生省錢，偏偏我們電機都是男生，本來指望著 MBA 一群女生可以看上她的房間，不知為什麼，那群女生後來都各自有地方，而且，她好像不太喜歡那些人，所以，每次我們在停車場碰到，她都一直叫我替她留意室友，最好是工程背景。妳土木，剛好，我直覺她會喜歡。」

「學長，謝謝你幫忙。」文京話很少，不是那種愛聊天的人，但不知為什麼，文京跟徽杭一直互看著對方微微的笑著，她有預感，她們這兩個女生，以後會有很多交集。

就這樣的快速在校園的漢堡女王用過餐後，敬成開著車載著徽杭，文京自己另一部車跟在後面，直接去找博班學姐。從校園出去後，敬成走的不是安平常走的路，是一條叫做 Audubon 的路，穿出來後，是 Sweet Home，這是徽杭八月二日下交流道的第一條美國道路，她又像劉姥姥進大觀園的東看西望的，但是才一下子路程，就轉進 Chestnut Ridge，看得出這兩邊也是可愛舒服的好社區，徽杭不斷的左右眺望著，之後再左轉換到了 Willow Ridge，很快的右轉到了尼加拉瀑布大道，接著沒多久就左轉到了一條叫做 Ellicott Creek 的道路上。徽杭驚呆了。

「學長，你在開玩笑嗎？你住在這附近喔？右邊是一條好漂亮的河流。」

「那叫做 Ellicott Creek。」

「什麼啊？明明是大河，竟然英文叫做小溪？等一下，那後面跟著的文京以後要住這裡？這是什麼世界，晚來的人，活該受處罰，反而有好地方住？叫她去住宿舍！把那位博士班學姐介紹給我啦！」徽杭一發現另一個世外桃源後，開始在車上像個五歲女娃，吵鬧的不止不休的。「什麼啊？溪流一直還流著，竟然有人家裡有停船？哪有這種事的？能停車又能停船？你是要氣死我是不是！」

「對，要把妳活活氣死。唉，妳現在氣的模樣，正是我去年來，那群電機系同學羨慕的模樣，只是妳的模樣比那群臭男生的可愛太多了。那時候我也是一眼就看上這裡，別忘了，我是冬季班一月份入學的，更美！整個河面全結著厚冰，下點小雪，雪就在厚冰上慢慢累積。不過，到春天就麻煩了。我的公寓在一樓，如果冬天雪一下多，春天一下子溫暖起來，那就倒楣了，融雪太快，水就倒灌到平面陸地上。去年就是這樣，水，剛開始的時候，我還想說離我們一樓遠得很。不到十分鐘後，我室友哭著大喊，水要進來了。他，有一堆寶貝在房間，要堆高。我沒有，很克難，我是住在客廳。我們是一房的公寓。客廳很大。濕了就濕了，曬一曬就乾了，只要電腦不要淹水，其他，都沒問題！」

「學長，你真的是兵來將擋，水來不管啊！」徽杭一講完，她自己跟學長都笑起來。這是緊張前刻的舒坦，徽杭一直想到馬上要開學的光景，她要找些東西來暫時麻醉自己。

「講到這裡，徽杭，我覺得妳可以多跟後面那位文京在一起。畢竟妳不打算買餐券，又會做些小菜的，文京有車子，妳可以分散一下買菜的人。要知道，在這裡學業壓力很大，妳今天一進實驗室，不覺得就跟暑假不一樣嗎？如果一直巴著固定的人載妳買菜，到時人家忙的時候，一定會抓狂瘋掉。妳一定要考慮分散幾個人。水牛城的台灣學生都很熱情，但是，幫忙這種事，不能固定找一個人，沒人會受得了。如果妳找 A 幫忙做了什麼，後續有其他事情，最好能找 B、C、D，會比較好。」徽杭靜靜的，似懂非懂的點點頭。

事情十分順利，那位電機博士班的學姐的確是一眼就看上文京，果然工科跟工科就會看對眼！敬成幫文京拎了行李上樓後，就讓文京花點時間跟學姐相處，徽杭跟敬成就出來了。

「要不要看看我住的地方？」

「好啊，你說是一人房，室友在嗎？」

「我室友一天到晚都在。也是讀博士班，學機械的，夕陽工業，老廣，喜歡煲湯，屋子永遠都是中藥的怪味。家裡是獨子，他爸爸寵他寵得不得了。」

「唉，我還以為只有我們女生會不合，聽起來，你也沒多喜歡你室友！」

「我跟妳講，跟誰住，都會有摩擦，我就從來沒聽到有誰跟誰在一起沒摩擦的。只有大家互相包容忍耐，退讓一步，才有辦法繼續生活。有好幾個剛開始好得不得了，一住進去，馬上就發現不合，這絕對不是只有妳們女生。男生，也一樣啦！」

徽杭坐在敬成學長車旁邊，敬成只轉了一彎，就到了他家。徽杭像是發呆一樣，沒有要下來的意思。

「學妹，到了，怎麼了？」

「沒事，我只是突然想起一件怪事。」

「怎麼了？忘記什麼事情？」

「我問你，你會不會覺得這句話很奇怪？我坐你旁邊的時候，如果你沒有女朋友，你會不會講出這句『你坐旁邊好像我女朋友喔』？」

「學妹，妳是想到哪去了？我沒女朋友耶！」

「我當然知道你沒有女朋友。那天慧婷跟我聊她在停車場練車的事情。她說至威坐他旁邊時，就是講這一句。」

「那，妳在暗示什麼？」

「沒什麼。如果沒有女朋友，不是會說，妳可不可以當我女朋友，這才比較貼切嗎？」

「不一定啊，也許他有過女朋友，只是在懷念過去有女朋友的感覺。」敬成說。「還有，妳怎麼知道我沒女朋友？」

「先去你家看看，等一下再告訴你。」

敬成笑嘻嘻的打開門，正好他室友在收拾廚房。見了徽杭，眼睛發光，愣了一下。「挖靠，稀奇、新鮮，哪裡撿到這麼可愛的小女生？」

「什麼啦，講什麼屁話，這是今年來的小學妹，剛才替住在一號的博班學姐找到了室友，送過去，順便讓學妹來上個洗手間，馬上走啦！」

「喔，你不用馬上走啊，我可以走，讓你們兩個待著。」

「就給你說馬上會走啦！」敬成越發的不耐煩！

「學妹，跟妳說，那個學姐難搞喔，女生只要唸到博士，都變得稀奇古怪的，以後妳覺得委屈，走幾步路就來找我們訴苦吧！」

「說你蠢有多蠢，是別的女生要住在學姐那裡。工科的。」敬成有氣無力的講著。

徽杭立刻接話：「是個清秀佳人喔！像日本流行的偶像明星一樣喔！」

「真的？那我要多多去找那個博班學生借把蔥、要個薑的。」

徽杭聽了大笑，接著說：「不是嫌人家學姐難搞，還敢去敲門啊？喔，好聞，你家裡好香喔！」

「好香？敬成，你聽聽。我告訴妳，他老是嫌我中藥放得多，沒事就浪費電爐煲湯。美國人真是爛到底，不用瓦斯，用電爐。煲湯，一定要用小火慢慢熬，那個鮮味才會出來。」

「完全同意。」徽杭點頭如擣蒜，超級同意的。

「喔，聽來學妹是會下廚喔！」

「不怎麼懂，但是，我爸也是這麼說的。」

「妳爸會進廚房啊？」

「當然，老廣一定要煲湯啊！我媽不會，那自然我爸來做啊！」

「妳也是老廣？」

「我爸才是老廣，我是老廣生的小廣！」

「妳會講廣東話？」

「不會，只會講那句『廣東人唔識既廣東話，點得咖？』就這句，行遍我爸在香港的親友家。大家都把我爸罵到爛！」

「啊，敬成，這個學妹，我喜歡。你以後多帶她來坐。學妹，妳住哪裡？我給妳帶碗湯回去。」

「謝謝學長。我不客氣的收下了，料給多一點喔！我住宿舍。」徽杭兩手捧著，準備接著保鮮碗。

「住宿，很好啊！買餐券，不愁吃了！不過，我還是給妳多挖一點料。」

「學長，我不買餐券。我一週煮一次。」

「啊，那也沒問題。老廣只要有白飯配煲湯就好了。妳有大寶電鍋嗎？我這裡有兩個，要不要？」

「什麼兩個，有一個是我的！」敬成不滿的抗議！

「不用，學長，大寶電鍋是留學生必備的行囊，沒人會不帶的。我帶的，還是十人份的電鍋哩！就為了要煲湯。」

「好，好，好，不會餓死。老廣，一定要煲湯，電鍋的上盤再蒸個魚，美國的那個生菜，洗好，丟到煲好滾燙的熱湯裡，營養啦！包準妳一學期後，重五公斤。妳太瘦，吃胖一點好看。」

「哈哈哈，學長，你講話還真像我爸爸！」徽杭一面說一面看看敬成，敬成頭上，已經快冒出三把火了。徽杭連忙拿手替他搧搧風，「息怒啊，學長，老廣生的小廣，討碗湯喝喝，沒關係吧？」

「妳剛進來前，為什麼不說？」

「說了之後，你會怎樣？」

「以後，不准來我家！」敬成假裝生氣的口吻，高聲的說：「我就是討厭中藥味！更討厭老廣！」

「可我喜歡，這裡兩票對一票。」徽杭繼續皮著不想走。

「給我出去。」敬成繼續假裝趕人，徽杭笑嘻嘻的拎著保鮮盒，跟他室友道別。「喔，對了，還沒問學長的大名。」

「他名字不重要。以後不要來了。」敬成一路揮著，真的要趕她走了。

「我姓鍾，下次來喝湯喔！」門重重的被敬成關上，隔開了那位學長的視線。

「學長，你們真有趣。」徽杭走到停車場，笑嘻嘻的看看敬成。

「是妳有趣！學妹，跟妳在一起，真的，本來無趣的，都會變得很有趣。難怪品哲、安平那麼疼妳。他們常在擔心妳，一個人住宿以後的日子怎麼辦？對了，妳室友來了嗎？哪一國人？」

「他們擔心我？最好是啦！還不是想說以後沒我的日子，哪天無聊該怎麼打發吧！喔，學長，我差點忘記跟你說了。沒有人耶！你覺得有任何可能，一學期都是空床嗎？」

「那，妳不是賺到了？」

「我也這麼想啊！但，我覺得不可能。應該還是會塞一個人來。反正，只要塞的是女生，誰，我都無所謂啦！雖然，我覺得好像還是你們男生好相處，不過，剛才看到你惡狠狠的對著你室友，我想，真的像你說的，跟誰住都會有摩擦！」

「什麼我惡狠狠的。我室友很爛。你離他遠一點，花心大少，公子哥，到處留情，台灣有女朋友，這裡還常常這樣跟女生酸酸甜甜的。討厭他這樣。」

「所以啦，你剛問我為什麼知道你沒女朋友，這就是為什麼啊！」
「什麼意思？」

「你看看你住的是什麼？人家鍾學長的房間，就是溫馨舒適，哪個女生看了不想睡？你住客廳，連個簾子都沒遮，一看就是沒女朋友，也不打算交女朋友的樣子。」

「妳連這個也在看？」

「看啊，偷偷瞄幾眼就知道這人的個性了。鍾學長重視物質生活，花很多時間在房間裡面，家世背景很好，注重吃喝娛樂，又熱情浪漫，長得白淨高瘦，所以，你說他花花公子，可是一個巴掌打不響的啦！他懂得跟女生酸酸甜甜，那也要有女生喜歡這招啊！」徽杭說。「不過，我猜他對他的學科，興趣不大？」

「可怕，妳是算命的還是看相的？才跟他講幾句話，就看得出來？妳怎麼看的？」

「就是他房間佈置得很舒服，連床架都有，裡面擺設全是木製的，這都是很有品味的人才會做的事情。那更別說他自己下廚煲湯，可見重視吃喝，那一定也重視娛樂享受啦，所以，房間也擺了個電視機跟錄影機，錄影機旁還有出租店借出的幾卷熱門電影。窗外還刻意鑲了一個可以測溫度跟濕度的溫度計，那種人不浪漫是什麼？無聊嗎？」

「沒錯，妳說得完全正確。不過，妳是怎麼知道他對他學科不感興趣？他找不到題目，一直抱怨到底博士論文要找什麼題目？」

「就是安平那句啊，房間佈置得越舒服，其實越不會想專注本業。何況你們這幾個，我覺得只有品哲是做學問的樣子。車子開爛車、衣服亂穿、一頭稀稀疏疏的亂髮，連吃都不講究，我覺得這種人，才是做學問的樣子。」

「原來如此，沒錯啊，他博士唸好幾年了，其實，他不想唸了，但是他爸爸不准，所以，他這點很苦惱。等等，那，為什麼妳覺得我沒女朋友？」

「學長，你很老實！你是正人君子，你不瞄女生，別看你長得高，像打美式足球的身材，女生盯著你回話，對你笑，你都有點害羞，可是等到女生把頭撇開，你又會對人傻笑。你最好這裡沒有女朋友，這裡女生都被寵壞了，哈哈哈，答應我，去矽谷後，好好找一個，眼睛要睜大一點，你一定是那種被女生吃得死死的人！不要被老鼠夾牢牢釘死在板子上，痛到完全動彈不得！反正，你的個性是不管跟誰，都會被吃得死死的，然後，你還是都會覺得幸福！」

「學妹，我問妳，妳這些觀察，都不是二十二歲年輕女生該有的能力，妳好早熟喔！」

「學長，因為某些因素，高中畢業後，我被迫要兼很多工作，你知道，只要有工作後，接觸人群，你是不想長大也被迫要長大。那，請不要問我為何要工作之類的。對我而言，我很慶幸我做過很多低階的工作。」

「學妹，我去矽谷後，希望妳好好的專注在學業，拿到學位，比什麼都重要。」

徽杭開心的跟敬成握握手，並說：「學長，希望你也順利找到好工作，討個美嬌娘！」她說完，在敬成的厚實臂膀上捏了幾下，偷吃個豆腐！

第三十章：一見如故的室友

當晚徽杭回到了宿舍，室友還是沒來。隔壁的泰國人又來敲門找她了。

"Hello, where have you been the whole day? I made the sweet Thai milk tea. Would you like to have some? "（嗨，妳一整天去哪裡了？我做了甜甜的泰式奶茶，想說妳要不要嚐一點？）

"Oh, that is very nice of you. Thank you. Do you want to have… a seat? See… my roommate hasn't shown up yet and I am sure you could grab her chair."（喔，妳真好。謝謝妳喔！妳要不要...... 自己找個椅子坐？喔，我室友都還沒出現，妳可以移她的椅子來坐坐。）

"Wonderful. You don't have a roommate. My roommate just moved in. She is an American. She doesn't like talking to me."（真好，你沒有室友。我室友剛搬進來了，是個美國人，可是都不跟我說話。）

"I see. I am sure my roommate will move in shortly, and maybe it is not a bad idea if she doesn't talk with me. I was told linguistics is a tough subject to study."（瞭解，我確定我室友一定很快就會搬來。不過，如果她不跟我說話，我應該也很開心。聽說語言學超級難唸的。）

"I won't say tough… It is difficult. Why did you choose this major?"（我不會覺得超級難，只是難一些些而已，妳為什麼要選這個系呢？）

徽杭傻了，她完全不清楚自己為何選擇語言學。所以，只能反問 Piyada。

"I found it amazing, and I have been teaching at a national university in Bangkok for many years. I am here on Fulbright scholarship. What kind of scholarship do you have?"（當然是有趣啊！我在曼谷的國立大學教好幾年了，這次我是拿到富爾布萊特的獎學金來的。妳是拿什麼獎學金呢？）

徽杭更是啞口無言，眼前這位嬌小甜美的女生，竟然是大學老師，還拿什麼她聽都沒聽過的碗糕獎學金。她快昏倒了。

"I am not on any scholarship. My parents support my tuition and living expenses. You are… great. Are you a professor of some kind?"（我沒有獎學金。我父母負擔我全部的學雜費用。妳真厲害，妳是教授嗎？）

"No, I am just a lecturer."（不是，我只是個講師而已。）

"Just a lecturer？"（只是一個講師？）徽杭真的不知該如何接話了，她太好吃了，早知道，就不要貪吃人家的奶茶。明顯人家就像是秀雅姐一樣，來做學問的，而她，根本說不出理由，為何而來。

"So, what's your master's thesis about?"（那妳碩士論文寫什麼？）

"I don't have a master's degree…just an undergrad..."（我沒有碩士的學歷，才剛從大學畢業。）

"That can't be right. Linguistics does not provide a master program. Everyone is in Ph.D.（不可能。語言學系沒有提供碩士學位，大家都是唸博士班的。）

"I knew it and I still had the admission."（我知道這一點，可是，我還是獲准入學啦！）天啊！這真是今天最大的錯誤了，以後，門，不要亂開。徽杭心裡開始不耐煩了。

"So, I don't understand. If you don't have a master's degree, how come can you enter the Ph.D. program? Maybe the department made a mistake."（我不懂，如果妳沒有碩士學位，那妳怎麼能夠被博士班接受？是不是系上弄錯了？）

系上有沒有弄錯，徽杭不知道，但是她知道，今天開這個門是天大的錯。

"Well… I don't know."（嗯，不知道！）笑死人了，最好美國人笨到會犯這種錯。搞不好是他們覺得雖然我沒唸過碩士，但是我有潛力，不然就是，知道我沒潛力，但是有錢力。但是，這些英文要怎麼講啊？而且，一旦講了，她如果繼續問我語言學更專業的問題，我不會的話，不是給人笑死？徽杭突然覺得奶茶變得很苦，心裡想著怎麼結束啊？

突然外面又有人敲門，反正錯誤已經造成了，感謝老天爺，不管是誰，開門、開門、開門！她把門打開，一位身材曼妙，凹凸有致，皮膚黑得發亮，一身緊身熱褲的女生，看看她也看看 Piyada，客氣的跟她問候：“Excuse me. I am moving in today. My name is Anna. May I know…who my lovely roommate is?”（抱歉，我今天搬進來，我是 Anna，我能不能知道誰是我親愛的室友？）

“That will be me. Nice to meet you. My name is Hui-Hang. She is my classmate, Piyada, our next door roommate, in 307B.”（就是我，很高興認識你。我是徽杭。她是我同學，Piyada，我們隔壁 307B 的室友。）

“What's your major? Are you both in Architecture?”（妳們都修讀什麼系？都是建築的嗎？）

“No, we are in Linguistics. So do you major in Architecture?”（不是，我們是語言學系的。所以，妳是建築系？）

“That's right. I thought I would be assigned to the classmates.”（沒錯，我還以為會被安排到同系的學生。）

Piyada 看到徽杭的室友來了，識相的離開。

“Are you a Chinese? It's a Chinese name.”（妳是中國人嗎？是中文名字。）

“I speak Chinese. I am from Taiwan.”（我說的是中文，是從台灣來的。）

“Of course, I know Taiwan. I was born in Colombia, and grew up in New York. I had some Taiwanese friends in high school, but they didn't speak Chinese.”（這樣啊，我知道台灣。我在哥倫比亞出生，紐約市長大。唸中學的時候，我有一些台灣朋友，不過，他們都不會說中文。）

“Do you need a hand with your luggage? You've got so many bags.”（妳需要幫忙提行李嗎？妳帶好多行李！）

“Thanks. I have got many models for my study. I'll work on the luggage.”（謝謝。我帶了很多唸書需要的模型。我自己來處理行李就好。）

徽杭從來沒有跟過皮膚這麼黝黑的人相處，感覺上，隔壁的 Piyada

都比她白一點。徽杭有點怕怕的，不知道會不會難相處。正當她回到書桌旁準備要把書攤開讀時，Anna 問話了。

"I hope this is not inappropriate to ask. May I know how old you are?"（我希望這樣問沒關係。請問妳幾歲？）

"I am 22. Why do you want to know?"（二十二歲了，妳幹嘛問？）

"22… Okay… Now, I am not gonna believe what I am about to say… Please forgive my rudeness, but I don't like a guy in my room. Do you happen to have a boyfriend?"（二十二......這樣喔......好吧，我真不敢相信自己會說這種話......請原諒我的粗魯，但是，我還是要明說，我不喜歡有男生在我房間。妳有男朋友嗎？）

Anna 問完後，徽杭幾乎是飛奔的跳到 Anna 身上。

"Thank you so much… Anna. I can't tell you how much I love you. I also hate a guy in my room. And, no, I don't have a boyfriend and don't plan to have one. With your face and body, I am sure you have got a boyfriend, but please, just don't take him in our room. I don't mind you use the other room."（太感謝了！Anna，真的超級愛妳的。我也討厭有男生在房間。我沒有男朋友，也不打算交。光看妳的臉蛋跟身材，妳不可能會沒男朋友，但是，拜託，請不要帶他來我們的房間。我不介意你們去別的房間。）

Anna 對於徽杭這麼熱情的擁抱，太意外了，她印象中的亞洲女生都是很安靜，舉止很輕柔的，她聽到徽杭叫她去別的房間，好奇的問了："What's the other room?"（什麼是別的房間？）

徽杭笑笑的說，"The bathroom. You need a passcode. Oh, shoot, there is no bathtub, only one shower and three toilets."（浴室啊！要密碼喔！啊，糟糕，沒有澡盆，只有一個沖澡的跟三個馬桶。）

Anna 聽了哄堂大笑，緊緊抱著徽杭不放！兩人開心了好久，抱著、跳著好像是幾十年不見的老友一樣。徽杭這時從五斗櫃內拿出了一個中國山水畫的吊飾送給 Anna，Anna 高興的接受，然後跟徽杭說等她把行李都打開，也一定要交換個禮物給她。

當天晚上，兩人睡在床上，聊起家裡的事情，大家都是熱情直爽的人。

Anna 已經超過三十歲了。她是工作很久之後才決定繼續唸建築碩士。她是姐姐，家裡還有一個弟弟，她才跟男友分手，所以想說能重新當回學生也好。

突然之間，有電話響聲。可是徽杭不記得有裝電話，爬起來一看，Anna 一直跟她點頭賠不是，她說那一定是她媽媽打來。她媽媽跟她母女兩人感情非常好，兩人講西班牙文講得超級開心。徽杭真羨慕 Anna，跟媽媽好近喔，能夠常常聊天。聽著美妙的西班牙文，真像唱安眠曲，徽杭沉沉入睡了，這一夜，她夢到了媽媽跟外婆在中正機場接她，送她一束鮮花，恭喜她完成學業了。

第三十一章：開學

　　早上又是徽杭的巨響鬧鐘把她叫醒，她立刻清醒，把鬧鐘關起來，轉身看看 Anna，不見 Anna 的蹤影。她把床鋪得乾乾淨淨，非常舒服的床單、床套、枕頭，棉被，全都是一整組的。後來，徽杭突然看到 Anna 在她桌上放了一盒巧克力，抱歉昨晚電話太晚進來了，也說了這裡的電話號碼，徽杭可以告訴朋友，也可以使用她的電話機。徽杭急忙的漱洗了一番，早上的課，九點就開始了。她揹著背包，往前快步走，冬季還沒來，她還沒打算用長廊通往教室，反而想走在外面，多看幾眼北校區的景致。眼前是她隔壁的泰國室友 Piyada，徽杭快步跑去跟她打招呼。Piyada 看了她一眼，沒有太多表情，逕自往前走。徽杭覺得很納悶，不知道她自己哪裡惹到她了，只好默默跟在她後頭。

　　到了教室，第一門課登場了，音韻學 (Phonology)，這是徽杭在大學修過超級喜愛的課程。音韻學是學習語音系統的描述規則及如何運用數學的分類去分析不同語言的音韻型態，當然，很多的音韻模型也可以結合心理學的功能一起討論。一位金髮過腰，身高將近 180 公分的高瘦女老師很快的把大綱發給大家，大家拿著課綱清楚的聽著這學期上課的大概內容。老師講話速度適中，咬字發音非常清楚，但是徽杭還是覺得應該要錄音，她從台灣帶來一個 AWA 錄音機，只有一個卡帶匣，還準備了一盒十卷的錄音帶，總共帶了兩盒。她決定下完課後，問老師可不可以以後上課都錄音。老師是位十分嚴肅的學者，但是這應該不是她第一次面對國際學生，雖然皺皺眉頭，還是點頭答應了。

　　語言系上課的地方在 Baldy Hall 六樓，電梯一出來，就是幾間老師的辦公室，往右轉是語言系的系辦公室。趁著休息時間，語言系也派出一位資深的博班學姐，不是傳統美國女生的長相，感覺像是有些美國原住民混血的血統，健康黝黑，一頭自然超捲的沖天頭，看來非常有自信，而且，看得出她非常自豪自己是語言系重要的一員。她大約花了二十分鐘跟今年新生介紹系所的成員及現況，尤其是老師們目前進行的研究計畫等等，但是，最重要的，她突然停頓了一下，露出迷人的眼神，歪著頭，跟大家說，未來大家最會常需要碰面的，是系辦的兩位秘書。一位是 Kay，一位是 Helen。Kay 主要是負責系主任交辦的事項及任何系裡主要招生的情形，徽杭打量著她，一看就是精明幹練的女性，穿著套裝，有自己的小辦公室，在電腦跟一堆電話、文件裡穿梭。聽到學姐介紹她時，非常有經驗的出來跟大家點頭，跟大家說有需要幫忙時，不要客氣問她。而 Helen 則是處理其他的雜務事項，是位親切笑容可掬的老奶奶，經過她身邊的研究生都會跟她打招呼，有的稱讚她的項鍊或是耳環，有的則是輕拍她的肩膀。學姐介紹她時，特別強調週五小週末，有時會安排演講，Helen 三不五時會做美味的巧克力蛋糕，請大家多多來聽演講，不過，不是每次演講 Helen 都會做蛋糕，一向習慣分類、分析、找尋規則的語言學生們，目前還無法找出一個模式，預測到底什麼時候的演講，Helen 會做蛋糕。

此話一說，大家聽了哈哈大笑。Helen 自己聽了也猛笑，她跟大家回話，說她先生問她到底在語言學系裡工作那麼久，語言學是學什麼的？Helen 說，就是跟一群可愛的小瘋子在一起，他們專門從你講的話裡挑毛病找碴，所以，你要比他們更瘋，讓他們永遠找不到邏輯跟規則。此話一出，連已經在旁邊站著準備發言的系主任都笑開了。

徽杭眼裡的系主任，是一位風度翩翩的學者，高大、英俊、帥氣、挺拔，大約 198 公分高，連好萊塢的男明星都比不上他迷人的風采。今天上午上完的音韻學，那位女教授大約 180 公分，是系主任的太太，是個金髮藍眼美女，兩個配在一起，真的是郎才女貌。

今年系上收了十二位新生，四個美國人、一個東德人、一個澳洲華人、三個韓國人、一個日本人，再來就是泰國人 Piyada 跟徽杭。高年級的學長姐們則幾乎都是美國人跟日本人的天下，其次是韓國人。其實，這並不意外，照 Piyada 的說法，如果這個系沒有提供碩士班，只有博士班的話，那麼這個學業是要經過漫長的時間才能完成，一般家庭不太可能出資讓子女完成這種冷門博士，所以，不意外的是，剩下高年級的同學，都是美國人居多，不過為什麼高年級還有那麼多的日本、韓國人？徽杭正在旁邊愣著發呆，Piyada 拍拍她。

"It is your turn. I am done."（輪到妳，我剛才講完了。）Piyada 這麼一說，才把她拉回現實生活來，新生一入學，因為還沒有立即選指導教授，所以，系上就安排所長，負責替他們瀏覽所有的修課情形，並且給予意見。接下來，輪到徽杭了。徽杭非常緊張。這個教授，跟上午音韻學的老師，還有剛才英俊挺拔幽默風趣的系主任完全不一樣。身材也是人高馬大，超過 190 公分，臉上完全不帶任何笑容，冷冷的對著每一個進來他研究室的學生問候。

"Hi, Good afternoon. Wei… Ang… I hope I pronounced your name right. I noticed that you have done some linguistics courses in the undergrad. You are not thinking of getting some courses waived?"（嗨，午安。威⋯⋯ 尢⋯⋯ 希望我沒把妳名字唸錯。我發現妳之前大學學過了一些語言學的課程，沒打算抵免嗎？）

"Sorry, Professor, I don't quite understand...What is waived?"（抱歉，教授，我不懂⋯⋯ 什麼叫做抵免？）

"If you have done some courses before, and you don't want to repeat the same courses again, you can waive some credits. However, you still need those credits to take other advanced courses."（倘若妳以前修過類似的課程，不想重覆再修，就可以抵免那些學分。但是，妳還是要用那些學分去修比較高階的課程。）

"Professor, I am still not sure if I know how things work. Do I have to decide now? May I ask around and make the decision later?"（教授，我還是不確定自己真的懂了。我一定要現在決定嗎？可以讓我問問然後之後決定嗎？）

"You need to make a quick decision, though. The school starts this week."（妳要快點做決定。這週就開學了。）

"Sure, I will decide by tomorrow. Professor, may I ask another question?"（是的，我明天前一定會做決定。教授，我能不能再問個問題？）教授點頭示意她問。徽杭把那天 Piyada 跟她的對話一五一十的講出來，她覺得是不是系所做了錯誤的決定。

教授聽了，沒等徽杭把問題講完，搖搖手，示意徽杭不要再問。他非常有經驗的告訴她，參與招生入學的老師，不會做錯決定。一定是根據大學修課的記錄、英文 TOEFL 跟 GRE 成績、學生英文自傳、老師推薦函等所有完整的申請，做出通盤考量。至於語言系雖然沒有碩士班，即便唸碩士的學生，也會放在博士班的系統內，這樣的好處是，圖書館給博士生借書的額度更多，而且，圖書館會提供一個密閉的小空間 (Carrel) 給這些博士生寫論文用，拿博士生的身份，只有好處沒有壞處。教授說，學生入學後，想法一定會改變，原先想唸博士的，有時未必能完成學業拿到學位；有些只計畫唸碩士的，卻突然像是開了竅，如果這時又有其他的獎助學金幫忙，通常留下來唸博士的機率大增。所以，如果最後確定只唸碩士的話，通常是考檢定考試，不用寫論文就能畢業。徽杭跟教授鞠了小小的躬，她決定要硬著頭皮問 Piyada 抵免是幹什麼用的，即使她知道 Piyada 心理上其實很看不起她，她還是想諮詢 Piyada，問問看她的想法。

Piyada 就在系上的圖書室，開心的跟著一群剛認識的新生及學長姐聊天。看到徽杭進來插嘴，臉色相當不悅。

"What did you want?"（來幹嘛？）

"Hi, Piyada, I need to ask you a question."（Piyada，我想問妳一個問題。）

"Oh, do you guys need a minute? We can clear the room for you."（喔，妳們需要點時間嗎？我們可以清場喔！）其他同學親切的對徽杭笑笑。

"No, that won't be necessary. It won't take long."（不用，完全不必要。她的問題不會花太多時間！）

"I just talked to Professor Johnson. I don't think I understand."（我剛跟 Johnson 教授談過了。我不確定我瞭解他說的。）

“Really? I don’t think you will understand anything happening here.”（真的？這裡的所有事情妳有哪樣瞭解的？）

“I don’t understand what waived means.”（我不懂什麼是抵免？）徽杭聽得出 Piyada 的諷刺，但是，她真的沒有人可以問了。這不是電機系，不可能哭啼啼的撒嬌奔去他們實驗室求幫忙了。

“Then, don’t. Just take those baby linguistics.”（那就別懂。從頭修啊！）

“Hi, this is Melissa. Sorry, I couldn’t help but overhear you might need some help? I am also new here. What happens here is the graduate program director would make sure the new students are on the right track taking the courses they need. So, what’s your background? Education, TESOL?”（嗨，我是 Melissa。抱歉，我剛才無意間聽到妳有修課方面的問題？我也是新生。系上的作法是，所長必須跟所有新生談過，確定他們修到他們該修的課。所以，妳的背景是什麼？教育，英語教學？）徽杭才正在想如何接話，圖書室的同學超級熱心的，打算參與她的問題。

“Hi, my name is Hui-Hang. Thank you. Melissa? Right? Melissa… I don’t have any clue at all. First of all, why do we need to waive? And, if we waive some courses, we still need to take… like… more courses? Why would we do that? Sorry… I don’t even know how to begin my question.”（妳好，我是徽杭。謝謝妳的好意，Melissa... 對吧？Melissa... 我完全沒概念。首先，為什麼我們要抵免？而且，如果我們抵免了某些課，那，代表還要修其他課？如果是這樣，抵免的意義在哪？抱歉，我還真不知道要怎麼問這個問題。）

“Well… that is up to you. If you have had a good background, like… say… if you’ve earned a bachelor’s degree in linguistics in your home country, by the way, where are you from? Then, you don’t want to waste your time taking the same courses again. So, what’s your background, anyway?”（喔，這就要妳自己決定。倘若妳已經有很好的基礎，比方說，在妳的國家有大學語言系的學位，對了，妳哪來的？那麼，妳就不想浪費時間修同一門課。所以，妳大學到底是學什麼的？）

"I think I'm beginning to have some idea on this waived thing. I am from Taiwan. My undergrad is in English, you know, the literature stuff. The department did offer some linguistics courses, syntax, phonology, and phonetics… but I am not sure if I want to waive those…"（我覺得我慢慢瞭解什麼叫抵免了。我從台灣來的。我大學部是唸英文，主要是文學類。我們系上也有語言學的課程，語法、音韻還有語音學……但是，我不確定我要不要抵免……）

"Hi, I am Sayuri… Nice to meet you. I am from Japan. Judging by your background, if I may suggest, it is nicer if you can start those courses over here."（嗨，我是 Sayuri……很高興認識妳。我是從日本來的。聽了妳的背景，如果我能夠提供意見的話，重新修過會比較好。）

"Why? She's already got those courses before. If I were her, I wouldn't want to waste my time here."（為什麼呢？她已經修過那些課了。如果我是她，就不會浪費時間重修。）徽杭看看 Melissa 跟 Sayuri，然後再看看 Piyada，她大概知道答案了。

"Thank you so much. You guys solved my problems."（感謝了。你們解決了我的問題了。）徽杭對著大家說。

"You are welcome. Just… been there, done that. Since you are new here, you can start to form some study groups with the classmates. Trust me, that will help a lot."（不客氣，只不過……經一事，長一智。既然妳剛來，可以跟同班同學組幾個讀書小組。相信我，這會很有用的。）

徽杭跟 Sayuri 鞠個九十度的躬，惹得對方哈哈笑起來。感覺這位 Sayuri 是有些年紀了，嬌小瘦弱，但是講起話來，十足的學者風範。而剛才主動問她的 Melissa 活潑好動，講話表情豐富，穿著很時髦，感覺是大城市來的女生，雖然徽杭不會看美國人的年紀，但感覺，Melissa 恐怕跟她年紀相仿。今天上午的音韻學，Melissa 坐她正對面，現在認識了，以後徽杭會安心許多。

Sayuri 主動的跟她介紹更多系上的小事情，她說這個系上沒有講中文的同學，徽杭會是唯一的一個。但是，日本同學很多，多半是男生，帶著太太小孩來，幾乎都在日本教過書，對這些學科都有一定的瞭解，讓徽杭不要覺得太緊張，只要在圖書室跟休息區看到大家在用日文聊天，盡量插嘴盡量發問，這裡亞洲人蠻團結的。

徽杭聽完後，想再多問一些，看得出來 Sayuri 就是那種傳統的日本女生：溫柔端莊、輕聲細語、態度委婉、客氣禮貌。徽杭認為自己是小白兔，誤闖了叢林，她其實根本不知道語言學是唸來做什麼的。她知道這是個極度愚蠢的問題。

Sayuri 似乎感覺到了，臉上絲毫沒有意外的表情，她問徽杭還有沒有其他事情，便帶著徽杭走下 Baldy Hall，經過徽杭的秘密小地，Lockwood Library，再穿越一道長廊，是 Clemens Hall，如果再繼續走，就是漢堡店了，之前安平帶她走過。但就在這個時候，Sayuri 跟徽杭說：「我帶妳去我的辦公室。」她的辦公室在 Clemens Hall。Sayuri 跟她介紹說，這一棟的八樓全是給 Modern Languages 這個系的老師研究室及教學助教的辦公室做使用。

Modern Languages 底下簡直像個聯合國，德文組、法文組、西班牙文組、日文組、韓文組、中文組還有越南文組等。她說，只要一到午餐時間，裡面食物，各式各樣的味道都有。Sayuri 帶著徽杭經過好幾間門大開的助教辦公室，直接進入左邊的日文組辦公室，裡面幾位日本男生全部放下手邊工作站起來，跟學姐彎腰鞠躬講了幾句日文，Sayuri 用英文跟他們介紹是她系上的新生，台灣來的，想要找個安靜地方討論功課，希望不會打擾大家，這幾位日本人非常有禮貌的跟徽杭鞠躬，收拾東西快速的離開。徽杭連忙用英文說，不是什麼大問題，不想打擾他們工作。他們客氣的說，用餐時間早已經過了，也該去外面覓食，請徽杭不要客氣，在這裡要待多久都可以。

就在這個時候，Sayuri 給徽杭泡了一杯綠茶，笑嘻嘻的問她說，台灣人應該沒人不喝茶吧？徽杭聽了笑出來，她最愛茶的味道，立刻啜飲了一口，說不上好喝，沒有烏龍、香片的香氣，不過，至少不是在安平家那種英式花茶或藥草茶的怪味。徽杭突然想到新生訓練時，跟 MBA 學生爭論住宿的優點，講到買日本車時的那一句，「日本人跟台灣人不一樣」。沒錯，即便是綠茶，他們的也跟台灣的不一樣。

Sayuri 看到徽杭在想心事，一直安慰她不要太擔心，了不起，語言學待不下，轉到 TESOL 去學英語教學。她指了她旁邊的一個空桌子，笑說那是她的 officemate（同事），本來唸語言學，後來待不下去，一個禮拜就申請轉系，轉到 TESOL 後，直說那裡是天堂。徽杭想到了慧婷，才幾天而已，彷彿過了半世紀不見了，不知道她那裡是不是真的是天堂？徽杭看看 Sayuri，難怪她那麼瞭解她的心事重重，她們這裡都是過來人啊！徽杭知道她想要問的下一題是個奢侈的問題，可是，她真的需要知道。

"I know this question sounds stupid…"（我接下來的問題有點笨。）還沒等徽杭問，Sayuri 示意沒有什麼是笨的問題。徽杭嚥嚥口水。

"I thought that the engineering students have a better opportunity to get a TA or RA job so they all have the tuition waiver. I couldn't help but notice that almost everyone in our department has some sort of funding. I feel embarrassed and feel extremely guilty for my parents."（我原本以為只有工程系學生才有機會拿助教或研究獎學金，只要有這些，學費就能全免。但是，現在才發現，竟然語言系大家幾乎都有獎學金。我覺得很丟臉、很慚愧，尤其對我父母，我充滿罪惡感。）

"Not everybody's got one… Why would you feel embarrassed and guilty?"（不是每個人都有……為什麼妳要覺得慚愧跟罪惡呢？）

"I don't have any fellowship, and you are all experienced… good and smart students… Piyada must feel unbelievable that she and I are classmates. She is a university teacher and I am nobody!"（我沒有任何獎學金，你們看起來都學富五車，都是好學生。Piyada 一定覺得跟我當同學真是不可置信。她可是一個大學老師，而我什麼都不是。）

"Hui-hang, do I say your name right? You are so cute. How old are you?"（徽杭，我應該沒唸錯吧？妳好可愛，妳幾歲啊？）

"22…"（二十二歲。）

"You look a lot younger than 22… See… this is the age that you have a better opportunity than any of us. In some ways, yes, we are all funded. We may not need to worry about the tuition, the money, but we all had to give up something to choose a different life here. You probably wouldn't know what I am talking about right now. The day is still young. You will see when that day comes…"（妳看起來比二十二歲小好多……妳知道嗎，這是妳贏大家的地方。從某些角度來看，沒錯，我們都有獎學金。我們不需要擔心錢、學費，但是我們全是放棄了某些東西而選擇這種生活的。妳現在還年輕，不懂我說什麼。慢慢來，總有一天妳的好日子會來的。）

徽杭看得出 Sayuri 要備課了，她決定不要打擾人家時間，而且，剛才出去的日本男生其實已經在門外徘徊了，這畢竟是人家的辦公室。離開前，Sayuri 拉住她的手，塞了個紙條給她，裡面是她的號碼，她說有問題就打來問，千萬不要一個人悶著，語言學是很寂寞的學科，對於初學者，一個人，是不可能獨力完成的。徽杭再度跟她鞠了個超過九十度的躬，心裡想的是，這又是一位貴人了！

她原先刻意放慢腳步，想多看幾眼這棟大樓，她緩緩經過右側的大門，空間比剛才助教辦公室大，所以，右側的應該都是教授研究室了。這時有一間房，大門開啟，裡面一位操著標準北京口音的大陸學者在講電話，桌上放了個小五星旗，牆上掛著中國大陸巨幅的地圖，台灣自然也在裡面，徽杭嚇得快步經過。這位應該是中文組的組長了，轉頭偷看一下，是位風度翩翩，穿著西裝筆挺的老先生。徽杭快步離開……

第三十二章：Raintree 水牛城雞翅

　　徽杭決定回宿舍，努力的開始把上午音韻學上課的內容複習一遍，她大學時就喜歡音韻學，還好基礎打得不壞，她覺得音韻學有趣多了！就在她專心讀到一半，電話響了。"Hello? This is Hui-Hang."

　　「徽杭啊，不錯嘛！住進宿舍，就像美國人了，接起電話就自己先報名字了。」

　　「安平，怎麼是你。我好想你們喔！快哭死了。你怎麼會打來？」

　　「喔，徽杭，沒有妳，我們，好、安、靜啊！是來找妳去吃晚飯。很便宜喔！每週四我們有廉價的水牛城雞翅 (Buffalo wings)，一支才 10 cent，好多口味，我們去再來決定要什麼口味。」

　　「貴死了，一支十塊？那是什麼意思？」

　　「一支十分，是一支 0.1 元，哪裡貴？」

　　「真的？好便宜，我要去。那，你願意接我嗎？等一下，還有誰要去？慧婷呢？他們去嗎？」

　　「對啊！大家全部都要去。」

　　「等一下，那、那群 MBA 的女生呢？我跟她們八字不合。我不要跟她們一起。」

　　「沒，我們不認識她們。妳跟誰都嘛八字不合。我們約 6:30 在 Raintree，就在敬成家那附近，差不多 6:00 妳在靠近 Clinton Hall 的停車場那裡等我。不要提早出來，天氣開始涼了。妳先在裡面等，看到我的車子，妳再出來。」

　　徽杭電話掛了後，看看窗外的風景，綠色的景致，這裡遇到的，沒一個壞人，全是熱心的好人、貴人。今天，說實話，最要謝謝的是 Piyada，要不是她那張撲克臉，美國跟日本同學搞不好還不會留意到她，體貼的日本學姐關心她的修課問題，還有，她看看手裡的電話機子，這是室友帶來的電話機座，她根本連電話都不想花錢買。尤其當她發現絕大部份的語言系學生，原來幾乎都有助教獎學金，她覺得很難堪，她其實不是很能理解那位日本學姐講的意思，大概知道學姐鼓勵說年輕就是本錢，但是她只覺得，在台灣什麼都要比較的環境來看，她的學費等於是交來給學校養其他更優秀的人才，她覺得自己是個超級大笨蛋，浪費了父母的錢。

6:00 一到，安平學長就在離 Clinton Hall 最近的停車場等她了，一進車，竟然敬成也在裡面。

「你的車呢？沒開？」徽杭一入座，變成敬成愁眉苦臉，安平突然大笑，「徽杭，謝謝妳，今天 Buffalo wings 敬成要請我了。我們剛就在打賭，妳一進來，會不會問敬成車哪去了？」

「學長，真抱歉，啊，差點忘記，上次安平你賭輸的十塊給我，我再給敬成吧！」徽杭難過的看看敬成。敬成突然笑開來。

「沒關係，我去矽谷會把這種小錢賺回來。而且，要不是安平，我也沒腳了。」

「你的車呢？壞了？」

「沒，徽杭，妳真的是個算命的，料事如神啊！昨天文光看到我，跟我說可不可以他加錢，提前拿車。他不想天天坐至威的車子，當電燈泡；至威跟慧婷已經公開手牽手了。我只好把車子過戶了。還好安平願意幫忙。有時，我那個懶室友沒去學校，我就用他的車子。」

「開學了，過得還好嗎？」安平插嘴。

「不好。簡直是鴨子聽雷。我只能料想別人的事，自己的，完全不懂，現在上課都要錄音，未來一定累計更多錄音帶。」

「錄音帶，妳上課還要錄音？我這裡有很多空白帶，改天都拿給妳。」

「好啊，敬成，謝謝你了！」

「等一下我們去的 Raintree 的 Buffalo Wings，那是早期住在這裡的學長無意間發現的，週四所有的 Wings 才 10 cent，有多種料，每一種料加一個價錢，飲料也不貴。不過，最有名的是在 Main Street，那是創始老店，很多老美、觀光客去，我們反而比較愛 Raintree 的。」

　　徽杭一進去裡面，都是煙味跟燒烤的噁位，這根本是個酒吧。大家早已坐定。在等餐點時，慧婷突然跟徽杭大聲說：「徽杭，至威跟文光要跟妳道歉。」說完之後，不同雞翅的口味已經一盤一盤的來了，有 BBQ（烤肉醬口味）、Spicy（辣味）、Extra Spicy（大辣）、Cajun（卡疆／印地安香料口味）和 Suicide（辣死人口味，辣到想自殺的等級）五種口味。大家開始拼命搶著啃，什麼形象也不顧。

　　「為什麼？」徽杭還是顧著自己的形象，用手撥弄的吃。

　　「他們兩個人上次不是嫌妳米放太多？結果他們在實驗室討論時，被敬成學長聽到了。學長說徽杭妳真的是太浪費了，根本放反了，四個人的飯量，內鍋應該放兩格米、兩杯水，外鍋放兩杯水。這幾天都忙開學，都在外面吃，昨天去買一包新米，想說這次自己煮，這還是妳走之後，大家的第一次。結果，菜那些我已經弄得很不好了，等到電鍋跳上來，一開鍋蓋，大家傻眼了，全部都是米湯，連一粒米飯都找不到。」整個電機的人一面啃著雞翅，大家笑得東倒西歪，徽杭轉頭看看敬成，厚重鏡片後的眼睛，早就瞇成一條長線。徽杭不敢大笑，只能抿著嘴，微笑面對。

　　「徽杭，對不起，那天這樣講妳。」至威遞一杯可樂給徽杭。還是自己人好，講錯什麼話，過一陣子就忘記了。徽杭反而覺得敬成也真是的，何必替她出這口氣？不過，講到這裡，徽杭突然想起來最早秀雅姐帶她去超市買東西時，有特別指明一種日本米，好像只有一個漢字，價錢比較貴，口感讓她想起台灣米，那時在秀雅姐家，徽杭有時可以吃掉兩碗飯。她想問問安平，安平聽了立刻說，韓國店有，雞翅吃完後，可以去那裡買，既然要常吃，就買大包的。安平立刻糗至威：「還好你們那時不是吃那牌貴貴的日本米，不然，不知道是徽杭那種煮法浪費，還是你們自創的新法浪費？」這次，連徽杭都忍不住了，大家笑成一團，後來拼命的罐可樂，不知道是 Suicide 口味的太辣，還是實在太好笑，口太乾了。

「對了，徽杭，記不記得，妳之前問過，在美國買車的稅金，燃料稅跟牌照稅，那些事情？」

「對，那，車稅跟台灣比，美國便宜嗎？」

「啊哈！徽杭，妳聽好了。在美國買車，只有買的時候，要繳稅，其他，完全沒妳說的燃料稅跟牌照稅。怎樣，很棒吧！」

「太棒了，這個國家。車子便宜，又不要繳任何稅。」

「不過，要買保險喔！」

「那當然啦！連身體都要買醫療保險，何況是包住身體的車子！當然也要有保險，這我知道啦！」

這時安平突然跟至威說：「來，至威，要不要告訴徽杭，你買車的時候，繳了多少稅啊？」

「多少？」徽杭放下手中的辣雞翅，睜大眼迫不及待的想聽。

「不用錢。」至威笑嘻嘻的看著安平。

「為什麼？」

「唉唉唉，徽杭，這就是妳不懂的地方。聽說妳大放厥詞的，教訓那群有工作經驗的 MBA 女生，說她們車子買貴了，是吧？妳還說，妳明年要買日本車，保證買的比她們便宜，是嗎？」

「嗯，這......我記性很差，說完就忘了，不過，這聽起來，蠻像是我會說的話，怎樣，她們又在那裡不爽喔？」徽杭挑挑眉毛，不屑的看看大家。

「是我們很不爽！」

「你們？這哪有惹到你們？」

「哪沒有，惹到我們的，是妳竟然說，妳車子要跟日本人買？」

「對啊？這也不行？犯法嗎？」

「沒有，沒犯法。那，妳有想過稅金的事情嗎？妳買車要在監理站 DMV 那裡交稅金耶！」

「喔，那，至威為什麼不用交呢？」

「至威，來，告訴他，你為什麼不用交呢？」

「喔，這也是感謝安平學長的幫忙，賣車的學長，在 DMV 的單子上寫著『贈與』，relationship 是 cousin。」

「哪有這種事？你們說謊喔？那，美國人都不看證件證明？」徽杭猛灌可樂，好辣啊！

「美國基本上都會相信的，不需要文件證明。所以，徽杭，我們問問妳，妳跟日本人買車，當然沒有犯法，可是，如果妳跟守法的日本人買，敢叫他犯法喔？妳敢跟他說，叫他在監理站的單子上寫『贈與』兩字喔？」安平說完，整桌哄堂大笑糗徽杭。

「喔，你們不要這樣糗徽杭啦，你看，她臉很紅，超級尷尬的，好嗎？不過，我比較想知道，relationship 你要叫人家日本人寫什麼？」本來以為品哲是來幫她忙的，聽到後面，原來是來幫倒忙，讓她出糗的，聽完後面，徽杭深深的嘆一口氣，交到壞朋友了！

「Wife 嗎？」敬成一說完，連徽杭都覺得後悔那天不該那麼衝的對那群 MBA 的女生講話了！壞事傳千里啊！整桌幾乎要鬧到掀桌了！

「好啦！學長，我本來以為兩格米事件，我可以報一箭之仇，原來你們等著是要回我一箭。好啦，我不會跟日本人買了啦！」

「對啊，妳腦子太驢，盡講蠢話。日本人哪會便宜賣給妳？他都不要賺一筆再回日本喔？就算買了，妳稅金就要照實付。乖乖的跟我們台灣人買車吧！而且，妳還可以附帶條件，要賣車的負責帶妳練車，把車練好，考到駕照，他才能回台灣。」安平說完，徽杭聽了也覺得好笑，覺得這真是個好主意。

敬成家就在附近，用餐嬉鬧完後，他叫安平帶徽杭去韓國店逛逛，敬成想要自己走路散步回家，好好的再踏一踏這條小徑。敬成高大的背影在樹林顯得渺小，徽杭想到敬成說九月離開應該還沒能等到楓葉，那種悵然若失，不知道是捨不得楓葉，還是捨不得年輕的留學生活？而她自己呢，不知道以後要離開前，是什麼心情。徽杭不自覺得又開始擔心她的功課。

安平帶她去的韓國店，其實開車的話，離秀雅家非常近。安平建議她就買這日本米，一次買個十五磅，屬於大包的。徽杭看了價錢，雖然貴，但是比美式超市便宜太多了。店裡還有其他東西，亞洲豐富的蔬菜種類，有很多美國超市是看不到的。還有她最愛煮湯的白蘿蔔，英文超怪的，竟然叫做 Daikon，她問問旁邊的安平。「喔，妳不知道，這是日文大根，就是我們的白蘿蔔啊！」

韓國店的東西賣得超級齊全，徽杭有一種想法，但是，安平之前已經埋怨過，後悔不該買五門車子。徽杭想買個小冰箱，她想回去問問室友，看介不介意房間裡有個冰箱。至於載跟搬運，她想找敬成，她知道敬成不會拒絕，但是這車子是安平的，她該怎麼辦才好，晚上回去得想想。

徽杭拎了一堆先不需要冰箱的食品，安平雖然嘴裡一直說不要叫他搬，但是還是替她拎最重的日本米爬了三層階梯。徽杭看他喘到需要用個小瓶罐往嘴裡噴，她很難受，她讓安平在房裡待一下，給他倒了一杯水，室友還沒回來。安平環顧了一下她的房間，意外的說：「學妹，我之前住宿感覺很差，是不是，是跟女生住的關係？我覺得妳房間其實好舒服喔！」

「真的嗎？我其實覺得很喜歡耶！不過，學長，會不會是你現在不舒服的關係，在哪裡都覺得舒服呢？」

「不是，說不出的溫暖，是個舒服的小窩。恐怕，妳還是對的。在這裡可以好好讀書。妳有我們大家的聯絡方式，需要的話，隨時打來，半夜要哭哭討人秀秀也可以。」徽杭聽了笑起來。

安平覺得身體沒事了，起身拿夾克，徽杭替他穿起來，折折領子，她其實心裡很難過，一直這樣幫她的學長，是真的不該經常折磨人家搬東西，她送他去車上，邊走邊稱讚今天 Raintree 的雞翅，她最愛 BBQ 口味，第二愛 Cajun 口味，Suicide 那種辣度真的不能接受。安平一直笑，他說 BBQ 是最好辦的，靠近敬成那裡，有個需要會員卡付年費的大型量販店，那裡就有 BBQ 雞翅口味，一大包，他有會員卡，可以帶她去買，或者替她買。走到車前，他突然愣住了。

「不對，學妹，如果妳需要那麼大包的雞翅，妳沒有冰箱耶！宿舍一樓廚房的公共冰箱光是噁心亂放不說，一堆人會偷吃。妳敢放嗎？」天啊，學長看出她的心事了，但是，她看他的身體，真的不能要他出車、出人、出力！

「學長，我有想要不要去買個小冰箱，但是，我要得到室友同意。如果要買，我不想麻煩你搬，不過，我知道你說過一萬次了，但是，能否，到時，借你的車？」

「一個小冰箱，沒什麼。我跟敬成說，我們兩個替妳搬。妳哪時有空，我帶你去 W-Mart 買，那裡選擇多，很便宜。妳應該不要買那種一格間的，起碼是上層是冷凍，下層是冷藏的，這樣夠妳放一個禮拜的菜了！」

徽杭看著安平進到車裡，跟他笑笑，揮揮手，回到宿舍，她看看地上的那一袋十五磅重的日本米，再看看堆在衣櫥內的罐頭湯，其實，光這樣和和飯，徽杭已經很滿足了。吃的問題解決了，現在唯一煩惱的，是功課，她擔心她的功課跟不上，她真的不知道該怎麼處理。

第三十三章：快版的美式教學

　　就這樣，一週迅速飛快的過去了，徽杭終於領教了秋雪那句新生眼巴巴的望著床沒辦法入睡的痛苦了。才一週，要讀的東西像山一樣高不說，四門重課每兩週都有報告要寫。她最喜歡的是語音學跟音韻學，這兩門課都是系主任的太太，那位高挑金髮藍眼的老師上的。尤其是語音學，是徽杭最期待上的課程。老師介紹人類的發音器官、發音構造、深入淺出的帶到發音理論，雖然有些算數模型，她覺得不會太難，只要能理解，把數字帶入公式內是還好，之後雖然有電腦可以輔助運算，倒是老師還是先派一些古老的作業，假設性的列出如果沒有軟體的運算，應該要如何計算的老題目。

　　徽杭還沒時間去想那份作業，她最愛的，是下課二十分鐘前，老師固定會介紹一種大家都不會說的語言，然後邀請該語言的發音人過來，老師會給大家一份詳細的講義，列出至少五十個單詞，單詞裡一定會有已經標好的子音、母音、音調、重音或聲調等等，所以大家必須聚精會神的聽出這些不同，最可怕的，是介紹完後立即的隨堂考試，每次都會考十題，答案必須快速準確的用語音學家特有的音標符號，標示著全世界認可的語音系統。這一門課，是最不需要英文好的科目，美國同學叫苦連天，有些根本聽不出語音之間的差異在哪裡，有些則是能分辨得出來，但是卻要用那些奇怪的音標來標示，那些不是英文，太難了。

　　徽杭聽了美國同學的抱怨，又看看泰國的 Piyada，Piyada 這次對她笑了，偷偷遞紙條給她，上面用英文寫著，知道我們外國人有多難了吧！徽杭會心的一笑。光上週的第一次語音訓練，一位英國發音人及一位加州來的發音人，他們照著同一張練習單，緩慢的把五十個詞彙唸出，很明顯的在子音跟母音的區別上，就有非常大的差異。這語音學最精彩的是期末報告，全班不准拿英語做研究，一定要選擇自己完全不會說的外語，而且，一定要有發音人錄音，繳交報告時必須把與發音人會面的記錄一一寫下來，還有，也必須花一頁介紹這位發音人的背景。

突然之間，徽杭變得搶手起來了。一堂課九十分鐘，下一堂的九十分鐘，要等到週三了。老師一宣佈完後，一到下課，Melissa 還沒來得及走到徽杭的座位，坐在徽杭隔壁一位留著白鬍子滿頭白髮的老先生就非常客氣的跟徽杭說，可不可以請她當期末計畫的發音人，當然，老先生也主動說這門課的其他作業報告非常歡迎徽杭跟他一起合作、討論，組成小組，徽杭畢竟是在亞洲國家長大，遇到年長的先生，是不可能拒絕的，所以禮貌上開心的答應了。徽杭回頭才看到 Melissa 腳步走近，徽杭示意的跟她搖搖頭，表示來不及了，Melissa 假裝滿臉錯愕的模樣，逗得徽杭笑出聲來。

才開學第二週，美國同學就這麼積極的開始找期末報告的題目，徽杭簡直不敢相信，在台灣唸大學時，一個月前才開始找題目，這樣都還算用功的。徽杭自己則打算作西班牙文，因為她可愛的室友，Anna，是最容易取得的發音人，而且，根據這二週的觀察，Anna 學建築，在南校區上課，常常去市中心參觀，看展覽設計或是留在教室組裝模型等等，清早不到七點就見不到人，晚上六點以後才回來，回來之後，沒見她讀書，都在打電話回紐約跟她媽媽聊天。反而，Anna 覺得很奇怪，為什麼語言學這種學科是要不停的讀書、找資料、跑圖書館，很多時候是 Anna 想跟她聊班上一些可愛白人男生的事情，徽杭完全沒有興趣聽，只是勉強的應付著。

這個學校雖說只是間州立大學，但是圖書設備好得沒話說。徽杭決定修四門必修課，語音學、音韻學、句法學跟與語意學，她對課程喜愛的程度，就是這四門課的順序。上週四，上完徽杭最鴨子聽雷的語意學後，Melissa，Mandy 跟 Sue 就拉著她去申請圖書館的小論文房。這種小房間，只能給博士生，主要是為了讓他們專心寫論文的。

Melissa，Mandy 跟 Sue 都只有二十二歲，跟徽杭一樣大，Melissa 是從芝加哥來的，只拿到部份獎學金（學費免），所以還是要去外面打工賺生活費，照她的說法是，芝加哥的物價是天價，水牛城不論是房租還是生活費，是個物美價廉的城市，而且，她還是有申請就學貸款，所以生活壓力不大。Mandy 大學是學教育，除了全職當學生外，也在 ELI（English Language Institute，語言學校）當英語助教，專門教國際學生英文作文跟會話，因為是教學級助教，就跟那群電機系學長一樣，學費、健保、停車費全免，每個月給八百元美金。Sue 則是澳洲華裔，她是這群新生中最優秀的，拿的是學校頒發的、榮譽最高的全額獎學金 (Presidential Fellowship)，一次就給三年，這個獎學金其實福利跟助教獎學金一樣，更好的地方在於領這份獎學金的同學，不需要當教學助教或研究助理，徽杭聽說今年新生有三人是領這個獎學金；兩個是美國人，一個是澳洲人。Sue 就是這個澳洲人，她英文帶著濃厚的澳洲口音，她爸爸是澳洲大學的教授，小時候在馬來西亞出生，後來移民墨爾本，所以她中文僅會少數幾個小句子，她對徽杭很感興趣，一直抓著她要跟她練中文，徽杭也很開心能跟她用中文聊個幾句。

　　Sue 個性很直爽，她其實一來就對於這個系有點小抱怨。她說自己根本是被騙進來的，明明照英文字面的 Fellowship 就是不需要工作的，但是等報到之後，系主任把他們三位拿獎學金的同學請過來談話，跟他們商量因為系上經費不足，雖然是領全額獎學金，但是，還是需要他們輪流擔任老師教學助教，每兩個學期輪一次，這學期 Sue 還不需要，下學期就需要了。

　　透過 Sue，徽杭知道原來這間州立大學有四種獎學金是提供學費全免外加生活費的；人文科學一個月八百元，工科一個月一千一百元。第一種就是最高榮耀的全額獎學金 (Presidential Fellowship)，這筆獎學金只能頒給新生，舊生不能領，一次給三年，照字面上的確是不用工作。第二種是教學助教獎學金 (TA-ship)，第三種是研究助理獎學金 (RA-ship)，第四種是行政助理獎學金 (GA-ship)。工科來說，教學助教跟研究助理名額都很多；人文科學的話，幾乎沒有研究助理，只有教學助教的缺；有些系則是因為組織龐大，需要行政助理幫忙系上處理行政工作。有些系上會有一些部份獎學金可以給學生，所謂的部份獎學金，就是學費全免，但沒有提供工作機會，所以還是必須自己處理生活費的問題。因為 Sue、Melissa 跟 Mandy 喜歡三不五時去找秘書 Helen 聊天，所以，徽杭透過她們知道很多之前電機系學長沒跟她聊過的事情。

第三十四章：Carrel 封閉式的小論文間

　　語言學系有兩個公共空間，還有幾間小電腦房是供給大家使用的，兩個公共空間一個是休息室 (Lounge)，裡面有兩排淺綠沙發，有咖啡、茶，小冰箱讓大家冰午餐、果汁等，還有信箱。另一個空間是圖書室，放了許多書籍、期刊及字典，中間擺了個大方桌，可以讓同學在那裡修習討論功課。

　　開學沒多久，圖書館的小論文房間都申請到了，Sue 在休息室打開信箱，正好遇到徽杭，兩個就一起去 Lockwood 圖書館探個究竟。這個小論文房需要密碼，她們兩人先到了 Sue 的房間，Sue 打開後又是一陣抱怨，雖有窗戶，但是窗外風景不優，面對一堆醜不拉嘰絲毫沒有美感的貨櫃組合屋，Sue 把北校區的建築罵了一遍，一直說這個北校區最大的特色就是，沒有特色，逗得徽杭哈哈大笑，Sue 接著要徽杭把她剛才用英文抱怨的話，用中文翻譯一次，徽杭照做了，翻得亂七八糟，Sue 似懂非懂的，跟她說還是講回英文吧！

　　接著，Sue 跟著徽杭去看看她的小論文房，輸入密碼，徽杭跟 Sue 一開門後，都震懾到了；這一排的小論文房面對的風景太好了，正對著學生中心，更遙遙相對北校區唯一美麗的湖面風光，Lake La Salle，湖上高高聳立的是這個學校的精神指標，Baird Point。Sue 當場跟徽杭握手，表示恭喜，徽杭好感動，心裡覺得這個學費越來越讓她覺得花得值得了！徽杭立刻跟 Sue 說，她要靜靜的一個人在這個小論文房裡，發呆一下。這個小論文房其實就是裝訂好的書桌椅，跟秀雅姐家裡的書桌長寬非常類似，只是這裡的椅子是已經釘死的長板凳椅加上一個舒服的椅墊，可能美國人體型大，不然這裡可以擺兩個亞洲人都綽綽有餘。桌子還有不規則大小的九宮格，內端有個大約跟桌子同寬的長燈，徽杭興奮的打開了開關，電燈立刻亮起，實在是太棒了，徽杭真想晚上就偷睡在這裡。她把她的短腿伸直，整個人像貓一樣的蜷曲在這長椅上，遙遙望著遠方的湖面跟佇立高聳的 Baird Point。

　　徽杭把功課打開，語音學跟音韻學都跟聲音有關。語音學對她而言是最實用的科目，那些細微不同的聲音音質都來自於不同的發音系統，她很快的把作業大致寫好。她沒有電腦，都是先寫在筆記本上，再去電腦教室打字。Sue 也住宿舍，那天她到 Sue 的房間討論功課，討論好後，徽杭是把筆記寫在稿紙上，Sue 則是在自己房間打電腦，她完全不需要把想法寫在草稿紙上，手指就能順手的在鍵盤上快速的滑動，好像鋼琴師的雙手，在黑白鍵裡敲出巧妙的音樂，而思考的內容隨著音符的抑揚頓挫，一字一句的顯現在螢幕上。徽杭羨慕極了！好高深的功力，這要下多少功夫，經過多少流金歲月，才能將腦中的思緒，簡潔的邏輯，毫不思索的，立刻在鍵盤上敲出來。那天 Sue 還可以一面打報告，一面跟她聊同學的瑣事。徽杭討厭語意學，老師是一位新老師，年輕可愛的法國老師，才剛從柏克萊加大 (UC-Berkeley) 畢業，這個系上是柏克萊幫的，超過半數的老師是柏克萊加大畢業的，訓練偏向加州採實用應用功能派的系統，比較不流行東岸麻省理工的超級理論派。但是舊生還是說摸不清老師的底細，原先語意學的教授因為個人私人生涯規劃，去南方的學校教書了，很多舊生一聊起那位老師，總是充滿滿滿的回憶跟懷念，但是，舊生兩手一攤，表示這個學校留不住人才是沒辦法的事情。

　　透過跟 Sue 聊天，徽杭可以知道更多的事。比方說，在台灣的外文系唸了四年，卻不知道幅員廣大的美國在學問上是有分派別的，拿她唸的語言學來說，原來東岸麻省理工的訓練引導整個語言學的理論學派，所以，那裡訓練出來的學生，理論架構非常紮實，學生不需要做實驗、不用收集語料，只要能找到足夠的語言證據，套用在他們倡導的理論模型內，就能產生一篇論文，所以，Sue 戲稱那群人叫做 Armchair linguists（扶手椅語言學家），就是坐在舒服的扶手椅上就能完成論文的語言學者。然而加州西岸的整個系統偏向實用應用導向，需要學習如何去荒野荒地收集語料，就算不是荒原，也要知道如何採集語料、分類、運算，或者如何設計實驗、如何找受試者、如何透過數據解釋現象，輔佐當代的理論，而光從理論的導向來看，也不只是東岸那一派支持的模型，有時西岸也有偏向語言的功能，所以如果沒有龐大的實驗或語料收集，論文是不可能寫出來的。徽杭覺得慶幸多了，看來她系上是鼓勵學生收集語料的西岸派，她是誤打誤撞才正巧進到這個系上。不過，也不意外，那種超級理論派的學校，看她的申請案也絕對不會考慮她的，因為走向不一樣，收進來大家彼此磨合痛苦。

　　光這一個禮拜上課跟 Sue 還有 Melissa 的相處，徽杭開始考慮兩件事情。第一，是否該轉系，如果是唸碩士的話，語言學太辛苦，英語教學則是一堆日本、韓國學姐在講那裡是天堂，好幾位說後悔沒轉過去。同樣是唸個碩士，唸那麼辛苦，回台灣了不起最高也是在私立中學教書，那還是要透過關係，甚至有些還要透過金錢打通好幾關，才能進去。與其這樣，那就要想第二條路，也就是留下來唸博士班。光就這一週的紮實訓練來看，徽杭仔細的看了四門課程的課綱，在她的宿舍堆滿了上課之後需要讀的書籍，滿滿的連書架上的九宮格都堆滿了，剩下的堆在桌腳跟床底下，美國研究所一個學期的訓練，絕對超過台灣三年以上的功力。人文科的碩士畢竟無法跟電機碩士比擬，人家一畢業，是去矽谷當工程師。如果唸博士，第二選擇就是跟品哲之前聊過的，品哲希望回台灣在大學裡任教。這是一條很遙遠的路，徽杭不敢多想，但是，其實，這也是徽杭選擇語言學的原因……

第三十五章：1992 年的契機

　　時間拉回 1992 年，某天徽杭在電機系半導體實驗室處理報帳事宜，一位博班已婚的學長跟其他的學長聊天，破口大罵政府的政策。這位學長因為早婚，小孩已經入南部的小學就讀了，他哥哥的孩子比這學長的孩子大個幾歲，在北部的小學就讀。當時就傳出台北市政府準備挑幾所重點國小，把國一才能學到的英語課程，下放到重點小學做一系列試辦的教學活動。學長氣得大罵什麼好的試辦教學永遠都從台北開始，他也希望自己的孩子能夠從小學開始學英文。因為這件事情，徽杭心中燃起一線契機，1993 年當她發現自己的 TOEFL、GRE 皆已經過了美國幾家研究所的標準，她自己不假他人，默默準備資料，跟學校老師要推薦函，偷偷的申請美國的研究所。等到 1994 年二月開始，美國學校陸續發出接受信函時，她才壯膽的去跟她爸爸提這件事。她爸爸一開始很是認同，直到發現徽杭不是選擇 MBA 這種實用的科目，而是選擇語言學時，爸爸震驚得目瞪口呆，他說他反對花這麼一大筆錢，去唸一個那麼冷門的科目。

　　徽杭跟她爸爸解釋，唸這個科系將是她唯一能夠改變人生命運的路徑。那天晚餐，難得爸爸能夠坐下來聽她解釋。徽杭跟爸爸提，英語教育過不了多久就會從國中下放到小學了，今天如果台北幾所小學開始試辦，很快的，家長一定會有不平的反對意見，最後整個台灣都會普及小學的英語教育課程。爸爸不等徽杭說完，立刻打斷她，提醒她沒有師範系統的教育學分，是沒資格被分發的。徽杭立刻跟爸爸高分貝的回嘴，那為什麼是教小學呢？如果小學的英文師資開始需要大量的合格老師來任教，那不是也代表大學更會需要懂英語語言的博士來提供更專業的訓練課程培育出這些小學英文師資嗎？如果能夠從美國拿到博士，這一條路徑一定會帶她進入大學體系任教，大學教授不需要任何教育學分，更不受限於師範系統的分發，這是一條唯一能改變她人生的路徑。

　　徽杭講完後，她靜靜的看著爸爸，過了許久，爸爸回她，他會提供徽杭兩年學費，徽杭可以選擇她喜愛的學科就讀，但是，爸爸不要徽杭再做這種在大學任教的春秋大夢，而且，如果可以的話，爸爸還是希望徽杭選擇 MBA，畢業後可以進入美商公司工作，到世界各國看看，人生的命運一樣會有不同的路徑。

　　時間拉回到現在，如果徽杭真的要唸博士，這首先還是必須知道台灣教職出缺的情形，這跟每年多少教授退休有關，再來就是，必須知道台灣每年有多少學生來美國唸語言學，這時只能如當時新生訓練的圖書館館員所說的，多多參加會議，多多發表論文，才能知道外面有多少人做這些領域的東西，所以，如果參加會議，看看多少人做的論文是跟語言學有關的，那其實就會知道自己回去能不能在大學謀到一個教職了。

　　唸博士班，還是轉系，這是兩條完全不同的路線。徽杭揹著超重的書包，裡面放著她最恨的語意學作業，到現在，鴨子聽雷，她還是一頭霧水，沒有頭緒，想要回去宿舍先睡個覺，醒來才看看 Sue 在不在，問她該如何寫。時間飛快的過，明天就是九月一日了，水牛城的下午開始變得有感覺的冷，原來的薄長外衣需要換成厚質的棉衣了，徽杭不走空橋長廊，她喜歡走在校園裡，先讓自己像溫水煮青蛙一樣，慢慢適應這種冷，而且每次經過像是貨櫃屋的房子，都會想到 Sue 諷刺的批判這個學校最大的特色就是沒有特色，然後，經過了 Bell Hall 就會想起在實驗室內奮鬥盯著電腦螢幕寫程式還有組裝一大堆可怕機殼的學長們。

　　她往前望，想到了自己未來的路線，該唸博士班，還是要轉系，她想起幾週前跟慧婷他們去尼加拉瀑布的快樂風光，當時，經過 Robinson 接近安平學長家，過門而不入，瘋狂的衝黃燈，一陣喧鬧之後，面對的是一片死氣沉沉，沒多久，出現了 425 公路的招牌。不知道為什麼，徽杭感覺自己正站在 62 號跟 425 公路的十字路口上，不知該往哪走好？她必須快點決定，如果要轉系，應該下週就要先去跟英語教學的系辦公室談，美國轉系相當容易，如果確定的話，只要跟對方系主任談好，開學一兩週內，就可以辦理轉系手續。所以，眼前有兩件事一定要處理。第

一、email 她到現在還沒開始使用，新生訓練她聽到電腦設備後，開始介紹如何使用 UNIX，Linux 系統，進入 email，甚至她還隱約記得有人提到如何使用 PINE，她的大腦當時早已經自動關機了。這倒是沒關係，不會浪費父母的學費，她手上有世界第一的電腦家教：那群電機系優秀的交大幫學長們，隨便閉著眼睛抓一個，都比那天老美介紹得好。第二、她需要打電話給慧婷，去她那裡瀏覽這陣子上課的講義筆記，其實，她比較想要看的是秋雪的筆記，但是，一開學就不好意思再打擾學姐了。她回到宿舍後，把書本放下，突然電話響起來。

不等她學美國人一樣自報名字，那一端很急的說：「徽杭，是我，秀雅。最近好嗎？打了好幾次電話，不知道妳在上課還是去圖書館了。最近過得好不好，想說妳學業怎麼樣了？」不知為什麼，徽杭也沒什麼不快樂的，突然放聲大哭起來，久久不能言語。

「徽杭，出了什麼事情，怎麼了？是不是哪裡不舒服？」吸了幾口氣，徽杭終於鎮定了。

「學姐，對不起，我止不住。妳知道我是愛哭鬼。對不起。」

「徽杭，還好嗎？妳很難過是不是？還在跟學姐鬧脾氣啊？」

「學姐，不是。沒什麼，我其實過得很不錯，班上開始認識很多好朋友。只是，語言學真的很難。最難的是，語意學。我完全不懂老師在講什麼。我不知道該怎麼辦？」

「妳什麼時候要交？下週嗎？不要擔心，不然這週末妳有沒有空，把作業帶來，我弄一頓好吃的給妳，妳還沒跟 Mike 見過面，我把他正式介紹給妳認識。我告訴妳，Mike 沒有不會的題目，他專門在收集學位，這可是我跟他是老同學才能開得起的玩笑，妳見面可不能這樣說他。他大學唸數學、統計、心理學，博士唸語言學跟認知科學，現在又在心理系工作。」

「妳沒說，那他碩士唸什麼？」徽杭剛才哭得像什麼一樣的淚人，現在竟然還能開口對上話。

「他沒碩士學位，直攻博士，二十六歲就拿到博士學位了。所以，妳就把妳的疑難雜症一次帶來，讓這位天才替妳看看吧！」

徽杭跟秀雅姐輕輕的道聲再見，她還是止不住淚水，她覺得老天爺實在太眷顧她，太寵愛她了，她沒有任何宗教信仰，但是，感覺不知為什麼，來到美國之後，每天都是好事情，好到連自己都不可置信。

就在這時，有人在門外敲門，竟然是 Piyada 找她。她立刻擦眼淚，心想說，就算是壞事也應該，總不可能都是好事繞著自己吧！一開門，Piyada 看看 Anna 的床，知道 Anna 不在，問問徽杭可不可以聊聊天，徽杭禮貌的點點頭，把 Anna 的椅子挪出來，請 Piyada 坐。徽杭說有帶台灣的烏龍茶葉，問 Piyada 想不想喝。Piyada 勉強的笑笑說好。徽杭立刻拿 Anna 的咖啡壺去浴室盛水，這陣子多虧 Anna，她媽媽從紐約寄一堆好東西給她，Anna 非常大方，只要有什麼好東西，都會拆開教徽杭怎麼用。所以，每天早上，徽杭醒來時，咖啡機永遠是亮的，留下半壺咖啡是給徽杭的。

"Last time, did you ask me what waived meant? I am thinking of getting Phonetics waived." （上一次妳不是問過我什麼叫做「抵免」？我在考慮把語音學抵免掉。）

"What?" （什麼？）徽杭被茶葉卡住喉嚨，咳了好幾聲。"No, please. I wish you can stay in the class. Didn't Melissa ask you to be her phonetics informant?" （不要啦，拜託。我希望妳能留在這門課裡。Melissa 不是要妳當她語音學的發音人嗎？）

"Oh, I can still be her informant. That's fine. I don't like the class. It's different from what I had in Bangkok. I actually sit in another class, and have many interests in that course. I'm thinking of getting phonetics waived." （喔，我還是可以當她的發音人，這不是問題。我很不喜歡這門課。這跟我在曼谷的不一樣。我有天去旁聽其他課，我好喜歡，我想把這門語音學抵免掉。）

"Sure." （瞭解。）

"I know it sounds very silly. I waived syntax, because I know how the class works from many angles, and now I want to waive phonetics because I don't know what this class is doing at all." （我知道我很離譜。我抵免句法學，是因為我懂這門課在幹嘛，現在我想抵免語音學是因為我不懂這門課在幹嘛。）

"Oh, I thought you waived the class because you have learned it before. But don't you need to talk to the professor and see if she can let you waive?" （喔，我以為是因為妳修過這門課才能抵免。可是，妳不是要跟授課老師談過，她才能讓妳抵免嗎？）

"Right, that is also a problem." （是啊，那的確是個問題。） Piyada 自己講完，自己也笑開了。

"Well… To tell you the truth, I hate semantics… hate…hate…hate…" （嗯，跟妳說，講實話，我恨透了語意學。超級討厭！）

"What are you talking about? Semantics is the most interesting class in these required courses." （妳在講什麼？語意學是必修課裡最有趣的東西好不好？）

"Are you kidding me? Seriously, semantics is the worst class. I have no idea why that is required, and I guess that I can't get that waived simply because I hate that class. " （妳開什麼玩笑？講真的假的？語意學最爛了。我完全不懂為什麼是必修。總不能只因為我討厭這門課，就單純的要求抵免吧！）

"But didn't you take semantics in the undergrad? Why don't you take your undergrad report card and show some proof to the professor? He is a great guy. You know… This is his first teaching job and he is a contract-based professor, not on the tenure track." （但是，妳不是也在大學時修過語意學嗎？妳幹嘛不乾脆拿妳的大學成績單當證明，跟教授談一下？他是個大好人。妳知道嗎？這是他第一份教職。他是簽約制的，不是終身職的。）

"I am not sure if I follow what you said. What are you suggesting?" （我不確定自己懂妳在講什麼。這什麼意思？）

"I was told by those American students, and I found they kind of took advantage of him simply because he needed this job. The department gave him a year before a tenure track position is officially offered. Those Americans said if he needed this job, he would be nicer to the students so this is supposed to be an easy class."（這些都是美國同學告訴我的。我發現他們蠻會利用這位老師的，只因為老師需要這份工作。系上只給他一年的合約，之後聽說才會有終身職的缺額開出來。美國同學說這門課照理說會簡單，老師需要這個工作，一定會好好對學生的。）

"I still don't understand. Once he's got this job, doesn't he get the job for good?"（我還是不懂。一旦他拿了這個教職，他不是一輩子就這樣教下去？）

"No, if this is a tenure track position, he can stay for six years before he gets his tenure."（不是，如果這是個終身職，他可以有六年時間去升等。）

"And if this is not a tenure-track position?"（那如果這不是個終身職？）

"Then, he needed to see what the contract said. If that is on year-by-year basis, the department will evaluate his performance every year."（那他當然就必須依照合約啊！合約如果是一年一年聘，系上自然每一年都要評估他的表現。）

"Oh, my God. This is cruel."（喔，天啊，好殘忍！）

"Well... Welcome to the United States... I know. I am assuming that in Taiwan, once you are hired at the university, you can stay there as long as you meet the retirement?"（嗯，歡迎來到美國......我知道。我猜台灣是一旦聘了人，那個人就可以一直待到退休吧？）

"That depends. If you are hired by a national university, your position is genuinely secure as long as you don't sleep with students."（不一定。如果你是進入國立大學，只要你不跟女學生亂搞，應該位置是不會動搖的！）Piyada 沒想到徽杭會講這種答案，突然放聲大笑。

"So, I am gonna to meet Prof. Schaefer and see how things go. Are you sure you don't want to talk to that nice French guy?"（好吧，那我明天會去跟語音老師談一下，看看情況怎麼發展？妳確定妳不去找那位語意學的法國好好先生談談嗎？）

"Oh, I will talk to him one day… to discuss about my semantics homework assignments."（喔，總有一天我會找他......談談我的語意學作業。）

第三十六章：送出生平第一封 Email

　　徽杭原先是打算回來睡個覺，之後馬上用功唸書的。後來，想了一下，還是先把 email 系統學會，所以，她決定打個電話到安平實驗室裡。很快的電話接通了，是個大陸口音，一聽到找安平，對方客氣的請她等一下。徽杭聽到安平的聲音，超級開心，好像十年見不到的老友一樣。徽杭問他是否有空，安平說品哲跟敬成還有至威都在實驗室，叫徽杭快點過來，大家會幫她把 email 系統設定好。

　　徽杭沒多久到了研究室，真的好像隔離半世紀的老朋友一樣，大家七嘴八舌的幫徽杭做了設定，徽杭一頭霧水，連忙說，不行，不行，重來一遍。剛剛那個螢幕畫面是怎麼不見的，然後怎麼才能進到這裡來？原先大家的熱情突然被冷水澆熄。

　　「蘇徽杭，短短幾天不見，妳智力沒長進，惰性倒是增添了不少啊？」至威向來就愛取笑她。

　　「錯了吧！智力沒長進是真的，不是惰性，是鈍性吧？資質愚鈍哪是一兩天養成的？就是有自知之明，才來跟你好好學，這哪是惰性？倒是，這幾天，你放飯的米粒可有長進？」

　　「哈哈哈，妳說到我的痛處了，不只是米飯的問題，那天有個天才女，大家突然懷念妳的芹菜火腿，陪那位天才女去買了，結果，她竟然把芹菜梗子全扔了，把芹菜菜葉留著。那盤菜，全廢了，火腿變得苦得不得了。後來她才說，喔，難怪我說芹菜會有那麼大的梗子，原來大的留著，葉子反而是要扔的。」至威變成在挖苦慧婷。

　　一起來美國的感情就是不一樣，再怎麼笨，大家聊聊天，就會願意重新開始慢慢教起來。綠色螢幕的電腦，游標閃爍迷離，一個指令一個指令的下，沒多久，下游的步驟至威教完後，上游的變成品哲來負責。他隨意寫了一些程式，一面在鍵盤敲打，一面跟徽杭說，不要怕麻煩，等我來幫妳把這些指示設定得更好上手，這樣就不必一直拿紙筆在旁邊記了。很快的，重新開機後，徽杭輸入基本的指令，馬上就跳到 Email 的地方去。品哲讓徽杭安靜一會，好好的送封信給媽媽。徽杭立刻用英文寫了幾句，寄到大弟的 email 信箱，希望大弟能盡快的教媽媽 email。徽杭一面用英文隨意亂打些文法不通的英文時，一面想到 Sue，她心裡希望未來一定要有 Sue 的功力，可以打出專業的學術報告，而不是像現在，在草稿紙上先寫一遍，再花時間謄錄到電腦螢幕上。

品哲看到徽杭很快的送完信，問她媽媽難道也懂英文嗎？也對，畢竟電腦只懂英文指令。徽杭想一想，突然覺得媽媽真是了不起的人，從年輕到現在，沒過什麼好日子，小孩一個一個拉拔養大，任性的女兒硬是死皮賴臉的要爸爸拿錢出來，嫁妝行情價碼也不過三十萬台幣，但她一下子跟爸爸要了五十萬，當時 I-20 是預估一年要一萬七千左右的學雜生活費，以 27.07 的匯率來計算，一年五十萬應該是夠了。

徽杭想到出國前，爸爸給她 $17000，徽杭自己大學四年打工，存了 $3000 元，外婆跟舅舅給了她 $2000 元，一起加起來，她帶了 $22000，遠超過五十萬了。五十萬一年對於別人或許是俗又大碗的留學價錢，但對於徽杭家裡，她知道爸爸應該是先把未來要給大弟留學的錢，提前挪給徽杭了。徽杭爸爸把希望放在英挺帥氣的大弟身上，他也是電機系，爸爸一直希望家中有個兒子能到美國留學，拿個綠卡，光宗耀祖，卻沒想到徽杭捷足先登，不要嫁妝嫁人，反而是要出國讀書。

徽杭把 email 寄出後，愣了一下，突然想到可能給媽媽帶來麻煩了，以媽媽的急性子，一定是力求完美，要大弟馬上教她如何使用 email，不過，媽媽本來就對英文有興趣，趁機讓她多了個英文功課，也許不是件壞事。

徽杭發現信箱裡面已經有一堆信，品哲耐心的教她在頁面上如何標示，例如，不要的，就要按 D，要存檔的就按 S，還沒讀過的就明顯是亮色的，品哲跟徽杭說，電腦鍵盤上的箭頭滑標使用頻率是非常高的，如果要離開，就把滑標一直移到 Exit 那裡，之後要打個 logout，才會跳出系統，千萬不能迷糊以為 Exit 就是最後一個步驟了，到時候下一位使用電腦的人，看到沒有完全登出系統，很可能利用這個弱點，隨意惡作劇。

　　徽杭擔心自己笨手笨腳，還是按部就班再重新來一次。這時，不知為何，電腦當機了。品哲笑笑的說，還好，徽杭已經送完信，就算沒送完，也還好，他發現徽杭有先擬草稿的習慣，當機是常發生的事情，尤其，在實驗室裡，電腦容量通常比較大，老師雖然說不能亂裝東西，但是幾個電機學長還是會裝電動玩具在裡面。

　　徽杭看看插槽裡果然插了一個方形的片子，徽杭好奇去按一下，插槽打開了，品哲笑笑說，是電動玩具，想不想玩看看？徽杭搖搖頭，完全不感興趣，品哲就解釋，電腦既然時常會當機，一定要懂一個重要指令，Ctrl+Alt+Del，這個指令，他相信徽杭以後如果用電腦教室的電腦，使用頻率一定也高。千萬要記住，隨時打字寫報告，幾秒鐘，就一定要記得存檔。

　　就在徽杭跟品哲聊自己媽媽如何土法煉鋼學英文時，想到現在逼得她連電腦也要順便學，突然看到媽媽生氣可怕的表情就在眼前，徽杭真的好想家，好想抱抱媽媽，聞聞她身上的味道。這時飄來了一陣茉莉花香，原來慧婷出現了。

　　「徽杭，妳怎麼會在這裡？我們系上好苦喔！我是唯一的亞洲人，唯一的耶！我該怎麼辦啊？老師講什麼，完全聽不懂。每一堂課都是雞同鴨講。我該怎麼辦啊？」

　　「慧婷，妳說妳好苦？我們日本學姐都說妳們是天堂，我們語言學才是地獄耶！」

　　「喔，那倒是真的，我們系上有一堆日本、韓國學姐從妳們那種鐵幕逃出來，沒錯，妳們的確是地獄。妳在地獄裡過得如何？」

　　「有趣啊，現在輪到妳來取笑我了。正好，我想找妳，我週末要去找秀雅姐，妳會不會在家，介不介意把課綱書本這些借我看一下，我隨手翻一翻。」

　　「啊，那些東西，我都放在至威的櫃子裡，就在走廊外面。我帶妳去。」

　　「妳，太混了吧，把東西放在人家的櫃子裡，妳都不回去溫習預習喔？」

　　「課本全是跟秋雪姐買的，都是二手書！反正明年學姐畢業也不帶回去。老師的課本很多都雷同，不想買新書，太貴了。櫃子裡還有一堆哩！反正至威都在實驗室忙，我必須依賴他的車子，所以，我把書放在他走廊外的置物櫃，需要什麼就拿去圖書館看，去上課也會先來這裡，超級方便。」

　　徽杭在至威的櫃子裡，看到了一堆書本跟筆記，秋雪很用功，所有重點都畫得很齊全，這樣，就算上課聽不懂老師的英文，問題也不大，真不知慧婷在喊苦什麼。徽杭花了很多時間慢慢看過了上課大綱，筆記本的重點及課本的內容，突然，看到了一本語言學概論。

　　「啊，我忘記跟妳說，其實這四門課裡面，我發現語言學最有趣，好像在好多不同語言裡面，去找出一些規則，做些預測，然後，要像數學一樣，寫出公式，講真的，我們全班同學都覺得原來這就是語言學，跟學語言教學真的完全不一樣，好有趣喔！」

第三十七章：1992 ～ 1994：終結教兒童美語的日子

　　徽杭慢慢的翻著慧婷放在置物櫃的這些書，靜靜的沒出聲。空氣中還伴隨著茉莉花香味，時間卻迅速的拉回到她大學 1990 年至 1994 年的修業情形。講真的，她還有幾分懷念大學輕鬆的課程。該必修就必修，選修的話，就都是跟學姐打聽，哪個老師打得高分，哪個老師比較混，作業比較少，絕對不會有同學被當掉，大家都是高分過關，考試也容易，她似乎沒印象會問哪門科能學得到東西？如果照這樣的想法，慧婷那一疊書裡，留在語言系還是轉到英語教學，答案非常明瞭了。

　　1992 年至 1994 年，徽杭在美語補習班裡教兒童美語，講實話，厭惡至極！厭惡的不是單純可愛的小學生，他們的世界是很純潔的，厭惡的是他們背後的媽媽，一群噁心令人反感到不行的女人，不知道娶到那些女人的男人們，他們每天在外忙得一塌糊塗，回家，要怎麼面對那群女人？那群女人又如何能夠把下一代教好？徽杭每次見到孩子那些單純的面貌，就會打從心底為孩子嘆息。那群媽媽們，遇到白人教英文課，就一副對方高高在上的嘴臉，把對方捧得高高的，不斷的送飲料、禮物，對於徽杭她們這些正統外文系的學生，卻是百般刁難，徽杭忍了許久，沈默了許久，也低頭了許久。就在 1994 年的三月，一位東歐來教英文的白人女生，為了薪水跟補習班的老闆爭得面紅耳赤，這位老闆是個土財主，英文連二十六個字母都背不起來的人，更別指望會說一個完整的句子了。

　　老闆發現無法制止這位強勢東歐女生的氣焰，馬上一把抓住在旁備課的徽杭，要求翻譯。徽杭同步的把老闆不解的地方，用普通的英文口語告知那位東歐人，講不到十個句子，東歐人開始詞窮，重覆同樣的問題，徽杭告知老闆，老闆繼續要徽杭轉達老闆堅持的態度，最後，東歐人只好軟化，徽杭禮貌的告訴她自己打工的立場，表達歉意，也主動伸出手跟東歐人握手言和，原本面無表情的東歐女生對徽杭微笑，稱讚她表現得落落大方。

讓徽杭開心的，不是因為那位東歐女生的讚美，她開心得意的，是她離開時，面對平常那群狗眼看人低的媽媽們，那種對徽杭不可置信的驚訝眼神。隔天那群媽媽們帶了一堆禮盒、化妝品來送給徽杭，問她能不能私下接英語家教的工作，那天徽杭像是吐了一口怨氣，把禮物當場還給那群無知的女人，並帶著高冷的微笑，虛偽的風度，告訴她們，她即將離開補習班的工作了，那群媽媽們想打探原因，徽杭只淡淡說是有其他的人生規劃，沒多久，補習班其他的老師也來探聽口風，大家都推測徽杭要嫁給什麼樣的地主財主的兒子，洗手做羹湯了。

到了四月，徽杭確認已經收到美國的入學許可，她拎著禮盒跟老闆及一路照顧她的班主任告辭，感謝他們的厚愛，老闆知道不可能慰留，提議說等徽杭回來，再回來任教，薪水上一定好商量。徽杭哪會再忍氣吞聲呢？她又擺出高冷的傲氣，淡淡的說，美國那裡，是給直攻博士的入學許可，未來，會朝著大學教職的夢想邁進。此話一出，把老闆、班主任逗得笑開了，徽杭做的是什麼大夢？大學裡，有多少教授是女人？連中文、歷史、英文這種人文科系，都是男人的天下。老闆拍拍徽杭的肩膀，像對自己女兒的口吻跟她和藹的說，這是男人的世界，天下是男人的，徽杭還是可以去闖，但是，不論她怎麼闖，都會知道，男人的天下，這是不敗的定理。

時間拉回到眼前，才短短不到五個月，環境已經完全改變，她在這裡看到的，人文科學的專業領域裡，明明就是女人的天下，在班上修課的美國女生，一個個吐露出自信的風采，她們講話發言時，男生鮮少插嘴打斷，如果有什麼反對意見，也都是伸出一隻食指，暗示想要發言，等待女生示意的眼神，男生才開始說話，相反的，遇到同時擁有發言權時，男生都會禮貌的一攤手，Lady First，請女生先提意見。所以，出來一趟，還是對的，那一群膚淺的井底之蛙只看到南部的鄉下地方，哪會知道外面的世界，不是由誰說了算的，這時，徽杭似乎還能聽到她推開補習班大門時，後頭輕蔑的笑聲。

　　答案揭曉，跟慧婷比，慧婷的四門課，她只有一門有興趣，就是語言學概論，而她的四門課，全部都是語言學，有兩門學科超級有興趣，她待的，才是天堂。雖說語言學的路途狹窄，幾乎沒什麼產業跟它連上線，可是，如果真能唸到博士，也許真的有至大學任教的機會。只是，她的錢，要從哪裡來？她注意到博士班的學生，以美國、日本、韓國居多，美國學生自然有他們拿獎學金的來源，不是系裡提供的助教機會，就是在英語中心教外國人英文；日本人的話，全都是因為日文組提供教學助教，以過去日本第一的經濟，曼哈頓連洛克斐勒中心這種紐約的地標都能被日本人買走，講求務實的美國學生修日文的人數，一定比例也不低的，那修課人數越多，就代表開課數目要多，所以，自然能夠提供大量的助教獎學金名額。那韓文呢？這就說不通了，家裡金援唸博士？還是也在韓文組任教？但是，美國大學生，除非是父母有韓籍血統，怎麼可能修習韓文？改天，應該跟韓國學長姐請教一下。

　　徽杭越來越覺得，做決定是一件非常不容易的事。這不像是去餐廳點餐，或是去菜市場買個上衣、裙子，就算選錯了，下次不要再犯同樣錯誤就好，這裡的每一個決定，都會跟自己的未來有重大的關係。如果語言學太難，唸不下去怎麼辦？如果因為沒有金援，只能唸到碩士，回去找不到工作怎麼辦？如果只唸到碩士，在英語教學系不是更好？畢竟需要花在課本上的時間少了，相對的把英文練好，看閒書的時間多了。如果能唸到博士，不論英語教學還是語言學，應該都還是能找到一份大學教職的。這些，目前徽杭都還不可能想那麼遠，畢竟才剛開學，應該還是把心思放在眼前的學業上。

第三十八章：炫麗的美國多門冰箱

徽杭跟實驗室好久不見的學長們道別時，敬成跟安平突然主動問她冰箱何時買？徽杭想想，與其擇期不如撞期，乾脆就今天去買好了，順便請他們載她去把菜買好，這樣等到週五下完課，趁美國人狂歡小週末時，她去廚房把一週的便當做好，同時，也把衣服洗了烘了！她請安平跟敬成先載她回宿舍，因為她想邀請 Piyada，看她有沒有什麼需要的，要不要一起添購？安平跟敬成聽了連忙說，一定要邀請同學，只有開門跟人和好相處的份，這樣大家才能維持基本的好友誼。

徽杭讓安平跟敬成在宿舍附近的停車場等著，就很快的上樓看看 Piyada 在不在，這麼巧的，她室友 Anna 今天提早回來。Anna 一聽到徽杭要買冰箱，高興的在她臉上猛親了好幾下，徽杭去敲 Piyada 的門，Piyada 聽到能坐車去外面買些有的沒的，也高興得不得了，連忙拿了面紙，把徽杭臉上被 Anna 親的一堆口紅印子給擦掉，徽杭轉頭看看 Anna，斜眼瞪著她，Anna 笑得更大聲了。

W-Mart 離學校很近，安平從學校出來後，走上次去吃雞翅的路線，沿著溪流走，Piyada 跟 Anna 對沿途的河光小屋不斷的讚嘆，徽杭坐在前座，這是安平無言的規則，一定要有小姐坐前面，偏偏 Anna 跟 Piyada 都是屬於黑小姐，安平跟敬成一眼看到，都有點嚇到了。

「徽杭，妳的同學跟室友，聽不聽得懂中文？」

「聽不懂啊！怎麼了，你想要問什麼？英文那麼好，該不會要我替你翻譯吧？」

「不是，聽不懂中文那就好了。剛剛敬成跟我在車裡等，本來想說妳就是帶著泰國同學，沒想到一下來兩個。另外那個是誰？」

講到這裡，徽杭才想到根本沒介紹，就把她們兩個女生塞到後座，敬成只能無奈無言的跟這兩位小姐擠一起。

「喔，我一放東西，發現我室友回來了，就邀她一起。應該沒關係吧？」

「妳跟這麼黑的室友住，不會害怕？」

「害怕？為什麼？她超級好相處的，熱情又活潑，英文又好，最近有些口語聽不懂，她還會寫下來教我，我要怕什麼？」

「沒什麼，只是，覺得好不習慣。好黑喔！」

「還好吧！哪有很黑？晚上就算關了燈，我也看得到她啊！」

安平這次走的是往敬成家的路線，沿著 Ellicott Creek，接著轉到 62 號，沒多久就到了 W-Mart。一下車，徽杭立刻笑嘻嘻的說剛才忙著進車，忘記介紹了，她介紹 Piyada 跟 Anna 給安平及敬成認識，兩位女生都禮貌的伸出手熱情的跟兩位男生握手，只見安平跟敬成尷尬的輕點對方的手一下，就急速將手縮回，眼睛全部往其他地方飄，連正眼也不敢望。

為了避免尷尬，徽杭跟兩位女生約好一個時間在 W-mart 門口碰面，這樣大家採購才不會有壓力。而徽杭跟兩位男生去冰箱家電那裡選購。

「看來看去，還是我們台灣女生好！脾氣壞一點真的也沒關係。」安平不顧徽杭的感受，就這樣逕自的跟敬成聊起來。

「那當然！再怎麼樣，絕對是自己的人好，看得順眼，皮膚也好，語言又通，怎麼樣都覺得舒服。」

「你們在幹嘛啦！當我的面講這些不三不四的，她們哪有得罪到你們？男生真討厭！」徽杭在一旁抗議。

「沒有啦，徽杭，我們真是不瞭解妳。我們光在車上就覺得坐立難安了，更何況是妳，怎麼有辦法跟一個黑小姐住一起？妳真的好能忍喔！」

「忍？她要跟一個蠟黃皮膚的窮鬼一起生活，是她在忍吧！我什麼都用她的耶！咖啡機、電話機，連面紙、文具、計算紙我都嫌浪費，她都跟我說叫我不用買，拿她的。哇、哇、哇，你們在美國比我久，竟然還會排斥其他膚色人種？我真搞不懂男生的眼睛在看哪裡？我室友的身材多好，胸是胸，腰是腰，屁股是屁股，跟我們這種前胸貼後背的身材差多了。種族歧視成這樣，敬成，你確定你要去矽谷找工作喔？」

「矽谷亞洲人多，好不好，如果都是黑人，我一定馬上打道回府，立刻回台灣。」

「那，安平，你呢？你拿到博士後，要做什麼？」

「我要回台灣。我理想中的太太，一定是要白白淨淨的，五官、身材我不挑，皮膚一定要白。」

「講到白，那你去日本、韓國找好了。我們的日本、韓國同學全都是白白的，我站在她們旁邊，馬上就變成白衣放久的發黃了。」

「喔，妳們班上有那麼多亞洲妹妹？說得也對，語言學的，一定有很多國際學生。日本、韓國，輪得到我們去追喔？連台灣女生我們都追不到了！」

「說得也是，哼，那還嫌我室友黑。不過，安平，你來唸博士，只是為了回去找個白妹妹結婚？那，你不唸博士，不是也可以在台灣找白妹妹嗎？」

「沒錯啊！但是在台灣想要的，跟來這裡想要的就不會一樣。在台灣，特別喜歡嬌滴滴的小妹妹。來這裡，討厭嬌嬌女，喜歡妳們秋雪那樣獨立自主，不然就是像以前會長夫人一樣，清秀佳人，一下子變出十二個人的大鍋菜。覺得在美國喜歡的型，比較能持久。」

徽杭到了家電前面，美國的冰箱都好炫麗，一堆冰箱有好幾個門，有的竟然有製冰機，這是什麼世界，為什麼這個國家隨便製造的東西，都是那麼美好，令人嫉妒？

「妳該不會想把這個能製冰的冰箱抱回宿舍吧？」敬成又在挖苦徽杭了。

徽杭嘆了一口長氣說：「我是想說，有沒有人畢業，把這種炫麗有製冰機的冰箱運回台灣的？然後，你再笑我，我就要把你打昏，塞在這冰箱裡！」徽杭苦笑的看著敬成。

敬成聽了大笑說：「徽杭，只聽說有留學生把高級德國新車帶回去的，沒聽說過有人帶美國冰箱的，笑死人了妳！」

徽杭不理會他們的取笑，想說就拿個只有一層的冰箱好了。敬成跟安平連忙搖頭。

「徽杭，妳是想省錢嗎？如果是要那種只有一層的冰箱，那載妳來幹嗎？價錢沒差很多，當然是要選擇上下兩個門的冰箱。妳想嘛！上層冷凍，妳可以放 BBQ 的水牛城雞翅，下層冷藏，妳可以放鮮奶跟一個禮拜的菜。真的啦，不要省這種錢！」安平立刻阻止的說。

「哈！真開心你們慫恿我買兩層的冰箱。先說好，到時搬的時候，誰閃到腰，扭到屁股，不能說是我說要買的喔！是你們硬要我買的。」

「告訴妳，如果是妳那兩位朋友這樣講，我們現在馬上逃之夭夭，是因為妳，我們忍著委屈替妳出車、出人、出力，懂了吧！」徽杭聽了也學著那兩位黑小姐，主動將手伸出跟兩位學長握一下，這一握，兩個人都不願意放開！徽杭低頭，作勢的要去咬安平的手，安平才嚇得說：「好心被狗咬。」徽杭立刻說：「沒錯，還是隻凶猛的蠟黃狗！」

到了 W-Mart 的門口前面，Piyada 跟 Anna 早就在等了，兩人手上都拎了幾個袋子。徽杭跟她們說，學長還要帶她去買菜，她們也很開心的跟了。在車上的時候，Piyada 主動問兩位學長，知不知道哪裡有賣奶粉？兩位學長都被考倒了。Piyada 說，不意外，剛才結帳時，她也問店員，奶粉在哪裡？店員以為是嬰兒專用的配方奶粉，Piyada 比手劃腳說不是，店員第一句就反問，為什麼不買鮮奶，妳們宿舍都沒冰箱嗎？Piyada 跟店員的對話，讓原本車裡的尷尬氣氛立刻緩和起來。安平主動跟 Piyada 說，等一下會先去最大的連鎖超市 Points，那裡有亞洲區，看看有沒有奶粉，如果沒有，可以載她去南校區的韓國超市看一下。

Piyada 自從到了美國，這還是第一次逛美國超市，Anna 是美國人，自然不會覺得有什麼新奇的。Piyada 比較後，突然發現自己買餐券，實在是比買菜自己煮的價格高出太多倍了，她一直跟安平說真羨慕徽杭，有朋友載她。安平客氣的說，徽杭很可愛，電機實驗室一堆人搶著要載她。Anna 立刻拉徽杭去旁邊，嘰哩呱拉的說，不是說好不交男朋友嗎？不准帶男生進房間！這一句把徽杭逗得哈哈大笑，她摔摔 Anna 的手說，就算有男生進來，她敢保證，絕對只是聊天而已。Anna 抱著不可置信的眼神，盯著徽杭看。

就在這時，大家走到亞洲食物區，找來找去，還是沒有奶粉，Piyada 不死心，硬是叫了店員來問，店員同樣回那麼一句："Don't you have a fridge?"（妳沒冰箱嗎？）Piyada 嘆了口氣，終於死心了。

沒多久，Piyada 眼睛掃瞄到白米區，正當她跟徽杭抱怨美國米難吃時，Anna 突然說話了：「美國米哪裡難吃，都是中南美洲的好口味。」Piyada 不理會她的抗議，想挑包泰國米時，徽杭說：「千萬別挑泰國米，難吃，要挑就挑日本米，好吃得不得了！」Piyada 開始嚴重的抗議，徽杭一驚，突然說：「抱歉，我忘記妳是泰國人！」三個女生在亞洲區互相取笑，笑得好開心。安平跟敬成看到這一幕，嘖嘖稱奇。他們在電機系，從來沒有這種機會，能這樣用英文跟其他外國學生互相抬槓。

安平驅車直達南校區的韓國超市，找來找去，終於找到一包奶粉，是台灣製的。Anna 簡直不可置信，連忙問徽杭，這不是給嬰兒吃的奶粉嗎？用來泡給大人，多噁心啊？徽杭連忙說，不會噁心啊，就算不泡，連舔粉末都好美味，把 Piyada 逗得哈哈大笑。Anna 後來忍不住，問徽杭跟 Piyada，到底亞洲有多小，連牧場都沒有？怎麼可能會沒有養乳牛，擠牛奶？好問題，Piyada 跟徽杭面面相覷，除了觀光區，還真的沒看到哪裡有牧場，至於亞洲有多小？該不如說，是美國有多大吧！當天的採購就在像劉姥姥入大觀園一樣的驚訝中度過，徽杭也逐漸發現大家彼此習慣不一樣的地方了。

回到了宿舍，安平跟敬成幫徽杭把所有東西都搬到三樓，徽杭想請他們去外面吃個飯，兩位男生體貼的摸摸她頭，跟她說，妳今天花費可大了，錢，省著點花吧。

看到徽杭有這麼好的室友跟同學，敬成很安慰的說：「我們也放心了，總擔心妳一人住宿舍，會不會被欺負，現在看來……」

話還沒說完，安平立刻插嘴：「都是她在欺負別人。」徽杭笑得好開心。她一個人陪安平跟敬成去停車場，跟兩人道聲晚安。敬成一直從車窗叫她快點回去，外面天冷了！

第三十九章：週五洗衣煮飯

　　週五晚上，徽杭決定要按表操課，先把髒衣服丟到地下室的洗衣機去，她先順便去看一下一樓的廚房，果然沒人用，賓果，她猜對了，沒有美國人週五晚上不休息的。徽杭回到房間，看到室友不在，應該到浴室了，她馬上把需要的食材拿到廚房去。洗洗切切，大約做了三小時，中間也跑去地下室的洗衣房，把洗好的衣服換到烘乾機內，這樣一忙，也近晚上十一點了，她把一週的晚餐都做好了。

　　她做了十個便當，可以吃個五天的中、晚餐了，然後另外兩天，她買了便宜的白麵包，搭配生菜、火腿，就可以熬過兩天的中、晚餐了。當然，如果吃膩了的話，還買了便宜的泡麵，那一樣是很美味的。今天這樣的花費，不含冰箱，才十三元，泡麵五個才一塊錢，所以全部加起來，她菜錢不到十五塊。

　　可能今天是第一天的便當，她覺得超級美味的，果然，秀雅姐講得沒錯，米，還是日本米，最合台灣人的味口！她突然想到 Piyada 跟 Anna 在亞洲食物區對米的爭執，覺得很有趣。

　　就在徽杭在 307 會客室的大圓桌，大快朵頤的吃著這第一餐最美味的便當時，Piyada 正好出來要用浴室。她順手抓了一張椅子，問徽杭怎麼會現在才吃晚餐，然後自顧自的說今天宿舍餐廳人超少的，可能因為是小週末的關係。她看看徽杭旁邊的袋子，裝了一堆便當，她完全不懂為何徽杭要這麼大費周章。

　　"So how much did you pay the meal plan? For each meal, it cost 8 dollars, right? But, it cost me only 15 dollars for the whole week. "（妳花多少錢買餐券？一餐應該要八塊吧！我一整週的菜錢全部才十五元。）

　　"Really? Unbelievable. I know it cost a lot to eat out, but didn't realize it is this much."（真的，不可思議。我知道外面吃很貴，但不知道會差那麼多。）

"Sure, that's why I have to cook. I can't afford to eat out." （當然，所以我一定要自己煮，付不起外食。）

"But, you have friends to give you a ride. I don't." （但是，妳有朋友載妳，我沒有啊！）

"Well…if you don't have a car, you can also take the school bus to the south campus. There is a Points down there… not far away from the bus station." （嗯，如果妳沒車，可以去南校區。那裡有個超市……離巴士站不遠。）

"Actually, there are also free buses to the mall and to Points on weekends regularly, but I just feel tired to do the grocery." （其實，也有免費巴士在週末會載宿舍的同學去超市跟百貨公司，我只是覺得買菜好累！）

徽杭倒是不知道原來宿舍會提供定點的巴士週末免費載她們出去，這倒是個好消息。不過眼前徽杭想要自己一個人吃飯，只是，她不知道該如何拒絕別人的聊天。等跟 Piyada 聊完，已經超過十一點半了，她還要去地下室看衣服烘好了沒？等到把衣服拿上來，折好以後，她也該睡了，明天還要拿作業去秀雅姐家問語意學的問題。

徽杭拎一堆東西進房間，看到 Anna 又在開心的跟媽媽一直聊，Anna 看到徽杭進來，先把電話掛了，意外的向她開了口。

"I thought you were out with the guys?" （妳沒跟男生出去？）

"No, I was cooking in the kitchen, and doing the laundry. It took me more than three hours to get those done." （沒，我在廚房煮飯，然後洗衣服。花了我超過三小時做這些有的沒有的。）

"On Friday evening? How can you possibly enjoy doing the cooking and laundry? I thought a young girl like your age would want to have some fun with friends." （禮拜五的晚上？花時間做這些？妳怎麼會覺得有趣。年紀輕輕的，本來以為妳這種青春年華的年紀會想跟朋友出去玩的。）

"What are you talking about? I am having a lot of fun doing the cooking and laundry. You need money to go out. I don't have any." （你在說什麼？我光煮菜跟洗衣服就很快樂了。出去要花錢！我沒錢。）

徽杭一面說一面打開冰箱。Anna 聞到了徽杭做的便當，笑笑的說，" It smelt like Chinatown... I miss General Tso's chicken and Gong-pao chicken." （聞起來像中國城的味道...... 還有點懷念左宗堂雞跟宮保雞丁。）徽杭心裡想，那是什麼雞東東啊？

"Hui-Hang, I've got a question for you. How much did you pay for your grocery?" （徽杭，我問妳。妳這樣買菜要多少錢？）

"Why did everybody ask me the same question? Maybe I should tape-record this thing, and next time you could just play back the recorder." （為什麼每個人都問我同樣的問題？我乾脆把這個錄在錄音機裡，大家問時，我就放一遍好了。）此話一出，把 Anna 逗得笑起來。

"$15." （十五塊。）徽杭又說。

"How long can it last?" （能吃多久？）

"A week... including three meals." （一個禮拜，一天三餐。）

"How did you manage it?" （妳怎麼辦到的？）

"How? It's very easy. The big pack of chicken thighs is 2.99, the lettuce, broccolis, zucchinis, and other vegetables that I bought in the Korean's market are 9. The pack of eggs is .99 and the toast is .99, too. Instance noodles are five for $1. Do you want to see my receipt?" （如何？很容易啊！雞腿肉一大盒才 2.99。生菜、綠花椰、瓜類還有其他我在韓國店買的才一起九塊。一盒蛋 0.99，然後吐司也是 0.99。泡麵五個一元。想看看我的收據嗎？）Anna 聽了又笑了，搖搖頭表示不需要看收據。

她想了一下，問徽杭，如果徽杭擺了這些東西，是否能還有空間放一點她的東西。徽杭表示，冷藏室放了一罐牛奶，四個便當，另外六個便當放在冷凍庫，空間絕對足夠。

"But, don't you also buy the meal plan as Piyada does?" （但是，妳不是跟 Piyada 一樣有買餐券嗎？）

"Oh, right, speaking of that, I need to tell you one thing. Don't tell her I am telling you this. What is wrong with her? She eats a lot. We see each other from time to time in the cafeteria downstairs. She eats like a horse. You know, it is a buffet thing, and I pay close attention to her. She can always get three plates. I mean, she is this small and where can all the food go？”（喔，對，講到這裡，我要跟妳聊一件事。不要告訴她，是我跟你說的。搞不懂她有什麼問題？她吃好多啊！我常在底下的餐廳看到她。她食量大如牛。妳知道，那種餐券都是吃到飽的，我常常看她，她每次都吃三盤。怎麼可能，她這麼小一點，那些食物都塞到哪裡？）

“Well… with that expensive price for a single meal, I can eat ten horses at once. So, it's not her problem. That's the reason I don't want to buy meal plans. For me, I am not interested in eating rich food. As long as I can feed myself with good rice and oolong tea, I am pretty satisfied.”（嗯，那麼貴的一餐，我一定一下子就吃掉十頭牛。我不覺得這是她的問題。這也是我不買餐券的原因。我對吃美食，實在沒什麼太大興趣。我只要有好的米還有烏龍茶，我就很滿足了。）

“ Hum… interesting… That doesn't sound like a 22-year-old girl's saying…”（嗯......有趣......聽起來不像是二十二歲的女生說的話。）

“Sure, I was born in Ching dynasty.”（當然，我出生於清朝。）

“What does that mean? When did that dynasty begin?”（什麼意思？那個朝代是哪一年開始？）

“Beginning in the year of 1616…”（1616 年開始......）此話出口，Anna 大笑。

清晨窗外的陽光透過百葉窗閃出幾道影子來。徽杭沒有用她的巨響鬧鐘，昨天她跟室友聊到半夜 1:30 才睡覺，早上睡到自然醒，她看看床邊的鬧鐘，已經 8:30 了，幾乎把平常週一到週五的睡眠都補齊了。她把要帶的筆記、作業及書本全部放到書包裡，非常輕鬆愉快的心情，去看看她在美國第一眼就一見鍾情的房子，秀雅姐家。她走到了北校區，車子很快就來了，坐著車，看看窗外的房子、樹林跟交通，大約二十分鐘到了南校區，她先去超市買了一罐果汁，總不好問人家問題，空手就去那裡吧！

這是徽杭第一次見到 Mike，留著一頭長髮絡腮鬍，個性完全不像班上的美國男生。個性害羞沈默，但是一問他語言學專業的題目，可以從盤古開天介紹歷史的源頭一樣慢慢帶出來，理論基礎紮實，徽杭聽他介紹音韻學的理論，又提到許多從來沒聽過的人名，伴隨著小故事，這真的是超級有趣的學者。

等到徽杭把語意學的作業拿出來後，Mike 皺了皺眉頭，突然說，語意學不是他的長項，如果可以，希望一輩子再也不用碰它，不過，還是好心的看了一看這份作業，然後眉頭皺得更深，接著，徽杭看他把作業拿給秀雅姐，兩人在一旁搖頭聊了一番。秀雅跟徽杭說，妳們才上課多久，題目就派這麼難？徽杭聽了很意外，同時觀察 Mike 跟秀雅的臉色，她開始逐漸有信心。沒錯，自己基礎是沒打好，所以，沒有抵免必修，去修更高深的選修，這個決定，是對的。

徽杭仔細聽了秀雅跟 Mike 大概的分析，她還是不懂，她覺得答案應該還是在書本裡面，她決定明天週日要花一整天的時間讀好語意學。不過 Mike 一直安慰徽杭，這位語意學是新老師，新老師最會犯的錯誤就是教太難，秀雅笑說很像台灣人口中說的新官上任一把火。徽杭點頭，心裡想說，這把火，未免也燒得太旺了吧。

第四十章：錯過的中秋節

時間就這麼快的來到九月中，離徽杭來美國的日子已經過了一個半月了。九月二十日是中秋節，九月十八日，中華同學會特別提前在學校附近的中國餐館，張家園，舉辦中秋迎新同學會，徽杭沒有去。從學會 email 後，就看到會長大力的宣導，安平、品哲、敬成、慧婷也寄了很多封 email 給她，徽杭沒有回。迎新會的前一天，徽杭跟 Anna 一起坐車到南校區把一週要買的菜買好，如果徽杭去打擾安平或是品哲，他們一定會慫恿她參加，但是徽杭真的沒時間參加那麼盛大的聚會，功課重要，中秋節就先學一下嫦娥平常的日子，暫時神隱一下吧！

這一個半月以來，知識性的大爆炸，不停的接收、咀嚼、暫存、理解。對於聽不懂無法接收的，徽杭決定先丟在大腦一邊，不理不睬，相信有一天會回來的。對於接受卻還是無法理解的，只能暫存在大腦裡，隨著越來越累積的知識，可能已經像一件不被喜愛的衣服，壓在最底層的抽屜內了，沒關係，這有一天也會被再度翻出來的。

對於接收成功、咀嚼順利、完全不需要暫存而直接進入理解這一層的管道裡，就是徽杭最愛的語音學了。語音學像極了徽杭小時候看國語日報最愛的遊戲，左右頁各給兩張圖，告訴你有幾個不一樣的地方，然後把不一樣的地方找出來圈好。徽杭小時候很快的就能在兩張類似的圖形中，發現很細微的差異，語音學就像這種遊戲一樣，她可以細微的聽到許多不一樣的聲音，她殷殷期盼十月中快點到來，因為現在還在介紹理論模型，等十月中之後，開始要進實驗室，把那些人耳聽到不同語音的物理特性，轉變成像指紋一樣的頻譜圖，還要把語音信號的時間、頻率及振幅用聲紋圖形進行分析討論。那天她在秀雅姐的桌上看到了數十張圖形，她迫不及待的想要趕快學著操作著聲學軟體的電腦。

音韻學是她第二喜歡的課程，這很像國語日報的那種複雜的走迷宮作業，走到一半發現走錯，就只好倒頭回來重新做。這門課的作業，徽杭必須依賴沒課的上午。首先，必須用到浴室的大水，美式花灑的蓮蓬頭是固定在上頭，一扭開冷水，往頭頂大灑，再怎麼迷糊睡眼惺忪的樣子，也會被這種酷刑給弄到驚醒，再搭配一杯 Anna 留的半壺咖啡，把自己給苦死，每次五大題的作業，前面的三大題，徽杭往往可以一個上午做好，後面兩大題，通常是等讀書小組討論時，她才慢慢能找到答案。

句法學，是第三門課，她超級不喜歡。徽杭知道這門課大概在幹什麼，但是光是那些題目，她看了就很討厭，句子的合法性、如何判斷、如何歸類，其實句法跟音韻都是必須從一疊語言資料裡找出規則順序，但是，同樣的道理，用到了音韻就是音韻，用到了句法，就都是狗屁！

唉，真正的超級大狗屁，是語意學，還是一個字都聽不懂，這些課都跟同學有讀書小組，但是，語意學，就算讀書小組，同學如何討論，現場聽，完全可以接受，課業一帶回家，馬上毀於一旦，原先還能接受的，一寫起來，完全都不是原來的道理，這是什麼鬼東西？到底，學這個要幹嘛？

那天她看到 Piyada，原先說要抵免語音學，最後變成是音韻學沒見到她。她說，老師太神了，一聽到她提到要抵免，連原因也不問，反而是問，妳要加修哪門課，她只好老實說 Discourse（篇章學），老師說，那妳抵免音韻學。到頭來，她原先準備一堆冠冕堂皇的話述，連語音學這個詞都提不到。徽杭聽了，覺得老師真是個神人。

不過，她還是想問 Piyada 語意學到底是幹嘛的，Piyada 沒好氣的回答，那語音學到底是幹嘛的，就是一個你喜歡，一個不喜歡你，就是這麼簡單的道理！講完後，兩個人都笑開了！

現在幾乎都是固定的時間過著規律的生活，週一到週四都有課，有兩天是早上九點到十二點，另外兩天是一點到四點。徽杭每天都照著自己的安排過日子，早上 7:30 起床，洗澡洗頭，喝杯 Anna 泡剩的咖啡，吃一片白吐司，早上有課的話，中午到 Baldy Hall 二樓的小休息室。講到二樓的小休息室裡，那可真的是個神奇的地方，它位於 Baldy 二樓跟 Lockwood Library 的角落中間，裡面有微波爐跟販賣機、咖啡機，還擺了幾張小圓桌。徽杭平常微波了便當，就自己在一個最靠近的角落，不會被人發現的圓桌處，背對著其他人吃飯。吃完後，下午就跟同學組成讀書小組，討論作業跟課本內容，到了 4:00，徽杭就會回宿舍，小睡兩小時，六點起來到一樓廚房微波便當，或者煮個泡麵，如果室友回來，她功課沒做好，又擔心室友找她一直聊天，她就會再回去圖書館的小論文間讀書。一直讀到圖書館關門，她才回宿舍，繼續在 Lounge 讀書，讀到凌晨四點，才摸黑回到宿舍睡。如果課是下午一點才上，徽杭早上就會在宿舍裡一直讀，反正室友是一定要一大早去南校區上課的，讀到接近中午，再到一樓熱了便當，拿回房間吃，吃過才去學校上課。

　　徽杭現在每天除了上課，就是窩在自己的小論文間讀書，記筆記，功課稍微有個雛形，就去 Baldy Hall 的電腦教室打作業。Baldy Hall 有兩個電腦教室跟一個電腦房。一個電腦教室提供 Compak 跟 Dale 的電腦，兩種品牌的電腦都很新，另一個電腦教室都是螢幕超小的爛電腦，主機都發黃了，其實很多人都用它來處理一些功課還是程式之類的，反正徽杭都只利用它發送或接收 email。她現在固定會去搶有 Compak 牌子的電腦，喜歡它的鍵盤聲音，每次寫好後，按下列印鍵，就可以到隔壁的小房間，有工讀生在那裡坐鎮，電腦有問題都可以問他們，也可以報自己 email 的帳號，一看到 hhsu@acsu.buffalo.edu 就知道她的文件列印好了。有時有太多人要列印，大塞車時，工讀生都會替她看看，大概還要等多久，這時，徽杭就會到那間爛電腦的教室裡，寫封 email 跟媽媽報平安。她擔心媽媽還是無法理解自己的英文，所以，她有時就會把想說的話，或是想分享的心情，錄在 AWA 的錄音機裡。等到錄滿了六十分鐘，她就會用海運寄回台灣，媽媽收到，也都是兩個月以後的事情了。

　　一門基本課堂的閱讀頁數是六十頁，這只是教科書，如果連同參考書籍或其他文獻的頁數，則是無止盡。她想過，如果是用中文寫的書，要她每天把教科書跟參考書讀完絕對沒問題，但是，英文書，她真的沒辦法，她連重點都找不到，改天應該多多跟 Sue 還有 Melissa 在一起，看看到底美國人都怎麼讀這些東西的？

除了閱讀之外，還有大量的錄音帶需要重聽一次，把筆記做好。敬成知道徽杭要錄音帶，他那裡貢獻好幾盒，他因為非常喜愛水牛城的廣播電台 FM 96.1 的音樂，他說有車之後，不只是開車回家是份享受，沿途的風景，河光無限美好，連廣播的音樂，有抒情、有輕快、也有舞曲，這些都讓人有活著真好的感覺。所以，他那時就買了幾盒卡帶把那些喜愛的音樂都錄下來，當成結束留學生涯的美好回憶。他沒用到的就全給徽杭了。

光是書桌上滿滿堆疊的卡帶，她就要花時間去重新聽，做好重點筆記。卡帶少，有卡帶少的好處，因為到下次上課，就必須重錄洗掉原先錄製過的，因此，等於是逼著自己努力聽完。卡帶多有卡帶多的方便，沒有馬上必須聽的壓力，但是一累積更多，就會覺得非常痛苦，感覺整天都在倒帶跟回帶中度過。

徽杭發現因為帶個 AWA 錄音機去錄音，也交到了不少好朋友。她這個錄音機比卡帶大一點點，拿在手掌中非常輕巧，黑色的，錄音效果非常好，只能放一個卡帶，徽杭希望有最好的錄音效果，每次都近距離坐的離老師最近，每次接近三十分鐘，錄音帶就會自動跳上來，那天語音學老師心情似乎很好，還主動替她翻面，說有這個錄音機也不錯，提醒她時間，就不用看錶了，順便喝杯茶，把班上同學逗得笑哈哈，Melissa 轉頭看看徽杭，徽杭臉羞紅得一塌糊塗。還有些時候，Melissa 跟 Mandy 兩人為了老師的課堂作業內容爭執不休，也是第一個去找徽杭，叫她把那天的錄音帶拿出來，她們要放出來比對。

第四十一章：追夢的幸福

這些日子以來，徽杭一直在觀察美國女生，她對美國女生的印象好得不得了。直爽不做作，沒有台灣女孩的嬌氣，那種嬌嬌女，講話嬌滴滴，做事慢吞吞，回答問題不乾脆，扭扭捏捏的死樣子。不過，有趣的地方是，她本來以為美國人是不會閒聊別人家的事情，沒想到，熟了之後，一樣也是超愛閒扯鬼蛋的。

那天徽杭在圖書室整理她的錄音帶，Melissa 進來，跟她說隔壁的哲學系想邀語言系的同學週末去聚餐，問徽杭有沒有興趣參加。徽杭抬起頭看看她，跟 Melissa 說真羨慕，講自己的語言，什麼都通，時間也比國際生多，週末還能聚餐出去玩，好好啊！Melissa 說哲學系的同學沒那麼多，而且沒有半個國際學生，他們常在休息室跟語言系的美國人聊天，很羨慕語言學收那麼多國際學生，覺得很有趣，想要多認識大家。徽杭搖搖頭，表示沒興趣。

Melissa 接著問徽杭，有沒有注意到哲學系有一個身高很高大、約 190 公分的大帥哥，好幾個語言系的美國女生都喜歡他。徽杭當然知道 Melissa 在講誰，常常在休息室見到幾位哲學系的男生，都是人高馬大的坐在那裡聊天，徽杭超不喜歡他們，要去休息室倒杯咖啡，去信箱格子拿個信，還要看到那群不是自己系上的人坐在他們系上的休息室裡。相形之下，圖書室內就都是日本、韓國同學在那裡讀書討論，見到徽杭進去，都會客氣的關心她學業的事情，就算不是問課程，也會問她在台灣的事情、台灣的家人、台灣的飲食、台灣的氣候等，讓人倍感親切，她可以理解為什麼 Sayuri 會說這裡的亞洲人非常團結，她有同樣的感覺，見到了黑頭髮的亞洲人，就是覺得親切。

徽杭的語音學固定跟當時找她當發音人的白髮先生一起討論，名字叫做 Edward，大概是徽杭沒見過白鬍鬚的白人，以為他年紀很大，後來才發現還不到五十歲。那位老先生也曾是大學講師，在賓州某個大學教數學，無意間發現語言學的美妙，突然決定辭職，申請博士班，由於系上沒有給他獎學金，學校的另外一個數學中心給他助教獎學金，即便過去曾經是大學講師，但是，一旦離開教學的環境，重拾書本當學生，就等於一切重新開始了，每個月只有八百塊的助教獎學金，學費全免，對於年輕的學子而言，特別是國際學生，是非常好的收入，但是，對於像 Edward 因為重新就學，必須放棄原有的一切，被迫跟當公務員的太太兩地分離，是什麼樣的力量，驅使這些人求學的意志力？

她記得上回在尼加拉瀑布看到豐沛的水源，巨流滾滾的驅動著無限海量的水力，當時她跟文光說，有人來美國追求學業，有人追求前途，有人追求更好的生活，有人追求愛情，她現在開始慢慢理解那天 Sayuri 笑著說她才二十二歲就能擁有這一切，這才是其他人無法比擬的強項，這裡的外國人，能夠拿著獎學金，都是為了追求更大的夢想，被迫放棄原先的生活。至少，徽杭是完全的追夢，沒有放棄任何會錯過的東西，就這樣的放逐自己到了美國。但是，徽杭還是無法理解美國人，他們一出生就是在這塊遼闊土地的世界強國，他們就是含著金湯匙出生的人，他們為什麼需要放棄既有的生活呢？他們已經是活在一個別人一輩子都做不到的美夢成真的國家。

第四十二章：無法理解的抄襲

　　語音學多虧了 Edward，她學到很多東西，有些進階的問題，她無法理解時，透過讀書小組，Edward 都會提供很多意見。而且，徽杭觀察到 Edward 跟其他美國人不太有深入的交集。有時上課 Melissa 跟老師互相為某些理論辯論時，那是徽杭覺得最痛苦的時候，因為，大家一講到激動處，語調變得很快，很多詞彙都是斷斷續續呈現跳躍式的進展，即便她錄音，即便她倒帶幾次，都還是不懂，這時徽杭就會去請教 Edward，他非常善良，有時會很直接的告訴徽杭，他也沒聽懂那些年輕人爭論的細節，隱隱約約之中，徽杭似乎覺得，美國人有趣的地方在於他們對於不喜歡的人，公共場合表面不會顯現在臉上，但是，如果私下跟他們聊，他們即便不講細節，也會讓你從他們的表情上，發現一些端倪，徽杭覺得美國人的表情比亞洲人豐富多了，更容易預測內心的想法。

　　語音學的讀書小組，徽杭除了跟 Edward 同組之外，現在還多了一位韓國男生，這位男生也住宿舍，有時見到徽杭，兩個人就禮貌點點頭，沒有交集。但是，發生了一件小插曲，造成四門必修課的讀書小組都拒絕他，到最後，他就自動的加入徽杭跟 Edward 的討論小組，徽杭看 Edward 沒有反對，她就無所謂了。只是，徽杭有感覺到，如果這個男生不在，Edward 就會知無不言，言無不盡。但，如果這男生在，Edward 很多時候就會語帶保留，等到徽杭當 Edward 語音學的發音人，一對一的時候，Edward 才會願意補充更多小組會議沒能深入談的問題。

　　小插曲是開學第二週發生的事情。某天句法學上課時，徽杭固定跟 Melissa、Sue、Mandy 討論功課，原先這位韓國男生也加入討論，其實，外國學生剛來，英文口語一定不可能那麼好，所以，大部份時間是安靜的，但是，那天當徽杭像往常一樣在記錄三位女生的見解時，突然 Melissa 大聲對著韓國男生咆哮，說他怎麼可以偷看抄寫她的筆記？然後 Melissa 就氣呼呼的收拾東西，Sue 及 Mandy 也跟著收拾，對著徽杭招招手離開說散會，留下徽杭跟那位韓國男生一陣錯愕。韓國男生已經盡量用不太流利的英文，擺出笑臉解釋這不算是抄襲，但是 Melissa 一面收，還一面說他一直看別人的筆記，然後一個個句子謄寫到自己的筆記上，這不叫抄襲，什麼才是抄襲？

由於事情發生太突然，徽杭只注意聽剛才他們三位的發言，並沒有仔細看到那位韓國男生是不是真的有靠過去看她們的手稿。徽杭不懂，以前在大學唸書，常常有些從來都沒出現過幾次的香港或是馬來西亞僑生，來跟她借筆記，她不論交情，一定會借出，還會跟對方說字跡潦草凌亂，看不懂請見諒，她從來不介意被抄寫的感覺，畢竟人家千里迢迢來唸書，本來就是需要幫忙的。而且，光談論幾個題目，不可能從頭到尾都抄寫，應該僅是幾個重點概念而已，不過，可能這就是美國重視的智慧財產權吧！

對於這個韓國男生，徽杭倒有幾分同情，因為並不是只有句法學他惹怒了 Melissa，連兩門課的語音學、音韻學的老師，Schaefer 教授，他都很不受她喜愛。有一天老師的 office hours（諮詢時間），徽杭也跟其他美國同學一樣去問老師問題，老師原先是喜歡一對一關著門談，但是談到第三位後，她一開門出來，發現門邊還有七、八位同學坐在地上枯等，有研究生也有大學部，她突然決定要大家進去，大門大開後發現，前面三位的問題，跟後面這幾位是一樣的。徽杭帶著密密麻麻的手稿，決定不發問，讓那些美國學生來問，果然，透過美國學生的問法，徽杭漸漸得到她要的答案，雖然她沒有百分之百的理解，但是她還是先把可能的答案一一寫在稿紙上。

沒想到，這個韓國男生不太會預估局勢，明明老師同樣的問題已經回答了前面三個人，一開門又看到一堆學生坐著等著，又是問同樣的問題，結果，這個男生就是很不識相，還在原方向打轉，問老師為何一定要走 A 路線，而不是 B 路線，老師像是被激怒了，突然不耐煩的高分貝說：「就用我的方法嘛！」(JUST DO IT MY WAY)，這一句重話，把在場的學生都嚇到了，美國學生陸續的退場，謝謝老師回答，這個男生也不知哪根筋不對，怎麼還不死心，笑瞇瞇的想要繼續解釋，老師突然就揮手將人轟出去要他自己去想。

可是，說也奇怪，老師把他趕出去後，回頭一看發現徽杭一個人傻傻留在位置上，有點驚嚇到一動也不動，竟然主動說，「妳呢，妳懂嗎？」徽杭不敢說還有些不懂，只是，她跟老師說，大家都是來問語音學，她應該已經都沒什麼問題了，但是她其實還想問音韻學，是不是改天再問。

老師聽到了，立刻跟徽杭說，她先去上個洗手間，倒杯茶，還主動問徽杭需不需要也來杯茶，要的話，可以自己拿她研究室桌上的茶包。另外，她桌上擺了一個高挑的金盤子，裡面擺滿了巧克力，徽杭可以自己選喜歡的口味。她主動把茶包攤開給徽杭選擇，介紹有薄荷、花草、藥草、檸檬、英式口味的茶，徽杭選了一個檸檬茶口味。後來徽杭跟老師說，熱水壺在 Lounge，她正好要去 Lounge 拿自己的杯子，不如老師先去洗手間，她去幫老師跑一趟 Lounge 泡一杯藥草茶過來吧。老師微笑的點點頭，剛才的不耐似乎是煙消雲散了。

過了幾分鐘後，徽杭把音韻學寫在紙上的草稿給老師看，告訴老師哪裡卡住了，老師那天花了將近一個小時，替她慢慢引導到正確的答案上。徽杭收拾書包時，一直跟老師謝謝，說自己浪費她很多時間，老師反而說透過徽杭的問題，她大概發現不論是本籍學生還是國際學生，似乎問題都一樣，這也是幫助她下一次設計講義教材時，在這些有疑難雜症的地方，要多下功夫，所以，老師反而到頭來跟她謝謝。

徽杭走回宿舍的路上，她很難理解，從她的角度來看，其實那個韓國男生沒有那麼離譜，可是，就是一些小動作，惹怒了很多同學，但是相對的，她自己也沒有特別好，但是不論是班上的美國同學還是老師，她總覺得對她非常友善。回到宿舍後，她看到門上貼了一個紙條，是韓國男生留的，他寫下自己的電話，希望徽杭可以打給他。徽杭立刻撥了號碼，韓國男生請求她能不能把問到的答案告訴他，還有，他想借錄音帶，徽杭不加思索答應了。

　　沒多久，那位韓國男生來敲門，徽杭拿一個紙盒，把錄音帶的日期用鉛筆標好，筆記本也附上，韓國男生想進來談談，徽杭直接回絕，說室友不准男生進來房間，她拿了鑰匙把門鎖上，跟韓國男生說到會客室的圓桌談一下。言談之中，徽杭知道對方也是拿了碩士學位，韓國國立大學 TESOL 的碩士，他無法理解為何到了美國，學科難不說，英文不上手不說，同學都好冷淡。徽杭只能安靜的聽，她真的無法給任何建議，她自己都不懂為什麼美國同學會有這麼些差別待遇，她所遇到的，全是願意互相幫忙的同學，連老師的態度，都讓她覺得像媽媽一樣親切。

　　不過，後來過了好一陣子，徽杭也終於瞭解為何敬成學長當時會提醒她在美國大家都很忙，如果需要同學幫忙，不能固定找同一個人，對方會覺得很厭惡。徽杭有點小後悔，那位韓國男生三不五時來借筆記也就算了，自己寫好的東西，就算還沒打在電腦上，通常會還在暫存在大腦內，所以，就算有時拿不回來自己的筆記本，也可以根據些微印象，把作業打出來。但是錄音帶，韓國男生搞成習慣一直來借，借了之後很久都不還，上課遇到他，客氣問他何時可以好，他每次都笑瞇瞇說晚上會拿去宿舍給她，但是到了晚上，根本沒動靜。徽杭回宿舍就是讀書，沒事也不希望同學來敲門，所以，她也不會主動打去叫韓國男生還。但是，錄音帶真的是最麻煩的問題，很多時候她把累積的錄音帶全聽完，筆記也做好了，想要聽下一卷，突然發現不在手邊，韓國男生知道她住哪間房間，她卻不知道他住哪裡，她也不想知道，但遇到等不到錄音帶的時候，她也會覺得很懊惱。

　　Piyada 也常來跟她借錄音帶，Piyada 的優點是永遠是借了之後，馬上聽，所以錄音帶六十分鐘的長度，就會送回。相形之下，韓國男生搞成習慣，借了一個多禮拜都不還，跟 Piyada 相比，的確有些討厭。徽杭還在想，怎麼樣不傷這位韓國同學請他最好能一天之內還完帶子。

第四十三章：意外的訪客

　　徽杭回到宿舍，室友還沒回家，她把她這不到兩個月對周遭事情的觀察，像說故事一樣的，錄在 AWA 的錄音機裡，她先謝謝媽媽對她任性的要爸爸拿出比三十萬嫁妝還多出二十萬的錢，讓她來美國，她也把她每天比台灣還要規律用功的行程一一的告訴媽媽，讓媽媽知道在台灣的夜晚，就是她白天努力的開始，她希望媽媽相信，這一趟出國，不是她的任性，而是韌性，這是台灣幾年都培養不到的耐力。最後，她告訴媽媽她還是想攻讀博士的想法，但是，請媽媽不要為她擔心，因為如果她沒有拿到助教獎學金，她絕對不會唸博士，這只是她的人生夢想而已，不能實現，也沒有關係。

　　就在徽杭等不到錄音帶，就順手拿了一卷空白帶，對著媽媽講話錄音後，電話突然響了。竟然是慧婷。語氣非常失落，本來徽杭就很喜歡慧婷慢版的講話方式，聲音輕輕柔柔的，現在可以感覺在遠端的慧婷，更是有氣無力的。

　　「徽杭，妳在宿舍嗎？有沒有要出去？如果沒有，我能不能過去找妳談一談？」徽杭連忙告訴慧婷自己的宿舍號碼，在慧婷還沒到時，徽杭用咖啡機煮好水，想給慧婷泡一杯烏龍茶。大約三十分鐘後，慧婷小聲的敲著徽杭的門。徽杭一打開，看到的竟然是淚流滿面的慧婷，她忍不住的抱住徽杭放聲痛哭。

　　「慧婷，怎麼了，不要嚇我？是功課跟不上，是不是？我跟妳講，這幾天我的心得是……」慧婷沒等她講完，馬上插嘴說：「不是功課。」

　　「喔，不是功課……」徽杭點點頭，抿抿嘴，讓慧婷坐在自己床上，她把桌椅移到床邊。「是至威，對不對？」慧婷點點頭。

　　「他在台灣有別的女朋友？」徽杭說完後，慧婷驚訝的看看徽杭：「妳怎麼知道？」徽杭低頭不語。

　　「徽杭，求求妳，妳是不是知道什麼事情？」慧婷緊拉著徽杭的手不放。

「慧婷，沒有，我不知道。只是，至威是台大電機的高材生，人品好、相貌好，不太可能沒有女朋友。」慧婷一聽，把手放開，呆坐在床邊，久久不能言語。沈默好久，她終於說話了。

「徽杭，我該怎麼辦？要繼續下去嗎？」

「妳是怎麼察覺到他有女朋友？」

「他自從開學後，每週末固定時間會打電話，我們三人合用一支電話，所以，帳單是大家一起看的。原先，我以為是打給父母，後來帳單來了之後，發現，除了父母之外，還有別人。最近，台灣寄來好多零食包裹，我不認為是他父母寄的。」

「為什麼？」

「我不知道，可能是直覺吧！裡面一堆國王麵跟太空麵，妳覺得父母會寄這種零食給他？」

「什麼，太空麵，有太空麵？我喜歡太空麵，妳可以偷幾包給我嗎？」徽杭一聽有她愛的零食，突然很嘴饞，也好想馬上享受那種撕開包裝袋，再灑半包調味料，和一和，拌一拌那種滿足愉悅乾吃的快感，剩下半包調味料她會去沖熱水，當成是麵湯喝光光。

此時徽杭完全忘了慧婷在傷心中，只見她沈醉在太空麵的樣子，被慧婷怒氣沖沖的眼神給懾服了，連忙說：「慧婷，妳不要生氣。有太空麵耶！不然，如果拿不到太空麵，國王麵也可以啦！」這一句，突然讓慧婷露出一點笑容。

慧婷往她房間看看說：「徽杭，難怪妳當時不聽大家的七嘴八舌，堅持要搬進宿舍。妳的房間，不知為何，意外的讓人覺得舒服溫馨。」徽杭看到慧婷心情慢慢平靜，她把烏龍茶遞過去床上給慧婷，慧婷喝了一口，把杯子放在窗台上，眼睛往窗外眺望，完全不出聲。徽杭也靜靜的陪她喝茶，別有憂愁暗恨生，此時無聲勝有聲......畢竟不知道慧婷到底跟至威進展到什麼程度，看她哭成這樣，也不好貿然過問這種人家的私事。

就在此時，突然電話響了。徽杭笑笑的跟慧婷說，「有趣，平常電話沒半通進來，偏偏妳一來，就來電話了。」

徽杭話還沒說完，慧婷突然衝到話機那裡，「徽杭，我怕是至威打來。如果是，妳接了不要告訴他說我在這裡。」

徽杭這時才發現到慧婷左側的頸子末稍有個深紫的吻痕，她愣了一下，有點錯愕，想一想還是跟慧婷點了頭，接起電話。果不出其然，真的是至威，劈頭就著急的問：「徽杭，慧婷有沒有在妳那裡？」

「找女人竟然找來我這裡？不先問候我啊？」徽杭假裝放慢調子，俏皮的說著。

「我很急，急得快死了。」

「很急，趕快上廁所啊，我已經搬離你們家了，現在廁所使用率如何？一個人可以幾分鐘？拉屎還要拉在你們電機系的廁所裡嗎？」

「喔，拜託啦！改天再聊我家的廁所好不好！」

「那你找慧婷幹嘛？？」

「唉呦，徽杭，一個字，有還是沒有嘛！」

「那只能說『有』啦！」徽杭剛講完，慧婷一直搖手，徽杭把慧婷的手擺下，暗示她沒問題。

「有，那太好了，妳可不可以請她來說話？」

「問題是她沒來啊！」

「妳在搞什麼啦！妳剛才不是說『有』？」

「那你說一個字，一個字，當然只有一種選擇，就是『有』啊！」

「所以，是沒有。」

「『沒有』是兩個字。」

「唉呦！蘇徽杭，煩不煩啊！妳都這個節骨眼，開什麼玩笑啊？」

「唉呦，到底出了什麼事啦？急成這樣。唉，男人真是的，都是一個樣。開學前，你都說我講話爆笑幽默風趣，開學後，為什麼對我這樣不理不睬，連打個電話也沒問候，就這樣的猛發脾氣。好不容易等到你的電話，竟然是找別的女人。男人好狠喔！」徽杭故意裝著嬌嬌女的嗲聲嗲氣。同時間，她可以聽到至威無奈的嘆息。

「所以，慧婷沒過去。」

「到底出了什麼事情？告訴我，告訴我，小倆口吵架了？」徽杭還是繼續的嬌滴滴問下去。

「沒什麼啦！因為她沒車，都是我接送。我今天有點累，想回家休息了，想說再等不到她，我要自己回家了，但是又覺得這樣不行。」

「喔，那，我也真的不知道了。不然，你跟文光說嘛！叫文光在實驗室等著，搞不好慧婷就會出現，文光可以載啊。」

「也對，也對，那，就不打擾妳了，改天再聊，掰掰了！」

徽杭一掛下電話，慧婷立刻抱怨。

「妳看，看到沒，他就是說謊成性，可以面不改色。」

「男生，要面子。他怎麼可能跟我說妳跟他的事情呢？水牛城台灣圈小得一塌糊塗，你們在一起，應該大家認識的都傳開了，如果交往兩個月就分開，妳說，到時連不認識的都會認識了。」

「徽杭，我好後悔，我該怎麼辦？」

「妳不是還有文光嗎？可以拉攏他嗎？」

「我才不要，又瘦又小，個性稀奇古怪，都是三更半夜去買菜。問他什麼事，半個屁都放不出來，支支吾吾的，討厭他！而且超級小氣。我們現在什麼都分開計算了。米，他買他的，我們買我們的。食物都是各自管各自的，只有電費瓦斯那些是分攤。」

「所以，妳還是在乎至威。那，妳要馬上去實驗室嗎？」

「妳覺得呢？我該去哪裡？妳室友會回來嗎？」

「6:00 會回來，如果我是妳，我就去圖書館，待到南校區最後一班巴士，然後自己走路回去。」

「怎麼走，路很遙遠耶！」

「我是說如果是我，妳不是我，妳就自己判斷啊！」

「那，妳這麼建議的原因是？」

「原因？就是不需要勉強啦！如果他是這種說謊話面不改色，也不會氣喘吁吁的人，勉強在一起，難保他不會一而再，再而三的犯錯。」

「可是，徽杭，我跟妳說，我們已經在一起了。見面會很尷尬的。」

「什麼意思？你們本來就在一起啊！」

「不是，我們已經有關係了。」慧婷說完後，臉紅頭低到不行。

「什麼啊？怎麼這麼快？為什麼這麼快讓這種事情發生呢？」徽杭超級不解的，她以為慧婷對很多事情會有所堅持。

「是啊，妳說還能怎麼辦？」慧婷幽幽的一雙眼睛朝著外面看。

「慧婷，如果我是妳，我不會再坐他的車。」

「那，現在，妳要我搬到哪裡？」

「不搬。繼續住啊！」

「那，不尷尬嗎？換成是妳，妳會怎麼做？」

「我不會覺得尷尬，更好的是，我每天都會打扮得花枝招展的，讓他看得到，摸不到啊！」

「妳為什麼一定要這樣講？好粗魯喔！這是在傷口灑鹽，妳知道嗎？」慧婷不解的突然對徽杭大叫起來。

「妳振作點吧！我粗魯？那人家男生也可以說妳隨便啊！當時在機場旅館認識妳時，妳怎麼講到父母對妳的期望。希望家裡出個女博士，光耀門楣，這麼開明的父母，能夠支持女兒唸博士，全台灣沒幾個，妳就一定要來這裡追求妳的愛情。結果呢？現在變成這樣。妳會算計，夠厲害，乾脆就把他搶走，留在妳身邊。但是，如果他一年就要畢業，妳就別指望他不會回到那個女生身邊。我才不懂妳。來我這裡，妳想聽什麼？好聽的話，妳去找那群 MBA 的女生，她們一定是從頭到尾把男生罵一遍。我告訴妳，省省口水吧！罵一百遍，都不可能會改變任何事實。反正回去之後，至威一定會好言相勸，跟妳講都是台灣的那個女生死纏他，硬要送他國王麵、太空麵。喔！如果他這麼講，麻煩妳跟至威說，各拿兩包給徽杭。」慧婷很震驚徽杭會這樣跟她吼叫。她不是沒看過徽杭跟至威在車上大小聲的模樣，但是，就這麼衝的對話，這還是跟慧婷第一次。

「徽杭，我就不能問問至威嗎？」

「問他什麼？千錯萬錯，男生不會認為是他的錯。還是，妳要問，兩個裡面他要選誰？」徽杭說完，慧婷點點頭。

「如果他是老實人，他會說兩個都很喜歡，真的不知道怎麼選。」

「如果，不老實呢？」

「妳不會愛聽。」

「沒關係，妳說說看，反正，事已至此。」

「他會說當然是妳好，是對方無法放下他，所以，等他回台灣就會立刻解決。」

「然後呢？」

「等他一回到台灣，就不會想再跟妳聯絡，就算聯絡，他會搬出他爸爸，他媽媽，他祖宗十八代，然後告訴妳，他全家都只要這個女生，不能接受美國認識的狐狸精。」慧婷又是沈默。

徽杭繼續說：「慧婷，妳要有骨氣。妳又不是沒錢，一開始，妳要一個免費司機幹嘛？那時安平學長接機時，取笑我，離開宿舍解約唯一辦法是結婚。妳還說為了『暫時室友』，硬找個『終身室友』會比較好嗎？妳還記得嗎？妳為了嫌這個麻煩，嫌那個麻煩，現在硬是栽在他手裡，為什麼妳要過得如此卑微？妳哪點比他差？」慧婷一面聽，一面流淚。她拿起擺在地下的包包，跟徽杭說，想要靜一靜，走一走。

徽杭本來以為過了一年之後，趁著帶新生的機會，去銀行撂幾句英文，可以一雪前恥，讓那些反對她住宿舍的同學看看，她英文有多大的進步。但是沒想到，還不需要一年，才兩個月，就讓她看到沒住外面的優點了，能適時的遠離台灣同學圈，也是好事，不然，美國這麼大的國家，總會寂寞，父母也不在身邊，一不小心，就會走錯路。雖然來美國也看到語言系跟哲學系的美國同學打情罵俏開黃腔的樣子，開放有開放的好，但是，徽杭畢竟是南部鄉下長大的孩子，做人要有做人該有的分寸，很多對女生會吃虧的事情，她覺得，除非是遇到真心相愛的人，不一定非要有結婚的好結果，但是不能這樣隨便認識一下子，就隨意亂發生關係。等慧婷走了後，徽杭又用 AWA 的錄音機，跟她媽媽報告這件事情。

第四十四章：離別的心情

　　因為徽杭沒有出席這次盛大的中秋迎新聚會，九月三十日那天突然接到敬成電話。敬成跟她說自己已經在收攤中，問她有沒有需要的鍋碗瓢盆，她可以先堆在床底下。徽杭說，也好，剛好是週五，她可以跟他去吃吃飯，聊聊天。兩人因此約在漢堡女王見面。

　　「東西都收拾差不多了，機票訂了嗎？」

　　「東西也還不就是那麼些破銅爛鐵。機票還沒訂。」

　　「還不需要訂？」

　　「是還不想走。」

　　「真的，這裡有那麼讓你留戀的喔?」

　　「是啊，還沒看到楓葉，想看看楓葉。」

　　「真的？楓葉有那麼漂亮啊！什麼時候才會有呢？」

　　「大概要等到十月中了。」

　　「那，你沒交通工具，會方便嗎？」

　　「還好，我們社區台灣人也多，我室友如果要去學校，或是買菜，我就跟著，其他時間，總是還有其他電機系的老同學能幫忙一下。」

　　「那，你都不缺錢？不急著賺錢？」

　　「拜託，在台灣工作那麼幾年，股票、分紅，也領了一些，這裡生活費低多了，又住在客廳，生活需要的少，是還能撐一陣子啦！」

　　「是嗎？我可能太現實了。總覺得一畢業就應該要賺錢，能像你這樣還悠哉悠哉的等楓葉，總覺得好奢侈啊！」

　　「那妳呢，最近過得好不好？」

　　「就，忙啊！都是重課。有兩門越來越糟糕。其中一門，有點懂，作業都只拿到 B，另外一門，完全不懂，作業一發下來，應該都要拿 C 的，但是老師竟然還給我 B，是新老師，人太好了！」

　　「難怪，聽實驗室的人說，一開學後，就幾乎沒有妳的消息，以為妳跟誰跑了呢？」

「喔，我能跟誰跑？來美國是來拿學位，不是來找對象的。如果要找，在台南找，不就好了嗎？我嫁人還有嫁妝耶！不過，現在已經被我花光了。沒人能嫁了！」

「對啊，之前聽妳聊過，跟妳爸要嫁妝的錢，來美國唸書。」

「對啊，所以，我現在可沒嫁妝了。美國學費那麼貴，我怎麼可能花時間去談戀愛？而且，就算男生拿獎學金好了，我沒有那種花男生錢的想法。不想跟男生低頭，只為了吃那幾頓免費的餐點。」

「學妹，那妳還真適合美國，美國女生就是給我們這種感覺。」

「對啊，所以她們講話多有自信，光上課，就常常欣賞她們的發言。」

「我就猜妳一定忙，上週末連迎新辦活動，妳都沒去。」

「喔。欸，奇怪，那你跟安平怎麼沒知會我？」

「誰說沒有？我們禮拜五打了好幾次，剛開始沒人接，後來一直佔線中，想說妳一定電話沒掛好。」

「有嗎？我禮拜五做了什麼？我記性變好爛，讓我想想看，我禮拜五沒有課，應該是在圖書館，五點隨便吃個三明治，之後坐公車去南校區超市買菜。然後大概是八點到廚房，還有地下室的洗衣房吧！這樣就差不多忙到十一點多了。電話只要是晚上，佔線機率大，因為我室友是紐約人，她總要跟媽媽聊一聊啊！」

「那，妳有辦法接受她這樣？妳都不打電話？」

「打給誰？我能聊的人，就是我同學，聊的東西，都是功課。我英文那麼爛，有什麼功課上的問題，不是都去問同學，那不是見面談才能談清楚嗎？我討厭講電話。有什麼要聊的，見面聊，感覺更好。透過電話線，如果英文又不好，對方哪會願意聽得懂啊？」

「這樣講也對。」敬成挪挪鏡片，點點頭。

「我很喜歡我們系喔！你知道嗎？系上給我放在博士班的名額裡，我們系上沒碩士班，所以，圖書館我申請到了一個小論文間。很棒喔！

我常花時間在那裡寫功課、讀書跟發呆。太棒了！」

「看來，妳很適應美國。」

「學長，這麼棒的國家，這麼好的系裡，有誰會不適應啊？」

「學妹，妳真是個好能隨遇而安的人。真的，妳知道那天同學會，聽到好多事情。會長有提到妳。」

「真的，提到我，幹嗎？說我大牌，不出席迎新？」

「不是啦！會長說，有一個英文系的女生，跟妳大學同一個母校畢業的。那個女生離開水牛城前，有跟會長打聽妳。說她要離開了，有東西不知道妳需不需要？後來會長一看那些東西都是很新的傢俱，會長告訴她，說妳住宿舍，應該不會需要，而且，很難聯絡到妳，所以，就沒替妳留下那些東西了。」

「有這麼個女生？真的不知道耶！大學是我的母校，然後拿到學位了？」

「不是，她比妳晚十天來。」

「那，她出了什麼事情？」

「她開學一週後，就決定不唸了。她其實一來就討厭這裡，帶她的學長很無奈，開學一週後，她看了課程，說這裡英文系不好，她要回台灣，想申請英國的學校。」

「喔，也對，唸文學，可能英國還是適合一些。我出國前去找幾位老師跟他們道謝推薦函的事情，那時隱隱約約有聽一位教授聊過這個女孩，說她想來唸我們學校的莎士比亞。英文好像叫做 Tracy。」

「叫什麼，我不知道，那天會長還稱讚妳，說語言學不是容易的學科，沒聽過妳抱怨什麼！」

「抱怨？天啊，如果還要抱怨，我會下地獄。學長，我的系上是天堂。同學好得不得了，大家互相幫忙，美國同學，幾乎都是女生居多，跟她們在一起，好自由，什麼都能講，連老師家裡的事，秘書家養幾隻貓，她們都知道，跟她們在一起，太棒了。其他國際學生，日本學長姐也多，也不會嫌我是台灣土包子，有時中午他們在圖書室，還會拿壽司請我吃。只是，我以前沒吃過日本菜，好不習慣，感覺他們東西都是冰冰冷冷的，把白飯用海苔捲在一起，沒辦法微波，所以，我都客氣的搖搖手。喔，學長，我跟你說，韓國菜好好吃喔！我超愛韓國的泡菜。但是，韓國同學說，他們都不太敢帶便當在系上休息室微波，因為味道過重，怕人家覺得反胃。欸，我們聊什麼聊到這裡？」

「不知道，怎麼聊到食物？學妹，妳說，妳從來沒吃過日本料理？」

「對啊！那不是很貴的東西嗎？誰吃得起啊？什麼東西都是小小一盤，貴得要死。」

「妳在台灣，也沒吃過？」

「沒啊！你吃過？」

「吃過。」

「學長，好吃嗎？那種都是生生冰冷的感覺，你喜歡喔？」

「喜歡啊！我是花蓮人，東部海鮮種類豐富又新鮮。生魚片配著哇沙米，再來一罐台灣啤酒，人世間的天堂啊！」

「沒去過花蓮。只知道地震多得像鬼一樣可怕。」

「哪有？還好啦！沒那麼可怕。一個月來一、兩次而已。」

「神經病勒！誰要住那裡啊？一個月來一、兩次，那麼多。」

「那裡是好山好水長生不老的好地方。以後妳有機會一定要去。」

「謝啦！如果可以，我希望永遠不要去。」

「我另外問妳一件事情。」

「好啊，什麼事情？」

「慧婷的事情，妳知道多少？」

「嗯，只知道至威跟她在一起啦！怎麼了？」

「妳上次坐我旁邊，是不是問我那句『坐旁邊好像我的女朋友』，妳是不是那時懷疑到了什麼？」

「沒有懷疑，只覺得怪怪的，說不出所以然。」

「那妳有沒有聽慧婷說，至威在台灣好像有女朋友？」

「講到這個，我都忘了，妳如果見到至威，可不可以幫我跟他要幾包太空麵？」

「哈哈哈！學妹，妳喜歡太空麵？」

「愛死了，沒太空麵，國王麵也行。」

「至威送了幾包到實驗室，全被吃光了。」

「你看，我就知道。」

「所以，妳知道有太空麵，妳就猜這一箱是至威在台灣的女朋友寄的。」

「學長，我不想這麼快下定論，而且，這是慧婷的事情。你知道，來美國後，我因為亂講話，被我最喜歡的秀雅姐趕出來。台灣的小圈圈對人家這種感情事情太愛下定論也太愛渲染了。我不想談慧婷的事情，因為，一旦話被亂傳，會說是我說的。」

「學妹，我知道慧婷有來找妳。妳是不是建議她跟至威分手？我跟妳說，至威蠻不高興的。不過，妳應該知道他們還是有在一起吧！」

「學長，慧婷是很單純的女生，像一般女生一樣，希望男生捧在手心裡疼著、護著、守著。我的確建議分手，但是，我也知道慧婷辦不到。」徽杭說。「所以，我猜，我愛的太空麵，飛了！」

「是啊，飛了！妳可以叫妳媽媽寄來？」

「不了，學長。我已經花他們很多錢了。光我在這裡的吃喝玩樂，他們不知道要辛苦多少日子，才能供給我這些。我不想浪費他們的錢，搞不好，運費比一箱太空麵還貴。」

「學妹，對不起，我給這種爛建議。」

「不會啦！學長。那應該慧婷這陣子心情會好一點了吧！這就是為什麼，我還是喜歡我宿舍的生活。單純，100% 的學生味。」

「是啊，學妹，本來安平還說看妳能耐到什麼時候，以為妳會吵著說要搬出來呢！真不簡單，週五這種小週末，大家都去聚餐約會，妳竟然是把一個禮拜的飯菜做好，還洗好衣服。妳真有能耐啊！」

「學長，我能讓腦子休息平靜放空的時間，也只有這個時候了。做飯、洗衣服，是最不需要花腦子想事情的。我覺得在台灣都沒像美國這麼規律的生活。實在是太棒了。」

「希望妳功課能漸入佳境。不過，那難道妳不會覺得一次把一個禮拜的便當都做好，吃到後面都是重覆的，很難以下嚥嗎？」

「當然啊！所以，我盡量會變化菜色，但是冷凍過的再微波，真的都沒有那種熱炒的香味。啊，我們的菜，還真的是要熱炒才好吃啊！你說日本料理好吃？拜託，我的胃是要吃熱熱的，越熱越好，我的茶也是要滾燙的，越滾燙越好。只是，住宿舍只能住這一年。住外面，我就能煮湯了。我喜歡白飯、煲中藥雞湯、如果能煎個魚就太棒了。」

「妳有大寶電鍋，不是一樣也可以嗎？」

「哪能撐一個禮拜？不可能啦！而且，美國的雞都很大隻，太佔冰箱了。我室友看我這麼買，她已經退掉一餐的餐券了，她吃素，我也必須為她想。冰箱雖然是我的，畢竟也佔了她的空間。光是每天的那壺咖啡，我就很感謝她了。」

「學妹，妳這樣跟室友相處，很幸福，人跟人之間只要住在一起，距離太近，就會有摩擦。雖然妳們才住沒多久，可是，我希望妳要好好珍惜這種緣分。」

「是啊！所以，學長，你也不要老是抱怨老廣的中藥雞湯啦！你室友其實也不壞啊！」

「沒錯啊！人跟人的相處，是很微妙的。常在一起，容易有摩擦，可是，哪天如果知道要分開了，心裡反而開始掛念起來。我最近看我室友還是在煩惱找不到博士論文題目，內心也為他感到難過。他背負著家人的希望，來美國這一個大寶山，如果空手而回，他爸爸會有多失望。所以，學妹，妳要加油，再怎麼苦，一定要撐下去。既然嫁妝被妳花掉了，妳一定要拿到學位，讓妳家人覺得這是人生最好的投資報酬。」

「是啊！你知道，我本來想要轉系的。有天我隨意翻了慧婷的書，我更加確定，我要留在這個系上。這個系上，什麼都好，就是沒錢。班上美國人、日本人全部都有拿到獎學金，我一時之間很震驚，但是，現在也稍微平緩一下心情了。我只能抱著且戰且走的心情。未來的事情，是很難預料的。不過，留在這個系，這還真是我人生中做的最為艱辛的決定。」

第四十五章：Potluck 美式聚餐

　　時間很快的來到了十月，除了忙碌的功課，就是天昏地暗的報告。雖然徽杭錯過了中華同學會辦的中秋迎新晚會，卻能趕上十月初系上辦的 potluck 餐會。系主任跟他太太邀了全系同學去他們家裡 potluck，聽美國同學說這是一種常見的美式聚餐文化，自己做一盤菜，帶到老師家，為了這個聚會，前一晚在宿舍的語言系學生竟然不約而同的全員在廚房到齊了。徽杭以為只有 Sue、Piyada 跟那位韓國男生是住宿，沒想到竟然還有一位日本女生，叫做 Kana。徽杭的四門必修課，除了語音學外，其他都看過 Kana，她話很少，很有禮貌，但是徽杭從來沒跟她聊過天。要不是因為 potluck，徽杭絕對不會知道原來語言系裡住宿舍的，不算少。

　　那天 Sue、Piyada、Kana 跟徽杭竟然四人在廚房裡敲敲打打的弄好飯菜。隔天中午的 potluck，Edward 跟她們約好，負責載她們四個女生去，Edward 是開一部 TOYODA 的廂型車，非常大，可以塞很多人，韓國男生很早就跟徽杭說自己不太想參加，所以，那天一早幾個女生就把 potluck 做好的東西包包好，很快的 Edward 就來載她們一行人出發了。

　　系主任家的路線跟台灣同學喜歡住的地方完全不一樣，雖然也在北校區，但感覺上非常偏僻，Edward 一出校門就接上 Maple，這條路也是校園周邊的主要幹道，越繼續往前開，越無人跡，路上幾乎沒什麼車，等到車子轉入一條普通的小路後，徽杭看到左右兩邊全是茂密高聳的樹林，走了很久，才從樹林叢中隱約的看到了此起彼落的房舍。

　　一進入這社區，徽杭看到的，全是一棟比一棟還要更豪華更隱密的高級別墅，這比她第一眼一見鍾情的秀雅姐家或是靠近 Ellicott Creek 那裡有船屋的住家還要更壯觀。房子的外表看來極為派頭，很像加州好萊塢明星那種富態的豪宅風格，系主任的家在非常裡面，社區簡直像迷宮一樣繞來繞去，Edward 轉了幾圈，後來發現繞過頭，又沿著原路開回，很快的看到一堆車子整齊的停在路邊，Edward 跟著車子，就看到了系主任家。

　　徽杭跟著大家一行人進入老師家裡，老師女兒迎接他們，完全不陌生的態度，似乎很習以為常她父母經常辦這種聚餐。徽杭把做好的餐點跟著大家一起放在廚房，老師 Schaefer 穿著很輕鬆的長衫長褲，不穿套裝的老師，看起來更是年輕許多，她迎著笑臉帶大家去廚房。

　　老師有三個孩子，身高都比同齡的孩子高人一等，長的真的像是好萊塢影集 90210 那裡的年輕偶像明星，徽杭心裡想，基因真的是超級重要的，真是得天獨厚的族群，郎才女貌的父母，生出的子女，容貌就是跟一般人不一樣，爸爸媽媽都是柏克萊加大的博士，都是大學教授，在這樣好的環境生長，實在是非常幸運的事情。Piyada 也突然轉頭跟徽杭說同樣的一件事，她說看來看去，真的，還是白人漂亮太多了，徽杭聽了笑笑，沒錯，任誰都會這麼覺得的。

　　到了聚餐時間，系主任花一點時間感謝全系老師跟同學的到臨，他希望大家對這個系有越來越多的向心力，也希望藉著眾多不同國籍的外籍生加入，能夠讓這個系越來越壯大，研究更豐富的語料，這樣聚餐的時候，才會有更多不同的國外美食可以享用。說完之後，大家開心的鼓掌。

　　系主任話一說完，馬上他的小女兒緊緊抓住這個爸爸撒嬌，徽杭心裡很羨慕。美國的爸爸好像特別疼愛女兒，常在路上看到爸爸一路走，一路抱著，對女兒甜甜的笑著，女兒就窩在爸爸肩膀，親親爸爸撒嬌，連落淚的模樣都好討人憐愛。徽杭對自己爸爸的印象是不苟言笑，嚴肅自我，專制強勢，她在記憶中，沒有任何印象能像美國小女生這樣，抓著爸爸的手，頭埋在肩膀內，撒嬌要爸爸秀秀。系主任完全不顧旁人，急忙將他的寶貝抱起來，溫柔碰碰她的臉頰安撫她，拍拍她肩膀揉揉，帶她去廚房倒一杯果汁，女兒嘟著嘴，雖然不滿足，但還是勉強的接受。

　　晚餐的外國料理擺滿桌，老師家非常可怕的大，聽美國同學說大概有五千平方呎，換成台灣的坪數是一百四十一坪，後院非常大，擺了許多木桌椅，大家就像進入餐廳一樣，每人拿一個餐盤，排隊到廚房去拿自己喜歡的料理。那麼多料理，徽杭最愛韓國菜，韓國同學勢力龐大，有辣炒烤肉、辣炒花枝、泡菜、小菜等，徽杭喜愛到極點。徽杭遇到 Sayuri，離上次新生會談時，與 Sayuri 長聊之後，徽杭就再也沒見到她，徽杭連忙跟她道謝，謝謝她當時給那麼多好建議，Sayuri 一直跟徽杭推薦放在廚房那裡一堆日式沙拉跟壽司，徽杭覺得盛情難卻，連忙回去廚房跟著 Sayuri 拿了一些。

徽杭覺得日本同學非常客氣禮貌，講實話，感覺上比韓國同學好相處，但是，對於他們的食物，徽杭實在敬謝不敏。她無法理解，這些日本壽司、日本料理在台灣是非常高檔的昂貴，在南部鄉下鮮少聽到同學聊過日本料理，當時大家聚餐，不是點個滷味外帶，就是吃個鍋燒意麵配個紅茶，這已經是最高的消費了。徽杭對日本料理唯一的印象，是當時她高中時期，最好的同學，她爸爸開醫院，她姑姑嫁到日本去，回台灣探親時，請她全家去吃日本料理，隔天同學大肆的炫耀，日本料理是多麼的人間美味，同學聽得羨慕得口水直流。徽杭看著餐盤拿了好幾個壽司捲，覺得好費工。

這時 Sayuri 拉著徽杭，跟她說要介紹認識一些重要的日本學長姐。徽杭在見面的同時，把壽司的海帶慢慢像剝皮的方式剝掉，把壽司內的料一個一個排好像是小菜一樣，再把壽司的飯全部集中在一起，用力搗碎。正當徽杭準備嘗試這種新吃法把白飯搭配其他小菜時，Sayuri 跟其他幾位日本學長姐笑盈盈的走過來，徽杭手扶著盤子，也笑瞇瞇的準備敬禮時，Sayuri 跟其他學長姐看她這一盤全傻眼了。

"Hi, Sayuri, you are right. This is very yummy."（嗨，Sayuri，妳說得沒錯，這真的很好吃。）徽杭睜大圓眼跟 Sayuri 禮貌的說著。

"Only this is now not Japanese food. You made it a Chinese dish."（只不過現在看來不是日本料理了，妳把它變成中華料理。）Sayuri 傻眼的點點頭，旁邊的日本學長姐忍住不笑的樣子讓徽杭覺得真的超糗的。徽杭看看後院地上有許多地鼠挖的地洞，只嫌洞太小，讓她沒辦法把自己塞進去。

Sayuri 接著介紹她旁邊穿著正式襯衫西裝外套的男生，是日語組的組長，也是語言系畢業的博士，非常年輕，不到三十歲就獲得博士學位，原先也是從日語助教開始的。Modern Languages 是學校裡非常賺錢的科系，它提供外語學習的機會。最先是由中文教授一人管理中文、日文及韓文的事務，正式教職只有一個中文教授的缺額，其餘學校全是助教的缺，聘任研究生當助教來教語言，後來，修習這三大語言的學生開始增多，Modern Languages 就決定增聘一位日文教授及一位韓文教授的專任教職，也就是三個語言組各自獨立在 Modern Languages 之下。當時，學長還沒完成博士論文時，就先暫管日語組，等到畢業那年，日語組正式開出 tenure track 的職缺，他以豐富的教學經驗及良好的研究能力獲得正式教職，從那時開始，他非常積極的設計有趣的語言及文化課程，同時在寒暑假安排日本國內大學的交換學習制度，吸引大量美國學生修課。

徽杭看看這位學長，他比 Sayuri 更像日本人，可能因為 Sayuri 膚色不白的關係，看起來像是台灣南部的女生，學長皮膚非常白，更顯得濃眉單眼皮的醒目，看起來是冷淡不講情面的日本人，站在旁邊的是他太太，他帶著太太來留學，太太跟他有百分之百的夫妻臉，跟徽杭點點頭之後，他太太在旁邊跟其他日本同學用日語交談。

徽杭不知道下次跟學長會面是什麼時候，但是她知道，如果想要打聽中文組的助教工作，透過學長，這次是唯一的機會了。看著學長的冷淡，然後剛才把一盤壽司全打散分開成中華料理，她知道這次會面有點尷尬，不過，徽杭為了未來一絲絲的可能，她還是問了。

"I wonder if I can ask a question."（我能不能問個問題？）

"Sure."（可以。）

"May I ask… do you know what's happening with the Chinese program? How do they hire the TAs?"（我能不能打聽……你知道中文組的情況嗎？它們是怎麼聘用中文助教的？）

"Oh, I know Prof. Wang. He is a great teacher. He used to be in charge of Chinese, Japanese, and Korean before we become three language programs. Technically speaking, he was my boss."（喔，我認識王教授。他是非常優

秀的老師。他以前是掌管中文、日文跟韓文，後來這三個語言獨立成組了。所以，其實他算是我的舊老闆。）

"I see. Do you know where he's got his TAs? I am sure he needs TAs."（瞭解了。你知道他的助教都從哪來嗎？我猜他總需要助教吧！）

"I think he sighed up some exchange programs with a couple of universities in China. I don't remember seeing any Taiwanese. However, I think he needs TAs."（我是聽說他跟中國大陸幾間大學簽署了交換協定，讓那裡的人過來教中文。我印象中沒有台灣來的。但是，他那裡應該會缺助教的。）

Sayuri 聽到了，在旁邊用日語跟學長不知講了什麼。學長連忙會意，"If in the future, there is a position opening, I will let you know."（如果未來有開出缺額的話，我會告訴妳。）

徽杭不太會面對不熟悉的男生，即便是熟悉的東方面孔，尤其又知道對方是處於高階職位掌管整個日語組的教授，徽杭更是不知所措，也讓這位日語組組長更加的變成省話一族。還好 Sayuri 很快就發現徽杭的不安，跟這位組長鞠躬敬禮後，就帶她去其他幾位日本學姐那裡。

Sayuri 一一的介紹這群笑容甜美的女生，每個皮膚都像是陶瓷白的東洋娃娃，頭髮又直又多又黑，像是瀑布般的輕瀉下到腰臀之間，每個都是纖瘦柔美的身段，五官雖然沒有那麼鮮明，眼睛也不是那種大圓透亮的型態，但是狹長的杏眼，看在徽杭眼裡，竟有另一種迷人的韻味。她們身後全都帶著高大的白人男友，看著她們男友一面在她們向徽杭自我介紹時，手替她們撥撥頭髮，徽杭突然感到一陣不安，她突然很想念那群電機系的台灣學長。她猜 Sayuri 沒看出她的不安窘態，她突然看到 Melissa 跟 Sue 在搶一塊炸雞的爆笑模樣，徽杭馬上跟 Sayuri 指她們，表示她要去搶雞塊，Sayuri 跟其他日本學姐也報以微笑的叫她要多搶幾塊。

幾乎是連滾帶爬的逃到 Melissa 跟 Sue 那裡，Melissa 一看到徽杭來，正準備跟徽杭抱怨 Sue 的霸道時，徽杭馬上像狗一樣，把 Sue 盤子上的雞塊一口啃去，這個野蠻的舉動讓 Melissa 笑得更開心，連忙說搶得好啊！(Good job!)

　　說來說去，還是美國的炸雞美味啊。真有趣，徽杭一直覺得吃不慣美國的薯條、漢堡，可是，這是她第一次吃炸雞，好好吃啊！Sue 看到徽杭吃得津津有味，馬上牽著她的手，帶她去認識另外一位聊天聊得很開心的美國女生 Jennifer。

　　徽杭印象中這位女生很沈穩，上課不常發言，與一般美國女生的聒噪不太一樣，但是語意學的發言，往往一針見血。後來才知道原來她是加州大學聖地牙哥分校畢業，抵免掉很多學科，也是拿到全額獎學金的第二位美國人，而第三位拿全額獎學金的是位美國男生。Jennifer 因為拿到全額獎學金而搬來水牛城。她很早婚，跟先生是在大學就相愛相戀，後來為了她的博士學業，先生毅然決然放棄了矽谷電腦工程師的高薪工作，自己來水牛城接些小生意。Melissa 跟 Sue 搶的炸雞就是她做的。她看到徽杭那麼愛她的炸雞，她很開心，一直跟徽杭說，下次她會多炸一些，沒想到銷路那麼好。

　　除了炸雞，徽杭還著迷一般美國人不太碰的東西，韓國泡菜。徽杭挖了好大一碗白飯，夾了一大堆鮮紅的泡菜，拌了一拌，終於，肚子有填飽的感覺。唉，還是要吃飯，才會有飽足感。徽杭正準備吃第二碗，一位皮膚白晰、稚嫩嬌小、氣質出眾的短髮女孩，站在徽杭旁邊，笑嘻嘻的說：「妳這麼愛泡菜啊？第一次吃嗎？妳不是日本人，是哪裡來的？」

　　徽杭一轉頭，她印象中這個女生也修音韻學跟語意學，但是都是來匆匆去匆匆的，每次上課都穿得很高雅，短裙配黑色的絲襪，帶個研究生不會帶的黑皮包包，穿著兩吋的包頭黑色高跟鞋，像個上班女郎，徽杭直覺這個女生應該也是拿獎學金之類的，所以她覺得自卑，不會主動去找這位韓國女生講話。可是，這時看到對方盯著她的吃相，徽杭覺得不回答很丟臉，只好尷尬笑嘻嘻的的說：「我其實是第一次吃，妳們韓國的東西好美味啊！」

　　「妳好，我叫金美恩，來自韓國。妳呢？」

　　「妳好，我叫蘇徽杭，從台灣來的。」

「啊，台灣。妳們也跟大陸人一樣，都不化妝，只擦口紅。不過，看得出妳跟大陸人還是有差別。大陸人擦血紅的口紅，遠遠望見，什麼都看不到，只看到一張血盆大口。還好，妳的口紅顏色很淡，沒那種突兀。」

徽杭是南部鄉下孩子，這一輩子除了畢業典禮那天媽媽替她上了個淡妝之外，她對於保養妝扮是一竅不通。她知道她們學姐面試空姐正式錄取後，每個都開始去包什麼課程做臉之類的，她印象中有位學姐之前痘痘一堆，包了課程之後，真的皮膚開始變得細緻緊實。

徽杭還正在想著過去的日子時，美恩突然伸手挑起她的下巴，左看右看，像是個專業化妝師對徽杭說：「妳知道嗎？妳的五官，眉毛跟眼睛非常亮眼，鼻子是敗筆，沒有鼻樑，太塌了，不過，鼻子、嘴巴跟臉型都可以靠化妝修飾取勝。妳如果好好化個妝，會變得很迷人。妳要不要學一學？」

徽杭好喜歡這個女生。乾脆、直爽、不藏私、會打扮、愛漂亮，說不出的感覺，徽杭喜歡跟她聊天。「如果我拿到中文的助教，就跟妳學化妝。我現在不可能花時間在容貌上。美國東西都好貴啊！我看妳都穿著窄裙套裝。妳也在大學教過書嗎？妳是北韓還是南韓來的？」

「南韓。這種笨問題以後不用再問。所有來美國的韓國人都是南韓來的。跟妳們會遇到中國大陸的學生是不一樣的。我沒在韓國的大學教過書，我現在韓文組當助教，之前碩士在夏威夷大學唸的，拿的是 Samsong 的獎學金。我剛才看到妳跟那群日文組助教在一起，還以為妳是日本人。不過，看那些都化得花枝招展的，妳在那群人裡顯得格格不入，我就想說，這到底是哪一國來的？原來是台灣。妳剛才跟日文組組長在聊什麼？」

「我想請那位組長幫忙，看看能不能未來有機會引介到中文組去教書。我是自費生。原先以為外國學生都是要自費，沒想到，來了之後發現好多都是有獎學金，能自給自足，真了不起。」

「喔，原來如此。我想說，台灣新生怎麼才剛來就跟那群日本學生混那麼熟，原來是為了工作。不過，這樣說也許不太好，我覺得既然妳來了，家裡也願意提供，既來之，則安之，好好享受美國生活，不用太在意錢的事。雖然錢很重要，但是，從一輩子投資的角度來看，出國來喝些洋墨水，總是好的，視野不一樣，人生觀點也大不同。妳住哪裡？改天我醃了泡菜，讓妳帶回去。我看妳這麼迷我們的泡菜，現在配了多少碗白飯了？」

徽杭聽了大笑，自己吃相一定很難看。只好伸手比個三。「我住在學校宿舍，妳住哪裡？」

「住美國人的的平民住宅，叫做 Sutton Place。那裡有很多韓國人跟台灣人。妳未來要不要考慮申請看看？」

「天啊！那是我夢想住的地方。我認識一堆台灣電機系的學長也住那裡。要啊，等我一年之後搬離宿舍，我就希望能住那裡。所以，妳會開車？」

「會啊！在首爾就會開了，碩士在夏威夷時那更是天天開。那裡真是度假勝地，課業是我的副修，吃喝玩樂才是我的主修。我的學習模式在夏威夷是週一到週五有課就去上，沒課就去玩。週六、週日，我絕對不唸書。」

徽杭實在是很喜歡美恩，跟美恩聊天，有說不出的放鬆，沒有任何隔閡。跟美國同學還有澳洲的 Sue 在一起，徽杭得到很多學習心得，跟泰國還有日本同學在一起，徽杭會有肅然起敬的心情，但是跟這位韓國同學，徽杭竟然是覺得放鬆。徽杭從美恩談話的過程，就知道這是好環境家裡培養的孩子，沒有金錢觀念，喜歡就買，覺得錢多錢少不重要，所以，徽杭可不能學到她在金錢上的放縱。

「等一下散會後，要不要來我家坐坐，我會開車送妳回宿舍。妳跟 Piyada 熟嗎？她也住宿舍，我跟她一起上兩門中階的課程，蠻喜歡她的。」

「她，是泰國的講師啊！難怪妳們能有話聊。我是想看看妳的窩，就不知 Piyada 想不想我跟了。」

「她不會不讓妳跟。我現在去找她，妳跟著我後面。」

徽杭就像個小跟班，又遇到一個新朋友了。這真是全新的經驗。徽杭打從心底喜歡這個學校，這個科系。系主任夫婦願意犧牲假期，即便是 potluck，他們還是要準備一些吃喝的東西，光要提供場地讓那麼多研究生還有老師、職員過來就很可怕了。徽杭看著她的語音學／音韻學老師，也就是系主任的太太忙進忙出招呼大家，她覺得美國教授真是了不起，尤其是女生。有一份這麼高尚的職業，看她快手快腳的做好每一件事情，就知道平常一樣是會在廚房忙碌的職業婦女。她上課永遠是拎著大包包，提一堆書，甚至有時拖著行李箱，裡面放著全是書跟講義，平常 office hours 一堆學生排在外面等著問她問題。服裝方面，永遠是套裝搭配一吋的矮跟鞋，她近 180 公分的身高，再留著一頭超過腰部的金亮直髮，美國人鮮少有那麼筆直的長髮。徽杭一直以為黑直長髮才漂亮，沒想到金色的直髮遠比預期中想像的還要更加亮眼。

徽杭跟美恩在一堆人群中找到了 Piyada。只見 Piyada 嘟著嘴巴對一位女老師咕噥抱怨著沒人拿她做的 Pad Thai。美國同學似乎嫌辣，徽杭對於辣的感覺是，只愛韓國辣，不愛其他的辣味，所以她連一口也沒夾。那位老師一聽，連忙笑嘻嘻的說正準備多拿一些呢，如果沒人要，她可就整盤都要拿走了。徽杭不認識那位老師。她戳戳美恩，美恩回頭也說不認識那位老師。美恩跟徽杭都是今年第一年進來的新生，即便美恩在夏威夷待過兩年，也不可能一來就認識系上所有老師。

大家聊天吃飽沒多久，系主任再度拿著玻璃杯，輕輕敲敲示意大家也拿起紙杯隨意找地上就坐。系主任再次感謝同學的加入參與，一直強調學生才是這個科系存在的希望，學生才是衣食父母，接著系主任介紹系上任課老師，老師竟然全員到齊。

剛才那位跟 Piyada 聊天去拿更多 Pad Thai 的是音韻學教授，開設比較高階的課程，她自我介紹自己跟在座老師最不一樣的地方，就是那些老師都是西岸的柏克萊幫，她是東岸的哈佛畢業，西岸老師研究最新的實驗驗證理論，她卻喜歡埋首在古典的語言結構研究。說完，她連忙把所長從地上拉起來。

講到所長，徽杭就一陣低頭，徽杭很怕這位所長，句法學上課很難聽懂他在講什麼。上課有課本，只是從來不用，從黑板一直畫一堆樹枝狀圖，談論語言結構，如何看出句子的界線，整堂課徽杭永遠是只聽到前面，後面就迷路在一堆樹枝中的森林裡了！看得出來這位音韻老師跟所長交情非常好，所長平日不苟言笑的，也跟這位老師互相鬥嘴。後來才知道，原來兩位老師平常會互相去旁聽對方開設更高階的課程。

所長介紹時，也刻意強調自己不是西岸的柏克萊幫，他是密西根安娜堡畢業的，不是美國人，是加拿大人。徽杭不知道加拿大人跟美國人該如何區別，正在疑惑時，所長也看出外籍生的困惑，連忙加一句，比較高雅的，是加拿大人。

此話一出，把現場的美國老師學生鬥出氣來，大家拿杯子在地上一陣敲打，熱鬧非凡。除了加拿大人，還有一位德國老師，非常有紳士風度，他連忙解圍說在他眼裡，歐洲人才有文化，而德國人的一板一眼，更是文化之最，接著又像是接龍一樣，年輕的語意學教授是法國人，也是徽杭完全一頭霧水的學科，這位法國帥哥立刻吐槽笑說他完全同意文化在歐洲的論點，但是，德國的文化絕對無法跟法國比，而法國之最，是在巴黎。

最後結尾的是剛才日本學姐替徽杭介紹的日語組長。他也是從這個系畢業的，畢業後負責掌管日語組，所以系上全部的日本學生都有助教獎學金。系主任特別感謝他的幫忙，系主任也藉機表示目前 Modern Languages 底下的外語組，只有日文組跟德文組，是由語言學領域的教授掌權，目前日語組組長，是這個系上畢業的。系主任鼓勵所有在場的國際學生，希望未來的終極目標是，所有 Modern Languages 底下的外語組組長都能由在座的語言學同學掌權，這樣進來這裡就讀的國際學生，就全部都能拿到助教獎學金，不用負擔學費，又有生活費，最重要的是，這樣子就能收到更優秀的學生了。

Melissa 聽了立刻跟系主任開玩笑，轉頭告訴大家，主任的意思是，目前收的國際學生還不算太優秀。系主任立刻搖搖頭，想跟國際學生解釋自己的用意，系上亞洲學生佔最大比例，全部笑嘻嘻的搖搖手表示完全不介意。Melissa 斜眼瞪著徽杭她們，表示亞洲人真的超級無聊，藉機鬧鬧系主任，糗他一陣子不是很有趣嗎？這群亞洲學生被 Melissa 這樣抱怨，全部低頭，不敢發言。最後是 Sue 站起來，舉杯謝謝系主任跟他太太一家的招待，全體掌聲道謝。

　　在一陣鼓掌，大家互相道別致謝後，就稍微收拾，系主任太太一直跟同學說不用收拾，她會處理，一面要大家開車小心，一面說著她家像迷宮一樣，進來跟出去都容易迷路。徽杭跟著其他亞洲學生一直對著所有老師們鞠躬敬禮道謝，她出去時，捨不得的一直環顧著老師家裡的擺設，杯盤狼籍的餐桌，還有屋外完全沒有屏障的森林。像夢一樣大的房子，像天堂一樣的生活，來自世界各地的外國人，大家齊聚在一堂，這是多麼令人振奮的圖畫。徽杭才剛從一個烈陽高照的鄉下南台灣一下跳進了一個帶著晝夜溫差極大的美麗新世界。她只想好好的珍惜眼前周遭的人、事、物，她知道此生已經無憾了，跟著當時大學一同畢業一同作夢的女生比，她的夢想，正在眼前。

第四十六章：社會住宅的 Townhouse（連棟別墅）

　　美恩看著徽杭傻愣的發呆，拿著車鑰匙在徽杭眼前晃一晃，那是一把很可愛的鑰匙圈，有一個小巧迷你大約十元硬幣大的電話機。徽杭笑笑的按了一下電話機，竟然發出古老的電話鈴聲，徽杭不禁讚嘆，韓國的小巧東西真的是精緻又吸引人。美恩示意讓徽杭坐在前座，Piyada 坐在後座，兩人開著車窗，跟 Edward 招招手，Edward 也揮揮手祝她們幾位女生週末愉快。

　　系主任夫婦的家真的像是迷宮，美恩離開的路線跟剛來時的路線竟然不一樣，回去時看到不同設計不同大小的房子，真的是一個很靜謐又祥和的社區，行人道上三不五時見到跑步高大的白人，或者是出來澆水除草的白人，這裡沒見到其他人種。

　　美恩開車非常猛，很像是坐雲霄飛車一樣，每次一轉彎，徽杭就轉頭回去看看 Piyada，Piyada 黝黑的肌膚露出雪白的牙齒，徽杭也不禁感到一陣爆笑。美恩完全沒意會到她自己開車的勇猛，邊開邊講了一件她自己覺得韓國學長做了一件笨拙可笑的事情。她說班上有位學長，長得高高瘦瘦的，眉清目秀，在韓國人眼裡是美男子一名。說完後，徽杭大概知道她講誰。她去拿泡菜時，也　看到那位男生拿了一點，回頭用韓文跟美恩還有其他韓國女生聊了一些，容貌的確是眉清目秀，很像大陸的山東人，眼睛是細眼粗眉，徽杭多看了他幾眼，講實話，做學問的人，別說性別，真的很少有長得好看亮眼的，那個男生在整個亞洲人裡，真的算是很醒目。

　　美恩說這個笨學長，這是第一次來，去年因為沒有買車，就沒機會參加。因為他擔心走錯路，昨天就先開車來探一次路，好不容易，車子緩緩的看到了住址號碼，正在想著要如何記下路標時，遇到系主任穿著輕鬆的睡袍，露出一大堆胸毛，出來到車道上的郵筒拿信，他嚇得想躲也來不及，只好連忙加快速度往前開走，結果，這一加快，一轉彎，又忘記路是打哪來從哪去的，又在社區迷了一陣子的路才找到系主任家。美恩一講完，徽杭跟 Piyada 笑翻天，美恩說他們幾個韓國人剛才聚在一起，這位學長告訴她們這件事情，也把大夥笑到肚子痛扁了。

美恩說沒見過有這麼驢的講師，虧他還在韓國國立大學任教，是學校的經費讓他出來三年，美恩一直糗著說韓國有這種老師，實在是沒救了。可是徽杭聽在心裡是完全佩服，連忙替這位學長辯解。徽杭說這真是了不起的學長，有著守信準時的觀念，把這樣輕鬆的 potluck 當成是一種正式邀約，尊重師長的表現，能在事前一天就來探路，只不過運氣不好，碰巧遇到系主任穿著睡衣出來，不然，徽杭相信這位學長巴不得像阿里巴巴四十大盜一樣，在郵筒前畫個記號，還是哪個轉彎的路標綁個絲帶。

此話一出，正巧遇到紅燈，美恩原先要快速衝過，突然緊急煞車，她回頭跟 Piyada 講，她要煞車等紅燈，因為她忍不住了，一定要大笑一番，她明天上課見到學長，一定要告訴他，他的人生知己在台灣。Piyada 跟徽杭完全無法理解這有什麼好笑的，美恩一直揮手，示意等她笑完。待她笑完，號誌也變成綠燈了，美恩又是猛採油門，徽杭跟 Piyada 覺得這個讓她們兩個往後仰的動作，反而才有笑點，在一旁猛笑。

美恩不理會她們兩人，一直笑說，原先那位學長還真的帶個紙筆，沿著 Maple 上，一一的記錄著熟識的路標，哪裡需要左轉，而一到社區後，發現公園還不只一處，所以在路線上會經過的公園，學長還真的打算在盪鞦韆處繫個紅絲帶，甚至，他還帶了女兒從韓國寄給他的反光貼紙，要不是遇到系主任出來郵筒拿信，他還真的打算在信箱上貼著反光貼紙做暗號。這麼說來，徽杭終於理解難怪美恩要取笑她了。Piyada 接著提到那位學長竟然這麼早結婚，表示可惜了。美恩說，可惜倒未必，不過當年女兒才剛出生，他就申請到美國攻讀博士，因為太太也有一份正式教職，不太能隨意辭職，決定由太太跟娘家人一起幫忙撫養照顧剛出世的女嬰。

　　徽杭慢慢看到更多當時 Sayuri 跟她聊天時所講的畫面了，為了這個博士學位，不知有多少人放棄了手邊中重要的事情：Edward 自己放棄了大學的數學講師教職、那位上海的醫生把五歲女兒留在大陸、這位韓國學長放下了才剛出生的女嬰……他們放棄了很多都不可能再重新來過的人生，來這裡追求自己的夢想。如果能夠拿到博士學位，那是最圓滿了，可是，如果花了時間，也放棄了一些值得追求的東西，到最後還是沒能拿到學位，該怎麼辦？

　　她看著眼前的美恩，她開著一部名叫做 Akyra 的車子，徽杭在台灣從來沒看過這種廠牌的標誌，當然，車名也從來沒聽過，不知道這是哪一國的車子，只感覺是輛拉風的跑車。她還是試探的問問美恩。美恩一聽，馬上問徽杭要不要開開看，原來這是日本 HANDA 的高檔車，價錢比 TOYODA 還要貴。徽杭一聽，連忙揮揮手，說只拿到 learner's permit 根本不敢碰車。

　　很快的車子就開進徽杭熟悉的社區，Sutton Place，經過了左邊首排安平那一棟，再經過會長那一棟，離徽杭第一天在會長家用餐等著被分配到學姐住處的日子其實已經過了一個多月，但是，徽杭這次進來，總覺得好像已經過了好幾個世紀的時光，不知道這個時候大家在做什麼！

　　美恩的家是在最後一個社區，雖然是在同一個社區，但是徽杭一看就覺得怎麼構造完全不一樣。學長住的地方是要爬幾層階梯，再推開大門，大門一開往下幾個階梯是一樓，搭配兩套公寓，往上則有一條筆直的樓梯，也是搭配兩套公寓，等於樓下跟樓下左右兩邊各有一間兩房公寓，所以一棟公寓總共是四套兩房公寓。但是，美恩的沒有階梯，她就直接推開第一層玻璃門，再打開第二道木門，一開啟，徽杭跟 Piyada 全驚叫了，是別墅！開啟的大門就正對著室內樓梯通往二樓。

　　美恩把鑰匙順勢丟往右邊餐桌上的小巧竹藍裡，餐桌就貼著窗外，從窗外看到了美恩的車子。室內有個一線型的廚房，徽杭依稀記得安平家裡的廚房是 L 型的。這裡廚房的對門有個 walk-in 衣櫥跟浴室，雖然沒有沖澡的地方，但是有馬桶跟洗手台，往後走就是一個好大長方形的客廳，帶著長形的落地窗，徽杭估計客廳有八坪，沙發靠著牆壁，放了幾個抱枕，地上鋪的粉紅色長毛地毯，電視機是目前徽杭看過留學生中最大的尺寸了，旁邊的錄影機放了幾卷 VHS 的韓國影集，影集封面全是俊男美女。落地窗外有個燒烤的烤肉架，院子擺了兩張座椅跟一個茶几，因為這是邊間，感覺院子更大，跟隔壁鄰居是木製柵欄隔著，可以聽到隔壁鄰居小孩在院子玩鬧的笑聲，是群講韓文的韓國孩子，院子還有一個拴上木頭的小門，通往門後全是荒蕪的樹林。可能是秋天要接近了，徽杭可以感受到樹葉慢慢脫離樹木，輕巧飄搖到院子裡的無奈。

徽杭跟著美恩回到室內，往樓梯走上二樓去，二樓有兩個房間，兩間都差不多有八坪大，其中一間面對著眼前的停車場，可以看到美恩的跑車，後面則面對著後院及整片荒蕪的樹林。美恩的房間，是面對樹林的。如果是徽杭，她也會選擇樹林的房間。Piyada 也一路跟著讚嘆美恩的佈置，連上樓梯的轉角也掛了一些洋畫跟擺設了幾樣藝術品，更不用說美恩的房間佈置了。中間擺的是一張 queen size 的雙人床，搭配同款的茶几，茶几放了一盞歐式花布裙燈，面對窗外是一個歐式古典橢圓型，鑲著金邊的梳妝台，連椅子也是滾著金邊，是成套的。

梳妝台上擺滿了各式各樣的化妝品跟保養品。一些刷具徽杭從來沒見過，她撥弄著刷毛，飄了一些粉在空氣中，她拿在手上聞一聞，說不出的香氣……　徽杭十分困惑，台灣的化妝品，不論包裝不論香氣，不是日系就是歐美系列，她不知道韓國還有自己品牌的化妝品，台灣她印象中除了專櫃中看過的美爽是自己的品牌，她沒印象化妝保養品這些有自有品牌的。徽杭手中把玩著從來沒見過這麼多的配件刷具，還有不同的香氣襲鼻，真是說不出的喜歡。

美恩看到徽杭在那裡東摸西摸那些小東西，連忙叫 Piyada 過來。美恩打開抽屜，抓了幾罐保養品給 Piyada，卻給徽杭好幾個口紅、粉筆、眼影盒跟刷具。徽杭嚇到了，來人家家裡參觀，怎麼還能帶東西回去，連忙搖手。

　　美恩笑嘻嘻的跟徽杭說，「我知道妳在想什麼。這些東西有的不用錢！而且，我都用過了，再不用會過期。我一直有新貨。這種房子叫做 townhouse，我知道妳們兩個很吃驚。我在首爾是住在別墅區，所以，我在美國沒辦法習慣公寓，如果是在一樓，我會受不了樓上的腳步聲，如果是在二樓，我擔心我練個韻律舞，會把樓下的人吵死。如果錢能夠解決問題，我喜歡用錢解決。這一區很多韓國同學，隔壁好幾戶都是。有些免費的化妝品、保養品是一位編劇給我的。她陪先生來美國唸書，在韓國是有人氣的編劇作家，廣告商送給她的試用品，她就會分送給我們這些單身小姐。另外一個，也是陪先生來美國唸書，是做直銷的，我好幾樣化妝品是跟她買的，送給妳們也是替她拉生意。以後如果需要，我替妳們訂購。至於為何給 Piyada 保養品，因為我這裡的化妝品膚色比較適合徽杭，給 Piyada 會不適合。倒是徽杭，妳真的有雙迷人的大眼睛，應該學習讓自己變得更漂亮。妳有沒有男朋友？跟妳保證，眼影一上，妳的五官會很立體，眉毛也長得好，妳確定妳不想學一下嗎？」

　　「我這輩子從來沒聽過這種讚美，今天妳已經講第二次了，謝謝，應該是說所有的讚美台詞，今天全被妳用上了。不了，我還不想學，我沒打算交男朋友。因為我其實是沒資格來唸書的，偏偏又選一個冷門的語言學，我覺得好自卑，來了之後發現這種冷門學科大家都有獎學金，只有我，還要靠父母負擔，覺得自己是個廢物！」

　　「徽杭，我覺得很抱歉，如果是因為當時開學時，我講了什麼嚇到妳，妳千萬不要放在心裡。講實話，那時我心裡是很不平衡，我覺得我花了幾年的青春在泰國拿到碩士，之後留在大學從助教慢慢升上講師，卻看到一個才二十二歲的黃毛丫頭，連語言學是什麼都不知道，竟然也能跟我同一班修課，而且，還是直攻博士。光這幾週上課，我覺得就算在泰國唸了三年碩士，好像來這裡還是得一切從頭開始，我有時看到妳跟 Melissa、Sue 那群年紀相當的女生一起嬉鬧，我覺得可能妳的決定才是對的。」

　　徽杭覺得今天真是來對了，不是只來美恩家裡參觀 townhouse，竟然能跟 Piyada 講講心裡話。徽杭連忙跟 Piyada 道謝，並且一直稱讚 Piyada 底質打得很紮實，不像她一樣是囫圇吞棗的亂學一番。

美恩看她們兩人如此客套，連忙揮揮手說，「拜託，在我面前不要討論功課！今天禮拜六，我週末從來不唸書。語言學只要上課專心聽，下課找找資料，寫寫作業就好了。週末不用刻意學習。我告訴妳們，唸博士是來學習這門學科的 philosophy（哲學），語言學是門有趣的學科。我在夏威夷唸的是英語教學，學的是 pedagogy（教法），也是有趣，設計教學的教育方案，設計考題，還學些教育行政等等。但是，不論學到了什麼，跟妳們講，人生中除了學業，還有更重要的事情。我來美國的目的，就是要追求人生，韓國生活壓力太大。我週末要去教會，妳們有信教嗎？神的力量是無遠弗屆的，妳只要相信神，祂必然能聽到妳的聲音，只要虔誠的禱告，一定會得到妳想要的。」

「真的，那妳想要什麼？這麼好的 townhouse 肯定還不如妳首爾的別墅舒服，這樣一個千金富家女竟然來唸辛苦的語言學！妳想要什麼？」Piyada 因為跟美恩年紀相當，順著話題戳她一下。

「我想找個美國籍的韓國男生結婚，然後，找一份教韓文的教職。我喜歡美國。我確定我是回不去韓國了！那裡生活太緊湊，我在美國太久，我想留在這裡。」

「原來如此。富爾布萊特的獎學金是規定我一定要回泰國教書的。徽杭呢？」

「我也想拿到博士學位，我也跟 Piyada 想法一樣，我想回台灣教書。」

「Piyada 本來就有教職，回去應該就是副教授了吧？妳們台灣教職會有缺嗎？就算有，應該也是優先聘男生吧？妳如果慢慢開始接觸我們的那些韓國學長，他們馬上就會跟妳揶揄一番，說我們這些來唸書的女生，再怎麼優秀，都只是回去教大專，而不是大學。大學優先聘用男教授。來這裡見到一堆人文科的學長，全都是這樣跟我們講。後來看來也是，那群畢業的學姐，回去超級難找教職，就算找到，也不是在大學教專業的語言學，全是在女子大學或是專科還是家政學校教英文，拜託，那唸這個博士，有什麼意思？」

「為什麼？我從來沒聽說。Piyada 妳們國家也會優先聘用男生當教授？如果同時學歷相當，連性別也會考慮進去？」

「沒有，我們的男生很懶惰，女生比男生優秀太多。台灣呢？我以為台灣跟韓國一樣，因為聽說日本也是如此。所以，妳剛才有沒有注意到，我們班上好幾個日本女生，長得都很漂亮，男朋友全是美國人？我直覺那些女生應該也自知回日本無法跟男生競爭，所以，如果她們能在美國大學找到日文教職，會想留下來吧！我是很喜歡美國，但是，沒人要學泰文。」Piyada 一面說，一面嘆氣。

「好有趣，我是第一次聽這些事情。台灣的情形，我不太清楚。不過，如果回去，可以去母校應徵，就算能先兼課，我也覺得很開心。我不可能留在美國，雖然我超級愛美國，簡直是迷戀到極點。沒人會想學中文的。我跟日語組那群 TA 打聽過，學中文的人口不多，就算有，很多都是華人的子女，那種教起來很沒勁的！不像日文，不知為什麼，每學期都開出好多班，而且聽 Sayuri 說都是美國人、亞裔美國人還有一堆國際學生修，可見大家還是看好日本的經濟吧！唉，出來一趟，覺得有錢真好。覺得美國人好有錢，日本人也好有錢，現在看到妳的生活，原來韓國人也那麼有錢。好羨慕啊！不過，無論如何，我一定要回台灣。以後，等我有錢了，我一定要常來美國旅行。」

「好啊，也接近晚餐時間了，我們去外面吃，順便為我們的相識，為我們的夢想慶祝，好嗎？吃完我再送妳們回宿舍。」

第四十七章：韓國餐館

　　這應該是徽杭自開學以來最奢侈的週末了。一整天完全沒碰半個語言學單字，書沒唸，作業沒寫完，她應該要心慌的卻不慌了。不知為什麼，她覺得跟美恩在一起，心靈上是莫名的放鬆，她講不出任何原因。這跟那群台灣電機系學長在一起的心靈放鬆完全不一樣，徽杭跟美恩可以講很多話，聽她分析很多事情，而且，徽杭覺得美恩一點也不像千金富豪那種嬌嬌女的霸氣霸道，她很有智慧，看事情的角度是跟很瑣碎的女生不太一樣。

　　晚餐她們去韓國店吃，價錢比徽杭想像的高出許多，但是，她覺得不論是食物的料理還是免費提供的玄米茶，茶裡還有塊玄米粒，茶香撲鼻而來，更不用說那一盤盤的小菜，全是免費，由於美恩是韓國人，用韓文跟服務生溝通，服務生給小菜更勤快大方，徽杭看著別桌，聽口音好像是台灣學生，不過有兩位用日文聊天，那群學生一直瞅著徽杭這裡看，表情有些複雜，徽杭連忙將頭撇開，那桌學生全點烤肉，那是更貴的餐點。徽杭點一碗辣牛肉湯鍋，搭配白飯，講實話，光白飯配那些小菜就覺得滿足了，再加鍋紅色的辣牛肉湯，簡直是天堂的食物。

　　Piyada 雖然喜歡辣，但是不太能接受韓國式的辣味，她請美恩替她點了一個沒辣味的牛肉湯鍋。Piyada 讓徽杭用湯匙舀了一口她點的湯，有著濃郁的大骨湯味，甜美極了。正當徽杭細細的品嚐時，隔壁桌的一位台灣男生說話了。

　　「對不起，我聽妳的英文口音，妳是台灣來的嗎？」

　　「對。你們也是台灣來的，對不對？」

　　「是啊。妳是人文科的吧？妳同學是韓國人，對不對？請妳韓國同學替我們翻譯。可不可以請服務生把小菜全部再來一份？我們有點講不出口。」

　　美恩是聰明人，她看到徽杭的尷尬，立刻說是不是點菜出了問題。

一聽到是小菜，立刻笑笑客氣的對服務生鞠躬，耐心的跟服務生說那桌也是她的朋友，實在太愛小菜了，能不能請服務生所有小菜都再送來一份。服務生連忙轉頭客氣的鞠躬，用英文跟這群台灣學生說馬上送來，如果還需要，請不要客氣再講。

徽杭心裡想：真是丟臉啊！不過，這麼好吃的小菜，如果是徽杭，一定是無敵丟臉一直要的！所以，丟臉有理！徽杭再次偷喵那些男生，看樣子不像新生，徽杭納悶他們是哪一系的，應該是工科，但是不是電機，因為徽杭跟著安平學長在一起時，幾乎都會聽到他在談論他們系上同學的事情，她去電機系館那麼多次，沒印象看過他們。美恩真的是一下看穿徽杭的心思。美恩小聲的告訴徽杭，那群台灣男生是土木系的。

Piyada 跟徽杭突然笑起來，他們實在覺得美恩來唸語言學真是個超級大錯誤，她應該去唸傳播系才對。徽杭問美恩：「妳是怎麼判斷是唸土木的？有妳認識的人嗎？」

「他們有兩位在用日文聊天。其中一位是日本人，另外一位是台灣人，那個台灣人的日文非常好，雖然有口音，但是極有可能在日本唸過書。他們剛才在聊土木的東西之外，好像那個日本人幫忙你們台灣人接待一位新生是不是？一位女生。那個日本人蠻喜歡那位女生的，本來想邀她一起吃烤肉，女生說不愛吃肉，不願意來。」

「妳會日文？」徽杭跟 Piyada 再度吃驚，跟美恩一開門，她們兩位看到留學生住在 townhouse 的震驚，不知強度哪個強？

「略懂！」美恩柔柔的笑著。

徽杭覺得超級幸運，從 potluck 見識到系上的團結，不同國籍人士的相處模式，到參觀美恩的房子，一窺她的生活到現在跟她談話的自在，以及發現她的博學多聞，徽杭覺得能夠認識美恩實在是太美好了，終於理解人家說一山總比一山高的道理。從一下飛機，徽杭迅速的接觸那麼多的高級知識分子，從台灣、美國及國際生的學長姐，一直到美恩，徽杭漸漸發現到一個事實：像美國這樣的國家，永遠會持續領先，保持世界第一，這樣的國家，一直不斷的吸收世界各地最聰明的菁英來唸研究所，而這些學生畢業後，一半以上都會希望留在這個國家生活，像這樣的國家，怎麼可能會沒落？

徽杭在微暗的天色中跟美恩道別，Piyada 跟徽杭拖著沈重的步伐爬三層階梯到宿舍，兩人都覺得好累，先睡覺補足體力，明天再繼續埋首功課繼續奮鬥吧！

一開門，見到室友開心的在床邊跟她媽媽聊天，徽杭瞇瞇眼，點點頭往床指一下，很快的在優美悅耳的西班牙文中入睡，巨響鬧鐘設定到 2:30 醒來。這陣子徽杭只要巨響鬧鐘響一聲，她就立刻按掉，清醒的醒來。因為有天她把鬧鐘放得很遠，巨響鬧鐘一直響，Anna 剛好那天熬夜在組裝一個建築模型，好心替徽杭把鬧鐘關掉，一手抱著徽杭頭扶她起床。徽杭覺得不好意思，打擾到 Anna，還讓人家扶著自己起床，所以徽杭後來把巨響鬧鐘放在枕頭邊，睡覺時可以聽到鬧鐘滴滴答答的聲音，像極了安眠曲，舒服極了，一聽到可怕的響鈴馬上關掉，徽杭先前就問過 Anna，她一聽到這個聲響先是嚇了一大跳，後來跟徽杭說，可以用。Anna 習慣睡覺帶眼罩跟帶著耳塞，如果她被驚醒，才會抱怨，還好 Anna 也是倒頭就能熟睡的人，目前還沒聽她抱怨鬧鐘。

2:30 鬧鐘響了一聲，徽杭連忙按掉，揉揉眼睛，如果再睡，她所有的作業就完蛋了，她醒來看到 Anna 已經入睡，她把鬧鐘帶上，拿了需要的書，還有 AWA 的錄音機，躡手躡腳的到外面的 Lounge 去處理。周遭沒有半點聲音，唯一的聲音是她的鬧鐘滴答滴答，提醒著她時間的重要性。遇到不太能確定的答案，徽杭拿著耳機倒轉錄音帶重新聽取老師上課的訊息，徽杭把筆記都寫在稿紙上面。語音學、音韻學大致的答案都完成了，徽杭要等到大腦最不清醒的時候，才去電腦教室把這些答案打上去，順便送個 email 跟媽媽報告美國 potluck 的精彩。

正當她收拾這些文具時，連通的 Lounge 突然有個高大的黑影經過，一個穿著連身運動帽的美國人開門往大學部的方向快速通過，徽杭的房間旁邊就是一片厚重木門，穿過木門後就是大學部宿舍，徽杭只覺得奇怪，都 5:30 了，這麼早還有美國人把穿越 lounge 當成運動，也對，這裡的宿舍都是連通的，如果嫌屋外涼氣重，的確是可以在屋內來回走動，美國人是個愛好運動的族群，想想也沒什麼奇怪了。

　　徽杭覺得兩個科目的作業完成了，她有些心安，把鬧鐘再放回枕頭旁邊，調到 9:30，徽杭決定對自己奢侈一點，再多睡四個小時吧！

　　迷迷糊糊，徽杭感覺到 Anna 開啟衣櫥，拿了衣服準備去洗澡刷牙，徽杭覺得目前跟 Anna 住了一個多月，除了有時她早回來愛聊天講同學八卦之外，兩個人真的相處沒有什麼摩擦。徽杭睡得很死，Anna 不論講電話還是打電腦，或是開燈做模型，徽杭根本就是睡豬一頭，倒頭就睡，完全沒問題。Anna 稱讚過徽杭很多次，說她真的很好相處，不用電話，冰箱留一格位置分享，安安靜靜，連睡覺都不會打呼。徽杭隱隱約約聞到咖啡香味，自從跟 Anna 住，徽杭才覺得自己是最幸福的，每天早上都有半壺咖啡留給她，搭配個鮮奶，到中午前的精神都來了。咖啡，真是個好東西，論口感，烏龍茶好喝多了，但要養精蓄銳，沒有咖啡，徽杭就會昏昏沈沈一整天。早上沖個澡，再配上 Anna 泡好的咖啡，美國中午又沒有午睡習慣，徽杭至少都能撐到下午 2:00。2:00 前，又可以去系上 Lounge 泡杯咖啡，Lounge 的咖啡都是大家自由付錢的，覺得喝得多的，就多付點，喝得少的，就少付點。徽杭看看美國人怎麼把錢放入鐵罐，她就乖乖照做，有些美國男生一直喝，沒放錢，三不五時就會被美國女生叮個滿頭包，徽杭最喜歡看那些女生叮人的模樣，好可愛喔！不然就是他們發現咖啡豆快沒了，幾個女生會聚在一起問大家是買哥倫比亞豆好還是非洲豆子好，徽杭從來不會對咖啡豆這種議題發言。她根本喝不出來，只要能讓她保持頭腦清醒，哪裡的豆子都是好豆！

第四十八章：住在河畔公寓的清秀佳人

巨響鬧鈴還沒響，竟然電話鈴聲先來了。徽杭看看鬧鐘，時間才早上 9:15 左右，室友大概出去了，徽杭想，八成是 Anna 媽媽打來的，真厲害，她們母女的話題從來沒停歇過！徽杭甜甜的接起來說哈囉。此時另一端竟然是一個很陌生的聲音，是找徽杭的。太意外了。電話那端的女生非常有禮貌，客客氣氣的介紹自己，她說她中秋節沒遇到徽杭，是從中華同學聯絡簿上看到徽杭的電話，並跟徽杭道歉只有一面之緣卻這樣來打擾她。

原來是在新生開學才來報到的那位清秀佳人，尹文京，唸土木系，她會找徽杭幹嘛呢？她先問徽杭過得好不好，需不需要去採買。講到採買，徽杭的確希望除了電機系的學長之外，還有其他人能搭個便車，只是，她能採買的都在週五就買好了，這已經是她固定的行程，徽杭謝謝文京的體貼，順便問她下週五方不方便，她搭個便車去採買。文京說下週五沒問題，只是，她其實有些心事，想找女生朋友一起聊一聊，不知徽杭能不能撥點時間，聽她說說話。

其實，徽杭是想拒絕，雖然語音學、音韻學的作業做得差不多，但是，還有可怕的句法學跟語意學，然而她覺得拒絕會很尷尬。在人生地不熟的國家，如果不是有事情，不可能會打這種電話想來交交朋友的，應該是出了什麼事。文京似乎感覺出徽杭沒有立即回應，連忙說：「徽杭，妳一定很忙，那就不打擾，改天再約沒關係。」

「沒有，只是我還有兩個作業沒做好，不過，也真的完全沒頭緒，搞不好沒碰面也是呆坐一下午，沒關係，就碰個面吧！妳要幾點？」

「徽杭，謝謝妳。現在才九點多，讓妳先忙作業，能不能約中午，我們去外面吃飯。我去宿舍接妳。」

「喔，好，就約十二點。一會見！」徽杭掛掉電話後，嘆息一番。交朋友談心也要錢，又是要去外面吃飯。昨天點那個辣牛肉湯加上小費就花了十幾塊了，今天中午又要外出用餐，美國又有小費文化，徽杭真不想去外面吃飯，但是，不吃，總不能叫人家來宿舍，熱兩個自做的便當給人家吃吧！這也太寒酸了。估計這一頓又要十多塊，這樣加起來二十幾，徽杭可以做一個禮拜的好料便當了。想到這點，又是長長嘆息！

徽杭在嘆息中稍微理出句法學的答案，雖然一堆樹枝狀圖結構，她完全沒辦法深入了解，但是，總比幾天前迷路在這群樹枝狀圖內得好。她不知道如何用電腦畫出這些樹枝圖結構，所以，拿尺跟筆來畫，反正老師說沒有一定要打字。既然不是她感興趣的科目，徽杭也顧不了美觀了。

做了句法學後，徽杭發現自己大腦已經被掏空了，所以，她打開 Anna 的電腦，把剛才 2:30 醒來在稿紙上寫好的語音學及音韻學筆記一一打在電腦上。Anna 還有一台印表機，雖然色帶墨水沒有很足夠，但是目前還不影響閱讀，徽杭決定用 Anna 的印表機列印出來，因為實在不想要為了列印還特別跑去電算中心一趟，回頭等 Anna 回來再跟她報告好了。她確實說隨時可以用她的電腦，但是徽杭不記得她說可以用印表機跟紙張，這次有些先斬後奏是有點過份。

到了中午時間，文京準時在宿舍門前接徽杭。文京的車子非常新，畢竟是她在威斯康辛的哥哥替她選的，幾乎聽不到引擎聲音，剛才忘了看是哪個牌子的。

「最近開學還好嗎？過得忙不忙？」

「忙死了，老師講什麼都要錄音，作業都不會寫，真不知道該怎麼辦？妳呢？土木是本行吧！應該駕輕就熟才是。」

「沒有，我是學設計的。想換個領域，所以選擇土木。不過，我現在在考慮是不是要轉系。」

「為什麼要轉系，太難，跟不上嗎？土木系台灣學生應該很多，只要系上有台灣學生，跟他們借個筆記資料什麼的，不是聽說都拿 A ？」

「這個，唉，只能說，有台灣同學很好，課業不會是問題，但是，也有其他不便的地方。我們可不可以到了餐廳再聊。這其實是我今天找妳出來的原因。想說我到現在都沒認識半個女生，我室友是電機博士，忙著寫論文，我不好意思拿我的私人問題去煩她。那時候透過電機學長的介紹看到了妳，想說妳住宿，又沒買餐券，大家互相幫忙互倒垃圾，希望妳不要介意。」

「哈哈，我從來沒想過這種方法，原來還可以互相倒垃圾。好吧！妳的垃圾等一下吃飯倒給我。不過，講到這個，我們要去吃什麼？會很貴嗎？我不想花太多錢吃飯。妳知道，我沒獎學金。」

「我也沒有啊！妳吃過越南菜嗎？越南菜很便宜，味道像台灣的米粉湯，一碗才五塊，還是大碗的，光喝湯就很滿足了。」

「還有五塊的米粉湯？我要，我要，我要，想死台灣的米粉湯了。」

那家越南店離慧婷家非常近，介於南北校區之間，用餐時間人並不多，下次也許可以告訴慧婷，雖然離上回她在徽杭宿舍哭哭啼啼的時間有些遙遠了，不過如果她哪天抱怨不想開伙，可以介紹她來這家用餐。

「我跟妳推薦越南生牛河粉，越南的牛肉切得很薄，之後妳把牛肉放進湯裡唰唰，肉片非常美味，然後他們的豆芽還有像是九層塔的東西放在湯頭裡，更是超級美味。妳要不要點這一碗？」

徽杭一看英文的菜單，就是如此介紹，馬上點頭點了份大碗。文京除了也跟徽杭點大碗的，還多點了一盤春捲。文京跟徽杭說：「春捲是一次來兩條，是我把妳拖出來的，這春捲我出，妳嚐一條看看。妳要不要看看飲料，西米露或奶茶都很不錯，我請妳喝。」

「不用啦！大家都是花父母的錢，我吃妳一條春捲就好了。來丟垃圾吧！才剛來就想轉系，為什麼？」

「我跟妳說，妳可不可以不要跟其他台灣同學講？我知道這裡的消息藏不住，但是，我真的需要找人聽我訴訴苦。」

「喔，我記性很差。目前語言學都快記不住了，妳跟我講什麼，我等一下就會忘記了。放心，我不會把妳的秘密講出去。到底出了什麼事情？」

「我那時候不是很晚才來？電機系的學長很快的替我找了房子，他們大概就覺得我應該沒事了。後來開學後，因為我不是本科系，所以，功課還是稍微的有些吃力，生活上的採買傢俱那些更是需要幫忙，因為學姐那裡的房間其實很空，有很多我需要的傢俱，需要找人幫忙搬或是組合。那時我就跟土木系的學長詢問，學長他們也是好意，也都是大家合夥一起學習研究。只是，有件不方便的事情。其中一位學長碩士在日本唸的，日文很溜，班上只有一個日本人，因為語言通，所以那個日本人就很自然跟這群台灣同學在一起。從開學到現在，全部都是麻煩到這位日本學長，現在我覺得這位日本學長對我有意思，然後，台灣同學就有點送做堆，常常有意無意故意暗示或是故意讓我們兩人獨處。我不太知道該如何拒絕，我有點想要轉系。」

「妳沒搞錯，為了這種事情，妳轉系？妳要轉哪裡？」

「我們土木跟環境工程是一起的，所以，不是像台灣那種轉系還要考試。我們大概就是組別，等於是換個實驗室，換個空間而已。其實修課會有重疊，我只是想要換個組。」

「喔，那這樣還有什麼，只不過，妳確定沒有會錯意？妳說，美國人對妳有意思，我還覺得有可能。我們班上日本女生都是找本系或外系的美國人。妳會不會會錯意了？」

「妳這話什麼意思？日本人就不會對我有意思？」

「對啊，我覺得台灣人都土土的，妳是還好，還算會打扮，但拿妳跟我們班上那些漂亮的日本女生比，差太多了。她們好白喔！一白遮三醜，這是電機系那些男生跟我說的。妳確定妳沒會錯意？對方人怎麼樣？我是指人品？」

「其實不錯，這陣子都是他幫忙打理很多事情，也能聊天。我確定不是會錯意好嗎？因為上次他帶我來這家店吃飯時，他把所有過去做的筆記、講義、報告都整理好給我，還跟我說不用太用功，難得在美國讀書，好好玩，好好生活最重要，還有，女生唸土木在日本很難找到工作，讓男生養就好了。」

「媽呀！所以真的大家都講這種賤話！我跟妳講，我昨天才聽韓國女生跟我說，同樣是同等學歷，去韓國應徵大學教職，他們優先錄用男生，女生只能在專科教書。韓國同學推測日本也是這樣。所以，現在連妳也聽到這樣？」

「那，重點是，妳認為他對我沒意思嗎？」

「嗯，好像是有那麼一點，不過，他講得哪裡不對？不要說日本，在台灣，女生唸土木碩士，能找到什麼工作？我覺得應該很難吧！」

文京被徽杭逗得哈哈大笑：「看來，我還是轉組吧！轉去環境工程唸好了！」

「天啊，環境工程那更沒用！台灣那麼髒的環境，被污染得差不多了，妳唸那個幹嘛！妳嫁去日本算了！作業人家都給妳了，我還真希望這時候天下掉下來語言學的作業，內附專業解答，重重砸在我頭上呢！」

文京笑著說：「為什麼本來是一件煩心的事情，一聽妳說話，就覺得好愉快喔！」

「是嗎？我昨天也是剛認識一位韓國女生，被她逗笑到不行。我們運氣真不錯啊！在哪都能認識有趣的人。」徽杭一說完，突然想起來昨天韓國店的事情。「啊！講到這個，所以昨天晚上那群土木系的就在講妳嘛！」

「什麼事情？」

「我問你，昨天那個日本人有沒有邀妳去韓國店吃烤肉？」

「妳怎麼知道？」

「真是無事不登三寶殿！妳明明會吃越南牛肉，為什麼跟那個日本人說妳不愛吃肉？」

「妳為什麼連這個都知道？今天找妳出來找對了！」文京一面說一面拍著自己的大腿。

「哈哈哈！昨天跟韓國同學去韓國店吃飯。隔壁桌是台灣人。是隱隱約約聽到裡面有個日本人在講話，我韓國同學聽得懂一些，她說那桌是土木系的，而且，有一個台灣男生日文很溜，所以，原來就是你們系上的。早知道，他們要我韓國同學翻譯要再續小菜時，就不幫忙了，哈哈哈，世界真小。」

「好有趣！真是巧。我不喜歡韓國菜，尤其是烤肉，全身都會吃得都是燒烤味。而且，妳知道，去的話，又會被那些學長虧，想也知道不去比較好。」

「哈哈哈！那我跟妳說，原來是妳啊！妳沒會錯意，我韓國同學有聽到人家的確對妳有意思。那，妳不想跟人家交往看看喔？不管轉系與否，試著交往認識當個朋友，不是也不錯嗎？妳總不想被台灣學生孤立吧？」

「孤立倒不會啦！只是，如果是其他國家的人，我會願意試看看。我哥哥是在威斯康辛認識我嫂嫂的，都是台灣來的，很能溝通。我的夢想是能在美國找到對象，台灣人是最好的，其他國家也可以，日本......我擔心......家裡......會有衝突。」

「為什麼？我是知道日本男生很少留在美國找工作。我看我們系上學長都是拿了博士就回去的。」

「因為我爸爸啊，我很在意我爸爸。他很照顧我們子女，我不想讓他失望。」

「妳爸爸？是因為歷史因素？」

「對，他是在南京出生的，籍貫是安徽，他們家以前都是住在南京。」

「我要插嘴了，天啊！我一直覺得這一趟出國常常遇到很對的人。妳爸爸背景跟我媽媽一模一樣耶！萬歲！那我跟妳話題一定超合的。以後週五，我可不可以不客氣的坐妳的車去買菜啦？」

「所以，你媽籍貫也是安徽？安徽哪裡？」

「壽縣，我告訴妳，我跟我弟是大學填入學資料才知道她是安徽壽縣，我們三個小孩本來以為她是合肥。」

「為什麼是合肥，因為是安徽首都？」

「不是，因為那個『肥』字。我媽很肥！」徽杭一說完，文京跟她都笑倒在桌上，隔壁兩位美國奶奶很慈祥的過來徽杭這一桌，問她們點什麼好東西，看起來美味得不得了，吃了之後，一定也會笑得像她們這麼甜美。文京立刻拿起菜單，耐心的跟老奶奶比畫。徽杭不客氣的拿起文京要請她吃的春捲，大口的咬下去。

「所以，這是為什麼妳的名字有個『徽』字？那『杭』是妳爸嗎？杭州人？」

「我外婆，杭州人。」

「哇，杭州出美女耶！」

「這話妳也信？妳看我的臉，美個冒泡啦！」徽杭自己糗完自己，跟著文京又一陣笑。

「唉，跟妳這麼一說，開心多了。轉組吧！至少轉了組，換個實驗室，大家少碰面，就不會那麼尷尬了！」

「沒錯，怪來怪去，只能怪妳自己！誰叫妳這麼大膽，那麼晚來。人家幫妳這麼多，也難怪，沒對妳有意思，怎麼可能願意幫妳？不過，妳覺得人家看上妳哪一點？妳身高有 160 吧？有到四十公斤嗎？」

「喂！妳以後週五還要坐我的車去買菜嗎？講得我一文不值。」

「真的，妳在美國要不要吃胖一點。妳好可怕的瘦喔！妳看，我把手一攤開，妳的臉全被我的手遮住了。妳的臉在哪裡？哪裡？哪裡？完全看不到！還有，妳穿 0 號的衣服嗎？手比樹枝還細，好像一碰妳，妳就會被風吹走一樣，然後，妳的腿，我跟妳說，我小腿都比妳大腿粗！」

「那妳就沒想到是妳自己太肥嗎？那個『肥』字，可能是妳的家族遺傳吧！」兩人再度笑攤在桌上。

這時候突然一個人影在徽杭後方閃爍，文京臉上一陣錯愕尷尬，對方非常客氣的跟徽杭敬禮點頭，文京小聲的跟徽杭說曹操到了，徽杭還沒等文京的反應，馬上笑瞇瞇的盯著人家看，那個日本人看到徽杭從頭到尾的這樣打量他，大概也猜到了一點。他竟然拿起帳單，跟文京說希望能讓他買單，請她們吃一頓。徽杭非常爽快大方的回頭跟這位日本男生說：「太好了，我再點個西米露好了。」沒想到文京立刻變臉，馬上去把帳單搶回來，她回頭跟徽杭擠眉弄眼的示意，陪著這位日本人出去餐廳外。

文京氣呼呼的回來：「妳太離譜了。徽杭，我要被妳氣死了！」

「有什麼關係，才加一個西米露而已！這男的看起來不會討厭啊！像是個有禮貌的人耶！而且，妳剛說是這個日本人帶妳來這家店的。小氣鬼啊！一碗五塊美金的牛河粉也敢請妳，怎麼不請昂貴的日本料理，或者韓國烤肉？」

「一碗五塊的牛河粉，是、我、請、他、的。因為他幫了我很多事情，我說要請他吃飯，他不好意思推託，才選比較便宜的越南店。」

「喔！原來如此，好吧！妳真小氣，五塊也敢請人家。如果是我，就煮一頓請人家來家裡吃了。」

「煮一頓？那人家不會更誤會嗎？」

「不會耶！我對台灣男生會用這一招，之前在慧婷家住好久，都是我煮，沒聽說誰誤會耶？所以，我跟妳說，還是找台灣的好。語言通，不喜歡、沒意思，板著臉就好了！」

「妳以為我不想喔？我找了啊，結果他們把我推給這位日本學長！」

「喔，不過，妳剛才跟他說什麼？他不跟我們一起吃飯？」

「沒有，他是來外帶的。後來看到我們，就只是來打個招呼而已。妳很討厭，還要亂加點西米露，剛才一開始要請妳，妳就說不用。」

「那因為我不想花妳的錢啊！同是天涯淪落人，都沒獎學金，何必揩妳這一餐？」

「那對人家日本人，妳就好意思揩人家這一餐嗎？」

「有什麼關係？搞不好他請我們吃這一頓，也不會外帶了，我會邀請他坐下來跟我們一起吃，我多喜歡當電燈泡！然後，我順便糗糗他，說他應該去我們語言系，看看他們自己的日本女生有多美，他就知道他自己的眼光有多不好了。」

「妳這什麼意思啊？我有這麼醜喔？」

「啊，妳有這麼愛他喔？這時候又要他要妳？」徽杭瞪著文京：「我是在救妳！搞不好他是忘記自己國家的女生有多美，成天跟台灣男生不修邊幅的混在一起，隨便看到土木系唯一的亞洲女生就陷進去。如果他看到我們系上那些日本女生，他一定會大夢初醒。這樣妳組也不用換了，我在救妳，理工科的女生，不是都很聰明的嗎？」

「徽杭，我要被妳笑死了！天啊！本來心情好差，現在變很好，妳知不知道？」

「是嗎？我本來心情可以更好，今天這一餐可以不用付錢，還有西米露的！」徽杭嘟著嘴狠狠的瞪著文京。

「妳知道嗎？人家工作過。基本的禮數一定懂，我沒在外工作過，所以，對那些工作過的人，我還是有些顧慮，不知道是不是外面一套，裡面一套。」

「是喔？講到這裡，妳去看看北校區，毫無美感的學校，好像是臨時倉庫鐵皮搭上去的，也同樣是外面一套，裡面一套啊！再去比較南校區，一體成型，我的重點是，光是從外表看不出個所以然，大樓如此，人更是如此。路遙知馬力，日久見人心！」

「妳的語言學到底在唸什麼啊？牛頭不對馬嘴的！」

「文科的女生，妳就不要計較。頭腦沒妳工科好。對了，你們是在南校區還是北校區？我室友是建築的，竟然在南校區上課。我那時候聽電機學長說只有醫學院才是，搞了半天，連建築也是。也對，需要美感的建築系，一定要有美麗對稱的校園。你們土木系到底在哪？」

「就是妳說的，像臨時搭建的倉庫鐵皮屋。」文京冷冷看著徽杭。

「真的，妳花那麼貴的學費，竟然在鐵皮屋裡上課？果然是土木！跟工寮一樣。」

「妳講什麼？這個學校的地震科學非常有名耶！」

「拜託，地震？哪有地震？台灣幾百年都沒有地震了。千里迢迢，神經病來美國學地震？學到頭殼震壞去。那，那個日本學長也來學地震的嗎？」

「我沒問。只知道他之前做很多大型的土木建案，覺得累了，才到美國來追個夢。」

「聽起來還蠻了不起的。有份好工作，竟然願意拋下一切，來追求夢想。也是不簡單。我們系上有一大堆都是這樣，離鄉背井，暫時拋妻棄子，隻身來美國尋夢的。大家都想來美國追夢，妳，有沒有想過，這種投資，到底值不值得？我最近常突然會想這種怪問題。」

「妳也是應屆畢業？我們應該一樣大，二十二歲吧！二十二歲的年紀就來追夢，我們絕對比那些拋妻棄子，離鄉背井的人值得。跟妳說，年輕是最大的本錢。」

「沒錯，那我們先用白開水乾杯，為未來、為夢想，乾杯！」

第四十九章：美國看病記

　　徽杭就在讀不完的課本、參考文獻，趕不完的報告、作業跟跑不停的同學小組會面中，飛速的度過了時光。很快的，再度環場正視到校園的改變，是在靠近傳播學院 Ellicott 那一帶的樹葉漸漸開始由黃轉紅了。以前常聽到大人聊起，過了中秋月圓，就迎來秋天賞楓的季節，這在台灣只是在書裡讀過，因為沒遇過，所以沒有太多感覺，這一回，要不是美恩邀請 Edward，Piyada 跟徽杭到她家裡討論語意學，開車沿途經過了傳播學院，看到了初成雛形的秋天畫面，徽杭還真沒料到賞楓原來是這麼有意義的事情。

　　Edward 看徽杭那麼迷戀楓葉，笑著說他跟太太在賓州那裡，也是每年引領期盼著秋天，那是一年中最短也是最值得眷戀的季節，Edward 說今年他要挑個週末回去賓州陪太太賞楓，如果徽杭一群人也願意的話，可以去住他家裡。徽杭聽了連忙搖頭拒絕，她說賞楓是件奢侈的生活態度，尤其她英文理解力爛到不行，語言學完全沒打好基礎，週末全是在花時間處理語意、句法學的作業，對 Edward 而言的週末，是徽杭唯一寶貴能夠追上語意、句法進度的時間，她笑著要美恩跟 Piyada 代替她去，多照幾張相片回來，讓她過過乾癮就夠了。Edward 笑嘻嘻的虧說，那些英文字雖說是他的語言，但是有很大部份，他自己也不確定他消化掉多少，他覺得跟那群美國同學相比，他讀書討論更喜歡國際學生，觀點有趣，英文口音好玩，而且，用功程度是他的一百倍，每次他跟國際學生討論，自己都會得到新的觀點。

　　在徽杭沒有參加中華同學會辦的中秋迎新後，陸陸續續接到了不少關心的電話，人在異鄉，還能有這麼多人打來關心徽杭的情形，讓徽杭心裡好幾道暖流。水牛城的氣溫開始早晚溫差變更大了，原先晚上八、九點還是亮如白晝，現在六點前就開始變得天昏地暗了。徽杭覺得課業繁重的壓力，讓自己有些喘不過氣來，而且最近身體也開始出現變化。

剛開始排尿時很不順，最近不但每次都會有灼熱感，而且十分疼痛，甚至時有血尿。徽杭一陣震驚，不知是否身體有什麼隱疾，可是看著排著滿滿規律的作息表，她覺得能拖再拖一陣，忍痛，也是徽杭的專長。

　　週五的下午，徽杭竟然在語言系的走廊上遇到秀雅姐，開心的緊緊抱住人家，讓秀雅姐很不好意思，連旁邊的 Mike 都識相的走開，原來今天語言系請一位重要的外賓來演講，心理系也有多位教授學者來聆聽，秀雅牽著徽杭的手，走到演講室。原先徽杭沒打算聽演講，反正去了，也聽不懂，但是看到秀雅姐來聽了，也決定當個小跟班坐在學姐旁。演講進行大約一個半小時，秀雅姐轉頭便問徽杭最近身體是不是出了什麼問題？

　　「學姐，妳好神！妳哪裡看出來的？」

　　「看妳臉色。皮膚泛黃，黑眼圈變很大一片，是股倦容。身體哪裡還有問題嗎？」

　　徽杭十分羞澀的把解尿血尿的問題告訴了秀雅姐，學姐一聽立刻變臉，她跟徽杭說，馬上要帶她去南校區看醫生，看完後回她那裡吃頓晚餐。就這樣，徽杭立刻衝到 Baldy Hall 一樓找公共電話打到文京的家裡，文京家裡沒人接，徽杭留了言在答錄機裡，跟她說週五的採買先取消，又擔心文京沒聽到留言，徽杭慌慌張張的衝回到六樓系上的小電腦室，很快的送 email 跟文京重覆說一次。她收拾好書包，便跟秀雅姐在北校區等巴士到南校區的醫院看病了。

　　沿途中，秀雅姐一直耳提面命的跟她提醒健康的重要性，有病一定要立刻看醫生，不能等小病拖成大病。徽杭其實覺得學姐有些小題大作了，才二十二歲能生什麼大病，但是，等一下要看醫生了，她也開始慌亂起來，雖然有醫療保險，會不會還是要花很多錢。之前聽安平、品哲閒聊某位電機系的學長，嗜吃 Donuts，每次便買一整盒，自己開心的享用。過不到一年，體重加重不說，牙齒一堆蛀掉，結果學長買了來回機票，回台灣做根管治療、補牙、洗牙，機票加治療牙齒的所有費用還比美國一次補牙便宜。想到錢，徽杭又開始擔心起來了。

　　南校區的醫院外表看起來非常不顯眼，門還未推開，就是一陣消毒藥水味道。秀雅姐帶著徽杭去掛號，掛完號後，徽杭坐著等醫生，秀雅姐問徽杭詳細症狀，告訴徽杭該如何使用哪些英文單字跟醫生溝通，徽杭上了一門醫學英文的課程。等了一小時，護士叫她的名字了，秀雅姐陪著徽杭進診間，拍拍徽杭示意她安心。徽杭一看到診間護士跟醫生都是女生，安心多了。

　　徽杭完全聽不懂醫生的英文，醫生耐心的拿出圖片，把徽杭當三歲小孩，讓她用手比，對於疼痛的程度，醫生先是問徽杭的母語，然後再拿出另一張圖片，詳列出疼痛程度的中文單字，繁體字跟簡體字都有，徽杭笑笑的比了一下。醫生問徽杭的日常作息，徽杭就把每天的行程大致跟醫生報告，醫生聽了問徽杭，「妳早上喝了室友留給妳的咖啡後，有喝水嗎？」徽杭愣了一下，還要喝水？她看看醫生，搖頭。醫生跟秀雅姐都笑起來。醫生再問：「妳什麼時候喝水呢？」徽杭再度愣住了，她中午都是帶便當去 Baldy 二樓熱飯，吃完後，不是趕回去上課，就是到圖書館的小論文間寫作業，她根本不記得何時會喝水。搞不好如果晚上偶爾吃泡麵，才有機會喝到湯湯水水。醫生看看徽杭，徽杭再度搖頭。接著，醫生又問徽杭：「妳是不是有憋尿的習慣？老師上課，敢站起來去上廁所嗎？」徽杭聽完後，先點頭，後搖頭，把頭低很低很低，秀雅姐拍拍她的肩膀，跟她說沒關係。徽杭再度抬頭看醫生時，淚珠又不爭氣的流下來了。

　　醫生慈祥的看看徽杭，跟她說：「孩子，妳才剛來這個國家吧！一切都才開始，妳不要給自己那麼大的壓力，多喝水，跑跑步，走走路，看看外面的楓葉，這裡的秋天很美麗喔！千萬不要憋尿了。這看來只是尿道感染，不是大問題。」徽杭聽了安心極了。

　　醫生開了一張處方單，跟徽杭說，拿這單子去藥局買藥即可。徽杭完全不懂，她拿著單子，秀雅姐跟她解釋，美國醫生填寫藥單，要自己去藥局付款取藥，跟台灣是非常不一樣的。還好只是個小問題，今天除了掛號的幾塊錢外，醫生問診保險有給付的，領藥在北校區有藥局，徽杭鬆了一口氣。

　　徽杭跟學姐去超市，她突然問學姐可不可以就順便也買菜，等一下自己拎著坐校車回北校區，學姐說這真是個好主意，既然來了，就不要麻煩其他人接送。沿途上，秀雅姐跟徽杭分享更多做菜的秘訣技巧，還分享許多私房菜，徽杭越聽覺得越餓，一時間也忘記自己血尿的事了。晚餐過後，徽杭再度回到了她曾經待過的房間，對面那家人回家了，爸爸跟小女兒在玩樂高，媽媽在廚房洗碗整理，那隻肥胖的黑貓就睡在沙發旁，尾巴規律的像是打拍子一樣，不斷揮動。徽杭看看天上的月亮，中秋過了快一個月，又快滿月了，亮度真是驚人，像是伸手可及一樣的近，但不到一下子，又有大片烏雲將圓月遮住。徽杭拿起剛採買的菜，謝謝秀雅姐陪她看醫生，還煮晚餐給她吃，她就拎著幾袋菜走回去南校區了。

　　暑假從秀雅姐家裡走到南校區的巴士站，也不過二十分鐘左右，但是，也許是天氣變得寒冷、也許天空變暗、也許是手上拎著幾袋重物，還揹著上課的書包，徽杭發現必須走走停停，好不容易走到南校區，徽杭都覺得已經耗盡所有體力了。還好，車子等不到十分鐘就過來，徽杭一坐上去就覺得好輕鬆，想到這裡，她才真要感謝文京，近來都是跟她固定週五去買菜，可是又不免一陣擔心，不知道文京收到她取消買菜的訊息沒？

　　等徽杭意識到今天是如何連滾帶爬的回到宿舍，那已經是她躺在床上休息喘息的時候了，她再度打開冰箱，確定真的有把好幾袋東西從北校區的公車站拎回來放到冰箱去，她才安心，自己是真的回到宿舍了。今天太累了，徽杭決定不洗衣服也不做飯，明天再來處理這些棘手的麻煩事情吧！

　　徽杭還記得醫生提醒她要多喝水，她拿起先前牛奶沒丟掉的空瓶，拖著身體去浴室裝生水，回來猛灌幾口水，她看 Anna 都是這樣喝水，她這時才突然發現，的確，美國天氣變乾後，她真沒印象何時自己有喝過水，應該是來美國後，學長跟慧婷都拼命買果汁，自己搬到宿舍，不喝果汁，但是也沒印象何時提醒過自己喝水。原來身體出狀況，都是在警示自己生活不正常的警訊，還好只是尿道感染。徽杭以後一定要更注意自己的飲食用水問題。徽杭很快的就在舒服的床上睡著，迷迷糊糊中聽到門外走廊好幾次跑步尖叫急促的聲音，八成是隔壁棟大學部的孩子又在胡鬧了。

徽杭的巨響鬧鐘設定在凌晨 5:00，還沒到，徽杭已經醒來，把鬧鐘按下。她看看 Anna 還睡得香甜，她先把床底下的洗衣籃拿出來，躡手躡腳的抱著，到地下室去洗衣服，週六的五點，大家都在好眠，有些洗衣機、烘乾機還有一些衣服沒拿出來，美國學生真的不是普通的懶，尤其洗衣機，有人一次用好幾台，佔了位置，讓別人無法使用，這個國家的人，自私的真不少。

徽杭找到了一個比較新的洗衣機，把衣服倒進去，加個洗衣粉，設定成熱水，就這樣，一個禮拜的衣服有著落了。台灣洗衣機都沒有熱水或是溫水的設定，雖然徽杭問過美國同學，大家還是認為冷水對衣物比較不傷，但徽杭就是覺得能用熱水洗衣服是很炫的事情，在美國，她就是要用熱水洗衣。前次徽杭洗衣服時，終於領會到為什麼美國人會需要一次三台洗衣機了；有的專洗白色衣物，有的洗高級衣物，有的則洗一般衣物。徽杭不懂，都來唸書了，要穿高級衣物幹嘛？穿著 T-shirt 不是最方便嗎？徽杭想到這些美國學生的奢侈，她猛搖頭，把洗衣籃放在洗衣機上面，她人就三步併做兩步的回宿舍房間了。

徽杭輕輕的打開房間的重門，Anna 還在沉沉入睡，徽杭躡手躡腳的到了 Anna 的床後，把冰箱內的食物拿出來，拿了一旁的沙拉油、鹽跟醬油及鍋具用品，到一樓廚房煮菜去。洗菜、切菜、切大蒜，再煎幾個雞腿、炒幾個蛋，再拿剩下的這些雞腿跟蛋把剩下的油拌一拌，當成調味料，青菜有花椰菜、胡蘿蔔跟一種台灣沒看過，英文叫做 squash 的綠色瓜類。花椰菜跟胡蘿蔔是用燙水燙，搭配剛才的調味料，像個燙青菜的方式料理好，瓜類就用炒鍋炒幾下。裝便當時，中午的餐盒就拿兩樣菜配炒蛋，晚餐的餐盒就拿兩樣菜配雞腿。

這是因為昨天去看醫生，不然徽杭是趁室友不在時，在房間用大寶電鍋滷好雞腿滷蛋，跟煮好白飯，每次都必須把門跟窗戶開好一陣子，把味道散除，徽杭真的感謝這位室友，雖然客套禮貌說很懷念中國城的食物味道，但想也知道，一般人才不會喜歡，有的時候看到 Anna 在噴香水，她知道八成是房間的氣味她不喜歡。這週因為看醫生，要等室友不在時間長一點，才能這麼做了。那天 Anna 超市買了一堆起司，也很擔心徽杭的反應，徽杭覺得完全聞不到味道，心裡想說為什麼外國人老拿臭豆腐跟起司相比，那可能是徽杭沒聞過臭的起司吧！所以，她揮揮手跟 Anna 說這根本沒有任何味道。

第五十章：不想介入的紛爭

講到冰箱，上個月，Anna 跟隔壁的 Piyada 發生了不愉快，但是最後卻是徽杭被無端捲入。事情的經過大概就是自從徽杭買了冰箱，Anna 就處心積慮的想要將宿舍的餐券由當時的兩餐減為一餐。宿舍總共提供三種餐券，三餐券包含早、午、晚餐；早跟晚餐自然就是在宿舍樓下的地下餐廳解決，中餐則可以在 Student Union 那裡選配義大利麵、漢堡或是 pizza。兩餐券則包含早、晚餐，那是一定要在宿舍的地下餐廳解決，一餐券就僅提供晚餐，同樣必須要回到宿舍的地下餐廳。一般同學都是買兩餐券，平均一餐都要六塊左右，如果是一餐券，就差不多要八塊了。

Piyada 跟 Anna 都是買兩餐券。Anna 後來看到徽杭一個禮拜的餐費限制在十五塊，Anna 就以她在南校區為由，一早因為要搭車趕去南校區，無法在宿舍吃早餐，另外更以自己是素食者為由，反映宿舍提供素食餐過少，卻收一樣價錢，這兩個理由後來申訴成功，宿舍同意 Anna 將兩餐改為一餐，並把剩餘的餐費退給 Anna，這一點讓 Piyada 也在想是否該以相似理由辦理。

就在上個月，Piyada 敲徽杭門，跟徽杭提出說想借放冰箱時，徽杭毫不思索的答應，接著卻看到 Piyada 把三格原先剩兩格空的空間全佔滿了，徽杭當時就想，問題大條了。到了晚上 Anna 回來了，打開冰箱看到她的位置被佔用，徽杭連忙解釋她以為 Piyada 只是放個水果，沒想到是放那麼多東西，那天 Anna 很不高興，她要徽杭去處理，叫徽杭立刻去請 Piyada 把東西拿回去。

徽杭打開冰箱，看到裡面的蔬菜，這沒冰箱放會壞掉的，她很坐立難安，不想讓 Piyada 不開心，但是 Anna 很堅持，她說如果是徽杭自己的東西，她二話不說不會有任何意見，但是，冰箱是放在她的床後邊，她有一格的置物權，冰箱的側邊也可以堆她愛的優格，冰凍庫也能放她愛的冰淇淋，這些讓她願意把冰箱放她床後。但是，Piyada 不是住在這個房間的人，沒有資格使用這個冰箱，人家客氣讓她放，僅是放些水果或冰淇淋，不能無限期搞成習慣的放。

徽杭想想，當初 Piyada 的確沒說要放多久，而且，如果 Piyada 也打算比照 Anna 停餐券，的確要自己想辦法處理自己冰箱的問題，不然，就是放在一樓公共廚房那裡的大冰箱內。

Anna 跟徽杭說：「徽杭，妳看著我的眼睛，聽我講一句妳不愛聽的話。妳不要當爛好人！妳要懂得拒絕別人。這裡是美國，妳要多替自己想，而且，妳老是講 Piyada 多了不起，是泰國大學講師，在美國，一堆中南美國家當醫生、律師、大學教授的人到了美國，還是要從最低階的時薪工作開始做起。妳看 Piyada 永遠都是那種敬畏的眼神，可是，妳看不到妳自己。短短兩個月，妳英文也慢慢聽得懂，也開始敢講，也會表達自己的意見。妳這麼善良的女生，老是說成績不好，成績不好是什麼狗屁理由？Piyada 成績好，就能欺負妳嗎？妳現在就給我去敲她的門，叫她把東西拿走。」

徽杭低頭嘆口氣，她垂頭喪氣的去敲門，真希望 Piyada 不在，Piyada 一開門，看到徽杭的樣子，徽杭低聲問，能不能移點空間給她放東西，Piyada 也立刻懂了，抓狂的直奔徽杭冰箱，連個招呼都沒跟 Anna 打，就把東西一拉甩出來，冰箱一關，走人了！這一幕，徽杭可以理解，Anna 卻發火了，立刻破口大罵這是什麼禮貌，什麼國家的大學講師在美國人的土地上可以囂張成這樣。

徽杭一面做菜，一面想著冰箱的事情，上個月就是在這種尷尬、緊繃的情緒下看 Piyada，因為徽杭也交到班上不少好朋友，功課有問題，就會去問 Melissa、Sue 或是 Edward，後來又認識了韓國人美恩跟土木系的文京，徽杭也漸漸沒把 Piyada 的事情放在心裡，不過，每次在宿舍，只要聽到 Piyada 開門的聲音，她心裡還是會隨著她習慣關門的重音而在心裡震了幾下。

Piyada 不是個霸道的人，若說貪點小便宜或者有那種欺弱服強的心態，或許有點，但是想想她的處境，她已經換了兩位美國白人室友了，第一位住不到一週就搬離，徽杭根本沒有什麼印象，聽 Piyada 說，那位美國人對她講話不是很客氣。第二位見面會跟徽杭他們點頭打招呼，前次徽杭洗完澡，還看到 Piyada 跟室友去看球賽，回來開心的拿旗子揮舞著，但是怎麼過不到幾天，又聽 Piyada 抱怨跟室友處不好，兩人冷戰。

現在因為冰箱事件，Piyada 又跟 Anna 鬧不愉快，也不理徽杭，徽杭覺得當人真是麻煩到不行，她很慶幸自己至少沒跟 Anna 處不愉快。冰箱事件過了一陣子，Anna 還跟徽杭碎唸了好久，什麼還需要客氣跟 Piyada 說請她挪挪空間，挪個屁啦！已經低頭客氣，換來她抓狂的把東西甩著拿走，有的人根本不值得以禮相對！徽杭聽了只是笑笑，人跟人相處，何必如此，檯面話不用講直講滿，略點到即可。徽杭是很直，遇到了像是安平、品哲、慧婷他們自己人，她就會很直的亂講一番，但是，若要說外國人裡，真能講幾句心直口快的話，應該是前次認識不久的韓國人美恩了。

正當徽杭把餐盒一個一個裝好，現在便當只有菜，沒有白飯，要等 Anna 出去，才能用大寶電鍋煮飯了，徽杭印象中，Anna 今天週六在 downtown 有展覽，應該等一下就出發了，起碼到傍晚才會回來用晚餐餐券，所以，她這個飯桶，還有一件大事要等室友不在才能處理。

就在拎著這些東西上樓梯時，上回快速匆匆穿著深黑套頭運動長袖的高大白人再度快速經過，徽杭禮貌性的低頭跟他說 Good morning，他見到徽杭主動打招呼，意外的把帽延拉得更低，餘光看看徽杭也低聲說 Hi。徽杭心裡想，這個美國人有些怪，這陣子以來，如果是徽杭主動跟美國人打招呼，從來沒有遇到這種回應的方式。

她正覺得奇怪，把東西放在地下，剛準備開鎖，門主動開啟，她正想跟 Anna 笑著道早安，Anna 一手把徽杭拉進房間，徽杭被拉進來後，再度開門，一手把留在地上的寶物，一週的餐點，鍋碗瓢盆，調味料，拎進房間。

「什麼事情那麼緊張啊？」徽杭不解看看 Anna。

「妳反應慢半拍，昨天晚上出大事了，妳知不知道？」Anna 又說。

「我昨天早回來，看妳冰箱空空的，洗衣籃一堆髒衣服還在床下，妳昨天不是照理那個時候會洗衣服、做飯嗎？」

「喔，昨天啊，別提了。走廊遇到台灣的學姐，一起聽演講，後來帶我去看醫生了。」

「看醫生，妳生病了？」

「我不覺得有什麼大病。就只是最近尿尿會痛，這幾天開始有血尿。」

「這麼嚴重？」

「嚴重？不會吧！那天吃了韓國泡菜，一堆紅便便，屁股辣辣的，我還活得好好的啊！」徽杭一講完，揉揉自己的屁股，把 Anna 逗得笑倒在床上。

「那醫生怎麼說？」

「說我水喝太少。這樣講也對，除了早上喝妳的咖啡外，我還真不記得我第二杯水在哪？」

「妳開什麼玩笑，要多喝水。我每天都規定自己喝至少十五馬克杯的水。告訴妳，女生要多喝水，妳摸看看我的臉頰，多細緻緊實，要多喝水！」

「我對妳的臉蛋沒興趣。我比較想知道，要吃什麼才能養出那麼大的胸部跟翹臀，而且妳的腰好細喔。妳都不知道，跟妳走在路上，很討厭，男生都盯著妳猛看。」徽杭嘻皮笑臉的逗著 Anna，Anna 這次是笑得迷人臉紅到不行。

「這是基因，好嗎？我們中南美洲女生的獨門基因，怎麼能隨便洩露給妳知道呢？妳要胸部跟翹臀幹嘛？妳不是不要交男朋友嗎？」

「我現在不要，以後要啊！台灣男生很好騙，改天妳想通了，再把獨門基因告訴我吧！」徽杭說完，Anna 不由得朝徽杭的臉頰捏了幾下。

「喔，不說我差點忘記了。昨天我提早回家做模型，結果，舍監來敲門，每一戶都敲。聽說這一個月來，宿舍有東西被偷。」

「被偷？窮學生，能什麼被偷呢？」徽杭看看這麼小的房間，教科書、舊衣服、舊行李箱、大寶電鍋，可能最值錢的就是那個冰箱了，還有 Anna 的舊電腦。這些要搬，都嫌麻煩了。

「這就讓舍監擔心了。掉的不是錢包，是女生的胸罩跟內褲。」

「喔，那不會要偷我的。我的內衣褲是祖母牌。」

「什麼意思？」Anna 一面從冰箱拿一個優格，丟給徽杭，自己再拿一個開起來，坐在床上吃。

「就是老祖母才會穿的內衣褲啊！我看過妳的，那種有蕾絲、滾花邊，還一堆蝴蝶結的，拜託，穿在衣服裡面的，外面人又看不到，何必多此一舉呢！」

「徽杭，妳實在太搞笑了。最近我跟我媽偶爾會聊到妳。我跟我媽說，我一直以為亞洲人很嚴肅、古板，可我這室友講話超有笑點的。我媽說，她本來就喜歡你們。她常看第四台的中文節目，她說有些娛樂節目好有趣。而且，你們文化跟中南美的文化有些相似，父母老了之後，子女願意照顧自己的爸媽，甚至有些有錢的子女，看到自己兄弟姐妹發展不好，也會願意提供金錢援助，這跟美國白人普遍不跟自己的父母住很近，也不跟自己兄弟姐妹親，非常不一樣，他們沒事很少聯繫家人。」

「美國人是這樣喔？我倒是來這麼久，還沒機會跟我美國同學聊到這些，光功課就煩死了。」

「勸妳也別主動問。他們不太願意聊自己家裡的事情。很多人的父母都離婚了，他們不會願意談論家裡小時候的事情，這是隱私。」

「喔，那舍監敲門，是要提醒我們注意安全嗎？」徽杭趕快把主題拉回，不然，今天話題會千變萬化，她上週已經因為參加 potluck，隔天又跟文京吃飯，這週遇到週五看醫生，原先週六是一早要唸書的時間已經耗費大半了，她不能再繼續耗下去。

「舍監一方面是提醒，二方面是問看看我們這層有沒有遇到東西被偷的問題？另外，也是這個月以來，有人在地下室的洗衣間，把白色衣服留在洗衣機洗，回來之後，竟然洗衣機被倒了紅色墨水，整桶衣服洗完後，全變成粉紅色了！」

「真的？妳有沒有問是什麼樣的墨水？白色衣服才能變成粉紅色？我最喜歡粉紅色！」徽杭一講完，Anna 氣得把已經吃完的優格盒往她床上丟，一面丟一面笑，丟完後，又主動去徽杭那裡撿回來：「對不起，徽杭，我實在克制不住，真想打妳一拳。」

徽杭看 Anna 笑成這樣，嘆了口氣：「我是真的想把白衣服染成粉紅色，怎麼就遇不到這種事情！」

Anna 大笑說：「如果妳愛粉紅色的衣服，就去買粉紅色的衣服啊！哪有人期盼著洗衣房有人提一桶染料，把妳整缸衣服染成粉紅色的？」

「那要花錢才能買啊！我想不用錢，就能把白衣服染成粉紅色！」

「看來，妳都沒遇到了！舍監是懷疑，有變態偷女生內衣褲，然後直覺是不是同一個人，倒染料進洗衣槽裡去。」

「沒有，我沒遇過。不過，講到這裡，我發現每次去洗衣房，有好幾位都拿著書，一面讀一面等，是擔心東西被偷嗎？妳洗衣服會留在那裡等嗎？」

「對，我都在那裡等。不然就是帶著建築設計的藍圖去畫草稿。我的衣服都是好衣服，如果真的時間不夠多，洗衣機洗的時候，大約二十分鐘，妳不用等，因為小偷不太可能去偷濕衣服，偷了沿途濕答答的，很容易被發現。一般小偷是偷烘乾機的，所以，妳衣服放到烘乾機時，就最好不要離開了。不過，現在聽到會有人倒染料，我還是連洗衣機洗衣的時間，也乖乖坐在那裡等算了。」

「天啊，連洗衣服都有學問！」就這樣，這些話題就在突如其來的電話鈴聲中結束了。響了兩聲，Anna 接起來後，笑嘻嘻的把話筒遞給徽杭，順便捏一下她的屁股，說了一句：「不是說不交男朋友的嗎？是你們台灣男生喔！他自我介紹說是 Ang-ping，很有禮貌，英文講得很不錯喔！」說完眉毛挑挑，徽杭看了 Anna 才剛修的細眉，挖苦的說：「眉毛修太細了！是 An-Ping，妳見過的，就是上回買冰箱開車的男生。」

第五十一章：賞楓邀約

「喂，安平學長，早安。」

「徽杭，妳，太愛講話了吧！我們從上個禮拜一直打給妳，妳是電話沒掛好，還是交了男朋友，一直講電話，我們不是只有週末才打，我們從週一打到週五，早上妳沒接，去上課，合理，晚上，應該是回宿舍的時候，妳電話全是忙線中，妳在幹嘛啦？」

「喔，學長，不是我。電話是我室友的，我又沒什麼人可以聊的，你如果有急事，寫 email 可能還方便些。」

「妳屁啦，中秋晚會，一堆人寫給妳都不回的，到底有沒有在看 email？那天中秋晚會，妳怎麼都沒出席？有抽獎，妳知不知道，慧婷他們抽了一個小電風扇，開心極了！」

「他們要電風扇幹嘛？這種季節，電風扇多佔空間。而且兩位男生一年以後就走，難道連電風扇都要帶回台灣？不帶回去，還要考慮留給誰，麻煩！」

「哈，妳說得也對。應該抽個暖爐才開心，對不對啊！」

「沒錯，那我就要去偷她的暖爐了！」

「是要跟妳說，妳有沒有看到 email，要開始報名，估計賞楓的人數了。妳沒開車，我跟品哲出一部車，要載敬成，我們也想邀請秀雅學姐去，慧婷他們也會成行，估計他們出兩部車；至威一部，文光一部。我們現在要稍微知道有多少車，有人沒車，我們可以載。」

「學長，我看到 email 了，但是，不是還沒截止嗎？我想再想想看。課很重的。是要去一個我不會唸的公園吧！」

「學妹，我跟妳說，妳不去，會後悔。那裡美得像畫一樣，秋天那裡是賞楓季節。還有，敬成學長就是看到賞楓之旅日子訂了，就馬上把去加州的機票確認了。他十月十九日要到矽谷了。妳不趁機跟他說聲再見？」

「學長，我都忘記了。對喔！我記得他那時一直想看楓葉再走的。最後還是給他盼到了，最近校園靠近 Ellicott Creek 那裡楓葉也開始變色了。」

「對，今年秋天來得算早，我們一起參加，也算是給他送行。」

「好，那加我一票。學長，我正想問，你們大家比較熟，學長這樣離開，你們會替他辦什麼餞別餐會嗎？」

「不會。除非是他自己有什麼聊得來的朋友主動邀請他，不然，不會的。自己畢業，都是自己打包走人。頂多車子賣了，請同學載你一程。」

「什麼啊？這麼冷淡？」

「是啊！妳這麼說，想想好像也是。好像是來的時候，接機熱熱鬧鬧的，畢業離開的時候，冷冷清清，可能大家都各自有事在忙，何況，他離開時，我們還在上課期間，不太可能辦個什麼餐會之類的。不過，唉！就算是寒、暑假畢業的人，剛巧也碰到我們回台灣，或是去其他外州旅行，不太可能會刻意留下來送行啦！不過，既然妳這樣提，我至少問他飛機什麼時候，我覺得我該送他一程。」

「學長，你如果知道了，寫個 email 給我，如果我沒課，我覺得我應該去送一下。」

「好，那妳賞楓會去呴！就加妳一位！」

「喂，你還沒說那個公園的英文怎麼唸？」

「Oh… Al-le-ga-ny Park，妳就照字面唸啊！語言學的英文怎麼這麼爛啊！」

「我要問重音，重音在第幾個音節？」

「重音是什麼？音節又是什麼？」

「算了，你再唸一次給我聽！這次我記下來。」

就這樣，一個禮拜又在一堆聽不完的錄音帶、參考書、文獻中的文獻、報告、小組討論中度過，而遠端的秋葉更是迅速詭譎的變化，才不過一個禮拜，學校的 Ellicott 傳播學院那一區已經是美不勝收了。自從認識了美恩後，常常在 Baldy 二樓的長廊遇見她。美恩中餐吃得很簡單，不像徽杭，一定要去二樓的小空間裡微波便當。美恩中午常是帶一杯咖啡，做個三明治、柳橙，就在二樓的 Baldy Hall 的長廊一堆圓桌裡，找一個最亮的位置，閱讀英文報紙。自從上次的 potluck，徽杭跟她相談甚歡後，如果在長廊遇到美恩，徽杭一定會主動前去打招呼，美恩也立刻會揮揮手，叫徽杭把熱好便當拿到她旁邊坐著。美恩很愛柳橙，她非常純熟的用一把塑膠刀就能把柳橙皮快速撥掉，然後分一半給徽杭。徽杭其實不愛柳橙，但是，就是不知道為什麼，到底是美恩柳橙選得好，還是因為柳橙皮已經剝好，徽杭總覺得美恩帶的柳橙超級美味。徽杭看到美恩能像老美一樣，一杯咖啡，一疊英文報紙，她真有說不出的羨慕。美恩每次聽到徽杭讚美，總是拍拍她的肩膀，跟她說人生要學習的項目可長著呢！能活在當下，享受生活，知足喜樂才是最重要的人生哲學。

今天徽杭看看長廊，沒看到美恩，有些遺憾。她自己一個人把便當熱了，就留在微波爐的小空間裡，她平常偏愛的一角被一個亞洲女生捷足先登了，所以，她只能選其他位置。微波爐旁還有一個販賣機跟咖啡機，三不五時，會有其他人進來點些零嘴。這個時候有個男生用咖啡機點了一杯咖啡，他突然彎下腰來看看徽杭。

「妳還記得我嗎？後來在宿舍，我們都沒碰見過，我是 MBA 的張偉德。妳還記不記得，新生訓練在國際學生那一桌，妳當時高談闊論，教訓了一頓 MBA 的那群女生？」

「啊？是教訓嗎？其實，我已經忘記那天講什麼了。你中餐只喝咖啡嗎？」徽杭超級後悔那次跟 MBA 的衝突對話，這件事在 MBA 傳開，在電機系傳開，在台灣圈中都傳開。

「妳也喝嗎？這杯請妳。」張偉德說時遲那時快，立刻又去販賣機點了一杯。

「啊！想說叫你不要花錢的。這裡販賣機東西很貴，你不用請我，那杯多少錢，我給你。大家都是同學，不要請啦！」

「一小杯咖啡，這哪有多少錢？一塊而已。我請妳啦！」

「先生，你說什麼閣話，一塊才一個小紙杯的咖啡，你的中餐呢？」

「喔，我住宿買三餐券啊！中餐在 Student Union 解決。吃到快吐，都是那幾樣。美國人中餐的變化，好少啊！」

「你這樣花好多錢啊！三餐券、住宿、現在又買咖啡，那 Student Union 那裡不是也有咖啡嗎？難道還要另外付錢？」

「拜託，那種咖啡機煮的，難喝到爆，可樂、冷飲反而還對我的胃口。這裡的咖啡比 Student Union 的好喝多了。」

徽杭喝了一口，的確是很不錯，仔細一看，是 Cappuccino 口味的。她連忙點點頭，說她完全同意，味道好太多了。「不過，一塊還是太貴了。喝不起。」

偉德看到徽杭要打開書包，連忙搖手：「妳不要付我錢喔！我在台灣工作過，一塊還請不起人，那就丟人現眼了。」

徽杭聽完了，頭低低的把書包拉鍊封好，點頭謝謝他。

「後來妳住哪一間房，怎麼都沒遇到妳？」

「我住 307C，你呢？」

「奇怪，也在三樓啊！309B，我那時有想過應該會遇到妳的。」

「不可能啊！我沒買餐券，如果有遇到，應該大部份都是在地下室餐廳，固定的用餐時間才會遇到。像我跟我室友，如果不是因為 share 同一個房間，我根本不會遇到她。我完全不知道她何時洗衣服、何時用廁所。你看，搬進來都多久了，到現在，我們從來沒一起洗過衣服哩！」

「講到洗衣服，妳有沒有遇到洗衣怪客？」

「禮拜天我室友跟我說有內衣大盜，什麼是洗衣怪客？」

「就是有人刻意的倒一桶紅色染料，把洗衣槽的白衣服全染成粉紅色了。妳沒遇過嗎？」

「那就是洗衣怪客？我還想說要用哪種顏料才可以把我白色有點發黃的 T-shirt 染成粉紅色哩！」徽杭說完，偉德也像 Anna 一樣抱頭大笑。「笑吧！盡量笑吧！我室友跟我說的時候，我也是這樣回覆，她也是回以熱烈的大笑。這到底有什麼好笑的？」

「沒什麼，因為這種答案不太可能聽到，所以覺得很好笑。對了，我在地下室餐廳，認識一個也是你們系上的泰國女生。叫 Piyada，她很優秀，在泰國是講師級的人物了。」

「對啊，那是我們系的。大家都是高材生！我還不知道我這學期怎麼過關呢？」

「功課很難，跟不上嗎？」

「對，跟不上。在台灣完全沒有打基礎，就貿然來唸了。我有想過轉系，轉去英語教學，但是翻過他們的書，覺得沒那麼喜歡那些教育類別的東西，所以，目前還在語言系努力奮鬥中。你應該跟得上吧？我記得你聊過在台灣的銀行工作過。」

「對，功課沒問題，就是常要用英文思考，訓練自己上台報告，有些怕怕的，但是，會越來越習慣。最不習慣的，就是懷念台灣的小吃、夜市那些。這裡的吃，很不習慣。」

「我是嫌太貴。你這樣包三餐，好可怕的貴啊！」

「所以，妳沒買餐券，妳都怎麼料理三餐？」

「這週末我要跟電機系的學長去賞楓，下禮拜，我做一頓請你，教你一次，我室友就是看我這麼做，她又吃素，又在南校區，學建築的，以這個做理由，把兩餐券改為一餐券。不過，她倒是省事，都做生菜沙拉、水果沙拉、加個起司、蛋之類的。」

「不了，我不要學做飯，但是我接受妳的邀請。就下週，週五嗎？還是週六。我不要學做飯菜。太麻煩了。」

「好啊！那你下週五大約 6:30 到我們 307 的 lounge 那裡等我。我做一頓請你吃。」

「真的不會麻煩嗎？」

「不會啊，謝謝你請我的咖啡，很好喝。不過，實在太貴了！你也會去賞楓嗎？」

「不會，那天我們 MBA 有我們自己的行程，我們要去 Finger

Lake（五指湖）。」

「喔！聽到就舒服了。我超級怕那一群的。還好不會碰到。」

「唉，別說妳怕了，最近被她們徹底嚇到。妳聽聽看誇不誇張。有一天我跟她們幾位女生約好要討論兩個報告，時間約好是下午 1:00。我特別提早趕過來，12:30 就在 Baldy Hall 二樓的長廊等了，等到 1:30 才一兩位陸陸續續過來，來了還不討論，說一定要等全員到齊才要討論。好不容易，2:00 多，大家到齊了。到齊後，竟然開始聊天。我真沒搞懂，要聊天也等討論完之後嘛！結果，妳聽看看這群女生，聊什麼呢？有一個人，她跟一位美國老太太租一個房間，結果老太太新養了一隻拉不拉多。不過是一隻小狗，大家話匣子全打開了，問小狗是公的母的？叫什麼名字？多大？什麼顏色？吃什麼飼料？有沒有戴項圈？項圈什麼顏色的？有沒有蝴蝶結？大家你一言，我一語，完全插不進話，就這樣，從狗的話題聊到她們台灣家裡的狗，再牽到台灣的瑣事，我聽了快發瘋了！」

「瞭解，不過，你可以把跟她們相處的經驗當成是學習啊！你之前在台灣的銀行工作過，是嗎？如果你光是遇到這種對話，沒時間觀念的女生，你就抓狂，你商科的工作，是要面對人的，以後你天天面對，更會抓狂。尤其，女人跟小孩的錢比男人的錢好賺。如果我是你，我會多多觀察記錄這些女生喜歡什麼話題，也許，哪天對你有幫助，這些人跟人相處的交際應酬，都能派上用場哩！除非，你打算是唸商科博士，到大學教書？」

「高見啊！喔！如果可以，我想留在美國找工作。我不想回台灣。台灣的銀行業，會越來越難做，陸陸續續開一大堆，競爭太大。我是看好美國的銀行市場。最棒的是能在美國銀行業工作，然後哪天外派到香港或新加坡。」

「聽來是很棒的規劃，領美國人的薪水，在亞洲生活。那你更要多多瞭解那群女生，下回跟她們相處，就算她們遲到、閒聊還是談誰的八卦，你都可以開始分析、觀察、習慣女生的談話步驟，以後也許你可以在華人多的銀行先服務，紐約啦、加州啦，你到時候會遇到更多奇怪甚至無理的事情，你就當成先學習，也是不錯的。見怪不怪，總比到時震驚到不行要好。」

「聽你這麼說，我還真該多多跟她們在一起相處。妳真的好精明！我還以為學語言學這種文科的，都是書呆子。」

「哈！看是哪方面啦！不過，那隻小狗是公的母的？叫什麼名字？多大？什麼顏色？吃什麼飼料？有沒有戴項圈？項圈什麼顏色的？有蝴蝶結嗎？你後來聽到了嗎？我也好想知道喔！」

「啊，沒興趣聽。已經完全不記得小狗的話題了。下次，我再打聽看看好了。妳也喜歡狗？」

「喜歡啊！我最愛拉不拉多！美國人真幸福，能夠養拉不拉多。我最愛米黃色的拉不拉多！」

第五十二章：楓葉翩翩

　　週六的賞楓在一個秋高氣爽的好晴空下展開。大家那天約在 Bell Hall 前先碰面，開車的人一一先確定路線，還在天線處綁了一個紅絲帶，以方便辨識。來的人不少，秀雅姐也來了，不過，沒跟徽杭同車。徽杭自然是坐在至威、慧婷車上，笑嘻嘻的看著這一對情侶。

　　「新婚生活如何啊？小倆口。有沒有天天越吵越甜蜜啊？」

　　「徽杭，妳要不要打開那個紙袋，看看裡面有什麼東西？」至威叫徽杭打開。徽杭看她後座旁邊有個紙袋，一打開，是她朝思暮想的國王麵跟太空麵，樂得徽杭大叫大跳。

　　「本來想要各放兩包。但是，處罰妳，誰叫妳不跟我說慧婷在妳那裡。」

　　「喔！各一包就很滿足了，那我不客氣的放入我的書包裡囉。」

　　「我有說是要送妳嗎？只是讓妳打開袋子羨慕一下。」

　　「管你的，我不要羨慕，誰先打開就是誰的。我不客氣的帶走了。下次吵架不可以來找我啊！」

　　「徽杭，妳真沈得住氣。開學前，妳跟我們大家窩在一起，尤其妳跟慧婷像個連體嬰，安平背後叫妳們姐妹花，開學後，安平改稱妳們苦情姐妹花，慧婷逢人見面便抱怨功課多，英文爛，聽不懂，跟不上。妳啊！卻像是人間蒸發一樣。妳說安平學長常邀大家參加週五在 M Hotel 的 Happy Hours，妳從來不參加，連中秋迎新晚會妳也沒來，我們都覺得妳不可思議。」至威一面開車，一面說著。

　　「是嗎？不是就是你說的苦情姐妹花嗎？姐姐代表出席就好啦！安平真是的，名字還真會亂七八糟取！對了，中秋晚會的張家園好吃嗎？」

　　「好吃啊！一個人才收兩塊，吃到好多東西。老闆說生意一年比一年難做了，一直要我們多多宣傳呢！不過，徽杭，妳就這樣消失了，我們幾乎都快忘記妳存在過我們的生活裡！要常保持聯絡啊！聽安平說妳家電話超難打的。」

「喔！我不愛講電話。那是我室友的電話機。你如果有事就寫 email，我天天下課固定會去電腦教室寫功課，等列印時，我就會去隔壁教室看 email。如果一天之內沒回信，一定是代表我在考慮中。」

「天啊！徽杭，妳怎麼能受得了。妳們宿舍只有一條線路，那電話機誰的就由誰來使用，妳都不會生氣喔？」

「生氣？不會啊！我室友人超好的。早上自己咖啡壺煮了咖啡，永遠留下半壺給我，從來沒叫我出咖啡豆的錢。不過，我應該這幾天主動跟她說，我該合出咖啡豆了，不然很不好意思。電話？我討厭講電話。有什麼事情，不約出來當面聊，透過電話講什麼啦？我室友畢竟是美國人，她媽媽在紐約，她要跟媽媽天天談心，母女有聊不完的話題。這是好事。室友開心，自己也會好過。哪有什麼好生氣的。」

「不過，聽說她膚色黑到學長他們看過都很害怕，覺得妳很厲害，不怕跟膚色黑的人一同使用房間。」

「都到美國了，你覺得是我們嫌人，還是別人嫌我們？我很喜歡美國，雖然我室友說美國其實是很歧視有色人種的國家，但是，我覺得跟台灣比，好太多。我覺得在台灣，至少我南部的經驗，看到美國人、歐洲人、日本人，就捧得高的像什麼一樣，膚色比自己暗的，就一臉不屑的瞧不起人。我剛開始看到 Anna 也是嚇一跳，但是才一經過對話，馬上發現，她跟我們台灣人，沒有任何的不同，甚至，她比我們更傳統、保守、孝順父母，她有一個弟弟，也很愛那個弟弟。我很開心她是我的室友。」

「徽杭，我覺得妳住宿的決定是對的。聽起來，妳的生活沒有我們想的寂寞。妳在系上交了些朋友嗎？」至威專心跟著車隊，慧婷開始延續這個話題，徽杭則一面往外看車外的風景，一面聊天。慧婷拿著一堆巧克力要請徽杭吃，徽杭搖搖頭表示不愛巧克力，至威看到了，看看旁邊的慧婷，兩人都搖搖頭表示不解。

「寂寞？天啊，這怎麼可能寂寞？功課重到很煩心。搞了半天，我們系上人外有人，天外有天，高手外有高手，國際學生全都是有來歷的人物，不是自己國家大學的講師，就是目前在 Modern Languages 當 TA，沒有幾個自費生。功課、經費的壓力，讓我偶有短暫的快樂，我就很開心了。」

「你們班上，沒有台灣學生？也沒大陸學生？」

「沒有，講中文，我是唯一的一個！這種冷門科系，沒有投資報酬率，誰要唸？」

「我更慘，我是唯一的亞洲人。」慧婷連忙嬌嗔的補充著。

「妳是說妳這屆吧？」

「對啊！這屆就我唯一一位亞洲人，唯一一位耶！」

「但是，妳能跟一堆美國人交朋友，不是很好嗎？」

「可是，我覺得美國學生圈子很難打進去。他們見到你，不是說句 Hi，就是問個 How are you doing，也沒機會聊別的了。」

「怎麼可能呢？我覺得美國女生很健談，很能聊東西啊！」

「徽杭，妳不要客氣，車上一堆巧克力，妳怎麼都不碰？」至威問了。

「喔！我不愛甜食。美國東西死甜。我們老師的 office hours 每次都擺一個金盤子，裡面裝了一堆各式各樣的巧克力，如果老師主動邀請我們拿，我會拿，不然，我不愛美國的巧克力。太甜了！」

「既然不愛，妳幹嘛非拿不可？就是因為她是老師？」

「當然要拿啊！現場立刻吃起來。別人邀請，你皺著眉頭說不要，那是哪門子的禮節？我看我們其他亞洲同學，都是這樣閃開，有的甚至還直接的說美國東西太甜。拜託，你在人家國家，當然要多多接受人家的東西。像慧婷妳說不知道該跟美國女生聊些什麼？我覺得怎麼可能。像我室友，拉丁美洲人，人個性好不說，身材超辣，那種身材我們亞洲人就很難有那種好基因遺傳。我就常稱讚她，說很羨慕她的身材，她聽了有多開心。你們都來到美國了，學習稱讚別人，接受別人的邀請，這也是種學問。要打進她們的圈子就沒那麼難了，因為人家會覺得你是能接受人家文化飲食的人。」

「嗯，不太想打入她們的圈子裡，還是習慣跟我們台灣自己人一起混。講到吃的，徽杭，那個時候妳跟我們聊一個禮拜頂多菜錢花到十五元。可是，我們怎麼節省，都要花個六十元耶！你是怎麼節制到十五元的？」慧婷嬌滴滴的笑著說。

「一個禮拜你們菜錢六十元？怎麼節制？我又不愛吃零食，光看看你們車上，放一堆洋芋片，還那麼大包，還有像是乖乖一樣的東西，那是什麼？還有一堆死甜巧克力，你們是買菜還是買零食啊？」

「啊哈！原來是這樣。妳是真的不好吃，還是為了省錢？」慧婷繼續問。

「我愛吃洋芋片，鹹的，我偏愛鹹食，但是，是為了省錢，不想花錢。」

「徽杭，跟妳偷偷講，學長他們有聊過妳。覺得妳很神秘。」至威看看照後鏡，偷偷笑著。

「神秘？我是個怪人吧！我知道你們覺得我很怪。可是，我覺得我是一個非常容易理解的人。他們覺得我怪，是因為我不想跟台灣人住在一起，對吧？台灣就是因為太小，期待大家都在預期中做同樣的事情，所以，稍微別人想法不一樣，就會覺得那個人很怪。學長太抬舉我了，用神秘兩字來形容我。」

「哈哈！學長覺得妳神秘，是因為覺得從開學到現在，沒聽過妳跟哪一個學長好？他們還下個賭盤，說一年後，妳會有個白人男友。」

「真的？這麼好玩的事情，你幹嘛現在才說。賭金多少？」

「唉呦！至威，你幹嘛說啦！你這樣說，那麼我們賭她會有白人男友的，不就輸了，搞不好她就故意不交啊？或者交了也死不承認啊！」

「哈哈！太有趣了。所以，慧婷，妳賭我會有個白人男友？那，至威，你呢？你賭什麼？」

「賭金十元而已啦！就是大家閒著無聊，跑程式跑到發瘋，又找不到 bug 在哪，突然安平說，蘇徽杭在搞什麼神秘，電話一直佔線中。大家突然就猜，應該是妳有男朋友了。想說暑假沒看到妳跟台灣哪個男生好，應該是交了妳們系上的白人男友。我也賭妳有。」

「真的，那目前誰賭我沒有的？」

「品哲跟敬成。」

「啊，知我者真是高人智者啊！那兩位是我認識中最有智慧的兩位仁兄。可惜敬成要去矽谷了，至威，你趁畢業前，多跟品哲相處，你別看他個頭小，成天喊著漢堡女王萬歲，品哲學長很有智慧。從他話裡，你會聽到很多邏輯跟道理。」

「真的，我以為妳會比較喜歡安平。」

「安平是好人一個。個性永遠十八歲，喜歡跟女生打哈哈的，跟安平在一起生活的女生，除了精明能幹，還要懂得裝傻，陪著他鬧，我沒辦法跟這種人當男女朋友。還有，安平沒有金錢觀念，有錢人家的公子哥，熱情大方，別人一 call 他，他馬上就顧不得自己，當他旁邊的女人，會很累的。哪天他累到自己倒下來，就會知道多需要身邊的人照顧他了。」

「那，妳有想過跟品哲嗎？」

「我不想在美國找對象。找對象是一輩子的事情。我同意同學中找對象，以後婚姻基礎會比較穩固，因為人類是習慣性的動物，如果是從年輕開始累積的感情，容易習慣成自然，自然就會變成生活的一部份。但是，這是一個很小的範圍圈圈，我覺得找結婚對象太過衝動，而且，一旦這裡找對象，我擔心我學業更不可能完成。短期內，我不想在感情上有依賴。跟你們講，談戀愛是很花錢的，大家都是自費來的，花每一分錢時，多為自己的父母親想想吧！父母有時可能說我加班加個幾天，錢就賺到了，這種話，我們做子女的，聽聽就好了。加班沒那種好加的班，很多要熬夜，晚上是不眠不休的趕工，如果當我們熬夜趕報告，都覺得腦力難以負荷時，想想我們的父母，如果他們是那種勞動階級的，勞力的負荷，更是比腦力的負擔來的疲憊。」

「徽杭，妳真的不像是二十二歲的女生。妳的觀察入微，妳的人生體驗，遠比同齡的女生早熟太多了。可以問為什麼嗎？」

「沒為什麼啊！你台大電機的高材生，也會對我們市井小民有興趣啊！我高中暑假在我媽媽工作的成衣工廠打工，就是做作業員的女工工作，折衣服，包裝、封袋簡單的操作。那是 1988 到 1990 年前上大學的事情了。我大學沒考好，高中唸的是第一志願，我爸看到我大學成績，完全心碎，氣得不准我重考，所以，我大學唸的是夜間部。1990 年剛好遇到教育部的德政，夜間部的畢業證書不加夜字，其實，日、夜兩邊的證書後來一比較還是有差別，但是，師資夜間部不會比日間部差啊！南部教授兼職機會少，夜間部的教學鐘點費高，幾乎主任、所長、院長級的人物晚上都願意來上課。雖然不是官大學問大，但是他們當過主管的教授，上起課來有時分享一些課外的知識，其實是非常寫實的人生。那更別說其他有名的老師，他們也願意教夜間部的學生啊。而且，我們好幾堂老師更喜歡夜間部的學生，說我們同學有學習動機，懂得尊師重道之類的。那時，我們有三分之一的課可以去日間部修，學分上限也跟日間部一樣，所以，過去夜間部要唸五年才能畢業的，因為學分修課上限提高，我們也能四年畢業。這些是我們考上後，才慢慢知道。我年輕時已經讓我爸心碎過一次，我來美國，不能談戀愛，如果對象他不滿意，他又要心碎第二次。我不想讓他失望！」

「徽杭，原來是這樣。我沒有這種當過工廠作業員，大學唸個夜間部，還一路來美國留學的朋友，真的很高興認識妳這樣的女生。慧婷，妳真的要跟徽杭學一學。」

「至威，你不要老叫慧婷跟我學。人的經驗，不是能學習著、複製著，就能走同樣的路線。每個人有不同的 DNA，會有不同的造遇，什麼時間點遇到什麼樣的人，這些人都會塑造自己，我相信物以類聚，慧婷是很厚道、善良的女生，沒有我這種心機算計事情，你不要嫌她，女生這樣慢慢的動作，男生才是抓到寶。你要好好珍惜跟慧婷相處的時間，一年，很快就會過去的。」徽杭講完，想看看至威的表情，可惜從鏡子看不到太多，只見到至威搖搖頭的乾笑幾聲。

從學校出發，車隊走的是 Maple，接著跟上 Millersport Highway，至威跟上時還有點心慌慌的，說看到 Highway 就會想到台灣高速公路的車水馬龍，沒想到上了交流道後，根本沒有什麼車輛。沒走多久，換到了 I-290E，所以，代表是往東邊了，沒一下子又迅速換到 I-90W，這時又是朝西的方向了，在 I-90W 大家才敞開心房聊了這麼多，接著因為車隊要避開收費站，因此在前端便下了高速公路，走 US-219S，由於道路變得有些複雜，中途車隊前導車還特別停下來在路邊閃燈，確定大家都跟上來了，才繼續往前行進。徽杭看著沿途美國鄉野的風光，一片遼闊的國土，遠方美到如畫的楓葉山林，同時也看到了美國複雜的道路，好多條路都有號碼，至威除了跟著車隊，也看著腿上的手寫稿，標著一堆堆數字，跟著前隊的車子走。再過了一下，車子又上高速公路 I-86 W，至威又有些驚慌，這畢竟是他拿到駕照，第一次跟著車隊開往高速公路，還好，車流量並不大，至威很快的跟上車隊了，沿著 I-86 W 的視野，迎來的全是黃、紅透熟的楓葉，美得比仙境還逼真寫實。

沒多久跟著車隊進入了 Allegany Park，在行政大廳 (administration office) 前，大家照了相，旁邊的大湖畔，配著已經全然變色的楓樹，美麗多彩的顏色讓徽杭感動到掉下淚來，敬成不知何時在她身旁，徽杭立刻拭去淚珠，看看學長：「學長，難怪你無論如何，車子賣了，再怎麼不便，都要等著這場楓葉，太值得了。工作，隨時都能找，但是，楓葉就只有這次了，不是嗎？」

學長輕踩著腳下枯萎的落葉，嘆口氣說：「就是啊！運氣好，妳知道，如果昨晚下雨，那很多葉子都會被打下來，今天顏色就沒那麼漂亮了。我要撿幾片葉子做紀念。妳要不要幫我看看哪幾片好？」

就這樣，徽杭跟著敬成一起走在落葉的路徑裡，身邊包圍著，正是不同顏色的楓葉，像是水彩筆拿出紅色、橘色、金黃色一起漸層暈染出美好的景色，這群幸福的年輕人就這樣在湖光倒影的邊坡旁被這樣的色彩給團團包圍住，徽杭撿了幾片外觀漂亮的楓葉，紅色、黃色、橘色，小心翼翼的把這些葉子放入面紙中，折好放入書包口袋裡。

「學長，矽谷情形如何？會好找嗎？」

「難說！從幾年前大家都認為是半導體發光的世代，到後來有人認為電腦會領先拔得頭籌，但是，妳看看目前的情況，又像是春秋戰國一樣的混亂。光拿電腦組裝來說，IBC 是佔了上風，可是價錢又不便宜，Compak 跟 Dale 也是很大的廠牌，不過，妳別忘了，很多是沒牌的。現在，已經開始有人用 Laptop 了，就是把桌上電腦縮小，變成手提式的電腦，那個容量對我們跑程式的人來講，還是太小。過去我們都認為絕對是學硬體的人才能掌握整個世界脈動，現在，似乎有些翻轉，軟體的人才反而後起直追了。對了，妳需要電腦嗎？我們都是自己組裝，就把妳喜歡多少容量的搭配什麼樣的硬體，什麼樣的顯示器、機殼那些，都可以分別採買，然後自己組裝，有些店家專門做這種生意。傳播學院的電腦都是這樣買的。有一位也住我們社區的電腦博班生，也是交大幫的，他專門替那些傳播系的女生組裝電腦。」

「電腦暫時不需要。我電腦一定要好的、要新的、要有廠牌的，因為那是我最依賴的工具。我明年打算五月跟車子一起搞定。電腦一定要新的，我不要組裝的，也不要別人用過的，車子，我當然只能買得起二手車。」

「妳現在還是把車子希望寄託在日本學生身上？」

「不會啦！你們上次在 Raintree 吃 Buffalo wings 這樣講，把我講得像叛國賊一樣，我會跟台灣人買啦！別擔心。然後在 DMV 辦理的時候，我會確保 relationship 寫 cousin。」

「到時買了車，告訴我一聲。我要看看這小學妹的預測正不正確，花多少錢也要告訴我，我好奇妳能買到多便宜的車子。」

「我絕對不會像品哲一樣，買個五百塊的車代步，然後大修特修，我沒那個美國時間。」

「都到美國了，還在講美國時間？」

「是啊！來到美國後，覺得以前大家常會覺得美國時間就是休閒時間，現在才發現，美國人其實時間排得很密集。尤其我看我們老師，都非常用功，連教書都滿滿筆記作業，每次出的作業題目都好有創意，要花很多時間想很久，而且，一定要經過很多人的討論，腦力激盪很久，才能有些大概。我覺得我們看到的，都是美國的休閒，春夏秋冬多變的景致外貌，其實，我覺得在這裡當教授，壓力很大，養育兒女也不容易啊，有時在系上的圖書室內，聽我們幾位日本學長聊到他們孩子唸書的情形，我覺得沒有想像得簡單。尤其我們不是美國人，對於他們的文化、歷史、地理沒有很清楚，學長，你們都是很有膽量，才能留在這裡生根的。」

「回台灣，同樣的工時，薪水很少，除非妳立志要升遷，那也要靠運氣，遇到對的主管提拔，不然也沒那麼容易。當學生的日子就這樣結束了。那時，我剛大學畢業，做了幾年事情，就是懷念當學生的日子。來到美國後，才短短一年半，學生生涯再度結束，時間怎麼過得快成這樣啊！真是歲月不饒人！」

「那矽谷那裡，一切都開始進行了嗎？」

「沒有，只買張飛機票，去那裡租部車，看了一下，再決定吧！只要不要太挑，總會找到一個可以接受的。」

「是啊！美國遍地是黃金。」

「美國是不是遍地是黃金，我不知道，至少，眼前遍地是楓葉的落葉，這在台灣，已經是難得一見的景象了！」

「學長，你飛機什麼時候飛？我跟安平想要送送你。」

「不用。離別是最痛苦的事情。我一個人會處理。室友會載我去機場，而且，我的時間是中午，你們都在忙，不要刻意送了。大家有緣，一定會再聯絡的。」

「講到室友，你老廣室友都不參加同學會的活動？」

「他女朋友從台灣來查勤了，他跟女朋友幾天前飛到佛羅里達去度假。」

「開學期間，還在上課，他敢去度假？」

「那有什麼關係？他學分都修完了，寫論文而已。」

「不是說找不到題目？」

「對啊！找一個不喜歡的題目，老師也沒那麼感興趣，所以，也沒那麼積極想要指導他。」

「唉，各人有各人的功課啊！我就羨慕那些家裡能支持唸博士的。你室友有獎學金嗎？」

「他好像之前有拿到 tuition waiver，不用繳學費。啊！他那種人，才不會願意當 TA，RA，他不喜歡做事。」

「那他家裡有辦法讓他撐那麼多年？」

「喔！學妹，妳不知道嗎？紐約州立大學的博士生，如果課程修完後，只修一學分的博士論文，那就只繳一學分的費用再加上其他健保跟雜費就好了，唸博士反而比唸碩士便宜。」

「哪有這種事的？這，全美都一樣？」

「沒有吧！至少私立大學不可能。」

徽杭一路踏著掉滿楓紅落葉的路徑，一路在盤算著，如何撐過這學期。只要能夠把這學期過完，基礎稍微打一下，也許可以慢慢盤算著如何撐下去。原來這個學校只要修完博士學分，以後就只要交個一學分的學分費，雖然國際學生學分費比紐約州的學生貴很多，但是，一聽說那些美國父母在紐約州繳的重稅，國際學生的學分費相比之下，也不算貴那麼多了。

中餐大家開車到附近的漢堡店解決，漢堡店鮮少一下子看到二十幾輛車，全是亞洲學生，老闆還好奇的出來打探看是發生什麼事情。後來知道原來是賞楓的學生，熱烈的歡迎，大家就拿著漢堡在外面廣大的草地，伴隨著楓葉，席地而坐。這次來的學生除了電機系那幾位老面孔，徽杭全部不認識。新生也很少，想也自然，開學到現在，正是趕工忙作業的時候，徽杭是看在這個賞楓是給敬成學長餞行，才想來的，不過，來了之後，完全不會後悔。她再度看到一線留下來唸博士的曙光，灑在唯美的楓葉下，帶給她未來攻讀博士的希望。

　　由於這次來賞楓的人，很多都是成雙成對的，慧婷跟一位女生有說有笑，那位女生看來很有自信，感覺在這裡待好一陣子了。等那位女生離開後，徽杭連忙拉慧婷到一旁：「她是誰？妳不是說：『我是班上唯一的亞洲人，唯一的耶！』」徽杭一路講，一路裝著鼻音很重的嗲音，最後還加重高音，把旁邊那群電機系的老面孔逗得哈哈大笑。

　　「我還以為妳們兩位學妹課業重到心事重重，被這片迷人的楓葉感染到多愁善感起來哩！原來，苦情姐妹花，又活回來了。」

　　「什麼啦！哪是苦情姐妹花啊！只是愛互相吐苦水而已。徽杭，要我介紹嗎？她是 Buffalo College 的同學，現在也在我們系上修課。她是去年來，跟男朋友一起來的，就是旁邊那位高高瘦瘦的。」

　　「男朋友也是 Buffalo College？」

　　「不是，是我們學校的，統計博士班的。」

　　「不了，不要介紹。人家來賞楓，我們不要打擾人家。知道就好。」

　　「品哲學長，怎麼不跟會長抗議，沒去漢堡女王吃你最愛的漢堡大餐？這家小店哪能容你的五臟廟？」

　　「沒錯，我真的很生氣。學妹，妳實在太聰明了！會長說沿途沒看到漢堡女王。就隨便找一家店給我打發。妳看看，漢堡皮不好吃，薯條焦焦的，美乃滋給得太小氣，肉也太薄，最主要，價錢比漢堡女王貴。把我賞楓的好心情都毀了！」

　　「學妹，妳是哪壺不熱提哪壺？」會長阿花推推黑框眼鏡，帶著爆笑的口吻笑笑的跟徽杭抱怨。

　　「會長夫人，我不知道品哲學長反應會這麼激烈。我只不過是開個話題，我沒想到他當真，漢堡女王哪有那麼好吃啊？漢堡皮沒烤過，這家有烤過耶！而且，這家薯條捲捲的，形狀好像慧婷的捲髮，咬下去口感脆脆，超好的，漢堡女王最噁的地方，就是那美乃滋了！」徽杭一口咬著捲捲的薯條，一眼斜著望著品哲。

　　「學妹，妳竟然欺騙我？我那次跟妳說漢堡女王的漢堡多美味，妳還一直點頭。我好心痛啊！」品哲一面說著，一面摸著胸口，搞笑的模樣，讓整個電機系的老面孔全集中過來了。

「學長，我點頭，是同意你的話，可是，我可沒同意漢堡女王的漢堡啊！我討厭美國食物！」

安平笑瞇瞇的過來拍拍品哲的肩膀：「女人心，海底針啊！回去，我再買個漢堡女王給你解饞。」

「你少安好心了！你也覺得漢堡女王不怎麼樣，對不對？」

「不會，我覺得比這家店好。」安平說完後，在品哲後腦杓處，跟會長搖搖頭，大家都故作鎮靜，頻頻跟品哲點頭，比出大拇指。

美麗的楓葉，在陽光下，散出絢麗的風采，那天黃昏來得特別早，大家就在這一片滿山遍野，瀰漫著一股落日餘暉，天涼好個秋的楓葉蕭瑟下，結束這個賞楓佳節。徽杭回頭再度看看這場盛宴，這些熟悉的老面孔，她知道，下次的秋天，一切人、事、物將會有所更替了。

第五十三章：日光節約時間

　　對於從書本上學到的四季，卻從來沒能有機會領受到四季分明的氣候，徽杭這時才驚覺天氣的驟變，已經讓她必須把媽媽在台灣替她買的羽毛及膝的長衣拿出來了。時候終於到了，時間過得真快，她記得那時正是南部的大熱天，媽媽特意帶著她去登山社買的，老闆一開始覺得不可思議，想說這個時候鬼才會買羽毛衣，精明的媽媽趁機講價，討價還價之後，選了一件長度最長，徽杭最愛的粉紅色的羽毛衣，折疊捲起跟毛巾捲一般大小完全不佔行李空間，徽杭愛不釋手。買回家後，連試穿都沒有，她喜歡老闆折疊的方式，深怕她一碰，就再也收不回來那種毛巾捲的大小了。

　　時候到了，她終於要從行李箱中把羽毛衣拿出來了。原先捆好束好的羽毛衣，在脫離外袋後，開始變得蓬鬆，鼓漲起來，徽杭看了覺得挺有趣，連忙將羽毛衣掛起，宿舍裡則飄了幾片羽毛，徽杭往天花板用力吹，羽毛因此升高，最後緩緩落下，頓時間，像極了下雪的感覺，徽杭看看窗外，今天的宿舍顯得特別安靜，何時才會下雪呢？徽杭開始期待了。Melissa 跟徽杭說希望今年是個暖冬，初雪最好晚點來，芝加哥的冬天冷到人會凍僵，她知道水牛城以雪多聞名，但還是希望今年雪下少一點，晚點來。徽杭卻希望，明天早上醒來，就能看到地上堆滿一堆雪，不過，雪鞋，她還沒買，不知道這雙唯一的球鞋能不能過冬，等一下會跟美恩，Edward，Piyada 一起有討論課，順便問問 Edward 好了。

　　現在語意學幾乎都是跟美恩，Edward，Piyada 一起討論，徽杭雖然還是完全不懂到底這門課在幹嘛，但是，至少跟大家討論後，會強迫記憶一些東西，至少能夠寫出一些膚淺沒有任何建樹的的答案，這已經是徽杭盡力能做的。句法學，因為美恩跟 Piyada 都抵免去修更高階的課程了，徽杭就常跟 Edward 一起討論，雖說比較有些頭緒，但，她還是很不喜歡。所以，現在徽杭已經搞成習慣，老師功課一派，她一定是先做語音學，再來做音韻學，兩門課她都喜歡得不得了，都是趁著週六、週日能夠解決的好。而語意學、句法學自然花的時間明顯偏少，她雖然沒有要放棄，但也沒有打算得高分了。

那天她跟 Melissa、Sue 在 lounge 聊天，Sue 聽到徽杭抱怨不懂語意學在學什麼，也不喜歡句法學，尤其要判斷句子是否合法，她完全一頭霧水，Sue 說很正常，她就確定自己的博士論文會做句法相關的研究，因為她的耳朵完全聽不出來語音之間的些微差異在哪裡。而 Melissa 喜歡音韻學，她偶爾會跟徽杭一起研究音韻學的規則分類，徽杭知道 Melissa 要找那位哈佛畢業做歷史語言結構的老師寫論文。徽杭內心真是佩服美國學生，才開學三個月，別說徽杭這些國際新生是如何跟時間賽跑，努力讀懂課本、文獻艱深難懂的理論了，連每個禮拜的作業，都是很勉強的亂趕出來，但是跟徽杭一樣才剛開始三個月的美國學生，竟然已經確定自己的博士論文方向了。徽杭同時也真佩服老師，怎麼除了上課，自己做研究，批閱學生的作業，還有心思指導學生的論文，實在了不起。

今天輪到 Edward 在 Talbert Hall 的辦公室一起討論，是十月三十日，日光節約時間凌晨 1:00 開始，討論時間是 9:00，徽杭照著約定時間走到 Edward 的辦公室裡，美恩跟 Piyada 都還沒來，美恩總會遲到個十分鐘，而 Piyada 這時八成還在宿舍地下室餐廳飽食一頓。Edward 見到徽杭，立刻跟徽杭說提早到了一小時，現在才 8:00。他就是擔心這些國際學生不懂，所以提早來。

Edward 跟她解釋日光節約時間的概念，徽杭開心的告訴 Edward 她不需要知道為什麼有日光節約時間，她只知道她現在平白無故多出一個小時，這種事情以前從來沒發生過，她跟 Edward 借了他 officemate 在角落一旁的桌子，決定先寫音韻學作業。Edward 給徽杭倒了一杯咖啡，笑笑的搖搖頭回到自己位置上。大約過了五十分鐘以後，徽杭看看作業應該有個大概了。她把咖啡當水喝，很快的咕嚕咕嚕喝掉。突然看看 Edward 靜靜坐在自己的位置上改學生作業，不解的問道：「Edward，你知道有日光節約時間，那你提早一個小時過來，幹嘛？」Edward 笑著說：「我就知道妳沒在聽！我剛才就跟妳說，擔心你們國際學生不知道什麼是日光節約時間，我才提前一小時來的。」

「太感謝你了。我還真沒聽到你前面說什麼，只聽到你說現在是 8:00 不是 9:00，你很難想像吧，多出一個小時耶！多出一個小時，什麼時候，時間能夠多一個小時？當然，也對啦！我已經不只多出一個小時了。我來美國的時候，等於多了半天，所以，我現在加起來，一共多了半天加一個小時。好妙喔！」

Edward 看看傻裡傻氣的徽杭說：「那明年四月三日凌晨 3:00 開始，妳還是要把這多出的一個小時還回去啊！」

徽杭哀怨的看看 Edward：「那我也只能祈求那時候，我功課能跟得上，也許我就不會介意失去的一個小時啦！現在一個小時對我而言都是非常寶貴的哩！」

Edward 給徽杭倒第二杯咖啡，徽杭突然看到腳下的球鞋，立刻問他的意見，需不需要再添一雙雪鞋？Edward 看一看，笑笑說他是在靠近波士頓旁的一個麻州小鎮雪季出生的小孩，十一月都還是穿著短袖去外面散步，只要任何鞋子，他覺得都可以熬過冬天，根本不需要刻意去買雪鞋，那些都是商人的噱頭。徽杭聽了哈哈大笑，美恩老遠就聽到徽杭爽朗的聲音，一進來立刻插嘴責罵 Edward 真不懂小女生的心，小女生這麼問，永遠都少一雙鞋，就叫她去買吧，何必叫她三百六十五天都穿同一雙鞋呢！

徽杭一回頭，今天反而是 Piyada 來遲了，大家等了一會，很快就開始討論。這次的題目看起來很難，但是透過 Edward 跟美恩層層的分析，抽絲剝繭清楚詳細的筆記，很快的把問題釐清了，原來，徽杭漏讀了許多的理論架構，難怪一題也解不出來。這一次，應該作業可以很快做好了。

討論結束後，Piyada 開始抱怨宿舍管理太差，洗衣怪客的問題仍舊存在。她有天下課後就去宿舍地下室洗衣服，結果，等到三十分鐘後，要把衣服拿去烘乾機烘乾時，發現這次竟然被洗衣怪客找上門了，整缸衣服，除了暗色的衣服外，其他都變成粉紅色了。徽杭一聽，立刻露出羨慕的眼神，她仔細的拿出剛才記語意學的筆記本，要詳細的記錄Piyada洗衣服詳細時間。

「妳問這個幹嘛？妳把這當音韻學在記錄？看是不是有規律可循，是不是？」

「是啊！我想看看妳是禮拜幾，大約幾點拿衣服去洗的，然後，妳記不記得，那天除了妳的洗衣機之外，其他洗衣機是否還有別人用？妳是第幾台？」

「天啊！難怪徽杭喜歡音韻學，很不錯，喜歡研究規律。」Piyada挖苦著徽杭。

「啊，妳跟美恩不是都喜歡句法學，句法學不是也要研究規律，做出預測？」

「是沒錯，但是，我們沒像妳們那麼敏感神經緊張。妳放心啦！那應該只是偶發狀況，妳未必會遇到啦！」

「講什麼？我就是想把一疊衣服丟到洗衣機，然後洗衣怪客可以替我把衣服染成粉紅色的。我想很久了。我超想要粉紅色的衣服的！我室友Anna好一陣子前就警告我說可能會有洗衣怪客惡作劇，叫我洗衣服時不要離開洗衣間，帶本書去讀。喔！上次洗衣怪客是週五晚上，沒有任何人在洗衣間的時候。所以，妳是幾點發生的事情？禮拜幾？記得嗎？」徽杭一說完，連一向嚴肅不苟言笑的Edward也笑出聲來。

「妳如果喜歡粉紅色的衣服，為什麼不買幾件？與其買雪鞋，不如買幾件妳愛的衣服。」Edward突然露出慈祥的笑容，看著她說。

「不要。我有衣服，只是沒有粉紅色的。等我拿到獎學金，才會買一件粉紅色的衣服犒賞自己。沒拿到之前，我不想有不需要的開銷。」

「雪鞋？妳缺雪鞋不是嗎？我等一下要去Outlet Mall逛街，要不要跟？我會送妳回宿舍。」美恩低頭看看徽杭的球鞋，皺皺眉頭，跟Edward搖搖頭。

「這樣啊？太好了，那Piyada要跟嗎？把......非粉紅色的衣服買回來？」

「不了！我還在氣頭上。我一定要抓到那個死怪客，叫他賠我賠到死！」

「喔！算了，還不如去逛逛街，心情比較好。Edward 會有興趣跟女生逛街嗎？」

「喔！千萬饒了我，我是最怕逛街的人。世界上唯一讓我喜歡逛街的地方不在美國。」

「真的？美國這麼大，沒一個地方讓你喜歡逛街？那你喜歡逛街的地方在哪裡？」

「加拿大。我跟我太太只要一有假期，我們就往那裡跑。他們小店有很多好東西讓我們流連忘返。」

「加拿大？喔！徽杭，千萬別叫我載妳去那裡逛街，妳看上任何一眼的東西，都要打很多稅，那裡絕對不是逛街的好地方。」

「妳想我去加拿大，我也去不了。我沒簽證。」

「台灣去加拿大要簽證？」Edward 很意外。

「韓國不用嗎？」Piyada 很意外。

「當然啦！我們也算是泱泱大國。」美恩一講完，嘴巴翹得很高，徽杭拿著髮夾作勢要夾，大家開心的收東西，留下 Piyada 跟 Edward 討論著該如何跟舍監報告這洗衣怪客的舉動，商量些對策往後如何對付他。

第五十四章：初訪 425 公路

　　美恩特別偏愛經過 Lake La Salle，看到 Ellicott Creek 再轉往 Audubon 的路線，徽杭已經坐在她車上幾次了，她都是選擇這條路，按照美恩的說法，上完枯燥無趣的語言學，一定要讓美麗的河流、湖面的綠水洗滌一下大腦的混亂，她走的這條路線是人間難得一見的好路徑。好路徑配上美恩車內高級的音響，卡帶流出的鋼琴旋律，讓徽杭整個人都輕飄飄的感覺浮在湖面上。

　　Audubon 沒多久就換到 N. Forest，再一下子就接到 N. French，沒多久，就看到 62 號尼加拉瀑布大道的標記，美恩習慣的往右轉到了尼加拉瀑布大道的路上。中間經過一條橋，橋下就是 Tonawanda 小溪，小溪過了，左右兩邊又是一陣死寂與荒涼，秋天到了。徽杭在夏天時跟至威、慧婷、文光一起去尼加拉瀑布，正是走這個路線，當時兩側遍佈樹林，現在兩側的樹林落葉已經完全乾枯，全然的死沉無息，一會沒多久，又是那家火車模型小店在那裡癡癡的等著顧客上門，徽杭跟美恩都瞄到這家店面，在等紅綠燈時，廢棄的火車軌道及 425 公路的標誌映入眼簾。不知為何，徽杭一看到 425 這招牌，激動的內心小鹿亂跳。車內正放著鋼琴伴奏的音樂，C'est beaucoup mieux comme ca... 美恩跟徽杭說這是她最愛練習的一首鋼琴曲子，接著，徽杭沒等到美恩同意，她擅自按下重覆播放鍵。

　　「有趣，這種沈寂的地方，這 425 顯得醒目極了。」

　　「是嗎？上回我同學開玩笑說 425 是速限，可以開飛機。因為這麼荒涼的地方，還會有號碼，真是難得。」美恩沒等徽杭講完，直接方向燈往右一打，轉進了 425 公路 (Shawnee Rd) 上。

　　「啊！美恩，妳幹嘛啦？紅燈還能右轉？」

　　「可以啊！美國紅燈只要妳仔細點，禮讓別的車道的車子，至少這裡紅燈可以右轉。妳的駕照筆試怎麼考過的？沒考這題？」

「那是考 learner's permit，好像沒有這題，而且，我還沒考過路考。」

「喔！說得也對，妳去考時，主考官也會跟妳說，紅燈時如果對方車道沒車，妳可以右轉的。」

「所以，我們現在在 425 公路上。」

「對，路名是 Shawnee，不知道為什麼，想要逛看看，反正語意學功課我知道怎麼寫，回去一下子就能搞定。妳呢？都知道怎麼起頭了嗎？」

「大概知道。這 425 公路不知道有什麼神奇的地方，感覺好神秘，又好像有什麼魔力要拉著妳進來一探究竟。」

「沒錯，之前沒注意到，不知道為什麼，今天突然發現。可能是之前，我都是走高速公路，今天妳在，美國高速公路沿途風景很無聊，尤其秋天，除了枯葉就是枯木，看了心情不好，走一般的道路反而看看人家房子還舒服點。」

425 公路的左右兩邊不也都是枯木樹林，徽杭不禁覺得美恩好笑。但是沿途兩側三不五時冒出幾棟小房子，房子與房子之間的棟距隔得非常遠，果然如徽杭心裡所期望的，是那種歲月靜好、現世安穩、與世無爭的靜謐感。整個 425 公路沿途幾乎都是呈現同樣的步調，就是偶爾經過個城鎮，會看到一些小商店、小酒吧，也有些舊工廠破壞著美景，但是整體而言，正是徽杭期待的安詳樂園，安詳樂園伴著重覆播放的法國樂曲。

就這樣大約二十多分鐘，425 公路似乎走到盡頭，出現了 Upper Mountain Rd。美恩笑笑的說，這就是語意學裡的 antonym（反義詞）的概念，有高就有低 (upper vs. lower)；徽杭開始可以理解為何 425 公路如此吸引她了，因為這裡看似一望無際遼闊的平原，其實，是稍微有些高低起伏的小丘陵。從一下機到現在，水牛城感覺就是很平坦的土地，在台灣生活了二十二年的徽杭，畢竟還是有點懷念高低起伏的丘陵地，原來 425 公路正是這種有層次的地方。

「要左轉，還是右轉？」美恩笑嘻嘻的看著徽杭。

「啊？問我，我不認識路啊！」

「有什麼關係？我也是第一次，玩玩看嘛！發揮哥倫布的冒險精神啊。」

「往左，那往左！」

「沒問題，就往左。」

「一往左邊，馬上就看到 425 的號誌隱藏在一棵枯樹旁。」

美恩就沿著 425 的標記馬上往右轉，這時，開始是下坡的路段了。兩人像是坐著不可怕的雲霄飛車，兩手往上攤，大喊 YA，車子快速的俯衝，果然，看到了 Lower Mountain Rd，這次，再度在一個交叉口，美恩再問：「這次，要往左，還是往右？」

「這次，往右好了！」

「沒問題。」

往右沒多久，又看到 425 公路的招牌，美恩沿著指標繼續往左轉，425 公路招牌依舊在，但是路名已經換成 Cambia Wilson Rd 了。這裡 425 公路帶出的左右兩側，全是大片土地，在春天裡，一定非常美麗，大概全是綠地了。美恩跟徽杭同時這樣感覺，房子座落在更遠處，棟距更加遙遠，美恩說，425 公路的房子，像極了瑞士。

「瑞士？妳去過瑞士？」

「去過，歐洲我去過幾個國家，之前在夏威夷大學時暑假去的。跟一群韓國同學度假。」

「原來瑞士就像是這樣啊？好棒喔！」

「瑞士更好，只是，在水牛城這種平坦無奇的地方，能看到像是高低起伏的丘陵地形，算是很棒了！」

425 公路就是這樣美好，沿途房屋沿著高低起伏的地形座落著，黃昏即將來了，天空難得清亮透徹到所有的雲層幾乎是完全散開，彷彿是即將等著太陽西沉一樣，車子再開沒多久，進到了一個看似繁華的小鎮，Wilson，路名也變成 Lake 了。這次一直往前行，竟然沒路了，425 公路沒了，只剩一座孤獨的涼亭，面對著一片大湖。

徽杭大聲驚叫：「妳看，妳看 425 公路沒路了，竟然有這種沒路的公路，好棒喔！對面，好大的一片湖，很難看到界線。但是好像隱隱約約湖的對面有個岸邊，對岸是哪裡？好漂亮喔！」

「對岸啊？喔！對岸，妳不能去。」美恩坐在位置上，翻翻地圖，接著挑挑眉毛，不屑的看看徽杭。

「我當然知道我不能去。車子是妳的，如果妳不去，我當然哪裡都不能去。」徽杭已經很能適應美恩這種諷刺的語調，沒好氣的回答。

「不是，我不是這個意思。就算車子是妳的，對岸，妳還是不能去。」

「為什麼？」

「因為妳沒簽證！對岸，是加拿大，不是美國！」美恩講完，一陣狂笑。

徽杭震懾住了。台灣四面環海，不論怎麼開，不是台灣海峽，就是太平洋。要出國，除了坐飛機，沒有其他選擇，一張來回機票有多貴，哪是一般平民能夠說買機票出去逛逛別的國家就能出去？可是，美國國土遼闊到……竟然……對岸，已經是加拿大了。難怪安平那時聊過美國人去加拿大，不用護照，拿個駕照就能夠通過海關了，等於把別人家當成自己的後院一樣，隨時隨地去溜達溜達的。原來對岸已經是加拿大了。徽杭嘆息了，自己還真是土包子，本來以為 425 公路的底端頂多是接觸到某個湖泊，竟沒想到，竟然是地理教科書上曾經背過的安大略湖 (Lake Ontario)。美國跟加拿大就分享著這片湖光美景，好羨慕啊！徽杭回頭看一眼美恩。

「繼續嘲笑啊！妳們韓國不也是嗎？隨便開車不是也不會開到別人的國家嗎？」

「媽媽啊！妳不是只有語言學基礎沒打好，地理也不行啊，妳！聽好，我們大韓民國往北開，會開到中國跟俄羅斯！當然，如果要看海，東海、大韓海峽、西海，我們都看得到。」

「妳們開車能開到中國跟俄羅斯？那是北韓吧，小姐！還是妳是北韓派來的間諜？那個時候問妳是南韓還是北韓，妳怎麼回我的？『喔！以後不要問這種笨問題，能來美國的，全部都是南韓，跟妳們台灣、中國大陸是不一樣的。』怎麼，妳們統一了嗎？」

「等我們統一了，我就能開車去中國跟俄羅斯啊！」

「什麼時候，妳們會統一？」

「不知道，等統一了之後，妳來找我，我開車帶妳去逛中國跟俄羅斯。」

「笑話，妳載的是鬼吧！大家都變鬼了！那是幾百年以後的事情！那妳的美國夢呢？不是要在這裡找個美國籍的韓國人結婚？慢慢找吧，妳！」

徽杭跟美恩一路笑著鬥嘴，一路看看旁邊兩排的住家，好幸福的人家啊！美恩在兩排人家的道路裡倒車迴轉。

「沒路了，交叉的是 18 號公路，徽杭，妳要往左還是往右？」

「對我而言，往左或往右都不重要了。425 公路是以後我們的秘密路線。我明年一定要買一部日本車，以後，心情不論任何的高低起伏，我都要開來 425 公路，好好的端詳這條公路，讓沿途高低座落的房舍，讓安大略湖的湖水好好洗滌我疲憊的身心跟失意的大腦。」

第五十五章：Outlet Mall

　　這次美恩決定自己選擇。她決定走 18 公路繼續往西，沿著安大略湖開。徽杭坐在右邊，可以依稀看到右排房子的後面就是安大略湖，18 號再開個一陣子，看到了 18 號的支岔 18F，美恩笑笑的說：「通常有那種岔路，會是沿著小溪流開。我們腦裡存著這個 18F 路線，下次再來。我剛才看到路標有快速道路，Robert Moses Pkwy，我們接著這條路，就會接上要去的 Outlet Mall。」

　　徽杭回頭想再一次看看安大略湖，但是美恩開車開太猛太快，已經離剛才上交流道的地方很遠了。整個快速道路上，除了美恩的跑車，沒有半輛車子。徽杭突然想到，前無古人，後無來者這句話，想來突然覺得淒涼。

　　大約十分鐘後，快速公路就帶她們到達了在 Military Rd 的 Outlet Mall。徽杭下車環場一看，可怕的美國，跟台灣往縱向，摩天高樓式，拼命朝天空發展的百貨公司完全不一樣，美國太大了，建築物只有一層樓，全是朝著橫向發展，光從這裡就知道這個國家的土地有多廣闊。

　　美恩看到徽杭的土包子樣：「徽杭，別發呆了，還有更大的。機場那裡還有更高檔、更貴的。我過幾天要參加韓國朋友的婚禮派對，缺一件黑色洋裝，我想來這裡選，妳正好陪我逛逛，給我點意見。順便，我帶妳去買雙雪鞋。就妳天天穿腳上的那雙球鞋，好土喔！」

　　徽杭來美國後，這還是第一次逛街。美恩很有美感，光看她家中的擺設佈置就知道，每樣東西都有一定的位置。美恩偏好原木的東西，徽杭印象中她的相框都是木頭框的。徽杭陪著美恩選購黑色的洋裝，什麼配飾、領巾、皮帶、要如何搭配洋裝，美恩都細心的跟徽杭聊，徽杭當然也不是省油的燈，有些衣服設計得好，但是質料其差無比，徽杭也適時的給意見，很多英文單詞徽杭雖然不會說，但是盡可能的表達。美恩也趁徽杭提到衣服質料時，順手翻出衣服的成份，接著猛對徽杭點頭。

「所以，徽杭，妳其實不笨，妳也不土。妳是哪來的這麼些衣服成份的知識？」

「我高中的時候啊！暑假，我去我媽媽上班的成衣工廠打工。工廠趕出貨時，我那個暑假就去賺錢，包裝衣服。那些衣服的知識都是在成衣廠學的。」

「所以，妳當過女工？」

「對啊！妳瞧不起喔？」

「沒有，我看不出來。妳不像是學歷低的人。」

「我學歷哪有低？我好歹也有大學畢業，雖然不像 Piyada 在曼谷的國立大學當講師，我也是有大學學歷的好嘛！今天去工廠打工，跟在工廠為了養家餬口討一口飯吃的人，差多了。我媽媽上班的地方，有時一要趕工，是完全忙不過來，所以很缺工，她的老闆娘就會叫我去打工。暑假又不是上課期間，我想賺點零用錢。拜託，老闆娘給妳工作機會賺錢，我是很幸福的人啊！美恩！」

「瞭解了。我從來沒認識過這種朋友。認識妳真好。」

美恩挑東西跟開車完全不一樣，每一樣細節都很在意，徽杭本來以為只是幾分鐘可以辦好的事情，竟然花了一個多小時，她才找到她勉強能接受的黑色洋裝。接著美恩問徽杭喜歡什麼樣的雪鞋時，徽杭說，越便宜越好。美恩先帶她去看幾間有名的店，都是徽杭沒聽過的，例如 Nine East、Natural 等，美恩一直強調不是只是雪鞋穿上腳即可，很多鞋子要搭配著衣服，徽杭一路聽著，一路打哈欠。

美恩看著她：「妳不要不耐煩，鞋子跟衣服，對於女生而言是很重要的！一個女生穿著代表這個女生的出身。妳看看我們語言學的老師，男老師即使上課隨意穿，都很體面，女老師更不用說了，妳看妳喜歡的語音學老師，天天穿套裝，配個中跟的高跟鞋。」

「最便宜，是哪一家？」

「一家常做很俗的廣告，Cost-free Shoes。」

「就那家吧！帶我去看看。」

　　美恩一帶徽杭進去，馬上就說，妳看，這種裝潢、這種擺設，俗不可耐，徽杭不理美恩，反而像發現新大陸一樣，很快的就選了一雙最便宜的。她拿起來試穿，立刻去找適合她號碼的，不到十分鐘，她將鞋盒拿去前面櫃檯付款。

　　「才二十塊？」美恩不解的看看徽杭。

　　「對啊！只是一雙鞋子，能穿能走就好了。我到底要買漂亮的型幹嘛。鞋子漂亮，衣服醜，臉醜，頭髮醜，有用嗎？」

　　「不到十分鐘就買到。徽杭，妳好誇張喔！還有，妳的腳怎麼那麼小？才五吋半。妳的腳跟我一樣大，可是我比妳矮耶！」

　　「所以呢？妳重點是什麼？我覺得很不合理耶！美國人穿十吋的鞋子，買這雙也是二十塊，我五吋半，應該要算我十塊才對。真是歧視小腳的人。」

　　「哈哈哈！徽杭，我還從來沒想過哩！果然，在成衣廠工作的人，真的不一樣。」

　　「本來就是啊！衣服、鞋子，應該都要依身型來計價啊！五吋半最好收十塊就好，十吋二十塊，小體型的人，就該花一半價錢買衣服啊！妳看看妳那件黑色洋裝，要四十幾塊，妳穿的是 2P，P 是什麼意思？為什麼那些 16 號的，價錢也一樣？明明衣服用的布比較多。」

　　「P 是 Petite，小的意思。真好玩，我真的沒想過。可是，美國的胖子多啊！如果 16 號的要比較貴，胖子一定會抗議。」

　　「是嗎？那瘦子為什麼不抗議？」

　　「因為美國瘦子少，抗議無效！」美恩自己講完，也忍不住笑了，細長的眼睛瞇成一條長線，眼尾的眼線把整個眼睛拖得更為細長了。「晚上來我家裡，我家有泡菜、煮好了飯，還有小菜，烤個韓國牛排給妳吃。」

　　「不要烤牛排啦！小菜那些就很夠了。不過，妳的米飯是吃哪一國的？」

　　「日本米。Piyada 說妳很白目，妳竟然當著她的面，說不要買泰國米，妳嫌泰國米有怪味？」

「對啊！我忘記她是泰國人。」

「徽杭，有時我真是喜歡跟妳在一起。」

「是喔？下次逛街別找我，跟妳在一起，容易花錢、花時間。」

「沒錯，錢跟時間，都是好東西。妳太緊繃了，要學會放鬆。」

徽杭到了美恩家裡，美恩把徽杭當親妹妹一樣，讓她坐在沙發上，美恩擔心徽杭無聊，把一集韓國影集放給徽杭看。沒字幕，全講韓文，徽杭盯著螢幕發呆。美恩做飯跟開車一樣快，但是做飯細緻多了，不像開車那麼猛。不到三十分鐘，美恩把小菜、烤肉、白飯、海鮮煎餅跟海帶湯全擺在徽杭眼前。

「美恩，妳好會做菜喔！」

「簡單啊！這是最容易做的。」

「等我功課上軌道後，我一定要跟妳學做菜。」

「沒問題。妳快點搬出來宿舍啦！一年之後，妳打算繼續住嗎？」

「沒有，我要住滿到明年五月。不過，之前我就要申請 Sutton Place，我要當妳的鄰居。對了，如果到時，妳聽到有哪個韓國學生畢業要賣車，可以告訴我嗎？我要日本車。」

「沒問題。我會替妳留意。」

「妳覺得如果要住 Sutton Place，要什麼時候申請？」

「以妳的情形，也不能太早吧！妳宿舍起碼要住到五月，妳明年暑假要幹嘛？如果妳沒回台灣，我這裡借妳住，我要回韓國休息。」

「真的假的？太好了。我替妳付租金。不過，如果我回台灣的話，那妳要給誰住？」

「就空著啊！拜託，妳以為我缺錢啊。我是很挑的，不是我喜歡的人，我才不讓她住我家裡。」

「喔！好感動喔！今天才知道妳喜歡我。」

「對啊！上次我不是取笑那位 Potluck 的學長嗎？他上次在 lounge 看到妳跟 Melissa 聊天。他說妳長得像韓國人。」

「好棒啊！這絕對是讚美。妳知道嗎？妳們的影集我一個字也看不懂，劇情也完全不知道他們嘰哩咕嚕在講什麼。可是，妳們的明星，不管男生還是女生，都長得好漂亮喔！衣服也好漂亮。還有，妳們車子的 logo 都是我沒看過的，有的顏色、模樣好可愛，很適合女生開，那些是哪一國製造的車子呢？」

「喔！那些車子都是韓國製的。以後應該也會打入美國市場囉！台灣沒有自己製造的車子嗎？不可能吧?」

徽杭搖搖頭，她不確定台灣是不是有自製車子的品牌。她只是開始覺得為什麼在台灣從來沒人注意到這個國家，他們的鞋子、衣服、化妝品還有車子，在電視劇裡面栩栩如生，都是活廣告的大打自家招牌，而且，戲劇裡全打的是俊男美女牌，跟台灣一些醜人當道、俗不可耐的節目天差地遠。

徽杭覺得飢腸轆轆，今天過得真充實，終於走到她夢想中一直想去的 425 公路，然後又能去逛美國的服裝店，也買了一雙鞋子。她替美恩洗了碗盤，一面洗，一面聽美恩聊她首爾家裡的事情，她兩個哥哥，一個姐姐，她是老么，果然是幸福的女孩。

美恩準備載她回宿舍時，先熱車，突然叫她在車裡等一下，說她有東西忘記拿。這個時候水牛城已經變冷了，雖然今天徽杭沒穿羽毛衣，但是，她知道離羽毛衣的日子漸漸近了，美恩車子暖氣開始暖和起來，真是部好車，幾乎聽不到引擎聲。徽杭在車裡看著開啟的家門，美恩從二樓走下來，抱了兩個鞋盒，轉身關門，留著窗邊一盞黃燈，可以透過薄紗窗簾看到廚房的擺設，有錢真好！徽杭真希望，以後回台灣，可以買的起一棟這樣的房子......

「會不會冷，暖氣應該暖和了吧？」

「才十一月就開始開暖氣。會不會太闊了？」

「不會啊！妳穿那麼少，不要感冒了。感冒，妳可沒時間去看病。妳最近沒有憋尿了吧？喝水喝夠多了？」

「妳，怎麼知道的？」徽杭一陣錯愕羞赧。

「Piyada 說的。她說妳室友說妳一天只喝一杯她煮的咖啡，完全沒喝水。還有血尿啊！」

「真是的，這個世界，我以為只有台灣人才愛八卦別人家的事情。」

「喔，不會滴......這個世界，只要有人類，就會想聊別人家的事情，尤其是糗事。聊自己，太殘忍，聊別人，才有趣。」

等徽杭到了靠進宿舍的車道上，美恩把兩雙鞋盒給徽杭。「吶！這兩雙舊鞋子，韓國帶來的，已經退流行了，送妳。我們腳一樣大，妳不要只穿球鞋。有空，也要打扮打扮。都是便宜貨，買的時候美金不到五塊錢。收下吧！不要不好意思。」還等不及徽杭反應，美恩頭也不回的就把車開走了。

徽杭抱著兩個鞋盒，拎著新買的鞋盒，這下子有三雙鞋了，徽杭想著，自己要變蜈蚣了嗎？要那麼多雙鞋子幹嘛？又沒衣服搭配。美恩真是帥氣極了，鞋子給了，怕徽杭拒絕，竟然頭也不回瀟灑的開著高檔跑車就這樣走了。

徽杭回到宿舍，語意學作業還沒寫，已經晚上 9:30 了。明天一早是語音學，她決定早早入睡，明天凌晨 3:00 起來到宿舍的 lounge 去寫語意學作業。她一開門，Anna 笑嘻嘻的跟媽媽講話，瞄到她手中提的袋子，知道她去逛街了，給徽杭比個讚的手勢。Anna 熱情激動的往徽杭桌上指指，原來，有徽杭的航空信，媽媽終於寫信來了。徽杭顧不得還沒刷牙洗臉，立刻把信封口撕了，Anna 晚一步遞拆信刀在她旁邊，徽杭對 Anna 眨眨眼，叫她繼續講電話，回頭卻看著像狗啃的信封，很急的立刻開始讀媽媽的信。

第五十六章：來自遙遠的家書

　　這是她在美國接到的第一封信，還沒讀信，她不爭氣的眼淚已經串流滑動到了嘴角處了。這是一封長達三頁的信。信裡一開頭，媽媽便說徽杭真是很有福氣的孩子，八月一日前往美國後，台灣就陸續來好幾個颱風，把整個國際航班全打亂。媽媽很關心她在美國的功課，問她美國人會不會很壞？外國學生會不會很自私？是不是都不會互相幫忙？媽媽還問天氣變了沒有？羽毛衣是否已經開始穿上了？

　　媽媽跟她說，弟弟天天把 email 的內容印給她，多虧她去美國讀書，弟弟現在很耐心的教她如何看 email，如何列印，所以，她每天早上 5:00 醒來，做了早餐之後，讀她的 email 變成了一種生活享受，而且，不懂的單字，還能查個電子字典，讀完後，才拉著爸爸一起去附近散步運動，跟爸爸聊聊徽杭在美國的生活，等散步回來才開始忙一天的家務。

　　媽媽信裡也說，從上個月開始，就已經沒有收入了。成衣廠倒了，還好老闆人好，替她們員工都保了險，每個人也依不同年資拿了幾萬。爸爸覺得媽媽這一輩子也夠累了，叫媽媽不用再出去找工作了，可是媽媽很擔心徽杭在美國的學費，知道徽杭一年之後打算買車、住外面、買電腦，這些全部都是錢，所以，媽媽希望徽杭要好好的珍惜。媽媽也跟徽杭說，第二年的學費，爸爸已經慢慢開始存了三分之一，叫徽杭一定要好好保重身體，吃，絕對不能省。他們很擔心，光一個週五煮的菜，前兩天還可能有胃口，到了後面幾天，難道不會膩？光想到就覺得沒有營養。

　　媽媽跟徽杭說，大家都很羨慕徽杭的運氣。來自一個普通的家庭，卻能夠到美國留學。媽媽看到工廠倒閉後，那些女工們一個個很洩氣。結婚的，有子女的，開始擔心去哪裡賺外快；沒結婚的，沒家沒伴的，這時候的景氣，要她們去哪裡找工作？媽媽希望徽杭珍惜自己的好運，運氣不可能天天都是那麼好，徽杭要把握住機會，盡快讓自己跟得上功課。最後，媽媽要轉達爸爸的一些話，爸爸聽徽杭錄音帶裡聊到慧婷頸子的吻痕，火氣很大，爸爸希望由媽媽轉達她，希望徽杭在美國的生活要檢點，女生要自重自愛，不能太隨便。

徽杭讀完信，覺得好笑又好氣，慧婷頸子的吻痕甘她屁事？但是，她看到媽媽沒有了工作，跟爸爸努力存她第二年的學費，她很難止住眼淚，故意拿著盥洗衣物，跑去浴室痛哭。冷靜以後，她回到房間，正好 Anna 出來，跟徽杭說她在地下室餐廳認識一位也是哥倫比亞來的男生，叫做 Jorge，已經結婚了，他們話很投機，Anna 邀他到宿舍 lounge 那裡聊天。徽杭點點頭，跟 Anna 說今天有些累，會早睡。

跟 Anna 說晚安後，徽杭突然想到美恩送她兩雙鞋子，她打開鞋盒，兩雙都很精緻，一雙是高跟式的夾腳鞋，徽杭非常討厭夾腳鞋，因為腳趾頭走很久會很痛，徽杭試穿了一下，不知道為什麼，她覺得這雙夾腳鞋，完全不會摩擦到趾頭，穿著很舒服。另一雙是方頭黑鞋，中高跟，很適合穿正式衣服，但徽杭沒有什麼正式場合，應該穿的機會不高。

今天真是收穫很多，坐美恩車去兜風、逛到迷戀已久的 425 公路、吃美恩一頓飯、拿人家兩雙漂亮的鞋子。徽杭躺在床上，想到媽媽沒收入，想到先前在成衣工廠打工的那些女工們，想到她們手上因為處理衣物髒污的化學藥物感染的傷痕，又想到來這裡美國同學、國際同學、台灣同學對她的照顧，徽杭很難過，眼淚無法制止，一直往下流，還好 Anna 不在。Anna 她們幸運的美國人，哪能理解一個異鄉客內心為自己感到幸運的激動，更無法體會人在異鄉接到家書思念的淚水吧！

過了幾天，徽杭期盼的初雪還是沒來，那天安平學長來徽杭班上當語音學的發音人。語音學這門課，每次下課前的二十分鐘，老師都會找一位外語發音人來班上，面對這群語音學的學子們，搭配老師設計的講義，唸著老師擬好的單字，用發音人的母語一一唸出來。待同學稍微熟悉這語言的語音系統後，老師開始做隨堂測驗，讓發音人唸她擬好的十個單字，同學在講義的輔助下，必須用語音學家專用的語音音標把十個單字標出來，之後把答案交給老師便能下課了。

　　雖然徽杭期盼的初雪遲遲未能出現，但是，她期待已久的安平出現了。美國同學的「外語」是徽杭驕傲的「母語」。徽杭跟美國同學坐在台下，她圓圓的大眼開心的直盯著安平瞧，安平跟徽杭眨眨眼，這次不用說，都是徽杭熟悉的語音，但她卻要用一個最不熟悉的語音符號，而不是慣用的注音符號，把她熟悉的語音標出來。她很快的把測驗卷交給老師，同學也熱烈的向安平鼓掌，安平報以熱情的微笑，老師也跟安平握握手，向他道謝。徽杭隨後跟安平一起去 Baldy Hall 二樓，安平從書包裡拿了兩包壓縮的爆玉米花。

　　「吶！這請妳吃。妳應該還不知道這怎麼用。妳拿回去後，上面寫微波三分鐘，妳要稍微自己調整一下，我家廚房是小微波爐，通常要弄三分半鐘，妳要自己看看宿舍廚房是擺大台還是小台，我搬離宿舍很久了，不記得那麼多。有的微波爐火力很猛，搞不好兩分鐘就可以了。」

　　「學長，你真好。為什麼要給我？」

　　「謝謝妳啊！你們有這麼好的發音練習，妳竟然不是找品哲或是其他認識的台灣同學，妳找我，我很得意。品哲很惱火，說！為什麼是找我？」

　　「學長，你發音標準人又上相啊！這是老師每年開課都會找的。去年她找秀雅姐，今年老師跟我說不好意思老是麻煩有正式工作的人，問我有沒有認識的研究生，我第一個就想到你。好玩吧？能在美國學生面前唸我們的母語。」

　　「沒錯，徽杭，我覺得妳選了一個很棒的科系，感覺妳跟同學是不是處得很好？我發現在我唸測試題目時，妳們同學還會跟妳對看，擠眉弄眼的。」

　　「喔！學長，我在給她們打暗號。美國同學對子音、母音可能有一定的辨識能力，但是對於聲調，『媽麻馬罵』，他們一塌糊塗。因為英文不是聲調語言。所以，我上次問你 Allegany 的重音在那裡，他們是用重音來標示，是要唸成 AL-le-ga-ny，al-LE-ga-ny，還是 al-le-GA-ny？這是我上次要問你的問題。所以，他們看看我，我故意挑挑眉毛，就暗示這是第二聲的上揚調。如果我嘴角下撇，就是暗示第四聲的降調。」

「哈哈哈！可以這樣喔？作弊！學妹，妳們學的東西好特別喔！這以後，到底有什麼用啊？」

「你以為老師沒看到喔？老師也在旁邊偷笑啊！不過，講真的，除了在大學教書，我還真不知道語言學出來能幹嘛？我覺得，如果能在美國的大學教中文，會很有意思。你看，光你來做這樣的練習，就覺得有趣。如果是我們這種有語言學背景的人來教語言，樂趣更是無窮。唉！只可惜 Modern Languages 是一位中國文學的老師掌權，大陸來的，願意聘用台灣人當 TA 的機率是小之又小！」

「回台灣的話，大學教職應該好找吧！是教英文系吧！」

「對，是在英文系教書。這些我現在都還沒辦法確定是否好找，估算要花一點時間去預測一下未來前景。」

「我之前跟秋雪聊過，秋雪原先也在想是否要唸博士，她的指導教授非常喜歡她，有問她留在美國繼續唸博士的意願高不高，而且，有暗示會給 TA 獎學金。」

「真的？秋雪學姐真厲害。那，學姐當然要留下來啊！」

「沒有，學姐跟她男朋友從大學就交往，到現在愛情長跑多年了。畢業後，學姐要回去結婚了。」

「什麼啊？看不出來！我以為像學姐那樣獨立的女生，沒把愛情當一回事哩！」

「怎麼可能？秋雪很專情的。這裡多少台灣男生喜歡她，她就算知道，也裝著不知道，之後就刻意跟對方保持距離了。她男朋友是台大電機的，唸完碩士班，現在在當兵了。嗯，為什麼會聊到這裡？喔！秋雪是跟我聊過，她說她稍微研究過博士班畢業後的出路。今年一位畢業的英文文學博士，是個男生，回台灣求職，有十幾個缺額讓他挑，這十幾個缺額中，十個以上是國立，三個是私立，同年，也有一位英語教學的博士，是個女生，有六個缺額讓她挑，兩個國立，四個私立。秋雪說她打聽過，在台灣，英文系掌權的估計都是文學博士，其次是語言學。所以，學妹，妳不妨稍微記錄一下，這些數字也許未來可以供妳做一個參考用。學妹，妳要聽好，這個教職比率遠比理工科高出太多。我們理工畢業的博士，回台灣，當然還是優先選擇大學任教，我們不會往產業界先鑽，但是，我這裡聽到的，可能我們學校電機不夠好，沒幾個人能夠進入大學教書的。隨便一個電機系開出的缺額，是幾百人來應徵的。」

「學長，太感謝你了！這正是我希望知道的訊息。雖然不知道那畢業的兩位詳細學經歷，但，這是一個很棒的開始，有這些數字，可以提供我未來規劃有很大的幫助。」

徽杭在 Baldy Hall 二樓跟安平道別後，走了幾步，安平突然在長廊大聲叫住徽杭，徽杭連忙轉頭，以為自己漏掉了東西。安平大聲叫：「徽杭，注意身體，不要憋尿！」講完哈哈大笑，糗得徽杭氣得頭也不回的走了，氣死人了，這件憋尿的事，語言學的同學也知道，動不動會問她今天有沒有喝水，現在，連安平他們電機系的也知道了！真是誇張，憋個尿這有什麼好傳的，又不是尿到褲子上，大家也未免太見怪不怪了。

她回到了 Lockwood 圖書館的小論文間，那裡漸漸變成她眺望著遠端的湖面，Lake La Salle 跟發呆作夢的地方。她決定寒假提前找她的論文題目，她要做一個別人沒做過，而且，最重要的，她要找個讓指導教授驚艷的題目。在小論文間發呆、幻想、作夢了一小時，徽杭回到了現實，繼續做她討厭的句法學作業，這幾次的成績全都是 B，徽杭不想管那麼多，這門課不像是語音學，要交聲紋圖的聲學報告，句法學要考試，既然是考試，那就死背，等徽杭考完期末考，她就把句法學還給老師，一輩子不想再碰觸！

第五十七章：爆玉米花

　　晚上徽杭有些不想熱便當，這陣子真的聞到便當味道會覺得害怕噁心了。想每天能吃熱騰騰新鮮的飯菜，還真是個奢求，學校餐廳全都是西式的義大利麵、漢堡，pizza，那些真是難以下嚥。前陣子聽 Piyada 跟美恩課後在聊，這個學校有個可愛的地方，就是每隔幾年會來個廠商招標，讓同學試吃美食，到時決定票選，可以邀請廠商進駐到學校設點。Piyada 跟美恩已經摩拳擦掌，準備來個大試吃，而且，他們要拉攏所有的亞洲學生，去投亞洲店一票，就算是中華料理，也要投他個一票！

　　徽杭還真羨慕他們有享受美食的慾望，她來美國之後，覺得味蕾全都麻木了，可是身材反而越來越壯碩，大概她常常以牛奶代替開水吧！徽杭倒是真心希望，學校能有個中華料理的餐廳，這樣，偶爾她如果像今天一樣沒胃口，至少能去那裡打包一些菜餚回來，搭配她最愛的日本米。

　　回到宿舍，徽杭決定再猛灌一大杯鮮奶，想到憋尿事件，還是一肚子火！打開書包，看到安平給的兩包爆玉米花，徽杭樂得想說打開一包當晚餐吧！徽杭依稀記得學長說要至少三分半鐘，她懶得讀英文說明，就直接把爆玉米花攤平丟進微波爐內了。

　　大概三十秒後，聽到微波爐開始有爆裂的聲音，真是聰明的美國人啊！悅耳的聲音，真動聽。就這樣，微波走到了剩下一分鐘，徽杭再也聽不到任何聲音了，隨即而來的是股燒焦的苦焦味，整個微波爐內開始冒出大量白煙。徽杭心一陣慌，不妙啊！學長有說三分半是小微波爐，眼前的這個微波爐，好像很大台，徽杭立刻找到英文暫停的按鈕，深怕微波爐會爆炸，手一下碰觸、一下遠離、再次碰觸、再次遠離、三次碰觸，打開，身體馬上往後跳，只見更是濃煙密佈，白煙爭先恐後的竄逃出微波爐。

　　還好，徽杭鬆了口氣，不是失火，但是，此時撲鼻而來的，是一股難以忍受的燒烤焦味，這股味道迅速蔓延到整個廚房，慘了、慘了、慘了，徽杭急忙開窗戶，還好，這煙霧散的倒是挺快的，但這焦糊味怎麼也散不去，徽杭手一碰觸這紙袋，手都有些燙傷了。

徽杭不放棄，決定衝回三樓去拿筷子，用筷子來挾著這包烤焦的爆玉米花吧！筷子還真是個好東西，沿途紙袋的爆焦味，像是牽隻撒尿的老狗一樣，綿綿延延的味道，一直跟進了徽杭的 307C 房內。但是，這下子可慘了，這麼小的房間裡，所有爆焦味全部都帶進徽杭房間了，已經超過六點了，室友要回來了，徽杭連忙把窗戶往外推到最大，她看了看 Anna 桌上有個膠帶台，她把爆玉米花紙袋牢牢的黏在打開的窗戶外，真是個聰明的辦法，這樣，等味道散去一些，徽杭就準備大快朵頤了。

果然，不到五分鐘，Anna 回來了，等不及徽杭說哈囉，Anna 氣急敗壞的說話了。

「這個宿舍管理越來越鬆散了，過幾天，我要去跟舍監談一談。不知道哪個王八蛋，把廚房弄得一陣噁味，一進大門，馬上聞到廚房東西燒糊烤焦的味道，而且，味道不是只在廚房那裡，我爬到三樓時，全部整個樓梯都有這股焦味，妳看，現在可好，我鼻子被燒焦了，連這房間都有這股味道，我今天要怎麼睡覺？」

「喔！Anna，妳說的是不是這個味道？妳看，我把它黏在窗外了，妳覺得情況會不會好一點？」

「徽杭，搞什麼啦？是妳弄的味道？那是什麼？」Anna 連忙跑到窗邊，用力打徽杭的肩膀：「妳把爆玉米花黏在窗戶外？外面已經開始下雨了，妳知不知道？」

「那不是更好，雨又不大，就讓雨水把這股味道澆熄了吧！」

「丟掉啦！那種焦味，妳看，袋裡哪還有爆玉米花？全是黑的了！那個，沒有人在吃的啦！」

「不要啦，我有筷子。我要用筷子把沒焦的撿出來。我一定要吃啦！」

「徽杭！我買一包請妳好不好，丟、掉、啦！」

「不要，這不是錢的問題。這是常打電話來的安平今天給我的。人家給的東西，我不能丟掉，我起碼要把能吃的吃掉，剩下焦黑掉的，我才能丟掉。下次至少他問我的時候，我會跟他說，超級美味的。如果整包都丟掉，鹹的、甜的、酸的、辣的我都不知道，我怎麼回話啊！妳不要小看我們台灣男生，他們聰明的很。」

「天啊，怎麼有妳這種人物的？妳要在這個房間裡挑爆玉米花喔？」

「所以我說先讓雨淋一淋啊，一下子就好了，味道散了，就能分類了！」

Anna 嘆口氣，搖搖頭：「徽杭，我真是鬥不過妳。下次妳要爆玉米花，交給我來處理。妳就不要再碰了。我先去洗衣服，順便去外面跑跑步好了。」

「可是，外面下小雨耶！妳還要帶著傘跑步？」

「那有什麼關係，美國人習慣這種雨，不需要傘啦！我去跑跑步，消消氣，等我回來，那個噁味沒有消掉，我就要把妳的皮給剝掉。」

徽杭嘻皮笑臉的說：「Anna，我現在就讓妳剝了吧！其實，我很想勸妳一起留下來在這個房間的，味道，是一種主觀的東西，妳剛聞很噁心，習慣之後就聞不到了。」

Anna 一面從床底下拿洗衣藍，一面哈哈笑著說：「徽杭，我寧願聞洗衣間那種洗衣精、烘乾的怪味道，也不願陪妳一起聞這種焦糊噁味，妳慢慢享受吧！」

Anna 大約到了十點才把洗衣籃拿回來，這次又氣急敗壞的跟徽杭開口：「徽杭，妳看妳幹的好事。廚房的焦糊味沒散，連洗衣間都是那股噁味。等一下，房間為什麼有香水味道？」

「抱歉，我偷妳的香水，噴了幾下，想說歡迎妳回來！現在，還有那股噁味嗎？我其實都聞不到了。」

徽杭一說完，Anna 哈哈笑：「當然還有啊！妳竟敢偷用我的香水！妳還偷用了什麼東西嗎？」

「因為接下來，妳非得困在這個房間，我總該讓妳有『家』的感覺吧！另外，講到偷用，妳之前說，我可以用妳的電腦打作業，不過，妳沒說我可以用妳的印表機跟紙張，我前陣子因為趕報告趕得很急，偷用了幾次。」

「不要碰我的香水，那個很貴。至於印表機跟紙，那倒是無所謂，我沒發覺到，但是，香水，我一定會聞到。好啦！我看我還是可以出去轉轉啦！沒有一定要非得在這房間裡。我去外面 lounge 折我的衣服好了。」

「喔！Anna，那也許妳要考慮換個無線的電話機座了。剛才 Jorge 打來找妳。妳現在非得要在這噁味不散的房間跟 Jorge 聊天了！」徽杭話一說完，自顧自的笑得好開心。

「死徽杭，就喜歡這樣整人。現在才跟我說 Jorge 打來。」

「喔，在妳打電話之前，我再告訴妳一件事。妳不會覺得很奇怪，洗衣間的洗衣精味道那麼重，到底，焦糊味的爆玉米花，是怎麼蓋過那洗衣味的？」

「這麼說也對。妳又做什麼把戲，把味道帶過去的？喔！等一下，該不會......」

「該不會......我挑完能吃的爆玉米花吃了，然後，把剩下烤焦全黑的爆玉米花整袋丟到洗衣間了！」徽杭手舞足蹈的跳著講，Anna 猛搖頭，嘆了一口氣。

「徽杭，妳的爆玉米花，是大麻口味的嗎？妳瘋了，是不是？那妳心得如何啊？美國的爆玉米花還合妳胃口嗎？」

「喔！講實話，挑出來，不到十顆能吃，吃得蠻勉強的！」此話一出，不等 Anna 大笑，徽杭自己也笑出來。

Anna 一面撥著電話，一面對徽杭搖頭，電話一下子接通了，Anna 用著美妙的西班牙文問 Jorge 有什麼事情，講了幾句，Anna 一陣狐疑的看看徽杭，徽杭放下書本看看 Anna。Anna 把電話掛了。

「妳今天真的發瘋了，惡作劇到這種程度嗎？」

「把爆玉米花弄焦，這哪是惡作劇。這是無心之過，好嗎？」

「妳為什麼要騙我 Jorge 打來啊？他說他太太、小孩從哥倫比亞來看他，口氣很差的把電話掛掉了。」

「怎麼可能？明明就是他打來的啊！這陣子他不是經常打給你，都是我接的，我哪不會認得他的聲音？」

「是嗎？妳覺得他有打來，可是，他不承認，對不對？有鬼，我就覺得他最近怪怪的。我跟妳說，那天週末妳去賞楓的時候，他在餐廳遇到我，吞吞吐吐的，想要跟我談什麼，後來他同學找他，他才說，改天找我。一定有什麼事情。」

「所以，妳相信我，妳相信他有打來，對吧！」

「相信妳啊！連你們台灣男生送妳的爆玉米花，妳弄焦了，還堅持一定要吃到幾粒，以示負責，寧願虐待自己的鼻子、肚子的人，還蠻重感情的。我相信妳。」

沒多久，電話再次響起，Anna 接起來，沒講多久，突然哈哈大笑。徽杭看了看，Anna 用食指一直猛指她，徽杭猜，八成自己又做了什麼調皮搗蛋而不自知的事情。電話很快講完，Anna 大笑的跑過來猛推徽杭：「徽杭，妳到底要搞笑到什麼程度？那通電話，是我弟弟打的。」

「妳弟弟？」

「我弟弟覺得妳好可愛。他打過來，妳一聽，不等他說話，妳就說知道他是誰，然後妳就掛掉了。重點是，我弟從來沒打來過耶！我弟就猜，妳一定把他當成是別人了。我跟他說，妳以為他是我最近認識的 Jorge。難怪我剛才打過去，Jorge 忙著跟太太、小孩相處，人家當然會不爽啊！」

「哇！我太過份了！Anna，我跟妳道歉。對不起。」

「不會啦！好消息，我弟弟要開一部車過來給我。感恩節前會開車過來，以後，我可以載妳買菜。」

「Anna，沒聽說妳需要車耶？為什麼要買車呢？」

「怎麼不要？我們班上同學都不理我。有次才真是誇張，老師跟大家約在某兩處碰頭，但是，我沒車，同學也沒人願意載我，結果，A 點可以搭捷運到的 downtown，等到去 B 點時，我卻要步行走路四十分鐘才能到，等我到了，老師已經介紹完了。」

「Anna，妳在講什麼啊？我每次看妳開開心心的回來，我都以為妳過得很好。」

「我沒有過得不好啊，我喜歡我設計的東西，我也喜歡這個學校，但是，若真講到人際關係，我是習慣了。從我移民到美國的感覺，就是這樣，我不會很喜歡美國人。光從這陣子，跟妳這樣相處，聽我媽媽聊天，她常看你們華人的節目，那種搞笑、那種親情，大家互相幫忙，互相照顧，人跟人的關係是黏密的，講真的，我不會覺得當美國人是那麼一枝獨秀啊！可是，我不會把自己難過的事情告訴妳啊！妳功課已經夠忙了，我知道妳有很多煩惱。來這一趟唸書，一定父母親對妳抱著很多期望。而且，我希望妳喜歡這個國家，所以，我才會天天打電話，把垃圾丟給我媽媽。妳大概是唯一跟我話聊最多的人了。我每天跟媽媽東抱怨西挑剔的，她在工廠打零工，存了錢，給我買部車。我弟弟要開過來給我。」

「妳弟弟開過來給你？從紐約？我記得要七、八個小時一趟，不是嗎？那他怎麼回去？」

「我叫他慢慢開，要抓八個小時。Downtown 有巴士，我到時候會陪他去 downtown，他自己坐巴士回紐約。」

「Anna，那妳弟弟開來給妳，就這樣回去？不住一晚，休息嗎？Anna，妳可不可以問妳弟弟，他想不想留一晚休息？一晚、兩晚，都可以。我的床給他睡。」

「徽杭，妳講真的嗎？我弟弟是說如果能夠待一晚就好了，但是我跟他說不方便。我室友沒有男朋友，我知道妳的性情，妳習慣妳們自己國家的男生，可能不方便有個高大的拉丁美洲的男生窩在地上睡。」

「喔！Anna，對，如果有男生，我是一定離開的。所以，妳記不記得，我們見面的第一次，妳一進來，一直瞅著我看，妳後來說不喜歡有男生在房間，我也是啊！妳不要讓弟弟打地鋪啦，我堅持，讓他睡我床上，妳現在可以打給他嗎？讓他安心一下。」

「徽杭，妳講真的？妳願意讓我弟弟睡妳床上？不然這樣，我睡妳床上，讓弟弟睡我床上好了。那，徽杭，妳要住哪裡啊？」

「唉呦！妳還擔心我，台灣人是很好客的，地方多得是。妳看，我手中有一本中華同學的同學錄，相不相信，我隨便打個電話，就算對方不認識我，一樣願意讓我住一、兩晚。台灣人是很好相處的！」徽杭沒跟 Anna 提，她八月二日到水牛城後，二十二日才搬進宿舍，硬是賴在別人家裡三個禮拜，現在想來，都覺得自己有夠丟臉的！

「那，我現在就跟我弟弟說喔！妳確定不會反悔。」

「絕對不會。希望妳弟弟來的時候，房間的噁味已經沒了！先講好喔，如果明天妳還是覺得房間有味道，不要再罵我了！」徽杭俏皮的看看 Anna。Anna 輕輕的在徽杭額頭親了一下，跟徽杭說，謝謝。

第五十八章：淋雨成淋病

　　時間到了十一月了，這陣子雪沒盼到，倒是來了幾次小雨，就如 Anna 說的，這裡的小雨只是輕飄飄的蜻蜓點水來個幾下，沒有雨傘都沒關係，而氣候隨著入秋之後，就開始乾燥起來，一進入房間，頭頂微濕的頭髮，也立刻被乾空氣自然烘乾了。

　　就在那天下午一點上語意學，這門課三個小時像是連環砲的，聽老師、美國同學在課堂上爭風相對的討論，然後竟然連 Buffao Bills 美式足球球員 O.J. Simpson 的案子都能提到課堂上辯論，徽杭只覺得頭痛欲裂，已經不感興趣也聽不懂的課程，還要加入社會時事，老師是新老師，沒有太多的經驗，也一臉尷尬，不知如何停止住這有點失控的場面。

　　中間休息時間，徽杭難受得趴在桌上，美恩過來拍拍她，跟她說：「妳還好吧？很誇張，對不對？Piyada 剛才已經去跟老師講，希望老師顧慮一下班上有很多國際學生，也有從 TESOL 來修課的同學，大家希望能針對主題上課。妳還好吧？妳流好多汗，妳怎麼了？」

　　「我不知道，美恩，我頭好痛……」

　　「那妳趕快回去休息。」

　　「不行，我不缺課……我可以忍著……而且，我要錄音……這門課不錄音……我會死掉的……只是……美恩……討論課我可能沒辦法去見妳們了……替我記錄……跟妳借一下筆記……可以嗎？」

　　「要看我答案都可以。妳真的可以嗎？現在是哪裡不舒服？」

　　「頭痛得快要爆掉了……」

　　「那，妳有力氣去南校區看病嗎？我等一下因為韓文組那裡有事情……」

　　「美恩，不用……不用帶我去看病了……等下了課，我會走回去……去外面呼吸新鮮空氣也好。我宿舍有我媽媽給我準備的藥，應該很有效的。」

　　徽杭已經不記得後面一個半小時老師上課的內容了，只知道老師一上課，就跟美國同學表示希望大家能多多體諒在座還有很多剛入學的國際學生及外系來修課的同學，如果要在課堂舉範例，也許能先跟這些同學介紹一下背景故事比較好。Melissa，Sue，Mandy，Jennifer 不約而同的往徽杭，Piyada 跟美恩這裡瞄了幾眼。

　　沒多久，同學傳了紙條給徽杭，徽杭打開後，一看是 Sue 寫的，問她怎麼了，是不是不開心？徽杭此時連拿筆都會發抖，她顫抖的寫下：not feeling well……（不舒服）三個字，正當想折起時，突然擔心她跟那群美國同學如果趁機告訴老師，她就丟臉了，她再把紙張打開，寫著：don't tell others（不要告訴別人）。紙條傳到 Sue 那裡，Sue 不解的看看徽杭，徽杭自始自終頭都低低的，頭髮遮住了半張臉龐。

　　好不容易，一個半小時，就這樣的熬過了。徽杭快速的收拾東西，拖著沈重昏眩的步伐，她無法繼續再坐下去，平常這門課，疑難雜症一堆問題，同學常會在課後留住老師，有時一直到下一班的課開始要用教室，老師才被迫結束這門課。但今天，徽杭沒辦法留下來聽了，她收拾書包，頭也不回的快步走，就深怕被哪位同學叫住了，無論如何，她必須趕回去宿舍，把行李箱藏好的藥拿出來。

　　Baldy Hall 溫暖太多了，一推大門，外頭的冷氣團簡直像是冰箱的空氣全部灑下來一樣，等到徽杭稍微有點清醒時，回到了 Clinton Hall，她打開信箱，第二封家書來了，她幾乎是連滾帶爬的拖著全身爬到 307C，開了門，家書此時顯得很重，徽杭放下了書包，把信握在手裡，連撕開的力氣也沒了，中間多次電話響了起來，徽杭突然發現，這個才離她床邊兩、三步的距離怎麼會變得那麼遙遠，突然想起來，不醒不行，行李箱的藥真的要拿出來吃了，那是更遙遠的距離，徽杭從床上勉強起來，跪在地下，這次是真的用爬的爬到衣櫥那裡，看似一件簡單的動作，徽杭不知道花多久才做好。

　　終於找到她的保命藥丸，她把一粒粒的小丸子吞下去後，徽杭再度沉沉入睡。睡夢中，她聽到媽媽在旁邊聲聲的呼喚她，摸摸她的額頭，聞聞她，替她把手放進床單裡。中間迷迷糊糊電話響了好幾次，八成又是 Anna 跟家人在聊天，有家人真好，生病真是痛苦啊......徽杭再度昏睡去。

等到醒來時，徽杭看看她枕頭邊的巨響鬧鐘，凌晨 3:00 了，她躡手躡腳的開了桌燈，有些亮，還好，Anna 是背對著她睡。她看到桌上留了好多張紙條，還有一袋藥包，藥包上名字寫著 Mi Eun Kim（金美恩）的名字。紙條全是電話的留言，第一張紙條，是 Sue 打來留的，她想知道徽杭身體如何了，有沒有需要幫忙的地方。第二張是美恩，說她到南校區一趟，假裝自己生病，看了醫生，把感冒的藥物請 Piyada 帶回來交給徽杭；雖然美恩沒發燒，但是她騙醫生說晚上燒得厲害，要趕功課，所以醫生開了退燒藥跟頭痛藥，美恩特別從藥房拿回給徽杭。第三張，是個男生，Ping…che/tse/she？他叫徽杭方便的時候回他電話，Anna 說她聽不太懂這個男生的英文，因為沒英文名字，她連請男生拼音的英文都聽不懂，只好隨意記下，不過有留下電話號碼，徽杭知道是品哲打來的，已經凌晨三點了，有空有體力再打吧！

徽杭突然覺得肚子好餓，也對，從回到宿舍後，一杯水配了藥丸，她完全沒有進餐，她開了冰箱，倒了杯鮮奶，拿了一袋白吐司，偷偷摸摸的到外面 lounge 慢慢吃吧！難以下嚥的吐司，配著鮮奶，徽杭勉強的吃了三片，還是沒有飽足感，她再度回到宿舍，拿了一個便當，她把便當的菜挪到一個空盒，不知為什麼，那些菜讓她覺得噁心，她只想吃白飯，她走到廚房去微波，再回到 lounge 吃，還是白飯帶勁，粒粒分明的米粒，就算再怎麼微波，還是不會改變那種嚼勁，生病的人，還是有白飯比較好啊！如果沒有沾到那些菜汁、醬料，那會更美味。

正當徽杭快吃完時，又看到那位人高馬大，穿著套頭運動服的男生快速經過，美國人真奇怪，快要四點了，還急急忙忙的路過，趕著回宿舍一樣。

徽杭決定讓自己身體好好休息。她回去房間，繼續睡，九點的課，鬧鐘調到八點即可，還能睡四個小時。

　　大約七點，徽杭就在 Anna 泡的咖啡香味中醒來了。Anna 坐到她的床邊，問她好一些沒？徽杭笑笑的點頭，說頭已經不痛了，但是，覺得沒精神。Anna 扶徽杭起床，徽杭頭靠著床頭：「昨天是妳嗎？過來我床邊，摸摸我的頭，還替我把手放到被子裡，我本來以為是夢，現在，我覺得好像是妳的味道。」

　　「妳還有印象啊？平常活潑亂動的，突然癱軟在床上。我回來，還不知道妳生病，是看到妳的行李箱放在我床上，行李箱裡面翻得亂七八糟，我還以為遭內衣大盜光顧了。後來是陸續接到好多找妳的電話，都是關心妳的，除了最後一通，那個男生不是平常打來的 Ang-Ping，你們台灣人真奇怪，來美國，怎麼都不取個美國名字？都好難唸啊！」

　　徽杭笑笑的，想說是 An-Ping，但她沒有精神回話。既然已經醒來，喝了咖啡，吃片吐司，她還是去洗手間沖沖澡讓精神好一點算了。連走路都還是要扶著床，今天勢必是個難熬的一天了，走之前，徽杭還記得提醒自己吃個藥丸，雖說美恩替她拿到藥，但是，老廣生的小廣，還是偏愛從小生病就必服用的藥丸。

　　今天是語音學，還好，她那天做完作業，立刻去電腦教室列印了，她依稀還記得新生訓練，電腦中心人員講的莫非定律，越是覺得有可能會出錯就一定會出錯，就算語音學這陣子的作業越做越好，越是沒有出錯的，也還是要先有預備，沒有什麼事情是萬無一失的。還好，作業已經列印好了，不然今天如果拖著病體還要跑去電腦教室列印，光等待的時間，就會讓徽杭全身虛脫。

　　昏昏沈沈的上完一個半小時的語音學，又繼續上了一個半小時的句法學，這次連 Edward 都來徽杭旁邊，問徽杭身體情況，徽杭笑笑說，好多了。

　　正當徽杭收拾東西後，在走廊上見到語音學老師，老師走到她前面非常關心她，問她身體狀況，問她住哪裡，是否有人照顧她，最後老師聽徽杭描述的症狀，老師一直點頭，說她自己常有偏頭痛的問題，非常瞭解那種天旋地轉的痛苦。徽杭回說因為還不太習慣美國這種氣候，下雨在台灣都會帶傘，但是看美國人這種細雨都不帶傘，所以，應該是著涼了。老師也回說她是在加州長大的，相信台灣的氣候應該是跟加州類似，她剛來水牛城時，也是不太適應這種四季分明的大陸型氣候，不過她跟徽杭說，等過了一段時間，她就會知道這裡環境跟生活有多舒適，徽杭笑著回答她一直都很喜歡這裡，只是這個小感冒不知為何會變得比較脆弱。老師拍拍她的肩膀，叫她飲食一定要正常，好好的吃能夠增強很多的體力。

徽杭微笑的跟老師鞠了九十度的躬，謝謝老師的關心。這是開學以來，老師除了回答她語音學、音韻學的問題之外，第一次跟她聊天，徽杭開心的感謝老天，讓她生了這場小病，不知為何，突然徽杭覺得頭一點也不痛了，肚子倒是突然餓起來，她決定聽老師的話，去大吃一頓，她想到了成天大喊漢堡女王萬歲的品哲。電話，不回他了，她直接直闖去 Bell Hall，問他要幹嘛。

徽杭一進她曾經熟悉的實驗室，很快的就看到那群熟悉的老面孔，又在嬉鬧玩笑，一看到徽杭走進來，意外極了，只有品哲斜眼瞪著她。

「都不回我電話。聽說妳感冒啦！好點沒？」

「好一半了。都怪美國的爛天氣，雪怎麼還不下，反而是細雨飄飄的，真討厭！美國人都不用雨傘的，我就這樣淋了幾場雨。」

「所以，妳是淋雨成淋病了……」安平也過來插嘴。但，話一講完，整個實驗室，連中國大陸的學生也突然轉頭哄堂大笑起來。安平發現講錯話了，連忙虧那群大陸學生：「所以，大陸也叫淋病？我們叫電腦，你們叫計算機，存檔你們叫保存，貼上你們叫黏貼，媽的，現在淋病倒是統一了！」大家聽了，又是一陣狂笑。

倒是，徽杭露出稚嫩的眼神，語帶無力的說：「學長，什麼叫做淋病？這又是你們專門的電機術語嗎？是像上次你們說找什麼 bug 的意思嗎？我本來以為好一半的病，突然又覺得加重了。」徽杭一語畢，大家又是一陣爆笑。

「學妹，對不起，我是說，妳是淋雨淋成病了。我講太快，講錯了。」

「那，到底什麼叫淋病？」

「沒事，是我講錯了。我知道妳是感冒了。品哲要找妳⋯⋯」

「沒錯，徽杭一進來，都被你佔著，是我要找她的好不好？」

「學長，我還沒吃飯，肚子好餓，我們去萬歲的女王漢堡一面吃一面談，好不好？」徽杭無力的摸著肚子。

「是漢堡女王。安平，你看，都是你，人家根本體力還沒恢復，話只會亂講，爛人。」品哲回頭瞪著安平狂唸一頓。安平低頭偷笑。徽杭沒心思去瞭解大家到底在笑什麼，等吃飽之後再問品哲吧！

不知為什麼，之前嫌漢堡女王嫌到爆，今天吃，特別美味，徽杭立刻跟品哲稱讚了一番。

「太好了，我還擔心剛才安平這樣亂講，妳會生氣。」

「沒有，我是真的太餓了，又實在沒力氣，沒精神問他。到底，淋病是什麼病啊？」

「所以，妳不是裝傻，妳是真的不知道什麼叫淋病？」

「考試有考過嗎？可能背過吧！我早還給老師了。這是很嚴重的病嗎？」

「是性病⋯⋯ 就是男生跟女生的那種⋯⋯」

「⋯⋯」

「啊！學妹，妳不要用那種死魚眼睛瞪我，平常圓圓滾滾好可愛，現在變得好可怕，都是血絲，像鬼一樣。」

「沒辦法，誰叫我得了淋病！」

「學妹，妳真的好爆笑喔！就是這樣，可愛、純潔又調皮的學妹，我昨天打給妳，是想邀請妳。」

「邀請我？幹嘛？我有淋病。」

「學妹，拜託，不要再說了。我回去會替妳好好教訓安平一頓。我想問妳聖誕節願不願意跟我們大家一起去紐約市，我們在那裡跨年，好嗎？」

「『我們』，還有誰？」

「只有安平妳認識，其他人妳都不認識。我弟弟會去，他是 UCLA 的，還有一位是從威斯康辛要跟我們會合，他會帶他女朋友跟妹妹，他妹妹也在美國讀書，在芝加哥大學。我威斯康辛的同學跟我是國中、高中、大學的好朋友，厲害吧？畢業後幾年都不見了，他說應該明年會結婚，他想帶他女朋友來見見我。他們三個人會先去其他地方玩，然後到紐約跟我們會合。我們則是先去紐澤西，我弟弟會從洛杉磯飛來，看看我叔叔，我叔叔在大學教書，我爸爸有寄些台灣的茶葉還有其他禮物，叫我帶給叔叔他們一家人。紐澤西待個兩晚，我們就開去紐約，妳應該還沒看過紐約的跨年吧？我們去那裡跨年好不好？」

「學長，這會很花錢耶！車子、油錢還有住。」

「學妹，不用花很多，車子安平願意提供，油錢妳跟我分攤，就別讓安平出了吧。等到進了紐約市之後，就都是搭地鐵了，絕對不會花很多錢。紐澤西住我叔叔家，紐約住我同學家，我同學家有停車格，他會替我申請訪客停車證。妳別忘了，我在那裡唸過書，還有不少好朋友。其中一位博士班的學姐，她運氣很好，找的地方又大又好又安全，她那裡可以擺好幾個女生，她好久沒見到台灣女生了，一天到晚跟我們這些臭兮兮的台灣男生在一起，我確定如果妳去，她會很開心的，真的絕對沒問題。」

「學長，我什麼時候必須回覆你呢？我不能現在決定。」

「那，妳聖誕節要幹嘛？宿舍有一個禮拜要妳們搬出來耶！妳有想過要住哪裡嗎？」

「沒有，我還沒想。可能問問看環工系的文京吧！我猜她會去找她哥哥，不過，我就算住那裡，沒車也不方便。」

「學妹，我希望妳去紐約耶！」

「為什麼？」

「我想請妳幫忙。妳不要跟安平說。」

「喔，是要我幫忙，你說看看。」

「我那位大學同學，他妹妹，以前唸國中的時候，我就蠻喜歡她。我如果這次去，想對她表白，最近我們常傳 email，我很確定，她是我喜歡的那種女生。我需要有人可以在旁邊幫個忙，推一下，妳可以去玩，順便跟她說說我的好話嗎？」

「學長，原來是這樣。那，我盡快給你回覆，好嗎？你為什麼不想安平知道呢？」

「不要告訴他。他這種人，冒冒失失的，只會把事情搞砸。跟他當室友，太瞭解他這種亂七八糟的個性。又會亂出餿主意。不要，妳不要跟他說。」

「好，那我想看看，我會盡快給你回應。因為我們的宿舍費用是只包八月二十一日到十二月二十日，及一月十日到五月二十日。十二月到一月之間，費用要另外出，我現在打算要住其他地方，想看看自己是否能適應外面的生活。不過，因為沒車，我還在想怎麼處理？」

「學妹，這容易辦。我們電機系今年來了一位唯一的女生，她男朋友在台灣，她住在我們 Sutton Place 附近。她那天有提，寒假要回台灣陪男朋友，我去問問她願不願意 sublease（轉租）房子。願意的話，看她室友反不反對，是應該不會啦，我會告訴妳結果。」

「學長，太棒了。如果可以的話，一定要告訴我。你等於也讓我解決個大問題了。」

「學妹，嗯，我還有另外一件事情。」

「啊？還有事情啊！」

「開學之前，妳不是有聊到，妳有帶專門剪頭髮的工具。能不能……
……」

「剪頭髮嗎？沒問題，可是，我最近功課很忙。能不能約感恩節那時候，我替你剪，好嗎？」

「太好了。我可以忍一陣子。妳看，最近在家，都可以綁小辮子了。」

「你要燙嗎？」

「燙？我才不要。男生燙什麼頭髮？不要。女人的事情，我不學。妳會燙頭髮？」

「會啊！以前無聊時去救國團學的。老師教得還不錯哩！都是些基本的，冷燙、上捲子而已。燙起來髮量會多一點。」

「算了啦！男生不用太在乎外表啦！頭髮少，也是事實。習慣就好。」

「也對。頭髮量多量少不重要，重要的是，埋在頭髮底下的大腦。你的大腦很聰明，這就是最重要的事情了。」

「沒錯，這話我愛聽。」

「學長，那，根據你的預測，這次我的淋病會生多久？我知道很快你們就會傳開了。」

「可憐的小學妹，淋雨成淋病，哈哈哈！」

說也奇怪，吃完漢堡女王後，徽杭似乎體力大增，回到宿舍，也開始慢慢補足不齊的功課了。她把語意學的問題作完了一題，剩下兩題還完全沒有頭緒時，Piyada 在門外叫她。

"Hui-hang? Are you in?"（徽杭，妳回家了嗎？）徽杭一聽是 Piyada，立刻開門。

"Sorry. I had a big headache yesterday. I hope it was not too much trouble when Mi Eun asked you to hand me the pills."（抱歉，昨天語意學，我頭好痛。後來美恩還讓妳拿藥包過來，不好意思。）

"Youth is just wonderful. You looked so terrible yesterday, but now, you look just fine. It is nice to be young. You caught a cold, right?"（年輕就是本錢啊！昨天看妳難過得那樣，現在又像是沒事的。年輕真是好。妳現在是完全好了嗎？是感冒吧！）

"Oh, I thought it was a cold. But those Taiwanese EE guys gave me a gonorrhea."（喔，我覺得是感冒，不過，那群台灣電機系的男生說是淋病。）

"Excuse me?"（什麼？）Piyada 睜大雙眼，不可置信的看看徽杭。

"Yap, they were nasty and mean to me."（對啊！他們很討厭，對我很壞。）

"But, why?"（但是，為什麼？）

"Want to learn some Chinese? The word order changes, and so does the meaning."（想要學點中文嗎？詞序變動了，意思就會跟著改變！）

"You scared me... so is it like a speech error？"（喔，嚇我一跳。就是講錯話？）

"What is that?"（什麼意思？）

"Never mind..."（沒什麼。）

"See... here... 'Linyu lincheng bin' becomes 'linyu cheng linbin'; 'linyu': getting wet in the rain; 'lin-cheng': soak-become; 'bin': sickness. What's happening here is that the syllable 'lin' shifts to the following syllable, and becomes 'linbin', which means gonorrhea."（妳看...... 這裡......「淋雨─淋成─病」變成「[淋雨─成─淋病」，因為「淋」這個字移到後面去了，剛好「淋病」在中文裡是有特殊意思的，一種性病。）

"Hui-hang, it is great. You are a good Chinese teacher."（徽杭，妳是一個很好的中文老師！）

"Well... only if people are interested in learning it..."（那也要有人有興趣學啊！）

Piyada 小心翼翼的把徽杭教的中文折疊好，放在手心裡。徽杭立刻說：「喔！不要，妳第一堂中文課不是學問候語，竟然學淋病，不要啦！」徽杭連忙把 Piyada 手中的紙條搶走，揉一揉，扔在垃圾桶裡。這時 Piyada 才想起，她手中原先還拿了另外一樣東西，竟然無意間放在冰箱上了。

「喏！這是美恩給妳的，語意學作業她寫好了，叫妳別抄，句子要稍微轉變一下。還有，有些例子是韓文例子，她要妳自己去拿中文例子來代替。」

「哇！美恩真是好人。也謝謝妳替她轉交給我喔。」

「呐！我也有好東西分享給妳。我這裡有個對錄式的收音機。上回跟妳借錄音帶，缺一堆，妳說那個韓國男生都不還，是不是？跟他說，以後空白錄音帶自備，拿給妳，妳替他對錄。這個大收音機有兩個卡帶匣，可以快轉對錄，妳一匣放母帶，一匣放子帶，兩邊很快就能對錄完畢。錄完後就打給韓國男生，叫他來領，這樣，妳就不用再把上課的母帶交給那位男生了，而對錄的時間，妳一樣可以讀書，不需要在錄音機旁邊死守著。妳下次需要就來敲我的門，我借妳。以後我上課要拎著這個大錄音機。我是急性子，沒法等妳，妳都不去催那個韓國人！」徽杭一聽，感激得不得了，同時間，心裡也覺得當時冰箱問題沒有幫 Piyada 解決，感到羞愧，無地自容，但是道歉的話，到了嘴邊，竟然顫抖著，說不出口......

第五十九章：亞洲單一的標準

　　十一月到來時，美國同學大家都引頸期盼，互相奔走告知度假的計畫，徽杭期待的初雪，還是沒個影。細雨偶爾趁著半夜窸窸窣窣下一陣子，早上醒來時，地上的草堆裡，開始有點薄冰了，徽杭期盼的雪景，大概漸漸開始有個雛形，初雪，才是徽杭引領期盼的大事。

　　下雪，是她選這個學校的主要原因。美國人哪裡能體會在台灣這種亞熱帶的地方，除了夏天就是非夏天，氣候只有熱跟不熱的區別，能體會春夏秋冬的人生，該是多麼美好浪漫的選擇。如果能選擇，當然要在最年輕的時候，選一個最會下雪，積雪最多的地方，然後，等到徽杭是老太婆的時候，在台灣炎熱的夏天，還能一手捧著冰涼的小玉西瓜，一手揮著扇子，笑嘻嘻的看著窗外，回憶著白雲蒼狗、迭宕起伏的冰雪生活：在雪堆裡打滾，玩雪橇，打雪仗……

　　功課仍是越來越多，絲毫不見上手的可能，錄音帶也開始累積越來越多，還好，韓國男生後來就真的自備空白帶，徽杭三不五時就替他轉錄，相對的，因為要借 Piyada 的錄音機，就越來越常見到她。Piyada 還真是有骨氣，為了自己方便，不想等徽杭的錄音帶，上課常見她拎一台有兩個卡匣的錄音機，在寒冷的清晨裡，衣服穿得多，還要背著厚重的書包，徽杭從後面看她的背影，真是嬌小玲瓏、個性剛強的女生，這一部份，是徽杭感到既畏懼又崇拜的地方。

　　那天週五徽杭又照往常一樣的安排平常的例行公事，做飯、洗衣不用大腦的活動時，Anna 提早回來洗衣服，住了那麼久，這還是第一次徽杭跟 Anna 一起洗衣服。有些衣服髒污的地方，徽杭先拿去流理台那裡搓洗一番，一面洗，一面跟 Anna 聊起那天她從那群電機系的學長傳出來的笑話。

　　「妳知道嗎？那群台灣男生平常在台灣不太做家事，一出國就鬧一大堆笑話。像是不會用電鍋，米飯沒煮熟等等的。還有一次，一個男生來跟我講，美國的洗衣機跟洗衣精都好爛，完全洗不乾淨。」

「所以，台灣的洗衣機跟洗衣精，可以把髒污全洗掉？」

「妳認為呢？有可能嗎？你們連冰箱都那麼多門，也許我是從鄉下地方來的吧，至少，我們那裡，我從來沒看過那麼多門的冰箱，超羨慕的。你們連冰箱都比我們炫麗，我們有可能發明一個能洗掉所有髒污的洗衣機嗎？想也知道，當然一定是衣領髒了、袖口髒了，連拿到流理台用手洗都不知道。隨隨便便衣服就往洗衣機丟，還真的相信洗衣機能把髒污都洗掉。」

「哈哈哈，你們的男生感覺很依賴媽媽。出國來唸書，好歹也都二十幾歲了，竟然連做飯、洗衣都不會？」

「那只是剛來啦！之後，不會也會學會。別這樣說他們，不是只有男生，也有女生從來沒做過飯的，從我眼裡看來，覺得超級不可思議，怎麼可能有女生不會做飯。切菜像繡花一樣，每次看到那種動作很慢，菜慢慢切的女生，我就很想拿鍋蓋往她頭上敲下去。」

「喔，妳真暴力！重男輕女喔！為什麼女生要會做菜，男生不需要會？」

「對喔！說得有道理。為什麼呢？我還真沒辦法給妳答案。不過，妳不覺得那群男生洗衣服都洗不乾淨了，妳會想要吃他們做的菜嗎？想起來，我都會起雞皮疙瘩。」

「哈哈哈！我沒機會跟你們亞洲的男生相處。妳的個性倒是跟我過去接觸的亞洲女生完全不一樣。妳很有趣。不過，說真的，你們的菜為什麼要用炒的呢？營養全沒了，尤其維他命 C，一遇熱就全都沒了耶！」

「不要，不要叫我吃生菜。我們吃菜的纖維質，維他命 C，從水果就能吃到了。台灣水果種類多到一大堆我都不會翻譯成英文。喔！自從妳餐券只吃晚餐後，我就想，妳哪來的體力，只吃生菜沙拉、起司、水果、優格，那哪能產生熱量？你們的基因真是不錯。光吃菜，也能長得肉肉的，好羨慕喔！」

「哈哈哈！徽杭，妳來美國後，動不動就說羨慕美國這個、那個。

唉！你們能從亞洲這麼遠來這趟，不知道我什麼時候也能去亞洲看看。亞洲都是些什麼樣的國家？除了紐約的華人，我還真不知道亞洲人其他地方的生活方式？像 Piyada，她的國家又是怎麼樣？更熱嗎？妳知道，在地下餐廳吃飯，她認識一位你們台灣來的，唸 MBA 的男生，Piyada 私下說那個男生長得好眉清目秀，高高瘦瘦的白面書生，她對那個男生印象很不錯，常常看她跟那位男生一起用餐。」

「咦，是喔？Piyada 倒是沒跟我提過。那是今年 MBA 唯一的男生。他有白嗎？還好吧？哪有白！唉！Piyada 對白的定義跟我們台灣人真的不一樣。」

「我覺得我不懂你們。你們都喜歡白，感覺你們對人的定義，都好單一，就是白而已。」

「我完全同意妳的論點。不過，這也跟我們社會有關。我們在課堂上，就都是黑頭髮、黑眼睛、直頭髮的同學，講話的口音也大致一樣，從小學開始，老師都會一直糾正發音，而且，也不能隨意去挑戰老師的論點。不像來美國唸書後，光是人種就五花八門，我覺得美國真的是個有趣的民族大熔爐，尤其口音南腔北調的，先不提國際學生的口音，光聽那些美國學生，東岸、西岸還有中西部的，都有些不太一樣的地方。還有，我超喜歡看美國同學挑戰老師的思維，尤其到老師招架不住的時候，那更有趣。」

就在衣服、飯菜這種例行工作都做好後，徽杭看 Anna 在折衣服，她就開始收拾書包，拿了一些講義，準備出去。她要去語音實驗室，把前陣子跟 Anna 一對一錄好的西班牙語音錄音帶，先拿去用聲學儀器測量一下數值。

「已經晚上 11:00 了？妳這時候去實驗室？Baldy Hall 早就關門了吧？」

「Baldy Hall 不會關門啊！永遠是開的。」

「但是，妳系上是關門的吧？」

徽杭從書包裡拎了一串鑰匙，隨即往空中一拋，再小心承接住：

「喏！這是語音學老師交給我保管的。」

「為什麼交給妳？妳是她的 TA，RA？」

「喔！Anna，妳講到我的心坎裡。我還真希望是。不是，她沒有 RA，她的 TA 都是只有她需要教大學部的通識課程，系上才會安排 TA 給她。因為我們開始用一些儀器軟體了，週末需要有人去開門。上次 office hours 時老師知道我住宿，也知道我可以很早起床，她說鑰匙給我，如果週末有人要使用，週五前必須告訴我，然後，叫我到時去開門。」

「什麼啊？那妳不是整個週末都要開門？」

「不會啊！目前就是週六跟週日的下午時段有同學要使用，那時間到了，我就去開一下門，他們使用完，就自動上鎖就好了。反正，我這整個週末，不是待在圖書館的小論文間就是待在電腦教室打電腦。一點也不麻煩。我除了唸書，沒有其他事情。老師當然也是從聊天中發現才願意把鑰匙給我的。拜託，妳以為她會隨便相信別人，就把鑰匙給人喔！」

「看來，妳很享受被人信賴的感覺。好吧！恭喜妳。那妳快去吧！要注意安全喔！」

徽杭正接近門口時，Anna 突然叫住她：「徽杭，妳等一下，為什麼我的洗衣籃裡，會有一條祖母牌的粉紅色內褲？」

「我哪知道為什麼？」徽杭講完，Anna 大笑的把內褲丟到她臉上。

「當然是妳的啊！」內褲還蓋著徽杭的臉，Anna 無法看到她表情。

「為什麼？」徽杭緩緩把內褲掀起來，立刻朝 Anna 臉上丟去，Anna 也不甘示弱的接起來，再往徽杭床上丟去。

「因為，我最討厭粉紅色。而且，我沒那種小屁股。」

「是嗎？那我來仔細端詳一下。」徽杭氣得放下書包，走回床邊，把內褲的縫線牌子仔細翻出來看，回頭不屑的挑著眉毛，斜眼問 Anna：「請問，為什麼一個台灣人會有 Made in Colombia（哥倫比亞製造）的內褲？」

「……」Anna 也跑到徽杭身邊，鴉雀無聲的看著內褲 Made in

Colombia 的字眼，呆得不知該說什麼。

「妳確定不是妳的嗎？」徽杭再度回頭端倪著 Anna。

「真的不是......徽杭，妳該不會認為......」

「洗衣怪客......把偷來的內褲......送給妳嗎？」徽杭一講完，Anna 再度狂笑。

「這真的不是我的內褲，我很確定。」

第六十章：只愛自鄉人

　　徽杭從語音實驗室回來時，已經是凌晨 5:00 了。Baldy Hall 六樓雖然整晚都沒人，但是暖氣開得比宿舍還要溫暖，暖和到徽杭後悔沒穿短袖來實驗室。

　　徽杭一回到宿舍，立刻倒頭就睡，她覺得很開心，語音學的報告，她不但知道要做什麼，而且，很確定會做得很順利，就這樣，她把幾週下來沒睡飽的覺，通通一次補齊，等到醒來的時候，已經接近中午了。她側身看到 Anna 在地上組合一個超大的模型。

　　「午安，徽杭。難得妳睡那麼久。報告交了？」

　　「怎麼可能？我現在是去測數值，還差得遠哩！妳是在幹嘛？把你們紐約的帝國大廈搬來這裡嗎？」

　　「唉！有兩件事情。一件好，一件不好。妳有時間聽我說說話嗎？」

　　「可以啊！先講不好的。」

　　「什麼啊？我想先講好的。」

　　「我告訴妳，先講不好的，再講好的，笑一笑，妳就覺得沒那麼痛苦。如果妳先講好的，再講不好的，妳絕對會越來越消沈，相信我。」

　　「說得有道理。我跟妳說，上次妳不是以為 Jorge 打電話來，結果是我弟弟嗎？」

　　「對啊。那件事情不是我已經道歉了嗎？」

　　「跟妳沒關。我跟妳說，剛才我很不爽。那個死 Jorge，以後我不會再跟他聯絡了。」

　　「為什麼？他要學 Piyada 一樣，放東西在我們的冰箱？妳不讓他？」

　　「當然不是。恐怕他跟你們台灣男生一樣不下廚的，所以，才買餐券。」

「那，到底為了什麼事情？」

「他太太上次過來陪他，他室友很好，讓他太太小孩待一個禮拜，一個禮拜後，他太太就跟小孩回哥倫比亞了，妳知道他早上過來，看妳不在，我一個人待在房間，妳猜他跟我要求什麼？」

「不知道。」

「妳從這裡還猜不到嗎？」Anna 盯著徽杭死看，表情僵硬，徽杭也傻愣愣的望著 Anna，微微的搖搖頭......

「他要我跟他...... 發生...... 關係。妳不覺得很過份嗎？」

「我不懂...... 」

「沒錯，我也不懂。都已經有太太小孩了，還這樣不懂分寸。」

「我不懂的不是那個。我不懂的是，現在是早上，他早上來找妳跟他...... 發生...... 關係？為什麼...... 不是晚上？」

「......」Anna 瞅著徽杭，不可置信的從頭打量到尾看著她。

「那，以後妳見到他，不是會很尷尬嗎？」徽杭完全不理會 Anna 那種怪異的眼神。

「有什麼好尷尬，爛人一個，以後見面我頭一定抬得高高的，趾高氣昂，狠狠的瞪著他死看，讓他羞愧到極點。」

「我覺得他真的很不聰明，完全不先觀察一下妳的個性，妳是個保守端莊的人，他已經結婚了，還這樣跟妳亂提，也不想看看，如果妳也有意願，那，兩情相悅也罷了，但是，這機率比雷打到還低嘛！那，現在變成這樣，他不是連一個朋友也沒了？妳不是說他不太喜歡美國嗎？」

「對啊！就還是妳會察言觀色、思前顧後的！」

「是啊！所以我一開始的時候就跟妳說，我喜歡跟我們台灣男生在一起。熱心的幫你，不求任何回報，大家當好朋友，這樣有多好啊！」

「可是，徽杭，我好好奇。那些男生都這樣常常邀妳，常常幫妳這個、那個，他們從來沒跟妳要求什麼？」

「有啊！要求我幫他們剪頭髮。」

「妳會剪頭髮？」

「會啊！講到這個，我感恩節後，想要自己燙頭髮，妳要燙嗎？」

「妳要把這種直髮燙成捲的？」

「對啊！但是，我不要像妳這麼捲。」

「我這麼捲有什麼不好？」

「沒不好，只是，不想當妳的妹妹。」

「不過，徽杭，我真的好奇，妳那裡那麼多男生這樣幫妳，他們不可能沒需要的。」

「就跟妳說，他們需要我替他們剪頭髮啊！」

「我指別的事情的......」

徽杭嘆了口氣，她實在不想傷人，可是，不說又覺得會對不起那群一天到晚幫她的台灣男生......「唉！那種啊，Anna，我不認為他們會有需要。他們用功到極點，不會有那種心思。而且，他們都是很棒的人，絕對不會隨便跟女生亂發生關係。在我眼裡，如果他們跟女生發生關係，他們是要娶那些女生當太太。很抱歉，我知道這樣講，很不好，好像貶低了你們。不過，我不是很喜歡西方國家的人用西方的觀點來看我們。在我眼裡，台灣男生就是這麼好的人，這也是為什麼，不論談戀愛還是結婚，我一定要找我們自己的男生。」

「徽杭，我相信妳講的，只是，他們絕對不可能沒需要的......」

「然後呢？妳要我去問：『喔！學長，你對我這麼好，為什麼你不跟我發生關係？』或是，『你對我這麼好，你沒有需要嗎？』Anna，妳太無聊了。不是因為妳遇到 Jorge 這種爛人，妳就一竿子打翻一船人。純真的愛情，還是存在的。」

「在哪裡？」

「在語言裡。」

「在語言裡？」

「對啊！今天如果妳遇到一個很能聊得來的人，大家相處永遠都是笑嘻嘻的，彼此給彼此空間，遇到話題不對，就跳開，或者繼續辯論，有的甚至連辯論也可以開心，那才是最高段的，愛情當然是存在，我不相信今天妳先跟人發生關係，妳突然就愛上他，我甚至不相信一見鍾情這種鳥事。我相信人跟人之間，真正的愛情，來自於語言。」

「這是妳語言學裡學到的東西？」

「不是，語言學不是學這些。至少，目前都沒學到這麼有趣的。有兩科無聊到極點，我等一下還要花時間寫報告。妳不好的事情，聽來其實也還好，妳難過的原因是什麼？」

「唉！跟妳這樣說過，好像沒那麼難過了。只是，會覺得很難交到新朋友，好不容易，從在餐廳裡見到 Jorge，又正好是從哥倫比亞來的，就是妳說的自己人，講的都是西班牙文，真的好開心，沒想到最後變成這樣。」

「是啊！聽起來是很難過。如果是我，可能也跟妳想的一樣，少了一個好朋友吧！」

「不是少了一個。是少了唯一的一個。我班上沒有好朋友。」

「妳班上沒有好朋友？那妳宿舍裡沒有好朋友嗎？」徽杭一面講，眼珠子一面的死盯著 Anna 看，手還叉著腰。

「徽杭，妳太小了！妳看起來像個未成年的小女生，而且，妳很忙的！喔！第二件事，妳還有時間聽嗎？」

「沒有了！我沒時間。我哪裡有小？拜託，亞洲人一看就知道我幾歲，雖然不是成熟美艷型的，但絕對是二十二歲該有的樣子，好嗎？」

「哈哈哈！妳要不要自己去照照鏡子啊？妳如果去酒吧點酒，或去超市買酒，我跟妳百分之百保證，人家要看妳的 ID。」

「如果是這樣，也是你們眼睛有問題，哪裡是我的問題？好啦！妳的好事是？」

「那條粉紅色的哥倫比亞內褲……」

「妳不是說，不是妳的嗎？還是，是妳的，妳忘記了？」

「不是我的，但是……是我媽的！我跟我媽說多了一條粉紅色內褲，本來以為是妳的，沒想到妳反應真快，馬上就看到是哥倫比亞製造的。

我媽聽到之後哈哈大笑，她告訴我別小看亞洲人，他們頭腦可是很好的。」Anna 一講完，徽杭笑出來了。

「我不是取笑妳，這是我跟我媽媽會做的事。我們每次洗完衣服，常常互到對方的抽屜找回自己的內褲。不過，妳媽媽屁股未免也太小了吧！妳還嫌我的屁股小？唉！這件事，反而妳讓我心情不好了，突然又想家！自從我來美國後，內褲應該就不會放錯了吧！不知道我媽媽現在每次開抽屜，會不會想到女兒不在身邊了？」

「啊！結果我以為的好事，反倒變成妳的傷心事了！唉！不管是我媽的，還是妳的，絕對比內衣大盜送的要好吧！」Anna 講完後，給徽杭倒了一杯果汁：「對了，徽杭，上回不是提到我弟弟要來住這個房間，如果十一月二十二日那天可以嗎？然後，今年感恩節的第四個禮拜四是十一月二十四日，宿舍從二十三日就開始關閉，本來我是想留在宿舍，每天加個十六元。週六開放，宿舍就不另外收費了。但是，突然，非常想家，乾脆我弟弟二十二日從紐約市把車開過來給我，然後在宿舍過一晚，二十三日我們一起到 downtown 搭飛狗巴士回去紐約過感恩節。我週日才回來。妳的打算是怎樣？」

「喔！這樣啊！那我問看看好了。地方是一定能找到的。我可以二十二日那晚待同學那裡，然後二十三日回來，就每天十六元也還好吧！感恩節，要感恩啊！」

「我給妳添麻煩了吧？」

「完全不會，我等一下可以問我韓國同學，她家客廳夠大，問她二十二日介不介意收留我？」

第六十一章：初雪的邀約

　　週一不知為何徽杭一出門覺得天氣比較沒幾天前乾了，好像有些水氣，上完了語音學後，她在 Baldy Hall 二樓的長廊看到美恩，美恩立刻招手要徽杭拿便當過去。

　　「我問妳，妳感恩節要幹嘛？」美恩不等徽杭打開便當，立刻問。

　　「唸書。」

　　「我室友回紐約市了，妳要不要過來住她的房間？」

　　「妳室友也住紐約市？」

　　「對，是上班族，很忙，在 downtown 的銀行上班。她是美國公民，是華裔喔！但是不會講中文。感恩節她回家，我一個人悶得慌，想找個伴，就想到妳。要不要？妳們宿舍還要另外收費不是嗎？不要花這個錢啦！住我那，半毛錢都不跟妳收。」

　　「但是，妳室友有跟妳說可以讓我住嗎？我可以睡客廳喔！」

　　「當然啊！她主動提的，她說如果怕寂寞，可以找人去她房間睡個幾天。她週日回來。」

　　「聽起來很不錯嘛，正好，我二十二日沒地方住。我室友的弟弟要來，我把床讓出來。但是，我先想看看再回妳，好嗎？」

　　「好，如果我不在，留答錄機。」徽杭聽完後，連忙趕著要上句法學了，先跟美恩揮揮手。

　　句法學上到又是在樹林裡迷迷糊糊的繞來繞去，黑板上的理論寫得密密麻麻的，徽杭一面抄，一面在筆記本上畫圖，突然，教室外面的一大面窗，天空灑下銀色的雪花，雪花不是直接落地，而是隨著風吹的繞著，在天空裡盤旋來回，碰到更多的雪花，雪花跟雪花撞在一起，又彈起來，更多的雪花在風裡盤旋來去，像是天女散花。

　　徽杭看看 Melissa，Melissa 跟徽杭做個鬼臉，指著黑板，要她專心上課。徽杭不放棄：「這是雪嗎？」Melissa 這才恍然大悟，徽杭沒有看過雪。Melissa 露出美麗的貝齒，跟徽杭輕聲說：「對啊，下雪了。」徽杭第一次看到 Melissa 的牙齒這麼迷人這麼雪白，心裡對映著，原來，這就是下雪。下課後，Melissa 跟徽杭說，水牛城沒別的產物，就是雪下得特別多，她等一下可以在外面多走走，不過，Melissa 也好心提醒，現在還是場初雪，過一陣子開始積雪後，她就要有心理準備，街道會有多髒。

「幹嘛現在掃我的興？妳就不能讓我多多的看這場白雪嗎？」

「唉！不是不讓妳看。是怕妳看不到幾天，就會嚇得想要回台灣了。」

「為什麼？會很冷嗎？」

「跟中西部的芝加哥比，我直覺水牛城應該不會太冷吧！雪多很麻煩的。算了，妳慢慢體會吧！我自己也是第一次在水牛城過冬。」

徽杭立刻衝到電梯那裡，正巧遇到美恩。

「上完句法學了？要回宿舍嗎？」

「上完了，我要去在雪地上走一走。」

「那，我陪妳。我們聊聊天。」就這樣徽杭跟美恩兩人到了一樓，一推開 Baldy Hall 的大門，充沛濕冷的水氣伴隨著雪花往她們臉前撲來。徽杭張開大嘴，把雪花冰一片片吸到嘴巴裡。

「妳沒看過雪啊？」

「當然是沒有啊！我期待這場雪，期待很久了。從學校給我 I-20，我就開始期盼了。好棒的國家，會下雪。雪花真冰，好吃！美恩，妳喜歡下雪嗎？」

「說不出喜不喜歡，我沒像妳有這種瘋狂的行徑。這是什麼感覺？第一次見到雪？」

「妳是基督徒，這麼講，可以嗎？妳不要生氣。我覺得是在天堂的感覺。然後，我覺得上帝沒有很公平。祂把最好的東西，都給了這個國家。廣大的土地，漂亮的房子，巨大的湖泊，有錢的人民，連最好的四季，祂都這樣大方的給出去。所以這裡的人就見怪不怪，不像我覺得可以奢侈的看待這春夏秋冬。等我回台灣後，我再也不會擁有這種四季分

343

明的日子了。」

「天堂的感覺？沒想到才一場初雪，就讓妳這樣瘋言瘋語的亂講一通。那妳也可以常常上教堂啊！跟我一起禱告，祈求主聽到妳的聲音。」

「如果我很虔誠的禱告，神會聽到我的聲音嗎？突然我們的土地變大、變遼闊、房子也有樓梯可以爬上爬下、河流變得更多更寬廣、人民會變有錢、還能下雪嗎？」

「當然不是。也許妳就可以留在這裡啊！」

「不要，這裡不是台灣。我喜歡來這裡唸書、玩雪，可是，我也要像我室友一樣，可以天天打便宜的電話給我媽媽，聊很多快樂的事情。我也要像我室友一樣，感恩節前可以坐巴士就回去看看媽媽。我不要離開家裡那麼遠。」

「徽杭，妳才剛來，妳相不相信，過了一年，妳想法絕對會改變。妳會變得跟我一樣，開始習慣這裡的所有一切，妳會想盡任何辦法，留在這裡。」

徽杭默默聽著沒作聲，她突然想看看 425 公路沿途的雪景，安大略湖是否依然平靜靜謐，對岸的加拿大是不是也跟著下雪了……

徽杭漫無目的在校園裡，想把每個雪跡踩平，走著走著，到了 Computing Center，她一頭微濕的頭髮，才一進大樓裡，暖氣也幾乎烘乾了。徽杭興奮的把初雪的記憶寫下來告訴媽媽，這時她才想到第二封家書，她當時生病了，根本忘記告訴媽媽信已經收到了。

第二封家書的內容很瑣碎，媽媽只是交代家裡的瑣事，另外也碎唸她明明天天都能用 email 送信，為何那麼麻煩，還一直撒嬌要媽媽寫信。媽媽稱讚電腦送 email 實在太方便，她一方面趁機聽聽廣播英文的課程，也藉機學學英文寫作，覺得有個孩子在美國實在太好了。

徽杭趁著初雪的到來，再度跟媽媽撒嬌，告訴她自己還是不喜歡 email 的感覺，就是要收書信，她想看看媽媽的字體。她在猜，明天媽媽收到 email 一定是氣得埋怨為什麼會生出這種長不大的小孩，一直要黏著媽媽寫信寄信。徽杭想到媽媽那張生氣抱怨的臉，她不顧旁人，突然笑出來。美國人看到她，也對著她笑。真是和善的國家，換成在台灣，馬上是挨個白眼。

徽杭把 email 寄出後，才看到秀雅姐的 email 排在其他幾個不重要的 email 後面。Email 的主題是感恩節邀請，徽杭慢慢移著下鍵，按著 enter 把信打開。秀雅姐不只邀請徽杭，她還邀請好多人，徽杭算了一下，總共有十六個人收到邀請。真是厲害，秀雅姐竟然要做十七人份的感恩節大餐，徽杭立刻回覆說會去。

沒多久，徽杭把該刪除的 email 刪除，該閱讀該回覆的都處理好後，準備 logout（離開）前，竟然秀雅姐又寄來一封 email。她問徽杭，感恩節如果沒地方住，宿舍大家也都跑光，怕寂寞的話，要不要就到她那裡住。不知為什麼，才剛剛因為初雪的感動，徽杭的眼淚突然無法止住，劈哩啪啦的落在鍵盤上，徽杭連忙拿手遮住，一直到許久，那種激動還是無法平復。難以用言語的形容，正像她的眼淚潰堤不絕一般。

平靜之後，徽杭寫了封信給美恩，問美恩介不介意二十二日跟二十三日兩晚收留她，二十四日感恩節那天，她可以步行到安平家裡，因為安平那群電機系的熟面孔，連會長跟夫人都在秀雅姐的邀請名單內。徽杭又寫了封信給秀雅姐，問她介不介意二十四日收留她一晚，二十五日一早宿舍就回覆正常時間開門，住宿不另外收費了。她在系統打上 logout 之後，步出 Computing Center。此時雪卻停了，才來那麼個一下子，徽杭今天還是穿著那雙爛布鞋，一樣能行疾如飛，不知雪鞋何時才能派上用場，而美恩送的那兩雙，那就更不用說了。

第六十二章：感恩節前

十一月二十二日一早，Anna 迫不及待的穿梭在行李中，那種雀躍把徽杭也喚醒了，兩個人就決定一同整理行李，互相提醒對方需要帶的東西。徽杭想想上一次整理行李，是即將來美國的時候，那時她媽媽在旁邊，細心的替她打點所有的東西，還確定兩件行李箱都不超過三十二公斤。就這樣，連十人份的大寶電鍋都能安穩的裝在行李袋內。這一次整理行李，竟然是已經快到感恩節了，離這學期秋季班尾聲也漸漸近了。

整理好後，徽杭放下書包、行李箱還有一個散裝的布袋，她跟 Anna 緊緊抱住，說要去圖書館找一堆資料了，床鋪都整理好了，希望 Anna 跟弟弟能好好聚聚。Anna 謝謝徽杭，一直牽著她的手，問她需不需要幫忙拎這些東西到樓下，徽杭搖搖頭，她轉頭看看這間房間，沒錯，學長們說得對，這真是個舒適的小窩，透過窗外，草地上積了些小冰，徽杭等不到看到積厚雪的樣子了。今晚，要暫時跟小窩說聲 bye bye！下次再見面時，就是感恩節以後了。

徽杭把行李一堆上課用不著的東西，先窩在圖書館的小論文間裡。她坐在那裡靜靜的看書及聽 AWA 的錄音帶，只是，這次錄音帶不是上課錄下的錄音帶，是她剛從行李箱裡翻出來，出國前，媽媽怕她想家，把以前徽杭喜歡的幾卷音樂帶帶上。徽杭一面聽著台灣國中、高中時期的流行音樂，一面翻著教科書，寫著筆記，遠遠眺望的，是那座對稱的 Baird Point，佇立在湖畔旁，風稍微的吹起，便把地上的小雪吹的飄搖紛飛，徽杭盯著這一幕發呆......

越是接近感恩節，學生的心情越是浮動，大家上課更顯得輕鬆，尤其是語意學，原先美國人喜歡跟老師針峰相對的論談，更是加高級數，徽杭看看 Piyada 跟美恩，Piyada 眉頭一直緊皺著，美恩卻對這種美式風格習以為常，但是從來不見美恩發表意見。Edward 也很特別，雖然他是美國人，未必能完全認同那群同學的論點，很多時候，他也會形成第三意見，表示自己不同的看法。徽杭覺得很佩服，原來意見不是只有正、反兩面，而是有諸多可能。常常第三方勢力出來之後，整個場面更為熱鬧，整門課好像環繞在 Jennifer、Sue、Melissa、Edward 還有其他徽杭沒有聊過天的美國同學之間。

徽杭漸漸開始喜歡欣賞這種場面，這是最成功的教育，能夠表示自己的意見，卻能互相包容意見的不同，徽杭的英文不好，不是很能聽懂他們論點真正不同的地方在哪，但是，課後討論課跟 Edward、Piyada 及美恩一起，她就比較能知道大家的爭執論點在哪裡。Edward 笑笑說，他其實都未必能搞懂那些跟他不同意見的人，真正想表達什麼內容，但是徽杭相信，那種不懂跟徽杭的不懂，是兩種不一樣的不懂。徽杭相信這是語言裡最高的境界，總有一天，她要跨越語言的不懂，而飛到更高層次的不懂。

在討論課結束後，Piyada 很意外徽杭竟然二十二日就要暫離宿舍，更意外的是，美恩陪徽杭去圖書館的小論文間裡拿行李時，Piyada 似乎非常吃味。美恩不知是沒搞懂還是裝不懂，跟 Piyada 揮揮手，就跟徽杭一起拎行李走了。徽杭自始自終，頭都低低的，她知道這就是女生的小心眼。一開始，明明是美恩跟 Piyada 修中階語言學課程，兩人是有話聊的，但是，自從 potluck 之後，美恩只要見到了徽杭，兩人變得像他鄉遇故知，說不完的話題能聊，連這次宿舍短暫關閉，徽杭要借住美恩家，Piyada 都沒被知會，她一定覺得很不開心。可是，是美恩邀她的，她也真的喜歡美恩，更想體驗一下 townhouse 的生活，她自然不可能去拉 Piyada。

美恩帶徽杭去超市買菜，兩人東逛西逛，非常快樂，連經過廚房專區，美恩都會介紹那些醬料大概要怎麼用。美恩後來走到牛肉肉品區，只見她不是拿已經包裝好的肉品，而是直接到肉品專櫃區，跟櫃檯人員說要多少磅的肉品，請對方秤重用紙袋包裝好。徽杭覺得美恩的英文用詞好得沒話說，這還是第一次聽到她會這麼多美式用語。更厲害的是，美恩跟對方要求磅的數字，不是一磅、兩磅，都是一又三分之一磅，二又四分之三磅，美恩是她看過英文最溜，用詞最活的亞洲人了。算帳的時候，徽杭也震驚了，一直以為美恩是不在乎錢的人，沒想到，她從黑色公事包內拿出一疊 coupon，價錢從原本的四十幾塊掉到二十六塊多。

「問妳，為什麼買肉類，你不直接拿那些已經包膜封裝好的？還要刻意到專區櫃檯跟人員買？」

「沒為什麼啊！我就是喜歡買足夠的磅數，那些封裝好的未必有我要的。買東西，我還是喜歡當面面對面的問人。」

「那，再問妳，妳不是不缺錢，還收集那些 coupon 幹嘛？而且，價錢怎麼差那麼多，原本四十幾塊硬是便宜了那麼多。」

「我說錢跟時間都是好東西，我哪有說我不缺錢？來美國不用 coupon，那是白來了！」

晚餐美恩做了烤牛小排 (bulgogi)、海鮮餅、炸青椒、辣炒花枝，幾盤小菜像是辣黃豆牙、泡菜、辣蘿蔔，韓式馬鈴薯辣排骨湯，徽杭吃了兩碗白飯，這次烤牛肉，美恩還準備了生菜葉，她教徽杭如何拿適量的烤肉放在生菜葉上，折個幾道，放入口中。徽杭原先無法接受生菜這樣不炒過的料理方式，但是試了一口，瘋狂的愛上了。美恩做的幾道菜，放的調味辛料，絕對不會比上回在韓國餐廳點的東西差。徽杭這一頓吃了兩個半小時，水果是哈密瓜，像是蜜糖包起的香氣，飄滿整個客廳，美恩暖氣開得非常強，客廳、廚房各放了一個一直噴煙霧的機器，整個房間不會因為暖氣而感到乾燥。

「美恩，這個煙霧器是做什麼用的？」

「這台灣沒有嗎？你們冬天不需要嗎？」

「講實話，我現在已經不能斷定台灣什麼有什麼沒有了，因為我不是住台北。我看妳有的東西，台北人或許有。就像之前我跟一位台灣學長聊我從來沒吃過日本料理，他卻常有機會吃。我是個土包子。」

「喔！這樣啊，如果天氣乾的話，一定要這種 humidifier，加濕氣，它會一直噴水氣，確保房間的濕度足夠。妳知道，人類最舒適的濕度是六十度，太多太少都對身體不好。等冬天來的時候，妳也應該買一個。」

徽杭伸伸舌頭：「又要花錢，算了。」

「啊！或許，妳不用買。我去儲藏室找看看，之前有個舊的，比較小型，我等一下翻看看，如果妳要，就給妳。」

「我要，妳的東西，如果要丟掉之前，能不能都讓我看看？」

「可以啊！我一天到晚丟東西。妳如果不介意拿，我以後都會告訴妳。」

美恩跟徽杭一面在廚房洗像山堆一樣高的碗盤，一面天南地北的聊著。

「美恩，我想問妳，每次飯前，妳這樣禱告，我沒信教，妳會不會覺得很怪？」

「不會啦！美國是宗教自由的國家，妳沒趁我禱告，偷吃花枝，我就偷笑了。妳這麼愛花枝啊！比牛小排還愛。」

「我最愛花枝。」

「真的？那妳牙齒一定好。愛吃花枝的人，牙齒都很好。以後我多變點花樣。」

「美恩，還有，妳的英文為什麼這麼好？我發現妳能像美國人一樣細細閱讀英文報紙、甚至剛才飯前妳開著新聞，一面聽一面做飯，妳都不看字幕，我看我們電機學長，都從圖書館去借用一台免費的字幕機，專門給聾啞人士用的。」

「我學英文從來不是來自於書本耶！我覺得最好的學英文管道是看電視，尤其，看影集。最近，我每個禮拜必看的一個影集，是今年才開播的，講六個好朋友的住宿故事。超級爆笑。我以前在夏威夷的時候也依賴過字幕機，那時我就愛天天看電視，美國影集真好看，世界第一，編劇第一，演員第一。一年後，字幕機有天壞掉了，我根本沒發現，我韓國室友正巧回韓國過暑假，開學前回來跟我抱怨字幕機壞了，問題是我暑假整整兩個多月看電視，什麼時候壞掉，完全沒感覺。」

「好羨慕喔！妳怎麼那麼厲害？」

「妳如果是看生活篇的影集，像我剛說的那部，其實所有的對話都在那裡啊！妳慢慢的就會吸收進去，很多人一直依賴字幕機，到最後，變成把輔助的字幕，當成主要的接收器具，最後，變成妳是看字幕，而不是看電視。」

「哇！我從來沒想過這種問題。在台灣，我們的電視節目，即使是中文節目，也一定會打字幕，除了新聞以外，所以，很多外國朋友會抱怨中文的新聞聽不懂。」

「喔！那妳能按遙控器取消字幕嗎？」

「不能吧！我沒印象有人提過這一類的問題。」

「那，你們有那麼多的聾啞人士啊？為什麼會要打字幕呢？」

「啊！我們的字幕不是為了聾啞人士的，那裡這一塊做得很差。我們有字幕是因為有些節目是台語，像是歌仔戲、布袋戲，這些如果聽不懂，打個字幕就能吸引人了，另外，有些可能只會講台語、日語的老一代長輩，聽不懂中文，可能有個字幕方便他們吧！不過，這麼一講，那些老一代的人，應該也不懂國字吧？妳倒是提個好問題啊！從我有印象以來，我不記得看過哪齣劇是沒字幕的。新聞是唯一沒有字幕的。其實這些詳細原因我也不清楚，都是我亂掰的。結論是，我們看電視都是要依賴字幕的。」徽杭說說停停，她突然發現，在台灣生活那麼久，卻不知道為何幾乎所有節目都是打上字幕的。

「喔！那我跟妳說，如果妳跟美國人聊天，他們不會有辦法接受有字幕的東西，所以，外來電影、影集，這些他們接受度很低。妳看看，到現在他們電影都是好萊塢當道，外來的電影很難打入他們的市場。」

「有趣啊！但是，他們的電影、影集進到台灣，大家就見怪不怪，即便還是講英文，只要有字幕，劇情精彩，大家都能接受。不過，有些很誇張，明明是英文，還改用中文配音，超級不喜歡的。」

「妳說雖然台灣跟韓國這麼近，我從跟妳聊天的感覺，我覺得我們兩邊還是很多地方不太一樣。喔！講到這個，我房間有張大地圖，很有趣。跟我上二樓來。」

徽杭到了美恩房間，美恩笑嘻嘻的指著她書桌邊貼在牆上的地圖：「妳看這個地圖有不有趣？」

徽杭仔細端倪了一番，看看美恩：「這有什麼好看的。不過就是張古地圖嘛！台灣也在裡面啊！」

「有台灣嗎？喔，妳不說，我還沒注意耶！但是，有台灣有什麼稀奇的，你們跟中國大陸畢竟都講中文，都是漢族，重點是，我們整個朝鮮半島也被畫在地圖裡面耶！」

徽杭心虛了，她不只是語言學基礎沒打好，從以前到現在，背書一流，地理、歷史考完試以後，就全部交還給老師了。朝鮮不是曾是中國的藩屬國嗎？這畫在裡面，不也是正常嗎？而且還是張古地圖。「這很意外嗎？以前歷史，我怎麼記得朝鮮人都是從中國大陸移過去的。」

「妳、說、什、麼？把剛吃的東西吐出來還我！妳歷史學什麼啊！是我們朝鮮人移過去，才有你們中國人的。」

美恩一說完，徽杭捧腹大笑：「所以，妳的意思是，你們朝鮮人是中國人的祖先？」

「當然是啊！很多東西都是我們發明，流傳到中國的。」

「最好是啦！這還是我第一次聽說。好好笑喔！那，我再問妳，妳不要生氣。妳信的主，也是最先從韓國發難的嗎？」

「喔！妳真是大不敬。我們都是主的子民，整個宇宙世界，都是由偉大的主塑造的。我們是屬於祂的臣僕。」

徽杭看到美恩信仰的真誠，連忙說：「美恩，我跟妳道歉。謝謝主透過妳提供這豐富的一餐。感謝主，讚美主。我現在就算把妳豐盛的美食吐出來還給妳，看妳敢不敢要？」

美恩先看徽杭正式的鞠躬道歉，還覺得有幾分真心，待一聽到後面越發的不像話，她拿著枕頭猛往徽杭身上打，徽杭也不甘示弱，連忙拿另一個枕頭應付著。兩人把棉絮打得往天花板高飛，棉絮順著兩人空中舞動的風流在高處紛飛盤旋，一頭亂髮的兩人，互看對方，再看看緩緩降落的棉絮，徽杭突然看到棉絮飛到了窗外去，她連忙趕到窗邊，窗戶是鎖緊的，美恩立刻開啟窗戶，原來窗外早飄著細雪，屋內積了一層棉絮，屋外正下著綿綿細雪，地上積了薄薄的一層。美恩的房間面對著後院，是廣大一片的荒蕪樹林，葉子早已全枯萎，換來的是薄薄的雪花，徽杭想起不知是誰的句子，忽如一夜春風來，千數萬樹梨花開，此時貼在樹枝上頭，都是雪花片片了。兩人突然無聲，靜靜的看著窗外這處美景……

「徽杭，其實，不管中國人是從韓國來的，還是韓國人是從中國來的，都不重要了，能夠活在當下，逍遙自在的欣賞這安靜的雪景，那是最幸福的。」

「美恩，沒錯，我們五百年前是一家！」

「沒錯，我們樓下泡杯玄米茶，妳不是想要問我，要寫什麼語意學的題目嗎？我們下去客廳聊。我要看一下那天錄好的美國影集。」

「還是那部六個朋友的故事嗎？」

「沒錯，一起去看。我會開字幕機給妳。」

十一月二十三日清晨一早，徽杭醒來時，看看房間四周，昨天電視看得太晚，語意學的期末題目還是沒找到，徽杭坐在床上發呆，環顧著美恩室友的房間。雖說是華裔女生，但是房間的擺設佈置，根本是美國人的房間，看不出任何有華裔的背景。能夠跟美恩住這裡真是幸福，這麼大的房間，這麼有趣的美恩，兩人能天天拌嘴，真的好快樂。

今天沒有巨響鬧鐘的陪伴，昨晚睡覺耳朵也沒聽到滴答滴答聲音催眠，徽杭一看看美恩室友的鬧鐘，已經 7:30 了。徽杭急忙的沖澡、盥洗一番，到樓下時，美恩就在餐桌那看著報紙，看到徽杭下樓，笑嘻嘻的說：「早安，睡得飽嗎？早餐是吃 Omelet（西式蛋餅），咖啡妳要加入 Vanilla 香草口味還是牛奶，要糖嗎？水果有昨天妳愛的哈密瓜，今天還有奇異果。多吃一點喔！」

「那麼豐富啊！妳該不會每天這樣吃？」

「當然沒有。平常也跟妳一樣，早上洗澡洗頭盥洗一番後，花個三十分鐘上妝，妳不化妝，省下三十分鐘睡美容覺，也是不錯啦！然後，我就去外面熱車，冬天要熱比較久一點，讓車子慢慢熱，我就進來房間泡杯咖啡，拿個生菜火腿三明治。早餐就這杯咖啡，中餐是三明治，帶兩個柳丁。這樣就很好了。是因為五百年前的家族成員來訪，我才一早起個大早，做這一頓的。」

「美恩，妳對我好好喔！來這裡，有吃又有住。我沒錢，我什麼都不能給妳。慚愧了！」

「我要妳的錢來幹嘛？人跟人之間，談話對得上，日子過得有趣精彩最重要。妳就算有錢，個性跟我合不來，我也不會想要一起玩樂啊！倒是，妳真不夠朋友，就只待兩晚。也不陪我過個感恩夜，竟然去找你們台灣朋友啊！」

「不要啦！美恩，我跟妳想得不一樣。人跟人之間，正因為相處得來，就更要珍惜，畢竟越來越熟，我怕哪天會有摩擦，一翻臉，重話一說，以後再也沒辦法當好朋友了。所以，講實話，我不喜歡太膩著人，我希望人跟人之間保持著距離。如果我室友弟弟原先沒有要二十二日用我房間一晚，我其實是想要每天花個十六元留在宿舍裡的。但是，正巧我室友弟弟來了，我也是要收拾行李搬出來一天，那與其都搬了，就乾脆出來。我除了過中國舊曆年，我對其他假期沒有太多感覺，但是，因為妳跟我台灣學姐都邀約，我希望兩場盛宴都能趕上，以後，回去台灣是個很美麗的回憶。那麼，妳感恩節怎麼過？還是，想加入我們的嗎？我可以打電話問問學姐。」

「不用，我是看人的。不熟的人，我不會貿然跳進圈圈裡。妳早跟我說只待兩晚，我們韓國鄰居有邀我。如果妳在，我就會帶妳去了，妳不在，我就參加她的。就在隔壁啊！他們也是 townhouse，但是有三個房間。我跟妳說，不好，第三個房間好小，還是我的比較好。」

「講到妳的，妳這種 townhouse，會比公寓貴上很多，對吧？」

「照理說月租貴接近一百元，但是，我室友是美國公民，這是她承租的，原先她也有室友，後來搬走，我就頂進來了。我們這個更便宜。不過，如果以後她搬走了，我就不能用她的人頭，變成我一定要去管理室重新簽約，那就比較貴一點。但是，再過幾年後，管理室那裡會把非美國籍的居民房租調高成市場價錢，這已經傳好一陣子了。到時候，這裡可能就沒有那麼吃香了。不過，也對啊！我們沒在美國繳交半點稅，還能享受他們公民的福利，是有點不好意思。」

「我住宿舍的小空間，來跟妳這裡比，實在是天差地遠，當時台灣學長一直要我搬出來，不要住宿，可能也是有道理在。」

「不住宿？妳不會開車，英文也不流利，這裡是要排隊申請，通常要排三個月到六個月不等，那請問妳沒申請到之前，要住哪裡？所以，剛來，當然是要住宿舍啊！」

「蛤？那個時候不認識妳。如果認識的話，我就不會那麼煩惱了！那個時候，光住宿的事情，妳都不知道我心裡翻轉好多次，最後才下定決心，死不改變。」

「徽杭，這就是我跟妳說的，為什麼我要留在美國，呼吸自由的空氣。這個國家其實呼吸空氣也是要錢的，是個很貴的國家，這妳以後慢慢就會發現，工作之後，亞洲相形之下，反而容易存錢。但是，亞洲的生活壓力大到會悶死，光是周遭親友的那種緊迫盯人的關注、碎唸，硬要用他們過來人的經驗，強壓在妳頭上，妳不聽就會被視為忤逆，累死了。美國不是，這裡大家基本的互相尊重是一定的，妳說種族歧視，哪裡沒有呢？不只種族吧，工作階級、性別、年齡在亞洲很多時候也是有歧視，只是大家見怪不怪了。這些，以後妳肉眼慢慢觀察，妳就會知道我不想回去的原因了！徽杭，自由的空氣，有多麼香甜，妳不要輕易的放棄了。」

二十三日大家上課也跟徽杭一樣，姍姍來遲，徽杭遲到了十分鐘進教室，她不敢坐前面，照常把錄音機打開，語音學老師口若懸河的在黑板上分析一堆聲紋波長搭配著聲紋圖，從圖形中去辨認母音之間細微的差異。這是徽杭最愛的主題之一，很快的徽杭就跟上那些圖形，專心的記著筆記。

下課後，徽杭到 Piyada 那裡，把前面失去的十分鐘作業補了回來，

Piyada 讓徽杭坐著慢慢抄寫時，老師突然走過來，問問她們兩位感恩節有沒有地方可待？她的公婆從喬治亞州過來拜訪。徽杭連忙說她有安排活動，謝謝老師的邀約，祝老師感恩節快樂。Piyada 看到徽杭這麼說，也跟著附和。

等老師離開後，Piyada 看著徽杭，不滿的說：「徽杭，有的時候，妳真的有點討厭，妳知不知道？答話那麼快，妳就不能等我先發言嗎？你們台灣人多勢眾，妳哪裡都有地方待，連美恩都邀請妳去住她那裡。我又沒有地方能去。妳答話這麼快。如果老師問，是我先回答，我說要去，那妳再說有約不行嗎？妳現在就立刻回絕，那我如果想去赴約，我怎麼去啊？你們每個人都有安排，都不管別人的。」

徽杭抄完幾個句子，看看 Piyada，連忙說：「Piyada，對不起，這是我的疏忽。我沒為妳想。只是一開始老師來問，我嚇到了，想說拒絕。我真的忘記妳的感受了。妳要花錢待宿舍嗎？」

「那當然是這樣啊！我覺得有時候很不受尊重。唉！算了，妳有時候真的很沒大腦。算了，想想，講真的，就算老師邀我，我也沒車，她那裡那麼遠，我也沒腳去，總不能老師邀了，我還請老師專程來載我，她公婆來一趟，她一定是忙死的。算了，我就留在宿舍吃泡麵，打發時間吧！」Piyada 講完，徽杭跟她說感恩節快樂，Piyada 苦笑的點點頭。

下一堂課是句法學。外頭又開始飄起雪花，徽杭迷路在黑板上的樹枝狀圖中，心裡卻跟著外頭的雪花飄散去了，她想起 Piyada 的那番話，做人真的不容易啊！一人出門在外，徽杭要學習的做人處事，還真是千變萬化的複雜……好不容易上完了句法學，美恩早已在教室外頭等她了。美恩問徽杭，想不想開車去兜兜風。

「外面下小雪，還兜風？去哪裡？」

「425 公路。那是我們的秘密路徑，妳忘了嗎？去看看安大略湖的雪景……」

美恩才一講完，徽杭立刻往電梯衝：「誰先到電梯，誰今天請客吃飯。」

　　她回頭看看美恩，美恩瞇著眼笑著說：「我當然慢慢走，讓妳請。妳要請什麼？」

　　「妳喜歡越南菜嗎？」

　　「喜歡。我喜歡他們湯湯水水的河粉。我們先吃中餐，再去 425 公路。」

　　「可是，我不知道在那裡，我只知道在北校區跟南校區中間耶！」

　　「嘖、嘖、嘖，看看妳，不會開車，也要開始看路、記路。我知道妳說哪家，我跟我們韓國同學吃過。好吃，就去那家。」

　　美恩客氣的讓徽杭先點，徽杭這次把想點的叫齊，春捲、西米露、還有大碗的牛河粉，美恩也跟徽杭點的一樣，兩人大快朵頤一番，買單時，美恩跟徽杭說小費由她來出。

　　「不要啦，就說要請妳了，全部我出啦！」徽杭一手把美恩的錢丟回去她的手提黑包內。

　　「徽杭，不要這樣，今天也花妳不少錢了。我替妳出小費，等妳拿到中文助教，妳請我去韓國店吃烤肉。」

　　徽杭聽到了，苦笑了一下，跟她說：「唉！那慢慢等吧！不知道幾百年以後的事情。如果沒拿到，我就要回台灣了。」

　　「那，以後我週日去教堂時，會記得每次替妳禱告的。」

　　徽杭走向美恩高檔的 Akyra 車子，回頭一笑：「好啊！看看妳的主會不會聽到一個非教徒的聲音。」

　　整條 62 公路上，沒有太多車子，尤其是經過了 Robinson 之後，乾枯的樹林覆蓋滿滿的薄雪，有些枯枝上還有些冰雹。再度經過了火車模型店，那條廢棄的火車鐵軌很快出現，425 公路就在眼前，美恩立刻右轉，大叫著：「425 公路，我們又來了！」

　　車子內除了美恩喜歡的那首鋼琴樂曲 C'est beaucoup mieux comme ca，其他一片寂靜，連車子的引擎聲音也聽不到。徽杭看著荒原中錯落交置的獨棟小屋，隨著車子，一座座忽遠忽近，有些小屋徽杭想多看幾眼，回頭只見漸行漸遠的小點。而在這偌大的時空裡，小雪仍是默默的忽聚忽散，飄搖盈盈，往車窗飛撲過來，美恩的車子就這樣穿越荒原、小鎮、廢棄工廠，往著更寥無人煙的荒地、蕭條沒落的小鎮、高高低低的小丘陵開去，穿過了 Wilson 就直直的停在安大略湖前端，此時涼亭已經完全被薄雪給覆蓋住，原來的木頭像換了一層銀白漆一樣，雪量慢慢積多時，會緩緩的下滑，新下的雪堆會輕柔的推著原有覆蓋的雪花，無聲無息的墜落在雪堆裡，地上已經開始積雪了，不到五公分，美恩跟徽杭看著安大略湖，像是聚寶盆般的吸引著所有的雪花片片，彷彿這場雪是為了安大略湖而落的，對岸的加拿大已經完全隱藏在雪裡、湖裡，藏匿著不見任何蹤跡......

　　晚上由徽杭下廚，她能做的只會那幾樣，燙個青菜、煎個蛋、炸個魚排，配著美恩昨晚的剩菜。晚上兩人決定討論語意學的期末報告。美恩笑笑說：「徽杭，妳知道語意學最有趣的地方在哪裡？」徽杭一聽到有趣這個字，立刻假裝打盹，裝出睡著的豬吼聲。

　　「共通性。語言當然是每個種族一定有特有的現象。但是，只要是人類，基本的方式，擺脫文化差異，一定有共通性的。就拿人類的大腦來說，進步的科技越來越多，以前沒有 email 時，大家只靠書信往來，我們出生在最棒的年代，1994 年開始 email 越來越普及了，傳統的文字敘述慢慢簡化，所以，未來會有更多新詞慢慢展開而來。但是，人腦不是電腦，電腦或許能一直更新，換更大的記憶容量，但是人腦的記憶一定有限，那，妳想看看，人腦如何應付這些新詞呢？」

　　徽杭發怔的看著美恩，她聽得懂美恩每個字，但是，內容一句也聽不懂。美恩看著徽杭瞅著她：「我知道，徽杭，妳不懂。有限的人腦，儲存字彙，有一定的容量，妳可以從這裡想看看，你們中文裡面，一定有這種奧妙之處，這就是語意學。妳找到了路徑，妳就找到了語意學的題目。不過，當然，我清楚知道，妳的人，在這裡，妳的心，還留在 425 公路。但是，妳不要忘記，有 425 公路這條路徑，才能帶我們走到妳迷戀的安大略湖那一處小景......」

　　徽杭聽完後，抿抿嘴笑了，好深奧的哲學啊！記得美恩以前常說，學語言學是研究她的 philosophy，學英語教學，是研究她的 pedagogy......
這一路走來，她還是沒改變她的說法啊！

第六十三章：剪髮記

　　二十四日感恩節的早上，徽杭一早又收拾行李、打包裝箱，她把行李提下樓時，美恩哀怨的看著她：「真的，不留下來嗎？」

　　「非常想留，但，很怕如果到時突然話講錯，兩人會打起來。」

　　「哈！徽杭，為什麼妳想法永遠那麼負面？妳為什麼會怕兩人相處的磨合呢？妳不相信磨合會使彼此更好？關係互動更健康？會更透明的不隱瞞想法？妳為什麼那麼怕人跟人之間的互動呢？」

　　「那是妳心臟夠強，好嗎？我沒跟妳說，那天其實語音學結束時，老師竟然前來關心我們國際學生，是否感恩節有地方去。我心直口快的拒絕，Piyada 有多難過，她竟然想去老師家。我是很怕人跟人之間的衝突。這兩天，妳已經給我很多寶貴的人生哲學課了！」

　　「妳跟學長約幾點，我載妳去，外面飄雪了。」

　　「學長說他們都在，只要我這裡好，隨時都可以過去。他們就在第一排，我可以走路去。」

　　「不用啦，我載妳去，我這是最後一排，妳會走死！還要拎一堆東西。」

　　「美恩，謝啦！這兩天，我過得很特別。第一次語言學的科目沒怎麼讀，等今天感恩節過完了，我要努力用功了。」

　　「唉！徽杭，不要一直想功課。放假，就是要休息。人腦偶爾也要暫時關機一下，不能老是塞著語言學的。」

　　明明只是從社區的最後一排步行不到十分鐘就能到社區的第一排，美恩堅持要熱車載徽杭去，這樣其實花的時間比步行還久，車子開到第一排後，美恩跟徽杭說她會在車子裡等一下子，確定徽杭的台灣朋友在家，她才會離開。徽杭抵達公寓前，一看到好久不見安平的 WV 車跟品哲五百元的破爛車，停在停車場前，她就下車，堅持要目送美恩離開。美恩看到徽杭指著那兩台車，也像放心了一樣，兩人互道感恩節快樂，就各自離開了。

正在徽杭準備敲安平家的門時，聽到隔壁也是台灣學生的口音，是年輕的夫妻還是同居的男女朋友？正在起衝突，爭執不休，雙方彼此互不相讓，徽杭不忍繼續聽下去，輕輕拿起安平家的鐵環，柔柔的敲著，沒多久，品哲立刻開門，徽杭一看品哲的額頭綁個沖天炮，忍不住的笑出來。

「學長，對不起，我忘記帶……」不等徽杭講完，品哲立刻就說：「啊！我等這一天等很久了耶！」

「等我講完嘛！我忘記帶剪頭髮那種專用的圍巾了。」

「喔！那好辦，我脖子上套個報紙，沒問題的。不過妳先休息一下吧！功課跟韓國同學討論如何了？」

「妳覺得我一個劉姥姥，能窩在人家那種 townhouse 的家，我會好好讀書嗎？當然是沒有討論出什麼東西啊！倒是，學長，美國的影集好好看喔！你們家平常也看影集嗎？」

「我們有第四台，但是頻道很少。我跟安平都不愛看電視，拜託，平常窩在實驗室就忙不完了，還要看電視？」

「也對，安平呢？」徽杭一進來，先把行李、包包放在客廳角落，連忙頭探探的四處張望。

「他啊，最近迷上電動玩具，三國演義。在他房間裡。」

「電動玩具？我去看看他玩什麼。」

徽杭在門外，安平房門半掩，徽杭輕輕敲敲門：「學長，我可以進來嗎？」安平沒回話，品哲揮揮手，示意她進去沒問題。難怪安平會玩得那麼專心，這哪是徽杭心裡想的那種古老牌拿在手上的電動玩具？在電腦螢幕上出現俊俏的中國古裝人物，頭帶盔甲，手拿盾牌，安平正在招兵買馬，眉頭深鎖，突然螢幕上飄來一位古典美人，徽杭突然大叫：「學長，好有趣喔！古裝的女生好漂亮喔！她是這個男的誰？」

安平氣得叫得更大聲，「唉呦！煩死了，女生都一個樣。每次都是在這種關鍵時間，出來那麼一晃，一下子要相公買什麼，一下子謝謝相公給的什麼，這個時候，只要隨便送她一個什麼玉佩髮飾，就能打發走。冰箱有冰淇淋，找品哲問甜筒餅乾，自己去挖，愛吃幾球，挖幾球啦！不要來這裡煩我！」

徽杭識相的喔了一聲，就這麼被打發出去，品哲在門旁邊挖苦的，手指在她面前點三下。

「你故意的，讓我被嫌。」

「哈！想說妳那麼愛問問題，一定會被他轟出來。來吃冰淇淋吧！」

「你要嗎？我也替你挖。你們還特別去買甜筒餅乾？」

「對啊！在冰箱上面。我要兩球，兩球都要巧克力。」

「奢侈，冰箱那麼大，竟然擺了四盒冰淇淋。那我看看，我要一球香草，一球巧克力的。喔！我跟你借個杯子，裡頭裝水。啊，太好了，我看到你們有挖冰淇淋勺子。」品哲在徽杭旁，看徽杭熟練的挖著冰淇淋。

「學妹，厲害，為什麼妳第二瓢挖這麼順，我每次挖到最後都很生氣，都沾黏起來，越挖越小球。妳每個球為什麼都這麼平均，而且，好圓喔！」

「你觀察力真強。我打工學的！你挖完一球，一定要用勺子在有水的杯子裡轉一轉，再挖第二球。冰淇淋越新鮮，越好挖。你們真闊啊，冰淇淋一下子買四種口味的。」

「哈！最近超市，買一送一啊！用 coupon 的。屋外下雪，屋內穿短袖，吃冰淇淋，這才是美國人的生活啊！不過，學妹，我是從至威那裡聽說妳以前做過很多工作，妳還在冰淇淋店打工過？」

「是漢堡店，家族經營的。偶爾有人會買冰淇淋，跟你說，很不新鮮，挖到手都要斷掉了！你家的新鮮，我那時沒印象有挖到這麼新鮮的冰淇淋。喔！你覺得要給安平挖兩球帶過去嗎？」

「妳被嫌得還不夠嗎？冰淇淋是他買的，盡量吃。哈！」

「不了，美國東西好甜！不喜歡，還是喜歡台灣的刨冰、雪捲冰，美味！吃完後，來剪頭髮吧！你喜歡什麼樣的頭髮，短就可以嗎？」

「我看一下，妳帶的是剪刀，唉！我還真巴不得妳替我剃光呢！」

「剃光？我沒那種本事。學長，只要你需要，我都會替你剪，你如果需要剪，都不要客氣，我可以安排時間過來。」

就在徽杭替品哲剪得差不多時，安平出來喝杯茶，看到品哲的頭，立刻說：「學妹，等一下換我。」

徽杭看看他，瞪個白眼：「去玩你的三國演義，別來煩我！」

品哲這時把報紙撕下，地下掉下更多頭髮。「學長，不要動，我拿刷子替你刷刷，頸子沾到了！」徽杭隨即拿一個粉紅色刷子，在品哲耳後、頸後輕輕掃了幾下。

「學妹，好癢喔！我不要！妳還特別帶這麼可愛的刷子。粉紅色？跟妳的羽毛衣一樣顏色。妳真的很愛粉紅色耶！」

「不是，這不是我帶的。我韓國同學給我一堆化妝品，這個刷毛，本來是要刷蜜粉的。我又不化妝，想說你們男生頭髮短，臉上一定會沾一堆......」

「不用，我不需要那種刷毛，我要去洗頭洗澡了。那比較快。」

「好啦！下一位，安平。你確定要剪嗎？你可以弄得像三國演義一樣，綁個古裝頭，造型也很特別啊！」

「不要。男生留長頭髮不好看。我有自知之明。前年我們是新生，幾乎是同班飛機來美國，去年暑假，三個好友一起回台灣度假，一到機場，我們媽媽看到我們，有的認不出來，有的嚇到叫出來。」

「你們造型很奇特，對不對？」

「是頭髮。我留長到肩膀，就綁起來，像末代皇帝裡頭的人一樣，結個辮子。還有一個是有點自然捲，短的時候很有型，一長起來，像一團爆米花頭。另外一個，禿頭，頭髮不長，猛長鬍子。在機場，我們就這三人行，我媽一看到，還挖苦我們，說送我們來美國讀博士，結果我們組樂團去了！」

就這樣在跟安平天南地北的閒聊中，頭髮剪得更順利，安平還特別把房間的穿衣鏡拿出來，左右端詳了一番，有些地方不滿意，要徽杭修正，之後，才開心的去洗頭。徽杭這時正想問打掃工具在哪時，品哲從儲藏室拿出來了，連忙說：「徽杭，不用，我來掃就好。」

「學長，你家有吸塵器嗎？我來處理啦！我要先吸，有些細毛不可能掃的乾淨，要先用吸塵器，之後再掃，然後，我替你們拖個地好了。」

徽杭一面快速整理，拖地的時候，品哲突然想起來：「徽杭，妳還沒說紐約去不去哩？」

「對喔！應該是去啦！我沒別的地方去，而且，與其寒假住宿另外收費，那既然有其他地方可以玩，我看還是跟好了。那，你有替我打聽你們系上的女生，她願意我短租她家嗎？」

「當然願意啊！她還怕妳會要住宿哩！她原先沒想到可以把她的房子租給妳，以為就空著，畢竟寒假短。一聽到妳有意願要短租，高興極了。」

「可是，那她室友呢？不會有意見吧！」

「她室友沒意見。妳知道，她室友個性比較像美國人。連晚餐都是青菜沙拉，我們都嘖嘖稱奇，覺得怎麼可能有人會喜歡那樣吃。她室友是學幼教的，現在已經在工作了。喔！我們把妳擺那裡也是有原因的。跟妳說，大美人一個，以前是台航空姐。妳又沒開車，他們住在離我們這裡很近，另外的社區，如果我們去載妳，順便多多看她幾眼。」

「真的？我喜歡空姐。」

「誰不喜歡啊！不過，妳不要跟她問太多我們這裡電機系的事情。我們班上一位帥哥，以前跟她交往過，半年之後就分手了。」

「蠻意外的嘛，通常美國兩個人在這麼寂寞的環境，分手的機率不大，這裡啊！難捨難分。」

「同意啊！男的在台灣有女朋友，那個女朋友也是台航空姐，現在還在飛啊！兩個女生原先是好朋友，台灣的叫我們這位同學幫忙照顧一下，結果，照顧到有感情了。美國這位一直要求男的做出決定，男的不願意，後來女的找到工作後，就主動離去了。」

「學長，女的有綠卡嗎？為什麼這麼厲害能找到工作？」

「她做幼教，現在是拿 H-1 工作簽證。錢給很少，這個工作是她指導教授推薦的，不過，她說累積個經驗，之後想搬去加州。她很俏皮，差不多 165 公分左右，打扮得很時髦，每次上課、下課都有一堆美國爸爸去偷看她，有一次她穿了一條黑色左邊裂開裂到大腿上面的裙子，那天一堆美國爸爸眼睛不是盯著他們自己小孩看，小孩都快忘記接回家了。」

「學長，那是開叉裙，不是裂開啦！」徽杭一面聽，一面笑著拖地。

第六十四章：感恩節

接近下午三點的時候，安平跟品哲替徽杭拿著大包小包的行李到車上，大家一夥開去秀雅姐那裡。出發之前，安平還特意打去，主要是希望能早點到，幫秀雅姐一點忙，秀雅聽了開心的叫他們快點過來。

感恩節的下午，路上幾乎沒什麼車子，經過一些賣場、超市的停車場，倒是看到停了不少車，這個對美國人來說的大節日，應該此時是廚房漸漸要開始忙碌的時候了！想想秀雅姐也夠厲害的，竟然敢一次邀請十六個人，那要準備多少份東西啊！想到這裡，徽杭便搖搖頭，覺得這裡能幹的人太多了。安平突然決定彎進超市，他覺得應該要買個啤酒果汁那些帶去給秀雅姐。

「來，徽杭，錢給妳，妳去付帳。讓我們看看，妳堅持住宿英文練得如何了。」安平從架上拎一堆啤酒、可樂跟果汁。

在徽杭付款的時候，店員一看到有啤酒，要求要看徽杭的 ID。徽杭愣住了，還要 ID？安平沒料到這齣，立刻出面拿出自己的 ID，他叫徽杭離開先去旁邊等，品哲跟安平一面付款，一面偷笑，兩人看著徽杭不解的表情。

上車後，徽杭不爽的問：「剛剛那是在幹嘛？為什麼你們都不拿 ID，我就要？」

徽杭話一講出來，安平跟品哲一陣狂笑：「美國人的眼睛有問題。我們是在笑她，不是笑妳，妳不要生氣。」

安平一面開車，一面還是止不住笑，接著說：「妳知道學校附近的 M Hotel，很高檔的，每個週五都有 Happy hours，之前帶慧婷去過，她也是被擋下來，要看 ID。妳們兩個姐妹花，真是的！」

徽杭一聽到慧婷被擋，也狂笑著說：「對啊，她才真的需要帶 ID。」一想到慧婷也需要 ID，徽杭就完全釋懷了！

到了晚餐時間，人也陸續到齊，徽杭第一次吃火雞大餐，期待得不得了。秀雅看到大家帶了至少二十罐的汽水、果汁跟啤酒，冰箱沒地方擺，就請大家把飲料擺到露台外，屋外是水牛城製造 (Made in Buffalo) 天然的冰箱！徽杭幫忙把飲料拿到屋外去，一開門大叫了一聲，屋外早是雪花紛飛，不像幾天前，地上累積個兩公分，雪就停歇了，沒想到今晚的雪一直不停的下，徽杭光著腳丫子，才一開門，一腳就踏進雪堆裡，慧婷連忙拉住她：「沒想到吧！看來這雪應該有六公分了！」

徽杭興奮得也不顧冰冷的腳丫子，衝到門前把鞋子拎到露台，把飲料一罐一罐的像種稻一樣插在雪地裡。慧婷也拎著鞋子到露台外，兩個小女生把飲料排好，開始做雪人，做到手、耳朵凍僵了，身體直發抖，還是捨不得進屋裡去。直到秀雅姐在屋內叫著開飯，兩個人才捨不得的抱抱雪人，在他臉上親一下。希望吃完後，還能看看他…… 不要太快離開…… 徽杭進門前，還不捨得再回頭看他一眼，可惜，沒有相機，真想跟他還有排好種好的二十幾罐飲料一起照張相！

就這樣，大家在這十七個人的感恩道賀中，度過了徽杭在美國第一個感恩節，她環顧著看看大家，這是徽杭第一次在 Mike 的一樓吃飯，秀雅姐習慣二樓的廚房，做好後，再陸陸續續請大家幫忙遞傳到一樓。一樓跟二樓之間是獨立分開的，門開來開去很麻煩，所以，就讓文光站著像是警衛一樣，文光苦苦的看著大家，忙進忙出的遞東西。秀雅姐跟會長夫人負責在二樓幫忙料理，其他的已經都在樓下了。

秀雅姐起碼花了四小時準備這一場盛宴，開飯的時候，大家飢腸轆轆的，衝到 Mike 廚房的大桌台上，大盤大盤的挑選自己愛的食物。剛才冰在屋外的飲料、啤酒，已經全拿進來了，水牛城製造的冰箱，真是好用啊！杯盤狼藉的盛宴，就在大家的笑鬧聲中度過。

秀雅跟會長夫人在一樓的廚房洗碗，大家拿出了一些徽杭沒看過的美國遊戲出來，有些則開始玩起撲克牌。徽杭不喜歡美國那些遊戲，看不懂，也不想學。她加入撲克牌，慧婷也坐她旁邊。過了好一陣子，一直沒出聲的秋雪講話了。

「徽杭，妳真的有點跌破我們的眼鏡。聽說妳適應得很不錯，喜歡宿舍，喜歡妳們系上。」

「對啊！我喜歡我的室友，跟她處的很快樂，也很喜歡我們系上，喜歡看美國同學上課跟老師爭論，尤其看到老師無法招架的尷尬，覺得很過癮。我們班上的國際學生很多，亞洲人數佔最多，有個韓國女生，我最近跟她很好，過得很愜意。不過，慚愧的是，我功課不好，還是沒能搞懂，到底語言學在學什麼。」

「看妳過得蠻充實的。不過，我好好奇，妳都不想交個男朋友，固定下來？」

「我喜歡一個人。」徽杭講完，低頭看著她的牌，希望今天牌運好一點。

「妳喜歡一個人？學妹，之前沒聽妳說過。那個人也喜歡妳嗎？」安平在另一組的遊戲堆裡，突然探頭插嘴。慧婷聽到，突然放聲大笑起來，她拉拉至威的手，要他準備看好戲。

「哪個人喜歡我？我哪有說我喜歡哪個人？你要不要專心玩你的遊戲！玩三國演義的時候，你不是嫌我吵，現在又在那裡亂聽亂講，變成來吵我喔。」

「妳剛剛不是說妳喜歡一個人的。我才好奇那個人喜不喜歡妳啊？關心一下。」

「我說我喜歡一個人？我哪有說我喜歡哪個人？跟你講話好累喔！去玩你的遊戲啦！」徽杭的牌運突然變得很不順，越來越不耐煩了。

「安平，你太不瞭解徽杭了。徽杭說她喜歡一個人，是指她喜歡一個人的生活。不是特定的哪個人啦！」慧婷看到徽杭變臉，趕快出來解圍，因為接下來，她知道徽杭心直口快的火爆脾氣，沒戲好看了！

徽杭聽到慧婷的解釋，也僵住了。原來安平真的是沒錯啊！也對，喜歡一個人，聽起來也可以是喜歡特定的人，但是，徽杭其實是要表達喜歡一個人的生活。徽杭突然高興得大叫起來，立刻衝起來，跑去安平那一堆人群裡，不管三七二十一的，趴在安平的背上，這一個舉動，把所有人都嚇傻了。

「安平，謝謝你。我找到我語意學的題目了……你們不要笑我，我已經找好久，我都不知道我要做什麼。我韓國同學講得沒錯，只要找到路徑，沿著路走，就能找到頭緒。安平，太感謝你了。」

「蘇徽杭，妳不要再趴在我身上了，我的腰快被妳弄斷了！妳現在到底幾公斤啊？好重喔！」

「拜託，都在美國了，女人的年齡跟體重永遠是秘密，好嗎？」

「啊哈，妳的年齡，永遠不會是秘密。去買啤酒要看 ID。」

秀雅姐跟會長夫人洗完了碗，請大家把盤子拿到二樓去放乾，下樓後，秀雅姐說會長帶了一卷 VHS，滾滾紅塵，這是她一直想看卻沒時間看的電影，也想讓 Mike 看看中文電影，會長說字幕可以調成英文，不會是大問題。大家聽了之後，都很開心的把手邊的遊戲收好疊好，自己找位置坐著。Mike 家裡有地毯，就算沒有坐在沙發上，地毯也十分溫暖，徽杭就坐地上，頭靠著沙發，秀雅，Mike，跟會長及夫人坐在沙發上。

電影一開始，徽杭就頻頻打哈欠，原來演的是悲情歷史劇，徽杭不喜歡，女主角超級漂亮，這應該是台灣電影史上最漂亮的女演員，徽杭記得小時候，那位女演員到台南羊城吃飯，爸爸媽媽還有所有的民眾正巧也在那裡用餐，大家都驚呆了，筆直及肩的秀髮，高挑的身段，徽杭只看到她的側身，濃眉大眼、高鼻朱唇，本人比螢幕上還要更加亮眼，在人群中，就是特別醒目，天生是吃演藝圈的飯，那是徽杭幾歲丁點的事情了。

沒想到這麼多年過去了，螢幕上的她還是停留在美好的過去。大家七嘴八舌的一面入戲，也一面稱讚女演員美得完美無瑕，身高臉蛋，台灣影界裡，都不可能找到比她更上鏡的女明星了。徽杭問問 Mike 美國人來看這種臉型，是否跟大家想法一樣，一向沈默不發言的 Mike 意外的表示他覺得這個明星若光從面貌來看，沒有任何吸引西方人的地方，他相信演戲應該是很入戲到位的女明星，只是，西方人不會喜歡這類型的中國面容。

徽杭覺得有趣極了，接著她想起了美恩提過的字幕問題，她也問問

Mike 對於看電視螢幕底下不停更換著字幕，他是否能接受。Mike 立刻回頭笑著看看徽杭，他說他覺得可能就是因為要不停的更換字幕，讓他覺得很難理解這部電影要表達什麼東西，所以，也許這是為什麼他覺得這女明星雖然不錯，但是沒有那種一眼驚艷的感覺。

徽杭此時再度證實美恩的觀察，心裡越來越佩服美恩的見解，她來美國不是只拿學位，她是真的能瞭解美國人的生活小細節，很多論點非常一針見血。

她突然想起她的語意學有個起頭了，一時之間，她不想看電影，她想至少能拿個紙筆，寫個大綱。句法學跟音韻學是十二月十九日考試，兩門排在同一天考試，不用繳交報告。語音學應該是最能把報告提前寫完的，原先一頭霧水的就只有語意學，現在路徑通了，找到頭緒了，徽杭看看沙發旁的秀雅姐，輕輕的說她想上二樓休息了。秀雅連忙說沒問題。

徽杭看看大家看得正起勁，就悄悄的離開，輕輕的踏著樓梯上二樓的客房去。她把大綱大概的記錄在筆記本裡，突然想起露台的雪人，她打開門，透過紗門，看到雪人還在，積雪也應該有十公分了，雪人靜靜的，對著徽杭笑著，彷彿也是恭喜她，終於找到語意學的題目了。

第六十五章：牙刷事件

　　沒有巨響鬧鐘的幫忙，徽杭醒來時已經過八點，秀雅姐早就打理好徽杭的早餐了，今天收拾好東西，徽杭就要回去宿舍享受一個人的生活了，語意學只是有個起頭，還是需要靜下心來收集更多的中文語料。

　　徽杭早餐用畢，正收拾餐桌，秀雅姐突然在浴室叫起來：「徽杭，妳沒有帶牙刷啊？」

　　徽杭像個呆頭鵝一樣杵在房間門前，心裡想著，完蛋了，又做錯事了吧！牙刷，有帶啊！只是留在美恩家，但是，這該怎麼回答呢！

　　「徽杭，妳沒帶牙刷，妳要說啊！我這裡有備份的牙刷，可以給妳用。妳用了我的牙刷，對不對？」

　　徽杭還是不知該如何回答，昨晚累到忘記刷牙，早上看到秀雅姐的早餐，肚子餓壞了，一時之間才想到牙刷留在美恩家裡，就順手偷用秀雅姐的牙刷，徽杭很納悶，學姐是怎麼發現的？只見秀雅姐一面嘮叨一面搖頭，徽杭真不知道該如何找台階下了，她彷彿跟這個房子犯衝，每次來，每次都出問題，真是尷尬到極點了。還好今天是自己要走人，不是被趕走。

　　秀雅看到徽杭那麼安靜，也無意再多說什麼，她拿著好幾個保鮮袋替徽杭裝了些昨晚剩下的佳餚，徽杭低頭接受了。徽杭跟秀雅姐說聲謝謝，慚愧的離開。在往南校區的路上，徽杭很懊惱自己，到底這種鳥事她要犯幾次。

　　南校區公車今天發車得比較慢，冷得徽杭直哆嗦，行李又多，還帶了好幾樣菜，好不容易拎上了車，突然想起來，牙刷還在美恩家，回宿舍要打個電話給美恩了。

　　回到宿舍後，果然整棟大樓安安靜靜的，空無一人，連走路都會有回音，一打開門，徽杭看到 Anna 弟弟留的一包粉紅色盒子的巧克力，突然間，她止不住自己的眼淚，又是嘩啦嘩啦落下了。

　　等情緒穩定之後，徽杭把秀雅姐替她包好的中餐、晚餐一一放入冰箱，她打開了書包，開始慢慢構思語意學的報告，她打開 Anna 的電腦，想訓練自己直接把想要打的文字，不成型的句子，先慢慢打出來。語意學剛起了個頭，才寫了一頁，徽杭已經覺得自己進步很多了，她突然很想講講話，她打了電話給美恩。電話接起後，那頭傳來答錄機的聲音，美恩先溫柔以英文說自己目前無法接聽電話，接著是優美的韓文，徽杭只聽到尾段是 kam sa ham ni da，不知道是什麼意思……再見嗎？等到嗶聲後，徽杭緊張的掛掉了，她還不知道怎麼留言，但是，如果不跟美恩講，今天晚上就又不能刷牙了，昨晚是忘記，今晚總不能沒牙刷吧？她決定再打一次，這次乖乖的留言。

　　徽杭決定把要留言的話寫在紙上，照著紙唸，就不會斷斷續續的停頓了，這還是 Anna 教過她的。就在她撥通了電話，就直接照著紙張唸，徽杭鬆了口氣，講完 goodbye 之後準備掛掉，忽然，對方的電話答錄機說話了。

　　「徽杭，妳在幹嘛？」

　　「美恩？美恩，是妳嗎？我以為是答錄機，我在跟答錄機講話。」

　　「我就覺得奇怪，我剛才人在樓上，才下樓，答錄機就替我接了，然後，對方也沒留話。結果，我現在接起來，連哈囉都還沒說，妳就猛唸個半天。妳以為是答錄機在接喔？妳要等嗶聲響起，妳才能錄，妳知道嗎？」

　　徽杭不知道美恩現在的表情，她真不知道自己到底是哪條神經出錯了，從早上偷用秀雅姐的牙刷，到現在把美恩當成答錄機的亂錄一通，她自己真的準備要去跳安大略湖了，不過，講真的，就算想去跳安大略湖，還沒車能去，想到這裡，徽杭嘆了一口長長的怨氣。

　　「妳剛說妳忘記牙刷嗎？我早就發現了。妳那天離開時，浴室忘記看了，對不對？那妳這幾天，都不刷牙的喔？我還想說妳什麼時候才會打給我！」

　　「美恩，不要取笑我了。妳什麼時候會到學校來？」

「妳忘記我的人生哲學嗎？週末從來不讀書，假期更是不讀書，我沒事去學校幹嘛？不過，看在妳的份上，我去送一支牙刷給妳！」

沒多久，徽杭就到宿舍大門前等美恩，遠遠看到美恩的車子停在最靠近宿舍的停車場，徽杭衝過去接她。美恩看看徽杭，連忙搖搖頭。

「妳真髒啊！都不刷牙的，牙齒都不會壞掉？美國看牙是天價喔！連 TA、RA 的醫療保險都不含牙齒跟眼睛的。我要看看妳宿舍長什麼樣子。帶我上去。」徽杭就跟美恩一起上去三樓，打開了房間，美恩驚呆了。

「徽杭，這麼小的房間，妳怎麼忍受，還要跟室友分所有的空間，簡直是監獄啊！晚上如果要尿尿，還要衝到外面的廁所。可怕，可怕，真可怕。還有，如果洗澡忘記個什麼東西，還要圍個浴巾出來回房間拿啊？」

「哪會可怕。我覺得這房間很舒服哩！浴室在外面，我不用打掃，妳不是嫌我髒嗎？髒髒的女生，不喜歡打掃浴室。我的牙刷呢？」

「吶！在這裡。給妳一支新的。」

「為什麼？我原來的呢？」

「舊的都起毛了，不要用了，幫妳丟了，啊！我忘記了，那個加濕器在我車上，等一下我下樓，妳陪我到車上拿。」

「什麼啊？那是我媽媽買給我的牙刷，妳怎麼給我丟了？」

「徽杭，那牙刷起毛了，牙刷三個月就該換新的了。妳是不是都不丟東西的？」

「有紀念價值的，我不想丟啊！不過，妳丟了就算了。謝謝妳喔！還準備個新的給我。」

「那講真的，妳都不刷牙，從妳離開我家好幾餐了，妳一餐也沒刷？」

「別提了。今天早上，我偷用學姐的牙刷，以為她不會發現，沒想到，她大概一摸，發現是濕的，就大吃一驚，問我是不是沒帶牙刷，用她的了。」徽杭一講完，看到美恩笑倒在 Anna 床上直跺腳。

「徽杭，妳真的好爆笑！笑死我了。為什麼不問你學姐要一支牙刷呢？」

「因為我就順手拿，說真的，平常妳沒事，妳會去摸牙刷的毛是濕的還是乾的嗎？哪想到她會發現。而且，我不懂，到底牙刷為什麼不能共用？但是漱口杯卻可以共用，還有，那洗澡的時候，肥皂我也共用她的。所以，反而是用肥皂洗屁股，可以，可是用牙刷刷牙，不行。我到現在其實還是搞不懂學姐到底在發什麼火。」美恩完全沒法答上話，只見她一直跺腳大笑，稍稍停下來，看到徽杭發紅的嫩臉，美恩再度狂笑不止。

中午徽杭把學姐包給她的兩餐到一樓微波熱了，就跟美恩在 lounge 那吃起來了，美恩一面吃，一想到牙刷事件，還是忍不住的笑。徽杭實在是很無言，她很想說人類的世界真的是很無解，語言學不管她學科有多不喜歡，至少還能找出個規律，也還能預測，可是，人跟人相處，幾乎完全無法預測對方何時發怒發火，實在是個大難題。眼見這個牙刷事件，可以讓美恩一面吃，一面想到又大笑，徽杭無法理解，自己到底做了什麼無理的事情，可以讓學姐生氣又能讓美恩狂笑……

週日晚上到了八點，Anna 大包小包的拎著一堆東西回來，她一開門看到徽杭，不可置信的衝到她身邊仔細端詳了一番，接著一陣歡呼。

「徽杭，妳頭髮變得好捲喔！現在看來，還真像我妹妹。妳不是說不要太捲的嗎？感恩節過得好嗎？有吃火雞大餐嗎？有跟好朋友聚一起嗎？有看到那群台灣男生嗎？作業有寫完嗎？」Anna 連珠砲的問題，徽杭無力的看看她，跟她說：「這應該是我度過最搞笑的節日了！」

第六十六章：莫非定律

感恩節之後簡直就像是在戰場中度過的，莫非定律講得還真沒錯，有可能出錯的一定會出錯。

語音學報告照理說是徽杭最得心應手的，偏偏電腦語音軟體似乎有中毒的現象，全班同學嚇到不知該如何是好，後來班上幾位電腦高手修好後，徽杭搶著排第一號使用軟體，好不容易數據一個一個測試完，也存好檔，竟然輪到印表機故障，徽杭只好把數據先一筆一筆登錄在手稿內，回去先寫好分析，徽杭留個紙條，告訴下一位要使用的同學印表機故障。第二位同學看到後，也只好如法炮製學徽杭土法煉鋼，留言條越來越長，情緒也越來越負面，直到第七位，就是班上第三位獲得全額獎學金的美國人，John，他把他家的印表機搬來，好心的替前面六位同學把數據跟聲紋圖形印出來，細心的替他們歸類放回他們的信箱，大家看到，才決定去跟系上要求要新購一台印表機。

徽杭當天從信箱看到數據及圖形完整印出來時，感動到不能自己。莫非定律是個好定律，它提供及早準備的概念，然而，人心的善良有時卻是完全的無可預測，意外的出現，讓人驚艷到無法招架。

因為印表機事件，徽杭突然壯膽，決定 office hours 去跟語意學老師討論她的難題。徽杭第一次去見這位大家公認的法國帥哥老師。她從上次語意學的第一頁，過了那麼多天，只進展到第二頁，進展看來是無望了。老師非常有耐心的聽，給徽杭很多發揮的可能性，到了最後，徽杭很沮喪的跟老師訴苦，這堂課已經進到尾聲，但卻是這四門課中，她到了學期末還一頭霧水的課程，連個頭在哪裡都不知道。

講完之後，沒想到這位法國老師一直跟徽杭道歉。他說班上美國同學每次 office hours 也來抱怨同樣問題，他覺得讓大家委屈了，他的英文很難讓人聽得懂，法文口音實在太重了。徽杭一聽，滿臉疑惑的跟法國老師說，他的法文口音一點也不重，只要把不同的ㄩ當成ㄨ、ㄟ、ㄝ，就是英文了，她覺得不懂的不是因為口音，而是因為語意學的內容，她實在不瞭解為什麼要學語意學。老師聽完徽杭講話，笑笑的鼓勵徽杭，未來是個學聲音的好人才，語意學現在還不懂，以後，總有一天，一定會開始瞭解，那天，總會來到的。

就這樣，十二月初，徽杭幾乎都在 Baldy 二樓跟 六樓中度過，感恩節過後，徽杭也不下廚了，她不是自己做個三明治，就是在漢堡女王解決，不然就是泡個泡麵，徽杭甚至不記得每天回到宿舍是幾點。Anna 也是忙到不可開交，兩人互留紙條替對方打氣加油，但是，有一件事情，兩人非得要一起商量。

舍監在宿舍信箱發了一個通知，表示下學期可以要求換室友。這個通知一發出來後，她接到一大堆互相指責對方的室友，跑去她那裡要求更換。更換的理由多半都是生活及衛生習慣不一，有的是不希望房間中間加簾子，但室友硬要裝，最多抱怨的是電話線，十個有九個要求換室友的，都是因為電話問題，只有一條電話線，遇到兩人都想要講電話聊天時，就會打架。

這天，當徽杭收到了單子，也聽到了舍監抱怨處理這種瑣事快要抓狂時，徽杭決定要當面找 Anna 談談，Anna 留了紙條，跟徽杭說今天早點回來，大約晚上八點。

Anna 準時回來，看看徽杭有什麼大事。徽杭看到她，立刻說：「Anna，妳英文好，是美國人。妳覺得由妳來說方不方便？」

Anna 看看徽杭猴急的模樣，她完全不能瞭解：「妳要去跟舍監說什麼？妳想要換室友啊？」

「當然不是，妳想換掉我？沒那麼容易。我是要跟妳說，我們的房間太小了，妳覺得 D 怎麼樣？那裡兩個都是美國人，我估計她們應該不會很合，妳去跟舍監打聽一下，如果她們有要求換室友，我們從 C 搬到 D 好不好？」

「D？我看過，D 是狹長型的，光線沒有 C 好，不過，它那裡是上下舖，房間相對大很多，就算兩張床平著擺，我直覺也是很大。妳想換到

D？」

「對，但是，要妳有意願，我才換。如果空間大的話，妳就算要組裝世貿中心跟洛克斐勒中心都行了。」

Anna 一聽就笑起來：「明明是妳自己想要大的，妳拿我的模型當例子。D 是可以，我不排斥，但是，誰睡上舖？」

「妳要睡，就讓妳睡啊！」

「我才不要睡上舖，我要下舖。」

「Anna，我們是完美組合，我要上舖。到時候床架如果掉下來，我就會壓死妳，哈哈哈！」

「那好，徽杭，我明天就去跟舍監講。看看她能不能讓我們兩個一起換到 D，這樣也好，妳的泰國同學，關門太重了。」

「別忘了，Anna，我的泰國同學，也是要用廁所的，D 的旁邊是廁所，妳怎麼逃，都逃不掉 Piyada 的。勸妳不要對她有敵意嘛！」

臨時提議換宿舍房間的事情，應該是徽杭在感恩節後做的唯一能讓自己心情放鬆的事情。自從 Anna 有車後，徽杭週五便固定先坐校車去南校區找她，兩人在南校區的超市買完了，再一起開車回到宿舍來。因為期末課業繁忙，徽杭決定做三明治，或去漢堡女王解決一餐。自從不用下廚做便當，週五相對變得沒那麼累了，讀書的時間變多了，冰箱也空了，只有蘋果、牛奶、吐司、火腿、蛋跟生菜。不過也因為 Anna 有車，相對的跟徽杭見面時間也變少了，除了週五買菜之外，剩下很多時候兩人時間沒有重疊。所以，離徽杭建議換宿舍房間，下一次見到 Anna 是一週後的週五了。

那天徽杭跟 Anna 約在超市見面，Anna 一看徽杭漸漸開始有變化的頭髮，笑著捏捏她的臉頰：「小女孩好像慢慢長大了喔！」

「Anna，後來舍監到底能不能讓我們換到 D？我那天正巧開門時看到 D 的室友，我問了，她們兩人好像也是不打算住一起。」

Anna 推著拖車，跟徽杭說：「我跟妳講，妳提議後，我是過了好幾天才去敲舍監的門。舍監那天一看我敲門，沒好臉色，第一句便說，單子不是擺在外面桌上？填好再拿給我。」

　　Anna 拿了幾罐優格，順便跟徽杭建議要多吃優格，徽杭其實不愛，但是想想最近沒時間下廚，就也學 Anna 拿了好幾罐，八罐才一元。Anna 繼續說：「看舍監的死臉色，我也一肚子不爽，想說糗糗她。我就說，可是妳外頭放的只有換室友的單子，沒有換房間的單子啊！」

　　Anna 停頓了一下，跟徽杭介紹美國瓜類的區別，她發現徽杭很愛炒各式各樣的瓜類。「妳知道舍監怎麼講，她這次又火了。她說，我們只接受換室友的申請，如果大家每個人又換室友，還要換房間，妳覺得這份工作有誰能做下去？」

　　「Anna，妳也太會吊人胃口了。妳就一開始講清楚，不就好了嗎？」

　　「不要，我就是要鬧她，那種自以為是，又有優越感的美國白人。她當舍監，除了有收入，她一個人一間房，免費的，妳知不知道，這已經是很好的工作了。她一開始接這份工作，就知道是要處理人的問題。態度好，我就不煩她；態度差，我就給她製造問題。」徽杭一聽，這的確像 Anna 會做的事。

　　Anna 繼續說：「我後來就冷冷的看著她，我說，我要換房間，我哪有說我要換室友？是我室友跟我，兩個人一起換。有這種單子可以填嗎？」

　　徽杭聽完，哈哈大笑，「結果，她讓妳填了嗎？可以讓我聽結果了吧！」

　　「不用填！舍監驚呆了，她說，最近快被大家搞死了，所以，她跟我道歉她這種死態度。她說她知道每年這個時候都是她最可怕的時候，大家都來填寫單子，那些自己找好室友的，就好辦，沒找到的，就會一直來煩，要求對方國籍等等。我們還是第一組，換房間，不換人的。她說這好辦，不用單子，我們可以提早先挪東西，她讓我們這學期結束最後一天，就可以先把東西移過去。對了，她有問，妳寒假還要另外付費住宿嗎？」

「寒假我不住。聖誕節我要去紐澤西，跨年在紐約跨，跟那群台灣男生。紐約回來後，我要 sublease 一位台灣女生的房子，也離那群台灣男生很近。所以，我們最近也該準備了，哪些該收的要開始裝箱了。YA！好期待喔！」

「沒錯。舍監還問我，到底相處的秘訣是什麼？」

「秘訣？」

「對啊！兩人相處，還要繼續在一起的秘訣啊！所以我就說，互相包容、互相忍讓、不要試圖改變對方、接受對方所有的一切、多給予讚美、強化對方優點、淡化對方缺點......」

最後舍監聽完後哈哈大笑，說：「這聽起來怎麼像是維持婚姻的秘訣。」

第六十七章：美式期末考

　　就這樣，四門科目中，句法學跟音韻學要考期末考，不交報告；語意學要交報告，不考期末考；語音學要交報告，也要考期末考，但是期末考卷是帶回家寫 (take-home exam)。十二月十二日及十三日分別要交出語音學跟語法學的報告，徽杭就在這兵荒馬亂的語音學報告、累計二十幾卷錄音帶、聲紋數據、還有討厭的語意學報告中匆忙度過。

　　剩下最後登場的是十二月十九日上午的音韻學及句法學考試，兩門課都可以開書考，所以，徽杭根本沒有太花心思準備，想說能把噁心的語意學報告從第一頁掰到第二十頁，都要偷笑了，整篇報告，花最多心思的，是最後的引用文獻，她細心的照著所有內文引用過的學者大姓，從 A 慢慢排到 Z，再一筆一筆的與內文對照，確認沒有遺漏，內文的內容，她已經完全不想再過目了。兩份報告都在截止日期前，放到老師信箱裡，語音學 take-home 的考卷，徽杭也乖乖的在截止日當天的 5:00 前準時交出去。

　　十二月十九日那天，就是最後兩科的期末考。一早徽杭進教室，就看到美國同學摩拳擦掌的，準備一堆咖啡、水、涼死人的薄荷口香糖，帶了一大堆資料，徽杭不太懂，不是考卷寫寫，翻翻筆記跟背背書本就可以了嗎？徽杭看看書包，音韻學跟句法學都只帶這兩樣東西，還有帶一個美國人不會帶的中英電子辭典。這是徽杭那天的所有家當，跟美國人一比，她相形見絀。

　　原先徽杭以為音韻學上課三個小時，頂多兩個小時就能交卷，沒想到一拿到題目，五大張 letter-size 的考題，密密麻麻的語料分析還有理論詮釋，徽杭嚇傻眼了，先有五大題，最後一題是 Bonus question（加分題），加起來總共六大題。每一大題都各自有小題，循序漸進的可以依照引導的小題慢慢帶出解答。這些題目與平常老師作業派的題目類型類似，但是，都不可能從平常的作業中抄襲到答案，考的全是理解力的問題，沒有一題是需要背的。徽杭絞盡腦汁的一題一題慢慢做，中間美國同學出去上廁所、喝水多次，來來去去的，徽杭覺得暖氣開太強，教室太悶太乾了，她跟老師舉舉手，示意要去廁所。

老師原先坐在黑板前改東西，看徽杭舉手，老師點點頭，隨即跟她去門邊，拍拍她的肩膀，告訴她，想去喝水、洗手，甚至去走廊走走，休息一下再回來，都沒有關係，不用舉手告知。徽杭不知哪來的俏皮，突然耳朵窩在老師旁邊低聲跟她說：「我不是要喝水、洗手、去走廊走走，我好熱。」隨即她從領子裡翻出兩件泛黃的衛生衣，她說：「我要去廁所脫衣服。這兩件衛生衣，讓我寫到快吐了。」老師平常一貫的嚴肅，上課不苟言笑，看到徽杭拉出兩件內衣出來一比，突然放聲大笑，靠近前座的 Melissa、Sue、Mandy 跟 Edward 看到徽杭拉出兩件衛生衣，猜到她在抱怨什麼，也突然哄堂大笑起來。

徽杭回來後，老師和藹的跟她說，要她好好加油，她正在讀她語音學的報告，寫得非常好。徽杭突然像卸下了心防，回老師說那可不可以請老師不要過份期待她的音韻學，她寫得沒有很好，而且，有問題不知道能不能發問。老師一聽，笑了一下，立刻說，有問題就要立刻問，她跟去徽杭的位置上，要徽杭坐下，看看哪一題徽杭不懂。

徽杭隨即說，她每一題都懂，只是還要花時間去想、去分析、去歸納，然後才能寫。她不懂的是，什麼叫做 Bonus question ？意思是如果前面五題都做完做好做對，才能寫這一題，還是前面如果有一題不會寫，跳過也可以做 Bonus question ？

老師一聽，突然驚覺到國際學生可能沒有這種考試的經驗，立刻要大家先暫時停筆一下，她決定從頭到尾一題一題解釋，最後她才說 Bonus question 難度是最高的，建議大家先做前面五題，如果五題都做完了，才做這個加分題。當然，如果前面五題有一題不會，覺得想試試看 Bonus question，那當然可以在這一題上作答。

徽杭一面寫，一面搖頭，她真的不理解美國人的邏輯。光從考題上來看，五題滿分一百分，Bonus question 一題二十分，那為什麼不一開始就乾脆滿分是一百二十分算了，每一題都是要用加分法來計分，這跟台灣用總數去扣除的減分法，思考方式是完全的相反。還有，為什麼要叫做 bonus 嘛！Bonus 照理說是鼓勵那種優秀的學生，不是應該全部都做完也答對的學生，關關通過，才有資格回答 bonus 嗎？那如果前面做得一塌糊塗，答案根本對不上，反而還能把 bonus 做好，那不是代表這整個試題的難易程度排序有問題嗎？

徽杭會有如此想法，是因為她覺得第五題的難度，比 Bonus question 還要難，所以，她有些卡住，不知道應該先寫第五題，還是先做 Bonus question，後來，徽杭決定既然 Bonus question 大家都能做，她要先做能夠給她分數的題目，做完後，才回到第五題去慢慢構思。在這段期間，那位文靜的 Kana 大約一個半小時就交卷了，兩個多小時後，開始陸續有同學交卷，原先預定十二點就該交卷，徽杭跟 Edward 還有那位韓國男生到了將近一點才把考卷放到老師信箱。老師早在十二點下課時就走了，她跟還在寫考卷的同學說，最慢可以一點前將考卷放到她信箱內。

一點整開始，又進入下一場句法學考試，徽杭覺得體力、大腦已經完全消耗殆盡了，她拿到考題，一看也是五頁，六大題，一堆密密麻麻的語料分析，她知道她完蛋了。暖氣不知道被誰關上了，可能是從九點不到一直開，教室窗戶又都是封死的，同學後來嫌熱就關了。到了兩點半左右，徽杭開始覺得全身發冷發抖，可是，她很怕這位句法學老師，她不敢跟男老師亂開玩笑，只能眼巴巴的看著她那兩件衛生衣像個梅乾菜一樣的，一團團的窩在書包裡，動也不敢動。期間，美國同學還是照常起來走動外出，徽杭也學他們，從後門出去，用冷水沖沖臉再進來。等到回來再繼續答題時，只覺得眼前一暗，中午除了喝點水，根本沒時間吃東西，徽杭顧不了那麼多，直接在噴式的飲水機拚命沖水往她口鼻臉大灑。

句法學從一點考到四點，老師規定不能遲交，教室空蕩蕩的，只剩徽杭跟那位韓國男生，徽杭看看那位韓國男生，兩人乖乖的交卷了。老師收了考卷就冷冷的離開了，徽杭去問很久沒有出現在小組討論的韓國男生，看他考得如何，他苦笑的說全部完蛋了，終於結束了……徽杭知道大家心情都很差，就不想繼續問了，跟他說聲聖誕節快樂、新年快樂，徽杭決定回宿舍開始大掃除，準備要換另外一個房間了，心中不免一陣雀躍。

就在徽杭進電梯的同時，音韻學老師正也拖著行李，揹著側肩包，帥氣的拿著車鑰匙，徽杭立刻出去電梯外，手按著開啟燈，像個電梯女郎一樣，恭請老師進門，老師開心的一手拖著行李，一手勾住徽杭的肩膀，跟她說，我們一起進去。老師關心的問徽杭句法學考得如何，徽杭直搖頭，說自己知道大勢已去，之前作業成績就都只有 B，她那時還不在意，office hours 也從來不去找老師問問題，擺著一副拿 B 就可以了的死樣子，但是，她很擔心這個期末考，恐怕會把她的總平均拉到不及格了。

老師聽了問她是不是題目很難，出了電梯，老師先問徽杭需不需要她載她回宿舍，徽杭說她喜歡走路，她步送老師到教師停車場那裡，她說句法學只有大題，沒出引導式的小題，所以，對於理解力差的徽杭，完全是一頭霧水，樹枝狀圖畫得亂七八糟，理論分析也是完全沒有頭緒的亂寫一通，就算整張考卷都用英文書寫，恐怕老師讀起來也像是中文的無字天書。更糟糕的是，沒有 Bonus question！

此話一出，音韻學老師哈哈大笑，她跟徽杭慈祥的說：「平常看妳都不怎麼發言，乖乖靜靜，柔柔弱弱的樣子，今天聽妳講話，才覺得妳說話方式跟表情，跟我二女兒一模一樣。」

徽杭知道老師有兩個女兒一個兒子，她稱讚老師是完美的女性，是徽杭的 role model，有好職業、好丈夫、好家庭、好房子，還有好大的美國車子。徽杭連忙比了一比老師的綠色廂型車。老師聽了之後，笑嘻嘻的說：「還有好學生！」她問了徽杭的聖誕及新年計畫，她要徽杭好好去玩，既然考試卷都已經交了，能夠做的補救已經不多了，那還不如想看看玩回來後，再來面對結果，處理後面的問題。任何難關，都一定會能過的……徽杭喪氣的點點頭，跟老師敬個禮，目送她離開。

回到宿舍，她一面聽著 AWA 的台灣流行音樂，一面開始打包整理，這個學期，窗外開始飄起細雪，徽杭還沒有機會能好好的往窗外看看草地積厚雪的模樣，竟然就準備換房間了。班上美國同學都跟她說，今年水牛城雪量不是很大，徽杭覺得很可惜。

徽杭看看房間，她是那種到哪裡都能一夜好眠，從不認地方睡覺的人。她今晚就會跟室友搬到 307D 了，接下來更要換好多個不同的地方窩著：十二月二十日凌晨品哲跟安平來接徽杭，之後輪流開往紐澤西，在品哲叔叔家待個兩晚，二十二日一早直接開往紐約市，紐約市住在品哲以前一位要好的博班女生家裡，一直到一月一日回來水牛城，品哲的朋友，朋友的女友及朋友的妹妹都會跟車開來住個幾天。所以徽杭跟電機系的女生 sublease 她房間，是從一月一日開始到一月十日宿舍開啟，總共那位女生只跟徽杭收個一百塊，徽杭在賞楓時好像見過她，但沒什麼印象了，她幾天前就開了支票，麻煩品哲交給她。

寒假慧婷跟至威一起回台灣了，慧婷說媽媽早就替她報名日本北海道的旅行團，要好好的犒賞她的留學歸來。而徽杭室友 Anna 也是明天二十日早上一人開車回紐約。美恩則是跟以前夏威夷的韓國同學去佛羅里達度假，班上美國同學全部都返家返鄉，Sue 一人去歐洲自助旅行，班上一堆美國同學都偏好住在南校區，所以 Piyada 找了跟她一起修課的美國女生 sublease 房子，就是靠近南校區的公寓。二十日宿舍就要關門了，大家被迫一定要有離開的計畫。

徽杭跟 Anna 在十九日夜晚開始享受新房間，Piyada 開門看到她們一直忙進忙出，才知道這兩位竟然要移到 307D 去。Piyada 探頭望了一下，徽杭請她進來看看，Piyada 看了，終於理解為何兩人要大費周章的移冰箱，把行李、衣服從 C 換到 D，D 的空間大多了，Piyada 瞅瞅徽杭，笑笑的搖頭：「為什麼妳的鬼點子那麼的多？而且，妳怎麼什麼都敢提？換成是我，我只知道能申請換室友，我還不知道能換房間的。」

徽杭一面開始開箱整理她的衣服，一面露出詭異的笑容：「我總該有點長處吧！功課不好，腦子竟動歪腦筋，我想換來這裡，想很久了。

就猜兩個美國人一定不會處好，果然，謝謝她們各自要求換室友，我跟 Anna 是漁翁得利，妳的室友呢？室友也幾天前返鄉了吧！」

只見 Piyada 嘆氣的說：「我這位室友，聽說也去跟舍監要求換室友了。所以，應該她去其他房間了吧！接下來是誰，我也不知道了。只希望要好相處一點。也許來個亞洲女生，會好一點。美國女生都好冷淡，亞洲女生，是文靜，話不多。」

Anna 很久沒跟 Piyada 講話了，她一聽到話不多，馬上插嘴糗徽杭：「我們這裡就有一個亞洲人，話是超多的，把她送妳好不好？」Piyada 一聽，立刻嚇得搖手衝回房間。

徽杭看 Piyada 一走，馬上把房門關起來，死命的在 Anna 手上扭一團肉：「妳是找死啊！我才不要跟她。她心思細膩敏感，我才不要跟她一起住。語言學已經夠難唸了，妳還要我回家睡覺也不得安寧？」

Anna 笑嘻嘻的看著徽杭：「那，妳應該知道妳有多幸運了吧！有我這個好室友，說要換房間，我就像個傻子一樣幫妳換。我明天還要一大早開車回紐約市，我的腰現在又酸又痛，都是妳出的餿主意。」

「就跟妳說先苦後甘嘛！這裡比較大，空間比較多，307C 實在太小了。而且，妳看看，有多好，上、下學期繳交一樣的宿舍費，能夠這樣更換，換成別人，才羨慕我們。別人要重新適應新室友，我們，是開始享受新房間。我跟妳說，從紐約市回來後，我要開始窩在圖書館裡，找個最棒的論文題目，讓老師驚艷。所以，妳不要再嘮叨了，妳想看看，等妳回來後，就是 307D 的主人了，這麼大的空間，愛怎麼擺妳的模型，妳怎麼擺，就算往天花板一直堆高，高到我的上舖，我都不會介意。」徽杭說完後，捏捏 Anna 的臉，Anna 搖搖頭的嘆個氣，想說越來越辯不過這個小女生！

第六十八章：往世界中心紐約的途中

　　徽杭躺在上舖翻來覆去，興奮到實在睡不著，馬上就能去看看世界中心，紐約。來美國一趟，沒去看看紐約，那等於是入寶山空手回。而且，她八月一日就是在紐約的過境旅館過的第一晚，現在如果十二月三十一日也是在紐約過夜，真的實在是太有始有終了！真的要感謝品哲的朋友願意提供免費住宿，能夠在那裡待好個幾天，徽杭實在太開心了，她捨不得睡著。

　　跟品哲、安平約好二十日的凌晨 2:00，徽杭從上舖爬樓梯下來，看看 Anna 早已入睡，她就悄悄的把行李拎出來，拿著雪衣，到宿舍外面去了。水牛城的夜晚在凌晨兩點顯得更加寂靜，天空微微飄著雪，雪落到地便成水了，看來等下兩位學長車子不會太難開。等了十幾分鐘，看到安平的德國 WV 車，車燈一閃一閃的接近，停妥後，安平立刻開了後車廂，跟徽杭說抱歉晚來，徽杭完全不在意，開心的把她幾天前買好的飲料、洋芋片也丟到學長的後車廂。

　　這時安平才發現徽杭燙了一頭鬈髮，馬上說，不喜歡。徽杭懶得理他，一進車內，車裡暖氣暖和得讓她再把雪衣脫下，往後面的車廂丟，她不客氣的跟學長說：「啊！我剛才捨不得睡覺，好辛苦喔！你們如果有看到要尿尿的地方，再把我叫醒，晚安。」

　　話一說完，安平連聲抗議著：「什麼叫尿尿的地方？休息站還遠得很，妳現在敢給我睡，試看看。按常理說，女生要坐前面，這次是想說妳不認路，我需要品哲替我看地圖，我們從 WWW 那裡拿了一堆地圖，兩雙眼睛總比一雙好，所以，讓妳坐後面。不准睡，給我醒著，講些好笑的，讓我們樂一樂。等我們有精神，才讓妳睡！」

　　安平講完，品哲連忙說：「不要這樣啦！學妹一定剛交完報告，累壞了，你讓她睡啦！學妹，功課都沒問題嗎？」

　　「品哲，你哪壺不熱提哪壺？我可能有一科會被當，現在還在發愁哩！可不可以整個旅行，大家都不要問我功課的事情。至於好笑的事？我想看看，最近都兵荒馬亂的在趕東西，是沒有什麼可以分享。喔，不過，最近，你們有跟秀雅姐聯絡嗎？」

「有，前幾天我還打給她，跟她說聖誕快樂、新年快樂，問她有沒有什麼度假計畫？她說要去加州看她家人。」安平一面跟徽杭說話，一面小聲跟品哲說可以先閉目養神，目前的路線他都還知道。

「蛤？秀雅姐加州還有家人啊！沒聽她聊過。」

「她怎麼可能會跟妳聊，她不是會主動談起自己的事情，妳要關心問她，她才會願意聊。秀雅姐知道妳要跟我去紐約就是了。」

「喔！我這一忙，全忘記要打給她跟她說聲聖誕快樂、新年快樂了。」

「對吧！像妳這樣，不懂禮數的人，誰要跟妳聊私事。」

「那，學長，我再問你，學姐有沒有跟你抱怨，我感恩節在她家，又闖禍了？」

「妳又做了什麼事情？趕快說來聽聽。」

「學長，我問你，如果你今天忘記帶牙刷，你不會用人家的牙刷嗎？」

「......蘇徽杭，妳以後不准住我家。妳那麼噁心，用學姐的牙刷喔？她都沒跟我聊這件事耶！」

「那，如果你沒有牙刷，你怎麼辦？用手摳嗎？」

「嗯......好問題，我沒遇過什麼時候是我沒帶牙刷的。如果是出外旅行住旅館忘記帶，我會去櫃檯買看看。如果是在朋友家，我應該會問朋友借。」

「那如果朋友家裡只有一支牙刷呢？」

「所以，秀雅姐家裡只有一支牙刷喔？她沒備用牙刷？」

「沒有，我沒問，我就拿她的牙刷刷了。」

「學妹，為什麼有妳這種人啊？妳什麼都不問，就這樣拿起來刷？」這次連品哲都回過頭來大笑著講，笑得氣喘吁吁的。

「因為，我不認為她會發現啊！到底什麼時候，你會去摸摸你的牙刷是濕的還是乾的？還有，像你們兩個住在一起，共用一間浴室，你們想過沒，有沒有什麼時候牙刷拿錯了。就算牙刷沒拿錯，是自己的，那牙膏呢？你的牙刷沾一下牙膏，他的牙刷再沾一下同一條牙膏，這樣一來一往，跟你們互相用對方牙刷刷牙，區別到底在哪裡？我不認為只是牙刷的問題，如果真的那麼在乎，像進到你們家裡，你們都會要求客人穿拖鞋，那你們都不擔心，客人有沒有香港腳？再來，吃飯的時候，你用筷子挾滿整桌菜，他也用湯瓢挖滿整桌湯湯水水的東西，到最後大家口水不是也全和在一起了？然後，肥皂，我也搞不懂啊！除非你用沐浴乳，不然，你們就沒想過，如果兩人同用一塊肥皂，他搞不好先拿去洗屁股、洗臭腳丫，你卻先拿來洗臉、洗身體，那不是更髒嗎？」

「安平，回水牛城第一件事情，牙膏跟肥皂不要再共用了，以後，也不提供訪客拖鞋，要他們自備襪子進門，不准光腳丫。都是你，沒事不要叫徽杭亂講話，這笑到我肚皮快爆掉了。簡直是強詞奪理一番。害得我本來眼皮很重要掉下來，現在都被她講到清醒了！學妹，妳不要再講了，妳睡覺好了。」

「徽杭，妳這麼髒，有誰要跟妳住。對了，學期末時，你們宿舍應該有提供單子，讓你們換室友吧？妳室友沒嫌妳髒，要換啊？」

「喔！講到這裡，我們換到 307D 了。」

「『我們』？誰是『我們』？」

「當然是我跟室友 Anna 啊！拜託，人家是有名字好嗎？老是叫她我的室友。Anna，Anna，Anna。」

「妳就算講一百多遍，我也懶得記。妳好不容易有機會，可以找個亞洲室友，或是美國室友，妳還跟她幹嘛？」

「你都說我那麼髒，有人要我就要偷笑了！天啊！學長，如果沒有她，你就要發愁了。因為我一定會死求你替我找理由，裝瘋賣傻的，我要搬離宿舍。搞不好，跟你假結婚，給宿舍個結婚證明，我都願意了。」

「跟我假結婚？妳他媽的那麼髒，誰要跟妳啊？不過，妳室友，她有這麼好喔？我覺得她看起來不苟言笑，好難相處的臉色。妳是跟她好到也去燙個姐妹花的鬈髮喔？看起來不適合妳。在哪燙的？」

「不適合我？是不適合你的眼睛吧？我覺得很適合啊！等到過了一個月，就會有我要的那種 soft body wave（微捲），現在這麼小捲，是必然過程。」

「去哪燙的？」

「當然是我自己燙的啊！」

「妳後腦杓有長眼睛啊？後面妳怎麼燙得到？」

「那當然只好憑感覺啊。就用兩隻手，抓幾束頭髮，拿著燙髮紙在髮捲尾端，開始憑手感慢慢捲到髮根，再拿橡皮圈定型在髮捲上。等全部的捲子都上齊了，就是開始考驗記性的時候啦！要確保每一個捲子都能均勻抹到藥水，總共要上兩劑。不過，講實話，我覺得這頭髮是失敗作品，其實我也覺得燙太捲了。」

「天啊！學妹，妳好厲害喔！我從來沒聽說過有人會自己燙頭髮的。」

「你別說了，花了我很多時間，這樣東弄西弄，要四個小時哩！不過，這時你就知道這髮型師多好賺。藥水台灣帶的，才台幣一百五十，燙髮紙一包，才台幣二十元，捲子比較貴，我那時買了不知道台幣幾百塊。可是這藥水才用五分之一而已。」

「那妳燙個頭髮才幾百塊台幣而已？」

「對啊！當然，高級的設計師，是會分髮線，那我就沒分了。反正我就是前面瀏海一個大捲子，後面都是中捲子，燙出來就變成這樣。如果我那時時間少一點，會比現在自然多了！」

「學妹，那妳來美國唸書幹嘛？妳知不知道，會燙會剪頭髮，這在美國很吃香的哩！」

「我學只是為了好玩，那個時候剛上高一，暑假想給媽媽燙頭髮學的。哪是為了來美國開業的？而且，如果被抓到，我不是就完了，這種餿主意，你別亂出。還有，你不要給我到處宣傳我會剪頭髮。我只幫你們兩個剪。」

「好感動喔！下次忘了帶牙刷，妳用我的，我不會介意。」品哲原先瞇著眼，突然轉頭回來，開心的說著。

「嚇我一大跳，我以為你睡著了。」徽杭驚了一下。

「本來眼皮很重，聽到牙刷事件，好笑到睡不著，後來聽到燙髮上捲子，又想睡了，結果妳說只幫我們兩個人剪，現在又感動得完全不想睡了。」

「對了，品哲，你上回說我一日要搬去的那個空姐，她好不好相處？」

「她是超級古典美人。之前是台航空姐。常常想，她怎麼就不穿個台航制服，給我們看一看。本來長頭髮，都是盤著的，後來跟我們班的男生分手後，就剪短頭髮，告訴妳，女生五官只要漂亮，什麼髮型都適合。她短髮超級俏麗的。有時看她開車經過我們那裡，那天心情就很好。」

「雞同鴨講。我在問你她好不好相處，我哪有問你她漂不漂亮啊！」

「對我而言，女生漂亮再怎麼難相處我都願意忍。所以，結論是，她很好相處。那妳跟她不論相處如何，有什麼問題，先說好，不要來這裡撒嬌訴苦，千錯萬錯，絕對是妳的錯。誰叫妳沒有她的臉蛋身材。」

「品哲，講得好。先這樣嚇嚇她，讓她知道跟人家住是要重禮數。還有，牙刷、肥皂要自備喔！不要用人家的。講到這裡，聽說妳搭飛機吐得很厲害，妳看妳的椅背那裡，我給妳準備好幾個塑膠袋。妳不舒服不能吐我車上啊！」

「拜託，當個空姐，有什麼了不起的。你們把她講得那麼神！」

「那妳考得上嗎？誰不想娶空姐當太太啊？」

「怎麼考不上，我那時候只是沒去考。我們學姐，還有我們班上，幾乎只要是女生，全去報考飛榮耶！」

「拜託，拿飛榮跟台航比。平價品跟高檔品擺一起比，台航的多漂亮啊！飛榮都不挑容貌的。我絕對不會搭飛榮。」

「是嗎？哪天飛機掉了，你就會後悔沒搭了。」

「唉！不過講真的，如果學妹沒來成這一趟，現在可能也是會在天空端盤子呢！」

「沒錯，我會穿著制服，挽著包包頭，一面說，先生，你要來杯咖啡、茶還是肉羹湯？」

「這麼好，哪來的肉羹湯？」

「我吐的！」徽杭一講完，安平、品哲就連聲抗議，叫她閉嘴、睡覺，到紐澤西前，都不准再講話了。

第六十九章：Cul-de-sac 的別墅區

等到徽杭睡得迷迷糊糊，睡眼惺忪被安平叫醒用餐時，車子早已離開東西向的 I-90，到了 I-80E 往東了。這時候司機早已換成品哲，徽杭已經完全睡死了，上一次的休息站，安平、品哲也不好意思叫醒她，等到了 I-80 的休息站，不能再不叫醒，再錯過，徽杭就要餓肚子了。

「學長，我們已經到了嗎？」徽杭揉揉眼睛，無精打采的，看著窗外，還是一片漆黑。

「還沒，學妹，我們現在這裡是休息站。我們先加油、上洗手間，順便點早餐。估計再兩個小時就能到我叔叔家了。我叔叔在大學教書，非常忙，天天都把自己關在實驗室，每天都很晚回來。所以，如果你們沒遇到，不要覺得奇怪。我叔叔兩個孩子，都很小，一個小學四年級，是哥哥，一個小學二年級，是妹妹。我弟弟是下午才會坐飛機從加州趕來，我要去機場接他，你們如果不想待在我叔叔家，跟我一起去接他也是可以的。」

「學長，美國的高速公路，晚上都沒有路燈。坐在車裡，看外面，都覺得很害怕。」

「沒錯，所以這就是為什麼兩個大男生坐前面比較好。可以一起看路，互相交換著開。現在天色漸漸亮起來了，也差不多有六點半了，我是要避開九點的塞車，所以，等一下速度就會快一些。晚上我跟安平一開始就說了，絕對不能飆車，晚上有些趕貨的司機，美國的大卡車是又大又長，遇到他們晚上趕貨，有時你一飆車，跟他們在一起，會是以卵擊石，必死無疑。還有，有些路會有鹿，通常會有鹿的標示，代表是鹿的群居地，如果開太快，突然遇到鹿落單走出來，你不要以為鹿會過馬路，牠有時看到你，牠不但不閃躲，還會直行的往你前面靠近，你這時馬上開啟閃燈，提醒後方車輛，然後看看照後鏡，確定後方沒車，你要迅速換道，避開鹿。跟妳講喔！妳早晚要學開車，白天盡量不能休息，要看著點。我們有個學長，剛來美國就是在一條往北的高速公路上，一個閃神，撞到一隻鹿，他完全嚇傻了，一個人不知道該如何處理，車子的板金也凹了，他把奄奄一息躺在路正當中的鹿移到路肩，車子閃燈，往前走好久才看到一個事故電話。這裡，也提醒妳，為什麼他不往後方走呢？開車永遠要注意，美國的公路一定會有事故電話，妳開車時就稍微留意，倘若在妳開的過程中都沒看到，或是妳印象中剛才看到至少是三十分鐘前，那我勸妳往前走，走路肩，遇到事故電話的機會就高了，美國設計得好，每隔一定的間距，就會設置一個緊急事故電話。不過，如果往後走，機率上，反而是安全一點，因為妳會看到迎面的來車，反正，一旦遇到了，妳自己做判斷就是了。還有，這個時候，妳也千萬要記住車子停的位置，高速公路通常會有個小標記的數字，如果找到了電話，妳要跟警察講清楚，不能說，我撞倒鹿，車子就在往加拿大那裡北邊的高速公路，警察才不可能隨便沿著路去找妳。不過，說是這麼說，絕大部份，妳還沒走到事故電話那裡，甚至停在路邊揮手，都會遇到好心人幫妳。」

「有趣，那品哲，後來呢？他怎麼處理？」

「那條路根本杳無人跡，遇不到半個車輛。後來他走不到十分鐘，遇到交警了。交警帶他下交流道，繞回原來的事故現場，鹿早就死了。警察就叫他自己把鹿搬進後車廂，自己回去處理這具鹿的屍體。」

「噁心！一想到後車廂有個動物的屍體。就很噁心。那，後來呢？」

「沒人知道。因為沒人想聽，他本人也完全不提，就默默的把車子修好，大家見面再也裝著不知道。」

越靠近紐澤西，越可以感受到美國城鎮之間的差異。紐澤西好多主要城鎮都遠比水牛城繁忙太多了，品哲下錯了幾次交流道，也在加油站到處問人，英文實在是聽不太懂，安平不認識路，也無法判斷個東西南北的。終於遇到超級好心的先生，他說他上班都會經過那一帶，叫品哲跟他走高速公路，他會留在最慢的車道，品哲跟在後面，等到看他車燈閃爍時，就代表下一個交流道就必須下車了。就這樣，品哲照著這位先生的說法，跟在這位先生的車後，大約過了三個交流道後，車後燈像一雙可愛的眼睛，不停的眨呀眨的閃爍著，提醒品哲即將要下交流道了，品哲要認路不方便搖桿拉下車窗，坐在後座的徽杭機靈的立刻奮力的用力搖下拉桿，跟那位先生揮手道別，從車窗裡可以看到那位先生側面的笑容。

一下交流道，品哲看著 WWW 標示的地圖，沒多久，就開進一個社區，他叔叔家在最裡面 cul-de-sac。品哲說這是他叔叔 email 告訴他如何去辨認，因為這個社區很大，十分容易迷路，叔叔說剛買這個房子時，連嬸嬸送完小孩上課，回來還常會找不到家，最後開車去學校煩他，要他帶她開車回去。可是，他一進社區，完全沒看到這個字。

徽杭一聽，立刻說：「學長，我知道。你現在一直朝最裡面開，一直開，開到後面看看是不是條死巷？」品哲一聽，就慢慢往社區的尾端開，沒多久果然看到路被封起來，左邊是公園，右邊有道路。「學長，你往右轉，再繼續走看看。」品哲聽徽杭的建議，往右轉進入兩排都是房子的社區，走了好一陣子，又遇到右邊一個小公園，左邊則是幾棟房子座落在一處半圓形的圓環處，徽杭大叫：「學長，看看住址對不對？」果然，房子就在圓環的左上角，品哲將車子緩緩駛入車庫前。大家一起下車，他按了門鈴，沒多久，就聽到兩個小朋友叫媽媽，開門的是品哲嬸嬸。

「歡迎啊！你們找很久，對不對？這個社區簡直是超級大迷宮。把行李抬上二樓去，洗個手，就下來，早餐應該還沒吃吧？快進來。」品哲跟嬸嬸介紹徽杭、安平，嬸嬸開心的跟大家問候，徽杭一看到有可愛的小女生，立刻去牽著人家的小手，小女生似乎沒有接觸過亞洲臉孔的大姐姐，很開心的過來，導引著徽杭去二樓房間。她用英文問徽杭，晚上可不可以跟她睡？徽杭用中文反問她，那要看她聽不聽得懂中文啊？聽得懂，姐姐才陪啊。她笑嘻嘻的用英文說聽得懂，但是不會講中文。徽杭說，那就很棒了，那姐姐該睡哪裡呢？她指著地下粉紅色的地毯，還放了一堆娃娃、軟熊，徽杭說粉紅色的房間，好羨慕喔！小女生似懂非懂的，看到徽杭的羨慕表情，立刻拿出一堆娃娃，要跟徽杭玩。過了二十幾分鐘，嬸嬸上來用英文唸小女生，說客人剛來，就纏著人家。徽杭用英文偷偷的跟小女生說：「媽媽生氣了，她還不知道其實是姐姐比較想玩妳的玩具。」小女生聽了笑得更甜了。徽杭牽著她的手，帶她到樓下餐桌。她跟品哲嬸嬸說，早餐在休息站已經吃飽了，想要杯咖啡。

嬸嬸坐在餐桌一角，跟品哲他們聊天，她叫徽杭也加入，她很久沒有遇到台灣人，更別說年輕女生了。徽杭讓小女生先去一旁跟哥哥玩，她就坐在品哲旁邊，聽嬸嬸講話。

「妳很聰明啊！這麼難找的路線，聽品哲說還是妳帶路的啊？」

「沒啦！是品哲說雖然有住址，但是一進社區，還是分不清東南西北，他說叔叔 email 有提到 cul-de-sac 這個字，在很裡面，我就猜應該是往死巷走。」

「妳怎麼知道是死巷？」

「因為 sac 是囊袋、袋子的意思，是法文。所以，cul-de-sac 就是像是弧狀的囊袋，通常是在社區的角落附近，我是亂矇的，真的不是知道什麼啦！」徽杭一說完，品哲、安平立刻驚訝得說不出話來，安平小聲的跟她說：「沒聽說過妳會法文？」徽杭搖搖頭，小聲說：「我真的不太會，整個法文都還給老師了，單子背過一些而已。」

「剛才我們小妹妹一看到妳就黏著妳。她太寂寞了，這裡亞洲人太少，同學全是白人小朋友，她班上完全沒有朋友，所以一直想要找人跟她玩。一看到妳，馬上開心的想黏妳。」

「喔！太好了，那等下我一定要好好跟她大玩特玩一番。我以前教過補習班的兒童美語，我喜歡跟小孩玩，尤其，小女生。」

「真的嗎？那就太好了。還怕年輕女孩不喜歡小孩呢！唉！真了不起啊！台灣現在連女生都能來美國唸書了，聽他們說妳才剛來一學期。真幸福啊！年紀輕輕的，就能來唸書。我們那個年代，台灣好窮啊！都是男生來唸書的，有的家裡擔心隻身一人沒人照顧，很多父母就讓孩子相親結婚，我們女生那個時候傻傻的，什麼都不懂，一想說是來美國，就這樣呆呆的嫁來了。好苦啊！剛開始的時候，學做飯、買菜、開車，還要學英文，男生哪管妳那麼多啊！他就一天到晚在實驗室窩著，有時候，連帶一窩人回來吃飯都不事前通知，好累啊！現在，台灣真好，有錢了，那個時候，寒暑假哪有像你們這麼好，到人家家玩打地鋪睡，那時都是要到餐館洗盤子、端盤子，打工啊。那個年代，美國抓得不兇，其實，現在也抓得不兇，只是台灣孩子就不屑去做這種工作了。」品哲跟徽杭聽了一直點點頭。

這時候，小女生突然過來餐桌旁邊，撒嬌的問媽媽到底要跟姐姐聊多久，她想跟姐姐去樓上玩娃娃屋，徽杭聽了立刻跟嬸嬸笑笑，就到樓上去了。一直玩到中午，她帶著小妹妹下來，跟嬸嬸一起在廚房幫忙。中餐之後，品哲就跟嬸嬸說要去機場接弟弟，徽杭問嬸嬸，可不可以帶妹妹一起去，看哥哥要不要跟，哥哥立刻用英文說不要，妹妹卻開心得大叫。

大家一坐上車，沒多久，小妹妹竟然窩在徽杭旁邊睡著了。品哲一路開，安平看著地圖，品哲說話了：「徽杭，不好意思，嬸嬸我小時候見過，現在跟以前差好多喔！以前叔叔剛新婚，印象中嬸嬸好文靜，現在嬸嬸變得比較囉唆了。」

「不會啊！你要從她的立場來想啊！她經歷過台灣最窮的世代，家人是抱著什麼樣羨慕的心情看她嫁來美國的，可是，就她剛才說的，這裡都是白人，她一定很寂寞，沒什麼聊天對象，難得看到自己台灣人，當然想講講話，學長，你不要老覺得女人講話是抱怨，不開心，其實，她們就只是想找人聊聊而已。當然，誰都沒料到，剛好半導體紅起來，台灣這方面的電機人才是最多的，自然而然把經濟都帶起來了，唉呦，學長，如果嬸嬸再聊什麼，你就多多聽話就好，不用插嘴給意見啦！你如果不想聽，可以去跟那個哥哥玩啊！」

「喔，饒了我，那我更不要。我跟小孩不知道聊什麼。那我寧願在嬸嬸旁邊聽她發牢騷。」

　　飛機有些延遲，等接到了品哲弟弟後，再開車回到嬤嬤家裡，已經是晚餐時間了。徽杭叫妹妹帶筆跟圖畫紙到餐桌，她一面陪嬤嬤準備晚餐，一面玩遊戲，遊戲規則很簡單，徽杭隨意用中文說個東西，妹妹就要在圖畫紙上畫圖，例如，徽杭說個白色冰箱，妹妹就要跟著畫冰箱，然後徽杭說冰箱左邊是流理台，妹妹就要照著畫。這樣一來一往，嬤嬤跟徽杭把東西一盤一盤炒出來後，徽杭過去餐桌看看妹妹的圖畫。妹妹笑著跟徽杭撒嬌，說畫得很醜，徽杭牽著妹妹到廚房看，問她：「妳覺得妳現在畫的是誰的家？」妹妹一看自己的圖形跟廚房不一樣，東倒西歪的，一直大笑。徽杭也笑說：「以後我就設計這樣的家，請妳來玩，好不好？」妹妹直點頭。

　　嬤嬤叫大家晚餐不用等叔叔了，叔叔是很用功的學者，做研究做到三更半夜回家是家常便飯，開動的時候，徽杭先拿湯匙替妹妹舀了幾樣菜，妹妹看到是青椒，大聲說 No，徽杭看看妹妹，就說：「青椒，妳不敢吃啊？那全部妳撥到姐姐盤子來，妳跟姐姐一模一樣，姐姐小時候，也不敢吃。」說完，徽杭就把妹妹撥到她盤子裡的青椒，全吃完了。

　　妹妹好奇的用英文問徽杭，後來是怎麼敢吃的。徽杭小聲的說：「姐姐的 grandma 跟姐姐講，吃了青椒，會變很聰明。不過，還好妳不愛吃。妳如果愛吃的話，又聰明又漂亮，姐姐就會很嫉妒妳。妳長得漂亮就好，不要太聰明，不然姐姐就輸了！」妹妹這時興致來了，她跟徽杭用英文說，她要試看看，一根就好。徽杭立刻回她：「妳不要試啦！我不要妳比我還聰明啦！」兩人推來推去的，妹妹說時遲那時快，自己拿叉子去叉了一根，放到嘴裡，徽杭替她捏了鼻子，叫她趕快咬咬，說她不應該試，馬上就要變很聰明，姐姐太嫉妒了。妹妹看看徽杭，說她咬了，也吞下去了，覺得沒那麼難吃，不過也不是多好吃就是了，大家都笑開了。

　　嬤嬤一直看著徽杭，笑說出國唸書的女生好像都很有辦法，很會哄小孩，也知道如何逗小孩歡心。安平立刻接話：「不是她很會哄小孩，她就是小孩，看到同伴，就玩開了。」嬤嬤接著話鋒一轉，開始狂唸品哲跟弟弟品宣。

「徽杭，妳看看，同一個父母生的小孩，相貌差那麼多也就算了，一個 180 公分，一個 165 公分，更糟糕是個性差這麼多。品哲選個州立大學，替家裡省錢，妳看看品宣，硬是唸個貴族學校，UCLA 一年學費有多貴？哥哥有獎學金，弟弟沒有。有獎學金的，車子才買五百塊。沒獎學金的，竟然一去那裡就買新車。」

「嬸嬸，妳跟外人講這些幹嘛？我唸機械，以後出路又沒有比電機好，當然要選名校啊！哥哥唸電機，他隨便選個州立大學，畢業工作也會比我好找。這哪能相提並論的比啊！」

「那車子呢？聽叔叔說，你一去就買新車，要一萬五千。你已經花你爸爸那麼多的學費，你還買新車。你哥哥沒花爸爸半毛錢，車子才買五百。」

「嬸嬸，買新車跟舊車哪有差別？還好啦！」

「徽杭，妳來聽聽看，一萬五千跟五百，是美金，不是台幣，這孩子竟然說沒差別？」

「嬸嬸，我懂他的意思，他可能是對的。買新車可能會比較划算。品宣買新車，維修保養幾乎是完全不用吧！如果不唸博士，抓個兩年，加州華人多，留學生多，搞不好品宣畢業了，賣一萬兩千，都會有人搶著要。那等於品宣只花個三千元在車子上。而品哲雖然一開始買才五百塊，但水牛城的雪季長達六個月，維修如果一年抓個五百塊，品哲抓個四年畢業，四年就是兩千塊，那他四年的車子等於是兩千五百塊。三千塊的新車對兩千五百塊的破爛車，還要加上開新車的新味道、心裡的放鬆，開個破爛車，如果在雪地突然當掉，一時之間有什麼事情趕不上，那種心理負擔，兩個相比，這應該是品宣的意思吧！」

「沒錯，就是這位學姐的意思。」品宣用力拍大腿，力表贊同。

「品宣，她比你小三歲。跟你一樣才剛來一學期。」品哲帶著怒氣看著自己的弟弟。

「天啊！你們還能這樣算數的喔！那一次要拿一大筆錢出來，你也不為你爸爸想想，他心不心疼啊！還有，品哲，你怎麼那麼不修邊幅？難怪交不到女朋友。聽說弟弟一去就追到女朋友了。你看看你同學，頭髮剪得至少有個型。你的像是狗啃一樣，你是自己拿剪刀亂剪是不是？你去哪剪的？」品哲低頭的往徽杭這裡指指。

「女生剪的喔？那品哲同學為什麼不帶品哲去找你的髮型師剪呢？」安平也低頭的往徽杭那裡指指。

「所以也是找這個女生剪喔？為什麼同樣找人家剪，效果差這麼多啊？」

徽杭就像找到同伴似的跟這位妹妹瘋狂了兩天，樓上樓下的玩娃娃屋、捉迷藏跟打枕頭戰。她沒見到品哲叔叔，只聽品哲說叔叔三更半夜回來，就是特別要跟他說說話，聊聊台灣的家鄉事，叔叔已經很久沒有回台灣了，他跟品哲一聊就是聊到凌晨三點多。安平跟徽杭說品哲連續兩夜都很晚睡，二十二日不要太早出發，反正不論何時進紐約城，都會塞得一塌糊塗。還不如等品哲睡飽才開車上路，一開進紐約城裡，交通會大亂，安平還真有點怕怕，不太敢開進城。既然品哲在紐約待過，開車由他負責算了。

清早趁品哲還在熟睡時，安平帶著徽杭先去加油，加油站有專門工作人員來服務，安平的車窗前經過美國高速公路的長途「洗滌」，車窗沾得全是死蟲跟枯枝，雨刷也只能將這些東西掃到一邊，徽杭出來想拿加油站備用的刷具替安平將車窗擦乾淨，加油站人員立刻過來，說他們有小弟可以服務，說著便問徽杭要加哪種油，安平連忙下車告訴人員，徽杭也趕緊拿出三十塊替安平付了油錢，工作人員看看安平的車牌，以為是紐約市來紐澤西度假，安平笑笑跟對方說，答對一半，是紐約州的水牛城來紐澤西探親，今天要離開，去紐約市度假。說完，徽杭跟安平跟對方說聲聖誕快樂、新年快樂，便離開了加油站。

「學妹，妳不用替我付錢。他有找錢，妳怎麼沒拿？」

「學長，你忘了嗎？新生守則，你怎麼教我的？『我真他媽的後悔買這德國五門車啊！出車、出人還要出力。』我哪敢還讓你出錢啊？」

「啊！我真他媽的把妳教得好啊！不過，學妹，紐澤西跟紐約市不能跟水牛城那裡比，這裡比較亂，如果再到加油站，女生就留在車上，不要出來。紐澤西的加油站不像水牛城，都不是自助的，是有人員來服務的，妳就更不用出來拿油槍了。」

「所以啊！學長，這就是為什麼我叫他不用找錢啊！美國不是只要有人員服務，就一定要給小費嗎？而且，他車窗給我們擦得很乾淨，我覺得這種服務是額外的。我只是猜啦！我想當然這裡的人不可能每次來加油，都會給小費。不過，既然是要過節了，大家開開心心，沒有不好。」

「哇！學妹，妳真的好融入美國的文化，連小費妳都想到了。真的喔！下次留在車上，不要出來。」

「學長，你是擔心什麼？大家出來讀書，本來就是學習獨立，如果有什麼危險，我讓你一個人擔吶？那如果是你發生危險，出了事情，我到時候怎麼跟你父母交代？多一雙眼睛，能夠壯個膽，這裡人生地不熟的。這個，很抱歉，恕難從命！」

「學妹，我好感動喔！要哭哭了！」

「學長，你不要受限於台灣的教養環境，男生就一定要承擔什麼，女生就一定要接受什麼，來美國這一趟，我最喜歡的，是這裡的女生。這也是我喜歡我們系上的原因。」

「學妹，我跟秋雪認識那麼久，我都不覺得她有那麼融入美國的社會。那慧婷，就更不用說了。妳真的跟大家完全不一樣。」

「我也沒有多融入，只是，喜歡觀察那群美國女生的上課表現，平常看她們跟別人的互動模式。人與人還是要保持一定距離，所以，我也不像你說的，能夠跟她們混在一起。我們班的美國人，幾乎都住在南校區的公寓，不是秀雅姐那一帶，她那裡至少還在南校區北邊。我們美國同學喜歡南校區的南邊，聽說那裡小店多、酒吧多，你看，像這種喝酒文化，我就絕對不願意接受。我喜歡自己清醒安靜的大腦，發發呆，想想心事，寫寫日記。」

「沒錯，所以宿舍明年五月到期了，妳會搬出來吧？」

「我一定搬，而且，我一定要住在 Sutton Place，當你們的鄰居。」

徽杭依依不捨的抱抱妹妹，品哲跟安平把行李一個個搬上車廂裡，大家謝謝嬸嬸這兩天的招待，嬸嬸也謝謝大家聽她發這兩天的牢騷，更謝謝徽杭來陪妹妹大玩特玩。車子緩緩駛離 cul-de-sac，妹妹突然掙脫嬸嬸，跑在步道上追著車子，徽杭連忙搖下車窗，用英文跟妹妹大喊：「青椒不能吃太多喔！不能太漂亮、太聰明，姐姐會很嫉妒妳喔！」妹妹又哭又笑的，徽杭一講完，也突然哭起來，嬸嬸連忙跟在後頭，緊緊摟著妹妹。

搖上車窗後，大家在車裡安靜好一陣子。品哲過了好一會，才說：「下次見面，不知道是什麼時候。大家都覺得美國遍地是黃金，其實，在美國不論是工作、生活還是養兒育女，沒有想得那麼容易。所以，我畢業後，我不會留在這裡。」

「學長，你說得對。我回台灣以後一定要賺很多錢。嬸嬸的房子太棒了，竟然能在 cul-de-sac 上。我最喜歡那樣的房子。」

「學妹，妳講真的假的？我就是不喜歡那裡，妳看在巷子的兩排，直直的對立著，多好啊！那種在圓環裡的房子，好奇怪喔！妳覺得哪裡好？」

「哪裡好？學長，你沒講錯吧！馬上要過聖誕節、新年，美國人如果要辦個 party，那訪客來一堆要停哪裡？一定是沿著路邊停車，當然，美國人超級守法的，他們不會擋到你的車道。可是，你有想過住在裡面的住家他們那種感受嗎？你一打開窗戶，就看到一堆車子停在你前面，心情會好才有鬼哩！既然在美國居住，住這種獨棟別墅，就是要看view。可是，圓環那樣的設計，一般人頂多只是走錯路，進來繞一圈，那裡的弧度，沒有辦法路邊停車的。如果是我，就算一個小時，看到窗前有人停車，我都會很不爽。那你一年三百六十五天，如果永遠看不到你家門前有車子暫停，那不是很棒嗎？我覺得你叔叔很厲害，能夠選到cul-de-sac 的房子。」

　　「學妹，我們即將要進入 Lincoln Tunnel（林肯隧道），那是連接紐澤西跟紐約的隧道，車流量很可怕，所以不太能聊天。可是，我要告訴妳，妳實在是太可怕的聰明了，青椒吃太多了，是不是？小辣椒一個！我只覺得如果是住家的話，巷弄大大直直的在兩排的房子，不是比較氣派嗎？我沒想到有可能訪客暫停的機率。學妹，妳實在太聰明了，我好嫉妒喔！」

　　「專心開進你的林肯隧道吧！不要學我跟妹妹講話的娃娃音！」

第七十章：On Top of the World 紐約

　　已經開始漸漸塞車，世界中心紐約就在眼前了，一堆客運巴士通過這個隧道，就是進入 Port Authority（客運總站），而品哲似乎跟其他私家轎車一樣，全世界的人彷彿是約好了，選在這個時候，匆匆趕來世界之都朝聖膜拜一番，車陣已經塞到很後面了，但是大部份的人還是非常禮讓，就算遇到幾輛插隊的車輛，車主鮮少有不禮讓的，雖偶爾還是聽到喇叭聲，但整體而言，看得出這個地方的水準的確高很多。品哲跟安平看了嘖嘖稱奇，品哲轉頭問安平：「你覺得台北要到什麼時候，能這樣心平氣和的開車，相信插隊的人是無心而非僥倖？」

　　「怎麼可能？台灣一堆開車搶快的人，你好心讓一部車插隊，後面一堆車不明就裡，把你當傻瓜，全部跟著插進來，結果你後面直行的車輛當然就不耐煩，一直對你按喇叭，責怪你不該讓路的，這些人完全不懂行車的禮貌。你自己看看這裡，遇到道路縮減時，美國人怎麼做，一定是左插入一輛，右進來一輛，左右交叉輪流進到車道內，你在台灣，什麼時候會這樣做？所以，你不要從你的觀點來看你叔叔。至少你叔叔開車不會受氣，在台灣，每天開車不短命才怪。這就是文化水準，這種東西，你拿美國跟台灣比，等於是拿 LW 包包跟地攤貨的包包比。」

　　「學長，什麼是 LW 包包？」

　　「蘇徽杭，妳講什麼？這不是妳們女生的最愛嗎？法國的名牌包包啊！慧婷說她第一份工作拿到薪水，一定要去巴黎買幾個犒賞自己。」

　　「是喔，那一個要多少錢？」

　　「不知道，聽說小小一點的包包也要上萬台幣了。」

　　「小小一點的包包，要上萬台幣？這些女生有神經病啊？是這種包包能夠裝上萬個的銅板進去，像小叮噹的百寶袋喔？」

　　「學妹，就像妳買車要買日本車，不買美國車，也是一樣啊！同樣是日本車，HANDA 在美國價錢就比 TOYODA、NISSEN 貴啊！很多東西就是貴在品牌嘛！」

「學長，買車子，是買個安心；買包包，是給女生比較看的。我才不相信品哲學長會注意女生拎哪款包包哩！反而，遇到那種會注意女生拎名牌包包的男生，一定是公子哥，要離遠一點。」

「不會啊！我就會注意女生的包包啊！LA，好萊塢那一帶，好多女生會去逛名牌包的店。我會陪我女朋友去逛逛。」

「那，品宣，我問你，你有車就馬上追到女朋友。回台灣，要娶她嗎？」

「……」

「你不用回答這個問題。我喜歡自問自答。」

進入林肯隧道了，沒有想像中的黑暗，隧道中間，可以依稀見到紐澤西跟紐約的分界線，美國真的是有趣，精準、確實，了不起的國家。林肯隧道遠比想像的要更長，品哲一行人就在這隧道內走走停停，好不容易看到一線曙光，進入紐約城了，42 街。

「學長，你有沒有走錯？所以，我們是開進紐約市區了喔？我還以為林肯隧道出來就接上高速公路耶？還是，你同學就住這附近？」

「學妹，妳知道這裡的房價有多貴嗎？台北市中心的大樓幾棟都換不到這邊的一處住宅，妳知不知道？曼哈頓的地價是有名的昂貴，突然又不知道妳的聰明在哪裡了？也對，喜歡 cul-de-sac 的人，怎麼會對這曼哈頓的高級地段有研究呢？」

「那不然，學長，我們現在要去哪裡？不是在曼哈頓裡面喔？」

「曼哈頓，是經過而已，妳欣賞一下。明天開始，我們才買地鐵票來玩。妳沒看到這裡有多難開，還會聽到喇叭聲，我在努力的找 I-495E，要準備接高速公路了。」

「蛤？所以，我剛就說啊，我不是就說是要接高速公路？」

「林肯隧道沒有在接高速公路的啦！妳就先欣賞一下曼哈頓，很快又看不到了！」

品哲說得沒錯，高速公路接上後沒多久，又是一個隧道，Queens

Midtown Tunnel，一進隧道，就真的什麼也看不到了，隧道出來沒多久就進入 Flushing

（法拉盛）。看得出品哲對這一帶非常熟悉，這一帶的社區其實跟秀雅姐那一帶的社區極為相似，只是棟距再密集了一些，而且，這一帶的房舍多半都建到三樓，徽杭這時看到三樓的窗戶有個人影，原來是品哲的同學看到車道上進來了一部德國 WV 車，就知道品哲大駕光臨了，她開心的下樓迎接。

「終於來了，我等你們等好久了，怎麼這麼慢？紐約進城塞一塌糊塗對不對？」

「學姐，跟妳介紹一下，這是安平，我同學，品宣，我弟弟，還有徽杭，今年剛來美國一學期。徽杭，這是我以前紐約理工大學的博班學姐，莊蕙玫，妳是要跟學姐住幾天喔！不要給學姐添麻煩啊！牙刷帶了沒？」

徽杭挑挑白眼，看一下品哲：「謝謝學長的介紹。牙刷，我偷你的！」

「什麼？沒帶牙刷沒關係，我有很多。」學姐看看徽杭微笑的說。

「學姐，沒什麼，品哲跟我喜歡鬧一些有的沒的。我有帶牙刷跟牙膏。」徽杭看著品哲咬牙切齒的講完。

「喔！學姐，那我就把徽杭交給妳了。徽杭，學姐這裡不能停車，所以我必須開車去我另外一個同學那裡，他社區可以讓訪客免費停車。學姐，我們男生都會住林振榮那裡，我們兩邊就電話聯絡，妳知道我威斯康辛的同學他們一群人來了嗎？」

「他們上午就來了。大家都在等你啊！我覺得，不要留我跟這位學妹在這裡，我們就五個人一起擠你同學的車，直接開到林振榮那裡。大家在那裡一窩人才熱鬧。這樣比較好！我先帶學妹把行李放到三樓去，你們車裡等我們，要上廁所的現在也可以上來喔。」蕙玫一說完，大家全部都跟著上三樓去了。

從蕙玫家開車到另一端其實很近，徽杭一看附近，的確停車空位滿多，跟蕙玫那種獨立別墅不一樣。蕙玫跟徽杭說，因為在台北習慣公車捷運，所以來紐約讀書後，根本不想買車，天天依賴大眾交通工具，方便多了，而且她運氣好，遇到一個好房東，整個三樓的閣樓空間都是她的。剛才徽杭進去放行李，稍微環顧了一下，的確是個很舒服的房子，光浴室就提供一個很特別古老的四腳浴缸，浪漫的學姐在浴缸周遭放了幾個香香的精油蠟燭，浴室旁邊，還有一個獨立超大的 walk-in 衣櫥，那衣櫥大到可以躺十個人，天花板是個斜屋頂，學姐就這樣一個人舒舒服服的生活著。

品哲終於見到了他畢業多年未見到的黃震文，兩人就在停車場緊緊握著雙手，黃震文連忙叫旁邊的女生過來打招呼，跟品哲說，這是他未婚妻燕芳，兩人暑假要回台灣結婚了，女生是師大畢業的，九月就必須回台灣教書，是留職停薪兩年，所以這是為什麼，他一定要把女生訂下來，品哲也開心的拍拍他，跟他不停的恭喜。

品哲大概的介紹了一番，讓徽杭跟安平先跟著大家走，品哲走在最後面。一進門，一位身高接近 170 公分的女生開門，原先是笑臉迎人，後來聽哥哥依序介紹徽杭、安平、品宣、品哲之後，她的笑容變僵了。品哲也挪挪眼鏡，尷尬的說：「震妮，小時候看妳，好小不點一個，現在怎麼長那麼高啦？」安平偷偷在徽杭耳朵取笑：「怎麼沒說，是你身高沒啥長啊！」徽杭立刻阻止安平的笑鬧，連忙跟安平使眼色搖頭，叫他適可而止。徽杭心裡很為品哲難過，長短腿之戀，在現實生活中，是不太可能發生的。

「聽品哲說妳也是唸語言學的，很難過，對不對？我告訴妳，我第一年，完全是在煎熬中度過，苦到想死，要不是震文天天照顧我、安慰我，我絕對撐不下去。還好，我有教職，回去之後，我死也不碰語言學了。」

「蛤？妳也是唸語言學，世界好小喔！品哲，你怎麼沒跟我說？」

「幹嘛跟妳那麼早講？妳這麼靈活的人，不是一來就知道了嗎？給妳個驚喜嘛！」

「難怪，品哲一直邀我跟他來紐約，原來就是為了取笑我。好吧！謝謝你有那麼多紐約好朋友，我才能有地方可以住。看在你朋友份上，沒問題，要取笑就儘管放馬來吧！」

「所以，妳也是今年來美國的？我也是耶！你們水牛城冷不冷？芝加哥冷到凍僵了。我覺得紐約好像沒那麼冷耶！」震文妹妹，震妮，看著徽杭抱怨。

「沒錯啊！大家都以為水牛城很冷、雪很多，其實，今年根本沒什麼雪，好失望喔！我不覺得冷倒是真的。我知道芝加哥很冷，我們語言系一位美國同學就在那裡土生土長，她自己都受不了，還說水牛城比較舒服點。」

「對啊！妳看。連美國人都這麼說。哥，你看，人家也這麼講吧！我哥偏心，有了嫂嫂，就不要我了，我跟他說芝加哥多冷，他還說再怎麼冷，也不會比威斯康辛冷，叫我要多跟嫂嫂學。臭哥哥！」

「沒有，我哪有這樣講。我是說，妳趕快找個男朋友，冬天就不會那麼冷了！」

「妳看，徽杭，這就是我哥。我回台灣，要跟媽媽告狀，看媽媽怎麼修理你！」

「啊！時間差不多，我們去中國城吃晚餐好不好？振榮，我們去老地方，我想點左宗堂雞跟宮保雞丁。」蕙玫一直揉著肚子叫餓！

「嗯，為什麼這聽起來有點耳熟，這兩道菜，我在哪裡聽過？」徽杭陷入一片沈思。

「別想了，妳就一面走，一面想還要點什麼吧！」

大家一行人到了中國城，平常振榮會光顧的餐廳，狂點了一大堆吃不到的餐點，好像一百年來都吃不到中國菜，徽杭簡直是狂吃，她一直想，到底哪些菜她是有好好嚼過的，實在好吃到她全用吞的吞下肚子。突然之間，她想起來了，Anna 提過想吃左宗堂雞、宮保雞丁，她羨慕 Anna 能在這個大蘋果生活，她可以理解為什麼林肯隧道前會有那麼多人排著隊伍趕著來朝聖，紐約實在太值得來了。

　　吃完晚餐後，徽杭跟震妮決定先跟蕙玫學姐回家休息，燕芳說想聽看看以前震文唸書的笑話，所以今晚先待在振榮家裡，跟品哲、安平一起聊聊。

　　回到蕙玫家，蕙玫泡了茶，準備了巧克力餅乾跟兩位嬌客聊聊天。

　　「謝謝妳們來。我好久沒看到迷人的台灣女生了！巧克力餅乾，吃嗎？」

　　「吃啊！學姐，謝謝妳，我就不客氣的拿了！學姐，妳才棒，一個女生，能在男生圈的電機系裡一枝獨秀，妳未免也太強了吧！震妮，妳不覺得嗎？」

　　「對啊！學姐，女生唸電機，是很聰明的耶！」

　　「沒有啦！妳們這樣才好。女孩子，唸文科比較好。像我天天跟那群臭男生混在一起，我都快要忘記自己是個女生了。所以，我偶爾會穿個裙子，像今天這樣，提醒自己，是個女生。」

　　「那倒是，學姐那時開門時，我就想，不錯嘛！電機系的學姐也知道打扮打扮！學姐，女生穿裙子，漂亮多了。」

　　「唉！打扮，也要有人欣賞、有人看啊！本來我喜歡一個人這樣生活，忙著實驗室的事情，家裡晃晃啊，看看書，跟學弟他們聊聊天，偶爾跟大家去中國城打打牙祭。再熬個一年，順利的話，應該可以拿博士畢業了。最近，卻突然開始覺得無聊了，還不是被我妹妹害死。」

　　「妳妹妹？」

　　「對啊！震妮，妳不要嫌妳哥哥，他講的，也有幾分真實啊！」學姐嘆了口長氣，繼續哀怨的說著。

　　「本來我妹妹也住這裡，兩個女生嘰嘰喳喳的，超級有意思。她來唸哥倫比亞大學的傳播系。一天到晚就跟我說哥倫比亞的傳播多有名，以後畢業一定要進入 CNC 工作，要當一名外派記者，要在世界中心的最頂端報新聞，我爸本來多開心啊！這個妹妹是我們家裡最漂亮，最會撒嬌的。結果，來一年多，跟同學看對眼了，懷孕了，對方開心的跟她回台灣提親，我一個字也不敢跟我爸講。我爸去機場接機，看到是白人，氣到快昏倒，還牽拖到我這裡來，說我沒把妹妹顧好。但是，生米煮成熟飯，也只好答應他們的婚事。妳知道，她生完小孩，他們夫妻迷那個兒子迷得不得了，我爸媽也來陪我妹妹一陣子，到最後，我爸媽竟然矛頭又對準我，說妹妹現在得到幸福了，妳這個做姐姐的，要看看自己幾歲，不要蹉跎光陰，早點生兒育女才是真的。我氣壞了。我故意窩在我妹妹旁邊，糗她說：『不是說好，哥大畢業後，要當一名外派記者，要在世界中心的頂端報新聞？』唉！我妹妹安靜滿足的聽著她兒子餓狼狼猛吸奶的聲音，過了一陣子，她抬頭看看我，跟我說：『姐，我現在已經擁有了全世界......』」

　　徽杭想起八月一日到紐約的第一天是在過境旅館待的，沒想到，這麼快又能再度來膜拜一下紐約這世界中心，而且，這一次，竟然能離這世界中心那麼近。她們這三個女生，躺在兩張大床上，天南地北的聊，能夠聽到這麼多美麗動容的故事，徽杭覺得很幸運。

　　徽杭一側身，看到身旁修長的震妮，她又不禁開始為品哲擔心，品哲為了這趟紐約行，不知花了多少心思準備，徽杭從剛才晚餐的互動，看出震妮反而還比較喜歡跟安平、品宣聊天，徽杭覺得沒辦法幫品哲這個忙，她內心覺得很難過，不知該如何對品哲交代......

　　清晨一起來，蕙玫說今年一定是暖冬，這是好事，有朋自遠方來，千萬別下大雪，阻礙了大家的行程。大家一行人，浩浩蕩蕩的大陣仗，約好了一起活動，所以就搭地鐵直奔世界中心的正中心，充滿著高聳林立的摩天樓大廈，中城區 (Midtown)。

　　徽杭一進地鐵，就聞到一股噁尿味、人潮喧鬧聲，還有行動中的地鐵摩擦鐵軌，噴濺的火花及產生的尖銳雜音，原來，這就是世界中心的開端啊！安平看出徽杭的不屑，立刻把徽杭捏鼻子的手打下來：「沒禮貌，不是來這裡朝聖膜拜的嗎？」

　　「來聞噁尿味？」

　　「妳不要這樣嫌這裡。這幾百年的歷史，能夠維持到這程度，已經很不錯了。妳來紐約，不是只來看高樓大廈，妳要看看人類的文明，如何能夠在曼哈頓這樣的地形，設計出這種複雜的路線，這是人類史上的大躍進，不是妳那簡單的大腦能理解的。越是悠久歷史的老店，維修花費更是困難，這哪是妳這觀光客能夠想到的？」

徽杭跟著大夥，就像是老鼠穿洞一樣，在一堆人群中穿梭游離，一出了地鐵站，看到外面簡直驚呆了，每棟大樓都像是往天空直竄一樣，完全見不到天空的顏色，這原來就是曼哈頓的中城了。

林振榮是老地陪了，熟門熟路的介紹帝國大廈、洛克斐勒中心、克萊斯勒大樓、時報廣場、第五大道等。他笑笑的說，這只是走馬看花，晚上一定要回來洛克斐勒中心那裡，有超大溜冰場跟迷人的聖誕街景。中午就選品哲最愛的漢堡女王，隨意填飽肚子，徽杭心裡一面塞漢堡，還一面想著昨天晚上中國城那一頓大餐呢！實話是，她對這些高樓大廈實在不感興趣，人類，應該要住在有陽光、有河流、有土地的房子上，才叫踏實，這麼高的大樓，如果失火、天災，樓上的人絕對逃不下來。

大家一夥人又回到地鐵，一手拉一手，又是一窩老鼠在地鐵人群中穿梭來去，這次是往上城 (uptown) 移動了，中央公園。大家地鐵一出來後，徽杭看到了品哲，連忙說：「哇！這才像話嘛！這多廣大的公園，還有馬車，這才是生活。大樓有什麼好看的？」品哲看看徽杭，搖頭苦笑著：「學妹，妳不喜歡這高樓，那是因為妳太土了。」徽杭也笑笑的看看品哲：「學長，我不喜歡高樓，是因為我爸帶我回香港探親時，都是這種高樓，講實話，我覺得這不是人類應該過的生活。中央公園好太多了，謝謝你朋友帶我們來！」

由於大家也走累了，決定找個湖邊就地休息。聖誕節也快到了，到處都可以見到節慶的喜樂，跟台灣的舊曆年好相似啊！大家休息片刻，繼續再往前走時，可愛的聖誕老公公出現了，看到小朋友便發糖果，聖誕老公公往他們這群人看看，給徽杭一個枴杖糖。

安平正覺得路走得有些乏味了，看徽杭拿到一個枴杖糖，樂得取笑起來：「哈囉！你們看看，有人沒拿 ID 出來，妳最好把 ID 像狗牌一樣掛在身上，人家就不會亂發糖給妳了。」

徽杭笑笑的點點頭，美國人的眼睛，到底哪裡有問題啊！不過，徽杭瞄了這枴杖糖一眼，突然說：「安平，你覺得有沒有人忘記帶牙刷，拿這個糖來刷牙？」安平說：「有啊！那妳等不到開學，就要買張機票回台灣看牙醫了！」

天氣開始轉陰，大家又搭地鐵回到了洛克斐勒中心，等著看美麗的廣場聖誕樹燈，大夥就將就在沿途的小攤販裡，買熱狗隨意打發肚子。講實話，紐約的熱狗真是美味，尤其是搭配酸黃瓜，味道好得不得了，徽杭小聲的拉拉安平的袖口：「這比漢堡女王好多了，還便宜。」安平也在她耳邊低聲說：「不能同意妳更多了！」

洛克斐勒中心的溜冰廣場擠滿了一堆人在溜冰，安平笑笑的跟徽杭說：「這是溜冰還是溜人？」徽杭也回說：「像逃難一樣的。不過，學長，我想要用洗手間，剛才中央公園忘記上了，這我擔心迷路，要不要問問品哲呢？」

蕙玫帶著所有女生走到洗手間，裡面都滿了，蕙玫知道徽杭很急，讓她排第一個。這時，後面來了一位白髮美國老太太，正好，開門的是殘障人士專用間，徽杭客氣的請老太太先用，老太太就直接進去，頭也不回的說：「我當然應該先用，你們日本人都把這整個洛克斐勒中心買下來了，還想要怎樣？」從專用間出來的年輕美國女生正在洗手，看看徽杭尷尬無語的表情，低聲笑笑的說，不用跟老一代的人一般見識，他們很氣日本人把美國的大地標買下來，這裡又一堆日本觀光客。徽杭苦笑的想，可是，我們不是日本人耶！徽杭跟對方說聲聖誕快樂，又一扇門開了，徽杭就衝進去了。

離開洛克斐勒中心後，大家便往時報廣場走，時報廣場的廣告版，說不出的炫彩奪目，顏色五花撩亂，卻像是精工細琢的藝術品，這些廣告看板上，醒目的品牌，幾乎全是日本製的電器用品。徽杭突然想起剛剛在洗手間的那位老太太，光這裡的廣告租金，一定是天價的昂貴，能夠租得起的品牌，竟然都是日本製的產品，連時報廣場最醒目的大螢幕，像個竹節往天空築起一段一段的分段螢幕，除了可樂是美國的品牌，其他全是日本製的電腦、電視、相機、錄影機等等。徽杭看品哲也盯著那些螢幕看，就問：「學長，為什麼全是日本的牌子？」

「為什麼？日本人有錢啊！人家把美國的地標買下來，就到處插旗鞏固領土啦！」

「那，學長，美國人變窮了嗎？他們沒有自己的品牌來這裡登廣告？」

「那要錢啊！妳的腦袋瓜子哪會懂商業的競爭？如果租金可以租給比較貴的廠商，妳覺得死愛錢的美國人會突然愛國起來，說不租給日本人嗎？」

「可是，我還是不懂。我不懂這些商人的心態。學長，他們花那麼多錢，在這麼貴的路段，打上這種炫耀的廣告，到底正面效果有多大？」

「正面效果？」

「對啊！就拿我們台灣人都喜歡買日本車舉例好了，今天如果我們對日本車就是有偏愛，你覺得我們會因為看到炫麗的美國廣告，而突然改變心意去買美國車嗎？為什麼商人都相信這些包裝跟廣告可以打動人心呢？如果一個東西夠好，難道我們自己會笨到不知道？我不懂，你覺得是我太笨，還是商人太笨了？」

「是妳太笨！商人就只想要短期的高利益，這才叫做商人啊！妳剛說的正面效果，難道廣告還有反面效果嗎？」

「當然有啊！如果，我今天已經對某一種形象很不爽了，一下子突然看到對方插旗插得滿山遍野的，像是宣示主權一樣，你覺得人家會怎麼想？怎麼可能會得到正面效果？我還是覺得，如果東西品質夠好，這些廣告都是假的，過度的包裝帶來過度的負面印象。不過，還好，我不是學商的，不然，我會餓死自己。」

「沒錯，學妹，妳還好不是唸 MBA，我很確定，不會有任何公司願意接納妳的意見。這個年代，本來就是要包裝的年代，不只是商品，人更是需要。」

「是嗎？所以，學長，你也覺得如果男生帥氣一點，頭髮剪好看一點，燙的髮量多一點，多陪女生去逛名牌店，這些包裝也是應該嗎？」

「耶！學妹，妳也看出來了？唉，我實在傻啊！以前剛上國中時見到震妮，是小巧玲瓏的女孩，這幾次 email 跟她互動，覺得她完美得不得了，誰曉得，就差在身高上，不可思議，一下子 170 公分，妳不覺得太高了嗎？好啦！別用這種同情眼神看我，我知道，是我太矮了，攀不上人家，可以了吧！安平，他知道我對人家有意思嗎？」

「我半個字也沒提。學長，過去就過去了。我只覺得我沒幫上忙，很對不起。」

「不會啦！我不喜歡長腿姐姐。」

「是嗎？那你不是喜歡我之後要短租的那位台航空姐，她個子應該不矮吧！」

「學妹，男生喜歡跟欣賞是兩回事。總不可能我欣賞的，我通通要娶回家吧？」

「什麼？學長，那如果震妮只有 155 公分，你要娶她喔？」

「對啊！我本來是這麼想的。」

「那，我今晚把她腿打斷好不好？這個忙，我可以幫喔！」徽杭睜圓的眼睛看著品哲，瞳孔裡倒映著的是光彩奪目炫麗耀眼的時報廣場。

接下來的聖誕節好幾天，徽杭就跟著這一群人天天在地鐵裡人潮裡鑽來鑽去，剛開始都是在曼哈頓的摩天大樓底下穿梭來去，有一晚，大家心血來潮，突然說應該花錢上去帝國大廈看夜景，結果樓下的人排隊太多，至少要等一個多小時，天氣又冷大家又餓，只好作罷，那天徽杭心裡簡直是開心到偷笑。如果大家都要去，她沒跟，很擔心到時候會碰不到他們。來這一趟，徽杭完全沒辦法記路，都是跟著他們熟門熟路的亂繞，自己連個東南西北的底都沒有。一聽到他們嫌餓而放棄買票上帝國大廈，徽杭開心極了。紐約夜景，當然是壯觀好看啦！能站到帝國大廈頂樓往下俯瞰，那自然是種尊榮的享受，但徽杭希望能把這個機會留給自己的爸爸媽媽，尤其爸爸在香港長大，最愛這種高樓大廈的房子，她希望那麼美好的夜景，要留給自己最珍貴的父母看，總有一天，等自己學成回台，一定要帶自己的父母，趁著假期來紐約市看看這夜景。這次就感謝老天爺，讓一堆觀光客大排長龍，徽杭不用跟著大家上去，心裡得意極了。

又過了幾天，漸漸開始排一些徽杭感興趣的行程，最先去的就是完全沒有圍牆，只有旗子標示的紐約大學，格林威治跟華盛頓廣場，大家在附近一堆小店逛來逛去，品嚐很多徽杭想好久都沒吃到的食物。徽杭直點頭的跟品哲說，這個排得好，好吃！

再來，又安排去大都會博物館，大家決定選擇大門前會面，畢竟每個人要看的東西不一樣，振榮學長跟大家抓四個小時，估計應該這樣的時間在博物館是足夠了。足夠個頭啊！徽杭沒料到美國的博物館內，竟然會有埃及的文物，她想看金字塔、木乃伊、獅身人面像，還有當時用的雕刻首飾等，這些東西台灣看不到，徽杭沒想到美國的博物館竟然那麼齊全，所以拿到展覽地圖後，直衝埃及文物區，徽杭就是喜歡那種陰陰森森的味道，在裡面東逛西闖的，中間還有死老美問她時間，原來是要來搭訕的，徽杭這呆頭鵝，浪費十分鐘跟對方東答西問，才知道對方的來意，火大到極點，已經急著要找古代的盔甲騎兵區遍尋不著了，十分鐘就這樣耗掉了。後來一些徽杭想看的畫作，都是非常走馬看花的隨意瀏覽，這裡才給四小時，博物館真是太大了，徽杭真希望有一天，自己也能來好好逛逛，逛到腿發軟才結束一天的行程。

下午則是走到了紐約的下城 (downtown)，摸到了金牛，看到了華爾街，跟世貿中心的雙塔，徽杭有說不出的喜歡，尤其她對於下城的喜好遠比中城、上城高得多，正當她們步行到布魯克林大橋時，看到了世貿雙塔、東河 (East River) 還有一堆叫不出名字的大樓佇立在橋後。

站在布魯克林大橋看著落日餘暉，面對著周遭圍繞的大樓，遠端還有高聳舉起火炬的自由女神像，徽杭喜歡這裡，能夠同時觀看到大樓豪景，卻也能遠離都市繁囂，更棒的是，布魯克林大橋底下，竟然還有停車場。徽杭興高采烈的跟品哲問，不知道停車停在布魯克林橋下是不是很貴。此話一出，把那群紐約客笑翻天了：「蘇小姐，橋，是人走的，不然，就是給車通行用的。底下，是車子塞車塞到動彈不得，不是停車場。」徽杭看著大家對她輕視的取笑，自己也摸摸頭，反正土人一個，盡講土話，這早也不是新聞了。

沒多久，太陽迅速像個蛋黃一樣，滑溜溜的掉落在水平面，接踵取代而至的是曼哈頓大樓的點點星光，徽杭知道，離開紐約的日子近了。

新年倒數的前三天，振榮學長帶大家去逛自由女神像跟 Ellis Island 整天，感覺上這裡比曼哈頓本島要冷好多，搭船過去時，沒人敢到船艙外，都乖乖的窩在一起取暖，可是越接近 Ellis Island 時，又不得不拿出相機，硬要拍幾張風景照片。

當船慢慢接近 Ellis Island 時，徽杭還能想像到，那個古老時代的人民，他們是為了什麼樣的夢想，從歐洲千里迢迢的來到了美國？ Ellis Island 過去的移民大樓已經變成了博物館，徽杭最愛博物館，她在裡面用眼睛東挑西撿的想像以前人們的心情，看看他們當時曾經用過的物品、行李箱還有成堆的老照片，可惜其他一群人一直死盯著徽杭看，希望她能加快腳步，因為大家迫不及待的想要搭船去看自由女神。接近自由女神時，徽杭跟安平說，她只想在外走走，不敢爬上去，她有懼高症。其實才不是，她想等自己的父母，等到自己學位拿到，再帶自己的家人上去自由女神像看看。

自由女神是在一個小島上，迷路不可能，要約個定點比較容易。徽杭跟大家揮揮手，她在附近晃晃，可能是這裡靠海，冷風刺骨，實在難受，但是徽杭還是不捨離開，這個小島上，能看到紐約跟紐澤西，完美的地形，過去一般旅遊書只介紹紐約，但是徽杭從這島上眺望出去，紐澤西沿海的生活條件，絕對不會比紐約差。

就在新年倒數的前一晚，振榮學長開心的拿了好幾張票，是有名的音樂劇 Les Miserables（悲慘世界），位置雖然都不好，但是既然都來紐約朝聖了，應該去聽一場才是。票價原先是昂貴的，聽振榮學長說是一位台灣留學生買了好幾張，想說她家人老老小小的來美國觀光，偏偏他們對這種音樂劇不感興趣，還取笑說在台灣連歌仔戲都不看的，還來美國聽那種英文不通的音樂劇？振榮一聽那女學生抱怨，就用半價把票給頂過來了。即便如此，徽杭心裡也不免嘮叨了一番，因為她沒有什麼音樂細胞，不像品哲會拉小提琴，安平會彈鋼琴，但是既然都來了，那麼長的時間如果徽杭不聽，站在百老匯的外面，天氣又冷得不得了，她還真不知道去哪裡等人呢！

　　時間一到，大家準時進去劇場，非常古老典雅的裝潢，會場沒想像的大，屏幕也比徽杭預期的小，徽杭拿了節目表，心裡想著，如果想睡覺，這裡的暖氣開得很舒服，應該也沒人會注意自己。劇場其實已經坐得很滿，晚買票的人能選擇的好位置幾乎是沒有。安平大學是話劇社，他跟徽杭說，他想看的東西跟別人不一樣；他想選第一排的左邊。其他人立刻搖搖頭，他們不想更動位置，希望就留在第二排的中間。徽杭覺得應該要陪陪安平，就換到第一排的左邊位置。

　　屋外冷到僵掉，屋內卻那麼暖和，徽杭就連忙把手套、大衣脫了，沒多久舞台紅色的幕簾拉開了，第一幕就帶來一曲震撼人心的序曲，徽杭其實對雨果的作品印象不深，只知道這齣是個悲劇，但是透過台上的演員手勢跟表情，即便英文聽不太懂，也可以大概猜得出來演些什麼情節，中間也穿插一些笑點，徽杭回頭看看觀眾，大家都非常滿足，完全融入在劇情裡。中場休息時間，徽杭呆坐在位置上，安平跟她分析舞台的演員、角色、故事進展，徽杭還繼續沈澱在悲慘世界的內容裡，安平跟徽杭說他要先去一下洗手間，叫徽杭留在座位上。

　　安平走後沒多久，工作人員便過來了，他從舞台邊緣拿起一雙紅手套，問問這一排的人，這是誰的手套，徽杭一看，立刻跑去跟工作人員說，這是她的紅手套，高大的工作人員一看跑來個小女生，就很和氣的告訴她，小妹妹，妳不能把手套放在舞台上，碰巧剛好樓上來了一位舞台設計的編劇老師，老師拿個望遠鏡仔細研究觀察，想不透為何舞台左端要設計兩束紅花，舞台編劇老師來詢問工作人員，大家都答不出來，一走近才發現是雙紅手套，工作人員一邊講，最後自己也忍俊不住笑出來，徽杭低頭羞愧的跟工作人員道歉，她根本不記得什麼時候隨手把那雙紅手套扔在人家舞台上，工作人員把手套還給徽杭，笑嘻嘻的問她是從哪來的。徽杭一時驚慌，不敢回答台灣，但馬上故做鎮靜，低頭微笑小聲的說：「假判。」講完後，連忙換到第二排去跟品哲一起坐。

此時第二場布幕緩緩再度掀開，安平回來後，發現徽杭不見了，急得到處探頭張望，徽杭只好從第二排中間，不斷的跟人說 "excuse me"（借過），"excuse me"、"excuse me"，到安平後面，跟他說發生點問題，不能再坐那個位置了，安平一聽，也跟著徽杭再 "excuse us"、"excuse us"、"excuse us"的移到了第二排，安平不斷的瞅著徽杭，他沒搞懂到底出了什麼事情，徽杭一定要換位置。

第二幕劇情令人痛心疾首，比第一幕還令人揪心，徽杭從一開始便一直不斷的啜泣掉淚，一直到最終尾曲 "Do you hear the people sing?" 震撼整個全場，徽杭拿雙手摀住整張臉，演員輪流謝場，布幕緩緩垂落，她知道她的紐約行隨著垂下的布幕即將接近尾聲了。下次再來朝聖時，不知會是何時，屆時一切的人、事、物應該又要重新洗牌了吧？

觀眾陸續退了場，徽杭頭低低的跟在學長一群人後面，大家走回地鐵站，回中國城吃晚餐。整個地鐵即便是人擠人，但是，臭味，沒了；喧嘩聲音，也消失了；地鐵進站時產生的火花尖銳帶刺的摩擦音，也遠了，只剩悲慘世界的音樂震撼繚繞著在徽杭心坎裡。徽杭相信，不是只有她有這種激動，學長姐一群人，沒人主動開口，大家都一樣，深深沈醉在這齣戲裡帶出的音樂旋律，久久無法言語。

到了中國城，學長學姐開始點菜，安平看看徽杭，雙眼哭得紅腫。

「學妹，是不是出了什麼事？妳哭，不是因為悲慘世界的劇情？」

「當然是啊！不然還有什麼能哭的？」

「那妳第一排坐得好好的，沒事幹嘛換位置？」

「逃啊！」

「逃？什麼意思啊？」安平看看大家，大家都不知發生什麼事情，猛搖頭。

「我再不逃，怕被日本人追殺。」

「到底發生什麼事情？妳又做什麼了？」

徽杭看大家都聚精會神的往她這看，只好把那雙紅手套無意間放在舞台邊緣的事情講出來，講到二樓專業劇作家拿望遠鏡猛研究那兩朵紅花，百思不得其解時，大夥已經把 "Do you hear the people sing" 轉成 "Do you hear the people laugh"，本來心裡壓抑著的低氣壓，像是烏雲散去般，笑倒成一片。

「學妹，為什麼會有妳這種沒水準的人啊？」品哲猛搖頭，他真不敢相信到底徽杭的腦袋是哪裡出了毛病。

「沒錯啊！妳真是他媽的台灣之恥。」安平也不客氣的取笑徽杭。

「喔！學長，是他媽的日本之恥。」徽杭坐正坐直義氣凜然的點頭說著。

「這跟日本有什麼關係？」安平、品哲意外的看看徽杭。

「工作人員問我從哪來的，我說日本。」大夥聽了又是一陣狂笑。

「學妹，妳真是，做了壞事，牽拖別人，可是，為什麼妳要這樣做呢？」蕙玫笑笑的揉揉徽杭的捲髮。

「我在洛克斐勒中心等廁所的時候，主動讓美國老太太先用廁所，還被她碎唸說日本人把紐約地標買下了。唉呦！反正美國人已經夠氣他們了，也不差一雙手套佔著悲慘世界的舞台吧？」

1994 年十二月三十一日，大家一早就開始整理行李，這是今年徽杭最後一次整理行李了。品哲早就決定一跨完年就直接開車回水牛城，他迫不及待想好好招待他的好朋友黃震文一家人，尤其燕芳一直說很多美國人新婚蜜月都是在尼加拉瀑布度過的，既然品哲就在當地就學，當然義不容辭要當個好地陪了。品哲一直跟徽杭說，紐約跨年，這是紐約客一年一定要做的事情，不去，絕對後悔。而且，中午前就要去排隊了。真正重要的是，那天從早上十點後，不能再喝水，徽杭很難理解，這些紐約客到底對這跨年有什麼好堅持的。明明在家裡看時報廣場的球掉下來，不是也夠美嗎？

一清早整理完行李，徽杭就拿著手套、耳套乖乖的跟著大家搭地鐵了。安平一看到徽杭經典的紅色手套，馬上揶揄說：「那雙手套，妳還捨得拿出來？那可是曾經站在世界中心，紐約，悲慘世界的舞台上哩！回去水牛城，要記得裱框起來喔！」

徽杭不屑的看看安平：「可以啊！然後你把它賣給日本人好了！我會跟你分紅！」

一出去，被風一刮，簡直冷得受不了。徽杭還真發愁今晚要怎麼過下去，但是既然都已經跟著出來了，不去也不是辦法，而且品哲千叮嚀萬交代一旦站在時報廣場前，是沒有退路的，後面全是滿滿的人潮，想轉頭衝回家，那是絕對不可能的。

徽杭已經完全不記得自己是如何的被安平跟品哲緊緊拉著，不像平常的日子，這些紐約觀光客可以去參觀世貿中心雙塔、布魯克林大橋、華爾街、自由女神像、Ellis Island、洛克斐勒中心、克萊斯勒大樓、帝國大廈、紐約大學、格林威治、華盛頓廣場。今天是個特別的日子，所有的紐約客、觀光客來自四面八方，只有一個目標，就是往時報廣場緩緩移動。

徽杭從中午就跟學長一行人蹲坐在地上一起取暖，早早的就看到大批警察拿著拒馬封路。她在台灣從來沒過過這樣的日子，蹲坐在路上，只為了等一個即將墜落的傻球！想喝水，不行；想喝薑茶，沒有，徽杭決定瞇著眼睛低頭睡覺，她把頭套遮住，這樣就算流了幾滴口水，也不會被人發現。期間蕙玟低頭看她好幾次，徽杭真是欽佩這些紐約客啊，要從中午一直等到半夜，只為了看一個那麼小的迷你球掉下來，太失望了，電視上的球，都還比現場的還大。

沒睡太久，安平跟品哲兩人一人一手把徽杭拉起來，繼續往前走，徽杭突然變成像個停電的機器人一樣，走走停停，等到位置不再移動，是晚上六點多了。這時徽杭精神倒醒了，整個時報廣場周遭的霓虹燈亮如白晝，時報廣場的分節螢幕廣告因為遙遠看不太清楚，遠遠的只看到日本酒跟美國可樂，不斷的來回閃爍，更上面的，只見到金色、銀色、五顏六色不斷變化，是哪家的品牌，徽杭完全看不見。

徽杭抬頭看看天空，沒有下雪，因為人潮太多，氣溫似乎也因周遭人潮的體溫升高了，徽杭心裡想，中午就開始往時報廣場移動的人，都只能排到蠻後面了，不知道其他人還是要來排這個隊幹嘛。倒是，徽杭經過了百老匯，想到昨天的歌劇悲慘世界，裡面曲目首首動聽，餘音繞樑，三月不絕於耳，心裡一直哼著心坎裡尚仍流存的曲目，閉目養神，還能感覺周遭的白晝如光，耳旁還能聽到那首震撼的 "Do you hear the people sing?"。台上的主持人瘋狂的大喊大叫，唱個鬼吼鬼叫的搖滾樂，帶動底下熱情的觀眾，時間隨著周遭的熱情，快速的蔓延串流，再次睜開眼時，竟然飛快的隨著亮閃變化的霓虹燈來到了倒數計時了。

就這樣，大家屏氣凝神的，跟著主持人唸：Ten, Nine, Eight, Seven, Six, Five, Four, Three, Two …One, Happy New Year, 1995! 大家全部抱成一團，徽杭心裡想著，那麼小的球團都不比這群人團抱著大，隨著球體掉落，整個時報廣場飄起一陣紙花片片，徽杭覺得有些可惜，如果能下點雪，伴隨著紙花紛飛就好了。隨著驪歌的音樂，徽杭跟著學長準備找地鐵站的路線回家了，很多紐約客、觀光客還不願散去，可能某處還有其他活動吧？徽杭只有一個感想，品哲說一生不來紐約市跨年，絕對會後悔，但是，來過一次，也就足夠了，再來第二次，絕對會後悔。年輕的時候，就跟大家做做瘋狂事吧！不做，倒也真的會後悔......

品哲路上問問振榮學長，今天的人潮估計會不會超過五十萬，振榮說，這幾年，都是這樣的數字，明天報紙頭版頭條一定會加個斗大的字體，超越五十萬民眾集聚在時報廣場倒數......也對，彷彿世界是繞著紐約旋轉，這群五十萬觀眾，合力的送走了 1994 年，興高采烈的牽手迎接了 1995 年。

徽杭跟著大家回到蕙玫家裡，上了洗手間，今天應該是上次血尿事件之後第一次的憋尿，也沒聽醫生囑咐多多喝水，就這麼瘋狂一天，應該沒關係吧！品哲跟震文很快的開來了兩部車，離剛才脫離時報廣場的人群，已經過了三個小時。這段時間，蕙玫也特別煮了一壺咖啡，堅持品哲跟震文一定要喝完才走。大家很簡短的互道珍重，品哲則跟振榮道謝，謝謝他這麼多天的招待，還要麻煩他天亮時載弟弟去紐澤西機場。振榮也跟品哲揮揮手，叫他放心，路上注意安全。徽杭抱抱蕙玫，跟她說謝謝她舒服的房間，感謝她的招待，希望有空她畢業前能到水牛城，徽杭能跟她再聚聚。

品哲跟震文仔細的講解行車路線，看著密密麻麻的筆記手稿，安平擔心震文不熟，自告奮勇說他到震文車上。品哲笑著說，這次要去的路線已經不是來的那條路線，但是，震文主動表示，希望車上有個男伴，互相指引路線的確是個好方法，也希望到了休息站，能夠有個換手。就這樣，變成徽杭升等了，終於可以坐在品哲旁邊的大位。

品哲笑笑的搖搖頭：「你們把麻煩丟給我了。」徽杭看看品哲，點點頭，附和的說：「我這次會安靜的睡覺，不會再亂講話了。」品哲苦喪著臉：「學妹，妳知道如果坐在司機旁邊，一直猛睡，司機會更想睡嗎？」徽杭不理品哲的唉聲嘆氣，一股腦的就進去車裡，一屁股的坐在最好的大位上，把椅背往後移，位置變更寬，她開始脫雪鞋，用鼻子吸吸聞聞鞋子的味道。品哲看了這一幕，頭搖得更大力，安平拍拍品哲的肩膀：「辛苦你了！」

品哲發動車子後，徽杭說：「學長，臭腳丫的味道讓你清醒一點。也不知道是誰發明襪子，難受死了，人類還是要光腳丫才叫舒服。」說完就把一雙五吋半的小腳抬在車窗前。

安平像個歐洲紳士一樣，風度翩翩開著門先讓女生們陸續進入震文的後車座內，替她們輕輕的把車門關上，自己正準備進入震文前座時，一猛回頭，看到徽杭的小腳在他寶貝德國車的前車窗那裡晃來晃去，氣得一屁股離開震文車子，怒氣沖沖的衝過去，用力的開門跟她說：「蘇徽杭，把妳他媽的腳給我放下來，髒死了。」

「不要！今天走了那麼多路，又一直站著跨年，累死了！我他媽的腳在抗議。」

「我不要，車子是我的，噁心，妳的臭腳丫就放在車窗前面，還對著冷氣孔，以後哪個小姐要坐那個位置啊？薰死人了！」

「不要，車子是你的，但是現在開車是品哲，開車才是大爺，可以還是不可以，由大爺說了算。」安平看看品哲，品哲已經發動車子，熱熱車，挪挪眼鏡的看著安平：「那，不然你來開啊！」安平氣得說不出話來，頭也不回的回去震文車上了！

品哲調整一下照後鏡：「學妹，做得好。安什麼好心，說是給人指路，我看吶！是要追震妮吧！把我當成笨蛋。」徽杭一聽，立刻坐直身體，把腳丫放下來。

「什麼啊？你覺得安平是有目的換到另外一輛車喔？」

「那當然是啊！不然，沒事他會好心去給我同學指路？我們來的時候，可沒見他這麼熱心啊！」

「學長，你應該是多心了。他不是很有心機的人啊，你在紐澤西睡覺的時候，他都還會帶著我去加油站先替你把油加好。我不認為他這麼有心機。」

「學妹，把油箱裝滿好上路，跟把我喜歡的妹，這哪能相提並論？」

「可是，學長，你自始至終都沒跟安平說過，你要追你同學的妹妹啊？第一、如果你沒提，他真的對人家有意思，你覺得他錯在哪裡？第二、如果你提了，他還是要來搞這一局，那你對他的抱怨，就有道理。現在你完全不知道到底他那方知道了多少，就認為他是第二種。我覺得他沒有你說的那種心機。」

「好啦！不聊這個話題了。這一趟來，妳還喜歡這裡嗎？」

「喜歡。紐約市是個值得度假旅遊的地方。就像蕙玫學姐說的，不需要買車，全靠大眾運輸，吃東西買東西都好方便。講到這裡，學長，我沒看到你以前的學校耶？你怎麼沒提議讓我們去那走走？」

「唉！傷心之地，有什麼好走的。妳忘記那時候，我怎麼講那裡求學的事情。這位振榮就是那個被黑人抵著刀，搶了一百塊的男生，還記得我聊過那時有位出事的女生嗎？振榮本來喜歡人家很久了，一直不敢表達，後來女生發生事情，學業也待不下去，常常瘋瘋癲顛的鬧情緒、發脾氣，最後，默默的退房離開了。我們根本不知道她走了……寫論文不用修課，有時一個月見不到一次面，也是正常的。等到我們研究計畫告一個段落，再去找她時，竟然房客換人了。我們都是男生，笨得像什麼一樣，她就這樣消失了，怎麼想要找她，都找不到。蕙玫是說女生回台灣了，那時她們還有共同的朋友，不過，當那個女生知道蕙玫還千方百計想要聯絡她時，她連唯一的線都斷了……」

「原來是這樣。所以，學長，蕙玫住的地方，不在學校附近？」

「離得遠勒！發生那種事情，所有女生一等到不用修課，只寫論文時，全部搬離那附近了。所以，妳嘴巴甜，聽說妳一進人家家裡，稱讚可以躺十個人的 walk-in 衣櫥，還有四腳浴缸，蕙玫很開心，直說這正是她愛她的小窩的原因。」

「學長，現在外面有好漂亮的煙火，你看，我可以把車窗搖下來嗎？」

「可以啊！我求求妳開窗，我拜託妳開窗，妳的腳小巧得可愛，可是，怎麼會臭成這樣啊？」

「拜託，站一整天，又悶著襪子，不然，你也可以脫啊！要臭，大家一起臭啦！」

「哪有人開車脫鞋子的？」

「犯法嗎？警察說不行喔？」

「警察管不到司機的腳丫吧！喔！馬上要走喬治華盛頓橋了，妳看看遠處的煙火，一棟棟大樓，星光點點的，看到那裡了嗎？那是世貿雙塔，就是那天妳說的，妳比較喜歡的下城區。要上橋了，我們走上層 (Upper level)，看到了嗎？這裡有寫。」

徽杭突然想起 425 公路的 Upper Mountain Road 跟 Lower Mountain Road，Upper 的反義詞就是 Lower，所以，徽杭連忙問：「學長，所以，這橋還有下層？」

「沒錯。這個橋有兩層，但其實差別不大，下層就給一般轎車，上層給貨車、卡車那種比較挑高的車子。」

「設計得真好。可是，你現在走上層耶，是走錯了嗎？」

「沒有，我知道上層有卡車，但是，我想看看最後一眼的曼哈頓。卡車速限比較慢，我想慢慢的跟在他們後面，好好的再看看曼哈頓。」

此時逐漸遠離的曼哈頓隨著遠端飄散的煙火，慢慢的在 Hudson River（哈德遜河）帶來的一道濃霧中失去了蹤影，正像安大略湖對岸的加拿大邊境，消失在 425 公路的底端一樣，不見一絲蹤跡。

「學長，我覺得你們對於離別這種事情，處理得好唯妙唯肖。」

「妳成語是不是用錯了，哪有人用唯妙唯肖來處理人際關係的？」

「不管啦！我的重點是，你看敬成那時畢業，也是這樣無聲無息的離開。我看你跟你同學，真是老朋友一場，見面他們帶著我們一群人，吃吃喝喝，彷彿擔心我們錯過了什麼景點一樣。他們難得放個長假，睡個幾天，不也很好。可是，我覺得真了不起，他們像是趕集一樣的，陪我們到處跑，到處逛，那些景點，我相信他們早就看到膩了，卻跟我們老士一樣，一場一場，每一次，都當成第一次。他們風風光光的迎接我們，等到要離開，我看你們卻是這樣淡淡的，握著雙手，拍拍肩膀，你車子頂多是拉下車窗，揮揮手道別。如果是我，應該是哭天喊地、鬼哭狼嚎的大哭大叫吧！」

「學妹，這就是來美國，妳應該學到的另一種層次文化。他們對於生離死別的情緒管理，跟我們台灣人是非常不一樣的。『出生』，應該跟我們一樣的興奮雀躍，而『離別』與『死亡』他們也會難過、流淚，但是他們處理的委婉多了，也冷靜多了，他們不太輕易在外人面前流露出那種狼嚎的誇張情緒，這些，都是需要很深層內斂的文化素養，才能慢慢養成的。妳說，我怎麼會不難過呢？當時大家都是抱著夢想來這個所謂的 Top of the World，後來留下來繼續唸博士的少，離開四散各地的多。妳觀察得好啊，這次來這一趟，像趕著赴會許多盛宴，一場接著一場，他們每一場盛宴，都是盡心盡力的招待，當成這是最後一次跟老朋友的相聚。離別時只能很輕巧的就這樣揮揮手驅車離開，可是我們心裡

是滿懷感激的期待，還能有著下次。假使，能夠有的話，從現在到下次
會面之前，我們一定要努力讓自己過得更好。我相信大家老朋友一場，
不需過度的包裝跟潤飾，大家都能彼此瞭解的。」

此時車子早已經駛離紐約進到紐澤西州了，徽杭看看沿途的公路，
是在 I-95 往南的方向，今天已經是 1995 年一月一日了。徽杭終於也要面
對未來的計畫，她的句法學、語意學這兩門課是否能過關了？

品哲看她心事重重：「學妹，怎麼，開始擔心下學期的功課了？」

「我哪是擔心下學期的功課啊？我是擔心上學期的功課。我句法學
考得很糟糕，那是必修課。」

「句法學的英文到底是什麼？」

「Syntax I……」徽杭一開口，突然想到英文課名還有個希臘 I 字，
一陣恐慌空襲而來。「學長，我問你，如果美國的必修課，有個 I 跟 II，
假設性的問啦，如果 I 被當掉，II 是不是就會被擋修了？那非常有可能，
沒有辦法如期畢業，是嗎？」

「如果 I 被當掉，就要重修啊！所以，妳當然就得等明年開課才能修
了。那怎麼可能讓妳今年先修 II，再等明年修 I，所以，一定是變成妳今
年的 II 不能修，明年修 I，後年才能修 II 啊！所以，當然非常有可能，妳
沒有辦法照妳的計畫畢業啊！怎麼了，妳現在在擔心這個？」

徽杭無言了，她太大意了……來美國之後，連修課都還是台灣帶來的
邏輯思維，只想到有四門必修課，語音學、音韻學、句法學跟語意學，
完全忘記英文的課程是 Phonetics、Phonology I、Syntax I 跟 Semantics……
她完蛋了，如果是語意學被當掉，重修也就罷了，不會遇到擋修。眼看
下學期就有兩門必修課，Phonology II 跟 Syntax II，如果她 Syntax I 沒有
過關，那下學期的 Syntax II 是絕對被擋修的，這可是必修課啊！自己怎
麼會那麼大意呢，現在才想到，沒有好好的對待句法學，老師的 office
hours 從來不去問問題，不懂還裝懂，只求作業拿到 B，沒想到一堂三小
時的考試，不是考背書，完全是測驗出她學科的理解力。

路上開始起了大霧，降下小雨，隨著加快的車速，車窗發出嗚咽低

鳴的哀嚎聲，徽杭知道，1995 年的好運已經在 1994 年徹底被花光殆盡，連窗外的枯枝殘景都合力搖擺著輕蔑的恥笑著徽杭，迫不及待的等著看她的好戲上演......

（未完，待續）

初稿 2007 年五月三十日哈佛大學

作者簡介

　　萬依萍，籍貫廣東東莞，1972 年台南永康出生。台南女中，成功大學外文系學士，二十七歲時獲得美國紐約州立大學水牛城校區語言學暨認知科學博士。曾於美國紐約州立大學水牛城校區現代語言系擔任中文組助教，語言學系擔任語言學講師。回國後，任教過東華大學英美語文學系。2000 年起至今任教於政治大學語言學研究所，並擔任過華語組組長、語言所所長。曾赴美國哈佛大學及密西根州立大學擔任訪問學者。學術論文刊登於數種國內外知名英文期刊。